# 力群文集

力群 / 著
薛芃 / 主编

山西出版传媒集团

三晋出版社

力群先生像(1912—2012)

# 力群小传

　　力群于1912年12月25日生在山西省灵石县郝家掌村,原名郝丽春,参加革命后改名力群。他自幼与农民的孩子相处,对农村生活很熟悉,这对于他后来的木刻画创作和文学写作颇有影响。1931年,力群考入国立杭州艺术专科学校,1933年2月与同学曹白等人组织进步美术团体"木铃木刻研究会",开始从事木刻画创作。同年9月加入中国左翼美术家联盟,10月10日因"木铃"事被捕入狱。1935年出狱后,继续从事木刻画创作,木刻《采叶》《鲁迅像》等通过曹白寄给鲁迅,受到先生的指导与好评。

　　1937年7月7日抗日战争全面爆发后,力群从事救亡宣传工作,边搞木刻画,边写散文、小说。1938年初,曾在郭沫若领导的军委政治部第三厅美术科任少校科员。1940年初,到延安任鲁迅艺术文学院美术系教员,1941年加入中国共产党。1942年5月,参加延安文艺座谈会。抗日战争胜利后,到晋绥边区工作,任《晋绥人民画报》主编,并开始写文学评论文章。

1949年在全国第一次文代大会上，被选为主席团成员，并任中国文联委员、中国美术工作者协会常务理事。到太原后，与高沐鸿同志创建了山西省文联，被选为文联副主任，山西省美协主席。1953年调北京工作，先后任人民美术出版社副总编辑，中国美术家协会常务理事、书记处书记，《美术》杂志副主编，《版画》杂志主编等职务。

20世纪50年代，出版有《木刻讲座》《力群木刻选》《力群美术论文选集》和《访问苏联画家》等书。80年代，出版有美术论文集《梅花香自苦寒来》和《力群版画选集》以及散文集《我的乐园》、力群文学作品选集《野姑娘的故事》。《我的乐园》于1984年在上海少年儿童出版社出版后，被上海评为优秀作品，获儿童文学园丁奖。其版画作品曾多次在世界各国展出，并为英、法、苏、南斯拉夫等国家的陈列馆、图书馆和博物馆所收藏。因为力群在版画事业上的贡献，"日中艺术交流中心"于1988年12月14日特向他颁发了"贡献金奖"。1991年中国美术家协会、中国版画家协会为其颁发了"中国新兴版画杰出贡献奖"。

力群于1985年10月21日被作家协会书记处批准加入中国作家协会成为会员。1992年5月，山西省委、省政府授予力群"人民艺术家"称号，2003年9月，中国文联、中国美协授予力群"金彩奖"成就奖。力群晚年任中国版画家协会名誉主席、山西省文职名誉主席。

2012年2月10日，力群去世。

# 目 录

**第一章 初踏艺术路** …………………………………… 003
 如愿以偿 ……………………………………………… 003
 感谢郭乾德同学 ……………………………………… 007
 惊心的"九·一八"之后 ……………………………… 011
 拿起木刻刀 …………………………………………… 015
 参加"美联" …………………………………………… 022

**第二章 铁窗风味** ……………………………………… 024
 在拘留所里 …………………………………………… 024
 投入陆军监狱 ………………………………………… 028
 在反省院里 …………………………………………… 029

**第三章 走入社会** ……………………………………… 031
 在上海谋生 …………………………………………… 031
 和刘萍杜同居 ………………………………………… 033
 回到太原 ……………………………………………… 038
 重返上海 ……………………………………………… 044
 于悲痛中为鲁迅画遗像 ……………………………… 049

到美商柯达公司作绘图员 ………………………… 051
第四章　抗日战争爆发 ……………………………… 055
　　参加救亡演剧队 …………………………………… 055
　　来到安庆 …………………………………………… 057
　　在武昌第三厅 ……………………………………… 061
第五章　参加抗敌演剧队 …………………………… 066
　　向"决死二纵队"进发 …………………………… 067
　　路经西安 …………………………………………… 068
　　渡过黄河 …………………………………………… 069
　　病在大宁 …………………………………………… 071
　　前线生活 …………………………………………… 072
　　化装归里探母 ……………………………………… 074
　　喜到延安 …………………………………………… 075
　　到张村驿看萍杜 …………………………………… 077
　　可贵的创作激情 …………………………………… 078
　　短命的"民艺" …………………………………… 079
第六章　永远怀念的"鲁艺"生活 ………………… 083
　　住进东山 …………………………………………… 083
　　东山的教员生活 …………………………………… 084
　　我爱四部合唱 ……………………………………… 088
　　我也是一名学生 …………………………………… 089
　　延安和窑洞 ………………………………………… 092
　　我的学习和创作 …………………………………… 094
　　一次个展和联展 …………………………………… 099

参加中国共产党 …………………………………… 106
　　延安文艺座谈会暨"鲁艺"的新气象 …………… 107
　　劳动生产 …………………………………………… 113
　　游泳和跳舞 ………………………………………… 115
　　抢救运动 …………………………………………… 116
　　日本投降后 ………………………………………… 118

第七章　在晋绥边区 …………………………………… 120
　　我的心愿 …………………………………………… 120
　　走向新解放的河西灵石 …………………………… 121
　　在和平的孝义农村 ………………………………… 130
　　回到兴县 …………………………………………… 135
　　致力于《晋绥人民画报》 ………………………… 139

第八章　在崞县的土改浪潮中 ………………………… 145
　　到前沙城村 ………………………………………… 145
　　在贫农黄小肉家 …………………………………… 146
　　在下大林抢耕抢种 ………………………………… 149
　　不良的抢麦风 ……………………………………… 158
　　一块洋布不见了 …………………………………… 160
　　前沙城土改工作胜利结束 ………………………… 163
　　"毛老虎"之死 …………………………………… 165
　　斗"仁义老财"的故事 …………………………… 167
　　枪毙郄喜恒 ………………………………………… 170
　　我在土改中的美术工作 …………………………… 174

第九章　投身于年画工作 ……………………………… 177

创作《选举图》及其他 ·················· 177
　　在汾阳印年画 ······················ 178
第十章　回乡过年，到北平探友 ················ 180
第十一章　参加全国文代大会 ················· 184
第十二章　喜进太原城 ···················· 191
　　开辟新山西的美术工作 ·················· 191
　　去西安寻儿子 ······················ 194
　　在富家滩车站上 ····················· 201
　　参加老根据地访问团 ··················· 203
　　领导"三反五反"运动 ·················· 205
第十三章　调到北京工作 ··················· 207
　　在华北文联 ······················· 207
　　来到人民美术出版社 ··················· 210
　　到了愉快的新工作岗位 ·················· 214
　　拜会齐白石 ······················· 217
第十四章　访问苏联 ····················· 219
　　十月十三日于列宁格勒欧洲旅馆 ·············· 226
第十五章　反右·大跃进·再飞莫斯科 ············· 239
第十六章　到汾阳农村前后 ·················· 247
第十七章　去宁夏整风整社 ·················· 250
第十八章　腰斩的画展与无声的"画册" ············ 266
第十九章　在孔子故乡搞"四清" ··············· 272
第二十章　巡视华北美术创作·调回山西工作 ·········· 279
第二十一章　十年浩劫 ···················· 283

| 揪回北京 | 283 |
| 回农村落户植树造林 | 290 |
| 办木刻学习班 | 296 |
| 我爱上陶瓷 | 300 |
| 痛悼贤妻萍杜 | 305 |
| 访绍兴鲁迅纪念馆 | 310 |
| "四人帮"覆灭 | 315 |

第二十二章　心怀喜悦，重返太原 …………………… 317

第二十三章　大西北之行 …………………………… 320
　在伊犁河畔 ……………………………………… 320
　来到南疆 ………………………………………… 326
　回到乌鲁木齐 …………………………………… 328
　参观敦煌古代壁画 ……………………………… 332
　兰州、炳灵寺、麦积山 ………………………… 333
　在西安参观祖国的伟大文物 …………………… 336
　看望石鲁同志 …………………………………… 338

第二十四章　参加第四次全国文代大会 …………… 341

第二十五章　"版协"在黄山召开成立大会 ………… 346

第二十六章　一次新的创作高潮 …………………… 350

第二十七章　个展巡回东北 ………………………… 358
　在北京展出 ……………………………………… 358
　在沈阳展出 ……………………………………… 361
　在长春展出 ……………………………………… 364
　在哈尔滨展出 …………………………………… 370

| 第二十八章 | 初访花城 | 378 |
| 第二十九章 | 到湖南讲学 | 383 |
| 第 三 十 章 | 大连、青岛行 | 389 |
| 第三十一章 | 参加庐山文联读书会 | 394 |
| 第三十二章 | 在故乡举行画展 | 398 |
| 第三十三章 | 桂林旅游 | 401 |
| 第三十四章 | 率领"老画家写生团"赴西南边陲 | 404 |
| 第三十五章 | 我的文学生涯 | 417 |
| 第三十六章 | 由我引起的一场文艺论战 | 423 |
| 第三十七章 | 我的版画在港台和国外 | 454 |
| 第三十八章 | 隆重的纪念 | 468 |
| 第三十九章 | 愉快幸福的1992年 | 473 |

| 结束语 | 548 |
| 后记 | 549 |
| 附录：力群年表 | 551 |
| 再版附言 | 572 |

# 我的艺术生涯

# 第一章 初踏艺术路

## 如愿以偿

我经历了祖国的一个苦难、不幸、战斗和新生的伟大的历史时代,因此我的艺术生涯也不能不和祖国的坎坷多难的命运血肉相连。

我今年已80岁了,于1931年考入国立杭州艺术专科学校。这一年就是我一生中艺术生涯的正式开始。我选择了美术作为终生的事业是有其历史渊源的。

我自幼就喜欢画画,在高小时图画课总是一百分。有关绘画的事老师总是找我,例如给学校画彩色的人体解剖图,画彩色地图之类,有时图画老师还把朋友托他画的扇面让我画。

其实我的童年就是在绘画的环境中度过的。我的二祖父是一位农村画家,在我们家里墙上挂着他画的梅、兰、竹、菊,在村庙的墙壁上有他画的《凤凰戏牡丹》。我在他的炕桌上还能看到他作画用的藤黄、花青、胭脂、朱磦、赭石等颜色。而且他还经常给我讲一些画家的故事,例如傅山先生的名字就是从他口里知道的。还知道了有一种学画的书名之曰《芥子园画谱》。我的父亲是商人,他从山东也带回些字画挂在墙上。也许我之爱好美术正是由于童年在家庭的耳濡目染,以及二祖父身教口传、潜移默化之功。

有一天高小的校长到太原,我托他买了一套久已向往的《芥子园画谱》,当他把书交到我手里时,我是多么的高兴。从此我就照着《芥子园画谱》学画,画花卉,画山水……因而就有人向我求画了,把我当做了一个小画家。

我在小学读书时,老师就给我们讲日本人处心积虑想要吞并中国,而那时正是北洋军阀混战之际。什么吴佩孚啦,张作霖啦,他们一天到晚打内战,搞得中国不像个样子。我为此而难过。到了高小不久,就从老师口里知道了孙中山,知道了国共合作。听到北伐军打胜仗的好消息,心里很高兴。这些事虽和我学画无关,但总难免在我幼小的心灵上引起悲欢。因为我是一个中国的儿童,总希望自己的祖国能够强盛起来。说不定这些事也和我后来从事革命美术事业有关。

1927年我从灵石到太原,考入太原成成中学。

当时正是北伐失败之后,但其余波尚顽强地荡漾在太原街头。虽然阎锡山在大肆捕杀共产党人,但到处还能听到儿童在唱"打倒列强,除军阀"的歌声,有时也有工人游行示威。"拥护三民主义"的红蓝色标语涂满了墙壁,画家岱青画在墙壁上、布上的打倒帝国主义的漫画和宣传画到处可见,给我留下深刻的印象。

成成中学的图画教员名赵缵之,山西寿阳人,是一位留学日本学画的画家,他开始教我们画写生画,我感到既新颖又有趣。在高小时上图画课总是先由老师照着画帖把动物用粉笔画在黑板上,让我们用铅笔临摹。有时画一只奔跑的兔,有时画一匹站立的马。当时见老师用的是VENUS牌的6B铅笔,我也托他在太原买了一支,很好用,觉得很神气。而今赵缵之老师要我们画写生画,于是就照着笔筒、水果……用心画。我画下的作品,受到了赵老师的称赞,也给我打一百分。

赵老师是一位很和善的人,一口寿阳口音,和我们谈话总是笑,大家都喜欢他。上图画课时也当场画同学的像,于是同学们都离开课桌围了一圈参观老师画人像。画完了大家面对肖像画哈哈大笑,说"画得真像"。

这样,我也就买了"速写本"开始学画人像了。有时候,赵老师也把他画的水彩画拿到课堂上来让我们欣赏,大都是他在太原郊外画的风景画,不论黄土漫天的小村庄,还是绿柳成荫的汾河岸,都使我神往。于是我也就买下水彩画用具,礼拜天到野外支起画架来学画水彩画。这样赵缵之老师就点燃了我作画的浓厚兴趣。

我和赵老师惯熟了,星期天就时常带上画跑到他的住处去请他指点。他当时住在太原第一师范的教员宿舍里,去了不但给我的铅笔速写画和水彩写生画提意见,而且还把他画的油画和他买的画片给我看,从他那里开始知道了西洋画的写实派、印象派、野兽派……并看到了毕加索早期的肖像画,尤其是看了米勒的《拾穗》和《牧羊女》给我留下深刻的印象。我已经对美术着迷了。

除了经常见面的赵缵之作为我的美术老师外,还有一位不曾见面的美术老师,这就是丰子恺。如果说赵缵之是我作画技术上的导师,那么丰子恺就是我在美术知识上的启蒙老师。我当时在课余也如饥似渴地细读了他译著的《西洋画派十二讲》《西洋名画巡礼》《西洋美术史》。而且第一次在《中学生》杂志上读到他对于文艺复兴期的伟大画家达·芬奇的《最后的晚餐》的介绍和分析,得益非浅。我和这位久久仰慕的老师直到抗日战争期间才在武汉见了一面,那有着黑色长须、庄严如师长的形象使我难以忘怀。

在当时的中学里,非常重视主科,这就是语文、英文和数学,对于图画和音乐,成绩再好也没人看得起。而我却偏偏主课很不好,虽然自动留了一级还是跟不上。我那时很贪玩,乒乓球桌旁、网球场上都有我。可和我一起玩的同学,人家回到教室里读一阵就能背下功课来,而我却做不到,因为自己的记忆力不如人家。因此语文和英文背不下来,几何代数也演不出习题,老师叫上讲台,常常"爬黑板"。这样,我在学校里就被人家看不起来,深深地感到了日子不好混,内心很痛苦,于是我就考虑专门去学美术。正好有个同学的哥哥在西湖国立杭州艺专学画,我就去信和他联系,想去投考。此人就是后来的美术史家阎丽川。

但这事是必须首先得到父亲的许可的。父亲原先也想让

我走他的人生道路,做买卖当商人。但又想让我上学成大器,将来升官发财光祖耀宗。我给父亲去信说:

"我想来想去,还是投考美术学校的好,因为要想将来出人头地升官发财,一来我的主科不好,二来咱也没这方面的拉拔,倒不如学画有出路。梅兰芳凭唱戏还能名闻天下、锦衣美食,我将来就是靠卖字画也不愁养家糊口。"

总算得到父亲的同意,但他要我到北平投考美术学校,说用不着跑那么远去杭州。而我却一心想去西湖,一来西湖这个名胜之地太诱惑人了,二来又有阎丽川引路。因此我再三和父亲磨蹭,终于得到了胜利。当时我父亲正在山东滕县微山湖畔的夏镇盐店里当经理,有能力供我上大学。

据我所知,当时著名的艺术学校有上海美专,大画家刘海粟为校长;还有上海新华艺专,大画家汪亚尘为教务长;南京有中央大学艺术系,大画家徐悲鸿在那里任教授。而我则终于考进了以林风眠为校长的国立杭州艺专,满足了自己的心愿。

## 感谢郭乾德同学

1931年暑假我没有毕业就告别了太原成成中学,和同学裴鸿昌、荀兆瑞到了北平,后又从北平南下路经父亲所在之山东滕县夏镇,略住数日后来到杭州投考艺专高中部。而这时正是大画家刘海粟、徐悲鸿在老《申报》广告栏用大号字骂架之际,刘骂徐是"艺术绅士",徐骂刘是"艺术流氓"。可能这就是他俩结下深仇的原因。但谁是谁非却不是我等小子可以妄加评论的,然而我总觉得有"两败俱伤"之感。

我后来曾在一篇《忆西湖》的散文中写道:

"1931年夏,我以一个19岁的北国青年,怀着久慕江南的心情,来到渴望已久的西子湖边。看惯了童山荒野、乱石干河的北国风貌,而今面对如镜的湖面,碧绿的环山,以及荡漾在湖上的画船,点缀在绿波上的白鸥……怎能不使我为之陶醉。"

这就是我当时的心情。

然而,我来到西湖却正遇上帮助我投考的艺专同学阎丽川归晋省亲。他出发前曾给我来信,要我到校后去找一位名叫郭乾德的同学,他已把我考学的事委托给他了。

当我到了艺专,才知道不招考预科一年级新生,而只招收二年级插班生,这个消息就如给我泼了一头冷水。怎么办呢?考一年级尚没把握,考二年级插班生岂不是难上加难吗?但我想,考就考吧,既来了就得硬着头皮碰碰运气了。

经郭乾德同学帮助,为了省钱,我住在岳坟西边的一个朱子庙里。这庙坐落在山麓下,庙后是郁郁森森的树林,夜里,能听到猫头鹰在树林里呱呱地叫,也能听到湖上水鸟的夜鸣,更增添了几分幽寂和苍凉之感。庙里有一位老尼姑,同时也是房东,她供我饮水和生活用具。吃饭在岳坟前面的饭铺里,是包饭,吃得很满意。

庙前是一条通往灵隐寺的土质大道,我白天就沿着这条马路步行到校画石膏像。

当时的国立杭州艺专在孤山之下，平湖秋月之旁。原是一个犹太商人哈同的花园，所以湖上的船娘都把艺专叫"哈同花园"。前些年我曾旧地重游，虽楼阁依旧，而人事全非，怎能不有沧桑之感。

从朱子庙东行，一路上夏风拂面，垂柳依依，观赏清晨薄雾中的湖山，享湖中荷香鱼跃之乐，不一会就来到艺专教室之内，当时是假期，教室里空荡荡的，但早有郭乾德同学在等着我。他用浓重的四川口音指导我用木炭条画素描，以糖馍头作橡皮使，并用筷子的一端系以金属小砣作垂直线以帮助观察石膏像的轮廓和部位；同时也用筷子作水平，衡量石膏像的彼此关系。我在太原成成中学则既没有学过木炭画，也没有采用过这些作画工具，一切都须从头学起。

有时画累了，我就到教室外的排球场走走。球场的旁边，在柳荫下有个小小的动物园，养着梅花鹿、老鹰和八哥，水池里养着鸳鸯、白鹅、鹈鹕和鱼鹰。在教室里作画就经常听到呷呷的鹅鸣声。如果走近八哥的鸟笼，它就自言自语地说："八哥讲话，八哥讲话。"

我在郭乾德同学的指导下，在这个教室内大约勤学苦练了一个多月的素描，在朱天庙里学画了水彩画、几何画……

考试的日期终于到来，阎丽川同前来投考的赵子岳也从山西回校。据说只招收20名插班生，而前来投考的则有100多人。挂出榜来时，我竟考了个第九名，真高兴。但这是要大大感激郭乾德同学的，要没有他的帮助真不堪设想。

曾经参加过鲁迅先生举办的"木刻讲习会"的郑川谷（当

时叫郑锺琴,已故),曾在兰州艺师任教的美学家洪毅然(当时名洪徵厚),以及当代的电影名演员赵子岳就都是和我同时考上插班生的。

开学了,我同甘肃和山东的两位同学在西泠桥旁租了一间平房住在一起。甘肃的同学名高拱星,山东的同学名房士圣。他俩都是新考入高班的插班生。一来我们都是北方人,来到江南有如同乡;二来又都是"选科生",不能住到学校宿舍去,只能跑校,所以住在一起了。他们在班上画油画,回来画国画。我虽然不画国画,但经常看他们画,对我也有影响,尤其是房士圣画荷花、画乌鸦给我留下深刻印象,这对我晚年画起花鸟画来可能有点关系。由于房士圣和国画老师李苦禅都是山东高唐人,所以李老师也常到我们住处来。这样,我和李苦禅老师也就熟悉起来。他在班上也教我们国画,我曾画了一幅乞丐图,他为我题词鼓励。当时,我每天在班上主要是画石膏像,画荷马、画伏尔泰……指导我们画素描的为方幹民老师,是留法学生。他性格文雅和善,不多讲话,但对我们的指导很认真。我曾见到过他画的油画,很有自己的风格,具有现代风。

然而,"跑校"也是一件愉快的事,每天吃过早点,从西泠桥出发,经过西泠印社,楼外楼,广化寺,中山公园……一边是孤山可爱的深绿,一边是湖上迷人的晨雾,我在柏油马路上观赏雾中的湖心亭、三潭映月……既好像在湖边游览,又好似在孤山下散步,很惬意地走到学校。那时校部在马路之南,而教室却在孤山山麓徐锡麟烈士墓侧。

开学后,我如饥似渴地埋头在艺术的学习中,当时,学校的艺术空气是崇尚西洋画的,因此我以最大的努力在教室里学习素描,在校外画水彩画。我爱西湖的山山水水、一草一木,在雨后的苏堤,初秋的孤山,晚霞辉耀的白堤,支起画架用水彩写生,陶醉在美丽的西湖风光中。

## 惊心的"九·一八"之后

然而,好景不长,"九·一八"事变的突然爆发,有如一声巨雷,惊醒了我的艺术美梦。蒋介石未动一兵一卒竟将东北大好河山奉送给日本帝国主义,学生们带着愤怒的心情要求南京政府出兵抗日,游行示威,进京请愿。祖国失地之痛和亡国之危,搞得我惶惶不可终日。

接着来的是上海的"一·二八"事件。十九路军的毅然抗日真够振奋人心。然而寒假中出现在我周围的很多在上海美专和新华艺专学画的东北流亡学生,却让我从他们口里知道了蒋介石破坏十九路军抗日的真情,令人非常气愤。早些时候也听到蒋介石杀害到南京请愿学生的消息,据说有的学生在南京遭军警刺伤后又被扔进秦淮河里,而国民党的报纸上却说是"自行失足落水"。真令人寒心!

"九一八"之后,我曾对南京政府抱着出兵抗日收复失地的幻想。但经过杀害请愿学生,又经过"一·二八"事件破坏十九路军抗日,我开始对蒋介石由失望而倍加愤恨了。我当时非常苦闷。

有些思想进步的东北青年,把身边带着的苏联革命小说《毁灭》和《铁流》借给我阅读,并介绍我读了进步书籍《世界往何处去》,以及胡愈之著的《莫斯科印象记》,林克多写的《苏俄见闻录》,对我大有影响。和他们的接近使我和同室的山东青年房士圣的思想起了很大变化。我们把拯救祖国的希望全然寄托在中国共产党和中国工农红军的身上了。

"九·一八"事变和"一·二八"事件虽然对同学们震动很大,但学校里还是照常上课的。由于我和同学们接触较多,也逐渐了解到一些艺术动向。虽然很多学生都在画油画,有的学习印象派,有的摹仿立体派,但也有"一八艺社"的胡以撰(即胡一川)、汪占辉(即汪占非)等同学在刻木刻。我在校部的大厅里也看到了挂在壁上的林风眠校长的大油画《摸索》《人道》和《平静》等,听说都是从法国带回来的。

当时学校里师生的油画作品,其内容大都画的是裸体模特儿,一个裸女谓之"习作",三个裸女在一起就谓之"创作",此外也就是画些西湖风景和香蕉苹果之类,终归都是脱离生活脱离现实的。只能在一本《一八艺社习作展览会画册》中看到胡以撰描绘人民生活的《饥民》和《流离》,以及汪占辉为纪念柔石等革命烈士而创作的《纪念五死者》。这些木刻作品今天看来虽还较幼稚,但在当时其创作意图是极为可贵的。

鲁迅先生为"一八艺社"习作展览会画册写的《小引》中说:"现在新的,年青的,没有名气的作家的作品站在这里了,以清醒的意识和坚强的努力在榛莽中露出了日见生长的健壮的新芽。

"自然,这是很幼小的。但是,惟其幼小,所以希望就正在这一面。"

这本画册我初到艺专时就曾见到过,像废纸似的堆在一个房间的角落里。据说在展览会上并没有和群众见面,就因为有鲁迅写了《小引》,被校方扼杀在摇篮中了。这不仅因为鲁迅当时很红,他们怕惹祸,同时也因为《小引》中说:

"中国近来其实也没有什么艺术家。号称'艺术家'者,他们的得名,与其说在艺术,倒是在他们的履历和作品的题目——故意题得香艳、漂渺、古怪、雄深。连骗带吓,令人觉得似乎了不得。"

这自然让校长林风眠看了可能感到不舒服。

由阎丽川介绍,我认识了住在广化寺的两位高班同学,他们都是选科生。其一名孙澍兰,是我的老乡——山西文水县人,另一位名葛康瑜,是安徽安庆人,他是美术史家邓以蛰的外甥。他俩住在一起,亲如手足。我常到他们住处。我对他们很尊敬,他们像对待小弟弟似地教导我,使我知道了很多艺术知识。他俩都画油画,受西欧浪漫派油画技法影响。葛康瑜画的女裸体色彩鲜艳,笔触流畅,与当时班上其他同学的油画迥然不同。听说孙澍兰曾创作过油画《流民》《倒悬》等作品,受到国画老师李苦禅的称赞。但他俩也都画国画山水画。葛康瑜画的一幅《不知秋已深,山中闻扫叶》至今还留在我的印象中。由于受到他们的影响,我当时也画起山水画来。他们对文艺复兴期的三杰——达·芬奇、米开朗基罗、拉斐尔崇拜至极,而对后来的写实主义巨匠米勒的作品也极推崇。他们能背诵很多中国古诗词,例如唐代诗人张若虚的《春江花月夜》,宋代词家秦观的《满庭芳——山抹微云》,就都是他俩推荐给我读的。可惜他俩在全国解放之前都先后早夭了,我至今都是以一种感激的心情怀念他们的。

1932年暑假后,我由选科生改为正科生,因为选科生固然也很自由,但毕竟不能住到学校的宿舍里,因此和同学们很隔膜。而且也不能在学校的食堂里吃饭,很不方便。

到这时,素描课就由画石膏像而变为画男女模特儿了,而且在课外也由画水彩画而改为画油画风景。我的第二幅油画风景即为老师所称赞,并作为优秀作品而留在班上。我对于自己的学业兴趣极大。

改为正科生后,我就离开西泠桥边的平房住到学校里,碰巧和刘萍若(即曹白)住在楼上的一间房子里。他比我小两岁,活泼伶俐,对功课勤学苦练,待人谦虚诚恳,同学们都喜欢他,把他当作小弟弟。

当时学校里有许多有钱的学生,他们穿西装,谈恋爱,讲阔气。而我是属于穷学生之列的,对那些阔同学不敢高攀。由于自己长得不漂亮,又穷,一种自卑感使我对恋爱之事想都不敢想。因此就一心一意投身于艺术之中。而刘萍若也是家贫,他穿着朴素,勤于学习,和我合得来。同他相处的日子久了,就发现他思想进步,办事很有能力,有见解,因此他虽比我年岁小,而我心目中倒把他看成大哥哥了。我俩亲如手足,遇事我总是听从他的。多少年后才知道他当时就是共青团员了。

我在家乡道美高小时就学会打网球，艺专有一个网球场，我改为正科生后也和同学们打网球。当全国网球冠军林宝华来杭州表演打网球时，我竟舍得花两块白洋买门票去参观。林宝华能用削球打过网而使球又自动跳回来，让对方接不住，我看了真佩服。

我们常于夜晚到图书馆看画册，从古希腊的雕刻直到近代诸流派，无不欣赏。从而提高了我的美术知识和欣赏水平，然而对中国的古代美术却较少兴趣。

## 拿起木刻刀

我住校后，无形中就和思想进步的同学刘萍若、叶乃芬（即叶洛）、孙功炎、萧传玖、洪天民、叶寒玉等人形成了一批仇视国民党的激进分子，敢于"粪土当年万户侯"。

阎丽川这时正博览群书，大有"绕树三匝，何枝可依？"之状，尚未能落足于马克思主义的树枝之上。但不久他也就转学到上海新华艺专去了。大概是嫌杭州的学习年限太长。

到1933年春二月，天气峭寒，当我们上李苦禅老师的国画课时，同学们因为手冷，搁起画笔，围着火盆聊天，我们当中有人提议组织一个纯粹刻木刻的团体，立刻就得到很多人的同意，经讨论定名为"木铃木刻研究会"。为什么叫"木铃"呢？杭州方言把"傻瓜"叫"阿木铃"，而我们这批思想进步的同学,在某些人的眼里认为是一群"阿木铃",所以就以"木铃"命名。我们的回答是:"是的,聪明的先生们,我们就是阿木铃。"于是在第一本《木铃木展》画册的开头说:

"以木造铃,明知是敲而不响的东西,但在最低的限度上,我们希望它总有铮铮作巨鸣之一日的。"

可真没想到,当年10月10日国民党因"木铃木刻研究会"而把刘萍若、叶乃芬和我逮捕后,法院的起诉书上竟说:"希望它总有铮铮作巨鸣之一日"乃"示无产阶级必有专政之一日也……"于是凭这句话就构成我们三人的罪状。这样的凭老爷们的主观上纲上线,倒真有点像多少年后"文化大革命"中"红卫兵"、"造反派"给老干部上纲上线定罪相似,多么可笑,真所谓"欲加之罪何患无辞"。

"木铃木刻研究会"之成立,决非偶然。"九一八"事变后,祖国的大片河山异色,中华民族处于危亡之际,有志的爱国艺术青年不甘心于再走"为艺术而艺术"的道路,要求为拯救祖国为人民而艺术。当时上海的革命文艺之风不时吹到杭州来。鲁迅先生极力提倡木刻,他于1929年以"艺苑朝华"的名义出版了两本《近代木刻选集》以及日本路谷虹儿和英国比亚兹莱的黑白画册,1930年又出版了《新俄画选》。尤其是同年出版的德国画家梅斐尔德的木刻《士敏土之图》对我们很有影响。况且"一八艺社"已被开除出校的胡以撰等同学就早已尝试刻木刻了。在这种历史背景下,我们就勇敢地拿起了新的艺术武器——木刻刀。

鲁迅先生在《新俄画选》的《小引》中就明确地指出:他之

多取版画的原因就在于"当革命时,版画之用最广,虽极匆忙,顷刻能办"。并说"'艺苑朝华'在初创时,即已注意此点,所以自一集至四集,悉取黑白线图。"

新兴木刻在中国之出现,不仅是一个新的绘画品种之诞生,更为重要的,它是继"五四"时期文学革命之后与革命文学同时兴起之"普罗艺术"。这与苏联十月社会主义革命在世界上获得胜利,以及1921年中国共产党之诞生具有密切的关系。而新兴木刻一经产生,就是在党的外围组织"左翼美术家联盟"领导和影响之下活动的,是属于无产阶级的革命美术。

其实,"木铃"成员的思想水平并不一致,有的也并非有志于为劳苦大众创造艺术,而不过为了好奇,觉得好玩。但以我们为主的不少同学却在读苏联的革命小说和马克思主义的哲学、政治经济学,以及苏联文艺理论家卢那察尔斯基和普列汉诺夫的《艺术论》。这些书正是我们的思想指导。

正在这时,西湖放映了苏联的电影《生路》和《雪花》,都是反映十月社会主义革命和其后人民的生活的。我们看了感到多么的新颖有力,多么的振奋人心!

我们当时仅模糊地知道无产阶级的新美术是新写实主义的,可是和旧写实主义有什么不同,以及艺术和政治的关系,新的艺术家对生活究竟应持怎样的态度等根本问题却弄不清楚。这些问题一直等到毛泽东同志《在延安文艺座谈会上的讲话》之后才彻底得到解决。我们所有的是热情和一些起码的进步思想,其中最宝贵的就是认为艺术不应脱离现实,不应脱离劳动人民,反对"为艺术而艺术"。

"木铃"所负的使命,在第一本《木铃木展》画册的开头写得清楚:

"……木刻是最经济、便利、而且更为普遍性的艺术。在德国,连环版画的流行,就像我们市上小书摊上的连环图画《七剑十三侠》《封神榜》一样地为下层民众所爱好,比之一幅油画专为上层阶级的人所占有,真是不可同日而语。

"站在研究和发展的立场上,尽我们的所能,贡献给大众,使大众能从这简单的东西里面得到些什么,这就是我们的目的。同时也就是我们对时代所负的一点稀微的责任。"

这些话是叶洛写的。

"木铃木刻研究会"成立时,我们知道必须在训育处备案,为了避免刺激训育主任张彭年的特务神经,我们这些激进分子就全没出头露面,而是将学校不注意的中间分子选为首脑,于是就选定张伯塕为会长、许天开为副会长,由许和当地铁匠铺接洽给我们打木刻刀,同时给大家买黄杨木板。一切办妥后,大家便开始尝试,都感到新奇,感到创造的欢喜。

这样约有两月,于1933年4月1日,我们就开了个木刻展览会,地址在西湖孤山本校第六教室。当时会员们都想出版一本木刻集,只是作品太幼稚,而且经济上也没办法,只好由大家自己动手来从事这个工作。记得当时是初夏,在飞虫萦绕电灯光的夜里,大家合唱着京戏"金沙滩……"地在干,一个饭厅被我们搞成一座小工厂了。

先是我们每人把自己被选出的作品手印120份,印好之后大家动手装订,可是多可怜,当时竟连个"蜈蚣机"也搞不到,只好买来铁丝,用剪刀剪成小节来装订。因为要在一夜里把120本装订出来,已经12点钟了,我们还在工作,心上缭绕着希望,大家兴奋着。虽然眼皮有点疲惫了,但因为是集体的劳动,大家感到无比的欣愉。赶完工时,我们才觉得手都给铁丝尖弄破了。

第二天,这120本《木铃木展》画册在展览会上出售,每本14枚铜元,这汗与血的果实仅两个钟头就告罄,以后还有人来买便买不到了。

当时在展览会上出展的木刻有六七十幅。这种纯粹是木刻的展览会,在杭州还是创举。在批评簿上也曾有不少人给以鼓励,给予我们以继续创作的勇气。

当时参加展览会和《木铃木展》画册中的作品,有许天开的《关外的反抗》、刘萍若的《卢那察尔斯基像》、肖传玖的《交涉》、郝丽春(力群)的《生路》以及叶寒玉的《小瘪三》,其他会员则有《工厂》《苦力》《劳动者》……我的《生路》是从一本外国画册上"偷"来的,就是把其中的人物改头换面之后刻成了木刻,正说明我当时尚无创作能力。

展览会闭幕后,我们便决定要加紧努力,在放暑假前开一个更隆盛的展览会。果然,到那时候便如我们所希望的实现了,1933年6月15日在杭州城内民众教育馆和"白杨绘画研究会"①联合展出。展品除"木铃"的六七十幅木刻外,还有油画、水彩、木炭画共计二百余件,一共展览了三天。当时又出

---

① "白杨绘画研究会"也是当时国立杭州艺专进步学生们组织的画会。

版了一本《木铃木刻集》,这回是由杭州一个印刷局承印的,用原版印刷。在《写在刊前》的序文里,再一次说明了我们的任务:

"……许多人说,现在艺术家的任务,不是尽在色和形的抽象上面用功夫。重要的还是在使艺术内容接近于大众,才是艺术自身的生命。不错,艺术的创作,是不能离开大众的,我们虽然尚未能把握到艺术的任务,可是对艺术的使命当尽我们的所能,来尽力经营。

"在压迫、欺诈、剥削、榨取种种人与人间的残酷行为之下的一般劳苦大众们,艺术早已和他们隔膜了,他们无从领受艺术的施予,他们无欣赏艺术的机会,他们挣扎于血汗辛劳之中还不能得到生活的安慰。但是新的时代已经展开了,艺术家再不应当隔绝他们,智识阶级者当把所有的贡献给大众,给他们以指示,给他们以自觉,从反抗斗争之中找求生路。"

这序文是同学叶寒玉执笔的。

当时参加展览会和《木铃木刻集》的作品,有刘萍若的《休息》和《小贩》,叶乃芬的《街市战》和《斗争》,许天开的《囚》《宝石山风景》,肖传玖的《憩》和《月台上的小贩》,郝丽春的《病》和《午餐》,房士圣的《猪猡之群》,以及其他会员的《到前线去》《失业》《饥饿》《散工》《五月之回顾》……

从这两次展览会上的木刻作品中可以看出,当时这些艺术青年是力求描绘现实生活题材的,尤其想描绘工人的生活和斗争,以此来表示作品的革命性。这种企图当然是好的。但可惜由于我们对其描绘对象毫不熟悉,加以素描和木刻的技巧还未很好掌握,因而这些多半凭想象和热情创作出来的木刻,就难免显得粗糙苍白,是极其自然的事。

鲁迅先生当年在给李桦的信中曾说:"现在有许多人,以为应该表现国民的艰苦,国民的战斗,这自然并不错的。但如自己并不在这样的旋涡中,实在无法表现;假使以意为之,那就决不能真切,深刻,也就不成为艺术。"这好像是批评到我们的作品似的。可惜当时"木铃"的会员们还得不到这样宝贵的教导。但我们把《木铃木展》和《木铃木刻集》都先后寄给鲁迅先生了。因而在1963年由人民美术出版社出版的《鲁迅收藏中国现代木刻选集》中能有"木铃"的七幅作品选入其中,这是要感谢鲁迅先生的。

我这次创作的《病》和《午餐》未曾再抄袭外国画家的作品。其中的《病》应算是当时较好的创作,虽然老太太的轮廓还有不准确处。当时会员们的作品较多受梅斐尔德木刻《士敏土之图》的影响,有的作品中的人物形象几乎是照搬梅斐尔德的。但也有一些作者描绘了日常生活中他们比较熟悉的事物,因而这些木刻就有一定的生活气息。

半年来的创作实践,使我们深深感到生活的贫乏和对现实主义艺术理论的无知,同时也感到在教室中所学的那套脱离现实脱离人民的资产阶级艺术观和绘画,同我们的创作实践多么矛盾。谁能相信我们一开始画人物连衣服穿戴以及衣

---

① 据说当时学校内已有国民党的特务组织。

纹也不会画呢,因为我们一天到晚画的都是不穿衣服的裸体。

这半年来,我们在一些毒眼的视线下工作着①,用苦干和自信在版画艺术的道路上起步,算获得了最初的现实主义艺术创作的经验,为日后在木刻上继续努力打下了可贵的基础。

## 参加"美联"

当年暑假期间我和刘萍若到"上海世界语者协会"学习世界语。原因是我们读了胡愈之著的《莫斯科印象记》之后,得知他是凭世界语访问了莫斯科的。于是我俩一时心血来潮,就下定决心要学世界语。世界语,是由波兰语言学家柴门霍甫创造的,像《国际歌》似的,后来成为联结世界无产阶级和进步人士的纽带。我们在"上海世界语者协会"认识了哲学家胡绳,他当时是"上海世界语者协会"的机关报《世界》(LAMONDO)的主编;同时也认识了语言学家叶籁士,他也是协会的负责人之一。不幸在学习期间我得了痢疾病,萍若把我送进法租界的广慈医院,他就先回学校了。我在医院得到他的来信,其中说:学校里成立了"美联"(即"左翼美术家联盟"),我也是其中的盟员了。但信中不敢写"美联",他用"美丽"代称,我回校后才知道什么是"美丽"。

九月初学校开学后,我们就过起"美联"的组织生活来。孙功炎、叶乃芬等都是其中的成员。"美联"虽为党的外围组织,但小组活动和党的小组生活无异,是非常秘密的。有时在孤山上的亭子内,有时在湖边的草地上,既不许相随到会,也不许会上作记录。当时曾讨论了国际大事希特勒纵火烧国会①,讨论了蒋介石成立了特务组织"蓝衣社",还讨论了中国工农红军的新动向。在"美联"的推动下,我和刘萍若在学校举办了"世界语学习班,"想借此联络同学,扩大进步思想影响。

当我们正预备重整旗鼓把"木铃"的工作大干一番时,在当年的10月10日早上,湖上的太阳还没露头,我们三人——刘萍若、叶乃芬和我,就在训育主任张彭年②和部分同学的暗算下被特务和警察逮捕了。鲁迅于1936年作的《写于深夜里》一文,其中的"童话"即根据刘萍若的《坐牢略记》描写了我们当时被捕的情况。

我们入狱了,"木铃木刻研究会"从此也就宣告了死刑。而我当初参加"木铃",则既没想到会因此被捕坐牢,更没想到"木铃"会决定了我一生的命运。但我应感谢"木铃",是它为我奠定了现实主义艺术起步的基础,是它为我开辟了走向革命人生的道路。四十六年后,于1979年冬我曾在上海的一次讲话中说:没有新兴木刻,就没有我力群。

---

① 1933年,希特勒派人火烧了国会,竟说共产党人所为,从而审判了流亡德国的保加利亚共产党的领导人季米特洛夫。
② 张彭年在全国解放后已被人民政府枪决了。

# 第二章　铁窗风味

## 在拘留所里

被捕了，我和刘萍若被双人铁铐铐在一起行进在马路上，象征着我俩共同的命运。我心里想：但愿我们永远走着一条像被铐在一起似的人生的道路。

在杭州柴木巷拘留所的牢房门壁上钉着三个犯人的名牌，上书"共党嫌疑犯"，下有三个很像女人的名字：刘萍若、叶乃芬、郝丽春。其实是三个风华正茂的男子汉——当时旧社会的反叛者。天黑时，学校里的同学给送来每个人的被褥。

人们说："上有天堂，下有苏杭。"在西湖过着浪漫艺术生活的青年，一旦落入囚牢，有如从天堂骤然掉进地狱。睡在跳蚤出没的木板地上，吃着有霉味的米饭，像动物园里的野兽似的被锁在阴暗潮湿的牢房中，实在不是滋味。

同牢中有一个小学教师，他把教给儿童唱的《小麻雀》歌教给我们唱,其中有"玻璃窗关得牢谁也不能跑,我的妈妈呀!……"

由于这支歌很像说的是我们,而不是小麻雀,所以我一感到闷,就含着眼泪唱起来:

"玻璃窗关得牢谁也不能跑,我的妈妈呀!……"其实应改为"铁窗儿钉得牢,谁也不能跑……"

一开始我是一口饭也吃不下去的,倒不一定因为有霉味,就是没有霉味也吃不下呀!你想,一个人从天堂落到地狱还能有胃口吃下饭吗?然而过了3天,就开始想吃了,难道是已经适应了牢狱生活了,也不是,而是真的饿了。

不知萍若和乃芬想什么,但当我呆呆地面对着铁窗外的一点蓝天出神时,就想起西湖,想起学校,想起同学,想起李小姝……

一天在暑假看榜的考生中,我看到一个穿黑裙的素雅女生,是一个窈窕淑秀的姑娘。

"榜上有你的名字吗?"我大胆地问。

"这就是。"她指着榜上自己的名字,腼腆地笑着对我说。我一看,是"李小姝"三个字。

"啊!你考上了,为你高兴!"我说。而她还是笑着。然而丘比特的爱情的神箭却暗暗射在我的心上了,从此我就默默地爱上了她。本来我是下决心不谈恋爱的,但现在却真像但丁在佛罗伦萨桥上和贝亚德里斯相遇而对她的单恋。这之后我每每在校门口看见她,就找话题和她说话。"搬进女生宿舍了吧?""你就是浙江人吗?"……从此我心上就有了一个时时想念的人。

在我们学校里,高班的同学总喜欢到新生的素描教室里为相识者改画。一天我大胆地走进新生的素描教室,站在李小妹的画架旁看她画石膏头像。她发觉后,离开座位红着脸小声说:"请你给我改……"

我坐下,拿起木炭条和面包,给她改轮廓不准之处,但总疑神疑鬼觉得有很多双眼睛在偷看我,有如很多讥笑的箭向我的背射来……

我沉浸在梦一般的回忆中。

"算了吧,不要再想你的李小妹了!"叶乃芬站在我的身后,看见我出神,对我说。我于是从甜蜜的美梦中清醒过来。我和李小妹的事,乃芬和萍若是早已知道了的。所以乃芬能洞察我此刻的心。

是的,想这些罗曼谛克的事是无聊的,必须回到冷酷的现实中,我明知李小妹不会爱我,何苦空想她呢!时间就是生命,我不能把青春白白地葬送在国民党的监狱里。于是见难友有《红楼梦》我就借来读,这是我一生中第一次阅读中国的这部杰出的小说。自然,一天到晚和贾宝玉、林黛玉……打交道,在监牢里的日子是好混的。

之后有人给一位姓唐的难友送来一本《圣经》。他不看,我也就抓起来看。

过去在太原街上也经常看到传教士讲《圣经》,我真是退避三舍,因为我最讨厌什么耶稣上帝的。仅仅是为了学英文才跟上同学到外国传教士家里读英文《圣经》(《Bible》)。在艺专时,偶读杂志,有人向青年推荐10本必读的书,其中就有《圣经》。现在我饥不择食,到底要看看这《圣经》有什么好处。我终于耐着性子读完了《旧约》又读了《新约》。才知道其中有有趣的神话,也有历史,也有小说,也有诗歌……《旧约》中的第一篇《创世纪》就使我深感兴趣。这真是意外的收获,作为一个艺术青年,怎么能不读《圣经》呢?西洋古代的大画家有几个不画亚当、夏娃?有几个不画失乐园?达·芬奇的《最后的晚餐》,米开朗基罗的《摩西》《大卫》,拉菲尔的《圣母像》,以及英国文学家王尔德的《沙乐美》……不都是描写《旧约》和《新约》中的题材的吗?我读了《圣经》之后,真感到得益匪浅,它使我学到了很多了解西洋古代美术和文学的知识。尤其是其中的《雅歌》,多么的美丽,可以和我国《诗经》中的情诗媲美。

为此,当1949年北平刚解放,我就去旧书店买了一本《圣经》。现在它还保存在我的书架内。

一天,我听到外面用皮带打人,一边打一边喊道:"你再来不来了?你再来不来了?"但从铁窗中又看不到。我想,难道还有甘愿到拘留所来的人吗?后来才知道狱卒打的是一个小偷。因为他屡释放屡作案,因此就放出去又抓进来,好像拘留所变成了他的旅店了。而我们却是绝不会放出去愿意再来这个鬼地方的。我们盼的是早日进正式的监狱,早日判"罪",这才有希望早日出狱。我们明白,我们是政治犯,不是小偷,既然进来就不会无罪释放的。

## 投入陆军监狱

果然,过了3个多月的拘留所生活,于1934年初春就把我们送进了杭州的陆军监狱。这之后就接到了起诉书,接到了判决书,最后又送进了"反省院"。像但丁游地狱一样,让我们3人经历了3处人间的地狱生活。而我却抱定了把监狱变为学校的宗旨。画画是不可能了,那就读书再读书吧。

起诉书来了,是因"木铃木刻研究会"而起诉的。其中说:"查张伯塤,许天开等所组织之'木铃木刻研究会',系受共党指挥,研究普罗艺术之团体也。被告等皆为该会会员……核其所刻,皆为红军军官及劳动饥饿者之景象,借以鼓动阶级斗争;在其《木铃木展》中说:'以木造铃明知是敲而不响的东西,但在最低限度上,我们希望它总有铮铮作巨鸣之一日的',乃示无产阶级必有专政之一日也……"

起诉书下达不久,就开庭审判。之后又下达了判决书,判决我们3人各有期徒刑2年6个月。

我们没有上诉,知道上诉也白搭。于是不久就送到反省院。

在陆军监狱期间,曾听老难友给我唱了一首《囚徒歌》,歌曰:

囚徒,时代的囚徒!

我们并不犯罪，
我们从那火线上捕来，
——从那阶级斗争的火线上捕来。
囚徒，不是囚徒，是俘虏。
坚壁和重门，
铁窗和镣铐，
锁得了我们的身，
锁不了我们的心。

这首歌给我以鼓舞，给我以力量，使我终生难忘。

## 在反省院里

来到反省院，还是监狱，不同的是每天还有老师来上课，课程有语文、三民主义、历史等……但我还是抓紧时间读书，所好的是这里还有个图书馆，竟有鲁迅的作品。

我在陆军监狱的3个月读了些什么书，现在已想不起来了，但在反省院却从图书馆里借阅了古代世界史与鲁迅的《呐喊》和《彷徨》。我和刘萍若住在一起，由于他对于《故乡》的赞美，我也一字一句地读了《故乡》。

"我想：希望是本无所谓有，无所谓无的，这正如地上的路；其实地上本没有路，走的人多了，也便成了路。"

《故乡》这一段话，特别为萍若和我所欣赏，它对我有多么大的鼓舞呵！

从此，我就爱上了鲁迅的作品，他的书成为了我在人生道路上的指路明灯。而这也是要感谢萍若对我的指引的。

经历了半年之久的"反省院"生活，终于宣布萍若和我可以出狱了。但要铺保保释，萍若靠难友的帮助找到了铺保，所以他先我出去了。而我一个北方青年，在杭州举目无亲，哪里能找到铺保呢？于是我继续在反省院住着。后来他们也知道我无法找铺保，就允许私人作保。凭萍若在外面的奔走，终于给我找到了一个不相识的乡长保我，条件是要我一幅画。于是在我出狱后送了他一幅已裱好的山水画作为酬谢。

这样，经过一年多的监狱生活，我终于在1935年的元月获得了自由。

遭受了长期监狱生活的痛苦，出狱后感到了自由多么可爱，有如从久处的暗洞中走出，看到了光明。但展视前程则不胜茫然。然而我没有悔恨，没有气馁，准备踏上未来人生的坎坷道路，并再次拿起木刻刀。

# 第三章　走入社会

## 在上海谋生

离开浙江反省院,我就和刘萍若去了上海,他的一位难友为他在北四川路新亚中学找到了教员的职业,而我却开始走上了失学、失业的人生道路。从此我就失掉了乐园一般的学校生活,迈进了旧中国的为生活而拼搏的社会。

未入狱前,我曾做过一种很不实际的美梦,梦想将来艺专毕业,当个画家,在中学教美术课,能有100多元的月薪,娶个美貌的姑娘,过着理想的幸福岁月。而今,一年的监狱生活无情地教育了我,使那些空想的罗曼谛克一扫而尽。现在我想,只要有20元月薪的工作,能吃饱肚子就很满意了。

萍若和我商量,在闸北租了一间小小的亭子间暂住下,因为闸北是中国地界,比租界内的房租便宜,但比租界内吵闹乱杂,我只好就在这里闲住着,再去"上海世界语者协会"

学习世界语。在此结交了一些新朋友新同志，其中如樊慎咸，他不但愿和我接近，而且还借给我苏联作家的《铁流》阅读，有时还在他家吃饭，使我感激。同学中还有萧军和萧红，但我还不知道他们是《八月的乡村》和《生死场》的作者，所以我们未曾交谈，而是后来才知道的。

有空我就在亭子间里看《铁流》，刻版画，等待着命运的安排。我虽然因为刻木刻而坐了一年多的监牢，但并未因此而灰心。我到北四川路内山书店买了几把木刻刀和一块小小的麻胶版，第一幅就刻了《三个受难的青年》。这既是对我们三人入狱的纪念，也是一年来的恶梦似的生活的回顾。因为画手铐不易看出，所以改为"身在缧绁之中"。当时上海的革命画坛正流行比利时木刻家麦绥莱勒的作品，我在内山书店高兴地买了他的一本木刻连环画册《一个人的受难》，其中有鲁迅写的序言。《三个受难的青年》本想学习麦绥莱勒的刀法刻制，但学不成，感到很难学。于是就刻成了现在的样子，未敢向报刊投稿。与此同时还刻了一幅木刻名《在病床边》，是在反省院时起的稿。不知怎的后来竟出现在当年《译文》终刊号的封面上，而《译文》是向来不发表中国木刻的，而我也未曾向《译文》投寄。

当时有一位朋友，劝我到"上海职业介绍所"登记，碰碰运气，我就照他的好意去办了。这事为萍若所知，他认为是毫无希望的。所说的这位朋友，和我们曾有一段不平凡的历史，他名窦祖麟，是我和萍若在杭州艺专举办"世界语学习班"时所请的义务教师。当时他在杭州的航空学校学习，由"上海世界语者协会"介绍而相识,和我们一见如故。我们被捕后,"世界语学习班"自然停办,而窦祖麟的情况如何,就不得而知了。当我们3人由拘留所解到陆军监狱时,从一面铁窗里发出"哈罗"一声,我们抬头一看,是老窦,始知他也受牵连而入狱了,经拷打审讯后终于无罪释放,可航校已不能再住,于是在上海住了复旦大学。我们来到上海后在"世界语者协会"重逢,多么高兴。

## 和刘萍杜同居

1935年的春节来临,萍若要我到江苏省武进县农村他的家乡去过年,并说:"你去看看我的大妹,如果你喜欢就嫁给你。"

我带着欣赏寒冬江南乡村的闲情和分享萍若亲人欢聚之乐的心情,从常州车站下车后,又乘汽车来到黄土,而后步行到江阴的曹庄。曹庄是萍若妈妈的生地。爸爸本姓刘,后以招女婿的身分来到曹家,儿女们就都姓曹了。但萍若又过继给大伯,所以又姓了刘。大伯死了,留下两个守寡的伯母,住常家头村,属武进县。这里离江阴的曹庄只有四里之遥,所以我来后就让我住在常家头。

一路看到腊月天辽阔萧条的江南田野,以及萍若家园的绿色竹林和如镜的池塘,都使我感到胸怀舒畅。当我俩进入院中时,看到一个农村姑娘正在箩面,她认出是萍若后,就连忙走近我们,叫:"阿哥回来?""这就是大妹。"萍若对我说。

接着又对大妹介绍说:"这是我的同学郝先生。"大妹向我含笑点头,微有羞意。我看到她穿着农家的土布衣服,留着剪发头,具有健康的身体和大方不俗的举止,感到和山西农村姑娘大不相同,我觉得可爱,像在山野里看到的一朵野花。

大妹这时才16岁,不像我曾经单恋过的李小妹似的有小姐气。她是放牛娃,一字不识,但朴实天真,热情开朗,讨人喜欢。我预感到我这一辈子不会有好日子过,需要一位能吃苦耐劳的妻子,而大妹正是意中人,因此我心里就选中了她。

我在她家住的期间,她热情地给我洗衣服,还给我做了一床很厚的新被子。

萍若告我,他已和大妹谈过了,对她说:"郝先生喜欢你。你就嫁给他吧?"大妹红着脸点头,没吭气。

我们为她取名刘萍杜,从此就叫她杜妹。而按上海话,大妹即"杜妹"。后来杜妹果然成了我的终生伴侣。而她后来也由一个放牛娃成为一位共产党员、革命干部。

这时萍若的妈妈已去世多年,家中只有老父、大哥、大嫂、姐姐……在萍杜的婚姻问题上,只有萍若说了算。

但当我们在狱中时,杜妹却由三姐作媒许给了她婆婆家的堂弟了,而且还接受了人家的彩礼。为此在一天晚上萍若请来三姐的公公在常家头谈判此事。我已睡在小楼上了,杜妹坐在我的床边。他们在楼下讨论,但我一句也听不懂,而杜妹侧耳细听,听到三姐公公说:"退亲可以,那就把40元彩礼还我们……"然而萍若家里拿不出,我也拿不出。杜妹知道退婚遇到了困难,就伏在我身上哭泣起来。正在这时,她的伯母从楼下走上楼来,而楼下的谈判也结束了。

事后萍若对我有所安慰地说:"不怕,我有办法。"

从武进归来,不久春天就光临上海,而我的心上却早已从武进带来了春天,一个可爱的姑娘,占有了我的心,这就是杜妹,她使我怀念,她给予我以希望。当每晚睡在她为我制的红花被面的棉被中时,就使我难于入睡,"悠哉悠哉,辗转反侧"。

一天竟然意外地收到了"上海职业介绍所"的通知,上面说"景艺广告公司"要招考绘图员,要我去应试。竟没有想到"景艺广告公司"的主任是我的杭州艺专同学蔡振华,他在学校时是图案系的高材生,现由他负责录取人员。当时投考的共3人,录取2名。使我惊异的是居然有一位在上海美专任教的画家来投考。考试科目是画橱窗设计、写美术字。我在橱窗的设计图上画了一个美女,给老板潘光俊看时说:"阿郝画的这个女人为什么是愁眉苦脸的?"(我当时仍以郝丽春之名应试。)我想:糟了,老板不喜欢我的画,大概没有希望了。可能是因为我当时出狱后心情不佳,所以画不出喜笑颜开的俊脸吧。但也可能是由于我画惯了饥寒交迫的人民,还不善于画秋波含情的笑貌。正在这时,有一个外国人拿来些小牌子,要求在上面用油漆写英文字,而公司里的其他绘图员都不愿干,说不会用油漆写。于是蔡振华对我说:"阿郝,你试试看。"其实我也没有用油漆写过英文小字,但我为了争取录用,只好耐着性子用心把那些牌子写完,由此而被老板所录取。此外还录取了一位名叫赵正权的,而那位上海美专的教员竟没考上。姓赵的是久吃广告画这碗饭的,穿西装革履,很神气。在老板面前吹得很响,因此给月薪25元。而我却穿蓝布大衫和布鞋,又不会吹,因此老板只给20元。然而姓赵的却画不过我。有时有些画他画不来,要我画,我就奚落他说:"你赚25元,怎么让我画?"他只好陪笑求情。可后来我俩的关系很不坏。

世界上的事真是很怪的,我在学校里学的是绘画,很瞧不起图案,但现在却要靠画图案而谋生。从此我就喜欢逛马路,目的是为了看各种的橱窗,作为我学习的功课。这也好,后来我也就对图案、对工艺美术有了浓厚的兴趣。而且这对于我所从事的版画艺术也大有好处。

我现在既然有了职业,就在法租界贝洛路租了一个小小的亭子间,和萍若商量好,他就把杜妹从乡下接来,我们就算结了婚。他告家里人说给杜妹在上海工厂里找到工作了,于是她就离开了乡下。我们的结婚是极其简单的,既没有给萍杜做一件新衣裳,也没有请客吃酒,也没有买一包喜糖送朋友。家里的全部家具就只是租来的一张铁皮双人床和借公司的一套桌椅,统统放在这个不到十平方米的房间里还绰绰有余。这就因为我们穷,而萍杜是全然理解的。

这之前,我从闸北搬到公司的职员宿舍里住,不花钱,在公司吃饭也不出伙食费,现在成立了小家庭,就由杜妹做饭,我在家里吃。我们的生活很清苦,不敢买肉吃,所以就经常吃青菜烧豆腐。白天在公司画广告,晚上回家就教萍杜读书识字。我要培养她成为一个有文化的妻子。

当年我在太原成成中学读书时,由母亲一手包办让我和一个不识字的乡下小脚姑娘结了婚。婚后两人无爱情,我入狱后趁机逼着父母和她离了婚。现在和我自己挑选的姑娘结了婚,虽然还是乡下女郎,还是文盲,但她没有缠足,具有美好的性格,我是很满意的。

后来我们由贝洛路搬到西门路,虽然还是亭子间,但房子宽大了。由于生活和工作的忙碌,未能再刻木刻了,可有时在礼拜天还画水彩画。有一幅画的是窗外的街景,我自己很满意。

这时我们家除了萍若和窦祖麟外也没有其他朋友来。可有一天却有一个中学时代的同学来看我,他是从北平法商学院的裴鸿昌处得知我的地址的。裴是我中学时的好朋友,一直和我有书信往来。来者就是荀兆瑞,现改名为李嘉森,山西霍县人,是我的同班同学,又是一起离开成中同车到北平的。口头上说他是从天津来上海做生意,其实是来上海做地下工作的。他曾给我看过后来蒋经国于1936年1月在列宁格勒《真理报》发表的《给母亲的一封信》。信上说:"母亲,您记得否?谁打了您?谁抓了您的头发,把您从楼上拖到楼下?那不就是蒋介石吗?……"写这封信时蒋经国还是苏联的共产党员。

李嘉森几次对我说:"又搬家了,搬一次就要损失一些财物。"这,我明白,总是有特务盯梢了。

他曾有意介绍我入党,但终因他的被捕而未果。全国解放后,他曾和我在北京相会,后来在"文革"中被造反派打成重伤,终于死去。因此,我特别痛恨十年浩劫!这是后话。

在景艺广告公司工作,对我来说也是一种学习,学写美术字,学在三合板上画各种广告式的美人以招揽顾客,有时也到商店摆橱窗……

一天蔡振华告我,静安寺路的一家咖啡馆嫌我们画的橱窗不好,要我去看看。没想到我进门后说明来意,店员劈头就骂我"侬各猪猡……"我作为一个有体面的知识分子吃这种无礼和污辱,真受不了。回去后告知同事,一位姓冯的给我献策,说:"我告你个报仇的办法。哪一天你装着去他们店里吃咖啡,故意刁难、找事挑衅,骂他一通,他也没有办法。"但我并未如此无聊,不过从此也知道我在十里洋场的地位,恐怕比瘪三好不了多少。

当年7月景艺广告公司因敌不过帝国主义的企业而倒闭,我征得父亲同意带着萍杜回到家乡。当时父亲已从山东夏镇盐店告老还乡。

## 回到太原

从上海回到太原,先找了一位当年成成中学的训育主任薄右丞老师,求他为我找工作,他当时是阎锡山省政府的参事。他介绍我去见另一位参事杜任之。我到杜任之家登门拜见,他穿一身笔挺的西装很严肃地接见了我,问了我的学业和所长。我没敢告他曾因刻木刻而入狱。杜任之当时向阎锡山领了一笔款,筹建了"西北剧社"和"艺术通讯社",通讯社出版一种《文艺舞台》杂志,让我作美术编辑。这两个单位都是为了宣传阎锡山的"按劳分配""物产证券"等骗人的主张而建立的,而我们却希望宣传抗日。

我向杜任之请了一个月假,把萍杜送回灵石家乡。一月后我把她安排在灵石女子高级小学读书,我即回到太原。萍杜回到家里,父母很高兴,都喜欢她,而她也能和家人和睦相处,我很安心。

我于9月间回到太原,在精营东边街一个院子里住下,认识了剧社社长张季纯。据说他曾是大革命时代的共产党员,但在当时不露声色,而仅以一位从上海归来的戏剧家出面。

离别5年后的太原,使我感到了生疏。我曾去拜见当年的赵缵之老师,想在太原学校里兼点美术课,老师表示为难,我也就不再祈求。

由"上海世界语者协会"介绍,我认识了太原的世界语者韩白罗,他当时在同蒲路上工作,但对太原的进步文艺界非常熟悉,而他自己也是文艺界的一位活跃分子。由韩白罗介绍使我认识了《山西党讯》报副刊《最后一页》的编辑史纪言和王中青。《最后一页》是太原的一个进步报刊,我经常在上面以力群的名字发表杂文、木刻。从此"力群"就成为我的正式名字了。我改名,在出反省院时就曾和萍若研究过。"力群"近似"丽春"的音,但无"丽春"的女性味了,而又有致力于群众的内涵。"丽春"之名是我童年时一位私塾老师给起的,不知他为什么给我起了个女人名字。况且"郝丽春"已存入国民党的监狱档案中,不便再用了。

我在《最后一页》上发表的杂文有《子恺先生的慈悲》,木刻有《拾垃圾的孩子们》《寒夜里的清道夫》《抵抗》等。木刻在当时的太原是一种时髦的美术品,编辑们很愿意发表。韩白罗告我,在8月间曾由金肇野和唐珂负责将"全国木刻联合展览会"的作品在太原海子边展出,可惜我未能目睹。看来当时太原虽无从事木刻的作者,但文化界对木刻已很不生疏。

在韩白罗的支持下,我于当年12月21日至23日在太原中山公园"太原公会"内举行了"力群个展",展出木刻34幅,钢笔画5幅,铅笔画4幅,水彩画12幅,木炭画8幅,中国画10幅,但影响不大,因为当时正掀起"一二·九"学生抗日运动不久,人们无心思看我的展览会。

1936年初,"西北剧社"和"艺术通讯社"一起从精营东边街搬到新址新南门外,是一家地主的院宅,还有花园,我很满意这个地方,既宽敞又安静。在这里我时常能收到朋友从北平寄来的共产党的出版物《人民之友》,而据我所知张季纯也收到这个刊物,而且还给杜任之传阅。我只知道杜任之是留德学生,是学哲学的,关于他的思想状况却一无所知,但他竟阅读《人民之友》,使我注意。

在此期间我曾给上海出版的由王元亨、马子华编辑的《文学丛报》作了两期封面,一期的上面配以装饰木刻《静物》,一期的上面配以装饰木刻《鸟》。后来艾青在延安看到《鸟》,称赞说:"并不比法国木刻家的作品差。"此外《文学丛报》还发表了我的木刻《三个受难的青年》和《拾垃圾的孩子们》。当我于1936年夏再到上海去《文学丛报》社拜望他们时,由周而复和田间同志接待我,请我在一个小馆里吃饭,对我

说 为他们作封面非常感激,但由于穷付不起稿费,很抱歉。从此我就认识了作家周而复和诗人田间。

来到新址后,我就于春暖花开时节让杜妹从灵石来,参加了"西北剧社"学演戏,这样她就和我经常能在一起。

这之前红军为了抗日从陕北东渡黄河进入山西,太原即时掀起白色恐怖,阎锡山到处捕杀共产党人和进步人士,出入城门都要看是否挂着"好人证",搞得人人自危,惶惶不可终日。

一天杜任之来到剧社,很慌张地对张季纯说:"快把《人民之友》烧掉……"从此我认定杜任之是好人。1981年当湖南人民出版社出版了《鲁迅诞辰百年纪念集》时,公开了杜任之纪念鲁迅的《永不磨灭的印象》。此文原以杜力夫之名于1961年10月19日发表于《人民日报》。许广平曾写了一篇《读"永不磨灭的印象"》,根据这篇文章,知道杜任之于1927年就参加了中国共产党。"文化大革命"后我到北京去看他,杜任之告我:经造反派调查已证实他是第三国际的共产党员。据我所知,抗日战争时代他曾被王世英同志吸收为单线共产党员入党。后来更知道他曾作为共产国际的太原通讯员,用外文发了很多宝贵的情报。历史证明杜任之不仅是好人,而且是最可尊敬的好同志,他已于1988年11月在北京不幸逝世,享年83岁。

这之前我曾给鲁迅先生写过信,当他从曹白(即萍若)的信中得知我在太原的白色恐怖中平安无事时,曾在给曹白的信中说:"关于力群的消息,使我很高兴。"这说明鲁迅先生对我是很关心的。

当年高尔基号召写"世界的一日",茅盾响应他的号召,决定1936年5月21日为"中国的一日",向全国征稿。我根据当日在太原郊外所见刻了一幅木刻名《采叶》应征,描绘春天到来,穷苦人家以树叶充饥,度过春荒。其刀法是摹仿苏联版画的刻法的。当我后来托曹白把《采叶》和其它两幅木刻寄给鲁迅先生时,鲁迅先生回信说:"郝先生的三幅木刻,我以为《采叶》最好;我也见他投给《中国的一日》,要印出来的。《三个……》初看很好,但有一避重就轻之处,是三个人的脸面都不明白(指《三个受难的青年》)。"

我在"艺术通讯社"后期,就和远在广州的李桦开始通信,他寄给我《现代版画》,我也曾以一幅《静物》在上面发表。《现代版画》发表的作品都是手印原作,所以无法大量发行。当时李桦已用中国传统的水印套色法制作木刻画,乃中国新兴木刻采用水印的滥觞。《现代版画》的作品,不像上海当时的木刻讲究革命性,符合于鲁迅先生的要求,即不要"一下子即将它拉到地底下去",所以易于在社会上存在。但李桦给我的来信也曾提出:国难当头,不应再刻窗明几净之类的题材了。

1936年的6月里,"西北剧社"和"艺术通讯社"因阎锡山不再出钱而宣布解散,我决计再到上海。于是让萍杜再回灵石上学,我独自南下。路经北平住在法商学院的学生宿舍里,因当时我的好朋友裴鸿昌还在法商学院上学。他们正组织"六·一三"学生游行示威,要求国民党停止内战一致抗日。我帮他们写标语口号，也忙起来。裴鸿昌嘱我不要参加游行，说万一被捕不好营救，因我不是北平学校的学生。而我却坚决要参加，于是就紧跟着他共同参加了这次盛大的游行示威。"九·一八"之后我曾在杭州艺专参加过多次的游行示威，要求蒋介石收复失地。这次是脱离了学校生活之后第一次参加学生运动。被军警冲乱队伍后曾于一个木铺的院里不意中会到不少成中时的同学，像在战场上会到故人。几次集合几次被冲散，但我和裴鸿昌总算安全回校而未被捕，事后听说有把被打伤的学生送进医院。

"六·一三"后我曾到北海公园去游园，看到日本兵在园内上房戏闹，有如北平已成为他们的国土，令我气愤，而且当时朝鲜人已在北平大开鸦片烟馆，我深感一种亡国气氛。

在北平会到了热心搞木刻运动的唐珂和金肇野，虽初次见面，但一见如故。后由金肇野送我到天津海口购轮船票去上海。我上船后，尚未起航，金肇野找来一块木板和木刻刀以及高尔基的像片，要我赶刻一幅高尔基木刻像，说这位无产阶级的世界大文豪于6月18日在莫斯科逝世。我遵命在船未离港时刻好。如此之快的刻制木刻，是一生中第一次。但究竟在报纸上印出后效果如何，金肇野一直没让我知道。

为了少花船费，水手作为走私把我安置在鱼仓里，鱼仓即轮船之地下室，白天黑夜都开着电灯，因那小小的圆窗户只有碗口大，难于透进阳光。仓内充满了鱼腥臭，很不是滋味，但这也算是一种生活的体验吧。

18日黄昏后，船从天津港口开出，19日上午到烟台，我上岸散步,有如来到异国,所见多洋人。站在海岸的高处向大海远眺,这才真正领略了海的辽阔和伟大。我是有生以来第一次观海,感到新奇而心怀舒畅。这之前,在中学时代,我只是从阅读冰心女士的《寄小读者》时随着她的描写而欣赏海的情调,而今我竟然亲自看到了祖国的大海,多么的高兴。

船离烟台后,即由黄海航入东海,而我也就开始晕船,从碗口大的窗洞望着那黑绿色的海水,愈加感到发呕,就这样我从烟台海域一直呕吐到上海吴淞口外。我躺在床上,有如身染大病,既不能进食,也不敢动弹。偶尔向圆洞外望望,能看到如雪的浪花和银鱼齐飞,或有白色的海鸥在绿色的海面上惊鸣。但晕船晕得我连一点观赏海景的兴味也没有了,更不敢上到甲板上去享受海风的吹拂。我只希望着船能早到上海,脱此困境。大约7天后船到吴淞口外,说也奇怪,当我一看到大陆时晕船就好了,也不吐了,精神也恢复了。但这次航行却真为大海所征服,使我一生中既爱大海又怕大海。

## 重返上海

我来到北四川路新亚中学,正是暑假来临,萍若接待我同他住在一起,像当年在杭州艺专时我们住在一个房间里一样,感到了友情的温暖。我们在一起谈艺术,谈文学,谈苏联版画,谈他和鲁迅先生的书信交往,有时也谈起杜妹,我告他杜妹又回灵石上学去了。萍若这时已用"曹白"之名和鲁迅先生通信良久,后来他发表文章也一直用此名。我们从鲁迅先生的诚挚的来信中不但得到了教益,而且受到鼓舞。

我在他这里刻了木刻《日寇武装走私》《流民》和《鲁迅像》。萍若为鲁迅先生的《花边文学》刻了一个封面。当他把《鲁迅像》寄给先生时,回信说:"李桦诸君是能刻的,但自己们形成了一种型,陷在那里面。罗清桢细致,也颇自负,但我看他的构图有时出于拼凑,人物也很少生动的。郝君给我刻像,谢谢,他没有这些弊病。但他从展览会的作品上,我以为最好不受影响。"我感到是对我的莫大鼓舞。之后《鲁迅像》便发表在上海著名的《作家》月刊上。

一天我从新亚中学出来,步行到苏州桥就突然晕倒了,于是雇了一辆黄包车回到新亚,这说明我在木刻上的努力而有损于身体了,萍若便制止我再埋头刻画。

这次来上海,由萍若介绍我认识了江丰、野夫、马达、陈烟桥、新波、沃渣诸木刻家,江丰和野夫正编辑《铁马版画》,也是手印原作本,我曾投稿。新波从日本归来不久,他送我一把小三角刀,一生作为珍品。

我和萍若非常欣赏鲁迅先生当年5月发表在《夜莺》月刊上的《写于深夜里》,不知读了多少遍,感到是《纪念刘和珍君》《为了忘却的纪念》之后的最感人的文章。我们之所以对此文特别感兴趣,一方面由于它是对我们入狱的纪念,同时也是鲁迅先生对国民党迫害中国青年的有力抗议。我特意看了萍若写的《坐牢略记》,对照之下,发现鲁迅先生采用此文时增加的描写使文章特别生动而有力、有如画龙之点睛。如特务检查宿舍时,西装朋友说:"谁吃你的母亲?……我们吃你的母亲？好！"鲁迅先生加上以下的话："他凸出眼珠,好像要化为枪弹,打了过去的样子。"之后又加上："但他并不把眼珠射出去……"后来当描写警察时又加上"警察的一跳好像老虎……"虽事隔50余年,但重读鲁迅先生此文,仍能记得他在《坐牢略记》上增加的光彩照人的描绘。

　　我常到"上海世界语者协会",有一次碰到了中学时代的同学车国宝,现改名为车敏瞧了,告我他住在上海西郊季家库,并说那里的房租很便宜,而且是平房,如果我愿意可和他们住在一起。他也是世界语者,现正搞拉丁化运动,出版一种拉丁化新文字的报纸名《我们的世界》。这样,当新亚中学暑假后开学时,我就搬到季家库和车敏瞧等人住在一起了。当时和他同住的还有山西同乡文敏生和姚理平。他们都是垣曲县人,后来知道车和姚都是逃避阎锡山的追捕而来到上海的;文是从河南确山来,也因无法在确山存在而流亡在此。车敏瞧后来和我曾在延安会面,他当时在延安党校学习。全国解放后曾参加人民志愿军在朝鲜作战,后来被人民解放军晋升为少将。他是老年网球比赛场上的战将,我们已两次在全国老年人网球比赛场上相遇,谈起往事不胜怀念。文敏生后来参加了新四军,文化大革命后,曾任邮电部部长之职,现是中央顾问委员会委员,我去北京有时还在他家作客。姚理平一直在山西工作,曾任省科协副主席,现已80余岁,身体颇好,我们住在一个大院。他离休后开始学习画画,很努力,真是老当益壮。

　　季家库是农村,附近都是住茅屋的老百姓,我们把他们作为猪食的长南瓜买来和长豆炒在一起作为菜食，感到很可口。我们很少买肉，过着清贫的日子。我在这里住着也刻木刻，也画速写，也为《我们的世界》画漫画，为车敏瞧写的新文字读物画封面。后来知道附近住的不少青年都是世界语者和搞新文字工作的。其中除了编《世华字典》的周庄萍是湖南人而外，大都是陕西人，我们彼此都有来往。

樊慎咸当时在大夏大学读书，和老车也认识，有时也来找老车，所以我也常见他。他也为《我们的世界》报纸帮忙。

当年的"九·一八"纪念日在上海举行了声势浩大的游行示威，要求国民党停止内战，一致抗日。我们全室的三个人都参加了，所幸无一人受伤被捕。上海和北平不同，北平的游行队伍全是学生，而上海却任何市民都可自由参加，所以队伍在一瞬间就扩大了。我看到当巡捕把我们的人捕上囚车时，在广大示威者的包围和群情激愤下他们被逼只好把人放出来，显示了群众的力量。这次参加游行的还有我的一位女朋友，名陈舜玉，在和巡捕撕斗时，她的衬衣被撕破了。我为她未曾受伤、被捕而胜利归来庆幸。提起陈舜玉还有一段不平凡的故事：当我在太原"西北剧社"时，一天上街归来，贾克同志告我："刚才有两位摩登小姐来找你，给你留了个纸条。"我很纳闷，猜想不出她们是何人。第二天按纸条上的地址去找，果然是两位摩登小姐，其一名陈舜英，另一位名贾庭修，都在工厂里工作，是世界语者。据说是想通过我了解太原的世界语情况，多结交些世界语的同志。后来估计其实是想找共产党的组织关系，但我当时还不是党员。我告她们剧社的人说有两位摩登小姐找我，她俩笑笑，对我说为了不被人注意不得不穿戴得讲究些，我表示理解。但我离开太原后，她俩也就到了河北深县的染织工厂工作，和我书信未断。陈舜英把她在上海工厂里工作的妹妹介绍给我，这就是陈舜玉。一天她给我一信，是她姐姐写给我的，问我为什么好久不给她们写信。我去信说："不瞒你们，由于穷，有时连邮票也买不起，所以少来信……"不久陈舜英给她妹妹寄钱时，就顺便给我寄了20元。当陈舜玉把钱交到我手里时，我既感激又惭愧。我当时生活在上海这个人与人的关系冷若冰霜的世界里，只因为是思想上的"同志"，就彼此关怀有如涸辙之鲋，多么令人感动。我在同志们给予的这种难得的温暖和支持中，既感到生活的不孤单，也得到了鼓舞和力量。后来知道抗日战争爆发后陈舜玉是晋察冀边区的第一任女县长。而从延安组织部的同志那里得知陈舜英和贾庭修都是晋冀鲁豫边区的共产党员。全国解放后始知陈舜英和刘建勋结婚，刘建勋曾于"四人帮"弄权时期任河南省省委书记。陈舜玉后来是农垦部副部长张林池的夫人，"文革"后我曾到北京去看望过她和她的姐姐陈舜英。可惜贾庭修很早就去世了，而陈舜英在前些年也离开了人间。她们在我的记忆中留下深刻印象，将永远使我怀念。

从10月初开始，我和江丰、野夫、新波、曹白、林夫、陈烟桥诸同志在上海法租界八仙桥青年会布置"第二回全国木刻流动展览会"，当时弄不到镜框，仅有衬纸，用图钉一一钉在墙上，开幕后就轮流看守。这次展出了我的木刻《鲁迅像》《日寇武装走私》《流民》等作品。10月8日下午我去"上海世界语者协会"为他们写标语,没想到鲁迅先生竟带病来到会场,由曹白、新波、陈烟桥等陪他参观,并由摄影家沙飞为他们拍了照,留下了可贵的历史纪念品。当我回到会场时新波对我说:"你到哪里去了?鲁迅先生来看展览会,刚走。"我未能和鲁迅先生会面,竟成了终生的遗憾。因为他11天后竟与世长辞了。

事后曹白对我说,鲁迅先生看了他亲手培育起来的新兴木刻艺术在展览会上出现了那么多的好作品,他非常高兴。他虽然和曹白通了那么多信,但还是第一次见面,当他回到家里时告许景宋说:"我今天看到曹白了,是个小鬼!"在他想来曹白不应是如此年轻(当时仅有22岁)。这是后来景宋先生告诉我们的。

## 于悲痛中为鲁迅画遗像

10月19日早晨,我刚起床,还没有穿袜子、刷牙,就看到一辆银灰色的汽车停在我们的门口。接着是一阵紧急的拍门声,同房的同志都受惊了,以为来逮捕人。开门后,才看到来的是曹白和日本进步作家鹿地亘的夫人池田幸子女士,他们带来了不幸的消息,说鲁迅先生在5点25分逝世,要我马上去画遗像。池田女士是我已经认识的朋友,此刻她那一向带笑的美丽的容貌为愁云所笼罩,曹白陷入痛苦中。我急忙带上纸和木炭条跳上汽车一直到了大陆新村鲁迅先生的家里。在车上曹白低声地唱着《国际歌》,池田和我一言不发。

一上楼就看到我们敬爱的导师静静地睡在瞿秋白同志送他的床上①。一床被子覆盖着他安详的遗体,过去从照片上看到的他那"横眉冷对千夫指"的锐利的目光,现在掩盖在深闭的眼帘之下,那熟悉的浓重的黑胡须增添了消瘦了的面容的慈祥感。在这慈祥的容貌里令人感到他那"俯首甘为孺子牛"的精神。战斗了一生的中国精神界的主将和战士,现在是疲惫地长眠了。全屋笼罩着悲哀,萧军伏在桌上痛哭,在场的还有周建人、胡风、黄源以及鲁迅先生的日本朋友鹿地亘、内山完造。景宋先生含着眼泪接待客人。窗台上放着内山送给鲁迅先生的一缸红色的金鱼在悄悄地游动。墙上挂着一幅鲁迅先生喜欢的苏联木刻——毕珂夫的《拜拜诺娃像》,她在静静地凝视着躺在床上的鲁迅先生。我含着眼泪用颤抖的手画了4幅鲁迅先生遗容的速写,曹白也在画。不久日本奥田杏花牙科医生来,用石膏浆涂在鲁迅先生的脸上,为他翻面型。这时已经是午饭时分了,我和曹白在鲁迅先生的图书室吃了午饭。下午送先生的遗体到万国殡仪馆。此后我参加了守灵,并和广大群众一起唱着"哀悼鲁迅先生……"的挽歌送葬。在送葬的行列前领先的有我们尊敬的宋庆龄、蔡元培、沈钧儒……等先生。到了万国公墓门口,由我搀扶着周建人先生到墓地,在追悼会上聆听了宋庆龄先生的悼词。曹白在下葬时嚎啕痛哭……50多年过去了,当时的情景犹历历在目。

记者是消息灵通的,当日的上海各报除以显著地位报导了鲁迅先生不幸逝世的新闻外,同时也报导了"木刻家力群赶往画像……"很多报纸都转载了《作家》月刊上发表的我刻的《鲁迅像》。

鲁迅先生是我最尊敬的中国作家,在木刻艺术上他也是我们的导师,他的人品和作品都为我无限崇拜。当我被黑暗压得透不过气来从而苦闷与彷徨时,读鲁迅先生的杂文就给予我蔑视黑暗战取光明的力量。然而我始终没有看到活着的鲁迅。但又总觉得他像我的一位知心的老朋友——通过他的小说、杂文、诗词、书信,我是那样地熟悉他,了解他。他永远活在我的心里,他的人品和作品将永远是我做人和作画的榜样。

当年11月我和江丰、野夫、新波、陈烟桥、曹白、沃渣、林夫等组织了上海木刻作者协会,发表宣言拥护共产党提出的联合抗日的主张。

## 到美商柯达公司作绘图员

算来我从山西来到上海已有5个来月,过着失业的生活,身上的钱也快花光了。一天看到报纸上登载着"上海杂志公司"招聘绘图员的广告,要求先寄给他们广告性的绘画作品。我去信自我介绍之后说:"在你们门市部摆的《文学丛报》杂志封面是我画的,《作家》月刊里的《鲁迅像》是我刻的,如同意我来贵公司工作,请即来函。"不久杂志公司的老板张静庐先生来信同意我去,答应每月工资20元。这样我就很容易地找到了职业。这里的工作并不多,所以一个月后我就由蔡振华介绍去"美商柯达公司"广告部应试(蔡当时在上海商务印书馆画广告),同去应试的还有景艺广告公司时代的赵正权。我们都被录取了,每月工资35元,彼此又成了同事。我这时白天到圆明园路柯达公司上班,夜里去杂志公司为他们作画,两头干。但这日子并不长,不久就被张静庐所辞退,理由是公司生意不好用不到我了。这样我就一心在柯达公司工作下去。

柯达公司有一半是美国人,其余都是华人,虽在同一公司工作,但美国人领的工资是美金,中国人领的工资是国民党的法币(1元美金可当3元法币)。等于同样数目的工资中国人少得美元的三分之二。连一个看门的"白俄"也是每月领取美金,可以看出殖民地人民和殖民者之间的不平等。

柯达公司的广告部一共有五个绘图员,都是华人。我们和美国人一样,上下班都要在门口打钟签到,有如卓别林在喜剧影片《摩登时代》里所表演的。打钟是资本家采用的先进的管理方法,钟前有一美国妇女看守。早到迟退打在自己卡片上的字是蓝色的时辰,迟到早退打出的就是红色的时辰。老板根据红色的多寡月底按时扣除薪金。这样就没有人敢于迟到早退了。

曹白这时由于鲁迅先生逝世后守灵、抬棺、送葬等活动为校方所注意,他感到不便再在新亚中学工作了,所以就辞职离去。而我这时也正在"上海杂志公司"找到工作,离开沪西季家库,在静安寺路附近租了一间亭子间和萍若同住在一起,这样我去杂志公司和后来到圆明园路上班乘电车也都方便。

在12月左右我即让萍杜从山西来上海，为我们处理家务。萍若这时已不再搞美术创作了，专门写作，并和一位世界语者蒋齐生（韦伦）一起学俄文。

我根据在季家库生活时画的速写刻了一幅木刻名《收获》，后发表于胡风主编的《生活与学习》丛刊上。胡风以我的木刻作封面，并以《收获》作为该期丛刊的书名。鲁迅先生逝世后，我们在治丧工作中和胡风熟悉起来，事后他曾到我们的住处来看望我们这些文艺小兵，真使我俩受宠若惊，感到他真是平易近人。

当年的12月12日中国发生了震惊世界的"西安事变"，张学良和杨虎城把蒋介石扣起来，要求停止内战一致抗日。我为此万分高兴，真希望能把蒋介石处死大快人心。但事后不久就知道这种感情用事的想法是非常错误的。因为如果把蒋处死，中国就会掀起大的内战，谈不到抗日了，只有对日寇有利。

"西安事变"后山西的政局有了很大变化，抗日的力量在发展，进步的知识分子大有用武之地，车敏瞧和姚理平都回了太原，文敏生也去了河南。

1937年的春节来临，我和萍若、杜妹回武进乡下过年。杜妹离家已快两年了，她的归来使全家欢乐。我上次来时还是作为萍若的朋友作客，而这次却以女婿的身份参加新年的团聚，分享了杜妹和亲人相见的欢愉。岳父是作为招女婿从刘家来到曹家的，而萍若却又过继给他的伯父，所以姓刘。后来的笔名曹白则又是采用了母亲的姓。岳父在曹家当招女婿是被人另眼看待的,他善良勤劳,沉默寡言,但从面容和态度上能看出他内心的欢喜。大哥和大嫂以及萍若的伯母都表示出看到我们的高兴。我和杜妹去看了大姐、三姐的家,她们对我的亲热使我难忘。

春节假期结束,我们3人从武进回到上海,我继续去柯达公司上班,等待着"西安事变"之后中国时局的新的变化,期望着国共两党合作共同抗日的一天的到来。归来后,曹白写了散文《夜行人手记》。不久我们就从静安寺路搬家到跑马厅附近的孟德蓝路同裕里六号的亭子间里居住,这里有较清静的环境。

我每每清早来到"柯达公司",广告车间尚空无一人,独自站在窗前,凝视外白渡桥后面各国领事馆的国旗在蓝色的天际徐徐升起,其中苏联的斧头镰刀红旗特别吸引着我,它骄傲地在各个帝国主义国家的国旗中迎风飘扬,给予我多么大的鼓舞和希望。我想,苏联的今天就是中国的明天,红旗总有一天会在中国的大地上到处迎风飘扬。但不知这么一天何时能够到来,这自然需要斗争,需要流血。我把这种希望全然寄托在中国共产党和中国工农红军身上了。

# 第四章 抗日战争爆发

## 参加救亡演剧队

"七·七卢沟桥事变"的消息传来，不久又爆发了上海"八·一三抗战"。"九·一八事变"以来日夜以求的一天终于到来，我不知有多么兴奋。

站在柯达公司广告部的窗前就能看到闸北的漫天烽火，时紧时松的枪炮声不绝于耳，我的心在怦怦地跳动。犹如潮水似的难民，源源不绝地从闸北携儿带女肩挑行李衣物涌入租界。在圆明园路我看到无家可归的难民所抛弃的死婴……敌人给中国人民制造了多么大的灾难。

柯达公司紧临火线，听说"大板"到马尼拉避难去了，公司已无法照常营业，大批裁员，我也在被裁之列。美国资本家很大方，给被裁者都多发一个月的工资。

不久我就和广告部的一位爱好音乐的青年——赵定保

一同参加了由戏剧家李实领导的"上海救亡演剧队第六队",撇下杜妹到浙江嘉兴、吴兴一带做宣传抗日的工作去了。第六队的消息是樊慎咸告诉我的,我们一起都参加了这个演剧队。曹白当时和赵朴初等人共同在做难民收容所的工作。在这里曹白写了一些很出色的报告文学《这里,生命也在呼吸……》等,发表在胡风主编的《七月》上,后来出了一本集子名《呼吸》。

在浙江农村,我们的活动是演出广场剧《放下你的鞭子》,有时在茶馆里通过谈话、歌唱、讲演、图画等方式向农民宣传防空、防毒、防汉奸的重要常识,有时也帮助农民挖防空壕。但我作为一个北方人,农民听不懂我的话,我也听不懂他们的话,深感苦恼。而且生活是很苦的,夜里和樊慎咸等人一起睡在寺庙里,没蚊帐,虽然烧着野草制的蚊香,可也很难驱走猖獗的蚊群。但我工作的劲头却是很大的。

一天,我高兴地收到了杜妹从上海寄来的信:

**亲爱的群:**

盼望已久的信终于收到了,知你平安无事,工作顺利,很高兴。也告诉你一个好消息,你走后不久,我便参加了何香凝领导的救护伤员的工作,现在每天不是在马路上募捐,就是为战士做口罩,有时去红十字医院慰劳伤员,或到伤兵医院看护伤员,忙得很,但是忙得有意义。你不用惦念我,集中精力搞你的宣传工作吧。

《立报》与《抵抗》寄上,你的大作登出来了,恭喜!恭喜!

祝你安好。

萍杜　九月十七日

一个目不识丁的放牛娃,三年来经过文化学习竟能写出如上的信,我看了多么高兴,如果她在我的身边,一定要拥抱她。在吴兴农村曾看到江丰,他参加了"战地服务团",我们的相见犹如在战场上的相逢,倍感亲切。

使我难过的是樊慎咸因接得母病的家书而离队了,我和他自上海南站出发就是一直睡在一起的,他的走,使我顿时觉得自己孤单起来,像失去了什么似的。他那文弱的书生体质这次经受了农村艰苦生活的考验而未曾叫苦,给我留下难忘的印象。

我们的演剧队所到之处有嘉兴、双桥、乌镇、南浔、湖州等地。

一月后我离开浙江农村回到上海,亲眼看到了中国飞机轰炸日本战舰误落在"大世界"门前的一颗炸弹所造成的死伤惨状,真乃血肉横飞,惨不忍睹。

## 来到安庆

一天突然收到由安庆省立第一民众教育馆许鲁加(即诗人鲁黎)拍给江丰的一份电报,要他到安庆作美术工作。因为江丰当时离开上海时把通信处设在我家了,我马上给鲁加回电说明江丰在浙江过的是流动生活,无法告知。如欢迎我去我可以来。鲁加回信同意我去。可这时京沪路被敌机炸断了，我和杜妹只好绕道杭州改乘公共汽车到南京，然后乘江轮到安庆。

路经嘉兴时，前面铁路又炸断了，我和杜妹只好下车住了旅馆，可刚住下，附近就落了一枚敌人投下的炸弹，窗玻璃全震碎了，我们差点被炸死。

到了杭州，住在里西湖一家旅店，曾去母校，由老同学卢鸿基接待，同杜妹参观了教室，同学们正在画模特儿，引起我对旧时学生生活的怀念与羡慕之情。

之后与萍杜又坐公共汽车到南京，再乘江轮到安庆。

当时的安庆是安徽省的省会，地处长江边，虽在江北，但仍有江南风味。我来安庆后，未曾有日机轰炸，较安静。

民众教育馆的馆长名张登寿，福建人，和鲁加为同乡，是国民党的一位较开明的官员。我去之后，让我参与小报《人人看》的编辑工作，并让我主编木刻画刊《铁军》。他很放手，《铁军》的出版不仅是我的倡议，而且刊名也是由我定的，我干得心情舒畅，不辞辛劳，又写文章又刻木刻。

到安庆后，我想让杜妹再上学，因为她的知识太不够用了，即使在中学里旁听也愿意。但就因为她在上海做了些救亡工作，某中学竟不敢收她。为此我写了一篇散文——《杜妹的罪行》，叙述了此事的经过，发表于胡风主编的《七月》杂志上。

鲁加是江丰的朋友，我们一见如故，一切工作都受到了他的帮助和支持而得以顺利开展。不久就有从"上海新华艺专"和"上海美专"来的王曼恬、林尉文、刘建庵等思想进步的美术青年参加民教馆的宣传工作,萍杜和他们在一起,不久就彼此成为志同道合的朋友,我非常高兴。

我来到安庆后曾给父亲去信,告诉我和萍杜的情况。后接得父亲自山西来的信,说家里经过一段逃亡生活后,在我的朋友温一斋的帮助下,让两个妹妹都参加了随营学校。我听到之后无比高兴。我想两个妹妹之能够离开父母参军,真是日本人把她们"逼上梁山"了。

我主编《铁军》期间,创作了木刻《抗战》《受难的同胞》《为战士赶寒衣》《这也是战士的生活》《敌机去后》等木刻,均在《铁军》上发表。来安庆后我就感染上痢疾病,这些木刻有的是在病中刻的,有的是病愈后刻的。我自幼就多患痢疾病,高小时患过,1933年和萍若在上海学世界语时又得过,到反省院不久又患过,过去医生说是"阿米巴"病菌,而这次医生说已不是阿米巴病菌了,多少年来我真为痢疾病所苦。

我来安庆后不久,真没料到老友葛康瑜来看我,我真高兴,给他看我的木刻作品时,他对《收获》倍加称赞,说有法国画家米莱的风味,看到他就使我想起当年在杭州艺专时包括孙澍兰在内的友情。全国解放后,听说他去世了,这次相见,竟成为永别。

南京于当年12月13日陷落后,安庆危急,我们就转移到皖西的太湖县。这之前我的老朋友李实及其爱人李葳也从上海来到安庆,参加了我们的队伍,我非常高兴。我们先在太湖县做了一段宣传工作,然后就于1938年的1月24日进入太湖的山间分散蹲点,向村民作抗日宣传工作。王曼恬和刘建庵等分配到弥陀寺,许鲁加、李实、李葳等分配到牛凸岭,我和萍杜、林蔚文还有一位老李分配到竹林咀。太湖县是内战时红军徐海东部活动的区域,现在山顶上还遗留下当时国民党围剿红军时修建的碉堡。我们在太湖县曾参加了一个月的军训,在北门外的广阔的沙河上演习了散兵线、攻击、冲锋以及实弹射击等军事活动。接着我就根据军训教官和我们的接触写了一篇歌颂红军的短篇小说《他们全开到前线去了》,后来发表于胡风主编的文艺杂志《七月》第八期上。胡风认为这是一篇"速写"。

我和刘萍杜、林蔚文住在竹林咀小山庄的礼堂里。我们访问农家,并为集训的壮丁队教唱歌、讲抗日战争的形势和游击队杀敌的故事。有时也给妇女和儿童教唱歌,并给各村贴壁报画宣传画。教唱歌是林蔚文的事,我和萍杜都不行。我们都叫林蔚文为"阿林",后来他就索性改名为安林。他多才多艺,为人和善有趣,同他生活在一起非常愉快。他会弹吉他,会打弹弓,我们曾吃过他用弹弓打的斑鸠、松鼠。阿林是越南西贡市的华侨,老家是福建人,真没想到他于1933年回归祖国后,因参加共产党领导的游行示威,要求国民党出兵抗日,竟被送进监牢。在狱中住了两三月,直到该年11月蔡廷锴等成立"福建人民政府",才把安林释放出来。于1935年考入上海"新华艺专","八·一三"后离开学校来到安庆,又和我们来到太湖。我们三人经常在一起工作,一起散步,一起爬山。我很喜欢他讲故事,讲他的身世,讲他的监狱生活。我们之间的友情,使我常常怀念他。

太湖山坡上在苍绿的松林里培植伏苓,清澈的河水中流动着黑色的铁砂,竹林掩映着荒村,白云亲吻着青山,我们在这样偏僻幽静的环境里愉快地度过了1938年的春节。春节后于元宵节参观了当地群众的提灯会,听到了他们唱悦耳的山歌。但这里毕竟是森林郁郁的大山中,有时也有狼来吃老乡的猪,但我们未曾遇到过。

我在竹林咀期间抽空读完了一本苏联A·李昂吉叶夫的《政治经济学讲话》,得益良多。

然而好景不长,战争的失利,逼使安庆省立第一民众教育馆不得不结束工作,于是我和刘萍杜、刘建庵、安林四人在1938年4月7日当太湖山间春暖花开时离开了这个可爱的地区向武汉转移。先坐汽车到宿松,而后又坐独轮人力车经湖北黄梅、孔垅,然后乘小船达小池口,再乘渡轮到九江,又由九江搭英国"隆和"轮船于4月13日12时到武汉。

## 在武昌第三厅

我是从未来过武汉的,正像这之前从未到过安庆一样。到这里有如回到上海,感到了大都市的繁华和杂乱。来到汉口,我们找到木刻家马达,他在这里搞了个"木刻人联谊会",地址在一个停了课的依仁小学校里,又搞木刻训练班,又代售木刻刀。我们来到之后,不论萍杜和我就都以学生的课桌为床而住下来,我即投入了联谊会的工作。除了刘建庵和安林,还有后来在晋察冀抗日根据地英勇牺牲了的陈九等同志,也都成为我们在一起工作的木刻伙伴。我们白天忙于刻木刻,搞工作,夜里就闲聊,无所不谈,生活虽苦,但也苦中有乐。

1936年西安事变,促进了国共两党停止内战联合抗日,形成了抗日民族统一战线。抗战开始后,蒋介石委派他的亲信陈诚为军事委员会政治部部长,任命共产党的领导人物周恩来为政治部副部长,下属三个厅,任命左派人物郭沫若为第三厅厅长。在郭沫若厅长领导之下,下设艺术处美术科,曾给马达安排了一个少校科员的位置,但他不想去做官,而要我代他去上任,他愿把全部精力放在筹建"中华全国木刻界抗敌协会"的工作上,而且木刻训练也离不开他。

刘建庵和安林都劝我接受马达的意见,并希望我上任之后每月能拿出一部分薪金给联谊会,作为筹备"中华全国木刻界抗敌协会"工作之需。我经过再三思考,想到萍杜也应有个安身之地,终于同意了他们的要求。于是就和马达一同到武昌第三厅去会见厅长郭沫若和艺术处处长田汉。

当时还无长江大桥,由汉口到武昌要坐渡轮过江,我和马达下了渡轮来到三厅,首次郭沫若厅长和田汉处长的见面。这样,我就到美术科以马达的名义上班领薪金。每月薪金约150元,我每月拿出50元给"联谊会",马达他们也满意。

第三厅美术科的科长为徐悲鸿,但始终没有到任,未曾和他见面,由画家倪贻德代理。科员有李可染、王式廓、叶浅予、赖少其、王琦、罗工柳、冯法祀、卢鸿基、力扬、常任侠诸画家。和我在美术科同桌办公的为赖少其和冼星海、张曙。由于音乐科人员少，所以就把冼星海和张曙安排在美术科与我们同桌办公。冼星海最怕敌机，警报一响他就和我拼命找防空洞藏身，使我难忘，而张曙却在出差湖南时竟被敌机的炸弹炸死了。

在武昌昙花林我和罗工柳、杨筠、卢鸿、基力扬、常任侠、王文秋、萍杜分男女宿舍住在一个楼内。这样我便结交了一些新朋友。

昙花林后边就是一座小山，山上为浓密的树林所掩盖，房后有一条小路可通山顶。在那里能够看到宽大的长江向东流去，也能看到对岸的汉口……我曾和萍杜在半山拍了一张最为满意的照片，是朋友安林给拍的，现在看到这张像片，就使我怀念当时的生活。

由于李可染和力扬（原名季春丹）都是我在杭州艺专时的老同学，所以我们来往较密。李可染常来我们住处看力扬，我们谈论艺专往事，谈论艺术问题，使我受益非浅，例如他说绘画构图应尽可能"空当中占四边"使我迄今不忘。

当时李桦在第五战区工作，他因公来武汉，我和马达同他愉快地相见，他穿一身军装，俨然是一位威严的军官。我们研究了筹建全国木刻协会的事宜。这次是我和马达同李桦的首次相会，而我和他却在1935年就有书信往来了。

当年的6月6日在武汉隆重地成立了"中华全国美术界抗敌协会"。成立大会由国民党官员张道藩和田汉主持，我应邀参加了这次大会。由于大会对木刻未具应有的重视，我起立发言,指出木刻对抗日宣传工作的贡献,引起主席台上张道藩对我的注意,他忙问身边的田汉:"发言者为何人?"田汉告诉了他。投票时我被选为理事。木刻家被选为理事的还有李桦和马达。其他画家被选为理事的有林风眠、徐悲鸿、丰子恺、吴作人、刘开渠、叶浅予等共四十三人。名誉理事为蔡元培、冯玉祥、张道藩、郭沫若、何香凝、田汉等共十人。

当年的6月12日下午,筹备已久的"中华全国木刻界抗敌协会"终于在汉口培心小学宣告成立,到会50余人,由我作主席,做了筹备经过的报告。后来想,这个主席实应由马达来做。只因他当场推辞,要我做,我就接受了,很不应该。大会选出理事20人,其中有马达、力群、李桦、赖少其、沃渣、野夫、新波、陈烟桥、罗清桢、罗工柳、卢鸿基、刘岘等。共产党的《新华日报》发表了大会的详细报道,给予支持。这是中国新兴木刻在鲁迅先生的培育下于1931年诞生以来第一次成立的全国性组织,我们大家都为完成了一件重大任务而欢愉。

我在三厅工作期间,画了一套描绘难民生活的连环画,还画了一幅妇女为前方送子弹的色粉画,参加了三厅为纪念"七七卢沟桥抗战一周年"而举办的展览会,并负责出版了一本活页《抗战木刻选》。

在这期间我在胡风主编的《七月》上发表了散文《微山湖》《太原郊外的碉堡》等。并负责为"全国木协"出版了《全国木刻选集》,并手拓了十余本《力群木刻选集》。

鲁迅先生逝世后,文艺界只有胡风先生可称中国新兴木刻的知音,对木刻工作热心支持,他手里保存了一二百幅木刻作品,我负责出版《抗战木刻选集》和《全国木刻选集》就是向他借的原作制版的,现在忆及仍对他深怀感激。当时胡风先生也住在武昌,我时常去看他,在他家里曾会到日本作家鹿地亘及其夫人池田幸子,看到他们我很高兴。由胡风介绍让我认识了艾青、萧红、端木蕻良等著名诗人和作家,当时萧红和端木蕻良已同居,而和萧军离婚了。我不仅在胡风主编的《七月》上发表散文,还发表了木刻《这也是战士的生活》等作品。胡风虽为文艺界的大作家,但待我如好朋友,不在我面前摆大作家的架子,所以我愿意接近他。曹白当时的爱人刘平咸由上海到武汉时,他请她在饭馆里吃饭,还邀请我和萍杜相陪,深感他对文艺青年的爱护与关怀。应该说我的文学兴趣和写作胆量是胡风先生所培养的。

一天有人告我,军事委员会政治部副部长周恩来到三厅视察,我立在路旁等待他的到来。我总算看到他了,他穿着一身草绿色布料军服,浓黑的眉毛,目光炯炯有神,后面跟一位带驳壳枪的警卫员从我身边走过。这是我第一次看到他,我为能目睹这位久仰的英雄人物而兴奋,他的朴素而威严的仪表给我留下极为深刻的印象。

# 第五章  参加抗敌演剧队

在三厅的数月,我深感生活的优裕和安逸对我的不利,日子长了将会使我满足于享受而失掉飞翔的能力,因此一听到戏剧科的光未然同志说要组织10个演剧队到各大战区做宣传工作的消息后,我就向他提出要参加其中的"抗敌演剧队第三队"。因为这个队是要到第二战区活动的。第二战区包括山西和延安,我很想看看战时的故乡,更想去看看延安。我下决心要离开三厅,不为三厅的高薪而留恋。我愿像一只苍鹰在海阔天空中飞翔,而不愿像一只百灵鸟在笼子里过优裕的生活。

在我参加三队之前,刘萍杜就与画家胡考、陈依范一路去了陕北,我安排她先到旬邑"陕北公学"学习,待我将来到延安后再和她团聚,而胡考和陈依范是要到延安去的。

当时在武汉,进步青年和知识分子间形成了一股"延安热",都想尽各种办法走向延安,有如教徒之朝拜圣地,后来罗工柳、杨筠、王文秋、马达、王式廓……也都先后到了延安，投向了光明。三队是由共产党领导的，以光未然为党代表。他同意我参加三队后，就给我发了张入党申请书，我填表后，已决定让我过小组生活了，但又因我在表上写明曾经被捕入狱而暂停，说要经过审查再决定。因而这次未入成。

我了解光未然，是在三厅艺术处举行的一次小组座谈会上，不知怎的竟把我和他分配在一个小组里，记得讨论的内容是关于世界反法西斯战线的问题，小组里有一个人发言不同意这种观点，我想他一定是国民党，或者是派到三厅的特务。光未然同他辩论，凭我的政治嗅觉，我感到他一定是共产党员，我发言时支持了光未然的观点。从此我就靠近他。而且当时戏剧科的科长洪深教授也很听光未然的话，这就使我越加尊敬他。

等到我决定参加三队，他给我发下入党申请表来，就证实了我的观察是正确的。

## 向"决死二纵队"进发

"抗敌演剧队第三队"是1938年9月9日离开汉口的，每个队员都发了一身军装，一副武装带，为上尉军官的装扮。我们的目标是到山西前线去。参加三队的还有李实及其爱人李葳。我和李实是第三次在一起作抗日宣传工作了。

离开武汉之前我和马达把协会的工作和公章等都移交给身在重庆的理事，因为武汉即将难保，马达也准备去延安。

三队都是些活泼可爱的男女青年，大家过着紧张的生活。我当时26岁，就算是年龄大的了。和他们在一起感到愉快，感到自己好像又回到了学生时代，不像在第三厅接触的大都是些官员。

三队离开武汉就向西安进发，火车到河南郑州车站，空袭警报就呜呜地吼叫起来，司机迅速将火车倒开出站三里多地，车上乘客立即跳下车厢，向两旁田野散开，刚刚卧倒，飞机就在头顶上扔下炸弹，我爬在田里听到炸弹在天空徐徐作响的声音，感到死神的来临，炸弹在我们不远的树林里爆炸。事后看到一个农村妇女的屁股被弹片炸破，我们的女同志给她进行了包扎急救，她在哭泣。我估计弹片可能还在肉里，那就得动手术挖取，可这已不是我们的女同志所能办的事了。

## 路经西安

"三队"于9月16日来到西安，国民党以自己人对我们进行接待。说来好笑，三队有二重性，以国民政府的演剧队面目出现，却为共产党所领导，有如白皮红心的萝卜。到第二战区的任务，除了演出宣传鼓舞抗日外，就是做统一战线的工作，团结各党各派抗战到底。据说这是周恩来同志的指示。可是到后来也终于被阎锡山的特务所怀疑，不少队员为梁化之所逮捕，有的党员经严刑拷打而未吐真情，所有的被捕队员在监牢里的表现都很好，受到了同志们的尊敬。

我们在西安演出了话剧《军民合作》等节目，并参加了西安各界举行的纪念"九·一八"七周年募寒衣的宣传活动。我和队员金浪、庄言等美术组的同志同"中国漫画家协会西北分会"的朋友们,联合举办了漫画和木刻的街头展览。展出作品300余幅,其中就有我编印的《抗战木刻选》。十天之内,观众有一万多人。

到西安后,光未然同志就要我向队员们教授世界语,因此每天上一小时的世界语课。

三队在西安时,给每人做了一件黑羊毛皮灰布面军大衣,队员们穿上非常高兴。

10月22日我们乘二战区司令长官部西安办事处派来的两辆汽车离开西安向山西进发,与我们同车的还有冼星海同志,他是去延安鲁艺的,车到洛川,他就和我们分手。路经黄陵我们曾下车参拜,这是我一生中难得的一次谒黄陵机会。

三队于10月25日的晚上在中途陕北洛川演出之后得知武汉失守的消息,队员中约有半数以上家在武汉,或在武汉上过学。大家心情十分沉痛,许多女同志都哭了。

## 渡过黄河

三天后离开洛川往宜川进发。在宜川住了一宿并为群众演出《军民合作》等节目,第二日即东进。山高路窄,不能走汽车,改为步行,幕布等行装由毛驴驮着。当天来到黄河天险壶口,远远就听到如虎啸一般的咆哮声,到得岸边,看到那浑浊的黄水从百丈悬崖直泻而下,溅起无数浪花和水珠,形成壮观的大瀑布,令人感到有"黄河之水天上来"的气势。在奔腾叫嚣如雷鸣的声浪中,喷起了如云的水雾,在太阳光照耀下出现了彩虹。当晚到达圪针滩。次日全体队员又在船夫的富有战斗情调的号子声中乘大木船渡过了黄河。如果没有这次切身的生活感受,诗人光未然就写不出著名的《黄河大合唱》的歌词,而冼星海也无法为这些感人的歌词谱写出反映中国人民抗日激情的撼动人心的伟大乐曲。

过了黄河我们就来到山西吉县,第二战区司令长官阎锡山在文城村接见了我们。

令人高兴的是碰巧第二战区的副司令长官,也是八路军的总部司令朱德来吉县,我们全队和当地的干部聆听了他的一次讲演,地址在一个山村的坡地上,这是第一次瞻仰我所尊敬的八路军首长。他穿一身灰布棉军装,讲一口川话,其仪态有如一个老农。他在讲演中说:"山西是山西人民的山西,哪个也背不走……"这显然是针对阎锡山说的,当时八路军在山西敌后抗日,阎锡山很不放心。

我们在吉县曾参加了"民族革命大学"为三队举行的欢迎会。我在民大看到了杜任之和杜心源,杜心源曾在太原成成中学给我们讲过普罗文学,印象很深。他们曾邀我在民大工作,我婉言谢绝了。但我却为民大的校刊写了一篇歌颂故乡在前进的散文。

离开吉县我们就来到桑峨,为国民党陈长捷的骑兵61军进行慰问演出。一天三队一位名叫蒋旨暇的女同志向我挑战:"力群,你敢骑马吗?""你敢骑我就敢骑!"我大声回答。

接着是蒋旨暇的一阵咯咯的豪爽的笑声,"算数!"她说。其实我并没有骑过马,尤其是策马飞驰,但由于不愿在女同志面前示弱,所以就应战了。

经联系后,就有人陪我们去马号,记得当时除了我和蒋旨暇外,还有队长徐世津等同志也跟来了。我紧抓马鬃,踏镫上马,接着就是飞一般的奔跑。我们的女英雄也不示弱,与我并排驰骋。"你真行!"我说。骑了好一阵,大家就勒马回营,靠上帝保佑总算没有被马摔下来。但当我送马回槽时,接马的马夫惊慌地说:"你怎么敢骑这匹马呀!它的外号叫'土匪'!"说得我非常后怕。这可真不是玩的,光未然同志后来在决死二纵队骑马不慎坠落,竟将左臂骨折。令人难过的是,我离开三队后,我们的女英雄蒋旨暇竟于1941年因病死在河南渑池县常村,她是因割痔疮消毒不严而感染致死的,她是三队的党员。我是多么地怀念她呵!她那豪爽的笑声似乎还响在我的耳际。

## 病在大宁

行军至山西大宁,我就病倒了,据医生说是副伤寒,三队的人马都向决死二纵队所在地的隰县泉子坪去了,把我留在大宁县城里的一个土窑里,派李实同志护理。他为我到街上买饭、买水果、端尿盆、扶我上厕所……我发高烧,人事不省,只是"杜妹!杜妹!"的叫喊,队里都为我准备后事了。待病情稍有好转,李实即归队,又由姜小平同志来看护。后来又由在前线决死纵队民运科工作的我的二妹——郝力英来护理。她来时我病得不认识她了。至后我认出来时,看到她一身军装多么高兴。她在随营学校毕业后就分配在民运科。她来后我还是天天叫"杜妹!杜妹!"经常喊"二妹"也喊成"杜妹"。说明我的神志还不太清楚。后来好些了,想吃酸菜,力英就到老乡家给我找来了酸菜。敌机来了,还要把我抬到附近的防空洞里……这都是事后力英对我说的。

当我能行动时,才清楚地看到大宁山上的松林和满山白皑皑的积雪。呵!已经是冬天了。

由于发生了敌情,当地干部就让老乡们用担架把我抬出大宁整天在雪地里走,一村转一村地换人抬,由我妹妹跟着,一直抬到隰县决死二纵队所在地。

来到隰县泉子坪,看到了三队的队员们使我真高兴,他们说已经准备给我写追悼文了。我知道这次生病真是死里逃生。应该感谢三队对我的关怀和李实同志对我的精心看护。

## 前线生活

来到决死二纵队,就像回到了灵石家乡,我看到很多老朋友、老同学,其中就有张文昂。他是我们灵石张家庄人,当1927年我从家乡到太原考学校,在灵石会馆就听说他是共产党员,已被捕了。那时他名叫张勋。1936年他从阎锡山的反省院出来后,我在西北剧社由他当时的爱人高竹君(也是社员)介绍认识他。现在他担任决死二纵队的政委及第六行政专署的专员。此外，我也看到了我的小妹妹郝力妮，她在儿童团工作，同样是一身军装，还打着绑腿，过着军事生活，每天很早就起来跑步上早操。她们姐妹俩在革命队伍里学习、锻炼、成长，使我非常满意。战争对于她们真是不幸中之大幸，否则将一生当农村的家庭妇女，而今她们得到了解放，受到了党的教育，使我多么高兴！

当我看到民运科科长温一斋时，对他表示了衷心的感谢，因为多亏了他的帮助，我的两个妹妹才能到随营学校学习。

温一斋告我，在我生病期间，胡一川从延安出发，带领一个"木刻工作团"路经决死二纵队驻地到晋东南去了，其中有罗工柳、华山、彦涵诸人。胡一川是老木刻家，我的高班同学，杭州艺专"一八艺社"的成员，当年"木铃木刻研究会"的成立正是沿着他们的革命艺术道路前进的。关于这，我在前文中已提到过了。

在决死二纵队期间还经历了一次敌人的扫荡，12月29日晚，我们三队和决死队的后勤人员及妇女儿童在一起进行了转移，后来我为此写了一篇报告文学《行军在吕梁山中》，发表于当年的重庆《大公报》上，而后又发表在二战区出版的《西线文艺》第一期上。这次日军向吕梁山抗日根据地四路围攻，而我们又是第一次经受紧急行军，大家的心情都非常紧张。我因大病初愈，决死队领导怕我日夜行军受不了，就给我配备了一匹马。时值严冬，日夜在大山里跋涉感到无比的寒冷。三队在夜行军中，后边的同志拉着前边同志的皮带走，但因为实在太疲倦了,大多数同志一边走一边在打瞌睡。这样,只要一个同志没拉住皮带,就会使后边一串人掉队。元旦清早,走到一个名叫狗洞的小村,才发现丢了几个队员,大家又着急又担心,赶紧四处寻找,最后总算找回来了。这时,人困马乏,又饿又累,临时弄到一些黑豆,煮熟后一个人分了半碗,当做一顿"年饭",同志们吃得还津津有味。从此,我们于1939年元旦在狗洞吃黑豆就成了这次来决死二纵队前线的永恒纪念了。

## 化装归里探母

一位姓赵的战士要回灵石道美村老家探亲,我就向三队请了假,借了一身老乡的棉衣化装成一个老百姓和他同行,准备回到我的久别的家乡郝家掌去看望我的老母。赵同志是在行军中给我牵马时认识的。临行前我的二妹才告我,太原失守后,父亲在兵荒马乱中因受不了惊怕而吞食鸦片自杀了,我自然很难过。

道美村是我上高小时的所在地,现在村里虽无日本兵,但属敌占区,入夜就不敢使窗上有灯光,否则会从五里路之外的南关村飞来敌人的枪弹,真是过着亡国奴的生活。我有一位表兄在村里做维持会的工作,求他护送我通过铁路线南关村,他答应了。道美和南关仅有一条汾河相隔,表兄领我经过南关时,仅远远看到穿黄军装的日本兵在村里活动。过了南关就再没有敌人了,表兄完成了护送我的任务就返回道美村,由我一人前行。我当年上高小时走惯了这条路,所以很熟悉。快到我的家乡时就听到牧羊人在山上唱贺绿汀的《游击队之歌》,使我感到时代不同了,革命的风已吹到了故乡。

回到家里,看到母亲和弟弟、弟媳。母亲没有想到我会归来,突然出现在她面前使她非常高兴。谈到父亲,她哽咽着叙述了他自杀的经过……彼此落泪。母亲问起力英、力妮,我把所见如实相告。她也问起萍杜,我说她在陕北学习,她不同意萍杜离开我的身边,最后说:"只要你放心就行。"

我的家乡未曾来过日本兵,仅仅来过数不清的阎锡山的败兵。日本兵车从对面山上的郝家铺行进,村里人能看得清楚。但此刻我的村庄是如此平静,麻雀在冬枝上栖息,喜鹊在槐树上鸣叫,像未曾发生过战争一样。

十天后我回到三队,我的如期归来受到大家的表扬。

力英妹是做发动农村妇女的工作的,我从郝家掌归来后,听她讲了其中的艰苦和欢乐,很感兴趣,因而做了详细的记录。

当战事有所平静,我们在隰县的西村停留下来时,一天,光未然同志去勋香镇,在归途中竟不幸坠马,将左臂骨折。队员们都为他的遭遇而难过。

## 喜到延安

在决死二纵队经过将近三个月的战地生活,三队经受了敌人围攻的考验,领略了吕梁山中的严寒,体会了军民之间的团结，以及两队之间的战斗友情，在1939年的春节之前，和他们依依告别，从永和关西渡黄河，向久久思慕的延安进发。张文昂同志念我病后身体尚弱，特送我一匹老马让我骑行，我衷心感激。

我们在战地过了个不平凡的1939年新年，而又在奔赴延安的途中度过了春节，迎来了1939年的可爱的春天。当三队的同志们踏上陕甘宁边区的土地时，大家高兴地放声歌唱起来，从《大刀进行曲》到《流亡三部曲》，从《国际歌》到《马赛曲》几乎都唱遍了。同志们一路走，一路唱，一路说"快到家了！"步子越走越快，快乐得像孩子们一样。

我们终于来到了久盼的延安，有如在外辛劳的儿子回到了自己温暖的家。三队于2月16日到达延安后，被接待在宝塔山下西北旅社的土窑洞里。走出门外从右侧就能看到延河，能在对面山上看到开荒的人群，听到欢乐的歌声。延安是一个充满了歌声和抗日激情的天地，我们来到这里，感到了紧张、严肃、活泼、富有朝气的生活气氛。

三队是以国民党的演剧队面目出现在延安的，受到了党中央和八路军的欢迎以及毛主席的接见。当我们演出《军民合作》《武装宣传》两个话剧，演唱了《抗战歌》《救亡进行曲》《大刀进行曲》《我们在太行山上》《最后胜利是我们的》等抗战歌曲时，得到了观众经久不息的热烈的掌声。这次演出是在陕北公学大礼堂举行的。开演的十几分钟前毛主席和刘少奇、李富春、罗瑞卿、肖劲光、肖向荣等中央领导同志都来了，这使我们三队的全体队员都受到了鼓舞。毛主席看我们演出的话剧时,间或发出爽朗的笑声。第二天,李富春同志对我们说:"昨天的演出很成功,你们以这种政治面貌出现是对的。"在演出中我虽然不但任什么重要角色,在演唱时也不过"滥竽充数",但我还是分享了演出成功的欢愉。

在延安,我们访问了当时还设在北门外的"鲁迅艺术学院",我看到了江丰、马达、王式廓、沃渣等老朋友,他们都过着艰苦朴素、紧张愉快的生活。

## 到张村驿看萍杜

听到从旬邑"陕北公学"来延安的同志说萍杜从"陕公"毕业后又调到富县张村驿"卫生学校"学习去了。并且说她在陕公时曾得了一场伤寒病,口里直呼"力群!力群!"而且烧得神志不清,竟裸体跑到室外。我想上帝为什么要这样安排,让夫妻两人隔千里河山同时患伤寒病,而且相互呼名?

我听到这些消息即决定请假去看她。第一天步行到甘泉,第二天步行到富县,夜里就用皮大衣当被裹身而眠。富县就是杜甫在《北征》一诗中提到的地方,当时他的妻儿住在这里,他从凤翔北征探亲,我和他有相似之处,所不同的是彼此的心情各异。第三天我终于来到张村驿。清早,一出富县城门就看到一只狼,真使我害怕,这杜甫当年是未曾遇到的。

爬山越岭,汗流浃背,终于来到了张村驿,我心里想:爱人的力量多大呀!她使我情愿经受如此的辛劳而寻她,有如赴汤蹈火而不辞。

卫校的领导接待了我，安排我和萍杜住在老乡的一个空闲的家里。我们夫妻相聚真是久别如新婚，也像七七牛郎织女之相会。虽然不过半年多的离别，但总好像分离已有数年，彼此道不尽别后遭遇和病中苦念之情……

在张村驿住了三日，我就告别杜妹回到延安。但不久她就从卫校调到延安和平医院当护士，在西北旅社和我再次欢聚。

## 可贵的创作激情

三队在延安的休整历时四月有余，光未然在前方骑马摔坏臂膀住了医院，在病床上创作了《黄河大合唱》的歌词。而我在休整期间根据在前方的感受写了一篇小说名《野姑娘的故事》，后发表于周扬主编的《文艺战线》第五期。当周扬同志接到我从宜川寄给他的这篇小说时，来信说："《野姑娘的故事》虽是你的处女作，但却写得很不错，我应当庆贺你……"野姑娘这个人物，其主要情节是以我的二妹妹作为模特儿的，她属羊，因此就受尽了家庭和社会的歧视。除了我的妹妹，也还有我家乡的一些童养媳和穷人家的姑娘的身影。这篇小说既有现实生活的根据，也有想象和杜撰。总之我是想写一个背负着因袭精神重负的不识字的农村姑娘，在抗日部队中的成长过程的。当光未然同志读了《野姑娘的故事》时，曾打算把它改编为歌剧，后因他的生活的变动与忙碌而未果。

当欧阳山同志向苏联介绍中国抗日战争时期的短篇小说时,曾经提到了《野姑娘的故事》。前些年中国作家协会山西分会编辑《晋绥革命根据地文艺作品选》时,把《野姑娘的故事》放在第一篇,据说他们认为这是反映晋绥军民战时生活的第一篇小说。

此外还根据力英妹做妇女工作的经历写了一篇报告文学《塞家村》,发表于当时重庆的《妇女生活》,并写了《行军在吕梁山中》《还乡记事》。后者发表于重庆文抗的《抗战文艺》。这次前方之行,虽在版画上未曾有什么创作,但在文学创作上却是一次大丰收。我在决死二纵队的生活感受和见闻大大丰富了我的文学创作源泉,回到延安时有如春蚕吃够了桑叶要吐丝作茧一样,由于可贵的生活激发了我的创作激情,使我能一口气写下这么多作品。

## 短命的"民艺"

1939年4月17日,当春暖花开之际,三队告别了难舍的延安,再次来到宜川,于秋林演出后,即准备向晋东南进发。

由于第二战区"中华全国文艺界抗敌协会山西分会"领导人阎锡山的妹夫梁綖武要成立"民族革命艺术院",要求"三队"支援艺术干部,三队就把我和吕光两人留在"民艺",拟让我担任"民艺"美术系主任,让吕光担任一般干部。当时阎锡山在竭力仿效延安,延安有"抗大",他就搞"民大",延安有"鲁艺",他就搞"民艺",延安有"救亡室",他就搞"民革室"。

"民艺"还正在筹备之中,不能及时招生、上课,于是就让我和吕光暂住秋林附近之张李村等待。张李村为阎锡山的电台所在地,我和吕光就在他们的灶上吃饭,住在村口的小庙楼里。楼下为出入张李村必经之过道,有如城门洞,看来当初庙楼上定有神像,如今已一无所有,我和吕光就睡在铺以干草的土地上。室内一无床具,二无桌椅,也无门板,所以日夜为野风吹拂,这是我一生中生活最艰苦的日月。张李村旁有一条河,水清见底。入夏,我常独自一人在河里洗澡,算是一种享受。

整个夏天住在张李村庙楼上等待,真够闲得不耐烦,因政治原因既不好跑到延安去看杜妹,也无条件进行版画创作,算我一生中最无聊的一段生活。

就在这个破庙楼上,我们曾接待了戏剧家吴雪。他当时从成都来,要通过二战区去延安,他的爱人已先去延安了,他想念得不得了,想设法能很快见面。当时一些进步青年因为国民党的封锁与阻挠不易去延安,所以就把阎锡山的统治区作为投奔延安的跳板了。

关于"民艺"的筹备工作,有时就在梁綖武家里开会。梁綖武住在秋林的一个窑洞里,他的老婆是阎锡山的五妹,因此我经常看到这位二战区有名的风流人物。

一次在附近田野里看到了张文昂,经他介绍认识了同他在一起散步的薄一波,还有我的成中同学张效良,他们是来参加阎锡山的秋林会议的,三人似乎在田野里散步,其实是在开秘密会议，因当时二战区新旧军的矛盾开始表面化，阴谋妥协投降的与主张坚决抗战的之间展开了尖锐的斗争。他们要应付行将到来的一场政治暴风雨。

入秋后，民艺筹建工作基本就绪，我和吕光由张李村到校，地址在离秋林五六十里远的英旺镇。附近有民大、出版社、《西线文艺》编辑部……

"民艺"由一个破庙改建，教员和学生都住在山坡上的土窑洞里，教室设在大庙内，附近山上有原始森林，入夜常听到野鹿和山羊在林中嚎叫。

"民艺"的院长为梁缇武，文学系主任为曹葆华，音乐系主任为瞿维，戏剧系主任为陈鲤庭，教务主任为张佐华。美术系主任由我担任，美术教员有从五战区来的安林和新从三队来的庄言，此外还有石泊夫。其中安林是我在安徽太湖和武汉建立全国木协时的老友，他的到来使我无比高兴。美术系的学生有李梓盛、程曼、陈伯希、周芜等人。这些同学在"十二月事变"后都成为延安鲁艺的学生了。"民艺"的课程和"鲁艺"也差不多，只是教员的质量不能和鲁艺相比。

学校开学不久，我即让萍杜从延安来，我去了好多信，她终于来了，我多么地高兴。一天我们在英旺镇山上的灌木林中亲密地谈天，她自信地发表了她的思想认识，我对她有"士别三日应刮目相看"之感。她在延安受了马列主义的教育，我深感和在武汉时的杜妹有所不同了。

当时有两位从重庆来"民艺"准备参加"三队"的女同志，其中一名徐瑞璋，另一名杨琼华，后来成为安林和吕光的爱人。安林和徐瑞璋同居时和我们住在一个窑洞里,我为安林的成家而高兴。从此加上庄言,我们之间就成为常在一起谈笑玩乐的伙伴。

我在"民艺"期间创作了木刻《人民在暴风雨中》《运输车》,发表在胡采主编的《西线文艺》上。这样,我就认识了胡采,感到他对编辑工作是很认真负责的。

当年12月,阎锡山公然掀起了一次反共高潮,第二战区发生了闻名的"新旧军事变"——阎锡山的旧军向他的新军"讨伐"。新军即决死二纵队,为共产党秘密领导。在此政治逆流中,党决定"民大"和"民艺"的共产党员从宜川向延安秘密撤退。我们走后不久"民艺"也就完蛋了。

三对夫妇,其中有民大的杜若牧及其夫人,民艺的吕光及其夫人、我和刘萍杜,在一天的黎明之前,星夜秘密离开住地向延安进发,其中只有杜若牧和吕光是党员。当时刘萍杜的组织关系一直未从延安转来,而庄言已提前回三队了。沿途关卡查问时,我们只说是到陕北榆林去的,不敢说是去延安。除我们而外,民大还有大队人马同时也来到延安,学生们通过原始森林星夜遁逃,到延安时衣服和脸面都被灌木的枝桠划破了。他们告我说曾在黑暗的森林里看到豹子,双目炯炯如灯。我庆幸他们夜行的胜利。到延安后,始知民大校长梁膺庸也来了。

而我和刘萍杜逃离英旺镇来到延安,就意味着和黑暗的旧社会永别了。

# 第六章　永远怀念的"鲁艺"生活

## 住进东山

我于1940年1月初,怀着一颗不安的心,逃离阎锡山统治区来到延安时,年方28岁,正值"风华正茂"之时。看到延安生气勃勃井然有序、团结友爱紧张活泼、遍地歌声艰苦朴素的景象,和国民党地区纷乱无章、一盘散沙、人无斗志、松松垮垮的情况相对照,感到俨然是两个世界,而延安这个新世界却真使我喜欢。

我已是第二次来延安了,这次和爱人踏上共产党领导之下的陕甘宁边区的土地时,就有回到了久盼的老家之感。上次来延安是作客,这次来就不同了。到了延安后,被分配到鲁迅艺术文学院担任美术系的教员,因而住进了教员居住的东山的一间窑洞里。刚落脚,江丰同志就从山下为我背来一包木炭,有四五十斤重。还没有生上炭火,我心上就已经感到了温暖。江丰同志是我在上海时就相识的朋友,他比我早来延安,好像代表延安来欢迎我,我真感动。

延安"鲁迅艺术文学院",简称"鲁艺"。是由毛泽东、周恩来等党的领导人发起,于1938年10月在毛泽东等党中央领导人亲临会场而成立的。目的在于以马列主义的理论训练适合抗战需要的大批艺术干部,建立中国的新艺术。由老一辈的革命家吴玉章任学院院长,由周扬任副院长,主持全面工作。

一天,周扬同志来我家,我们虽然是第一次见面,但因向他主编的《文艺战线》投稿,早已和他通过信了,现在他来看我,我真高兴。他在我的窑洞泥壁上瞥见了我为萍杜画的头像,便开玩笑地说:"这是你的贝亚德里斯?"①我对他笑笑。周扬同志在鲁艺很有威信,我和他的接触,使我感到他平易近人。

## 东山的教员生活

鲁艺的"东山"住着各系的教员,在半山上建了长长的一排土窑洞,我初去时,由东到西住着杜矢甲、李焕之、冼星海、吕骥、向隅、张庚、贺绿汀、塞克、许珂、姚时晓、王震之、钟敬之、周立波、何其芳、刘岘、马达、严文井、萧琨、张仃、蔡若虹、王曼硕、王式廓、胡蛮、江丰等同志。而我就住在马达和严文井之间。

---

① 贝亚德里斯是意大利中世纪时代的伟大诗人但丁所爱的一个少女。

为了优待教员,鲁艺为我们设了"小灶",有较好的饭菜。每天由"小鬼"从"小灶"伙房把开水和饭菜送上东山。

　　初住进窑洞时,一来由于窑内仅抹一层黄泥,二来由于门上只有一个小桌面大的纸窗,家里显得很暗。但不久就加以改建,窑内抹了一层雪白的石灰,又铲去了堵在门旁的山坡,增添了一面大窗户,像把太行、王屋二山从我的家门口搬走似的,虽然窗上还是糊着白纸,但我感到窑内顿时就亮堂了,心情也大为舒畅起来。

　　当时窑内的用具极为简单,除了用木板铺的双人床外,就是一张未施油漆的小桌,一个木凳,一个盛麻油的油灯,一个烧木炭的火盆,还发给一把铁皮水壶。每家如此,颇感满足。后来于8月17日萍杜生下我们的第一个男孩后,院部总务科又发给一个带栏杆的小床,从此就建立了小家庭。有了小孩的人家,总务科就给小孩发布、发棉花、发白面、发大米……比起单身汉就大为"丰衣足食"了。延安当时实行的谓之"军事共产主义"的供给制,也给发点津贴,但不多。一些"烟鬼"烟瘾大发,又无钱买烟,据说有吸树叶的,也有因别人寻开心而吸了马粪的,真够可怜的了,然而我们反而感到生活的有趣。

　　有的同志在窑壁上挖一个长方形的洞,作为书架,摆上一排马列主义的书籍,就像一个干部的家室了。但人们总在不断地加以创造,终于想出用泥和土块做土沙发,然后铺上光板老羊皮大衣,坐在其中也感到非常舒适,缺点仅是毫无弹性。由此而扩大,都把门外的红胶土坡壁也改建成土沙发了,夏日的傍晚,同志们坐在窑外的土沙发上聊天,别是一番滋味。

马达同志不仅在门口修了土沙发,而且有一年的初春不知从什么地方搬来一株带根的洋槐树,在门外红胶泥土地上挖了一个坑,又培以肥土把树栽起来,不时浇些水,没想到它居然成活了,春天还开了一串串的白花,吐着浓烈的香味。这竟成了东山唯一的一颗开花的绿色的树。于是张庚同志来观光时就名之为"马达花园"。这样教员同志喜欢来"马达花园"闲聊,谈珍珠港事件,谈太平洋战争……

而我虽未在门口栽洋槐,却用黄土做了个小小的圆形花坛,周围用树枝编成低矮的篱笆,当中种上波斯菊。当波斯菊在初秋开出水红色、深紫色、白色的各种花朵迎风飘动时,就感到为我们的艰苦的生活增添了一些诗意。

在这些教员同志中,马达是我1936年就在上海认识的老朋友了,武汉时期又共同在汉口的一个小学楼上筹建了"中华全国木刻界抗敌协会",因此一有闲空就喜欢到他窑里或"马达花园"去闲谈。马达沉默寡言,喜用一个自制的特大烟斗抽烟,他沉默时就格外地听到大烟斗在发出吱吱的叫声,好像代他讲话。延安当时有"四大美人""四大怪人"之说,而马达就正是所谓之"四大怪人"之一。大概这沉默和特大的烟斗就构成了他的"怪"。他对当时在美术系担任的木刻课十分负责,古元就是他教过的学生。可他一直是单身汉,不善于搞恋爱,当时已三十七岁了,还没个爱人,我们都为他操心,但终于无成。这和延安女同志太少也有关系,据说是十八比一。

蔡若虹和张仃同志虽久闻其名,但还是初交,然而都一见如故,因为我们除了热爱美术,还都爱好文学。张仃的爱人陈布文同志也是一个文学爱好者,我们常在一起谈鲁迅。蔡若虹同志在古诗词方面颇有修养,但也写新诗,因此我有时不仅拿上画稿请他看,而且也把试写的新诗请他改。他的爱人夏蕾又是鲁艺文学系的学生,而我又喜欢去文学系旁听周立波同志的"名著选读"课,我们之间就有了很多的共同语言。况且又都来自上海,可谈的事太多了。

王式廓和他的爱人吴咸同志也是武汉时代的朋友了。式廓同志和我都一起在郭沫若领导的第三厅美术科工作过。他是画油画的,可他来到鲁艺后却刻了一幅大幅的毛主席木刻像,使我钦佩。他给同学们上素描课,美术系的教员中,数他的工作繁重。

总之我来到鲁艺东山上,一点也不感到孤独,我很高兴有这么多的好邻居,好同志。我们大家都充满了革命胜利的信心,不知道什么叫悲观失望,坚决相信党中央,一心想到的是早日打败日本侵略军,最后解放全中国,没想到个人的升官发财,没想到个人的享受和权势。因此我们生活得很愉快。

东山的教员之间经常也有些集体活动,我初到东山时,大家正学习苏联出版的《联共党史》,我们曾在一起讨论。这样我和文学系、音乐系、戏剧系的教员也有了接触的机会。当然美术系的教员在一起活动的机会就更多了,为了提高绘画技巧,我们曾雇了老乡在门前的平地上画速写,画素描。但等鲁艺整风时,前方归来的同志就因此而批评为"关门提高"。因为进修中得到了王式廓同志的帮助,我的素描技巧确实提高了。

## 我爱四部合唱

　　东山之下有一条沟,就是桥儿沟,经常有清水在流,沟旁绿草如茵。早春来临,最初开在河畔的就是金黄色的蒲公英,它的花朵虽然小,但很耀目,向我们最初报告了春的消息。东山的对面是西山,在半山里也有一排土窑洞,是鲁艺的美术工厂、美术部的研究生和美术系的同学们居住之地。素描教室就建在西山下的操场上。

　　在桥儿沟的沟口,有一座天主教的大教堂,是西班牙的传教士修建的,很有点气势。我很"佩服"这些外国传教士,他们对中国的文化侵略工作也真够深入了,像延安桥儿沟这样荒凉偏僻的乡村,也有了他们的天地。神甫给桥儿沟的老乡们带来了上帝,也带来了西红柿,因此这里的老乡很早就懂得种西红柿了。等到毛主席提出"自己动手,丰衣足食"的号召时,我们就见缝插针到处开荒,大种其西红柿。它既是高级的蔬菜,又是营养丰富的水果。我学会吃西红柿就是在鲁艺开始的。我在东山下开了一片荒地,而且能引水灌溉,既种了西红柿,又种了西瓜和甜瓜……有人就说我是地主。前方回来的同志就从我这里分走了一部分土地。

　　鲁艺音乐系、文学系、戏剧系的同学和研究生都住在教堂的石窑洞里。现在教堂里的神甫也不知哪里去了,据说桥儿沟还住着当年的修女,而我可没见过。我曾经刻了一幅木刻,名《昨日的教堂》,后来又改名为《延安鲁艺校景》。在教堂的门口有卫兵守护着,这就是当时的真实写照。

我很感谢这座教堂,因为它为鲁艺讲授马列主义课和革命文艺理论课提供了教室。我在礼堂旁的球场上听过毛主席讲关于"小鲁艺"和"大鲁艺"的报告,也在这里听过徐向前同志关于前方情况的讲话。在大礼堂里曾多次听过宋侃夫同志讲党的建设课,也听过周扬同志讲马克思主义的文艺理论课。我到鲁艺时,他已给同学们讲过多次了,我借来同学们的笔记本,把我误了的课文都转抄到我的笔记本上,因为我很需要得到马克思主义的文艺理论知识。

总之,我在这座教堂里受到马克思主义和党的思想的教育。此外我在这个大礼堂里还经常观看戏剧系和音乐系的演出,还参加过化装跳舞会……它对我们的好处可大了。

鲁艺是一个包括文学部(部长周扬兼)、音乐部(部长冼星海)、美术部(部长江丰)、戏剧部(部长张庚代)在内的革命文艺学府,我把它叫做"四部合唱"。我很喜欢这"四部合唱",因为我经常能知道美术部之外其他三部的艺术活动情况,并向他们学习,也很方便欣赏他们的成品,例如《白毛女》这部歌剧,我就观看了最初的演出,而且还听到了教员们对它的评论。离开鲁艺后,就不同了,真是"隔行如隔山"了。

## 我也是一名学生

我来到鲁艺,虽给予教员的待遇,但我对自己是颇有自知之明的,深知不论在政治理论上,不论在艺术学识上都是"山间竹笋,嘴尖皮厚腹中空"。并没有因为"教员"这个荣誉称号和地位而使自己失去了清醒的头脑,因此除了给美术系讲过两三次木刻课外,其余的时间都花在学习、创作、生产劳动上了,尤其在学习上花的时间最多。当年在国民党统治区,想看一本马列主义的书,还要偷偷摸摸地读,弄得不好,就要为此而入狱,现在来到延安这个提倡学习马列主义的革命圣地,我必须用马列主义把自己武装起来。所以我曾说我名义上是鲁艺的教员,实际上是鲁艺的学生。我当时不仅如饥似渴地学习马列主义毛泽东思想,而且也如饥似渴地学习文学,例如周立波同志的"名著选读课",我就从头到尾都旁听了,还参加了同学们的讨论会,也像一个学员似的大胆发言。曾经讨论过托尔斯泰的《安娜·卡列尼娜》,鲁迅的《肥皂》,梅里美的《西班牙书简》,高尔基的《我的旅伴》,普希金的《驿站长》……选读什么名著,是由周立波同志决定的,通知同学后,大家就抓紧时间阅读,上课时先由学员们发表读后的观感、心得、对作品的分析,最后由周立波同志做总结,指出谁的意见是正确的,谁的意见不正确。当讨论《我的旅伴》时,我说这篇小说里的两个人物,"我"是海燕的化身,而沙克罗却是蛇的化身,也是市侩的形象,高尔基歌颂了前者而批判了后者。经过不同意见的争论,当周立波同志作总结时,认为我的看法是正确的。

我为什么这样说呢?因为我感到作为小说中的"我"的这个人物,当他走在草原上,暴风雨来临时,他表示欢天喜地;

当雷声隆隆,电光闪闪,青草悉悉索索,他放声歌唱,感到他自己跟那一切声音血肉相连。他赞美暴风雨说:"海上的风暴和草原上的雷雨啊!比这更壮丽的自然现象,我还没见识过呢!"而高尔基在他的《海燕》中赞美海燕时说:"只有高傲的海燕,勇敢地、自由自在地、在这泛着白沫的海上飞掠着","那是勇猛的海燕,在闪电中间,在怒吼的海的头上,得意洋洋地飞掠着,这胜利的预言家叫了——让暴风雨来的厉害些吧!""我"和海燕多么的相似。而沙克罗却在暴风雨来临时"怨声不绝,像是一条吓坏的狗"。他贪吃懒做,还偷东西,正像一条蛇,也像在《海燕》中高尔基所写的潜水鸟,他说:"它们这些潜水鸟,够不上享受生活的战斗的快乐,轰击的雷声就把它们吓坏了。"而市侩是一种什么形象呢?高尔基在《市侩颂》中说:"不要追求,不要议论","活过了一天——阿弥陀佛"。而沙克罗正是这样的人。高尔基不仅赞美海燕,也赞美苍鹰,他在《鹰之歌》里,以蛇和鹰对照,讥笑蛇"洋洋得意地盘在石头上面",而对于鹰却说:"啊!勇敢的鹰啊!你在跟仇敌战斗中流尽了血……可是将来有一天——你那一点一滴的热血会象火花一样,在人生的黑暗中燃烧起来,在许多勇敢的心里燃起对自由、对光明的狂热的渴望。"

周立波同志对文学曾有如此的看法:认为具体描写人物的眉眉眼眼,不是文学家的事,而是画家的事。文学家最好用"烘云托月"法描写人物。如古诗《陌上桑》描写罗敷之美,有"耕者忘其犁,锄者忘其锄"的描写,就是用的"烘云托月"法,我很欣赏立波同志的观点。

当时上"名著选读"课,并无固定的教室,冬天在阳坡处,夏天在大树下,旁听者可自由参加,不加限制,每人带一个小板凳,找个地方坐下就行。鲁艺当时的学习空气是很浓的,到现在我还异常怀念。

周立波同志是湖南人,生于1908年,当时他在延安鲁艺任编译处处长兼文学系教员。在"文化大革命"后,不幸于1979年逝世。我在这里特表示对他的怀念。

## 延安和窑洞

其实,当时整个延安就是一座热火朝天的学习马列主义毛泽东思想的大学。我刚到延安就于1月4日参加了陕甘宁边区文化协会在女大大礼堂举行的第一次代表大会,并被选为文协执委会委员,高兴地聆听了毛主席在大会上作的报告《新民主主义的政治与新民主主义的文化》(即《新民主主义论》)。这是我第一次听毛主席讲话,也是第一次看到毛主席本人。女大大礼堂在延安的兰家坪,我们从鲁艺的所在地桥儿沟去参加大会,要经过飞机场,清凉山……大约要走十几里路。走这样远的路程到延安听报告是经常的事,因为那时既没有公共汽车也没有自行车,只好全靠两条腿走路。走得渴了就在清凉山下饮几口泉水,继续走。好在当时我们都年轻,身强力壮,走路不在话下。鲁艺的教员和干部们一路走,一路说说笑笑,好像并不费什么劲。

那时延安城已是一座空城,1937年抗战开始后,日本飞机到延安轰炸，几乎把城里炸平了，但也没有什么伤亡，听说只炸死一头毛驴。由此在延河两岸的土山上就挖了无数的窑洞，白天沿着延河走，能看到两面山上一排排的窑洞有如蜂房，夜里能看到两山间灯火辉煌，明如繁星，此时人们正在麻油灯下学习马列主义书籍或开会哩。

窑洞是西北地区很好的居室，冬暖夏凉，炎夏早晚还得披棉衣，夜里要盖棉被，因为这些地方是"早穿皮袄午穿纱，抱着火炉吃西瓜"的地带。就是严寒的冬天，窑里生一盆木炭火也就很温暖了。但缺点就是跳蚤多，夏天从外面进窑洞，首先跳蚤就爬上两腿，好像它喜欢到门口迎接主人似的。其实是因为门口多点亮光的缘故。我们经常要一边工作，一边解开裤带捉跳蚤，起先没经验，后来就想出一个捉跳蚤的好办法：打一盆水放在地下，把裤里的跳蚤抖在水盆里，然后把它消灭。否则它跳到地下还要再次钻进裤里来。夏夜睡觉，为了不把跳蚤带到床上，最好的办法就是把衣服脱个精光，一丝不挂，再用两手摸摸小腿，把跳蚤摸掉，迅速上床。因为当时我们还没有"敌敌畏"，对跳蚤无可奈何。

我们住进土窑洞，也不怕日本飞机来轰炸了，因为窑顶很厚，炸弹是炸不垮的。大概日本人也知道这一点，所以我到延安后，一次也没有来轰炸。听说也有领导人考虑过，为了安全，把标志着延安的宝塔毁掉，因为这是敌人的飞机寻找延安的一个大目标。但延安的绅士们不同意，认为这样岂不坏了延安的风水？

延安的医院也是设在窑洞里的，有一次我重感冒发高烧,鲁艺就让桥儿沟的老乡用担架把我抬到中央医院,比去兰家坪还要远。中央医院有上下两排窑洞,我住在里面受到热情护理,那里的女护士都是从马列学院动员来的,每天给我喂饭、擦背,服侍得像亲姐妹一样,真使我感动,至今已40多年过去了,仍使我不能忘怀。

## 我的学习和创作

窑洞虽然有跳蚤,但我还是应该感谢窑洞的。我在鲁艺东山的窑洞里整整住了五年,它使我能安心地学习,安心地创作。因为延安在抗日战争时代处于后方,日本侵略军从来也没有到过,有一个相对的和平环境,不像在敌后的各民主抗日根据地,经常处于战争状态,也不像武汉和重庆经常有敌机狂轰乱炸。自"八·一三"上海抗日战争爆发以来,我一直在国民党地区过着流浪的生活,心情也一直安定不下来。到延安后,才算有了个安定的环境。鲁艺的学习和创作的空气是很浓的,更难得的是有许多绘画上的和版画上的同行生活在一起,这是我自离开国立杭州艺专以来求之不得的理想的艺术环境。我生活在这种环境里经常有一种必须赶上大家而不掉队的心情,这种心情促使我一面努力学习,一面要努力创作;一面用马列主义理论武装自己,一面在艺术技巧上不断提高。

在东山窑洞居住的五年来,除阅读了马列主义书籍恩格斯的《反杜林论》,苏联的《联共党史》,吴黎平、艾思奇著的

《唯物史观》外,还阅读了文艺书籍俄国作家托尔斯泰的《安娜·卡列尼娜》,屠格涅夫的《贵族之家》,法国作家罗蒂的《冰岛渔夫》,纪德的《田园交响乐》,罗丹的《艺术论》。此外还阅读了范文澜的《中国通史》……

当时鲁艺为了鼓励大家创作,不但制订了"艺术工作公约",而且对创作还宣布了要给予物质奖励。关于"艺术工作公约"的内容,共有十条:

一、不违反新民主主义现实主义的方向。

二、不违反民族的、大众的立场。

三、不违反艺术上抗日民族统一战线的原则。

四、不对黑暗宽容;对于新社会之弱点,须加积极批评与匡正。

五、不流于轻浮作风,低级趣味。

六、不间断创作与研究的工作。

七、不轻视艺术的组织工作。

八、不满足自己的即使是最大的成功;不轻视别人的,即使是最小的努力。

九、不抱宗派之见,不作无原则的意气之争。

十、不放弃对艺术中一切不良倾向的批判。

其中"不轻视别人的即使是最小的努力",曾对我起过鼓励作用。于这种空气中,在一次有关创作的会议上,我宣布了一年之内要刻出10幅木刻的创作计划。在我的努力之下,计划终于如期完成了,并得到了奖励。就这十幅木刻从内容来说,大都是根据鲁艺的和附近农民的生活而创作的。如《听报告》,描绘的就是日常所见的鲁艺女同志听报告的情景,我为她们一面喂婴儿,一面听报告,并忙于笔记的这种积极学习的精神所感动而创作的。我的爱人萍杜为我做了模特儿,当时她刚生下第一个男孩。这幅木刻使用的还是苏联木刻的刀法,背景的处理也是受苏联版画的影响。《打窑洞》刻的正是鲁艺东山老乡们打窑洞的情景。《帮助抗属锄草》是我们上山劳动的写照。《饮》是根据东山美术系教员作素描进修时雇的一位山西老乡作模特儿而刻的。当时我就用铅笔直接画在木板上然后动刀刻制。我想通过这个具有健壮体魄的劳动者,表现中国农民的勤劳勇敢的品格。以上的后两幅木刻虽然在刀法上多用三角刀交叉刻法,但基本上还未脱离苏联木刻的影响。《伐木》是《烧炭》组画之一,一共刻了三幅,还有两幅名《烧炭》和《运炭》。1940年冬,鲁艺美术系的同学由丁井文同志带领到劳山烧木炭。我知道后,兴致勃勃地乘上鲁艺的运炭车赶到了劳山,看到满山满沟密密麻麻的森林,使我感到非常新颖而精神振奋。我是很喜爱森林的,通过这次劳山的旅行,归校后创作了劳山《烧炭组画》,其中的《伐木》就充分抒发了我对森林的爱,也歌颂了同学们的劳动干劲,在使用三角刀上已有了新的创造,画面充满了火一般的热情。这已经成为了我的一幅代表作了。《休息》这幅木刻,是根据我在东山老乡们的住处画的速写而后构思创作的。表现了农民对于牛犊的爱,从而反映了边区人民和平幸福的生活。《女孩像》画的是东山老乡的女儿,背景上已开始使用小圆口刀,在面部的刻法上也有了自己的表现方法。《延安"鲁艺"校景》原名《昨日的教堂》,至此已全然脱离了苏联木刻对我的影响,创造了我自己的刀法和独特的风格。《女像》刻的是我的爱人萍杜。在这幅木刻中,我试用新的刀法刻制,基本上用的是三角刀的点和乱线,形成了又一新的格调。刻《削萝卜》时就多用粗犷的圆口刀的刻法了,画面也显得简洁明快起来。这是我根据在老乡田里画的削萝卜的速写而创作的。十幅木刻完成之后,还刻了《打窑工人像》和《毛泽东同志像》,又刻了《老人像》。

这10余幅木刻后来为美术界所称赞的是《饮》《伐木》以及《延安鲁艺校景》。当《饮》在重庆展览时,曾受到徐悲鸿先生的好评。这些木刻虽然在取材和内容上和自己以往的作品比较有了显然的不同,但对新社会的描绘,尤其对陕北人民的新生活的歌颂、新的人物思想面貌的刻画,其深度和广度比起古元同志的作品来,就显得差了一筹。因此这些作品与其说是在思想内容上有了什么成就,倒不如说在新的形式风格上的探索有了较大的突破,在木刻的技巧上比已往有了较大的提高。

学习苏联木刻的经验,使我深深感到太受拘束了,那种刀法刻小幅的书籍插图还较适用,但画幅一大就很不自由,有如杀牛用杀鸡刀。况且我老跟在人家屁股后面走也不是办法,这就是我决心摆脱苏联木刻影响,创建个人风格的原因。

当我把《毛泽东同志像》刻出后,荒煤同志(张仃同志搬到"文抗"后,荒煤同志从前方归来住进了他的窑洞)和周立波同志看了都说好,劝我送给毛主席一幅。起初我以为他们是随便说说的。后来他们又认真劝我,我就决定去杨家岭送给毛主席。那是1941年的夏天,当我走进了毛主席的住处时,竟没有遇到一个守卫的警卫人员阻挡我。秘书对我说:"毛主席正在午睡,他起来就要开会。"问我有什么事,我把来意说明后,他就要我把木刻像交给他。"请你放心,我一定把像交给毛主席。"他说。我想,毛主席这样忙,实在不敢为此而打扰他老人家。

一两个月过去了,我已把这件事忘得一干二净。一天早上我在东山看到张庚同志时,他说:"昨晚毛主席礼堂看戏,问到你,我们怎么也找不到。"我说:"你胡说。""不骗你,毛主席坐下来问我们:'你们这里有一位力群同志吗?他送给我一幅木刻像,谢谢他。'我们左右寻你,没寻到……"这我相信了。我当时不大爱看京戏,所以没有去,真遗憾。但毛主席问到我,却使我感到无比的荣幸。

1941年延安各界纪念"五四"青年节筹备委员会发起"五四"中国青年节奖金征文,届时我将木刻《听报告》应征,因为我当时29岁,还算青年。美术方面的评委有王曼硕(鲁艺美术系主任)、江丰(鲁艺美术部部长)、胡蛮(从莫斯科归来的美术家)、马达(延安知名度很高的木刻家)。当尚未公布评奖结果时,江丰同志来找我,劝我退出应征作品,暗示结果可能于我不利。我很感激他的好意,但未退出。待评奖揭晓在《解放日报》公布后,得知给了我一个乙等奖,而且将我作品的原标题《听报告》见报时竟改为《母与子》,这就降低了作品的意义和价值,说明当时的评委太缺乏艺术道德。因为评委有权把我的作品甚至评为三等奖，或不给奖，却无权改我作品的标题。而作为学生的古元和焦心河却各以他们的木刻《冬学》和《蒙古人与喇嘛》获甲等奖。这自然是对我的一个重大的打击。但我未曾对此有任何表示，有如哑巴吃了黄莲。只有美术系的女教员张悟真同志（后来住到东山的）却认为我的作品也应得甲等奖，她说："我们教员就比不上学生！"听说主张给我乙等奖的是胡蛮同志，他当时从苏联回来，在延安很有威信。但可惜到了1949年召开的全国文代大会上却既没有被选为大会主席团成员，也没有被选为文联的全国委员会委员，甚至连全国美术工作者协会的常务委员会委员也没有当上，历史真是太无情了！至于我却默默地把这次的失败作为自己今后在美术上努力的动力。我想来日方长，"谁笑到最后，谁笑得最好"。事后周扬同志很同情我，说："没听说你对这次评奖表示不满，很好，好汉打掉牙齿吞在肚里！"是的，我要把它们吞在肚里。

## 一次个展和联展

1941年鲁艺成立了"文艺俱乐部"，其中的负责人有黄钢、华君武诸同志，华君武是负责美术方面工作的。当年8月13日，我应"文艺俱乐部"的主催，在鲁艺举行了个人木刻作品展览会，把我到鲁艺之后创作的新木刻公之于众。加上左翼时代的和抗日战争发生后在国民党地区刻的木刻，一共有二三十幅。这次个展之得以举办成功，华君武同志是出了大力的,他给我留下了极为深刻的印象。

展出期间写了一篇《我自己要说的话》作为前言。

内容是这样的:

"在'不轻视别人的即使是最小的努力'的我们底艺术公约之下,应'文艺俱乐部'之主催,我大胆地首次把自己的木刻作品摆在同志们的面前了;因为我来到鲁艺已有一年半了,还从来没有正式把自己的作品展出过呢。

"但荒凉的山脊是不能献出丰盛的金粒的,平凡的刀手也不能刻出惊人的木刻。而我呀,由于才能底有限,生活底贫乏,这首次给予大家的就只有空虚与失望了。

"然而,我还是把它们出展在同志们的面前了,一面想让关心我的同志知道我还在继续旧业,毫未放松;一面也很想从这次的展览会中得到一些宝贵的批评,以作为我今后的努力方向。同时也希望能多多少少有助于鲁艺美术活动之活跃,虽然这些木刻既无丰富的思想,又无高明的技巧。

"在这些作品当中,也许属于个人的抒情的成分是过多了,说不定有碍于走向坚实的现实主义的道路的。但这正是作者生活的贫乏和过去的教养所造成的。我想,在现阶段我还是只能产生这类的作品吧。

"此外,在这次小小的创作过程中,我曾有一个企图,那就是想要建立自己的风格,因为我过去所受的苏联木刻家的影响太深了。然而我的努力有没有成功呢?这只能说尚在摸索,自信还没有显著的成绩。

"最后我必须说明的是,如果说这些作品大体上还可以给同志们一看的话,那是很应该感谢王曼硕、蔡若虹、王式廓、马达、胡蛮、江丰诸同志的,因为他们在我的创作过程中给予我不少诚意的指示,使我的作品增加了不少的光彩。

"我自己要说的话说完了。"

文艺俱乐部以《俱乐部之旗》编辑室的名义发表了《长足的进步》一文,副标题是:"为力群同志木刻展览而作"(执笔者是黄钢同志)。

该文的内容如下:

木刻创作运动,和其它艺术样式一样。而且,几乎表现得更加明显一些,就是它与前进生活,与劳动人民大众的血肉的联系。不可想像的,木刻这样一种艺术形式,在资产阶级的或企图远离现实的作家的手中,它会成何形状,成何面貌而出现?除了丑恶的谎言或屑小的壁上装帧以外,只会有资产阶级或企图脱离现实的木刻创作。正如同除了有与前进生活,与劳动人民大众的利益的血肉联系以外,不可能有任何正直的报告文学创作的产生一样。

为什么木刻的创作运动在我们这里会有它长足的进步?这不是偶然的。前进的生活给予了我们作家以正视现实的完全的可能性。我们的革命木刻,自诞生之日起就和进步的政治运动的任务相结合。我们的木刻作家是为了民族的、人民大众的利益而开始去拿起他的刀子的。这是与另一些学院的、永远埋首在自己画室的四面墙里的艺术家基本上不相同的地方。然而,因为如此,我们的画家在从前则没有一种可能在安定的境遇下磨练他的笔;或者从学校的画室里走出来的热血的绘画青年,在木刻的制作上则无从使自己画石膏的技巧和一现真正中国人的生活内容相吻合;适合于自己的创作风格一时还不易形成。但是,直到今天,在延安,就在我们这里,这样的看法是已属过去。我们在今天有足够的木刻作品的保证来说,我们的木刻作家已进步到能自如地掌握到它的技巧。他们的形式与内容已逐渐能为他们要表现的生活相统一。

这就是我们把这篇介绍文标题为《长足的进步》的原因。在前次我们俱乐部举行敌后木刻展览的时候,我们感觉到,在敌后抗日根据地,美术运动中有丰盛的果实在长成。一方面是指木刻创作的普及和广泛被民众所认识与重视;另方面是指在战斗环境中我们的木刻工作者,新的努力的路程。而在这前一次的美术工厂周年展出那些木刻创作与力群同志的这次个展中,完全与敌后木刻相异的成就是这样明确地表现着:一种是更加通俗化、民间化;一种是更加精致,更有含蓄。这是前后方不同的工作要求和学习环境所决定了的。然而共同的地方是这两类创作俱是为大众、为反映前进生活的作品。这共同的基础是连接我们各种性质不同的美术创作,而成为坚固的强大的阵势了。

那么,力群同志这次个展的特色在哪里?特色是:从凭借报章消息与想象的取材里走出来,作者是以他所眼见而且是熟知的事物动笔的。就是很忠实地对待对象的创作态度,更接近于现实主义的刀触和表现手法,和一个进步的作家在形成他自己最适合的风格和创作道路的过程中所呈现的诸种特征、题材和多样与尝试。在画面以外,作品的深底里,我们似乎看见了力群同志在生活上,在取景的视线放大和放宽的努力。这努力会给作者力群以更宽大的前途,同时,也会给读者以喜悦。

有人说这个展的四壁太美丽了,但美丽不足为病源。问题是,在美丽中,在艺术家善意的风物选择中,怎样能把这年代的色泽敷涂更加调合,而又更加紧密呢?作品的斗争性的增强,在不同题材的场合,常表现得难以以一例求规定。主要还是要我们作家在生活中,更关心人民大众的疾苦或安乐,所谓政治思想与行动的再提高,就是了。然而这不止是力群同志,在我们大家来说,岂不都是共同努力的目标吗?

不在技巧的讨论上多所论列了。编辑室介绍力群同志个展,以其长足的进步为贺。

1941年8月13日

这篇文我一直作为史料保存到现在,一方面它代表了鲁艺文学工作者对我的个展的看法,而同时也反映了当时鲁艺的文艺活动和"文艺俱乐部"所做了的工作。

在今天看来,造型艺术首先应使人感到美丽,从而得到美的享受,这是理所当然的。因此难解的是我的个展"太美丽了",在当时好象不是个褒词反而成为贬词似的。这是因为当时的艺术空气是十分强调战斗性而不敢强调抒情性;十分强调艺术的思想性而不敢强调艺术性的必然结果(这在我的"前言"中也有所反映)。所以,在黄钢同志的文章最后也声明

"不在技巧的讨论上多所论列了"。这种"左"的空气时有时无地一直延续到"文化大革命",而且更加变本加厉了。十年浩劫中,连我在全国解放后创作的版画《黎明》和《瓜叶菊》造反派都认定为"黑画"。而在赵紫阳同志负责党中央的领导工作期间,却又来了个180度的大转变,使中国美术从江青时代的极左走到了极右,很多作品成为了资产阶级自由化思潮影响之下的产物。这是多么大的历史讽刺。

我的这次个展展出期间,鲁艺美术工厂在江丰同志主持下,曾举行过座谈会。可惜当时的记录我没有保存下来。

1941年8月16日,当延安美协举办"1941年美术展览会"时,我的木刻又同古元、焦心河、刘岘等同志的一起在延安军人俱乐部展出。艾青同志在8月18日的《解放日报》上发表了名为《第一日》的评论文章,关于我的木刻他说:

力群同志最初是以'HO'来签署发表作品的,他的作品留给人以一种富于装饰美的印象。

这次他的出品很多,而且大部分都是新作。这许多新作很明显地是作者在探求新的道路的一些可贵的努力,它们截然地表明了和他的旧作之间的一些差异。这些差异不只是表现手法上的差异,却也是创作意欲上的差异,这些差异使他的新作成了艺术创作路程上的一个主要的迈进。

《昨日的教堂》是这些作品里面最值得赞许的一幅。作品的表现手法是最生动的,而这种生动恰好和在这作品里所流露的高原的树木与天空间晴朗的空气相调协,以致使我们不得不为这艺术家所再现了的景色所魅惑。

《打窑工人像》和《饮》是比较相近的两幅,它们的刀法,它们的画面上所呈现的作者对于素描画的那种努力,都有共同的地方。虽然《饮》在技巧上是比《打窑工人像》要纯熟些,但在构图上我还是比较喜欢后者的。

《女像》和《女孩像》都有不同的长处,前者的刀法对于作者是非常突然的变换,这或许是作者新的尝试,这作品的画面有一种象石刻似的均整与单纯的美。而《女孩像》的手法及它所流露的素描的成功是可贵的,那北方女孩的正面颊、鼻子与眼睛、嘴,都得到了最经济而又恰当的表现。只是衣服的部分好像有些不很调和的感觉。

其他像《毛泽东同志像》也是属于严正的作品,它较许多粗制滥造的关于这人物的造像都更能引起观者的尊敬。

这里说的《毛泽东同志像》是我最初创作的一幅,延安文艺座谈会之后又改刻了一次,使画面大为明快了。这就是目前存在的一幅。

在鲁艺美术系的教员中,我是很佩服王式廓同志的素描和速写的。我在国立杭州艺专只学了二年素描,根基较差,当东山美术系的教员雇了"模特儿"进修时,我曾向王式廓同志学习了素描。王式廓同志在素描的明暗关系上很受荷兰画家伦勃朗的油画的明暗影响。我刻的一幅黑白木刻《老人像》就是用王式廓同志画素描的明暗法刻制的,这也是我对木刻表现法的一种探索。但这幅木刻刻得较晚,所以未曾参加在军人俱乐部的展览会。

我在鲁艺除了刻木刻,也写文章,当年9月22日曾在《解放日报》上发表了一篇名为《美术批评与美术创作者》的评论文章,针对胡蛮于8月28日在《解放日报》上发表的《目前美术上的创作问题》而提出不同意见。第一,我认为胡蛮对于作品的看法过于表面;第二我认为他不了解作者与生活的关系,因而要求他们去反映所不熟悉和最不喜欢画的东西。其次我认为技巧也是重要的问题,胡蛮机械地强调政治,把它看成唯一的东西,是会阻碍美术的发展和多样化的。

## 参加中国共产党

我于1941年11月11日由江丰、庄言同志介绍在鲁艺光荣地参加了追求多年的中国共产党,于院部的窑洞里庄严地举行了入党仪式。江丰同志在讲话中认为我多少年来始终在党的外圈工作,得到了党的了解。党的小组长胡蛮同志告我,要永远记住入党年月……

从这天起,我的政治上就奠定了前进道路——为共产主义事业奋斗终生。

自1933年在杭州艺专参加"中国左翼美术家联盟"以来,我就成为中国共产党的一名赤色群众。1935年出狱后,在上海遇到中学时代的同学李嘉森,曾有意介绍我入党,终因他的被捕入狱而未果。1938年,当我在郭沫若任厅长的第三厅参加了由党领导的"抗敌演剧队第三队"时,光未然同志就发给我一张入党申请书。但又因我曾被捕入狱,需要调查,而中途停止过支部生活。1939年"三队"到延安,组织部为此而找我谈话,鼓励我不要灰心,说尚须用行动来争取。来到鲁艺后,经过一年多时间的我的表现,终于得到了党的信任,准许我入党。而我的爱人刘萍杜反倒比我入党早,她于1938年到旬邑"陕北公学"学习后就入党了。

入党了,就要首先具有组织观念,并经常接受党的教育。1942年晋绥边区有一位戏剧家来延安调动艺术干部,因晋绥在贺龙同志领导下,成立了一个有如鲁艺似的学校,他为校长。经组织决定要我去担任美术系主任。一天我和胡一川等同志同行到城里听报告,胡问起我去晋绥工作的事,我随口说了一句"这个校长太没有名望了",事后周扬同志找我谈话说:"作为一个党员,不管有名望的领导或没名望的领导都要服从……"这自然是有人向他汇报了我的谈话。可接着党中央就进行了整风审干的运动,调动的事就暂停。后来知道晋绥的艺术学校终于流产。然而我作为一个党员却一直没有忘记周扬同志对我的教育。

这时我还是预备党员,一年后转正才成为正式党员。

## 延安文艺座谈会暨"鲁艺"的新气象

1942年5月2日,中共中央宣传部在杨家岭礼堂召开了具有伟大历史意义的"延安文艺座谈会",对全延安的文艺界来说是一件大事,对全中国的革命文艺界来说也是一件大事。

同志们把这次座谈会看作是延安革命文艺活动的一个分水岭。因为这次会议之后，大家实践了毛主席提出的为工农兵的文艺新方向，比起这之前延安的文艺活动和创作来，有了极大的变化和崭新的面貌。周扬同志在一篇文章中估价"等于社会改造和思想改造的总和"。

5月2日参加大会的有一百多人，大都是延安文艺界的领导、知名作家和鲁艺的教员，我荣幸地参加了这次大会。当毛主席和任弼时、洛甫、凯丰等中央首长进入会场时，响起了一阵热烈的掌声。之后毛主席在秘书陪同下和参加大会的一百多文艺家一一握手，并询问姓名和工作单位。这样的场面在延安是少有的，我们都有一种亲切和温暖之感。

毛主席和大家握手后，中宣部副部长凯丰同志就宣布开会，于是毛主席就讲了《在延安文艺座谈会上的讲话》的《引言》部分。之后就立即让大家座谈，毛主席用铅笔作笔记。

到开饭时，我们就和毛主席一起在杨家岭食堂吃饭，饭是很好的，有肉菜和白面馒头。饭后根据《引言》继续座谈。我参加全延安文艺家的座谈会还是第一次。当谈到立场问题时，李伯钊同志说："有一篇小说，当描写一个红军战士向从国民党统治区来延安的女同志求爱时，竟说是癞蛤蟆想吃天鹅肉，这还有什么正确的立场。"她的话五十余年来使我不忘。是的，毛主席在《引言》中一针见血地提出了延安文艺界存在的立场问题，态度问题，工作对象问题，真值得我们深思。

到5月16日举行了第二次座谈会，有毛主席、朱总司令、林伯渠等中央领导同志认真听取了大家的发言。待5月23日由毛主席作《结论》时，中央的领导同志出席大会的有朱德、凯丰、任弼时、王稼祥、徐特立、博古、康生等。而来听的人也更多了，礼堂里坐不下，就在礼堂外的篮球场架起汽灯讲。当太阳还没有下山时，吴印咸同志抢拍了一张参加大会人员的像片，留下了最可贵的纪念。

毛主席的《讲话》一直到1943年的10月19日鲁迅先生逝世第七周年，才正式在《解放日报》上发表，说明他对于《讲话》的发表，持非常慎重的态度。关于《讲话》中提到的为什么人的问题和普及与提高的关系，一直是四十余年来我的艺术行动的指南。我感到自古以来有良心的艺术家总是力求自己的作品为大多数人欣赏的，而不是所谓的"自我表现"、"孤芳自赏"。我非常同意邓小平同志于1979年讲的这句话："人民是文艺工作者的母亲，人民需要艺术，艺术更需要人民。"而这句话也是基于毛泽东文艺思想的。

延安文艺座谈会之后，又开始了延安的整风运动，内容是反对主观主义、教条主义、党八股。后来又进行审干和"抢救失足者"的运动，历时二年之久。这期间文艺活动几乎全停了，直到1944年才开始有了新的文艺创作的产生。

经过学习毛主席《在延安文艺座谈会上的讲话》，又经过整风运动，加强了文艺工作者的群众观点、劳动观点，重视了文艺的普及工作，纠正了过去脱离实际、脱离群众、关门提高等不正之风，认真实践了《讲话》的精神，掀起了向民间文艺学习的热潮。

1944年鲁艺整风"抢救"后,"延安中学"挤进了东山,美术部的教员从东山搬到了礼堂西南面的两排平房里。这时我和先后从太行鲁艺分校等单位归来的胡一川、彦涵、白燕、杨角、张晓非、华山、罗工柳、杨筠以及从晋察冀边区归来的沃渣、刘蒙天、辛莽,从冀中来的李黑、阎素,从新四军来的莫朴,还有原在西山美术工厂的江丰、王朝闻、古元、华君武、安林、叶洛、夏风、张望、王流秋、苏辉等同志都住在一个大院里,形成了鲁艺美术人员的一次难得的大汇合。

大家住在一起,就有利于互相了解,互相学习,把创作空气搞得更浓烈。事实也正是如此。只要哪一位同志创作出一幅好的作品,立刻对大家就起了刺激的作用。当时在整风之后,戏剧部和音乐部掀起了一个新秧歌和新歌剧的创作运动,有名的《兄妹开荒》《白毛女》等创作就是这时的产品。

在这种新的创作空气中,鲁艺美术部的创作特点就是向民间美术学习,从而掀起了一个史无前例的新年画创作热潮。当时不仅创作了各种新内容的年画,而且还经过王朝闻、江丰、古元、彦涵、胡蛮集体讨论由我执笔,写了一篇《关于新年画利用神像格式问题》的文章,发表于1945年4月12日《解放日报》。

与此同时,我创作了新年画《丰衣足食图》,之后又刻成套色木刻。我想表现春节来临,陕北农民的家庭丰衣足食,充满了幸福欢乐的气氛,以区别于当时国民党地区民不聊生的景象,从而歌颂在共产党领导下边区是个好地方,受到了当地农民群众的喜爱。对我来说,由《饮》到《丰衣足食图》不啻是一次艺术上的大革命。

我由于鲁艺的整风、"抢救"，已有将近两年的时间未动画笔了，塑造人物形象感到异常生疏，但为了赶上大家，不致掉队，我能做到"不耻下问"，向学生学习。这样我才能较好地完成了《丰衣足食图》的创作。

1944年后，延安举行了劳模大会和文教大会。在大会期间并举行有关英雄人物生平和英雄事迹的连环画展览作为配合。一到这种大会筹备期间，就动员鲁艺的师生为大会作画。我曾两次参加这种工作。其中为文教英雄陶端予（杨家岭小学的女教员）画的连环画，事后曾选取其中的一幅刻成黑白木刻——《为群众修理纺车》，并将给模范教师刘宝堂画的连环画也刻成了连环木刻画。

我于1945年1月18日在《解放日报》上发表了《从展览会看美术工作》一文，总结了文教展览会中的美术工作。编者曾加按语，肯定了我对普及美术作品的表扬。

在鲁艺新秧歌剧创作和公演的影响之下，鲁艺所在地桥儿沟的老乡们创作了新秧歌剧《小姑贤》。我曾观看了他们的演出，颇感兴趣。事后该剧出版单行本时，求我作插图。我给刻了5幅小木刻，也就是现在流传下来的《小姑贤》木刻插图。刻成后曾在桥儿沟街头张贴的《桥儿沟壁报》上发表。这五幅用阳线刻制的插图，受到了群众的热烈欢迎，是我从事木刻艺术以来难得看到的一次农民如此欢喜地欣赏我的作品，感到了无比的幸福与鼓舞。自1933年"木铃木刻研究会"成立时就标榜我们的版画艺术要为劳苦大众服务，但从来还没有看到过劳苦大众真正欣赏我们的艺术,这算是第一次,我怎能不为之高兴。而王式廓同志也对这五幅木刻插图表示赞许。

延安文艺座谈会之后,由于木刻家们考虑到群众对彩色画的喜爱,因而大大发展了套色木刻。最初搞套色木刻的是胡一川同志,他于1943年就刻了《牛犋变工队》,后又刻了《胜利归来》,引起了大家的浓厚兴趣。于是古元刻了质量很高的套色木刻《战胜旱灾》,王式廓刻了他的名作《改造二流子》,彦涵刻了《把她们隐藏起来》,我在这空气中刻了《丰衣足食图》之后又把《鲁艺校景》改刻成套色木刻,在当时的全国来说,也是版画的"延安学派"的重要发展。

在这一阶段,鲁艺美术部的师生们不仅兴起了套色木刻,而且在黑白木刻方面也有新的创作,如古元的《人民的刘志丹》《减租斗争》,彦涵的《当敌人搜山的时候》,我刻的《为群众修理纺车》……都被认为是当时的优秀作品。周扬同志在解放战争年代出版的一本《延安木刻选集》的序言中写道:"这一艺术上的收获,不是轻易取得的,这不是作者们一个突然的作风转变,也不是一个优越的灵感的降临,对于文艺工作者来说,这一文艺新方向的实践过程是等于社会改造和思想改造的总和。我们能够说从《运草》到《减租斗争》的创造过程,仅仅是由于作者创作年龄上的差别么?我们能够说从《饮》到《为群众修理纺车》的作者,仅仅是由于表现技巧上的转变么?"接着他引用了茅盾先生的一段话之后说:"为人民服务必须要和人民共甘苦,深入生活还要具备正视生活的视角,只有在这样情形之下产生的艺术,才能够与人民相结合,才能获得绵延不绝的创造力,饱和着生命的健康的创造力。"

新兴木刻"延安学派"的重大意义就在于在党的领导下,把鲁迅先生所培育的这一年幼的革命现实主义的艺术,推向了一个新阶段。它是在美术上最先实践了毛泽东文艺思想取得的重大成绩,从而又有力地证明了毛泽东文艺思想的无比正确性。

## 劳动生产

在延安,劳动生产是一件大事,一方面为了解决衣食住的困难,同时也为了培养同志们的劳动观点,所以延安的同志们都要参加劳动。毛主席参加过开荒,朱总司令经常纺线,鲁艺的师生更不会例外。当时的边区周围被国民党的军队封锁的像铁筒似的,什么也进不来,所以毛主席不得不提出"自己动手,丰衣足食"的口号来。延安的同志们觉悟都是很高的,因为都是自愿到延安来参加革命的,说上山开荒就上山开荒,说到前方打仗就到前方打仗,没有人说个"不"字。

我到延安后,初春来临,首先就和同志们一起上山去开荒。黎明即起,戴月而归,中午有人到山上送饭。在山坡上开完荒,请老乡把谷子播在地里,然后再由老乡赶上一群羊踩上一次,等于耙地。但比耙地还有一个好处,在山坡栽树的人,懂得要先挖"鱼鳞坑",把树栽在"鱼鳞坑"内,下雨时,雨水都积在坑里,走失不了,现在经羊群踩过的坡地,每一个羊的脚踪就是一个小小的"鱼鳞坑",有利于储存雨水使禾苗成长。

早春的山坡,当我们开荒时,还看不见什么野花,只是看到过狼,狼在陕北是很多的。但当夏天上山锄苗时,就能在山野里发现红艳艳的山丹丹花。陕北的民歌《信天游》里唱道:"山丹丹开花背洼里红",可见它在陕北是引人注目的。

在鲁艺,我除了参加开荒、锄苗的劳动外,也参加过纺线的劳动。这是一种技术性较强的工作,既要把雪白的棉花搓成条,又要在纺车的锭子上抽出丝,同时还要学会修理纺车。但我经过耐心的实践,终于达到一天能纺二两又匀又紧的头等线的水平。作家吴伯箫曾写过一篇有名的散文《一架纺车》,我非常欣赏,他把纺车比作一个蜗牛,比喻得真妙。

我真感谢这纺线的劳动,正像我参加了锄草的劳动创作了木刻《帮助抗属锄草》一样,由于学会了纺线使我创作了木刻《为群众修理纺车》。而吴伯箫要不是参加了纺线的大生产运动显然也决不可能写出那么动人的《一辆纺车》。因为对于文学艺术家来说,这生活中的切身感受,是作品成功的先决条件。

在鲁艺,女同志是不上山开荒的,整个延安也是如此,她们在后方为上山开荒的单身汉洗衣服,拆洗被子,并参加炊事工作。但她们是参加纺线劳动的,一般来说,女同志大都是纺线能手。有孩子的母亲就比较忙了,她们又要纺线又要看护孩子,但从来也没有听过她们有什么怨言。

## 游泳和跳舞

与延安风水有关的,除了宝塔,就是延河。诗人们歌唱道:"呵!延河,我的母亲。"在西北,经常有水的河是不多见的,而延河不但四季有水,而且除了夏季有了暴雨变成浑水外,大都是流着清水,清得那么明亮透澈。我虽然未曾感到延河有如母亲,但我是非常感谢她的。因为我在延河里终于学会了游泳。

我自幼就爱好玩水,但遗憾的是当年在我的家乡灵石道美高小读书时,未能在汾河里学会"狗爬"。来到鲁艺,每年夏天师生们都到延河游泳,我下决心要学会"蛙式"。"蛙式"比起"狗爬"来又先进又美观,又能持久。然而要学会"蛙式"谈何容易,是要冒淹死的风险的,当时每年延河里都要淹死人。然而我不怕,因为我学游泳的积极性太高了,不论晴天,不论雨后,不论水清,不论水浑,我都和"小鬼"们一起去游,在这种勤奋之中,我终于能浮在水面上了,接着也就学会了"蛙式"。我多高兴呀,终于学会了游泳。当炎夏在山上锄苗,热得出了一身臭汗,完工后跳到清澈的延河里游泳,多么的舒服!全国解放后,我竟能在北京横渡颐和园中的昆明湖,在东北横渡松花湖,感到了胜利的愉悦,而这是应该归功于延河的。

在鲁艺,作为一种运动和娱乐,除了游泳就是跳舞。但对于跳舞,我也正和一般同志一样,一开始是"看不惯"的,岂止看不惯,简直是很反对。但毛主席、周恩来副主席也在跳了,这就不好再持反对的态度,于是就渐由"靠边站"进入了"试试看"。如果说学游泳要冒淹死的风险,那么学跳舞就要有不怕碰钉子的勇气。而我是脸皮颇厚的,即使碰了有些女同志的钉子,也不灰心。但也要感谢我们美术系的一些女同志,她们几乎是有求必应,即使跳得踩了她们的脚,也彼此哈哈大笑而了之。这样我终于学会了华尔兹、狐步舞,由"试试看"进入了"拼命干"。全国解放后我在太原参加舞会,从晚七点跳到十二点,至少也走二十多里路。

最初反对跳舞,是由于一种偏见,认为那是公子少爷们的玩意儿,好像无产阶级和跳舞是冰炭不相容的。其实跳舞是一种很好的娱乐,既是轻快的运动,也是对于音乐的最好的享受,更是脑力劳动之后的一种很好的休息。但也不否认从异性方面得到的愉快。因此我现在已年逾古稀了,一有机会还是要参加舞会的。但延安时代的跳舞可和现在不同,不论男女大多是穿草鞋、扎皮带、有的还打绑腿。这是延安舞会的特点,离不开艰苦的作风。有时毛主席和江青也来鲁艺参加舞会,有时也举行化装舞会,今天回忆起来都感到是很愉快的。

## 抢救运动

在延安自然也有很不愉快的事,这就是整风审干后期由康生一手导演的一场"抢救失足者"的闹剧。1942年康生曾向我们传达了毛主席《整顿党的作风》的报告,要求我们反对主观主义，强调调查研究。曾几何时，康生头脑里就特务如麻，认定从国民党统治区投奔延安的知识分子大都是特务。结果通过"逼、供、信"把鲁艺的百分之八十以上的同志打成了特务，我也未曾幸免。采用了"车轮转"二天不让睡觉等办法逼你承认是特务。而我觉得既不应欺骗党，也不应欺骗自己。况且一旦乱供了就要伤害别的同志，于心何忍。所以我始终不胡承认。事后得到了周扬同志的表扬，认为我的所为给同志们留下好的印象。但在当时承认了是特务，而且胡供出别人，就得到了优待，不承认而实事求是的就继续关起来。因此我被关了一年不让回家。所幸这次的"抢救运动"接受了当年江西苏区时代"肃反"的教训，毛主席于1943年10月9日规定："一个不杀，大部不抓，是此次反特务斗争中必须坚持的政策"，从而避免了冤杀同志的可怕错误。但即使如此，"抢救运动"还是伤害了很多好同志的，可由于时间短，而且事后毛主席在一次大会上代表党中央向被抢救受冤的同志进行了赔礼道歉，因此人们埋在内心里的怨气很快也就消失了。就全延安来说，当然也难免有极少数的特务混进来，但历史证明，从国统区来鲁艺的美术青年都是好样的，没有一个是特务，结果倒说明当时思想上"特务如麻"的人却是些主观主义者，而康生已被历史宣判他是个大坏蛋。

# 日本投降后

自"九·一八事变"以来,我们日夜盼望的是中国出兵抗日,收复失地。待"卢沟桥事变"后,我们又日夜盼望抗日战争的最后胜利。这一天终于盼到了,1945年的8月15日,日本宣布无条件投降。这是多么令人高兴的事!

应该感谢斯大林,苏联宣布对日作战,红军浩浩荡荡开进我国东北,消灭了那里的日军,迫使日本迅速宣布投降。听到这个胜利的好消息,整个延安都沸腾起来了。到夜里,有的同志把棉衣里的棉花掏出来,蘸上煤油参加了火炬游行,形成了狂欢之夜。我自然也是无比的高兴,盼了八年之久的胜利之日,今天终于到来了,怎能不高兴呢!但却又狂欢不起来,因为日本投降了,我们的面前还站着个蒋介石。民族矛盾解决了,阶级矛盾就会上升起来。蒋介石曾说过:"不消灭共产党死不瞑目。"因此我不但狂欢不起来,反而感到忧心忡忡。

蒋介石邀毛主席到重庆搞和平谈判了。能和平,当然求之不得。中国人民谁还愿意再过痛苦的战乱生活?但我心里却一直不踏实,怀疑蒋介石到底有多少诚意和共产党搞和谈。

历史证明,蒋介石还是逼得我们又打了一场解放战争。不过他虽然有美帝的热心支援,但还是终于彻底失败了,最后逃到了台湾。因为他太不得民心了。

日本投降后,虽然国民党搞和谈,但却在积极地和共产党争夺胜利果实。我党有鉴于此,因此延安的同志们就有组织有计划地日夜兼程各奔前程了。

我于当年的11月,怀着恋恋不舍的心情离开了生活了6年之久的革命圣地,和苏光、温一斋等同志一道,携带妻子萍杜和两个小儿到了新的天地——晋绥边区。

延安的时代已永逝了,愿延安精神永在。延安用马列主义思想武装了我,也使我在版画艺术上获得丰收,我是永远感谢延安的!

# 第七章　在晋绥边区

## 我的心愿

我以从未有过的兴奋心情,从延安携儿带妻回到了当时的晋绥边区。我是山西人,到了晋绥的政治中心兴县,就有回到故乡之感。

从延安出发时,有两点想法,一是想到新解放区看看;二是要全心全意为农民做点普及的美术工作。其所以有第一点想法,是因为长期在总后方延安,很想亲眼看看新解放区的人民,了解他们过去在敌伪统治下是怎样生活的。其所以有第二点想法,是因为经过延安文艺座谈会,总算对文艺为什么人的问题有了深刻的认识,对美术的普及工作有了重视,对民间的群众美术也有了爱好。所以总想在晋绥工作期间在普及工作和研究民间美术这些方面都做出点成绩来。

因此一到兴县就把爱人和孩子安置在黄河边上名黑峪

口的一个招待所里，让她们日夜倾听不休的黄河诉苦声。而我自己就独自向新解放区出发了。

那时晋绥边区管辖的新解放区主要就是汾阳、孝义、灵石等地，都是从阎锡山手里新解放出来的。而当时这些地区的县城尚未解放，但广大农民已都在共产党领导之下了。我的计划是到灵石去，因为灵石是我的故乡。

而那会同蒲铁路和灵石城都还在阎锡山手里。所以竟把灵石分成了两半，河东灵石①属晋冀鲁豫的太岳区所管辖，新解放的河西灵石则由晋绥的吕梁地区所管辖。

## 走向新解放的河西灵石

在苏联"十月社会主义革命纪念日"之后，我从兴县出发，背了30多斤重的一个大背包，里面装着厚被子、褥子和衣物等，还背着画板之类。这是我一生中第一次负重行军。从延安到晋绥，一路还有牲口驮东西驮妻儿，我步行的累了，还可和同行的同志们替换着骑一阵骡子。而今全程要两腿步行，也确实不是轻快的事。好在我当时才34岁，身强力壮，也有吃苦耐劳的决心和毅力，因此这些负担就有点不在乎。

同行的有两位同志，他们都是到洪洞县去的，其中一位也是从延安出来，会唱陕北民歌《信天游》，一路上他唱道：

要穿红来一身红，

---

① 河东，指汾河以东。

红袄红裤红头绳,
一对红绣鞋两盏灯,
实在爱煞人。
要穿白来一身白,
白袄白裤白绣鞋,
胸前还有对白奶奶,
情郎哥哥你爱不爱。
要穿蓝来一身蓝,
蓝袄蓝鞋蓝汗衫,
蓝花花手绢手中摇,
走起路来一溜烟。

他唱的真使我入迷,使我忘了行军的疲劳。

路经吕梁地区区党委,得知从孝义到河西灵石过不去,说那里还有敌人,要我从平介县(即现在的平遥和介休县的部分地区)过封锁线绕道河东灵石,然后再由河东通过封锁线到河西。这样,我们就只好投奔平介武工队去了。

当我站在汾阳的薛公岭遥望东方蔚蓝色的绵山山脉时,就好像已经看到了家乡的亲人,一种无名的怀乡之情缭绕在我的心际。呵!久别的故乡,我将要回到你的怀中了。

久处山区,而今下了薛公岭,来到汾阳平川,不但顿觉眼宽,而且也有一种新奇之感,房间漂亮了,吃的也讲究了,而女人的服装也时髦了……

我们来到武工队所在地的平介县任庄,住在一个老乡家里。炕围油漆得发亮,还有图案装饰,窗上安着大块的玻璃,炕上铺着毡子和油布，吃的是高粱面"擦尖"，和吕梁山上一路的兵站清苦生活相比已感很美了。

在延安时就常听同志们讲武工队护送干部过敌人封锁线的故事，例如木刻家彦涵夫妇，从晋东南通过封锁线回到延安，却把小儿子留在太行山的老乡家里。当妈妈的想念儿子了，就请党组织帮助，像邮一封信似的，终于把小儿子从晋东南邮到了延安，中途也是由武工队护送过铁路线的。听起来真有点神奇之感，但同时也感到革命队伍像一个大家庭似的温暖。现在终于轮到我过封锁线了，一种兴奋紧张的心情油然而生，似乎要尝试一种新的经历，但又感到好像有些冒险……

武工队尚无出发的消息，我闲着没事，就拿出画具给房东老太太画像，之后又给他们全家画。立刻武工队的同志们就知道了，也请我画。不久任庄就都知道来了个八路军的画家。房东对我招待得更好了，战士们也对我热情了。

大约过了半年，当我从孝义县回到汾阳给区党委画毛主席像时，一个不相识的战士对我说："有个画家在任庄画了很多像，人家画得真绝了……"我听到之后，内心在发笑，人们已经把我给神化了，而那位战士却绝没有想到，他所津津乐道的那神奇的画家就在他的面前……

武工队护送我们离开任庄后，当夜住在平遥的北官底。

北官底是晋中平川的一个大村庄，已能远远地看到"勾子军"①所在的宁国阜。这里是我军过往人员经常的驻地。

---

① "勾子军"指阎锡山的军队，这是老百姓的习惯叫法。

在分配我住的老乡家里，遇见一个小鬼——一名小八路。我一看到他就被吸引住了，感到新奇。因为我还从来没有看见过如此年幼的孩子当了八路军。如果在和平时代，他还离不开妈妈哩，然而他现在除了穿一身并不合身的有些大的灰军衣外，皮带上还挂着两颗小小的手榴弹，简直像是他的两个小小玩具。我问他：

"你拿的手榴弹有什么用？"

"碰到狼就有用处了。"他说。好像他真的会放手榴弹。我又问他：

"何时当了八路军？"他一面上炕解腿上的绑带，一面告我说："八岁就参加了八路军，现在已有三年了。"于是他坐在炕上，手里玩着绑带，在暗淡的煤油灯下，给我详细地讲述了他的光荣革命史。

他说："我是汾西县城里人，原来在'勾子军'里当小鬼，一个当排长的是我军的秘密工作人员，一天，悄悄对我说：'当顽固军不好，你还是去当八路军吧，八路军里不兴打人……'从此我心里就不安了，像得了相思病，做甚也做不在心里。一天竟误了给连长端饭，连长狠狠地揍了我一顿。我气极了，当晚就偷偷对排长说：'排长，咱们走吧，再不走就要让人家觉察了。我已经沉不住气啦！'

待排长陪人家打完牌，等大家都睡了，我就和他偷偷跑出来。

走到汾西城外，在月光下看到有个放哨的兵抱着枪睡着了，排长就要我把哨兵的枪栓拿掉。我不敢，排长说：'不要紧,去吧!'果然我就把枪栓拿掉甩在沟里,两人就跑。走不远,又回头看看,见哨兵醒来了,发觉丢失了枪栓,很着急,自言自语说:'我的妈,这可咋办呀!'后来就丢了枪也跑掉了。我们见他跑,就追他,追上后告诉他说:'不要怕,我们也是偷跑出来的。'

于是就一齐来到八路军。"

小鬼接着说:"真糟糕,不把枪栓甩掉就好了,还能带一枝枪过来。"又说:"如果我们迟走几天还要好,就可以多搞出几个人来……"

他说着,一面把破旧的军帽脱下放在枕旁,展开破被单,钻进去,把军衣脱下盖在身上,一面伸手在身上摸虱子,不久就呼呼地睡着了。

我睡时,把我的棉衣给他盖在腿上,因为我看到他的破被单很单薄,而他的衣服又盖不住他的膝盖。

我躺在自己的厚被之中却久久不能入睡,竟想到了自己的男孩子……

第二天我们很早就上路,竟忘了问小鬼姓名,也忘了问他从哪里来,到哪里去……

黄昏时来到介休城北的铁路边,这时能听到火车的汽笛鸣叫声,也看到了长龙似的列车飞驰而过。

武工队的战士们在指导员的指挥下,持枪匍匐在路基下,保卫着我们通过铁路的桥孔,一共有二三十人跑步前进,终于安全通过了铁路线。

在星光照耀下不久就来到绵山山脉下的龙凤川。龙凤川已是我们的老根据地了，到此后才感到路上走出了一身大汗，全身凉冰冰的。然而一颗怦怦之心也就安静下来了。

一天，终于沿着绵山山麓于黄昏时来到灵石县的东村，在暮色苍茫中瞥见那熟悉的尖杨山和熟悉的仁义河，就有一种亲切感。我决定先到弟媳妇的娘家去看看，想了解些情况。

东村这时到处都碰到穿军装的人，乱纷纷的，已非昔日之恬静山村了。

没想到我的母亲和弟媳妇全家正逃难到此。母亲见到我后第一句话就说：

"眼明煞了！"意思是说多年没有音信的儿子没想到竟会突然站在她的面前。

听母亲说，驻扎在铁路线上南关村的"勾子军"经常到解放区的边沿村庄来抢粮，我们郝家掌对面的郝家铺离南关有30来里，有时也来抢。来了就向老百姓要粮，不给就打，吓得人们都跑了。家里不能藏粮食了，就藏在野地里，山圈里①。于是"勾子军"就寻脚踪，"刨窑窑"②……在这种情况下，母亲和弟媳妇全家就逃到东村来了。

到第二天，我送走两位同行的伙伴后就找当地县委会联系。了解到河西灵石目前还完全是个真空地带，解放之后，我军就开走了。既没留下武装驻守，也无建立政权。此刻，河西党政全班人马都在河东，正准备回去开辟工作。要我暂时住下，等待行动。我有个堂弟名郝力章，担任当地的区委书记，

---

① 山圈，是灵石老乡在山上关羊的土窑洞。
② 刨窑窑，指老乡把粮藏在野地里的暗窑内，勾子军寻到后把粮挖出来。

他经常全副武装流动于仁义河一带。我为了体验战区生活就带着画具和他同住在老百姓家里,一面给人画像,一面跟上他到处跑,了解了故乡在抗日战争时代的很多情况,颇有意思。

当我听了堂弟讲到他和民兵住山圈、睡野地的艰苦生活,以及故乡儿女和日寇英勇战斗的很多英雄故事时非常感动。

最著名的英雄名裴金旺,当日寇进村时,他为了掩护民兵而英勇牺牲了,人们为了纪念这位民兵英雄,把他所在的河南村改名为金旺村。我和他的叔叔裴孟飞(即裴鸿昌)是中学同学,他的祖父和父母我都认识,当我到他们家作客时,他才三四岁。"文革"之前裴孟飞曾任甘肃省委副书记,在"文化大革命"中硬被"四人帮"的爪牙们折磨而死。1978年我曾在兰州烈士陵园参拜了裴孟飞同志的遗像和骨灰。我为他们叔侄的战斗的一生而感到光荣。

我们终于向河西灵石进发了。我告别了母亲,告别了堂弟,真有些恋恋难舍。

得到出发的通知,是我跟上堂弟在仁义河活动了约半个月之后。我们从东村起程,当天下午到了静升村。同行的有河西灵石的县委书记蔡福勤、县长景廷瑞、宣传部长吴子奇、组织部长侯德常、公安局长韩嘉庆,他们都是河西灵石人,不知何时来到河东的。此外还有一连武装,作为我们的保卫者。也有民夫给担着棉军服……

从静升过了山,黄昏时到达介休县的义棠站,又是在紧张中过敌人的铁路线。然后在月色中从义棠桥向西行。我背着大背包一连走了四十里路，走得满身淌汗，休息下来就觉得背心冰凉。

走到一个村庄，于月光下正在村中享受休息的幸福时，我们的队伍中有人去敲人家的门，敲了半天门不开，却从院里丢出个手榴弹来，只看到一团火从空中飞下，接着就轰然一声，幸亏没有落在人堆里，所以没有伤亡，但却吓得大家东跑西闯，乱不成军了。后来总算在月光下又集合了起来，却丢失了一担棉军服。

于是又在月光下继续行军，目的地是何处，连我也不知道，只是紧跟着武装走。在深更半夜住进了一个村子，真够累了，很快就进入梦乡。

我们在河西灵石毫无群众基础，这片土地多年在阎锡山的统治之下，虽然老乡对他们恨之入骨，但因地方势力还是阎锡山的人，所以敢怒而不敢言。我们的到来，他们虽然心里高兴，但还不敢和我们接近，怕我们站不住。这种情况对我们的活动是多么的困难。

然而群众对我们总还算好的。一天给我派饭时把我派到了一个老农家里，看到院里有一些蜂箱，我问老头："有蜂蜜吗？""哪里还会有蜂蜜，早让勾子军吃光了。"后来我给老头画了一张像送给了他，他高兴极了，于是就主动给我端来一碗蜂蜜水……

我在一个村里曾参观过勾子军的工事。用地下暗道把村外的一个很高的无门碉堡和村子连起来，其计划是想要把这个据点长期坚守起来,然而当我大军到来时就都跑了。

我们过着全然是游击队的生活,所谓县委会、县政府,既没有个固定的住址,也没有个办公的地方,每到一处,黄昏时进村,吃过晚饭稍事休息就又要转移,怕有人透露了风声敌人来夜袭。待第二天黎明就又出发……对我来说,这种日子真是太不习惯了。然而蔡福勤同志还要考虑和阎锡山的地方武装进行和平谈判。因为这时我党中央也正在和国民党和平谈判。

于是在双池镇找了一个楼房。由我负责布置了一个和平谈判的场所。又贴红绿标语,又摆茶壶茶碗……大有和平气氛了。然而当敌方到场时,发觉他们带的武装没有我们的数量多,感到有点像刘邦赴"鸿门宴"的味道,说了声"改日再谈"就走掉了。敌人走后,我们的连长拍着自己的脑袋说:"右了!右了!"意思是应该当场把敌方解除武装扣起来,或者消灭掉……

当夜我们住在双池附近的一个小村里,但绝没有想到黎明前敌人来包围,得知了"情况",大家就连忙从炕上爬起来,我连背包也来不及捆,把被子背在肩上,拿上挎包就跟上蔡福勤他们往野地里跑。据说敌人当时已进入村口子,险些被俘。但急忙中把一个漱口杯丢在住处了。问题是我们的武装并不和我们在一起,不知当夜住到哪里去了……

看来我是无法再在河西灵石存在了,再搞下去真是性命难保。于是蔡福勤同志就把我送往孝义。这时可以通往孝义了。据了解孝义的情况要比河西灵石好得多。

没想到我离开河西灵石后,约在1946年的夏天,蔡福勤同志不幸为敌人所俘而英勇就义了。一个放羊娃出身的县委书记为革命献出了自己的生命。

## 在和平的孝义农村

当我来到孝义县时,县城尚未解放,县委和县政府机关都驻扎在东小井村,我和宣传部的同志们住在一个老乡家里。

近十多天来,在河西灵石过着动乱的很不安定的生活,夜里只能和衣而睡,身上竟生了虱子。现在来到东小井,我可以换洗衣服,光身睡大觉了,感到无比的安逸。

孝义是晋中皮影艺术的故乡,因此窗花剪纸也像春花似的盛开。当我从灵石来到孝义路经杜村时,曾看到老乡的窗户上贴着很美的红色窗花,我问主妇是什么人剪的,她说是她妹妹剪的。她妹妹名石桂英,住在东小井。

我于1946年的一月下旬,来到了东小井,就决心去访问这位农村的艺术家。

石桂英有30来岁,丈夫是民兵。她已有两三个儿女了,除了做一般家务外,还日夜抽空纺花织布。我给她的儿女每人都画了速写像,她很高兴。

和她熟了之后,就向她提出合作剪纸的问题——我画她剪。她同意后,我就照着她织布的样子画了一张小图,全是轮廓线。交给她后,等第二天去看时,她已剪成了一个红色的窗花,真是一个非常美丽的窗花。石桂英给织布的妇女身上不但配上了美的图案,而且那图案多样而统一。例如裤上的"如意",她是根据空间的不同而安排的,能使"如意"多变而完整。其次是布机腿上方两侧也加上了图案,既美化了布机,又和妇女身上的花纹有了呼应。其结果是为整个剪纸增加了光彩。最使我惊异的是,我的原稿因透视之故,只画出妇女的一条腿,即两脚都踏在布机上。待她剪时竟剪成两条腿都显现在画面上了(即一脚踏布机,另一脚闲放在地上),这样一来,就使画面更美观了。

我问她:"用一只脚踏也可以织吗?"她说:"可以的。"

此外她还给妇女头上剪了个发卡,加得真好。我真钦佩她的审美趣味之高,赞赏她在剪纸艺术上的非凡才华。我得到这个新剪纸如获至宝。它既不失窗花的传统,有美的透光,有浓厚的装饰性,而又有新意。既是写实的而又有理想。这个剪纸真像是我和她共同"生"下的一个小宝贝。我们的合作是非常成功的,彼此都感到了创造的欢喜。难怪她的小姑开玩笑说:"老郝和嫂嫂要是一对夫妻多好,一天到晚可以在一起剪花花了。""死丫头不要胡说。"嫂嫂笑的骂小姑。但我和她都会心地笑了。

全国解放后,不知怎的这《织布》剪纸竟和中国的木刻一起载入东德出版的一本中国版画选集中。至今恐怕石桂英还不知道她的作品已飞到国外去了吧。

我之所以重视这个合作的作品,一来因为它本身是美的,是我到新解放区的一个纪念;二来也因为这一合作实现了我在延安时候就已有过的设想;三来改变了我对农村妇女在艺术才华和修养上的低估,发现了一个作为文盲的家庭妇女,她的手艺竟比我预想的高出一筹,我多么地高兴。

在孝义,我还认识了一个房东的女儿,名拉子,她也给我剪了不少剪纸。她生得标致,剪纸也剪得出众。我非常喜欢她。她送了我一个具有丰富内容的剪纸,是为婚嫁时装饰礼品用的。其内容为:

莲花夹钱,过年养个胖孩,

桶里出莲出桂花,抱上儿孙抱外孙。

兔儿抚莲花辈辈享荣华。

蝉盘桂,女婿爱,

莲花桂花石榴花,夫妻二人活到老。

通过这个剪纸寄托了旧时代妇女的多少愿望和理想。我还是第一次从拉子的剪纸中了解到竟有这么多的说道。用孝义方言来读,是很押韵的。

多少年后,我听说拉子的命运很不好,上帝并没有依照她剪纸中的愿望而安排,由于丈夫对她无爱而别有所欢,她生育过几个女儿,后来竟服农药自杀了。我为她的不幸而悲哀。前些年我写了一篇名为《桃树庄的春天》的小说,其中主人公兰芝就是基本上以拉子为"模特儿"而创作的。

一有空我就喜欢到武勇家去玩,因为我和他母亲谈得来,我到他家坐在热炕上,就像到了我自己的家里一样。

一谈起来,老太太就给我谈她在阎锡山统治下的苦情:

麦子黄啦,人家不许割,说是要等一齐黄了才能割。向阳的黄啦,向阴的还绿哩,那就等着吧,结果等得向阳地里的麦穗穗自己干得落在地下啦,到末了下起冰雹来都给打光了。

能割回来的,都要集中在场里,不管谁家的都集中,不许拿到窑里,怕偷去哩。前年夏天雨水大,好多麦子都在场里沤烂啦,雨水冲走的也很多,但是老百姓不敢动,要是在谁家发现了麦秆子就要处罚。

老百姓饿得没吃的,而自己种下的却自己吃不上。没办法,我们吃"打碗花"①。我媳妇弄回来,说:"妈妈,好吃。吃吧。"我和媳妇就吃起来,满嘴野菜味,哪里能好吃。因为吃不上粮食,瘦得人们灰踏踏的。

自己到自己地里,还要在村公所开条条。条条上写明摘豆角或是攀包谷。假如条条上没有写着,你多摘了一点瓜菜就要处罚,说是偷来的。担炭也要在村公所开条条,否则炭窑上不敢卖,发现了就要加倍处罚。

弄得人们没心劲生产了,"编村"②强迫人们种麦子,有的就把耧空摇上。后来"编村"协助员问:"为什么不出苗?"老百姓说:"那是种籽坏啦,出不来。"你想,种上麦子也吃不上,谁还愿意种哩!

妇女们给阎军织布,可是发的花不够。三口人一年要给人家交二十七丈布,却只给发三斤棉花。

经常敲锣召集开会,不去了也要罚。一天开几次会,都是向老百姓要东西,把三面锣都给敲烂啦。婆娘们一听到敲锣

---

① "打碗花"是一种野生的牵牛花。
② 阎锡山的基层政权组织,相当于多。

就心跳。交不出布来就罚跪、打、关禁闭。

青年人告诉老太太们,在会上有要事说上几句,没事就不要闲拉话,怕惹祸。人们说,夫妻两口子前半夜也不敢说句话。人们很早就盼上八路军了,你们不来人家就把麦子都拿走了。人家"编村"的人说:烟筒筒不冒烟了,就不要啦!

我把帽花花、围巾、手镯子、铜盆、三十六颗珍珠都卖了也不够交人家的公粮。

没办法,只好全家去逃难。

早上我儿假装着去送公粮,赶了一条厘麻牛驮了一口袋荞麦。我和儿媳一人手里拿了一把镰刀,假装着到地里去割黑豆,预先商量好在一个村里集合,我们就逃到汾阳山里交口去了,那里是八路军的根据地。

逃时是瞎跑哩,有人告诉说往八路军方面跑。饿了吃点炒面,生了一身虱子。到了交口,人家就把我们当亲人看待,打两天就来问:"老太太,来到这里汾阳人欺负你们不?"过年时人家拿来一斗麦子,一斤羊肉,还有胡萝卜、山药蛋、芫荽、葱、花椒面……八路军还拿来红纸给写好对子贴在门上,上面说我们是劳动英雄。因为我们一到交口就纺花,两人一天纺半斤。纺一斤花赚十斤小米,织一丈布赚四十斤小米。在那里一共住了十三个月,纺了六十来斤花,织了七十丈布,纺花织布共赚的吃了七百来斤小米。我们的生活过得很好。我儿在那里给人家种地,也分了很多粮食……后来听说八路军解放了孝义了,我们十月初十就回来了。

老太太问我:"人家说你们还要走,到底是不是真的?"

"放心吧,不会走。"我说。

我在孝义和新解放区人民度过了1946年的春节。当时由于解放后不久,群众的生活还不能很快改善,所以不少人家在正月初一过大年吃的是荞面饺子,已算美食。我为此很难过。但群众的心情是舒畅的,愉快的,因为他们已永远脱离阎锡山的苛政了。我们与群众共同观看了著名晋剧演员"夜明珠"回乡省亲时为故乡人民和"十六红"演出《龙戏凤》,并看了孝义秧歌,也是永远不能忘怀的。

清明后,我离开孝义到了汾阳冀村,当时吕梁地区的区党委正在这里准备开会,我为大会画了毛主席像和朱总司令像。第一次看到了政委罗贵波同志和组织部长解学恭……之后我就回到兴县。

## 回到兴县

经过艰辛的行军,我从孝义回到兴县,急忙去看别后已有半年之久的萍杜和孩子们。那时萍杜还和两个小儿住在黄河边上的黑峪口留守处,过着孤寂的日子。

在一个农家的非常简陋的窑洞里,我看到久别的萍杜,有如薛平贵在寒窑里看到王宝钏。大儿阿明到村里和别的孩子们玩去了,小儿阿强正出麻疹,为了保护他的眼睛,萍杜把窗户都用布挡上了,显得家里很暗。而她一个人日夜护理孩子已有两个通宵没有合眼了,熬得眼红身累,但却毫无怨言。在这种场合,我的归来,她怎能不为之高兴。而我对她则既感内疚又感心疼,立刻悟到萍杜作为母亲的伟大和作为妻子的贤惠。自然,只有家庭在有难的时候才更需要做丈夫的对于妻子的疼爱。

我放下行李就投入护理工作中,一来为了补偿欠她的家庭负担之债,二来也为了尽丈夫应尽之责,使妻子得到安慰,得到休息。阿强于1945年2月25日生于延安和平医院,此刻不过一岁多。我给他喂水,喂饭,而他却呼吸急促,烧得火烫。但危险期已过,因为麻疹已出来了。

当夜我让萍杜早早安眠,我值夜班,这虽然是件辛苦的事,但却反而感到内心的欣慰,像一个赎罪的人有所慰藉的心情。阿强终于退烧恢复健康了,我和萍杜感到家庭生活的更加幸福。我对她感激万分。

我有时也独自站在黑峪口的山畔静观那流动不息的黄河,听它那暗自私语的心声。我已三过黄河了,但都在紧张的心情中渡过,而今则联想翩翩,竟想到北朝《木兰诗》中"朝辞爷娘去,暮宿黄河边。不闻爷娘唤女声,但闻黄河流水鸣溅溅……"的诗句。黄河经历了多少个时代呵!它在中华民族的精神世界里有过多么大的影响!唐代的诗人李白不是也写过"黄河之水天上来,奔流到海不复回"吗?当我和"抗敌演剧队第三队"的同志们从壶口初过黄河,领略了那奔腾叫嚣如虎狼的雄姿,因而使光未然写出了震撼人心的《黄河大合唱》。如今在我面前的黄河则又是温顺如处子了……

这之后就把萍杜和孩子们从黑峪口接出来,住在兴县城里文联机关。那时组织上分配我在晋绥文联工作,任美术部部长。文联主任是亚马，1935年我在太原"西北剧社"时就认识了，那时他在剧社学演戏。此外音乐部部长常苏民，是我在太原成成中学读书时的音乐教员，副部长张鲁，是我的成中同学，他是从延安鲁艺音乐系出来的。所以我们都是老相识。

一天我到高家村《晋绥日报》社去看苏光，看到他和李少言同志编辑出版了一种单张的《晋绥人民画报》，是面对农民的，我就决心"入股"，因为我在晋绥文联没有固定的工作，心想，如能合力把《晋绥人民画报》办好，为农民做点普及的美术工作，不但于心颇安，而且也是很有意义的。

经我向晋绥分局党委提出我的设想后，得到了领导的同意，于是就把文联美术部的人员全部调到高家村来办画报，并任命我担任《晋绥人民画报》主编，苏光任副主编。从美术部来的还有牛文和侯凯两同志。由于分局党委做出了以上决定，亚马也只好同意。这样，我回兴县后就把全部精力投入《晋绥人民画报》的工作中了。

我在高家村一个老乡的院里住下，白天和苏光、牛文在一起编画、作画，夜里和他们睡在一条炕上。这时就把萍杜和两个小儿安置在高家村西边不远的一个名叫西坪里的农村，同报社其他同志的家属住在一个院里。为此我要在工作之余到西坪里给萍杜挑水，因为这里吃水很难，去的早了能在山岩下水池中取到一夜积下的泉水，去的晚了积水已被村民取完，就要把桶放在岩下，让泉水一滴一滴地滴在桶里。担一担水很费时间，而这就是生活。

当解放战争中胡宗南占了延安打到黄河边时，为了安全,报社领导又让萍杜和其他家属住到山上去。

情况好转了,又让她住到高家村的老乡院里。这样我才算安下心来,不为家庭的流动和家务事多分心了。

我从孝义回到兴县后,曾为《晋绥人民画报》刻了一幅套色木刻《贺龙同志像》,由李少言同志陪我从高家村到蔡家崖把像送给贺司令员。这样我总算见到了这位久久敬仰的威震四海的红色将军了。谈话中我对他建议说:"吕梁剧社有个名演员,艺名'夜明珠',唱得好,你把她请来给大家唱唱吧。"贺司令员听了很高兴,果然不久就把"夜明珠"调来兴县。吕梁剧社当时很担心,只怕贺老总扣住"夜明珠"不让回去。但结果并没有扣,还是让她如期回去了。"夜明珠"来兴县后,在北坡露天剧场演出了《打金枝》《打渔杀家》等戏后,贺老总场场都到,看了表示满意,就连深懂晋剧的分局副政委张稼夫同志看了也大加赞赏,一般干部看了也非常高兴。我们的有些同志竟称"夜明珠"为"珠珠",以表其爱。但这应该感谢贺老总,而我也觉得为大家做了件好事,尤其为贺老总接受我的建议而感到得意。

"夜明珠"演出的戏,给我思想上以很大启发。我想,艺术都来源于生活,但中国的传统戏剧却能结合歌唱、表演、音乐、舞蹈、美术于一炉,使人感到它比起普通的实际生活来真正做到了毛主席所说的"更高,更强烈,更有集中性,更典型,更理想",因此也更美。从而引起了我极大的兴趣,对祖国的文化有了更高的评价。我们的传统戏剧是最富有中国特色的,具有高度的创造性,和自然主义绝对无缘。这是值得我们很好学习的。

后来我访问了夜明珠，了解了她的身世，对她倍加同情。可惜她竟不幸于1948年冬病逝于原籍孝义，终年仅26岁。我于1987年根据那次访问写了《怀念夜明珠》一文，发表于《山西文学》，以表纪念。后收入我的散文选集《马兰花》内。

## 致力于《晋绥人民画报》

《晋绥人民画报》是1946年1月由李少言同志筹办起来的，但因他要为《晋绥日报》做很多美术工作，无法把精力放在画报上，因此就由我和苏光、牛文三人把画报的工作担当起来。因为经过学习毛主席《在延安文艺座谈会上的讲话》，大家都重视了美术的普及工作，所以我们三人都愿全心全意把画报办好。牛文是山西灵石人，我的同乡，又是在鲁艺学习过的，这都是我们三人能够同心合作的可贵条件。

画报原为苏光任主编，组织上让我担任主编后，让苏光任副主编，但他没有为此而表示不悦，我很高兴。我接手画报的主编工作时，已出版好多期了。它是一个用油光纸石印的单张画刊，面积为新闻纸的四开，为晋绥三百万人民服务。为什么要出单张呢？因为单张便于在农村张贴，便于农民购买、阅读。每月出版两期，每期开始印三千份，后来因为画报得到了农民的欢迎，停刊之前每期增加到四千份，这是一个很有意义的工作。

画报最初基本上是红黑两套色，我上任后就和苏光、牛文研究使画报变成三色套版。为了熟悉业务,提高画报质量,我们三人经常和石印工人在一起,共同劳动,共同研究,终于研究出采用网点套印色彩的办法。这样一来两色套版的画面上就能产生三种色彩,例如用蓝和黄两色相重就是绿,如果套用三色,色彩就更为丰富了。但由于印刷条件所限,不能经常用石印三色套版和四色套版,只能成为石印两色和三色套版隔期交替使用的彩色画报。

我们对于画报,就像公社化时期农民对待他们的"自留地"一样,是从编排、改稿、直接在石印机上制版、修版、监工一手插到底而编印出版的。所有这些都说明我们对于为农民服务的美术普及工作之重视和心诚了。

画报的内容是以连环画为主,但又不能连载,必须每期独自成章。因为农民没有订画报的能力和习惯,上期得到了,下期可能看不到。为什么要以连环画为主呢?因为连环画能说明事物发展的过程,它是宣传党的政策,通过故事来教育群众的最好的美术形式。除了连环画还发表单幅画、漫画、木刻、绘画、剪纸……以求内容的多样。晋绥的美术工作就是以画报为中心而发动大家进行创作的。例如我的套色木刻《送马》,最初就是发表在画报上的。当时贺龙司令员号召部队把编余马匹无偿赠送给贫苦军烈属,帮助他们解决生产中的困难。为此,我创作了这幅木刻。《送马》在画报上发表后,苏光和牛文批评说:"你那位军烈属画的太衰老了,送给他马,他也不能上地耕种了。"我感到他们批评的对,因此于1948年参加土改工作归来后,又重刻了一次,把军烈属的形象画的"老当益壮"了,他们看了表示满意。这就是留存至今的《送马》。这幅套色木刻已成为我在晋绥时代的代表作了。全国解放后,曾于1949年全国文代大会期间参加了第一届全国艺术展览会,后又被选入上海晨光出版公司出版的《新中国版画集》中。

《晋绥人民画报》虽是画刊,但它同时又具有报纸的性质,所以必须紧紧地配合当时的政治任务,及时反映国内外政治动态,以及边区各地群众的对敌斗争,土地改革,生产建设,防旱备荒等等情况。从群众中来,到群众中去,以求提高群众的政治觉悟并鼓舞、指导群众开展各种中心工作。

《晋绥人民画报》因为是要给文盲和半文盲的农民看的,所以,以少用文字为原则。除了画报的标题和连环画的说明外,一概不登文字的东西。必须用的文字,也一定要写正楷字,不能潦草、简笔,并应尽可能写得大一些,这些字都由苏光来写,他有写仿宋体的本领。到后期,连环图画的文字也一概不用散文,而代之以简短的歌谣体和"快板"。这就更为群众欢迎。这样也就向我们办画报的人提出了向劳动人民学习语言的任务。否则,我们的配词是不会生动鲜明的。《晋绥人民画报》的排版以整洁、醒目、明朗为原则,不允许在排版上玩弄花样,宁可平板,而不离乱。因此,一套连环画就不允许有大小不一和奇形怪状等现象,也不允许在排版时把别的画插入连环画中,或使连环画互相隔离。必须使连环画在画报上有完整的感觉。为什么要这样做呢?因为我们必须考虑到农民的阅读能力,而不以排版的花样为出发点。所有这些都在说明我们的"群众观点"。

领导对于《晋绥人民画报》也是非常重视和严格要求的,稿件画好后,要经过全体编委的审查和报社总编的审阅。有时一幅画要重新画过,甚至一次两次三次地修改。首先考虑的是图画的政治内容和政策思想,然后再涉及关于技巧的细节,所有这些都说明我们对于工作、对于读者的高度负责精神。

一天,郭生同志和我在蔚汾河同行,他对我说:"力群同志,我真没想到你这样的大艺术家会安心做《人民画报》的普及工作……"是的,他真是不了解毛主席的《讲话》对我的教育和我对画报工作的乐趣。直到如今回想起来,我也觉得是一生中一件光荣的工作。而我和苏光、牛文的友谊也由于共同经营画报而加深了。

但终于因为晋绥分局要调动人马参加崞代土改工作而使《晋绥人民画报》于1947年5月停办了。算来画报自1946年1月诞生,共出版了32期。历一年多的工作经验,我觉得要办好一个为农民服务的画报,必须有以下的一些主观条件:

一、以高度的热情,全心全意地为人民作画,准备和一切困难作斗争。

二、对于党的政策、路线、方针和时事要认真学习。

三、对于当地群众的生活斗争要有一定程度的熟悉和了解。

四、一切从服务对象和政策出发,紧紧地联系群众,虚心地向群众学习,倾听群众对于画报的意见。

五、努力画好素描、速写,提高自己的技术。

当时在中国的解放战争年代,在各解放区,除了《晋绥人民画报》外,还有为牧民服务的《内蒙画报》,主要负责人为尹瘦石同志,还有为农民服务的《嫩江画报》,主要负责人为叶洛同志。我在《怀念叶洛同志》一文中曾说:

"这是三个具有共同信念的单页的兄弟画刊,象黎明前的三颗晨星,洒向大地一点微弱的启蒙之光。我和叶洛虽万里河山相隔,但每每看到《嫩江画报》就有如看到叶洛其人,他不仅在《嫩江画报》上作画,还写通俗诗歌。这时,我们能通过对方的画报照见彼此的一颗诚挚的乐于作普及美术工作的心。"

当《晋绥人民画报》创刊一周年时,我于1947年1月6日在《晋绥日报》上写了《"人民画报"教育着我》一文,作为对它的周岁的纪念。其中有下面两段话:

"当我看到每期《人民画报》象那厚的布匹似的,以三千七百份的巨量从石印部搬到发行处时,就好像每张画报都向我说:'再会了,我们就要到全晋绥的人民中去……'于是一种责任感就象重担似的压着我,使我感到一种负重的心情。

"当画报发下去,听到记者、报贩以及地方干部和部队干部的来信说:《人民画报》为群众争购,当做年画;为小学教员重视当做公民课本;为乡村干部欢迎,当成一种集体学习的文件;为炭工所喜爱,向报贩大量购买;为战士所欢迎,说看不到它好像少吃顿饭;此外并为伪军争阅,并为蒙古士兵隔着黄河叫讨……这是如何的鼓舞着我们,使我们感到极大的愉快呀！而这种愉快却是解放区以外的画家们所万万享受不到的。"因此如果不是我们要参加土改运动，肯定会更好地把《人民画报》办下去的。

# 第八章　在崞县的土改浪潮中

## 到前沙城村

1947年5月间，晋绥分局决定在新解放区崞县和代县进行一场伟大的土地革命，这就是所谓的"土地改革运动"，以实现孙中山提出过的"耕者有其田"的主张。

为了调动人马参加这一战斗，党组织决定停办《晋绥人民画报》，让我和牛文同志都参加"晋绥边区崞代工作团"，而我们《晋绥日报》社的社长郝德青同志又是亲自出马挂帅的。

我接到党的命令，虽然对停办《晋绥人民画报》心里有些舍不得，因为我作为主编和它确实有很深的感情了，但一想到要到群众中去，也自然是乐于遵命的。由于自从毛泽东同志《在延安文艺座谈会上的讲话》中要求"有出息的文学家艺术家必须到群众中去，必须长期无条件地全心全意地到工农兵群众中去，到火热的斗争中去……"以来，我还未曾与贫下中农有过认真的结合,而这次的土改工作却正是满足我以上愿望的良好机会。

我们报社参加"崞代工作团"的除了我和牛文外,还有作家马烽等人。外单位的以"七月剧社"的人员最多。但出发时我们的队伍却仅有以郝德青同志为首的报社十五个同志于五月二十二日从兴县高家村出发,经过八天的长途行军,于二十九日才算到达崞县城,沿途经岢岚、五寨、神池、宁武、轩岗等苦寒地区,使我更多地了解了山西北部地带的地理环境和人民的生活。

一直到六月四日工作团的领导才决定我到前沙城工作,而牛文分配在后沙城。我们的总领导是晋绥边区的公安处长谭政文同志,现改名为"李农"。他是红军长征干部,生得一双令人看了可怕的大眼睛。他带着家属,有时老婆和他吵架,他就可以下命令让警卫员把老婆禁闭起来。

一进前沙城就看到每家贫下中农的院里都摆着花盆,其中有火红的石榴花特别耀目。人们住的都是平房而无窑洞了,和黄土高原的晋西北山区相比,已是另一种山西风味。我们工作团的活动范围是有名的崞县水地十八村,以产高粱为主,因此我们经常在群众家里派饭吃高粱面"鱼鱼"。

## 在贫农黄小肉家

我进村后就和七月剧社的张楚轩同志住进贫农黄小肉家。这家有兄弟三人,小肉是老大,六十九岁;老二名官高,六十六岁;老三名明高,六十四岁。他们的老娘活了九十岁,头年才去世。兄弟三人受了一辈子苦,初给姓陈的地主家种地,陈家败了后,即靠自家做短工、赶牲口、扛柴卖过活。老大讨过老婆死掉了,没有生养小孩。老二一辈子没有娶妻。老三第一个老婆死后,又娶了一个河南来的难民,有三十多岁,生了一个小女孩。带来一个大闺女,出嫁了。老三一共有四个女儿,除了以上两个外,另一个是未娶妻之前买下的,还有一个是前一个老婆带来的。河南家带来的闺女十六岁了嫁不出去,本地人嫌她是外路的,不要。后来才嫁给一个没碗没筷的雇农,名四四,是个好受苦人,吃好吃赖都行,三十岁了,房无一间,地无一垅,真是个穷汉。

黄小肉告诉我,去年老娘死了连个葬埋之地也没有。原有二亩烂沙地,不能挖坟,后来向人家买了一分多地,花了五块白洋,才算把老娘埋了。临死时没棺材,老太太叫把一个烂箱子做棺材,儿们不忍心,死后还是硬给想法做了副棺材。他们说,受了一辈子穷,死了也应该享受副棺材吧。

黄老二告诉我,他曾在岚县城内当榨油师傅榨了十大几年的油。一天有两个小徒弟玩耍,不慎把掌柜子的大油锅给打破了,倒了半锅油,吓得直是哭,黄老二说:"有我,不要怕。"等第二天掌柜的来问,他说:"那是我半夜起来去小便,没有注意给踢的打破了。"掌柜依靠大师傅榨油,所以也没有责备他。后来徒弟知道事情过去了,高兴异常。这故事引起我对他无限的敬意。一天老二笑着讲他们家的苦情,说老三家母女三人伙盖着一条破烂被,到了冬天孩子们就冻得直哭。

说着便领我到下房去看,他抖拉起来,那被子补丁满面,好像做鞋时打下的一张布圪壁。之后又告我他们三个老汉一睡下就经常吼叫,因为受了一辈子,现在再苦受上一天,晚上就累得叫起来了。

一天下午,黄老二担回一担水来,放在院里,舀了一杓水浇红石榴,对我说:"老人家在世时她爱花,弄下这几株,我说:'送给人家吧!'她不肯,可是她死了也没有给摆了一点花。"这么说我才知道这些花的来历。我想,这些花是应该养着的,作为活了九十高龄的老人留下的纪念品。我看着这些火红的石榴花,深红的月季花,和水红的柳叶桃……就感到这些花对于老人精神上的满足。据老二说,老人在世时,请贫苦女人们给做了针线(她老得不能做了),便提上成斗的米面送人家,自家虽然穷,但是对于穷人她是一点也不吝啬的。他们种下西瓜,老太太就切成块块,叫来街上的穷孩子们给吃。她有颗伟大的对于穷苦劳动人民的同情心。

老二说,去年和今年分下的地①没牲口种,兄弟三人用镢头开了十亩。可是听干部们说给二流子分了很多粮食,全叫他们吸了大烟给日踏啦!

黄小肉真是一个非常有趣的人,由于他被选为贫农会的领导后,对群众说话太粗野,人家不高兴,他在小组会上称自己为"伙计"作自我批评说:"伙计了就是嘴赖,好嘴打人,一说话就粗里粗气,这是因为伙计赶了十来年牲口,和人说话少,和牲口说话多,一天到晚的骂牲口,骂惯了。牲口不走正

---

① 崞县在1946年曾由六分区搞过一次土改,很不彻底。

路了,伙计没好气,就骂它:'这灰鬼,妈得个屁,看你往哪里走……'伙计一天到晚和牲口说话,就把嘴学坏了。以后总要和大家和和气气,改造好。"大家听得都笑了。

我们进前沙城后,于六月七日才召集贫苦农民开会,由我们工作团的小组长狄飞同志说明来意。这之后即每天除了和贫下中农同吃、同住、同劳动了解情况外,就是在夜里开会,讲解劳动创造世界的大道理,启发他们的阶级觉悟,唤起他们的阶级仇恨,并让他们挖穷根诉苦水。

有一次狄飞同志给他们说:"世界上没有劳动人民就不成个世界,人们就活不下去了。但没有地主老财却还成个世界,人们也还能照旧活下去,而且世界将会更好,人们将会生活得更美,就好比世界上没有了臭虫人们生活得更舒适一样。"我感到他讲得很好。

## 在下大林抢耕抢种

六月十一日突然接得上级通知,要我暂离前沙城到一区下大林村搞抢耕抢种工作去。因为最近下了雨,加以夏至将到,再过十天种不上,以后就不能种了。因此六分区紧急指示,要工作团参加这一工作。要求不让荒一分地,都要种上。

我们的组长张宗文是军队干部,组员还有七月剧社的阎增寿、温秉恒、张勇三个小鬼。出发时由张宗文同志的马给我驮上被子,走了十五里路来到下大林村。这个村子很大,有十一个闾,四五百户人家。我们到后,见总领导高诗得同志已先到了,他也是军队的领导干部,对人没架子,爱说笑,一见如故。

第二天早饭后,开了个会,张宗文同志派我和温秉恒同志到五六七八间调查,看谁家还有多少地没种上,并调查贫雇农和抗烈属家还有些什么困难问题解决不了。

## 1．调查

我们来到村公所,由村副介绍了八间间长,拟先到八间调查。

间长名李逢生,是个中农,开始调查时,他很不耐心,人家说的一烦琐了,他就发脾气,训人家一顿。我告他要对老百姓态度好些,他满口答应。但走到另一家,他的毛病又犯了,我又劝告他,他又满口答应,数次之后才好些了。但他对我却特别客气,每到一处就给我打起竹帘让我先进,像戏上的反面人物一样。他到了有钱的人家也比较客气。这家伙真了解情况,他知道每家有多少水地、沙地、旱地、半旱地,而且知道得很详细。

当我们问一个女人:"你家有没有毛驴?"她说:"不要说毛驴啦,咱连个猫猫狗狗也穷的没啦。"间长不高兴地说:"唉!问你毛驴有没有,你说'没啦'就得啦,说的那些干什么!"我连忙说:"让她说吧。"我又问:"你家有几亩水地?"她说:"有四亩。""种上了没有?""种上啦,有二亩种的荍子①,有一亩种的洋芋,有半亩种的玉荍……"间长又不耐烦了,说:"人家问你种上啦没啦,你说种上就得啦,你说那些干什

---

① 荍子,即高粱。

么！"我对这个闾长真没办法,他大概长期以来训惯群众了。

当我们走到贫苦抗属贾拴柱家时,拴柱娘告我,她们还有旱地三亩没种上,并说现在就没吃的了。并告我:"房子是人家的,我们穷得穿的也没有。过去一个杨排长来,要村里给我们五斗粮,可是排长一走,村干部就不给啦。现在差四斗粮食就度不过青黄不接的日子。"经了解,她有三个小吃口,说比她还能吃,但劳力却一个也没有。二儿十三四了,是个拐子,穿着破衣服,其他都穷得穿不上裤子……她说着,我的泪花在眼里转动。看着围绕在她身边的孩子们就愈使我心酸。我最后答应想办法解决她的困难,她说:"要办就在你们走之前办了,你们一走就又没事啦！"

十四日早饭后,我们来到六间闾长家里,闾长名亢云,正在吃早饭,炕上摆着一半是玉荄面的馍馍,一半是白面的馍馍,女人们看到我们很着慌,生怕我们看到她们的白面馍馍,用身子挡着。这是我们来到崞县后第一次看到吃白面馍馍的人家。

闾长领我们到一个破烂的院子里,住着两户人家,是兄弟俩。老大名亢全全,有三口人,现在就没有吃的,因此也没有种籽,更找不到代耕的人。男人不在,老婆赤着上身,穿着打补丁而又露肉的破裤,在磨荄子面,一个瘦小而又脏透了的孩子在她旁边吃东西。她告诉我亢全全出去卖菜去了,就靠卖点菜来换些粮食维持生活。她一边磨一边和我谈,一对奶像两个空布袋似的吊在胸前,一点也不怕羞。

老二名亢来来,不在家,女人说既没有人耕,也没有种籽,今年向村上领过四斗粮食,快吃完了。我看到来来家女人也是穿着一件破裤子。她说:"八路军喜欢咱穷人,八路军来了好。"我向她家的房里四面看了看,她说:"穷得甚也没有,不要笑话吧!"我说:"八路军和穷人是一家,不会笑话穷人的。"

十六日午饭后我又到亢全全家,全全正在那里修理他的卖菜用具,苍蝇成群的围绕着他飞来飞去。她老婆仍赤着上身坐在炕边,孩子在全全身边玩。全全告诉我,家里就靠他卖菜来维持生活,一天赚上一二升茭子,可是衣服就换不过季。的确,我看到全家人的衣服都是破烂不堪的,全全也赤着上身,脏得像脱了毛的山羊。他旁边放着的烂衣,汗和长年积上的泥尘,使它硬得像一张烂驴皮了。他赤着脚,把旁边放的烂鞋拿起来给我看,说连个新鞋也穿不上。后来我坐在院里的桃树荫下和他谈。据他说,他们穷了好几辈子了,父亲手里穷,他手里还穷,而老婆又有点傻,连个针线活也不会做……和全全谈着,使我感到一种重压,感到笼罩着他家的是一种阴暗的气氛,使我透不过气来。最后我答应设法给弄些粮食。从他家走出,回到我住的有石榴花和月季花的中农的院里,就好比从发霉的地窖里走出来到充满了阳光的田野。然而我的心上却是难以安宁的。

## 2. 要粮

为了给贫苦老乡弄些口粮,十七日下午找来三十八家地主富农,在村公所大庙里开会,请他们出粮。

人全到后,由张宗文同志说明:"为了救人,我们召开此会,请大家出些粮食。"并说:"我们来后,你们村里有些谣言,说我们又来算账来了,不要土地,专要白洋……这都是谣言。我们来,主要是发动老乡们抢耕抢种,但经我们调查后,发觉你们村里有很多没吃的人家,我们就不能不管,等着他们饿死。他们有的是双眼瞎子,有的是拐子,有的是七八十岁的老头子老太婆,都是些不能劳动的人,有的能劳动,可是自己没有地,给人家劳动也找不下地方,单这样的人家全村就得三十多石口粮才能救活他们,再加上这次外村的牲口来,代耕了共147.9亩地,合计工资70来元,约合粮食6石,两项加起来,一共得四十来石,这都得大家出。"

说完后,就请他们自动报数,但谁也不开口。终于有人开口了,报了二斗,接着有报一斗的,有报三斗的,最多的报了五斗。报完后,请村长用算盘一打,才九石多,差得太远。请他们再报,于是有的加报一斗,有的加报二斗,有的加报三斗,加了半天,也不过加了三石多。在这期间我非常注意会场上的情况,有一个地主名李顺应,他有三十多亩水地,十几亩旱地,数他到会迟,而每次报数又迟迟不开口。他坐在那里很苦恼地在思虑,有一只眼睛是瞎的,好像眼眶里框着一个白色的不透明的玻璃球,动也不动。他的八字胡已经发白,脸很瘦,但一看就是个地主。我们经农会讨论,准备让他出三石,但他第一次只报了五斗,第二次加了三斗,他准备跟李逢春老汉跑,但李逢春我们只准备他出两石。

经过第二次报数后,根据农会估计下的数字,已经有出够了的,而且还有超过的。如亢保同家,我们估计他家出三斗,但他女儿第一次即报了三斗,第二次又增加了二斗,一共就是五斗了。这个女儿上身穿的蓝衣服,下身是黑裤子,很整洁,有二十开外年纪,显然已经出嫁了。她是到会的女人们当中最年轻而又最漂亮的,其他大都是老婆婆。这个年轻的女人最初一听到说要粮,便站起来要走,声明说当不了家,要回去问问她妈。我连忙说:"用不到回去,你不当家,就让大家评定吧,评下多少出多少。"因此她没走。但隔不久,当女人们都报出粮数时,她就报了三斗,后来又报了二斗,报完后,她又提出要走,说家里没人……但也没有走成。

现在既然已经有不少人出得差不多了,为了表扬这些痛快户并打击那些吝啬鬼,张宗文同志便首先表扬了亢保同家,接着又念了十来户认为出得差不多的,请他们站在一边。然后问到会的人,看这些人是否真的出得差不多了。但谁也不发言,因此我们就只好算通过,让他们先走,并很客气地向他们表示了谢意。亢保同家女儿才算跟着大家走出去。

这时候,留下的人就有些慌了,李逢春站起来首先加成一石,后又加成石五。这是我们提出非上石不行,并要李逢春和李顺应起带头作用时所表现的。而他们也看出非加不行了,但却好像从身上割肉一般,显得那样的疼痛。之后李顺应也加成了石三,别人也逐渐地增加。此刻李逢春偷偷地看了我们手里的估计单,看到他名下划着两石,于是他立刻加成石八。到这时我们觉得他已出得差不多,就请他先走。李逢春是又要面子又怕出钱的人,他总是看机行事,想表现得开明而慷慨。他对我们也很殷勤,在会场上特意给倒水喝——这是当我说"李顺应老汉你看看,李逢春老汉已经加成石八了,你才加成石七还行吗"时表现的。他们总是在念穷,说他们公粮如何重。说他们吃口如何多,说他们的庄稼打得如何的少……我说:"你们放心,我们八路军一颗也不拿,这都是给你们本村穷人的。是做好事!"他们也都说:"这是好事,你们也是为了大家。"但要他们再往上加,却都疼得不肯加。

有一个李合喜,我们估计他出一石,但他只肯出二斗,说他家有两个"抗属"的,他弟弟的媳妇和他儿媳都要他养活。磨蹭了半天,他出到五斗才算了事。有一个地主的女人,我们估计她出一石,她出下四斗,最后一定要出些茭秆来充数。说:"他们做饭一定要生火,有吃的了,还没烧的,我出些茭秆吧!"村干部们要她卖了茭秆买粮食,她要村干部们代她卖,或者就卖给村干部……有一个像甘地的老汉,名李丙亮,农会主任告我们,说他是个恶霸。他就像哭嚎似的对我们说:"实在拿不出来了,年时算账把我的地都算啦,现在我剩下的东西也卖不出去……"最后出了四斗,让他去了,村干部们说他真穷啦。最后剩下两个人,一个名王应中,一个名郑玉川,据农会主任说是两个抗公粮的,要钱不要脸,他们报的最少。张宗文训了他们一顿,说如不肯出,一定要扣起来,并叫召集民兵扣他们。王应中说:"借也借不出来了,实在没办法。"剩下郑玉川一个人了,头上流着满头大汗,冒着热气,有些害怕了,最后出了五斗才算散会,事后我们一算,共要下27石多,和我们私下估计所需的24石差不多。幸亏我们要下40石,如果要24石那就必然完不成任务了。

在归路上我和张宗文同志考虑,这38户人家,其中万一有靠劳动起家的富裕中农,就该找机会归还,应和地主富农有区别。

### 3. 分粮

十八日下午在大庙里开贫农会,讨论分配粮食的问题。这个会和昨日的会比起来,全然是两个极端:一个是要,一个是给;一个是愁眉苦脸,一个是欢欢喜喜;一个是静如死海,一个是议论纷纷;一个是穿得齐齐整整,一个是穿得破破烂烂。

待我们来到庙里时,大槐树下已坐下些贫穷的老汉和老太婆了。他们有的已带来口袋,准备装粮食。开会后老张首先宣布:"这次抢耕抢种中给贫苦老乡们买的籽种和代耕用的草料牲口等花费一概不要还,有老财们替你们出了。"老乡们喜欢地说:"那了好嘛!"

之后即由老乡们一个个报告他们家庭的贫穷情况,有的依实说,也有不实说的,但却被别人质问后纠正了。一边报告一边即由村书记逐条登记,而我即根据他们所报告的情况初步划分成头等二等三等四等。待报告完毕,即由我念出一个名字,由村书记介绍他的家庭状况,请大家评议他应属几等穷汉。我先念认为是一等穷汉的人,只说名字,不说我对于这人的看法,让群众发言。结果有的我认为是一等的,被群众评为四等了,但也有我认为一等的群众也评为一等了。大家都是用互相比较的方法来评的。首先并没有什么标准,但评上四五个人之后,即有了具体的标准。群众是很认真的,一点也不马虎,对于抗属都能给以适当的照顾。对于抽大烟的人,也提出了意见,虽然他本人说不抽了,但经过我们一问,群众就说出真情,因此有几个吸大烟的都在会上露了真相,未能评上。

在评议中主要根据他全年所收入的粮食,包括田里打的,农会救济的,慰劳给的……然后用他家的实人数去除,看每人平均多少,有的其平均数已超过通常产量的标准(这里通常产量以一石四斗为标准,超过了的就要打公粮分数,出公粮,在标准以下的免缴),于是就被大家取消了他的领粮资格。其次还看他家有几个劳动力,以及劳动力的强度。

我最先提出贾拴柱家请大家评议,贾拴柱家娘因抱的个娃娃回家去了,留下他拐腿的二儿在场。村书记宣布他家有五口人,有水地四亩,旱地三亩,全年能弄到两石来粮食,可现在就没吃没穿了。拐腿插嘴道:"房子是住的人家的,还要出房租。"之后又补充说:"没有一个劳动力,都是吃口,还有一个当八路军的……"大家咯吵了半天,有的说应该算头等,有的说应该算特等,最后就评了个特等。总计到会的四十二户贫农,只有一个特等。其它有六户一等,七户二等,十四户三等,一户三等半,十户四等。有一户不及格取消了给他粮,有两户因为吸大烟没给评等级。有一个名张守申的,说他儿又吸大烟又偷人,一点办法也没有,并说儿把他的东西都偷走了……搞了一下午,散会时已经天很晚了。

一直到21日上午才根据分配原则决定给特等的每人二斗七升五合粮,一等的每人给一斗,二等的每人给八升,三等的每人给三升……下午在全村敲锣宣布领粮,人们到的差不多了,即先由高诗得同志讲话,说明分配的情形和贫农翻身靠土地改革的道理……

领粮是先领条子,然后村上派一个括斗的人到富家去括,一定要当天完成,并规定坏了的粮食不要,括得不公平不行。结果有的领到谷子的,有的领到小米的(米一斗当粗粮二斗),有的领到芰子的,有的领到荞麦的。贾拴柱家领到一石三斗多,拴柱家娘非常高兴。

## 不良的抢麦风

我在下大林完成了抢耕抢种和救济贫农的工作后,就又回到前沙城,继续进行发动群众的工作。

七月间小麦成熟了,走出前沙城就看到田野里金黄的一片。一天下午,我走出村外,看到人们在麦田里吵闹,去到当场,才知道是拾麦子的群众抢温白申的麦子。一边割,一边抢,抢者大都是妇女和儿童,但也有老汉。名义上是拾哩,其实都是在偷和抢。据说今上午地主家的媳妇在场,金保家女人就抢走两大捆,计保家女人抢了一大捆。但没有想到我们工作团的老刘来了,他是军队干部,一来就向群众骂起来,要她们等捆起麦捆后再进来拾,但大家不听他的话,还要在麦堆旁抢。老刘发了脾气说:"你们谁抢的多,将来少给谁家分。你们都出去!"可有的出去了,有的还拾。他火了,大声骂道:"你们这样脸皮厚!不要脸!不教你们拾,你们还要拾!"这一来群众出去了。可老刘这一骂固然也有人同意,但据我们工作团的女同志灵荣等人反映,说老百姓很不满意。

晚上我们检讨,也认为影响不好,因为这既成为群众行动,就应由群众来讨论,自己纠正。我们这样做,既会脱离群众,也不能解决问题,是不符合群众路线的。

但据说狄飞昨天也做了一件错事。他走进地主温德恭的麦田里,看田的不让群众进来拾,要她们等捆起麦捆后再进来,可狄飞对看田的说:"让她们进来吧。"看田的说:"好,你教进来就让进来吧!"狄飞虽曾关照进来后不许到麦堆跟前,但没用,一进来就刁抢了个乱七八糟,一点也制止不住。结果狄飞感到自己错了,便向看田的承认了错误。但老刘却不愿向群众承认错误,他说:"我们军人错就错到底,用不到向群众承认错误。"但我是不同意他的这种说法的。

后来听说郝德青同志负责土改的下薛孤村,抢麦抢得更厉害,把七八亩地的麦子给抢光了,大都是抢的地主家的。下薛孤第一天割麦被抢后,第二天一早工作团即把住村口怕她们再出去抢,可是人家比割麦子的还起得早,预先藏在茭地里,待麦子割了半天,回头一看,割下的麦子全不见了。于是就追,把抢麦的追到村边,她们看见工作团的人在把住村口,就放下麦子给工作团磕头说好话。等回到家里,丈夫们都不满意,说女人们给他们丢了人啦,又怕将来分麦子时不给分。

据说这一带抢麦的事久已成风了。早些年贫苦妇女进地主家地里抢麦子,地主骂也无效,打也无效,于是用下流的手段脱了裤子来吓唬她们,但妇女们不管你脱不脱裤还是照样抢，弄得地主也毫无办法了。因为贫苦妇女和儿童们抢下的麦子，是她们自己的，并不归家庭，所以到了今年抢风就更盛，她们知道地主已不行了，而工作团又是支持她们的，所以就更难制止。自然，这种抢麦风之产生，其根源还是由于贫穷。

## 一块洋布不见了

七月十五日，因忻州地区的阎军出动，发生敌情。当贫农会、基干队民兵忙于储藏没收庆和义的粮食时，庆和义的伙计发现他们盖麦子的一块洋布不见了。农会和基干队的人听说丢失了东西，大家就停止了工作追究起来，文文说："刚才还在，怎么能丢了呢？"但洋布是确实不见了，在附近打看了好久也没找到。于是农会的干部就把大家集合在一起，每人都搜查了一下，可那块洋布仍然是没有寻出来。有人说："海拴家娘也进来过，咱们把她叫来吧？"于是就把她叫来了。文文代证说："我曾看到海拴家娘揭起这块洋布看了看。"但她死也不承认是她拿的。农会的人追得不行了，她说："你们说是我拿了，就算是我吧，谁教我进来的。"人们说："难道我们还讹你不成！你老实拿出来吧，不拿出来不行！"天喜也说："你拿出来吧，拿出来就没事。"可是这老婆子就是不承认。眼看大家把工作停着不能进行，于是绪科板起面孔下命令道："给咱捆起来！"基干队就把她捆起来。这样，她答应赔。可是农会不赞成，要原物哩。老婆子又答应回家里去拿。可是拿来的不是原物,却是一块很小的烂布片。有人说:"东西一定在她家,她从庆和义出来曾回到家里,第一趟来时领的是一个小孩子,第二趟来时又领成一个大孩子了,不知道搞什么鬼!"但是不管人们怎么说,她还是不肯拿出原物来。逼得没办法了,说:"我家里还有一块大的布单子,赔你们。"绪科生气了,喊:"你说吧,不说实话把你吊起来!"基干队的青年们也喊:"把那狗的吊起来!"海拴家娘于是发抖地说:"我回去拿。"这样才算从家里把那块洋布拿出来。大家问她:"你为什么拿人家的东西?""我眼小,就拿了。"于是农会就把她关起来。

下午,为了研究处理海拴娘的问题,召开了有关方面的会议。绪科把事情的经过向大家叙述了一遍,最后说:"大家说吧,咱们现在是把她关起来了,到底该怎样处理?"于是文文首先说:"我们基干队商议过了,要磨那老狗的。①要不是后来要吊她,她就不会拿出来。那就给我们戴上偷人的帽帽了。"别的青年也说:"磨死那灰鬼也不亏!"我们一听说要磨这老太婆,就都很着急,希望有人能起来说句不赞成磨的话,但是谁也不开口。老汉们在不停地动着嘴吸烟,思谋着,沉默着,会场冷场了。老狄说:"你们农会的人发言吧,看应该磨不应该,是不是还有比磨更好的办法?"黄小肉见老狄开口,就接着说:"我看就不用磨了,那老婆上年纪啦,老骨头吃不住磨,一磨就磨死啦,教她给咱在大会上坦白坦白,承认个错误就是啦!"基干队一听说不赞成磨,就一齐起来说:"好!那就放了她吧,以后抓着汉奸特务、地主狗腿也教承认一下错误放了吧,总归咱们是讲宽大哩!"有的又说:"那狗的,老婆舌头、眼小手毛,不好好地整一下就不行。"还有的说:"讲私心要情面子,咱们这事情就干不好,捆人了是我们基干队,送人情了……哼!"黄小肉的这一发言立刻引起一片反对声,像一阵急雨打下来一般,打得他抬不起头来。接着又是一阵冷场。老狄说:"大家发言吧!"绪科也接着说:"说吧,谁也得说自己的意见哩!"可是还是冷场。狄飞指着明凡说:"明凡,你来说说你的意见吧?"明凡说:"大家说怎么样办就怎样办吧!"狄飞说:"现在有两种意见,一种说要磨,一种说不要磨,你到底是赞成哪一种?不要说大家了。"明凡思谋了半天才说:"要是说到这老婆子,就应该磨她一下,那狗的实在灰哩!人家辛辛苦苦给大家受哩,她才偷东西来啦,这像什么话……"我们看到主张磨的在会场上占了上风,就愈加不安起来。我便插嘴向大家说:"我发表一点意见,对不对,供你们参考。按当时的情形说,真是磨一下也应该,可是倒底是件小事,不是政治问题,只有政治问题才算大事,所以这件事不能和汉奸特务相比,汉奸特务是政治问题。在今天说来,地主狗腿也是政治问题,那就应该按严办。"老刘也接着说:"补宣和国全把地主给偷去藏起来了,这是一件大事情,但我们没有磨他们,现在偷了一块布,比起把地主藏起来要小得厉害,可是大家要磨她,而且海拴还是个中农,我们今天为了打倒地主还要团结中农,所以大家应该好好考虑。而且这老婆婆也老了,吃不住磨。"这时高科和文文咬耳朵,说老刘在海拴家院里住着,是不是要私情,文文说:"你给提意见吧。"可是他们都笑了。待老刘说完,绪科就说:"大家研究吧,我们还要团结中农……"于是基干队的青年们说:"我们说磨当然也并不是要磨死她,是要吓唬她一下,教她把从前做过的坏事都说出来。""是呀,一下也是个磨,两下也是个磨,咱们就磨她一半下吧。"老狄说:"以我的意见是把她叫到大会,咱们批评她,要她承认错误。"有人说:"好,咱们羞她!"老狄说:"咱们不是为了羞她,羞她就会记仇,咱们是要拿出好心来改造她。因为中贫农都是一家人,一家人对一家人是有分寸的,不和对地主狗腿子一样,要是地主狗腿子,你们就是磨死他也可以……"这之后,天喜等都发了言,都说为了团结中农,为了教育她,赞成开会批评。到这时基干队的青年们也说:"我们是服从多数的,既然大家说不应该磨,那就不磨吧。"于是这个会才算告一段落,决定明天在大会上对海拴娘进行批评。

## 前沙城土改工作胜利结束

经过整整三个月对前沙城农民的启发教育,提高了他们的阶级觉悟,加强了贫雇农和中农之间的团结,把逃跑了的地主温德恭寻找回来,终于在九月六日举行了全村的斗争大会。在会场的前额挂着"前沙城农民翻身大会"的红色大字,里面正中挂着由我画的毛主席像。两边用黄纸写的对联是"几千年来受尽了地主的压迫剥削,今天要控诉冤苦报仇恨。""从今日起燃烧着咱们的斗争怒火,明日定庆祝胜利当主人。"这是老狄、老刘和我合编的。斗争对象有地主富农温德恭等十人。在诉苦中第一场就把地主陈璲给打死了,但群众的斗争情绪未受影响。大家认为今天的会开得很成功。后沙城的李农和牛文都来看了,散会时李农讲了话,他认为这个诉苦大会开得好。群众情绪高,妇女工作也做得好……

我在当天的日记中写道:"今天斗争大会开了,我一直紧张地看着,三个月来的工程就看这一天,我感觉着好像灌溉了三个月的花草今天有灿烂的花朵开了,给予我们以无限的安慰和感动。这是群众运动的花,开得真够茂盛。"

这之后就分土地,分住房,分衣物和大洋……让地主富农住进贫下中农的破旧房内,让贫下中农住到地主富农的好住处。这样我们就算在前沙城胜利完成了党的民主革命的历史任务。

今天看来,当时在谭政文领导下,虽然贫雇农得到了土地,财物,算翻身了,可工作是做得很左的。例如为了让贫下中农多得点利益就侵犯了工商业者的财产,结果等于搬起石头打自己的脚,事后群众连盐油肥皂……也无处买了。又例如为了逼底财,就用磨脊背的肉刑磨地主富农,至后又搞查三代找地主等等作法,都是很错误的,造成了农村的一种恐怖气氛。

前沙城的地主温德恭,同时也是本村的小学教员,并没有在村里横行霸道,但仅仅因为说不出底财放在那里,磨脊背后又吊起来,最后又用香火烧肉体,把整个脊背烫烂后第二天就死了。今天看来斗争他时也是应该考虑到他是一个脑力劳动者的,而且更不应搞得那么残忍。但在当时,所有参加土改的人员都不敢对此发表异议,尤其是我这种地主家庭出生的人,更不敢有丝毫流露对地主的同情。但我当时想,我的母亲在太岳区的土改中也说不定被农民打死了？曾有一个参加土改的老红军名刘生凯,对这种惨无人道的过左行为表示不满,谭政文就召开斗争大会批评他,说他右了。他的一双可怕的大眼睛发着凶光,扯到刘生凯同志的历史问题说:"你不要以为自己是老红军。你是个老俘虏!"(刘在全国解放后曾任太原市警备司令部副司令员。)

由于逼底财,必然要逼死人命,所以全国解放后的土改政策就规定不再向地主要底财了。如果地主真有血债或像黄世仁似的有罪行,只用一颗子弹了结其性命也就是了。例如全国解放后对待杀害刘胡兰的凶手大胡子,就是枪毙的。但在谭政文直接领导之下的后沙城,当公审一个日本军占领时代的特务地主张先保后,便拉到村外树下绑起来,有一民兵因张害死了他的两个兄弟,就用小刀割去耳朵,然后用刺刀捅死。死后又有民兵挖去他的心脏,并有人割了他的生殖器去吃,最后让狗把尸体啃了。我想这种野蛮做法,对共产党的影响绝不会好。

## "毛老虎"之死

前沙城的土改工作结束后,我就被派到三吉村和一个当地姓苏的干部去发动群众。牛文于后沙城土改结束后,就在郝德青领导下,到代县搞土改。一天下午我来到三吉村附近的李家村里,召开了贫雇农大会,宣传了党中央于十月十日公布的《中国土地法大纲》和晋绥边区临时农会在最近发表的《告农民书》。特别强调了《告农民书》上说的"一切恶霸,群众要怎办就怎办……"之后我要他们发言。但大家坐在炕上竟冷场有十多分钟。我说:"你们为什么不说话呢?怕什么?"大家看看他们当中的一个人说:"有他在我们都不敢说。"于是我命令那个人退出会场。

接着有人告诉我,他们村里有个恶霸,外号叫"毛老虎",刚才被赶走的那个人是他的亲戚。"毛老虎"曾经做过日本军的警备队便衣特务,工作任务是寻枪、抓八路军。他为虎作伥,欺压百姓,群众恨之入骨。据说现在家里还藏有手榴弹……我听了之后,下令马上行动,逮捕"毛老虎"。当时天已很晚,夜幕下垂,三五个民兵带我来到"毛老虎"家门,越墙而入。我当时警惕性很高,只怕从"毛老虎"家里飞出手榴弹来,便藏在院子的角落里,让民兵进家捉拿。但民兵仅在他家搜出两枚手榴弹来,"毛老虎"已逃走了。也可能是那个被赶出会场的人走露了风声,"毛老虎"星夜离家的。民兵们说:"老郝,他走不远,一定在他姐姐家。"于是回到会场,贫农会当夜派了四个民兵到不远的村庄果然把"毛老虎"从他姐姐家抓回来了。此人只有28岁,生得精干,当我于第二天去看时,两手被捆,有民兵在旁看守,已成为"阶下囚"了。

当时忻州城时有小股阎军来到崞县土改村庄进行骚扰,因此如何处理"毛老虎"就不得不及早请示县公安局。因为他万一被阎军劫走事情就麻烦了。请示结果,要我们把"毛老虎"即刻送县。我和农会的人们研究后,决定照办。于是就派了三名民兵将"毛老虎"押送县公安局。

不久,民兵回来了,向我汇报:"出村后不远,'毛老虎'就挣脱捆他的绳子逃跑,我们追上就把他打死了!"我说:"那好,你们领我去看看。"因为我心里有些疑虑。

到了现场,我看到"毛老虎"趴在地下,但双手还用绳子紧紧地背绑住,不像民兵所说的挣脱绳子因逃而被打死。回到农会,干部终于向我说了实话:"老郝呀,我们怎么敢把'毛老虎'送到县上,万一又来个宽大处理,那不为全村惹下大祸,'打蛇不死,反受蛇害'。所以我们让民兵一出村就把他结果了。"我无话可说,只有默认他们的所为。这也算真正让群众当家作主吧。

事后一个妇女提到"毛老虎"时说:"人家实在万恶啦,街道上过来就怕得头痛哩!"并说他的姐姐人们都叫"母老虎"。群众说"毛老虎"在本村奸淫过八九个妇女,并霸占人妻,他当特务后,把一个名叫李全喜的木匠用石头活活打死,原因是他强奸了木匠的妻子,怕他报仇。据全喜老婆说:毛老虎霸占了她,和她白天也来,黑夜也来……可知这个恶霸的横行霸道了。因此群众现在把他打死也是罪有应得。

## 斗"仁义老财"的故事

由于崞县城南常有敌情,不便进行土改工作,所以李农就中途分配我和当地干部郭忠良同志到城北与代县为邻的茹岳、大芳、班镇铺等十三个自然村负责土改工作。还派了前沙城一个叫存堂的青年帮助我,并发给我一支驳壳枪,经常由存堂挂在身上随我奔走于十三个自然村。当我进入大芳村时,农会干部对我说:"老郝,我们这里的地主有一个外号叫'仁义老财',穷人向他借借贷贷,总是有求必应。我们总得讲点良心,土地当然要分他的了,但可不能难为他。"我说:"地主再好,也是剥削贫下中农的,你们之所以穷正是他们剥削的结果。"而我的讲话却难于为他们所接受。他们说:"我们穷是因为咱的命不好……"我心想用马克思主义的观点教育农民也还得有个过程,碰到"仁义老财"这个斗争对象,要启发他们的阶级仇恨,那比斗争温德恭还难。而对待"毛老虎"却又不用我启发,他们就把他干掉了。

我已经说过了,崞县当年开大会斗地主简直是杀气腾腾的,有时一场斗争会下来,可以打死好几条人命。因此当斗争"仁义老财"时,农会也已有个谱了。照例铺了炉渣、生上火堆,放了炭锹之类,作为磨地主、烫脊背的工具。这既为了给我老郝看,也为了显示他们的阶级仇恨和斗争决心。斗争大会开始后,贫下中农也照例上台诉苦,并声色俱厉,而且对"仁义老财"拳打足踢,然而我发现地主今天穿的衣服却分外的多,层层叠叠捆绑在身,有如一口肥猪,显然是有人给出谋献策,为了对付在大会上挨打的。诉苦结束,农会干部向"仁义老财"叫喊,要他交出埋在地下的大洋,地主说:"我实在没有了。"于是说:"你不老实,我们要磨你的脊背!"真的就磨起来了。但我看见,磨法和前沙城大不相同,不是用绳子拴在地主脚上,而是四个人抬着,衣服着地,皮肉无损,有如一飞机在跑道上刚刚离地起飞。我看着心里暗暗发笑。飞完了,一个农会干部过来煞有介事地对我悦:"老郝,不好了。我们把地主打坏了,又磨了脊背,你看躺在地下起不来,咱们弄个担架把他抬走吧?"我想你们的戏演完了,轮到我来演了。于是我把炭锹往火堆上一插,对农会的干部说:"他乖乖地站起来,走回去,不走我就用红炭锹来烫他。"我远远看见那干部走到地主身边用脚悄悄踢,并说:"快起来,回去,不了老郝要来烫你!"于是"仁义老财"乖乖地走回去了。如果真的用担架抬回去,那真会成为崞县土改工作中的大笑话。我后来想:这场斗争对地主来说,也真是恶有恶报,善有善报,虽然戏是演给我老郝看的,但也是"仁义老财"应得的善报。没有打死人也正是群众对左的惨无人道的做法的一种无声的抗拒。而我当时也明知这些做法不对,但也不敢宣布免除,因为我是地主家庭出身,担当不起这么大的风险,还是让群众自己纠正吧。但事后,代县的土改工作团听说我领导的崞县十三个自然村没有打死一个地主富农而平分了土地,因而就扬言:"老郝的土改工作右了。"但李农却不但没有说我右,反而在土改结束的大会上表扬了我。说我分配土地之后领导妇女纺花搞生产有成绩,说我扛上纺车游村串乡教导妇女纺线做得好。而当时的崞县县委书记丁根林同志在水果之乡的同川搞土改,一场斗争大会就打死八条人命,由于宗派作祟,连我们的区长也被群众打死了,因而区长老婆哭哭啼啼来找李农,搞得他下不了台。在这种情况下,我的十三个自然村没有打死一个人，他又有什么心情和理由批评我右了呢？从"毛老虎"和"仁义老财"的事件来相比，正说明事情还是应该由群众当家作主才是。我们土改干部只要把政策交待清楚也就好了，无权把自己的意图强加于人，更无权包办代替。

## 枪毙郄喜恒

1948年1月7日大芳行政村贫雇农代表来找我，说当天要召开大会，斗争郄喜恒，并说附近村里来人很多，问我有何意见。我说："告诉大家请先回去，以后再定斗争日期。因为我一点也不了解他的情况，还要调查一下。如他真是坏人，一定交给群众斗争。"代表们走后又返回来说，要把郄喜恒交回原村王董堡，因为由大芳村民兵看管，吃喝负担不起。他们来时，带着郄喜恒罪状，我恐怕把他交回王董堡出了乱子，所以和他们商量改定十号斗争，要大家等几天。八号下午我在百忙中抽空去大芳调查，录了郄喜恒的口供，其罪状据自供与大芳村交我的材料很符合，知道材料没错。

郄喜恒是敌伪爪牙，又是个兵痞流氓。参加我军后曾逃跑过七八次之多，无恶不作，等于李家村的"毛老虎"，有人见了他怕得发抖。但我推迟斗争了几天，却给一些人钻了空子。他的一家和亲戚大肆活动，叫邻村保他。于是从八号到九号就给我写来保状七八张，大意是说："念其年幼无知，误入歧途，今保伊归村重新改造，保证今后不再发生以前一切不好毛病……"我给送状人大大碰了个钉子。说明不应保恶霸，而且我也当不了群众的家……但这些保状对我也很有用处,即都承认他是有罪的,没有一张状子说冤枉了他。

郄喜恒是当我们动员离队人员归队时由白排长扣住,群众向白排长要下的,这说明群众是有些觉悟了,《告农民书》给他们撑了腰。

九号由大芳行政村给附近十来个村下了通知。十号开大会,到了十几个村子的两千多人,其中妇女有八九百,儿童有三百多,真是空前未有的大会,像赶会一样,单卖吃的小担就有八九担。开会前由各村代表组成主席团,并推选班镇铺行政村代表为发言人。共有五男两女诉苦,最后由大芳行政村书记根据郄喜恒的口供宣布了他的罪状,接着群众即喊口号:"我们拥护白排长给我们枪毙郄喜恒!"白排长可惜子弹,要刺死他,我说:"你还是依照群众要求花上一颗子弹吧!"白排长答应了,会后就拉到野外枪毙了他。郄喜恒倒下后我摸了摸他的胸口,心不跳了,我才放心。枪毙后,群众没有一个说他死得冤枉的,都说:"人家实在好活过了,死的不冤。""活够啦,八路军是讲宽大的,要不,三个郄喜恒也枪毙啦!""死的迟啦,早就活上利钱啦!""傍上他爷实在作恶哩!他爷外号叫大旋风,他爹外号叫黄风,人们都是害怕哩!"据说他的姑夫和姑母也是大汉奸,已被我们枪毙了。他爷是维持会长,已死,否则也是个枪毙的对象。

这个大会唯一的缺点是诉苦诉得不够好,有些自流。我们没有去组织。我以为七号要开会,拖到十号,一定诉苦的人更多,但不知很多人都不愿诉。会后调查,很多老百姓说:"死也死的人啦,诉不诉还不一样。"还有一个原因是有不少受害者不在场,有一些妇女怕羞。一个"匣匣"的老婆,主席团的人把她叫出来,她哭不成声,一句也诉不出来,而且连脸也怕得不敢看郄喜恒,抖成一团啦。因郄喜恒强奸过她闺女,她不好意思当众诉说,只是哭,后由主席把她说的话转告给群众。也有个名叫白上才的人打他,因郄喜恒向他女人骗取了他的一颗手榴弹。这白上才是代县的民兵队长,为此害得他坐了一个月的班房。

来参加这个大会的,不仅有崞县的群众,还有代县的两个村里的人。所以郄喜恒已不是在一县之内为恶了,而是个横跨崞代两县的恶霸。

枪毙郄喜恒后我还继续了解他的情况。后来在大芳村了解到,今年二月间在代县阳明堡将他扣获,代县群众拒绝任何人保他,但后来交与崞县政府,大家以为这一下可要处他死刑了。当时县政府曾派人来崞代边境调查他的材料,老百姓也把真实情况如数讲了,但不料郄喜恒在县府坦白后,县府不经群众同意就"宽大处理"了。结果宽大了坏人,也就等于痛打了好人。于是群众大失所望,因而对县政府大为不满。而郄喜恒被释放之后却仍无恶不作,群众更加怕他,说他是"三不死的何文秀"(何文秀是明朝心一山人著的传奇剧本《何文秀玉钗记》中的主人公)。

这次群众从我军区司令部警备营警卫连二排长白云庆手里要下郄喜恒,本拟在七号痛痛地诉一下苦之后,拿石头把他砸死的。因为《告农民书》上说的"一切恶霸群众要惩办就惩办"。但听说工作团已来，所以他们就派人来请工作团参加大会，而竟没有想到要迟斗二天，还要调查。代表回去向各村群众一说，大家心里想：糟了，这狗日的又得救了！他的亲戚朋友也作了错误估计，觉得："好啦，工作团要调查，又可以宽大了"，所以一下就投来七八张保状。这时群众就深感懊悔，悔不该多此一举去请示工作团，弄得大家不能除此大害，因而就失望而归。而我也很知道迟延一下会给群众头上泼冷水，所以八号下午就在百忙中抽空去调查，录了口供。然后就向大芳村贫雇农大会表明态度，决定于十号交由大家处理，想怎办就怎办。无奈别的村的群众不能及时知道，而他们所听到的却是好多村子递了保状保郄喜恒，因此就更增加了群众心里的疑虑。何况大家过去已上过一次当了，这次我再说得天好，七号没让他们处死，他们是不能相信我的话的。常言道："放虎归山，久后伤人；打蛇不死，反受蛇害。"所以十号各村群众来开会，这两千多人几乎都是带着观望的态度来的。虽经我在大会上表明态度，说这个坏蛋你们想怎办就怎办，但群众大多还是不敢诉苦，怕万一又宽大了给他们留下大害。当时有好多人，如果在七号开斗争大会，是敢于大胆诉苦的，但到十号却不同了。如大芳村的庞柱仁就偷跑到村外躲避诉苦，人们把他寻回来，又装的说腿疼不肯上会场，后来到了台上只说了一两句话，也根本不像诉苦。匣匣女人不敢诉苦，原来也多半是怕郄喜恒死不了给她留下大害。所以十号这天群众基本上是来考验工作团的，看工作团在会上又如何宽大这个"三不死的何文秀"。最后真的处死了，他们才算放了心,才算相信了工作团。如果这次不处死,我们的土改工作就不要想开展了,群众将会认为我们是能说会道不能办事的人,是包庇坏人的人。

当天枪毙郊喜恒,拉出村外三四里远。我初不了解这是又搞什么名堂。后来才知道怕在村口枪毙,青年娃娃们夜里放哨害怕。这又是一个群众观点,而我是事后才懂得了的。当枪毙郊喜恒后,家属问我,尸体能不能搬走,我说:"你问农会。"后来农会允许他们搬,才算搬走。

由于我依靠广大贫下中农胜利完成了十三个自然村的土改工作,不但按政策分配了土地,达到"耕者有其田"的目的,而且也没有侵犯工商业者的利益,所以土改结束后,一个开骡马店的小业主来请我吃饭,喝酒当中他向我倾吐心怀:"老郝,我一天到晚提心吊胆,准备你来收拾我的小店,今天总算放下心了,因此我请你吃杯酒……"我说:"这不是我对你的仁慈,而是我们的政策规定不准侵犯工商业者的财产。我没有惊动你,是我正确地执行了共产党的政策。"他表示向共产党感恩。

## 我在土改中的美术工作

这次土改工作,对我作为一个艺术家来说,首先是熟悉了群众的生活,熟悉了群众的思想感情和他们的面貌,为未来的创作活动获得深厚的源泉。而作为土改工作团的一员,则只能全心全意投入发动群众、宣传和执行党的土改政策的活动中。对于美术工作只能见缝插针,见机行事。

在前沙城工作期间,在开斗争大会之际不仅给本村画了毛主席像,而且为后沙城、西石封、下默都等村也画了领袖像。真没想到下默都村为此竟派人给我送来葡萄一担,并有一信,信上说:

**力群同志:**

前劳予敝村绘来毛主席、朱总司令主像,全村民众欢愉非常,劳神之处于心不安。奈僻处乡村,无罕可报,兹特着人奉上葡萄两筐,恳请哂纳是幸。区区之意以表全村群众之微忱,万勿见却也。致以敬礼。

下默都村农会<br>九月十日

来信是用红纸写的,表示尊敬。我连忙复信,说明画领袖像乃我之职责,为人民服务理所当然……但葡萄还是只好收下了,盛情难辞,真乃受之有愧,却之不恭也。

此外我还给前沙城画了一幅磨地主脊背的壁画,一面固然鼓舞了群众的斗争情绪,但也促进了左的斗争方法。有时也在紧张的斗争大会上在笔记本内偷画一些诉苦农民的气愤形象和地主家属的痛苦面貌。

多年来我在美术创作中深感画人的困难,第一是画不出多样的人物面貌和性格,第二是画不出人物头部的各种变化,如正侧、斜侧……据说当年法国作家福楼拜教莫泊桑写小说,首先要他描写一百个不同的面孔。因此在土改后期的较清闲日子里,我决定要画一百个不同的人像,以提高自己的创作能力。群众非常欢迎我给他们画像,但我要求允许画两张,一张给他们,另一张由我保存。这样,每天就像排队理发似的给他们画。经过一个时期终于画了一百个人像,胜利完成了计划。使我感到这次参加一年之久的土改,在美术业务上的收获也不小。

# 第九章　投身于年画工作

## 创作《选举图》及其他

1948年夏，我从崞县回到高家村，未曾恢复画报工作，而是大抓了新年画的创作和出版。

从家庭方面来说，我在崞县土改后期，萍杜于本年2月2日为我生了一个姑娘。未能在"月子里"照护她，真使我内疚。这是我们的第四个孩子了，前三个都是男孩，所以当我看到这个不满半岁的小女儿时非常高兴，我们给她取名阿黎。

新年画的创作工作，在延安鲁艺时就进行过了，已经对它有了很大的兴趣，而这也是一种为农民服务的普及工作。当我着手创作人物众多的《选举图》时，就感到生活源泉之无比丰富，下笔如有神，画各种人物比过去自由多了。到这时我就更加悟到这一年来的土改工作对于我的美术创作上的好处了，尤其是画了一百个不同的人像对我的帮助很大。因此

《选举图》中的人物,很自然地就反映了崞县土改中的人民形象。当《选举图》于1949年在《天津日报》副刊上发表后,就听到中央美术学院的画家邓澍同志对此画的赞扬,认为生活气息很浓。这种评价使我深深感到的确是得益于一年来参加土改工作的生活。

在这次新年画创作中,除了《选举图》,我还创作了《做军鞋》,在画上写道:"军鞋做得好,军鞋做得耐,战士穿上跑得快。"这还是办《晋绥人民画报》时惯用的文学风味。

当时牛文创作了新年画《攻城战》和《领回土地证来》,苏光创作了《农家乐》《给军属拜年》。然后于1948年冬领导派我和苏光、牛文到新解放了的汾阳城印制年画,因为汾阳城当时有三家私人石印局,完成我们印制年画的任务是不成问题的。

## 在汾阳印年画

我们来到汾阳城,很感新颖。我自1938年离开武汉路经西安到了大西北黄土高原地带之后,就一直没有进入过这样的城市了,大都在山沟里生活,因此会有这种新颖的感觉。虽然1945年和1946年曾有两次路过汾阳,但那时汾阳城还在阎锡山手里,现在能进汾阳城了,就意味着我们的革命在节节胜利,人民在逐渐得到解放。

我们住在"吕梁剧社"新开的一个"益民书店"的后院里,一面给石印馆用药水复制年画的单线图,一面跑三处石印馆检查印刷质量,同时还为汾阳的美术爱好者举办了一个美术学习班,由我们三人轮流为学员无偿上课,历时一月余。除此之外,我还给一个单位画了毛主席像。每天晚上我们就到剧院看晋剧,自从"夜明珠"引起我对中国传统戏剧的兴趣后,一有机会我就要欣赏晋剧。当时在汾阳晋剧班子里的名演员有周瑜生、玛瑙丑等人,她们演出的《蝴蝶杯》《牧羊圈》《八件衣》等剧目都能使我们感到兴趣。

  在汾阳将近两个多月的印制年画的生活是很紧张的,但也是很愉快的。年画工作胜利结束后苏光就回了兴县,我和牛文回了灵石。

# 第十章　回乡过年,到北平探友

　　我们的年画工作结束后,正好胡正从报社来汾阳,我们就一同走到介休坐火车回到灵石。当时整个山西差不多都解放了。铁路也回归人民手中,可就剩下两个孤岛——太原和大同城还为阎锡山所霸占,但这都是指日可下的。

　　胡正也是灵石人,在《晋绥日报》主持副刊工作,随着革命的胜利,多年离乡在外远离家人的游子都想能和亲人团聚,过一个欢乐的春节。但一回灵石胡正就得知母亲已去世,父亲娶了继母,这对他是多么大的一个打击。但我和牛文却总算都见到了自己的母亲,并过了个快乐的年。我自1945年底在灵石东村见过母亲后,已有四年未见了,这期间经过了土改运动,我曾暗自担心她是否还活在人间。但她总算健在,真使我高兴。她曾谈起土改中村干部们对她的照顾,我内心感激。

　　我曾带了一部分年画到家乡销售,目的是要看群众是否喜欢我们的作品。在腊月里,我在仁义镇街上摆摊卖年画,所带的年画都卖完了,我非常高兴。这是我一生中第一次在街上摆摊卖画。曾亲眼看到农民对我的《选举图》的赞扬,给了我极大的鼓舞。

但这次和母亲过年也是很冷清的,因为弟弟和弟媳都在阳城,只有我和母亲及一个侄儿在一起。算来我已有十三年之久未曾和母亲在一起过年了。在这漫长的岁月里,母亲遭受了在抗日战争初期歹徒刀刺逼财以及后期敌人劫持她和村民于碉堡中作人质要求我方交出被俘日军的灾难,经受了解放战争中阎匪军向老区抢粮的惊怕,承受了父亲在战争初期的自杀和土改中家庭的变化给予她的痛苦,但老人总是把心放在儿女身上。当她想到她的儿女都在战乱中健在,当她知道我已有了三男一女,当她知道了她的两个女儿都成为革命干部,成家立业,所有这些都给予了她以莫大的安慰。

我在春节期间画了很多父老和青年男女的像,也是这次回乡的收获。

久居山中,感到闭塞,听说天津和北平都相继解放了,总想出去走走会见老友,呼吸些艺术上的新鲜空气。因此春节过后我就去了榆次,因为在汾阳时听说蔡若虹等人在榆次工作,准备打下太原进太原城。但当我去时才从史纪言同志口里知道蔡若虹等人已回石家庄了,因此我就决定去石家庄。

我在榆次看了解放军为了解放太原演习攻城战,把榆次城打开一个豁子,他们一拥而进,颇为壮观,使我感到太原城不日可下了。

当我赶到石家庄时，仅看到侯恺和邹雅同志，侯恺是当我在崞县土改时，调离兴县的，邹雅是初见。听说北平和平解放后，江丰带领了一个华北美术工作队进城了。但从石家庄到北平火车尚不通。有人告我只能坐汽车到天津，而后再去北平。当时天津也是刚刚从敌军陈长捷手里得到解放的。

我坐了一辆卡车去天津，沿途看到我军大队人马南下去解放新的城市，令人无比兴奋。车进天津时，看到了城郊还有尚未掩埋的敌军尸体，以及经过战争的种种遗迹。进入天津则能看到炮弹打垮的房屋和来往的解放军，但街上行人已是一派太平景象了。

我也在街上碰到了外国人，然而我已感到作为一个中国人的骄傲。我穿一身军装，不像当年在上海时，马路上碰到外国人要让路，否则就要"吃外国火腿"（即挨外国人的脚踢，此语为上海群众的幽默话）。相反，现在我和他们相遇，他们不敢不给我让路，因为中国人从此站起来了。

在天津，高兴地看到马达和胡一川同志，他们是作为军管会的人员而进天津的，正在搞进城后的美术工作。

我已经有十三年之久未曾来过北平了，这期间曾经过日寇汉奸的统治，又经过蒋介石傅作义的占领，使我感慨万端。这次来，在南池子草垛胡同会到了江丰、金浪、卫天霖、彦涵、冯真、邓澍、顾群等同志。看到了他们在河北武强县出版的木版水印年画，其中有冯真的《娃娃戏》给我留下深刻印象，其内容是儿童以打老蒋为戏，正好配合了解放战争。其中卫天霖和邓澍、顾群都是新认识的。卫天霖是山西汾阳人，一口汾阳话,曾在日本留学学油画,但我未能看到他的作品,深感遗憾。

当时北平市场上买东西都用白洋。我听说我们晋绥边区的政委李井泉同志住在北京饭店,就去看他,向他要了十元白洋,在书店买了一套《世界美术全集》,还买了些网球用具等。后来这部画册由李少言、牛文南下时带走了。

这次到北平来,最大的收获是观看了京剧四大名旦之一的程砚秋演的《荒山泪》和袁世海、李少春演的《野猪林》以及小白玉霜演的评剧。其中袁世海扮演的鲁智深和程砚秋委婉而美的声调给我留下极为深刻的印象,真令观众感到是美的享受。

从北平回到兴县,就听到大家在酝酿将要到新解放区四川省去工作的事。据说这已是晋绥分局的决定。我听到以上消息后,便马上大胆去找李井泉同志,言明我是山西人,希望留在山西工作,怕去四川生活不习惯……蒙李政委开恩,同意了我的要求,我真高兴。

# 第十一章　参加全国文代大会

1949年，当南京于4月23日、上海于5月16日相继解放后，由于解放战争辉煌的决定性的胜利，党中央定于7月在北平举行"中华全国文学艺术工作者代表大会"。晋绥分局决定周文、马烽、西戎、束为、亚马、卢梦、常苏民、李少言和我作为西北代表团的一部分团员去参加大会。

西北代表团的团长为诗人柯仲平，副团长为作家周文和戏剧家马健翎。团委为力群、朱丹、林山、周文、亚马、柯仲平、马健翎、张明坦。加上石鲁、邵子南、柳青、贾芝、闻捷等代表共四十五个团员。这既是我作为一个美术工作者有生以来第一次参加这样的盛会，也是中国历史上首创的一次文学艺术家的代表大会。能够参加这样的会，既意味着党对于我的艺术成就的评价，也是对于我的艺术活动的鼓舞。

我和卢梦、李少言于五月中旬离开高家村到了汾阳，过薛公岭时遇上霜冻，看到把新出的核桃树嫩叶都冻蔫了。但走到交城、文水一带时，却又看到田里已在收割大麦，好像从冬天突然来到夏天。

当我们路经新近于4月24日解放了的太原城时，我真有无限的感慨。自1936年我离开太原，经过抗日战争、解放战争，历十三年之久。现在我再来到这个曾经在此学习、生活过的古城，怎能不触景生情，如今是城街依旧却属人民的天下了。

来到北平，被安置在一个新建的楼房里等待开会。当时我们美术界也在筹备召开全国美术工作者代表大会，并在中央美术学院内举办了全国第一届艺术展览会。我参加展览的木刻作品有延安时代刻的套色木刻《丰衣足食图》，黑白木刻《为群众修理纺车》和在晋绥边区创作的套色木刻《送马》、黑白木刻《王贵和李香香》插图以及年画《选举图》。除此之外，还把全套《晋绥人民画报》和内蒙的《内蒙画报》、东北的《嫩江画报》一起展出了。后来上海晨光出版社由赵家璧负责出版了一本《新中国版画选》，选入了我的《送马》和《王贵和李香香》插图。还出版了一本木刻连环图画《小姑贤·刘保堂》，把我在延安时期刻的《文教英雄刘宝堂》和《小姑贤》插图一并选入其中了。

在等待开会的期间，我们观看了一部苏联影片《西伯利亚交响曲》，很受感动，因而写了一篇评论文章发表于《人民日报》。内容是歌颂一个音乐家来源于西伯利亚生活的创作激情。据编辑说，他们收到好几篇评论文章，最后选取了我写的这一篇，我真高兴。

在一次小会上，一位陌生的同志主动过来和我握手，并自我介绍说："我是赵树理。"我真为见到他而高兴。虽然我们于1935年同在太原，但未曾相识。现在他主动来和我握手，使我感到意外，我想，也许是由于我在晋绥《人民时代》上写了《三谈〈李有才板话〉》而引起他对我的注意的吧？而赵树理却真是这次大会上的大红人，不久前郭沫若曾称赞他是文学上的一棵大树，而周扬也写长文评论他的小说。我对他是非常敬佩的，但他却如此谦逊，真是难得。从此他给我留下很好的印象。

当中国共产党28周年纪念日到来之际，来参加文代大会的全国文学艺术家一同参加了七一的庆祝大会，其中有郭沫若、茅盾、周扬、梅兰芳等名人。大家在雨中站在露天会场上，我看到在我面前的梅兰芳的衣服淋了个水湿，然而谁也若无其事。至今思之还使我感动，虽然我也被淋湿了。

七月二日文代会终于在在怀仁堂开幕了，我被选为主席团的成员，和郭沫若、茅盾、周扬、丁玲、梅兰芳、赵树理、艾青、胡风、徐悲鸿等都坐在主席台上。首先由总主席郭沫若致开幕词，接着由副总主席茅盾报告大会筹备经过。之后由朱总司令代表中国共产党中央委员会向大会致贺词，接着还有董必武、陆定一等首长讲话。到七月三日郭沫若向大会作总报告，七月四日由茅盾作了十年来国统区革命文艺运动的报告，七月五日周扬同志以《新的人民的文艺》为题，作了关于解放区文艺运动的报告。当他讲到美术时说："绘画方面，解放区的木刻、年画、连环画等，都带有浓厚的中国作风与中国气派,如大家熟知的古元、彦涵、力群等人的木刻,华君武、蔡若虹的漫画。"这是周扬同志对我的木刻的评价。大会的第六日由周恩来同志作政治报告。在周副主席将要结束报告时,毛主席突然莅临会场,并作了简短的讲话,全场欢声雷动。他说:"因为人民需要你们,我们就有理由欢迎你们。"

在我们开会的期间,经常有学校、机关的代表或子弟学校的儿童代表向大会献旗、献花,表示热烈的祝贺。

在大会期间,一天夜晚周恩来同志接见了西北代表团的团长和团委。当秘书向他一一介绍来者,轮到介绍我时,周副主席说了声"知道!"这真使我惊异。后来想,他所以能知道我,大概是他当年时常把延安的木刻拿到重庆展览,所以知道了我的吧。

大会结束时,我当选为中国文联委员,感到无比光荣。因而能在西单一个大饭店同郭沫若、梅兰芳等文联委员同桌吃饭,也真是千载难逢。

文代大会于七月十九日举行闭幕式,在整个大会期间,每晚都有文艺晚会。我坐在前排观看了梅兰芳演的《霸王别姬》,非常高兴。自1932年我在西湖观看了他演的《苏三起解》后,就再没有看过他的戏了。那时花两块白洋还是旁座,而今我能不花钱坐在前排,真使我有多少的感想。这次大会还有幸观看了上海名演员周信芳演出的《四进士》。我当年在上海时就经常听到周信芳的艺名"麒麟童"了,但因为生活的贫困,对于他的演出,从来也不敢问津。这次大会能先后看到梅兰芳和周信芳的戏实在是太难得了。此外我还看了青年演员郭兰英给大会演出的新歌剧。郭兰英本是在旧社会的张家口以唱山西梆子出名的，现在她参加了革命大学文工团给大会演出新歌剧《王大娘赶集》，使我大为欣赏。她在台上真是一身都是戏。后来才知道她是山西平遥人，我为山西能有这样的戏剧人才而高兴。

大会闭幕后，"中华全国美术工作者协会"于7月21日在中山公园正式成立，我被选为美协全国委员会委员及常务委员会委员。常委共十三人，选举徐悲鸿为美协主席，江丰、叶浅予为副主席。在文代大会期间江丰同志曾以《解放区的美术工作》向大会作了专题发言。其中说："直接为工农兵服务的艺术形式，以画报为最发达，同时也是在群众中影响最大的一种，许多知名的美术工作者也积极参加了这种工作，如朱丹、力群、张仃、沙飞、尹瘦石、施展、陈叔亮等……"这里他提我的名字，显然是因为我主编了《晋绥人民画报》。

在这次大会上我为能够看到美术界和文艺界的很多老朋友非常高兴，如当年上海时代的野夫、陈烟桥、新波，在武汉相识的李桦及三厅美术科同桌办公的赖少其。赖少其离开武汉后就到了新四军，这次参加大会是部队代表团的副团长，真是"士别三日，应刮目相看"。三厅美术科的朋友还有李可染、叶浅予、王琦，延安时代的有江丰、马达、蔡若虹、张仃、古元等。此外还看到三厅时的文艺处处长田汉和《七月》的主编胡风……这真是革命文艺界空前的一次大会师。当时李可染是平津代表第二团的成员，我们在武汉三厅别后已有十一年之久未见了。会议期间可染同志特邀请参加大会的三厅时代的一些老友在他家欢聚晚宴,那时他住在大雅宝胡同中央美术学院的宿舍里,我们追叙三厅时代的往事和彼此别后的情况,颇感畅快。

大会结束后,周扬同志找我在北京饭店谈话,要我回到太原和高沐鸿同志召开全省的文代大会建立山西省文联。但我还未曾认识高沐鸿同志呢。

北平文代大会结束后,约八月中旬西北代表团路经太原,住正大饭店,进行了数日的参观。约九月初我才从介休坐卡车到兴县。在途中曾遇到苏光和牛文,他们离开兴县准备先到临汾,而后再南下到四川。他们知道我已得李井泉同志许可不去四川了。我们彼此依依难舍而告别。

我和苏光、牛文曾有个美好的理想,就是三人一起进太原继续办《晋绥人民画报》那样的通俗画刊,因为我们对这个工作很有兴趣。现在显然这个理想是不能实现了。我带着一种失望的情绪独个儿回到兴县。那时刘萍杜和孩子们已经离开高家村住到县城东边的陈家沟底了。这是在路遇苏光、牛文时他们告我的。

我到了陈家沟底,就以一种无比兴奋的心情带领全家向太原进发。这时的高兴胜过1945年8月的日本投降,因为中国人民在共产党领导之下终于获得解放了。

全家上路后,我感到我们的家庭比起从延安到晋绥时,又多了一个小女儿,使我特别欢喜,但却劳累了萍杜,算来她已生了三男一女了,但另一个男孩却不在身边而在我们的心上,他于1942年生下不久就被一位姓田的同志"借去",送回西安他的老家,迄今已有七年之久没有消息了,生死不明。可现在西安也解放了,我想,如果他还活着,我和萍杜总有机会看到这个儿子的。

# 第十二章　喜进太原城

## 开辟新山西的美术工作

我来到太原,终于在精营东边街原赵承绶的公馆里与高沐鸿同志相见。高沐鸿同志曾于1928年到上海,因与高长虹等合编《狂飙》周刊,从事"狂飙运动"而闻名。对我来说,算我的先辈了,论年龄他也比我大十几岁。过去我仅知道从事"狂飙运动"的有名人物高长虹,1937年在安庆时还认识了他的弟弟高歌,也是搞"狂飙运动"的。现在能认识高沐鸿,竟能和他在一起工作,令我高兴。

高沐鸿同志是抗日战争年代太行区文联主任,已带领一大批美术工作者在赵承绶的公馆里住下来。

赵承绶是阎锡山的骑兵总司令,据说是我们解放榆次时被俘虏的。我们解放太原后,他的公馆就成了未来的"山西省文联"的所在地。赵的公馆一共有两个大四合院连接在一起,高沐鸿一家住在西面的大院中,他让我和画家赵枫川等人住在东面大院里。

赵的公馆很阔绰,客厅里铺着深红色的华丽地毯,摆着大理石的圆桌,还有西式的壁炉,当我的两个小儿子第一天走进这客厅时就高兴得在地毯上打滚,说明了从山上下来的"土包子"进入这样的家室所感到的新奇。

当我去坝陵桥寻找当年的"成成中学"时,已无踪影了,幸亏与学校相邻的"军械库"尚在,使我能琢磨出成中的地址,而今已成为一条很宽的马路了,真使我难过,像寻访一个老友竟得知他早已去世了一样。但令我高兴的是我当年的美术老师赵缵之还健在,并且和当年杭州艺专的同学赵子岳相逢,他不搞美术了,而领导一个京剧团从太行来到太原,人们都称他为"赵老师",后来他就到了北影成为全国著名的电影明星。

我把家安置好了之后,就开始与高沐鸿筹建山西省文联。在工作中认识了唐仁均、郑笃、夏洪飞、洛林、寒声诸同志。除洛林外,他们都是从太行来的。

当时的省委书记是程子华,宣传部长是陶鲁笳,宣传部秘书长是卢梦,文艺处处长是李束为,卢和李都是从"晋绥日报"社来的,都是老朋友了,因此有些工作就感到容易进行。我们在省委宣传部长陶鲁笳同志领导下于12月召开了山西省第一届文学艺术工作者代表大会,高沐鸿被选为省文联主任。我和卢梦被选为文联副主任,同时还被选为山西省美术工作者协会的主席,赵枫川被选为副主席。

根据毛泽东《在延安文艺座谈会上的讲话》精神和在晋绥边区工作的经验，文代大会后我首先就抓年画工作，为高沐鸿和赵枫川等同志所支持，这样我们能很快创作出十来种年画赶上1950年春节的供应。这次创作中我借用旧年画"灶君爷"的形式创作了《读报图》，后来荣获了文化部1951年颁发的新年画创作奖。

年画创作工作完成后，我就创办《山西画报》，有一个宣传部的干事却表示反对，然而终于为陶鲁笳部长批准而于1950年2月5日问世了。我为《山西画报》和群众见面而感到无比的高兴。我想：做什么事都会有人反对的，这就看我的努力争取了。《山西画报》实际是《晋绥人民画报》的继续，每半月出版一次，出版后不但得到了山西广大群众的欢迎，而且后来又在中宣部召开的通俗读物会议上受到陆定一部长的表扬。我自然是无比愉快的。在编辑人员方面比《晋绥人民画报》时代的人马多了，而印刷条件也由石印变成了胶版印刷，因此我们画报社的同志们工作得都很积极。除了办画报，我们还重视幻灯工作，有专人负责向各县文化馆推销幻灯。这个时期人们的思想都很单纯可爱。按说，画报社的成员大部来自太行，是高沐鸿同志带来的人马，还有来自太岳区的，只有我一个人来自晋绥，但始终没有使我感到难领导。大家的组织观念很强，不但很听话，而且也都干劲十足，绝无勾心斗角等消极怠工的现象，因而使我深感工作之顺利和心情的愉悦。这是我一生难忘的。

说良心话，我参加革命以来，从来也没有遇到过像陶鲁笴同志这样的领导对我的器重和信任,例如当洛林同志一手建立起山西艺术学校后,他要我担任校长,这使洛林很不高兴。但他不幸在三反五反运动中被错打为"老虎",竟劳改去了。后来陶部长又要我担任省文教局副局长,管理政府的全部文艺工作,我说:"陶部长,这样一来,我可就再也没有时间能搞美术创作了。"他体谅我的处境,就再没有坚持要我当文教局副局长。但他也真会领导我们的美术工作。有一次他来文联,出题目要我们画宣传画。我为这次画的宣传画后来竟刊载于上海出版的一本《中国宣传画选集》中,而且放在首页上。这是我未曾想到的。

## 去西安寻儿子

1950年秋,山西省文联收到由西安寄来的"西北文学艺术工作者代表大会"的邀请书,我决定以文联副主任的身份,代表山西省文联前往庆贺。我打算借此机会去寻找在延安时借出去的儿子,如果他还活着,应该有八岁了。

我和音乐家夏洪飞带了两个准备向维吾尔族舞蹈家学跳舞的姑娘,于9月23日出发,作为来宾参加了"西北文代大会"。夏洪飞是代表山西省文化局去参加的。在会议期间于十月一日举行的庆祝中华人民共和国成立大会上第一次见到了我所尊敬的彭德怀将军,非常高兴。他当时是西北地区的最高领导。

在这次大会的文艺活动中,我爱上了维吾尔族的舞蹈,从此之后我就对舞蹈这门艺术发生了浓厚的兴趣。正好像我由于"夜明珠"而对传统戏曲发生了浓厚的兴趣一样。

西北文代大会结束后,我去访问了一位名赵伯平的领导同志,了解当年从延安送到西安后的儿子的情况。因为1942年在延安时,一位名叫朱锋的同志向我借走孩子后,曾对我说万一彼此失掉了联系可找他的姐夫赵伯平。当时赵是陕甘宁边区文协的秘书长,朱锋曾领我去会见了他。这样赵伯平就成了此事的见证人。现在事隔八年之后我来到西安,听说他荣任了西安市市长,正好找他。

借孩子的事,是一段颇富传奇性的故事。

朱锋为陕西省蓝田县田禾村人,原名田振英,当时在延安李克农同志领导之下的社会部工作,他和戏剧名演员马莉有交往,马莉生了一个男孩,想送人,朱锋就说:"把孩子送给我吧。"马莉有些奇怪:"你要孩子干什么?""为了逃避家庭主婚,我打算送一个孩子到西安,对我父母说我已经在延安结婚了,并生了个男孩……"朱锋说。这样马莉就同意把孩子送给朱锋。于是朱锋就给他的父母写信,要家里派人来延安接孩子。可这次谈话之后,朱锋也未曾再来马莉家,马莉以为朱锋的话是随便说说的,她就把孩子送给了延安老乡。

朱锋的父亲是西安皮货店的老板,又是商会会长,接得儿子的信后就高兴地派了一个管家,并临时雇了一个奶妈从西安坐轿窝子来延安接孩子。到延安后住在新市场一个骡马店里。

待朱锋得知此情去马莉家里抱孩子时,不料马莉已把孩子送了人，要不回来了。这可怎么办？急得朱锋像热锅上的蚂蚁。此刻除了朱锋急，马莉也急。于是就派出朋友在全延安到处找男孩。终于他们打听到我家前几月生下一个男孩，于是由名演员王大化找我们的邻居诗人肖三的妹妹肖昆来我家说情。她说明情况后接着说："实在为了应急，想借你们的孩子到西安，待革命胜利后就可归还，因为朱锋将来结了婚也会生孩子的，人家不会要你的孩子。况且朱锋的父亲又是皮货店的老板，你孩子去了也不会受制……"

接着马莉也亲自出马来我家谈此事。我从来没见过马莉，一见之下，感到她真是延安的美人，长得丰满标致。她说我们的男孩和她的孩子大小相当……弄得我和萍杜不知如何是好。最后考虑到我们身边既已有了第一个男孩阿明，还不满两岁，就够我们劳累的了；又考虑到萍杜的工作和学习，觉得把第二个男孩借出去，既帮助了朱锋，也减轻了我们的生活负担。由于我们有对革命必然胜利的信心，因此相信西安总有一天会解放，于是就决定把他暂借出去。但有一个条件，就是因为彼此都不熟悉，因此应该通过组织，省得将来惹出什么意想不到的麻烦。肖昆听后认为所提条件不成问题。

当时马莉在"解放日报"社工作，于是就由报社的领导秦邦宪同志给周扬同志写了一信，说明马莉是他们那里的干部，并说我们愿意把孩子借出去，他表示高兴……周扬同志也找我谈话，对我说，救人之急借孩子是好事，但一定要自愿，组织上不承担任何责任。这我很明白，周扬同志深怕通过领导形成一种组织上要我们把孩子送出去的舆论。但我们认为通过组织比较可靠。

一天我抱上刚满四个月的孩子由桥儿沟走了十多里路送到新市场一个小骡马店里。没有让萍杜去,怕她万一沉不住气,流下眼泪来,把事情搞坏。

我去之后,朱锋、王大化、美人马莉都先到了,经过商量,需要在管家和奶妈面前演一场戏,于是决定由朱锋扮父亲,马莉扮妈妈,这是理所当然的。又让王大化扮朋友,让我扮舅舅。戏既然是演给管家和奶妈看的,商量妥当之后,就由朱锋把他们请来。首先由朱锋说明:"孩子奶在乡下,现在才接回来……"于是就指着马莉,说她是孩子的妈妈。当时马莉正把孩子抱在怀里,孩子大概是怕生,就哭起来,王大化马上对马莉说:"你好久没有喂他,大概是饿了,快给他奶吃!"这么一来逼得马莉只好当众解衣把雪白的奶,从怀里掏出来给我的孩子吃,我看到他吃了两口,似乎感到不像是萍杜的奶,就不吃了,又哭起来,于是马莉趁机就把孩子交给奶妈,说:"他吃惯人家的奶了,我的奶也不爱吃啦,你试试喂他吧!"于是奶妈解怀把奶喂给孩子吃。这奶妈有三十多岁,农村打扮,为了一路和管家生活在一起怕出娄子,朱锋的父亲就找了这么个很丑的女人,他想得真周到。这场戏其实是由马莉一个人演了。事后朱锋就请大家进午餐,吃了一顿有酒有肉的饭。

这之后延安经过了整风、审干、"抢救运动",大家不好见面。1944年朱锋给了我一张小孩的像片,他已长大了。日本投降后,我离开延安就和朱锋断了联系。但绝没想到这竟是永别。

我见到赵伯平之后对他说:"这次我到西安来是想把孩子接回去。""情况有了意想不到的变化,我看你还是不接的好。"他说。于是他告我:"在解放战争初期,朱锋于1946年被派至关中分区作外勤工作,此后又担任关中分区柳林镇站长,该站为陕西工委社会部领导。1947年当胡宗南进犯我关中分区时,不幸朱锋与陕工委机关失掉了联系,被迫与爱人月贞化装回西安潜居,做地下活动。当年夏初胡宗南的特务将朱锋及其弟田振玺(地下党员)以及月贞一起捕去。月贞当时已怀孕,在监牢里生下一个男孩,朱锋的父亲花了很多钱才算把孙子从牢房里接出来。但不久朱锋和他的弟弟就在当年的10月7日被国民党一起杀害,而月贞也不知下落了。朱锋的父亲因遭受如此之大的打击就被气死,后来听说月贞在耀县被活埋了。现在家里就剩下两个寡妇,一个是朱锋的继母,一个是他的弟弟田振玺的媳妇。

"你的孩子当时从延安接回来,老头子很高兴,就请客庆贺,朱锋的继母辞退了奶妈,而把亲生的女儿奶出去,自己奶小孙子,所以你的孩子是奶奶喂养大的。如今祖孙相依为命,都住在蓝田县田禾村。况且朱锋死之前,也没有把真情给家人交待明白,你考虑你能接走吗?"一席话说得我不知如何是好。我为朱锋同志和他的爱人以及弟弟的不幸牺牲而难过。我考虑半天最后决定还是要到蓝田县去,因为既来了还能不去看看儿子。

于是第二天早饭后就在西安雇了一辆小轿车向蓝田县进发,并在街上为孩子买了些衣物。

轿车走了将近一上午,全是上坡路。我心里想,和老太太见面不可能是件愉快的事。至于怎样说明来意,已预先和赵伯平研究好,就说我的妻子原是朱锋的爱人,后来离婚了就和我结了婚,现在妈妈想儿子,派我看孩子来了。

见了老太太后我如此说明来意,并把给孩子的衣物交给她,端详她的表情好像有些似信非信。待一会儿孩子从外面回来了,老太太告我他叫田福印。我一看到他既高兴也很难过,过去的一切像电影似地都浮现在我的眼前了。八年来他长的有一米来高,怎不使我喜欢。我叫孩子过来,看了看他头上的一个胎带的小水泡,已经干下去了。老太太很注意我的行动。

我和车夫吃饭后,就看到福印拿了个镰刀出去了,我就跟在他后面,他到了田里割草,我蹲在旁边问他:

"你爸爸呢?"

"死啦!"

"你妈妈呢?"

"也死啦!"

"我就是你爸爸。"我说。

"不是,你是我叔叔。"

我的眼泪夺眶而出。于是我拿出带在身上的全家照片指给他看,让他认识父母和兄弟妹妹,看后把像片给了他。正在这时老太太跟来了,大概是怕我偷偷地把她的孙子带走。

我和她回到家里,看到了朱锋弟弟的寡妇,但始终没有看到从监狱里接出来的她的真正的孙子,也不好问。

没想到老太太竟在院里号啕大哭起来,也不知是想起了死去的老头和两个儿子,还是怕我要领走孙子……

我感到很难过,只好向老太太告辞离开这个悲哀的家庭,带着无限惆怅的心情回到西安。这次虽然没有接上儿子,但总算看到他了。遗憾的是他现在还不知道自己的亲生父母尚健在,来看他的正是关心他的爸爸。而他却以无父母的孤儿的心情生活在寂寞的人间,这使我多么难过。

当我从太原调到北京工作时,打听到他在西安市五味什字小学五年级上学,那时他十三岁,我就给他写了一封长信,告诉他真正的他的历史,并希望他在假期里能来北京和父母相见。

1957年冬,当他十五岁时,我把路费寄给他,久盼的儿子果然在寒假里从西安来到北京。那时我们住在朝阳门内,他一进门就问候爸爸妈妈好,我们多么高兴。萍杜连忙看他头上的胎带水泡,欢喜地说:"没错,是我的儿子。"

福印在北京住了一个月,享受了从未享受过的父母的温情和慈爱,认识了从未见过的哥哥和弟弟妹妹们,改变了他一向孤寂的生活,还在"劳动人民文化宫"和弟妹们学会了滑冰。弟弟妹妹们有了这么个"二哥"也感到快乐。回西安时我给他买了一辆自行车,一个小提琴,一个闹钟,还给了他一个苏联手表,尽量满足了他的要求,似乎是偿还多年来双亲欠他的爱债。

福印中学毕业后,考上了空军,在部队又被吸收为共产党员。他在保定、临汾、太原、侯马、杭州、徐州等地的天空飞行了十多年,"文化大革命"期间因我被打成"黑帮"而停止了飞行。当他在徐州时,我让他向领导请示改名为郝田,以纪念他生在郝家,养在田家。多年来我一直关照他不要忘了田老太太对他的养育之恩,应像亲生母亲一般关心她的生活。

后来郝田和原东北军起义军官的女儿、中学时代的同班同学名王正秦的姑娘结婚。由空军转业后,在西安住家,现在陕西省体委当竞赛处副处长,已有一男一女。这就是郝田有生以来随着中国革命历史的曲折所形成的富于传奇性的生命史。

多少年后听说当时在延安新市场为管家和保姆"演戏"的同志,不仅朱锋牺牲了,而美人马莉后来也在延安的窑洞里因雨天塌方而被压死,曾和李波在延安演《兄妹开荒》的王大化也因在东北坐卡车外出工作,不幸转弯时被弹出车外而丧命。历史真是太无情了,我每念及他们就不胜感伤。

## 在富家滩车站上

1950年的冬天,省委召开了山西省的劳模大会,我为了了解劳模的事迹,列席了大会。事后同灵石的一位劳模一同到了富家滩西山顶上的他的家乡,住了一两天,画了些有关他们生活情况的速写,下山后在富家滩车站买了回太原的火车票。在候车时间我拿出速写本来面对矿山运煤的场面画速写,正画间,一个煤矿上的人来对我说:"我们领导请你去。"我不知道是什么事,就对他说:"车就快来了,误了怎么办?"

"误了不怕,下趟再走。"我感到话头不对,只好跟上他去。进房后有一位当官的坐在那里说:"你在站上画画了？"我立刻觉察到大概是犯了他们的禁忌,站在被告席上了。于是就首先告他我是画家,名叫力群,现任山西省文联副主席,这次下来为了收集劳模的材料……他说:"我们这里是不许画画照像的。不过可能你不知道,你大概就是郝克明的哥哥吧？我和克明在一起工作过,他说过你。""是的。"我说。"请你进来就是让你知道我们的规定,真对不起,也没什么,请坐。"我说:"车就快来了,谢谢你了。"然后就跑出来。可那个最先叫我去的人看到我却说:"你怎么出来了？"我说:"你们领导让我出来的呀！"他无话可说了。真是一场虚惊。

我的弟弟原名郝丽光．我为他改名郝力光,于1936年参加共产党。抗日战争期间,在本县公安局当科长,改名郝克明。全国解放后调北京公安部一局四处当科长,做审讯工作,曾出席过对战争罪犯末代皇帝溥仪的审判大会。1973年9月15日病逝。

从富家滩归来后,我根据在劳模村里画的速写创作了套色木刻《向李顺达应战定生产计划》。这是我进太原后刻的第一幅木刻,后发表于《人民日报》,编者写了按语,表扬了我的这幅作品。当时全国劳模李顺达正在《人民日报》上发表了谈话,向全国农民挑战。我的木刻是紧密配合了李顺达的生产号召的。然而为了创作这幅木刻,在灵石富家滩所受的一场虚惊也真够使我难忘的。

这年的8月1日,我的妻子萍杜给我们生下第二个女儿,取名阿红,长大之后,很有志向。她攻无线电学业,曾加入共产党,后到澳大利亚深造,获硕士学位。与一法国人阮内结婚,生一可爱女儿取名捷佳克琳。

## 参加老根据地访问团

1951年夏,中央组织了"老根据地访问团"向老区人民表示慰问,我参加了由杨秀峰同志领导的"太行山老根据地访问团"。

我们乘坐的吉普车从太原出发后,一过祁县子洪口就下来倾盆大雨,车无法前行了,就停在一个小山村里,大家都跑进农家避雨。我们进了老乡的窑内,没想到竟在灶头看到了我的年画《读报图》,使我多么地高兴。自1933年参加"木铃木刻研究会"以来,就标榜要以版画为劳苦大众服务,时至今日,我总算看到了自己的年画走进了穷乡僻壤的农家,这给予我以多么大的慰藉。

我们的访问团带了一个杂技团,访问了武乡、左权、麻田等地,每到一处都有人山人海的群众来看杂技团的表演,真使我兴奋。

当时参加访问团的还有《山西日报》社社长史纪言同志,他是我1935年在太原时的老朋友了。杨秀峰代表毛主席向群众讲话表示慰问,有时也要史纪言代表毛主席向大会慰问,有时也要我出场。这是我一生中唯一的一次代表毛主席讲话,慰问太行老区人民。

我是初次到太行的,访问团的工作结束之后,我就和随身带的勤务员于九月初到了平顺县,住在李顺达的西沟村,由勤务员帮我做模特儿创作了年画《毛主席的代表访问太行山老根据地人民》。画中描绘了一位首长在慰问大会上正给一位烈属带纪念章。当我回到太原把初稿给陶鲁笳部长看时,他说:"你画的那位首长,气派不够,只像个科长,应该画成省委书记那样的大干部。"我认为他提的意见很好,后来经过观察琢磨,又进行了修改。最后给他看时,他说:"这就像个大首长了。"

　　当我画好年画的初稿从西沟村乘卡车回太原时,在路上曾发生一件非常可笑的事。我带着画板和速写纸,每遇车停休息时,我都下车作画。而当我在武乡一个小饭摊吃完饭拿出画具准备画速写时,突然看到一个女人,生得像中国工笔仕女画中的美女形象一样,于是就对她作画。她走动我也走动,她停步我也停步,正画间,突然跳出个小伙子来,很凶地指着我说:"你是流氓!"似乎要走近我动武。这真是"秀才遇到兵,有理说不清"了。同车的同志见我一路都在画画,就为我解围说:"他是画家,你不让他画画怎么行!"趁机就催我赶快上车,以逃避这个不速之客。我上了车后心还在怦怦地跳动。

　　年画《毛主席的代表访问太行山老根据地人民》完成后,交到北京人民美术出版社出版,后来曾荣获文化部于1952年第二次颁发的新年画创作奖。

# 领导"三反五反"运动

我的年画《毛主席的代表访问太行山老根据地人民》刚刚画完，于1951年12月初"三反五反运动"就开始了。所谓"三反"，就是反贪污、反浪费、反官僚主义；所谓"五反"，就是反行贿、反偷税漏税、反盗窃国家资财、反偷工减料、反盗窃国家经济情报。高沐鸿同志这时已离开了文联而到省委工作去了，领导文联三反五反运动的重担就落在我的肩膀上。当时将贪污分子叫做"老虎"，因此对他们的斗争就名之曰"打老虎"。文联打的"老虎"是一个曾经当过商人而后做了文联会计工作的人。打出贪污款项后，我在宣传部召开的会议上汇报斗争情况时，陶鲁笳部长说："你们只打了一个老虎？"我说："没有了。""你敢担保？"我说："我虽然不敢担保，但考虑到我们文联是一个清水衙门，油水不大，不可能有更多的老虎。"他不再问了。

我领导这种工作，虽然是初次，但在延安时，我是深知"抢救运动"不实事求是之弊病的。所以对这次的运动我就很慎重，因为打错了就要伤害同志。也许上级领导认为打的老虎愈多愈好，但错打了最后还不是要给人家平反。我们文联打的这个老虎没有错，所以事后多少年来既没有翻案，也没有平反。在运动中我坚持说理劝说的态度，有凭有据的斗争，关照同志们不许打人，所以在这方面也没有违反政策。但宣传部把剧协主席洛林同志打成老虎,又让他去劳改就是非常冤枉的。洛林是维吾尔族,原吕梁剧社的社长。在解放战争年代为了解决经济困难,晋绥边区曾公开种过大烟。洛林的爱人雪花在吕梁当教员,积蓄下一些小米,因进太原不好带,就由剧社总务科给换成大烟,进城后又由总务科代卖给医院。这本来没有什么错,但"三反"中就为此把雪花打成"老虎",洛林受雪花的株连也打成"老虎",于是开除党籍又被劳改。今天看来,如果说卖大烟有错,种大烟岂不更错。但从历史情况考虑,又都是情有可原的。因此既不应把雪花打成老虎,更不应株连洛林。洛林去世之前虽恢复了工作,但直到三中全会之后才恢复党籍,和雪花一同得到平反。他含冤二十八载,我为此非常难过。

三反五反运动于1952年夏结束后,我和《山西画报》社的张怀信、药恒、郝超、吉林、聂云挺诸同志集体创作了一本连环图画名《互助比单干强》,后由天津美术出版社出版。这是一本紧密配合政治的画册。

这之后,于当年的秋天我就被调到北京华北文联,而把萍杜暂时留在太原。萍杜进太原后,曾到忻州地区做过一个冬天的土改工作。除1950年8月生了第二个女儿阿红外,于1951年11月又生了第三个女儿阿兰,1953年4月生了第四个男孩小强,几乎一年一个的速度,真使我们为之苦恼,而那时国家还不允许打胎。

# 第十三章　调到北京工作

## 在华北文联

"华北文联"当时并未正式成立,尚属筹备阶段,设于北京的交道口前圆恩寺16号,华北局党委也设在这里。我来后任文联筹委。

文联筹委会的领导人是三十年代在上海从事左翼文艺运动的阿英同志。华北局党委宣传部长是张盘石同志,我们就和他住在一个大院里。他时常到我们的画室来和我们聊天,看我们作画。具体管文联工作的是白桦同志。我一到华北文联,就和陈因、秦征、古一舟在一起紧张地画年画。我画的年画取名为《代耕好了》,表现互助组为军属家代耕的好成绩。画中描绘的是当记者来访问时,老太太指着满院的玉茭棒高兴地说:"代耕好了!"背景上还画了军人的妻子从地里劳动归来……

当我的草图画好后,张盘石同志看了批评说:"你那挂在柱子上的不像玉茭棒,倒像是一串串的香蕉。"我感到他批评得很对。他是山西寿阳县人,对老乡剥玉茭的生活很熟悉,所以感到我画的玉茭棒不是味。而我也确实是凭印象画的,因而画不好。这怎么办呢?于是下决心回山西灵石去画速写。

数天后我来到我的老家郝家掌村,可已经收完玉茭了,看不到剥玉茭皮的场面。接着又来到我当年的高小所在地道美村,可也没有解决问题。于是由道美村我的表兄领我到西山上的沙腰村。这可好了,农民正在收玉茭,完全满足了我的要求。我用水彩画了带皮的玉茭,又画了剥了皮挂在柱子上的玉茭,一切都非常顺利。还画了深秋的一颗桑树,这也是画里需要的。

回到北京后,胜利地完成了这幅年画,张盘石看了说:"这回就画对了。"他亲眼看到我们一连三月日夜辛苦作画,而且礼拜日也不停,很受感动。待四人的画都画完后,就宣布给我们放假三天,让我们好好地休息。

其实我来华北文联后,不仅自己创作了年画,而且还领导了整个华北地区的年画工作,为他们看稿、选画。令我高兴的是我的年画《代耕好了》被《解放军画报》的美术编辑看中后,就发表了一个通栏。画报寄发到朝鲜人民志愿军中,曾有战士来信对我的画给予好评。

待华北行政委员会在皇城根盖好华北群众团体大楼"后,我们就搬到新楼里。来到新楼,我们的生活过得很愉快,经常可以和陈因、古一舟等同志打乒乓球,我们还雇了一个姑娘作模特儿练习素描。但我却除了作画就把大部精力花在学俄文方面了。当时我们的政治动向是敢于和美国在朝鲜战场上进行军事较量,以援助北朝鲜,于是派出了人民志愿军浩浩荡荡打过鸭绿江。另一方面是对苏联"一边倒"。因此不仅大批苏联画家的油画复制品流入中国,而且十九世纪的俄罗斯"巡回展览画派"的油画复制品也大量在北京出现,这样北京美术界就产生了"苏联热"。过去我在杭州艺专学习美术时,曾对法国的油画发生过浓厚的兴趣,对文艺复兴后的西欧美术史和法国的艺术情况也了解得较多。但对东欧及俄罗斯的美术家却知之甚少,而今却转到了俄国的艺术方面。我买了苏联出版的特罗平宁的油画印刷品《绣花女》挂在家里。我深感不懂俄文之苦,于是就下最大的决心学俄文,以求对俄国的画家有所研究。我这一生曾经学过英文、法文、世界语、日文,都没有学好。这时我虽四十多岁了,记忆力也开始衰退,但我这次却非学好俄文不行。于是买了收音机,每早向电台刘光杰的俄语教学广播学习。我做了小小的卡片,写上俄语的生字,上厕所时从口袋里拿出来背记,走路时也从口袋里掏出来记读。之后又买了俄语字典,进行查阅。经过七八年的努力,我终于能够查字典笔译了。曾和人民美术出版社的平野同志合译了一本由克拉甫钦珂夫人著的《杜宾斯基》。这时我对俄国的美术进行了系统的研究,熟悉了十九世纪早期的画家特罗平宁、布留洛夫、伊凡诺夫、菲多托夫等人的名字及其作品,并用更多的时间研究了"巡回展览画派"的画家们及其作品,阅读了不少有关他们的书籍。我对别罗夫、列宾、赛洛夫等人的油画发生了浓厚的兴趣,感到他们在现实主义道路上所达到的成就超过了法国现实主义者的水平,我以为库尔贝就不能和列宾相比。

此外,我对十月革命后的社会主义艺术家也有所熟悉,如尤恩、约干松、楚伊柯夫、B·谢罗夫、茹可夫等,虽然这些画家大都是继承了十九世纪巡回展览画派的现实主义传统的,但其作品的感人之力却还不能和他们相比。然而我对女雕塑家穆希娜的名作《工人与集体农庄女庄员》以及建立在柏林的符切季奇的《解放战士铜像》却有特别的爱好。这两件为政治服务的作品应给予高度的评价。

非常遗憾的是,自从六十年代中苏关系恶化后,我就再没有兴致继续学俄文了,于是二十年后我又变成了一名俄语的文盲,仅留下一箱俄语读本和有关读物堆放在那里尘封着,这真是我学俄文的一场悲剧。

来华北文联后不久,我就把两个小儿从太原接来,让他们住华北西苑小学,但萍杜还不能从太原调来。

## 来到人民美术出版社

好梦不长,于1953年9月我就从华北文联调到位于北京灯市口的人民美术出版社,我真不想去,但不得不服从组织的调动。开始推荐我到人民美术出版社工作的美协党组书记蔡若虹对我说,让我去担任副社长,但当我上任后又变成副总编辑了,据说是出版总署党委书记陈克寒的意见。我本来就不想来，这样的变动使我更加反感。尤其是我看稿太慢，经常在我的办公室里存下堆积如山的稿件，其中包括画册、连环图画、中外美术史……使我感到无比的压力。而我又不愿马虎从事，因此存稿越积越多，引起我很大的烦恼。然而蔡若虹和"人美"的副社长邵宇同志却都不理解我的苦情。

来"人美"不久，就于9月23日参加了"中国文学艺术工作者第二次代表大会"，25日参加美协会员代表大会，被选为常务理事。

我在"人美"上班后，在东单苏州胡同安下家，这才把萍杜从太原接来，让她在"人美"的资料室工作。那时我的母亲正在太原，因此就和萍杜一起来北京和我们一同住在苏州胡同。由于我在"人美"期间难于离开工作下乡深入生活，但又不甘心停止版画创作，而这时党的文艺政策也有了新的发展，毛泽东同志关于戏曲活动于1951年作出"百花齐放，推陈出新"的指示后，周扬同志在1953年9月第二次文代大会上的讲话中认为"'百花齐放'的原则应当成为整个文学艺术事业发展的方针"。在这种新的文艺气候中我就到花店里买了我所喜爱的花，于1954年刻了套色木刻《百合花》。1955年又到花店里买了一盆春天盛开的蓝色的花，刻成套色木刻《瓜叶菊》。人们竟认为这是我这一时期的代表作。后来得知《瓜叶菊》陈列在南斯拉夫博物馆。

有人说，表现生活情节的画才有主题，所以有"主题性的绘画"之说。而我认为凡是属于现实主义的绘画作品就都应有主题。难道我的《百合花》和《瓜叶菊》就没有主题吗？有，二者的共同主题都是要表现花的欣欣向荣，花的美。但《百合花》主要表现它的纯洁的美。所以在百合花的背后衬了一块黑色，目的是为了强调花的白，突出纯洁的主题，同时这块黑色既为了增强画面的黑白对比，同时也为了画面有直线和曲线、刚和柔的相反相成的效果，使作品的内容丰富起来。而《瓜叶菊》背景用了深咖啡色，也是为了突出花的美。说心里话，这之前我是没有胆量刻花卉的，可是现在虽然有了"百花齐放"的文艺新方针对我有所鼓舞了，但还是有人在报上批评我作为一个共产党员画家不表现工农兵而刻些花花草草。这种文艺上的极左现象，到了"文化大革命"时期竟发展到登峰造极，造反派竟把我的《瓜叶菊》和《黎明》都宣判为毒草，这真是最为可悲的。

  1954年秋，经过我的再三要求，得到了副社长邵宇的开恩，给予我一次下乡的机会，我决定去太行山一行。其所以选择这里是因为当年参加太行山老根据地访问团时，清漳河两岸的风景给我以美好的印象。邵宇让我带上人美的青年画家罗尔纯和朱章超同行。

  我们从河北的邯郸经涉县到左权，我在涉县的清漳河畔为美丽的金秋风景所陶醉，于是画了一幅富有秋色的水墨彩绘速写，后来回到北京于1955年刻成套色木刻《太行山风景》。虽然有很多人喜欢它，但我总嫌由于追求自然色彩套了七版之多而不满意。因为在版画的套色上我是力求以少胜多的，而这幅木刻恰恰违反了自己的主张。在左权我画了一株枝干有如龙蛇的老柿树，柿叶尽落而红柿耀目。回北京后于

1957年创作了套色木刻《黎明》，只用了三个色版，创造了一幅富有意境的表现山区人民生活的风景画。这幅木刻刻成之后，总觉得不够舒服，给李桦同志看时，他建议我把作为背景的天空上的白色细木纹涂去大半，仅留下弯月附近的一片。我照办了，果然有了意想不到的好效果，在画面上出现了晨雾蒙蒙的深意，我真感谢他。此画竟成了我的代表作，后来陈列于英国博物馆。

在创作《黎明》时，我在柿树的背景上画了黎明时分的下弦月和黎明时分的朦胧的远山及河流；在前景上画了一个骑毛驴的早起劳动的农民，他骑在白色的叫驴身上，手搭凉棚瞭望东方的曙光。叫驴突然吼叫起来，震破了黎明的寂静，意味着它发现了前面的草驴。这一画面的情景，是完全靠我非常熟悉这种山区的生活而想像出来的。毛驴身上的笼头、鞍缰以及农民怎样骑毛驴我都深知，我真正懂得了生活是一切文学艺术创作的源泉这句话的价值。黎明从黑夜向我们走来，像一年的春天、像人生的童年，它给我们以朝气，给我们以希望，给我们以鼓舞，这就是我要表现的主题。

我和罗尔纯、朱章超从秋天来到太行山，之后又到了阳泉、榆次、张庆，到处画画。白天我们共同画风景，夜里在洋烛光下共同画农民像。我发现罗尔纯在素描上有独到的技法，曾"不耻下问"，使我画出了几幅较满意的头像。待我们回到北京时已是深冬了。

我的母亲在北京住了一年左右就闹着要回郝家掌，她一无工作二不识字，不能看书看报，怎能不闷得慌。但回到乡下后，于1955年5月初突然栽倒，死于门前。我接得堂弟郝力章打来的电报后，赶回去办完丧事回到北京，所谓"胡风反革命集团"事件爆发了，震动中外。因我曾是《七月》杂志的投稿人，又是胡风的老朋友，为此，党组织对我进行了审查。我向党交出九封胡风写给我的信，由于审查我的陈克寒未能从鸡蛋里找到骨头，所以宣布我无罪，认为我和胡风的关系仅是投稿人和主编的关系。现在想来都使我心悸，但我交出去的九封信却再没归还，如石沉大海了。

## 到了愉快的新工作岗位

由于我在人民美术出版社工作的不称心，终于在1955年夏离去，到了中国美术家协会担任书记处书记，《美术》杂志副主编等职。

《美术》杂志的主编是王朝闻同志，他是我三十年代在杭州艺专时的老同学，他当时在雕塑系学习。后来在延安鲁艺又一同在美术系工作。全国解放后他接连出版了《新艺术论集》和《新艺术创作论》等书，在中国美术界产生了很大的影响，我对他在艺术理论上的建树是很钦佩的。他经常在家里看稿、写文章，较少来编辑部，一切日常行政事务工作都由我和编辑室主任华夏同志处理。从此就再没有压在我头上的堆积如山的稿件了，使我感到轻松愉快。

我在"人美"时就是美协的党组成员、常务理事，现在除了担任《美术》杂志的副主编外，于1956年10月又和李桦、野夫共同担任了《版画》杂志的主编工作,并和李桦、古元负责美协版画组的事务。当时的《版画》杂志是双月刊,在北京编辑,在上海人民美术出版社出版,主要是版画家杨可扬同志在那里负责。编辑部只有程之的同志作为我的助手,做些编辑事务工作,选稿是由编委会集体负责审选的。但我们总能如期把编好的稿件寄往上海,彼此合作得很好。虽然《版画》杂志没有编制,全靠在京编委挤时间编辑,但大家都工作得很起劲,刊物也出版得有成绩。

来到《美术》编辑部,深感下乡和搞木刻创作的机会少了,而副主编的工作又要求我多读点文艺理论书籍,多写点有关美术创作的评论文章,而《美术》和《版画》杂志是不愁没有发表的地方的。再加上外面要求我写文章的人也多起来,在这种情况之下,我于1955年11月在《美术》杂志上发表了《批判温肇桐错误的艺术思想》一文,1956年在《文艺报》上发表了《谈齐白石的花鸟草虫画》等文章。我当时写这些文章实在是一种学习,试图用马列主义的观点进行评论。但由于当时正是向苏联一边倒的时代,中国和苏联的文化关系最为密切,在这种气候里我读了不少苏联的文艺理论文章,因此在批判温肇桐同志的观点时就引用了不少苏联文艺理论家的话,无形中打上了一个特定历史时代的烙印。尤其对于胡风的文艺观点,因当时他是被作为"胡风反革命集团"案件处理的,所以我在文中提到胡风时也是作为反革命的人物来看待的,这真是一个历史的不幸误会。因为三十多年之后,胡风得到了党中央对于他的彻底平反,这里是必须指明的。

评论齐白石的作品，更是难度较大的工作，因为企图用阶级观点来论述中国的花鸟画实在不是一件容易的事。因此只能说是一种大胆的尝试，好在发表之后还没有人提出批评。

由于我从1955年到《美术》编辑部以来，到1957年的三年间写了有二十五篇有关美术的文章，加上这之前写的一些，于1958年在"人民美术出版社"出版了一本《力群美术论文选集》，算是我在美术评论工作上的一点成绩。

这些年我还陆续在报纸杂志上发表了一些关于研究、分析苏联绘画的文章，集起来名《苏联名画欣赏》，于1959年在人民美术出版社出版。这既是为了增进中苏友好，同时也为了帮助读者欣赏苏联社会主义现实主义的美术。希望通过欣赏，在读者心灵上传播些共产主义精神，并提高他们的艺术欣赏水平。

我于1956年6月间开始在《连环画报》上逐期发表《木刻讲座》之后，曾收到读者来信，要求出版单行本。于是1957年9月在"朝花美术出版社"正式以原名问世。据后来了解，它对业余版画爱好者学习木刻颇有帮助。

来《美术》编辑部工作后，虽然写了很多文章，出版了五本有关美术的书籍，但我也并没有少刻了木刻。1957年早春，北京下了一场瑞雪，我从我的办公室窗外看到展现在我眼前的雪景多么美丽，于是立即用水墨写生下来。后来刻成一幅名为《北京雪景》的套色木刻，受到了同志们的好评。最初发表在《版画》杂志1957年12月号。接着我为作家赵树理的小说

《登记》作了两幅插图，一幅描绘小飞蛾端过灯来一看，说："这闺女，几时把我的罗汉钱偷到手？"一幅描绘燕燕回来了，说是张木匠也愿意了……到五月间我根据太行山的写生刻了套色木刻《黎明》。七八月间为《版画》杂志十月号刻了一幅黑白封面木刻《饮马》，表现在战争年代，首长到某地开会，警卫员乘机到水边饮马。此画因第一次没有把马鞍刻好，又重刻了一次。

1958年11月，得到天津美术出版社社长郭钧同志的支持，给我以明信片形式出版了一套十三幅木刻的《力群木刻选》，印刷得使我十分满意。我对他非常感激，可惜他于1978年12月去世了，令我怀念。

## 拜会齐白石

我在杭州艺专学画时，就常听李苦禅老师谈齐白石，在学校里也看到过齐白石的画。来北京工作后，在琉璃厂荣宝斋里更能经常看到老人的花鸟画，而且《人民日报》上也发表了王朝闻等人赞扬他的作品的文章，这样我就对老人的画逐渐发生了浓厚的兴趣，尤其喜欢他画的牵牛花。正如李可染文章中所形容的："红艳到了顶点，真仿佛受了一夜甘露，迎着朝阳，欣欣向荣，使人看了精神为之振奋。"

我来中国美术家协会工作后，见到李可染同志的机会较多，我曾向他表示想得到一张齐白石老人的画，李可染欣然领我去拜会齐白石，这大概是1955年的夏秋之交。到了老人家里,可染把我介绍给他,并说明来意。老人看到可染很高兴,但问我是中国人还是外国人?可染提高嗓音告他说:"是中国人。"这时老人已九十一岁了。我接着也高声说:"请您老给我画一幅牵牛花吧!"老人就动手给我作画,可染同志站在旁边给老人磨墨,我站着亲眼看到他作画的缓慢动作,给我一种严肃感。画完成了,那红色的牵牛花如迎着朝阳生气勃勃地开放在纸上,我非常高兴。于是按画例付款,老人收下。我对可染低声说:"我们可以走了吧?"老人好像听到了,马上说:"不要走,在我这里吃饭。"这使我很意外,悄悄对可染说:"作画还给钱,怎么反倒吃他的饭呢?""他让你吃,你就吃,不吃他会不高兴的。"于是老人派人叫来一桌湖南菜。饭后老人给我们看他最近画的一幅大画,他把画钉在院里的墙上,和我们一同站在较远的距离端详。这就是1963年人民美术出版社出版的《齐白石作品集》中的《百花与和平鸽》。画面非常丰满而色彩富丽,不仅在花下有三只安详的和平鸽,树上还有两只生动的喜鹊。可染与我都连声说好,老人很高兴。

从此,我对齐白石的作品进行了研究。齐白石去世后,于1959年4月在上海人民美术出版社出版了一本由我编辑的《齐白石研究》。此书于1979年由香港"学津书店"翻印。

# 第十四章　访问苏联

1957年9月下旬,随着"中国现代版画展览会"①在列宁格勒和莫斯科的展出,我国文化部派李桦同志和我访问了我们久已向往的苏联。这次愉快的出国,历时两月,是我一生中最值得纪念的日子。我曾于列宁格勒写了一篇通讯,发表于当时的《版画》杂志上,详细报导了我们的活动。今录如下:

十月的列宁格勒是十分美丽的,晚秋的季节用金色的树叶和绿色的草地装饰着全城。就在这个如画般的英雄的古典城市里,"中国现代版画展览会"当十月一日我国建国第八周年国庆日,于涅瓦河畔埃尔米塔施博物馆隆重开幕了。它被选择在这一天开幕显然有着重大的意义,一方面是对于我国国庆的一种很好的庆祝,而同时也意味着中苏两国人民的深厚友谊。

---
① 我参加《中国现代版画展览会》的作品为《太行山风景》《瓜叶菊》《黎明》。《黎明》曾被苏联印成明信片发行。

"中国现代版画展览会"是由中华人民共和国文化部、苏维埃社会主义共和国联盟文化部以及苏联国立埃尔米塔施博物馆主办的，开幕的那天先由埃尔米塔施博物馆馆长阿尔达莫诺夫同志致开幕词，后由李桦同志讲话，之后即同来宾一同进入会场。这是一个古典而雅致的画廊，光线充足，画框又挂得舒适。窗外是俄皇休息的花园，红色的小花，鲜绿色的草地，深绿色的树叶和白色的大理石的雕刻……与展览会场上的"百花齐放"的中国版画相辉映。人们走进这样的会场是会感到愉快的。这里悬挂着159件版画作品，包括96位中国的新老版画家。来宾和报纸的记者对于中国的版画是很感兴趣的，很多人在吸引他们的中国版画面前长时停留，并互相谈论不休。这样的场面使我们看了为之感动。

我们是在祖国的反右派斗争的高潮中，于9月24日晨从北京乘飞机起程，于25日到达莫斯科，后又于28日乘火车来到列宁格勒的。在我们的估计中以为列宁格勒已经是白雪盖地，树枝落叶，一片冬天景象了，没有想到它竟和北京十月的自然面貌没有两样。听说已经下过雪，可是天气并不冷，谁也没有穿皮衣。

"中国现代版画展览会"的举办和我们的访苏都是根据中苏文化协定而进行的。这个展览会决定在十月一日我们的国庆日起在列宁格勒举行后，将于苏联十月社会主义革命第四十周年纪念日在莫斯科开幕，这样的安排是很有意思的。

"埃尔米塔施"（ЭРМNTаЖ）是从法文来的一个字，是幽静的意思。这个博物馆和冬宫相接，现在全部陈列着世界各国古今宝贵的艺术品。就在我们举行版画展览会的这个画廊中当年四五月间曾举行过中国的国画展览会,轰动一时。但"中国现代版画展览会"在列宁格勒的举行还是首次。直接负责"中国现代版画展览会"的展出工作的是埃尔米塔施博物馆东方馆的主任克列切托娃同志,她于1956年七八月间曾同苏联画家访问我国,我和李桦同志曾于中国美术家协会在北海公园白塔下举行的盛大招待会上和她会过面。因此她对我们一见如故,我们一到列宁格勒她就来车站接我们。她对这个展览会的布置不但注意到作家的新老次序,而且还考虑到每一间隔的壁面所悬挂的作品互相间的大小是否对称,色调是否调和,因此这个展览会布置的是使我们感到十分满意的。

我们的展览会开幕后,列宁格勒和莫斯科的不少报纸都发表了消息,如《列宁格勒真理报》、《列宁格勒晚报》、《列宁格勒"接班人"报》、莫斯科《真理报》、《苏联文化报》,这些报纸一般都报导了李桦同志在展览会开幕时的讲话要点,有的也详细提到了他们认为好的作品,这些作品多半都是反映中国社会主义建设的。

为了庆祝十月社会主义革命四十周年,全苏美术家协会列宁格勒分会和国立俄罗斯博物馆于十月三日举行了"列宁格勒美术家作品展览会"。开幕后我们去看过两次。其中有作品一千多件,大都是油画,此外还有不少雕刻、版画、招贴画、插图、漫画以及舞台美术。在版画部分中以石版画、麻胶版画和铜版画较多,木刻画较少。我们曾问他们木刻画少的原因他们说，因木版价格昂贵，不象其他版画的工具方便。据说象《版画》杂志封面大的一块木刻版要三十多个卢布（合中国十五元多），因此他们在正面刻了又在背面刻，有时候还刨掉再刻，可见其木刻版之贵重了。这里所指的木刻版是木口木刻的木版，因为苏联版画家很少刻木面木刻，他们这里没有刻木面的木刻刀。听这里的中国留学生说，他们很喜欢中国的木刻刀。有一个中国留学生送给列宁格勒列宾美术学院的德国留学生一套中国木刻刀，他感到非常宝贵，便把自己保存的一套很精彩的德国油画复制品送给中国留学生作为交换的礼物。

在这个展览会上的苏联版画，一般都不太大，最大的也不超过半张《人民日报》，不象我国版画家有的竟刻桌面大的。至于版画的取材，也多半是风景，此外就是书籍插图，象油画似的描绘生活情节的作品较少，这是和中国的版画有着显然的区别的。我想在这一点上，我们倒不一定要向苏联看齐。听说到十月社会主义革命节在莫斯科将要举行一个十分盛大的全苏美术展览会，现在正在从这个展览会中选取特别优秀的作品送往莫斯科。

在这个美术展览会开幕的那天，我们会到了很多苏联版画家和油画家，其中如中国读者非常熟悉的革命历史画家谢洛夫以及在《版画》第五期上介绍过他的石版画的魏特罗贡斯基，他们对我们都很热情，有的版画家带领我们给一一介绍他们的作品。

为了中苏两国版画家有机会见面，交换意见，列宁格勒美术家协会于十月五日晚八时半举行了一个座谈会。出席这个会的有美术家协会的党委书记卡明斯基同志,美术家协会副主席Я·П·帕斯介里安同志,木刻插图版画家Г·А·埃皮法诺夫同志,给《静静的顿河》一书画插图的画家维列斯基的父亲、老版画家Г·С·维列斯基同志,曾经到过中国的油画家А·П·康因斯坦金诺夫斯基同志以及列宁格勒的艺术理论家П·Е·卡尔尼诺夫同志,此外还有两位女雕刻家。

座谈会一开始,当主席发言后,卡尔尼诺夫同志就提议大家起立为中国著名大画家齐白石的逝世而静默两分钟表示志哀(齐白石于九月十六日在北京逝世),之后即互相对两国的艺术发表意见。我们说:"中国人一向称苏联为老大哥,应当老大哥先对我们的艺术发表意见。"康因斯坦金诺夫斯基同志马上声明说:"中国应该是我们的老大哥……"终于还是理论家卡尔尼诺夫同志对中国的版画表示了意见,他说中国现代版画的水平是很高的,他曾经看了我们的版画展览会两次,非常喜欢,有很多作品他认为是优秀的,接着他就一一指出他认为优秀的作品。他提到的有二十幅之多,可见他是看得很仔细的。

俄罗斯功勋艺术家维列斯基同志是列宁格勒第一流的很有声望的老版画家,他讲话时说:"从'外文书店'销售中国图画的数字来看,就可以看出我们的人民对中国艺术的热爱,特别是那些具有民族特点的东西。"并说:"我们还很少了解中国木刻的历史,相反的对日本木刻史倒知道得多一些,总的说来,我们对东方艺术还知道得很少……"最后说,他希望以后能看到更多的中国艺术展览会。

当康因斯坦金诺夫斯基同志发言时说:"正因为我们两国的友谊太深了,倒反而影响了彼此之间提批评意见。"他说他没有到中国之前,对中国的艺术了解得很差,到过中国之后,有了较好的了解。他认为中国艺术的发展正经历着一个新的复杂的过程,在他看来现在中国的艺术的发展有两条路线,一是国画,这是传统民族绘画,一是油画,这是西方的绘画。从中国画的绘画技巧来说,几乎是世界上的绝技。从他看到的一些作品而论,国画的发展是相当不坏的。而另一方面他也很惊奇年青的艺术家们能很好的掌握了油画技法。但总的看来,中国的艺术家们丢掉了自己的民族特点,又并不十分深入的掌握了西方艺术,这总不是中国艺术发展的方向。他希望在掌握民族绘画特点的基础上,结合西洋画法才是艺术发展的正确方向。如徐悲鸿和蒋兆和的艺术发展方向还是正确的。他说在这方面,中国的版画艺术也有好的情况,中国的木刻家已经作出了良好的成绩。他说:"现在新中国各方面的建设及人民的生活是丰富多彩的,但在中国现代艺术中还表现得不够。我个人觉得,中国艺术家很多都是停留在自己的工作室中工作而很少到生活中去,因此表现在作品中的还似乎缺少热火朝天的生活气息。中国艺术家非常好的表现了花草、风景,但在人物的刻画上还比较缺乏。"他最后说:"以上的意见是在已经绝对地肯定了中国艺术的成就之后,相对地讲的。其目的是为了中国艺术的更力,发展与进步。"

我说:"我们中国古代曾经有唐僧到印度取过佛经,我们这次到苏联来,也想取一些社会主义现实主义艺术的经。"老版画家维列斯基听到马上说:"学习苏联是可以的,但希望不要把近几年来在苏联发生的照像主义也学去。"大家对于维列斯基的这个意见都表示同意,他们说加里宁曾经说过:"如果画的象照像那么象,还干么要艺术呢?"

最后大家表示对中国的木版水印法很感兴趣,想定个日期到中国现代版画展览会中听取我们介绍这方面的情况,并愿在展览会上表示一些他们对中国版画的看法。此外也想请我们参观他们的石版画、铜版画、胶版画的印刷过程。至此,他们送了我们一些书籍画册,就宾主告别了。

十月八日我们根据五日晚上在列宁格勒美协的约定,在埃尔米塔施"中国现代版画展览会"上再次和列宁格勒的版画家们见面。这次主要是由李桦同志根据黄永玉和李平凡的作品,谈中国北京荣宝斋的水彩套印法。他们对于中国的印刷方法很感兴趣,站在镜框前,不断地提出问题,很注意地倾听,这使我们深深感到民族特有的文化对于国际的意义。

顺便我们也看了一下展览会的批评簿,一般都是说好的,大都写着能使他们看到中国的现代版画表示感激,同时也表示他们对于某些作品特别喜爱。有一位列宁格勒大学的学生写道:"我们非常高兴地看到了中国版画展览,这次展览会的作品选择得非常恰当,观众们能够领受到民族色彩和生动的中国现代生活的结合。"

我们于十月九日去参观了列宁格勒列宾美术学院,在这个学院里有不少中国研究生和留学生,如罗工柳、伍必端、林岗、邵大箴、奚静之、张华青、李骏等同志都是，他们对于我们有很多帮助，尤其是邵大箴同志经常给我们当翻译员。这天，他们陪我们看了版画系学生的留校成绩，并听了教授关于版画教学方法的谈话。他们对于学生最初学习单色木刻画的步骤，要求是很严格的，一开始是刻静物，起稿时必须先画出一幅完整的水墨静物画，然后再根据水墨画改画成一幅很工细的用阴线和阳线画的黑白画，这样的黑白画已经和一幅刻成的木刻画没有两样了。最后再把黑白画移在木刻版上进行刻制。这种严格的学习木刻的方法，值得我国初学木刻的青年参考。

近日来列宁格勒多雨，尽是毛毛雨，有点象我国江南的黄梅天气，我们差不多每天在雨中参观、游览。现拟在本月二十日回到莫斯科，准备我们的版画展览会在莫斯科展出。

## 十月十三日于列宁格勒欧洲旅馆

我们的"中国现代版画展览会"在列宁格勒展出后，为庆祝伟大十月社会主义革命四十周年又在莫斯科展出。于11月4日下午在"东方文化博物馆"举行了开幕典礼。由于苏联文化部副部长B·帕霍莫夫同志，我国文化部部长沈雁冰同志，以及我驻苏大使馆文化参赞张映吾同志和全苏美协书记IO·皮缅诺夫等同志的到场，使这个展览会的开幕典礼显得格外隆重。

"东方文化博物馆"是专门陈列中国、印度、朝鲜、日本、蒙古、伊朗和土耳其以及苏联远东部的文化艺术品的,其中以中国的陈列品最多,现在把原来陈列年画和瓷器的一个大的陈列室悬挂了中国现代版画。由沈雁冰部长剪彩后,来宾即进入会场。中国的现代版画在莫斯科的展出虽然并非首次,但并不因此而减少苏联人民对它的欢迎。

展览会开幕后,苏联著名画家差不多都去看过了,例如当我们于11月12日访问俄罗斯苏维埃联邦社会主义共和国功勋艺术家Д·施马林诺夫时,就曾谈起他对于我们的版画展览会的观感。他说,1950年在莫斯科举行的中国版画展览会他曾看过。他看了我们这次的版画展览会后,表示很感兴趣。随即拿出他的笔记本告诉我们:"我喜欢力群的《黎明》、《太行山风景》、李桦的《捕鱼》、《晚归》……"之后他提到古元,说古元曾访问过他的画室,要我们回国后代为问候,接着他说:"我特别喜欢古元的《甘蔗园》。黄永玉的《阿诗玛》插图是头一次看到,我很喜欢其中的《纺织》……在版画方面,很多国家的作品有一般性,但中国的版画是有民族特色的。"我们请他谈谈中国版画的缺点时他说:"中国的木刻还不善于表现人的性格,但在木刻上人应该是重要的。在我看来,展览会的最大成就还在风景方面。"

之后,当我们于11月13日去访问苏联著名的书籍插图画家Е·基布里克时,他也对我们的版画展览会发表了意见。

基布里克说:"我很喜欢你们的版画作品,最喜欢的是赵宗藻的《集会》、黄永玉的《阿诗玛》插图中的《纺织》,这里可以看出中国美术的传统,有很高的艺术水平。此外李平凡也有很美丽的作品,他的木刻很有装饰性,我很喜欢他的《秋天的小花丛》。"

当我们提出希望他谈谈中国现代版画作品的缺点时,他说:"很多的版画作品都表现了不同的丰富的美术形象,从这方面来说是有很高的创作水平的。但也有一些作品有这样的情况:象照片。如描绘扬子江建筑桥梁的作品,虽然在技术方面是好的,但令人看了仅仅知道这是桥梁,这是人物,和照片一样,没有艺术性。这类的作品苏联也有,我不喜欢。我认为有诗意的作品是最好的,如赵宗藻的《集会》决不是能用照相机拍出来的,这张作品除了开会,还能引起别的东西,不象桥梁只看到桥梁而已。"

我们对于苏联画家对中国版画所表示的意见非常感激。因为他们给予了我们友好的称赞和友好的批评。这些批评愈加坦率,也就愈使其赞扬令人感到真诚。我想,友人的赞扬和批评,都值得我们加以重视。这些意见都有利于提高我们版画艺术的水平。

我们在列宁格勒和莫斯科,共访问了十二位苏联画家,其中包括我们非常熟悉其作品但未见面的茹可夫、楚伊柯夫、法服尔斯基等人。可给我们印象最深的是访问已故木刻家克拉甫钦珂的家庭。

当我还在国内时就从曾到过莫斯科的朋友们那里听到过关于苏联木刻家A·克拉甫钦珂夫人的情形,大致是说她是一位从事于美术理论工作的老太太,对中国画家很热情,并说她的女儿也是从事于木刻工作的……

为什么要谈到克拉甫钦珂夫人呢？这是因为为鲁迅所介绍的克拉甫钦珂的木刻作品对中国早期的版画界曾发生过很大的影响，而直到现在我们也还是非常喜欢他的作品的。那种工细的技巧，热情的刀法，富于浪漫色彩的画面始终对我们有着"魔力"。鲁迅在《苏联版画集》的序文中论到克拉甫钦珂时曾说："他的浪漫的色彩，会鼓励我们的青年的热情，而注意于背景和细致的表现，也将使观者得到裨益。"大约在抗战期间吧，突然在中国的杂志上登载了关于这位木刻家因病逝世的消息，我当时看了很难过。虽然后来不能再看到他的新作了，但对于他的敬仰却并不因此而减弱。正因为这个原因，所以还很想知道我们所敬仰的这位木刻家的夫人的情况。

1957年11月23日上午我和李桦到莫斯科美术家协会去会见木刻家A·冈察罗夫等人。一来是为了要把中国木刻家写给莫斯科八位版画家的回信带给他们，二来是为了代表《版画》月刊送给他们一大批礼物，原因是他们曾在《版画》七期上发表了作品，由于不便给稿费，所以买了一些精美的中国古典艺术画册赠送。

我们按时来到楼上，看见已经有四五个人等待着我们。入座后，经介绍才知道其中除了冈察罗夫外，一位热情的老太太就正是克拉甫钦珂的夫人，名字是克塞尼娅·斯捷帕诺夫娜·克拉甫钦珂，已有六十来岁的光景了。在另一边坐的一位胖胖的妇女是她的女儿林娜·克拉甫钦珂——父业的忠实的继承者。她为鲁迅的小说《一件小事》和《明天》作的木刻插图，曾于1954年十月在北京举行的"苏联经济及文化建设成就展览会"上展出过，我们对她的作品是熟悉的。这真是意外的相会，没有想到在这里看到了我们曾经怀念的人。于是这才知道克拉甫钦珂夫人是莫斯科美术家协会的学术秘书，并弄明白了我和平野合译的《杜宾斯基》一书，就正是她的著作。这样一来，我们之间的关系好象又多了一层，因此我征求老太太是否可以允许我们访问她的家庭。老太太和她的女儿听到后表示极大的欢迎，于是约定在11月24日中午到她家去访问。

第二天，我们在雪花飘舞中寻到了克拉甫钦珂夫人的住宅。上了五楼就受到全家人的迎接，与老太太和她的大女儿握手后，经介绍认识了她的大女婿鲍利斯·普列奥布拉任斯基，二女儿娜塔莉娅·克拉甫钦珂等人。

接待我们的这个会客室就正是Ａ·克拉甫钦珂在世时的工作室，壁上挂了很多画，其中并有徐悲鸿1934年访问她家时赠送的齐白石的作品。老太太领着我们首先参观靠窗户摆着的她丈夫工作过的台子（现在是大女儿林娜的工作台了）。台子上还象当年一样的陈设着他的用具，有他刻木刻时用过的扩大镜，各种各样的木口木刻刀，有象圆形枕头似的刻木刻时垫木版的垫子和手印木刻的骨板，并给我们参观了克拉甫钦珂的木刻原版，使我们很感兴趣。老太太叫林娜给了我们一块木口木刻板，要我们坐在丈夫经常坐的椅子上来试用那些木刻刀。我们试刻了几下，觉得这种工具还不能一下掌握，因为我们一向使用的是木面木刻刀。我顺便问起，这些木刻刀是从哪里买来的,她说有德国的,有法国的,有英国的。没听说有苏联的,可能苏联当时还未曾制造这种工具。我们在列宁格勒时,听说现在虽有,但供不应求,经常在商店里买不到。

之后,克拉甫钦珂夫人领我们看摆在窗户下的丈夫当年印麻胶版画用的印刷机和印铜版画用的印刷机。前者较灵巧,后者较大,象在印刷厂常见的那么笨重。老太太说,克拉甫钦珂不但从事于木刻画,他同时还从事于彩色铜版画、油画、水彩、炭画和麻胶版画。他是一位多才多艺的美术家。

之后她热情地带领我们去看她的女儿林娜和娜塔莉娅两家所住的家室和她自己住的家室,在她女儿们住的房子里,墙上挂着克拉甫钦珂的富于创造性的油画和水彩画。

之后老太太给我们看克拉甫钦珂的作品。单是他的版画创作就有那么多,真使我们吃惊。我们问起关于他的生平,老太太告诉我们:

克拉甫钦珂于1889年2月12日生于伏尔加河流域的沙拉托夫省,1940年5月31日因病逝世于莫斯科,他的朋友们把他生前喜爱的一个意大利石雕象《母子》放大后,竖立在他的墓前。他的祖父原是农奴,后来到当时不为贵族地主所约束的伏尔加河地带谋生,成为自由民。克拉甫钦珂出世后,在这样的农民家庭里成长起来,有一天,当地乡村教堂来了一位壁画家,他第一次看到画家作画,给予幼年的克拉甫钦珂以深刻印象,使他幻想着自己将来也成为一位画家。后来到莫斯科投考美术中学时,在三百人当中,以第十一名被录取了。从此做了当时俄罗斯著名画家赛洛夫的学生。离开学校后即以大部时间从事于版画工作。于1925年在巴黎举行的世界美术展览会中,以其作品的出众得一等奖。1932年在华沙举行国际版画展时,他被选为评审委员。他的作品不仅给予中国版画家以影响,而且也给予波罗的海各加盟共和国和波兰的版画家们以显著的影响。他生前很喜欢旅行,曾经访问过法国、意大利、波兰、印度、日本、美国等地,他在各国的旅行中曾经画了不少的画。

我们一边欣赏克拉甫钦珂的作品,一边倾听老太太的关于他的叙述。据说克拉甫钦珂生前创作的图画单单木刻就有一千多件,而且是那么的精细多样,在小型的木口木刻中,他甚至刻过邮票。我对老太太说:"排刀在木刻上是十分难用的,运用的不好就会弄得庸俗不堪,但克拉甫钦珂的排刀却用的十分成功,既生动而又与整个画面调和。"老太太表示同意我的话,她说:"正因为如此,所以克拉甫钦珂活着的时候就告诫他的女儿,嘱咐她不要使用排刀。"她继续说:"克拉甫钦珂的作品,保存在世界各国的博物馆里,现在经常还有不少人想向我收购他的遗作,我都没有答应,朋友们认为我把他的作品能完整地保存下来是一种很有意义的工作。"我说:"我们以克拉甫钦珂能有这样好的夫人而感到高兴。"她大声地笑了。

克拉甫钦珂的木刻虽然大都是书籍插图,但风格是多样的,在这里我除了看到鲁迅编的《苏联版画集》上发表的那些他的木刻的原作外,还看到许多没有见过的作品,这次算有很大的眼福,把克拉甫钦珂的全部木刻创作看了,这次我们看到了他一生的辛勤劳动和美丽的劳动成果。

我们看完作品后,又让我们看克拉甫钦珂生前的照片,之后老太太便选了克拉甫钦珂的木刻作品和相片以及一块木口木刻板送给我们作为纪念,并热情地摆出午餐请我们吃饭。一再地为中国人民的健康为中苏友好而举杯祝贺之后,老太太告诉我们苏联政府将要派她带一些版画和书籍插图到北京举行展览,可能在月底就要起程。我说:"如果你能和我们乘同一飞机到中国,那就太好了。你到了北京我一定要很好的接待你,请你到我家吃山西饭!"她听了很高兴。吃饭后老太太和她的女儿们要我们写中国字留念,她们说:"中国字很好看,它本身就是艺术。"于是我们在碟子内磨墨,在图画纸上题字,并用水彩朱漂色画图章。写了又写,几乎每人都有一幅。她们说我们写的这些字将要装在镜框中悬挂起来,这使我们感到很不好意思。老实说,我们的字实在配不上享受这样的待遇。

当李桦写字时,我请求老太太的大女婿鲍利斯·普列奥布拉任斯基拿出他的作品给我看。在谈话中了解到他是共产党员,曾参加过苏德战争,是一位军事画家,属于有名的军事画家M·格列珂夫学派。他给我看了他很多的作品,有风景、军事画和插图,其中的油画固然不坏,但我尤其喜欢他的书籍插图,这些插图比起他的油画来显得没有拘束,感情奔放而人物生动。他对人真挚、诚恳,热情地给我们照了很多相片。

老太太的二女婿是一位地质学家和工程师,娜塔莉娅把她丈夫在远东海参崴一带找到的一块陨石给我看。并告诉我她的丈夫在这个家庭里是孤立的,因为大家都是艺术家,只有他一个人是工程师。我说工程师也很好,我对工程师很尊敬。娜塔莉娅是从事图案工作的,她曾给我看她的书籍装帧和封面设计,使我很感兴趣。

当林娜的孩子萨莎和娜塔莉娅的孩子阿辽沙知道我有很多孩子时,就问我他们收集不收集邮票,我说收集,他们就拿来很多苏联邮票和俄罗斯的古代铜币送给他们。我很感动,连忙代表我的孩子向他们致谢。

这天的访问太高兴了,从十二点一直进行到晚上六点多钟,还不觉得时间长,克拉甫钦珂家庭的盛情的接待使时间过得如此迅速。当我们告辞走出,她们全家人的可亲的面容还一直萦绕在我的头脑中。

这次来到苏联,在历时两个月的时间里除了访问就是参观和游览,北至列宁格勒附近的芬兰湾边,南达基辅第聂伯河岸都有了我们的足迹。此外还敬谒了列宁和斯大林的陵墓,参观了苏联的小型版画印刷工厂和莫斯科近郊的旧日王宫,还参观了为庆祝伟大十月社会主义革命四十周年而举行的"全苏美术展览会"。这里展出了所有兄弟加盟共和国的造型艺术近一万件,据说是苏联美术史上规模最大的一次。其中以B·谢罗夫的描绘十月革命历史题材的油画《等待信号》、M·巴布林的描绘劳动归来的三个妇女的石膏雕塑《歌》、B·扎戈涅克的富有抒情诗味的《红莓花开》特别引人注目。好的作品还很多，不能一一谈及了。

这次访苏感到最大的收获是有幸参观了很多艺术博物馆，如列宁格勒的著名"国立埃尔米塔施博物馆"、"国立俄罗斯博物馆"；莫斯科的著名"国立特烈嘉科夫美术陈列馆"、"国立普希金造型艺术博物馆"和"东方文化博物馆"以及基辅的"国立基辅西方东方艺术博物馆"。

"国立埃尔米塔施博物馆"不仅是苏联最著名的一个美术历史文化博物馆，也是全世界最大的艺术博物馆之一。我们参观了三次，但三次也只能是走马看花式的，因为陈列品实在太多了。它比起我们后来在莫斯科参观的"普希金造型艺术博物馆"不知要大多少倍。这里所收藏的很多希腊罗马的雕刻大都是原作，不象"普希金造型艺术博物馆"收藏的是摹制品，因此是很珍贵的。"埃尔米塔施博物馆"欧洲艺术部分的绘画陈列品是负有世界盛名的，从拜占庭最古的宗教画直到马蒂斯、毕加索的作品都应有尽有。我能够在这里看到达芬奇、米开朗基罗和拉斐尔的原作以及提香、林勃朗、安格尔、米叶的油画感到多么的幸福。

"国立俄罗斯博物馆"是苏联较大的收藏俄罗斯艺术品的国立博物馆，仅次于莫斯科的"特列嘉科夫美术陈列馆"。我们在这里看到了M·瓦斯涅佐夫的《武士在十字路口》、列宾的《伏尔加河上的纤夫》和《查波罗什人》、B·苏里科夫的《苏沃洛夫越过阿尔卑斯山》和《斯杰潘·拉辛》等久已熟悉的作品的原作。

"特烈嘉科夫美术陈列馆"的特点是专门陈列俄罗斯时

代和苏维埃时代的著名美术家们的绘画雕刻等作品,是苏联规模最大的造型艺术的国家民族宝库,也是世界最著名的美术陈列馆之一。现在,"特列嘉科夫美术陈列馆"拥有俄罗斯艺术自起源(11世纪)到现代的最丰富的收藏品。在苏维埃的造型艺术方面,不仅陈列了俄罗斯苏维埃联邦社会主义共和国艺术家们的作品,而且也陈列着许多加盟共和国艺术家们的作品。我们在莫斯科期间曾先后参观了"特列嘉科夫美术陈列馆"三次,当我们走近十八世纪的著名雕刻家Ф·II·舒宾的作品时,女说明员说他死后,人们在他墓石上写着:"在舒宾手下,石头也在呼吸"。这是对于这位伟大雕刻家的作品的很好评价。我非常意外地在这里看到了特罗平宁的油画《绣花女》。这幅画的复制品在我的室中曾经挂了数年,今天看到它的原作多么的高兴。看起来苏联的复制品比起原作的色彩来能打个八折。女说明员说特罗平宁是农奴出身的杰出的俄罗斯画家。当我走近赛洛夫的风景画《杂草丛生的池塘》时,感到真是一幅绝妙的作品。赛洛夫是列宾的学生,但他这幅画似乎学习了列维坦又吸收了法国画家塞尚的一些优点,不但有很美的自然情调,而且是如此的用笔熟练,用色深沉,有一气呵成之感。它令人感到空气的润泽和林阴的清凉,艺术的魅惑力很强,使我非常欣赏。当我们来到列宾作品的陈列室时,女说明员说这时正举行列宾生平作品展览会,不仅把列宁格勒俄罗斯博物馆收藏的列宾的作品借来了,而且把捷克斯洛伐克共和国博物馆中收藏的列宾的作品也借来了。我们真是遇到了好运道,有幸看到列宾的更多的作品。当我走近他的《恐怖的伊凡和他的儿子》时，不但为画中的恐怖场面所震惊，而且为画面丰富而美丽的色彩所陶醉。

"普希金造型艺术博物馆"也是世界最大的艺术博物馆之一，在苏联处于第二位，仅次于"国立埃尔米塔施博物馆"。它收集了古代世界和西部欧洲以及古代东方的艺术纪念物。参观了"普希金造型艺术博物馆"，给我们留下最深刻印象的是其中的埃及和"前亚细亚"的古代艺术纪念物。在古埃及和"前亚细亚"国家的艺术陈列厅里，我们看到了纪元前24世纪亚述萨尔恭王宫门前摆的怪异的人首牛身雕像和纪元前1792—1750年的刻着巴比伦国王汉谟拉比王法典的石柱……在古代艺术部分中除了那些最著名的希腊罗马雕刻作品的摹制品外，还有地下墓窖中的"庞贝壁画"的摹制品。在这里我还看到印象派和它以后的欧洲大画家们如莫奈、毕沙罗、德加、雷诺阿、果更、梵高、毕加索等人的原作也是非常愉快的事。

由于"中国现代版画展览会"在"东方文化博物馆"举行，所以我们和该馆有较多的接触。他们对中国新兴木刻的原作收藏的最多，曾给我们看了保存在仓库中的中国抗日战争前后的很多木刻原作，我们曾帮助他们注明了作者和创作年代。这些作品都是当时在苏联举行展览会后最终收藏在这里的。有的作品在中国也很难找到了，这正说明了这些收藏品的历史意义。

我很欣赏这里收藏的中国唐代石刻昭陵六骏之一的《青骓》，虽为摹制品，但也能显示中国古代浮雕艺术的特色和水平之高。一般说来，希腊罗马的马的雕刻，很注意马的细部解剖和细部肌肉的准确、变化、突出，然而中国的《青骓》却宁肯放弃对于那些细部的追求而更突出地表现马的大的运动，更突出地表现马在飞奔时的一刹那的感觉，因而我们的《青骓》就显得更单纯、更概括、更有神彩。

"国立基辅西方东方艺术博物馆"是乌克兰保存了最宝贵的外国艺术品的一个很大的共和国的艺术博物馆。我们参观了这个博物馆后，感到作为一个加盟共和国的博物馆，能收藏到如此丰富珍贵的外国著名画家的艺术品，真是难能可贵的，唯在中国的部分中显得介绍新中国的艺术作品较贫乏。因此我们回国后，曾以中国美术家协会版画组的名义给该馆寄去新版画作品三十余幅。

从苏联回到北京，我就写了一本《访问苏联画家》，此书于1958年由天津美术出版社出版。

# 第十五章　反右·大跃进·再飞莫斯科

我从苏联归来，一场可怕的反右派的暴风雨总算停息了，但我还心有余悸。我的老朋友江丰同志在这次政治运动中被错划为右派了，牵连了很多美术家，如野夫、彦涵、杨角、莫朴、张晓非、王曼硕……而我没有被牵连，也真是万幸。其实我是很有被错划成右派的危险的，如果我仍在人民美术出版社工作，如果我离开"人美"后不是来到美协，而是去了中央美术学院，就都有这种可能，因为我仍在"人美"，由于对工作的不满意，就难免在反右派斗争之前的大鸣大放中，大发牢骚，当时只要对直属上级说句不满意的话就有可能换来一顶右派帽子。而如果到了美院，就一定会跟上江丰走，因为他既是我的老朋友，又是我的入党介绍人，而我也没有感到他有什么错误。当我离开"人美"时，江丰就曾想让我到美院当教务长，后来由于蔡若虹要我到《美术》编辑部任副主编，所以江丰就没坚持他的意见。另一方面也因为我怕当教务长，这个工作很难搞，而且我一上任就不要想再搞版画创作了，而我是始终不愿放弃版画创作的。

反右派斗争之后,我想起来就后怕,深感有如杂技演员之走钢丝,不知那时那刻一不小心就会从钢丝上掉下来,虽然二十年后把所有错划为右派人员都给平反了,其中包括江丰同志,但人一生又有几个二十年!

早在三十年代当我读鲁迅的《对于左翼作家联盟的意见》一文时,就注意到他所说的"革命是痛苦,其中也必然混有污秽和血,决不是如诗人所想像的那般有趣、那般完美",当时虽然注意了,但却未曾真正理解。现在经过我参加革命五十年后再回忆起鲁迅当年说的这些话,才真有所领会,才懂得它的价值。所谓"革命是痛苦"其中也就包括把胡风错认为反革命,把江丰错划为右派。

我从莫斯科回国不久,克拉甫钦珂夫人于11月29日来到北京,她带来了一个"苏联版画招贴画、书籍插图、复制画展览会"于12月在北京展出。由我陪同她参观了古长城和十三陵等处。她说北京的12月有如莫斯科的春天,感到愉快。后来我请她在家里吃饺子,并请徐悲鸿夫人廖静文作陪。因为徐悲鸿当年访问苏联时曾在她家作客。她俩都是寡妇,在餐桌上互诉其寡居之苦。后来廖静文请克拉甫钦珂夫人吃饭时,也邀我作陪。

1958年刚刚结束了严重扩大化的伤害了很多好同志的反右派斗争,接着就迎来了违反经济发展规律"夸大了主观意志和主观努力的作用"[①]的"大跃进"。开始时我是处于一种

---

① 引自《中国共产党中央委员会关于建国以来党的若干历史问题的决议》。

盲目的兴奋状态中，跟着大家通过《美术》杂志为浮夸风摇旗呐喊。历史说明这种"急于求成"的"大跃进"再次证实了古人所说的"欲速则不达"的真理。

在"大跃进"之年，我在版画创作上却毫无跃进，全年才刻了两幅木刻，一幅名《学习》，一幅名《石竹花》。《学习》是以小女阿黎做模特儿刻的，内容是她在劳动——学习洗衣服。此外还给郭沫若的《百花齐放》诗集作了数幅木刻插图。而歌颂工农美术大跃进的文章却写了三篇，其中一篇名《新壁画的出现是一件大事》，另一篇是《从美术的作用谈起》，还有一篇名为《促进版画艺术的大普及大繁荣》。当时的情况是处处大跃进，处处放卫星；人人大炼钢铁，人人写诗作画；而且敢想敢画，愈画愈浮夸。例如在农民的快板里说："看了壁画，干劲加大，指标戳天，困难不怕。"而我们所歌颂的也正是这些夸大了主观意志的壁画和其它的工农绘画。结果这种远离了"实事求是"的作风，既贻害了祖国也贻害了人民，终于造成了后来的三年大饥荒，死了很多人。我们当时都处于一种头脑发热的状态中，"画饼充饥"，以假当真，似乎共产主义的美好日子即将来临，结果是空高兴了一场，像做梦一样。例如古元还刻了一幅名为《一亩小麦的奇迹》的套色木刻，是歌颂所谓的"亩产万斤"的。后来古元曾为这幅严重失实之作以艺术家的良心自责说："附和了浮夸风，回顾起来，不堪回首……"

应中国人民对外文化协会的邀请，比利时著名版画家麦绥莱勒偕情人画家玛克莱于10月1日到北京，于10月4日至10

月26日在北京中山公园水榭举行了《麦绥莱勒画展》，我们和他曾一起合影，留下了永久的纪念。参加这次摄影的有李可染、吴作人、陈半丁、蒋兆和、于非闇、王琦、刘岘、华君武、刘建庵，其中有很多人已作古了，这就愈加显得这张照片之珍贵。我平时是很少穿西装的，由于去苏联时做了一身，所以接见麦绥莱勒时我把它穿上了。麦绥莱勒在三十年代的中国版画界是最有影响的，因为鲁迅先生于1933年就把他的木刻连环图画《一个人的受难》介绍给中国的木刻青年了。他是我一向尊敬的世界著名现实主义的版画家之一，他的到来使我感到非常高兴。

在当年的11月7日到13日，在北京举行了一次《北京——莫斯科版画展》。这个版画展的诞生，是由我和李桦于1957年11月访问莫斯科美术家协会时和他们共同发起的。当时决定于1958年中苏两国的国庆日分别在北京和莫斯科举行。本年的10月1日当中华人民共和国建国第九周年纪念日时，"莫斯科——北京版画家作品展览会"首先在莫斯科开幕了。我参加这次展览的作品为《饮马》《北京雪景》《学习》《百合花》。当这几幅画在莫斯科和苏联观众见面时，H·茹可夫写的《良好的开端》一文中说："艺术家力群在木刻中所表现的和暖的中国的冬天（指《北京雪景》），迷人地、童话般地印在人们的记忆中。在这种好像是非常平凡的风景画中，作者善于表达对自己国家的生活和祖国的城市的深深的爱。这样的风景，我们认为是美好的艺术作品，它永远使我们看了感到快乐。"[①]

---

[①] 力群译自1958年10月2日苏联《真理报》。

在1958年4月号的《美术》杂志上报导了三月间在莫斯科举行的社会主义国家美术团体代表会议关于当年12月在莫斯科举办"社会主义国家造型艺术展览会"的消息。我绝没想到届时组织上决定由我和工作人员阚风岗带中国参展作品再次飞往莫斯科。

上次去苏联是作为中国艺术家,根据中苏文化协定由我国文化部派往苏联访问的。这次是作为在莫斯科举行的"社会主义国家造型艺术展览会"的中国展品的顾问而去的。

我们于12月中旬由北京飞往莫斯科,这次一共带了277件展品,包括中国画67件,油画25件,雕塑57件,版画49件,漫画22件,年画20件,招贴画8件,水彩画15件,连环画14件。出展的美术家共240多人。我参加这次国际画展的版画作品为《黎明》和《北京雪景》。

在展览会开幕之前,展览工作委员会主席团主席、苏联人民艺术家柯年可夫曾召集参展的12个社会主义国家的有关人员开会。在我的面前插着一面小型的中华人民共和国的五星红旗,这是我有生以来第一次代表中国参加国际美术会议,也是第一次会见柯年可夫。他是著名的苏联雕塑家,生于1874年,已八十多岁了,长着一副很长的胡须,令人起敬。尤恩去世后,由他继任全苏美协主席。

展览会于12月26日下午7时在莫斯科克里姆林宫旁边的"中央展览大厅"隆重地举行了开幕典礼。"中央展览大厅"的门首从早上起就飘扬着12个社会主义国家的鲜明的国旗,参加展览会的社会主义国家计有阿尔巴尼亚人民共和国、保加利亚人民共和国、匈牙利人民共和国、越南民主共和国、德意志民主共和国、中华人民共和国、朝鲜民主主义人民共和国、蒙古人民共和国、波兰人民共和国、罗马尼亚人民共和国、苏维埃社会主义共和国联盟、捷克斯洛伐克共和国。

当展览工作委员会主席团主席柯年可夫致开幕词时说："……凡是在最近几年参观过国际展览会——威尼斯美展和布鲁塞尔美展的人,都会知道资产阶级艺术走进了一个什么样的死胡同。资产阶级艺术抽掉了艺术的一个基本东西——形象的基础,也就是艺术缺了它即不再成为艺术而变成图纸、表格、谜语和令人困惑莫解的那种东西。在最近一次即第29届威尼斯美展的许多大厅里,就充满了对极端的个人主义和厌世心理的宣扬。这种艺术是为少数孤僻者,为一小撮唯美主义者的艺术。

"我们的艺术是为人民创造的。"

由柯年可夫剪彩后,大家进入展览会场。在展厅里,令人感到苏联到底是"老大哥",它的展品有350件,是数量最多质量最高的。中国虽然带去一些表现大跃进的作品,但并未引起各国的重视。倒是越南拿去的富有民族特色的漆画引起了各国的好评。此外罗马尼亚K·巴巴的具有美的色彩的油画《姑娘像》和《农民》给我留下了难忘的印象。柯年可夫展出的雕刻是《自雕像》,显示了他在雕塑艺术上的非凡成就。

通过这次画展,我了解了社会主义国家的不同的艺术水平,深感我国的版画并不弱于任何社会主义国家。遗憾的是作为社会主义国家的南斯拉夫竟因与苏联的关系不睦而未来参加。

我在苏期间胡蛮同志来到莫斯科,我陪他再次去访问了八十多岁的老木刻家法服尔斯基,并一同摄影留念,这张彩色照片后来在1959年中国出版的《中苏友好》杂志的封面上刊出。

不久,1959年的元旦来临,上次来苏联时给我当翻译员的В·Д略托霍同志念我一个人在旅馆里过新年太寂寞(当展览工作完毕后阙风岗已先期回国了),就把我接到他的朋友——另一位中文翻译员的家里过年,相陪的除了略托霍的夫人和主妇外,他们另外请了一位姑娘陪我,形成三对男女。当除夕之夜克里姆林宫的钟声响了十二下时,彼此起立举杯互祝新年快乐。陪我的姑娘和我碰杯后将一杯沃特克一饮而尽,我拘于礼貌也只好干杯。这是我一生中第一次在国外过新年,我很感谢略托霍对我的关怀。元旦中午,刘晓大使请我们去大使馆过年,他在餐桌上举杯祝酒时说:"各位来到大使馆,就是回到祖国了,祝大家新年快乐。"来苏联后,吃苏联饭很不习惯,一进餐厅闻到那种气味就饱了,现在来到大使馆过年,总觉得也不会有什么好胃口,没想到一吃祖国的酒菜竟食欲大发,这才懂得什么叫祖国。两次来苏联,不仅深感祖国的饭菜美口,而且祖国所处地理位置也是上帝特别照顾的。在苏联的冬天不仅白昼很短,而且一个月内晴朗的天气也极少,经常是阴沉沉的看不到太阳。而我们是经常有晴天的,而且冬天日照的时间也很长。这就愈加感到祖国之可爱。

待我要回国时,听说作家郑振铎因飞机失事不幸在苏联遇难,我不敢再乘飞机了,改乘了火车,走了八天八夜,经过西伯利亚,从黑龙江的满洲里入中国国境,然后回到北京。这次的旅途虽长,但我在火车上竟看到了贝加尔湖,感到高兴。幼年曾唱苏武牧羊于北海边的歌子,后来知道北海就是贝加尔湖,但没有想到她竟有那么大,火车绕行一天才算经过。

  回到北京后,我在1959年的二月号《美术》杂志上发表了一篇名为《社会主义国家造型艺术展览会巡礼》的文章,作为向全国美术家的汇报。

# 第十六章　到汾阳农村前后

当1959年春天来临的时候，路上垂柳依依，车辆往来如织，我有感于阳春之宜人，而为当年《版画》杂志第三期创作了一幅黑白的封面木刻《春游》。

接着就看到世界和平理事会发出的一个文告，号召全世界的版画家以"给世界以和平"为题作画，并说将在东德举行一个国际版画比赛会。我决定应召，开始酝酿表现中国人民和平生活的一幅木刻画。当我打算要刻一幅描绘青年人游园的作品时，就到北海公园画了初放嫩叶的垂柳。之后又和萍杜及孩子们到颐和园昆明湖划船画了速写。最后受中国花鸟画构图的启示，创作了黑白木刻《帘外歌声》。这幅木刻随中国版画送到德意志民主共和国后参加了于1959年8月1日在莱比锡举行的"国际版画比赛会"。虽然没有在比赛中获奖，但被选入在德累斯顿出版的一本《给世界以和平》的版画集中。这次比赛，中国版画家吴凡的水印套色木刻《蒲公英》获金质奖章，他的作品的构思是巧妙而切题的，并富有诗意和中国作风。此外，李平凡的《我们要和平》获银质奖。选入画册中的木刻除了获奖作品和我的《帘外歌声》外，还有李桦的《征服黄河》，古元的《和平的土地》……外国名家的作品有法国大艺术家毕加索画的伟大的和平战士《约里奥·居里像》以及比利时著名版画家麦绥莱勒的木刻《罗曼·罗兰像》。我的作品和毕加索的绘画居然在同一画册中出现，使我感到光荣。

我的《帘外歌声》在德国一发表，不久就由苏联艺术杂志《ПСКУССТВО》所转载。后来在中国报刊上看到，有人写文章专谈美术作品的标题时，夸奖我的木刻《帘外歌声》标题好，因为我考虑到标题应有点诗意。《帘外歌声》还参加了当年在北京举行的"第四届全国版画展"，受到观众的喜爱。

除创作《帘外歌声》外，还根据1954年冬在山西阳泉画的速写创作了一幅《煤矿区风景》，这是我一生创作的唯一的一幅关于工业题材的木刻。刻成后发表于当年《版画》杂志第三期。

这年的夏天我高兴地于七月十九日到了山西汾阳峪道河水泉村下乡，这里有一股很清的泉水，使峪道河常年能有清流。河岸芳草如茵，有夏日的幽静之感。我画了水草的速写，于1962年根据速写刻了一幅名为《溪边》的黑白木刻，牛文看了很喜欢。听说冯玉祥将军当年曾在峪道河住过。我在这里除画速写外，也和农民一起劳动。回到太原后于1960年根据在峪道河画的山西特有的建筑物和河景创作了两幅套色木刻，其一名《社干会后》，另一幅名《田间归来》。前一幅曾发表于当年《人民日报》的版画选刊上。

在峪道河住了一个时期，我就于8月23日到了汾阳的杨家庄花果山公社垣头管理区。这是一个山区的果木之乡，核桃树最多，点缀在梯田的地畔，使垣头村一片绿色。除了核桃还有果树，妇女们正忙于切制果片。我曾和农民一起去摘秋果，回到北京后，根据所画的果实累累的果树速写为当年第五期《版画》杂志创作了一幅名为《丰收》的黑白封面木刻。

我于9月20日从垣头回到北京，带回两只小松鼠和一只小野兔，小野兔是我有一天散步时在黑豆地里捕到的。我把这只吃奶的小兔后来终于喂养大了，成为了我家的一个成员，有如一只可爱的小猫，我和它很有感情，它把我看作它的妈妈。但"三年灾荒"来临，因为家里粮食不够吃，我忍痛把它杀死吃了肉。我为此一直心里很难过，好像做了一件不德的事。终于在1986年写成一篇名为《一只野兔的悲剧》的小说，发表于当年《山西文学》六月号，作为对它的怀念。一位妈妈告诉我，她的小儿子读了这篇小说，感动得哭了。

# 第十七章　去宁夏整风整社

"大跃进"进行到1960年,就暴露了极其严重的问题,农村人民公社化之后普遍泛滥共产风、浮夸风、干部多吃多占风,大大损伤了社员的生产积极性。而同时由于大炼钢铁,既没有把丰收年的粮食和棉花从地里收回来,又没有把应种的小麦播种上,这就发生了严重的饥荒。起先说粮食多得吃不了,因而大喊"吃饭不要钱"。而今却发现粮食不够吃,于是又大叫"低标准,瓜菜代"。由于粮食和副食的缺乏有很多人发生了浮肿病。有人把这段时间谓之"三年灾害",而刘少奇同志却说是三分天灾七分人祸。我认为他的说法是比较正确的。

中央有鉴于此,于是号召北京万人下放,去农村整风整社。多年来我做编辑工作,脱离实际,很不了解农村,而为了创作我必须到生活中去,于是就响应中央号召报名下放。经文联党组织研究,批准了我的申请,于是就决定由我和文联的一位女同志——于翔领队,于当年冬天带领文联十余人员下放宁夏吴忠市红旗人民公社进行整风整社工作。

　　这之前,我在1960年内,一共创作了四幅木刻,除了上文提到的《社干会后》和《田间归来》外,还为郭沫若和周扬同志合编的《红旗歌谣》作了两幅木刻插图,其一是为《新媳妇走娘家》刻的,其二是为《一只篮》刻的。我很喜欢《新媳妇走娘家》这首新民歌,其内容如下:

桃花开,
一片霞,
新娶的媳妇走娘家。
穿啥哩?
月白裤子花夹袄。
戴啥哩?
鬓角插朵白梨花。
谁送她?
哥送她。
谁见啦?
我见啦。
我还听见体己话,
哥问她:
"走娘家啥时才回家?"
新媳妇,
头低下,

脸蛋红的象桃花：
"你呀你，别牵挂，
今去明就回来啦！
一不耽误社里活，
二不误俺学文化。"

插图是一种根据文学作品的艺术再创造。我创作时，因为是黑白木刻，所以没有必要忠实地描绘新媳妇身上的穿戴，而是重点描绘她由于怕羞"头低下"。因为是走娘家所以我在描绘时增加了一个花布包袱，让她挽在手臂里。又在哥的上衣口袋上插了一枝自来水笔，让人能联想到小两口都在学文化。画了一株小榆树，以示哥把她送到村外。

除了以上的插图，还根据早些年在郝家掌画的妇女头像创作了一幅套色木刻《女社员》。到1987年一位加拿大的女画家名佩基·考尔特的和她丈夫斯坦到我家来访问看我的版画，她喜欢这幅《女社员》，就购买走了。

我别了萍杜，带领文联下放宁夏的人员，于1961年1月4日来到宁夏吴忠市，组织上决定我担任红旗人民公社的党委副书记，并兼任市委常委。公社党委书记名王志伟，是陕北人，很精干。

我们到公社后，分配于翔同志带领文联全体人员去秦桥大队和社员同吃同劳动，从而了解情况，准备进行整风。那时正搞食堂制，开饭时大家到食堂排队打饭。让我留在公社，一天到晚忙于参加公社的党委会议和市委常委会议。当时市委书记张文林同志照顾我的行动不便,特意给我分配了一辆自行车,由我出低价170元,作为我的私有。

吴忠市属黄河灌溉区,古书上说:"黄河百害,唯利河套。"而宁夏正属河套的前套地带,根本没有"三分天灾"的问题。然而社员浮肿病却很严重,不少女社员由于劳动过度而子宫下垂,这就说明全然是"人祸"的结果。因为瞎指挥、高指标、浮夸风、多报产,于是就既减产而又多征购,结果社员就吃不饱,尽管这里是又产小麦又产大米的富裕之区。

宁夏不种冬麦,全种春麦,冬天把地里灌上水,来年早春,土地的表面解冻了,但底下还是冰,于是就把麦籽种在冰凌上,等土地全部解冻,跟着就出苗,而这时地里已泥深数尺,根本无法下地了。所以时间要抓得非常紧,迟一步就种不上。吴忠市也种稻,但不插秧。届时社员住在黄河边的布棚里,女人来做饭,男人将水田整平,然后把稻种洒在水田里,谓之"浪稻",实行的是"广种薄收"的生产办法。我曾刻了一幅套色木刻,名《浪稻季节》,就是描绘这种生活的。

我有时也参加公社附近小队的劳动,发现出勤的大多是妇女,然而其生产效率却惊人的低,十几个人一上午才刨了十多斤萝卜。

一次在银川开会,自治区党委书记李景林同志说,大跃进之后宁夏有三瘦:人瘦、地瘦、牲畜瘦,这话一点也不假。我曾在路上看到拉车的一个瘦毛驴,倒在地下起不来,赶车的社员用鞭子抽它也不动,拉它的尾巴也不起,弄得他没办法。牲畜瘦自然是由于多吃不上料,饲养员贪污了饲料,它们有苦也不会说。至于社员吃食堂,除了很稀的大米稀饭外,还发给几个饼,其中有少量的面粉,其余是一些玉米芯之类的粗的难吃的东西,社员怎能不瘦。因此,市委张文林书记为了照顾北京下放的干部,决定每周到招待所改善一下伙食,吃一顿有馒头和肉菜的饭。至于地瘦,那就因为施肥少。吴忠市为了种春麦,女社员有件艰苦的劳动:把人的大便捡在一起,晒干,用碾子碾碎,再用箩子箩了,然后拌在麦籽里用耧下种。大便一晒即减少肥力,而且也多拌不上,因此也难于改变地瘦的情况。

  当时经济产生了严重的通货膨胀,自由市场上每斤胡萝卜要一元多钱,一只鸡涨到十几元,商店里的自行车每辆涨到五百多元。但农民不在乎,他们有高价的农产品能赚大钱,而苦了的是我们干部。

  要整风整社了,大小队的干部就预感到这是一场灾难。有一次我在理发馆看到一个干部把他的分头让理发员推成光头了,我很奇怪。经了解,他说:"省得斗争会上人家抓我的头发,成了光头,他们也就抓不成了。"我听了很难过,始知下面的批斗会这样野蛮。但在我们整风的批斗会上我还没有看到过这种行为。

  我们的任务主要是了解情况,交待政策,让当地干部具体执行,首先是把平调的东西能还的还给原单位或个人,不能还的作价赔偿。同时也指出了浮夸风的危害性和多吃多占的不合理……

  待整风整社工作告一段落,为了便于找创作材料,我就从公社搬到枣园大队，这里濒临黄河，春天到来，黄河的结冰溶化，河岸落雁成群，鸣声震天，别有一番景象。

枣园大队部所在之地是一个大庙，我来到这里住了将近半年。此地虽名枣园但却不见枣树，倒是桃树颇多，而且桃很好吃。

待夏季到来，于7月初春麦成熟，我就找来镰刀参加割麦劳动，当时的《宁夏日报》还发表了我参加割麦的照片。然而这却真不是一件愉快的劳动，农民为了赶季节在收割之前先在麦田里灌一次水，麦一割完就马上播种秋庄稼。因此待割麦时地里泥泞不堪，而且蚊虫猖獗，你用手挥镰，它就趁机拼命咬你。两手、两臂、脖颈、脸颊、鼻、嘴……它无处不咬，令你无法忍受。待休息时，就感到咬过的地方肿个大疙瘩，痒得难过。但这也是一种生活的体验吧！

食堂是很不受群众欢迎的，但我来到红旗人民公社之后，一再听到中央领导指示说："食堂不能一风吹掉。"大概是后来中央终于了解真情了，于是下达指示：关于食堂是否存在，让群众自愿处理。一天夜里当我把指示内容如实传达给附近一个小队时，发现到会的大都是妇女，一开始大家还有点不相信，经我再三解释后算是相信了，于是进行举手表决，结果全小队绝大多数社员不赞成保留，而只有一个十多岁的小孩要吃食堂。我很惊奇，妇女们笑着告我他是个孤儿，没有了食堂他就没地方吃饭了。于是我当众宣布，从明天起取消食堂，大家拍手称快。这种不得人心的事，也不知怎样变成全国农村的制度的？食堂之不受欢迎，就因为群众在饭食上失掉了自由,又吃不好,加以还被掌管食堂的人员多吃多占。

食堂取消了,我感到高兴。当时文联下放干部韦启玄同志和我在一起,我们两人就自己做饭吃。而这时,从三月份起,市委给我们每月都发二斤油茶、一斤豆子(黑豆或黄豆),所以浮肿病是不会发生了。到了六月,每月给我发二斤糖、一斤肉,过节时还再发肉、发粉条、海带……生活是好多了。

我常坐公共汽车到银川开会,有一次从银川归来,车在中途停下,我看到外面的风景颇好,就趁机跳下汽车去画速写,画得入迷了,可真没想到画完一看,汽车开走了,怎么办?车上还有我的衣物,真把我急坏了。幸而看到一辆卡车过来,我就拦住,一问是开往吴忠的,于是我说明情况央求司机把我拉到吴忠汽车站。司机同情我,让我上车,待到吴忠汽车站时,正看到一个老农从公共汽车上走下来,手里拿着我的挂包。再迟几分钟到达,我的挂包就被老农发了洋财了。我真感激那个卡车司机。

在吴忠枣园大队时,一天有两位同志来找我,一位是吴忠市中学的美术教师樊华光,另一位是他的学生韩惠民。韩当时在兰州艺术学院美术系学习,因病回家休养。他们是慕名而来,专程到此看望我的。在同他们的谈话中,了解到宁夏的美术状况。他们说,解放前,宁夏的美术是个空白,解放后才有为数很少的全国各地美术院校的毕业生分配到宁夏,美术创作的力量很单薄,版画更是一项空白,希望我在宁夏能在美术上有所贡献。后来他们俩都参加了我在银川市辅导的由宁夏文联举办的版画训练班。

生活真是艺术创作的唯一源泉。

我在红旗人民公社的会议室,和大小队干部、公社领导,一起开了将近一年的会。研究整风整社,研究春耕生产……往往说的是晚上八点开会,但总要等到十点左右人才能到齐,于是经常开到十二点左右才能散会。夏天一边开会一边要和蚊群战斗,而有时还要和自己的瞌睡作斗争。可以说忍受了很多难言的痛苦。

1961年夏,当上面允许下放干部回京度假时,我们多么地高兴。一天我在北京的家里翻阅一本江丰同志编的《法、英、意、美现代木刻选集》,当看到其中英国版画家昔尼·李描绘夜的《旅舍》的套色木刻时,给予我以启示,心想我也刻一幅有灯光的木刻画,一定要比《旅舍》强!于是起草了《春夜》的初稿。当我把它钉在墙上时,我的小姑娘阿红放学归来看了说:"爸爸,人们在里头开会哩,怪热闹的!"我听到非常高兴。心想小姑娘能看懂,群众更能看懂。因为这幅画采用的是王朝闻同志所说的"侧面描写"的方法。画上没有一个人,而阿红能看出有人在开会,除了窗上的灯光,就靠很多窗外的自行车来示意了。总之,阿红的话对我完成《春夜》的创作,不啻是一种鼓舞。

我这幅木刻稿,画的正是红旗人民公社院内的夜景,但公社院里并没有树,为了美化画面我把附近田里的梨树画到院里,由于公社的会议室房子太平板,我又在吴忠市找到一个好看的房面画入画中,由于套色时把淡绿色压在紫赭色之上而产生了一层薄雪的效果,使我高兴。此画想表现一场春雪已停,晴朗之夜的天空出现了皎皎的上弦月,墙边停放着两具播种的耧,暗示会议室正讨论春耕播种的事。为了加强春的消息,我把梨树画的含苞待放,使整个画面有一种"春到人间草木知"的美好阳春即将来临之感。这幅套色木刻于当年冬天刻成后,即受到当时业余版画训练班的同志们的好评。我心里想,历一年之久在公社痛苦的开会生活并没有白开,总算在艺术上得到了收获。事后在北京展出时,曾受到油画家常书鸿同志称赞,认为具有油画的效果。此画后来为中国美术馆所收藏。我感到造成《春夜》美的意境的,离开天上的月亮将不可思议,而这也是有生活感受的。在公社居住期间,我经常在初春的黄昏后到公社院外的果木园中散步,当雨后天晴,清澈的夜空,明月出现在梨树梢头,其美的意境给我留下深刻的印象。而这月亮终于又出现在《春夜》里。周总理曾说:"平时积累,偶然得之",此话对文学艺术来说,可谓至理名言。而这"偶然得之",也正是所谓之"灵感"。

我对于木刻创作的要求是非常严格的,只要发现缺点就要另刻。当《春夜》刻成后,突然发现窗外的自行车都是男车,没有一辆坤车,而妇女是半边天,开会不能没有女干部,于是就把一辆最突出的车改为坤车,为此又重新刻过。这样,我心里满意了。

除了为《春夜》起稿,我还在京创作了套色木刻《归牧》,并根据在枣园大队的生活创作了水印套色木刻《耧声响遍黄河岸》。

前者不成功,后者较好,是以中国水墨画的韵味为其特色的。也就是在这次回京度假期间,全国文联党总支书记请我把在宁夏整风整社的情况如实向文联机关党员作报告,我说不好讲,怕说我"右倾",他说:"不怕,在党内讲没关系。"结果我把吴忠市的情况如实讲了。下来后就听到曲艺工作者协会副主席陶钝同志对我说:"我从来没有听到过这样好的报告。"然而后来还是有人把我讲宁夏有"三瘦"等情况作为"辫子"来抓了,认为我右倾。到1962年春末我从宁夏归来,秋天,全国文联党员在西山八大处"创作之家"轮训,涉及大跃进,我又讲了宁夏的情况,于是引起电影界的蔡楚生同志和文联以王玉堂同志为首的党员向我的围攻,认为我是右倾。只有一位音协的党员同情我,说我没错,讲的是真话。我至今对这位敢于仗义执言的音乐家不忘。其实当时中央为了让同志们敢说真话,曾宣布:一不抓辫子,二不打棍子,三不戴帽子。但没用,由于自反右派运动以来,到庐山会议批判说真话的彭德怀元帅为右倾,于是党内就形成了一种不正之风,说假话的人吃香,说真话的人遭殃。所谓"实事求是"已被抛到九霄云外了。这种情况到"文化大革命"就发展到登峰造极。有很长的一个历史时期,我们是生活在安徒生的《皇帝的新衣》的时代,令人感到悲哀。

  当我回京度假期满又回到宁夏后,一次由吴忠市去银川,宁夏文联的领导同志要求我在1961年的冬天于吴忠市的整风整社工作结束后给他们举办一个为期两月的业余版画训练班,因为宁夏还没有一个会刻木刻的人。我同意了他们的要求后,就提出先到宁夏各地旅游写生作画的愿望。

他们答应了我的要求，并派《宁夏日报》社的美术工作者唐西林同志陪我同行。我们从银川出发，坐吉普车到中宁、同心、固原，经六盘山而到泾源，整整旅游了一个月，一共画了200多张速写。泾源风景很美，山里有白桦树，山下有清澈的河流，我在这里画秋景，感到是一种享受。此外还画了农村的房舍，在田里收山药蛋的妇女……回到银川后曾根据这里画的农村房舍创作了水印套色木刻《春到山区》。归途中于同心一带，住在一户农家，第二天清早起床发现下了一场大雪，于是我在雪后的太阳光中画了一幅满意的雪景。回到银川后创作了套色木刻《雪后》，这是一幅很受群众欢迎的套色木刻风景画。在蔚蓝色的天空有两只喜鹊飞翔，在雪后的山路上能隐约看到出动的人群，其中还有一个骑毛驴的红衣妇女。近景有一条小溪，溪旁有一只觅食的喜鹊。我用粉红色表现阳光照耀下的雪景，构成了画面暖色的调子。整个画面富有生气和一种清新之感。

回到银川后，又由唐西林同志陪同我去了盐池。盐池是当年陕甘宁边区所属的地区，古元和艾青曾从延安到盐池旅行，沿途收集了很多剪纸。所以我对于盐池是早已知道的，这次来，住在老乡家，感到特别亲切，主人给我们吃荞面"河捞"，使我有回到故乡之感。

我和唐西林同志从盐池归来，住在宁夏交际处，得知文联已准备好版画训练班的一切用具，诸如木刻刀、三合板、油墨、纸张之类。于是就在12月15日宣布"业余版画训练班"正式开学，规定每晚由7时至9时30分和星期天全天上课。

这个训练班的学员有50余人，文化素质与专业水平参差不齐，其中有报社美编唐西林、江一波，有学过专业的美术教师如丁均、樊华光，也有刚从美专毕业参加了工作的潘滋培、刘均威，还有一些美术爱好者如医生王天雍、中学生赵宁安、胡正伟，另外还有两位建筑师陈肇位、张光璧以及曾经来找过我的兰州艺术学院的学生韩惠民。此外还有美术爱好者一些工人、教师和干部等。

　　因为当时宁夏是一个既没有艺术大学又没有美术专业学校的省区，办这样一个训练班是一件大事，文联及文化部门的领导非常重视，因此，选作学习场所的银川文化馆一开课就顿时热闹起来。

　　我是第一次举办美术训练班，知道全国解放后，有不少美术家举办过，但不论停产的或是业余的，都是采取学院式的教学方法，即让学员先画静物，后画石膏几何体以及石膏的手、足、头像等，并同时讲什么透视学、解剖学等美术基础知识。我感到这样的办法向文联交不了账，人家希望我能教会学员刻木刻，搞创作。我想，就是学刻木刻也不能从刻静物入手，回忆当年延安鲁艺时代，古元一开始就刻木刻，搞创作，表现陕北人民生活，并没有等学好了素描才创作。因此，我决定不采用那种学院式的方法，而一开始就要求学员从创作入手，表现自己所熟悉的生活。这自然是一种创举，也是冒着失败的风险的。

　　我首先讲了什么是版画，以及版画的特点，接着进行了对版画作品的欣赏。我记得我当时准备了许多《版画》杂志及一些版画印刷品和个别原作,供这些初次接触版画的学生们学习、参考。这之后我又讲了艺术的真实和生活的真实的关系和区别,讲了生活素材与创作以及创作的题材与主题等艺术理论,使学员们对于版画创作有了一个初步的认识,从而启发他们的思路。我对学生们还说,不要把创作看得太神秘了,儿童一开始就在墙上创作了,你们一定要根据自己最熟悉的、最感兴趣的生活起稿,然后再在刻制的过程中学习版画技法,解决刀法、黑白诸问题。就这样,我的版画训练班开业了,学员们在讲课之后就开始起稿。

每一次看稿时,我首先问学员:"这幅画稿的题材与主题是什么?"以加强学生对创作的内容和要表现的主题的明确的认识,同时了解对所画题材的理解和对生活的熟悉情况。这都是我多年从事美术创作及编辑工作中经常涉及的问题。所以在教学中,我认为必须一开始就让学生明确。有一次看稿,当我走到一个学员跟前时,见他画医生看病的情景,我问:"你熟悉医生的生活吗?"旁边一个学员说:"老师,他是儿科大夫。""那好,你画吧!"我说。真没想到这位儿科大夫王天雍创作的这幅名为《抢救》的黑白木刻,在我的辅导之下,竟成为一幅我非常喜欢的颇有趣味的作品,后来发表于1962年的《美术》杂志上。此外十六七岁的中学生赵宁安和胡正伟也创作出较好的作品,赵宁安的《三秋鱼肥》和胡正伟的《有趣的书》都是可喜的收获。

这个业余版画学习班,虽然只有两个月的时间,却创作出不少可观的木刻作品,而且都是从来没有搞过美术创作的人搞出来的,其中除了黑白木刻,还有油印套色和水印套色,真使我高兴。训练班结业后,于3月10日举行了一个汇报展览,共展出70余幅木刻,其中有我在训练班期间创作的十幅作品,自治区的领导和文联主席副主席等观看了都表示很满意。

为了办训练班,我不但在银川过了元旦,而且还过了春节,未曾和家人团聚,我在写给萍杜的信上说:

"我们的训练班已结束,为此也曾很忙了几天。这几天又在忙于准备开展览会,比一个女儿出嫁还忙,什么都得亲自动手,不像北京美协有个'展览部'。训练班已取得意外的成绩,这对我两月来的辛苦是极大的安慰。由于训练班工作的紧张,我没有感到冬天的寒冷,好像秋天接着就是春天。

"新年过得不算愉快,跳舞没舞伴,很扫兴。但春节却过得很好。近来不仅有了基本舞伴,而且有了两三个女同志,因此跳的很愉快,这是我紧张工作中的唯一娱乐。"

宁夏文联为了纪念这次的训练班,于1963年出版了一本《宁夏木刻选》。李桦同志为这本画集写了序,他说:"力群同志把版画的种子播在宁夏,经过辛勤的耕耘使种子发芽,迅速地成长、开花……""在为时两个月的训练中,获得了优异的成绩,这是一件值得高兴的事。"

特别使我欣愉的是,在这个训练班里发现了赵宁安这样的一个有美术才华的学生,后来他的一幅套色木刻《丰收了》曾荣幸地被选入由上海人民美术出版社于1981年出版的《中国新兴版画五十年选集》中,我多么高兴。而他在七十年代又改学中国花鸟画后,也成了我国很有成绩的中年国画家。除了赵宁安,还有韩惠民,他本是兰州艺术学院美术系油画专业学生,因病在家休养期间参加了我的训练班,此后一直坚持版画创作,现在已成为全国知名的中年版画家了。他后来在伊犁创作的《胜似春光》也荣幸地被选入《中国新兴版画五十年选集》中。

我认为办美术训练班,做老师的除了教会学员创作,还有一个任务就是要当伯乐,善于发现美术上的"千里马",成为后来重点培养的对象,如赵宁安这样的爱好美术的青年。当1989年他的中国画出国展览,要我为画展写介绍文时,我写了《勤奋的天才》一文。一开头就说:"如果说我是美术领域里的伯乐,那么赵宁安就是我所发现的千里马。所谓千里马,就是意味着美术'天才'"。

在这期间,白天也有学员拿来画稿,让我指导。但一有空隙,我自己也抓紧时间进行创作,我的创作热情空前高涨。这是因为一年来下放吴忠市的农村生活,使我有了丰富的创作源泉,积累了很多创作素材和生活感受,我很珍惜这个难得的创作环境和机会。

当时除根据在公社开会的生活创作了《春夜》外,还根据泾源之行画的速写创作了套色木刻《春到山区》《雪后》《秋曲》。根据在吴忠市的速写创作了水印套色木刻《二月》黑白木刻《宁夏之春》、套色木刻《浪稻季节》。还根据训练班期间画的一个上海姑娘曹惠丽的素描创作了水印套色木刻《少女像》。此外还根据想象创作了黑白木刻《林茂羊肥》,水印套色木刻《耧声响遍黄河岸》、《回汉姊妹》。在创作《春到宁夏》时，是韩惠民为我作模特儿来矫正画稿上修耧农民的形象的。

星期天还和学员们一道去看电影，并在银川中山公园去滑冰，总之在训练班的日子里是既紧张而又愉快的。

回到北京后于1963年还根据在宁夏动物园画的速写创作了套色木刻《猫头鹰》，根据在泾源之行画的速写创作了套色木刻《新苗》。总之，这次下放宁夏，竟形成了我在版画创作史上的一次大丰收。其中《春夜》《雪后》《林茂羊肥》成为了公认的代表作。在创作《林茂羊肥》时我学习了民间剪纸，在黑羊身上刻了两排剪纸惯用的小三角作为装饰，刻白桦的枝叶时采用了湖南印花布断线的手法使画面增加了装饰风味。我的经验是学习姊妹艺术绝不能照搬，只能吸收其点滴，使其融汇为自己作品的有机部分，否则就会变成"依傍和模仿"。

训练班结束后，唐西林同志陪同我去了中卫，然后到了腾格里沙漠地带，这是我一生中第一次看到广阔无边的沙漠，真开了眼界。还参观了治沙的成绩，画了速写。

之后又由丁钧、唐西林同志陪我游览了著名的宁夏贺兰山，这就是宋代名将岳飞在《满江红》一词中所说的"驾长车，踏破贺兰山阙"的贺兰山，想当年贺兰山还不是宋朝的国土。

当年的五月二日，我告别了宁夏回到北京，从此宁夏的生活就成为我生命史中难忘的一页。

# 第十八章　腰斩的画展与
　　　　　无声的"画册"

从宁夏归来,一天我和萍杜及孩子们游颐和园,在后山上画了山葡萄的速写,回家后创作了套色木刻《山葡萄》。当1963年"力群、黄新波、杨纳维三人版画联展"在中国美术馆展出时,王朝闻同志看到它表示很感兴趣。

多年来我在套色木刻的用色上很胆小,总是忠于风景和植物的固有色彩,但当我看了齐白石的中国花鸟画,敢于把芙蓉的绿叶画成墨色,而把水红色的荷花画成西洋红时,得到了启示,于是在创作《山葡萄》画稿时,就把绿叶画成群青蓝,配以红色的山葡萄果实,就感到新颖而富有创造性。由于山葡萄之间的大片黑色的背景觉得较空,我就刻了些小点作为点缀,这种小点并不表现任何事物,仅仅是画面需要。后来我听到民歌中的"唉哟哟"时,就把《山葡萄》画面上这些小点叫做"唉哟哟"了。但我是反对美术上的抽象派的,因为它让人看了不知所云,既不能反映生活,也不能揭示主题。然而在写实的绘画创作中适当采用些抽象手法也还是可以的,正如"唉哟哟"之在民歌中。为此,我还特意写了一篇《从"唉哟哟"谈起》的文章,发表于1982年《文艺研究》,后收入我的美术论文集《梅花香自苦寒来》中。

刻完《山葡萄》,我又用套色创作了《荷花晚风满园香》,也是根据上年在万寿山"谐趣园"画的速写创作的,我很喜欢"谐趣园"背后的松林,所以在画面上给予松林以较显著的地位。

1963年12月间,我和黄新波、杨纳维三人在中国美术馆举行了版画联展,并不是我们自愿组合的,而是我们三人向美协展览部登记后,展览部为了省事强加给我们的,我们只好表示接受。我一共参展95幅版画作品,这是我一生中第一次和别人举行联展。但在北京展出后就以个展形式在全国巡回,这是根据各省的要求而安排的。

我的个展于1964年3月19日至29日首先在辽宁美术展览馆展出,有3500人次参观,并于3月20日在鲁迅美术学院举行了"力群版画展"座谈会,有路坦、张望等同志发言。张望认为我的作品的特色是"明朗又耐看,奔放又抒情";与其他老版画家共同的是写实、真实、朴实和坚实。在沈阳展出后于4月10日至24日在太原展出,观众1800人次,董其中同志于5月22日在《山西日报》以《发扬革命传统,反映时代精神》为题评论了我的画展,并在报上发表了我的水印套色木刻《二月》。这时,中途来了个插曲,当展品即将寄往西安时,我的故乡得知此事后,要求到灵石展出。美协山西分会主席苏光同志寄信北京征求我的意见,我表示乐于遵从,因为如果不去,灵石当局将会认为我瞧不起故乡。于是在4月28日至5月7日在灵石县人民文化馆展出,受到了故乡人民的欢迎,有4500人次参观。但在"文化大革命"初期于山西省文联举行的一次批斗会上,有的人竟说我的版画去灵石展出是一种"富贵不归故乡,如锦衣夜行"的思想。我听到非常生气,因为在灵石的展出并非我主动提出,况且一个版画艺术家把他的作品拿到小县去展览,给山区城乡人民开开眼界又有什么不好呢?难道这也违反了为人民服务的原则?但我当时并未申辩,因为那时候是只能逆来顺受,默默容忍,真使我深感做人之难。但这也只能说明一些人是用"小人之心度君子之腹"。

  我的个展于灵石展出后就巡回到陕西。由陕西美协于6月7日至16日在中山大街"美术展览馆"展出,观众空前,竟有12044人次。在《陕西日报》上于6月8日发表了我的木刻《饮马》和《向李顺达应战订生产计划》。有冯立同志在《西安晚报》上发表了《鲜明的语言、朴素的调子》的评论文章。西安展出后于6月28日至7月7日在兰州"中苏友好馆"展出,后又于7月8日至7月17日在兰州五泉山展出,是由中国美术家协会和甘肃省文联联合主办的,展出期间《甘肃日报》刊载了《春夜》等九幅木刻,并发表了介绍文章。兰州展出后于8月16日至30日在重庆鹅岭公园展出,观众有8998人次。之后于10月25日至11月8日在贵阳市河滨公园展出,参观人数竟达10018人次。于11月8日在《贵州日报》发表了方正写的《看力群版画展》一文，同时刊出《送马》及《社干会后》两幅木刻。作者在文章的最后说："从力群同志三十年来的作品中，可以看到一个革命的文艺工作者所走过的道路，即在毛泽东文艺思想的指导下与工农兵相结合和不断改造自己的道路。"这之后就再未继续在各省巡回，而被中国美术家协会的领导者中途腰斩了。原因是毛主席于1963年12月12日曾在中宣部文艺处编印的一份关于上海举行故事会活动的材料上作了批示，说：

"各种艺术形式——戏剧、曲艺、音乐、美术、舞蹈、电影、诗和文学等等，问题不少，人数很多，社会主义改造在许多部门中，至今收效甚微。许多部门至今还是'死人'统治着。不能低估电影、新诗、民歌、美术、小说的成绩，但其中的问题也不少。至于戏剧等部门，问题就更大了。社会经济基础已经改变了，为这个基础服务的上层建筑之一的艺术部门，至今还是大问题，这需要从调查研究着手，认真地抓起来。

"许多共产党人热心提倡封建主义和资本主义的艺术，却不热心提倡社会主义的艺术，岂非咄咄怪事。"

但这个批示对美协领导人蔡若虹和华君武同志来说，并未引起较大的震动，因为其中说到"不能低估"美术的成绩。但毛主席于1964年6月27日在《中央宣传部关于全国文联和所属各协会整风情况报告》的草稿上所作的第二个批示却对蔡、华震惊很大。这个批示说：

"这些协会和他们所掌握的刊物的大多数（据说有少数几个好的），十五年来，基本上（不是一切人）不执行党的政策，做官当老爷，不去接近工农兵，不去反映社会主义的革命和建设。最近几年，竟然跌到了修正主义的边缘，如不认真改造，势必在将来的某一天，要变成匈牙利裴多菲俱乐部那样的团体。"（这个批示于7月11日作为正式文件下发）。

由于美协领导感到我的展品中有些静物和风景，不是"反映社会主义的革命和建设"，很害怕，于是就下令停展，中途腰斩。好像风景画和静物画就都是反党反社会主义的毒草似的。因此我的个展到贵阳展出后就再没有继续在华南各省巡回。

停止就停止吧，我作为一个党员只有服从。但这样一来，所谓党的"百花齐放"的方针也就跟着停止了。今天看来，当时文艺上的"左"的危害已经到了何等地步！其实这已意味着是"极左"的"文化大革命"暴风雨即将来临的一种先兆。

一天外文出版社来人到美协，请我为他们选编一本《中国现代木刻》。他说这本画册是法文版的，所选木刻希望不要有政治内容，因为我们不通过艺术作品把政治强加于人。因此我选时就完全以作品的较高的艺术性为标准。

等到"文化大革命"后期，当我偶然在晋北代县从一位姓李的同志那里看到外文出版社出版的由我精选的这本《中国现代木刻》时多么地高兴。这画册不仅内容精彩，而且印刷质量之高也是全国解放以来任何版画集所无法相比的。我选时既无对某人某省的照顾，也不考虑政治内容，可以说完全以艺术质量为第一。但当时的大多数木刻又怎能和政治绝对无关？如李桦的《征服黄河》、杨永青的《前哨》、晁楣的《黑土草原》、蒋正鸿的《新城市》……哪一件作品不是在默默地歌颂中国共产党呢？

我非常珍惜这本《中国现代木刻》，因为它既是全国解放后到"文化大革命"之前中国新兴木刻的里程碑，也是中国木刻出版物在印刷质量上的最高成就。然而据说它于1965年出版后，还来不及对外发行就遇到"文革"的爆发，可能作为"毒草"被毁不少，但也从仓库里流到社会上一些。当我于1971年为代县"毛主席路居纪念馆"作画时，偶然从一个同志手里看到它，据说是在一个书摊上买到的。我终于用一本诗集交换到手，视如珍宝。这既有我的一份心血，也是中国新文化的可贵成就。

# 第十九章　在孔子故乡搞"四清"

1962年我从宁夏归来，到1964年冬就又参加了由中国美术家协会华君武同志率领的机关人员队伍到山东曲阜县进行四清工作。只要有和农民接近的机会我总是不愿放过的。

什么是"四清"工作？即清政治、清经济、清组织、清思想的工作，也叫"社会主义教育"运动。正像我到宁夏吴忠市整风整社一样，斗争矛头还是针对着农村基层干部的。

我们的总领导是山东省委书记谭启龙同志。到了这孔子的故乡，我们就被分配到陈庄公社东焦沟大队。由我担任组长，由山东滕县来的高庆义同志担任副组长，加上滕县来的两位青年共同负责第九生产队的四清工作。我们于12月初进村，我就和滕县来的同志们住在一起。

在中国来说，曲阜农村真是一个最贫寒穷苦的地区，老农们告我，在旧社会，不是黄河决口，就是军阀连年混战，一遇荒年全村就有一半人家携儿带女到外地逃荒讨吃。即使现在,到了冬天还有的穷苦人没有被子盖而盖稻草。真没想到有些生活竟和孔子时代一样,例如在井里打水用的还是陶罐,而我国在新石器时代就已发明陶器了。我们初来,真不会掌握,一不小心陶罐在井壁上一碰即碎。而水罐和尿罐又很难分,为此就出了个大笑话。一天夜里,我们开完会,大家想喝水,就在家里以砖块撑起我新买的铁皮壶在下面用柴木烧开水,弄得满屋是烟,等水快开时,我问打水的人:"用什么家具到井上打的水?"他指指旁边放的一个陶罐说:"就用这个打的。""糟了!"我说,"这个是尿罐呀!"大家都愣了,接着就是一场大笑。于是又洗了水壶,找了真正的水罐再去井上打水。

当时也是要求我们和社员同吃同劳动的,分配我在一户贫农家吃饭,但无法和社员住在一起。

关于我的生活,来此后于12月4日给萍杜的信上说:

"……这里的贫农真穷,有很多家没棉衣,没被子,解放十五年了,真没想到竟是如此。比较起来,我们家的生活就是天堂了,就此孩子们还不满意,真不应该。我现在吃的饭也是我一辈子没吃过的饭,比宁夏还苦,四天了不见一颗米,不见一点面(面也是地瓜面)。终归是煮地瓜、煎地瓜(煎饼),喝地瓜汤。让阿强听听,哪礼拜没菜就闹得不得了,已完全是少爷了。我们已定了纪律,不准吃贫下中农的鸡蛋、肉、鱼、水饺、包子、豆腐,就吃地瓜、地瓜、地瓜。这是一种很好的锻炼,尤其是对我这地主家庭出身的人,一辈子真没吃过苦,现在吃吃也很好,锻炼锻炼。山东这个地方真是全国最苦的地方了,这是我没有想到过的。"我们也和社员一起劳动,在场里摘花生,这里叫"果子"。虽然是生花生,但有的社员就一边摘一边吃,而我们却一颗也不吃,因为是四清工作组的,必须遵守纪律。

一天晚上,一位穿褴褛衣服的六十左右的老人来找我,一进屋,便说他冤枉。工作组的另一位同志告诉我,说这老人是村里的"坏分子"。我说:"你坐下老老实实地说吧。""我叫高位亭。"他说,"我不是坏分子,我没做过损害革命的事。旧社会我受尽剥削,没地种,便去推车,两年冬天没穿上棉衣,冻得浑身发抖。后来鬼子进村,推车还要'良民证,'我没'良民证'就关起来打我。""那么,为什么把你定成坏分子呢?"我说。"我对不合理的事经常提意见,得罪了公社干部孙文珠和大队书记韦孝汉。还有我儿子高运柱参加了解放军,1948年在淮海战役中牺牲了,孙文珠便要娶我的儿媳为妻,我反对,我儿媳也不同意,但孙不死心,多次挑拨。我就告到县委,孙的阴谋落空,便怀恨在心。因为我曾当了一年伪副保长,实际是应付敌人替共产党办事的。因此他们便借口我有历史问题,把我打成坏分子,对我进行专政……"

高位亭走后,我心里很难过。想:如果属实,这就是对于烈士家属的政治陷害。这一冤案我一定要搞个水落石出。

第二天,我与工作组的其他同志分头调查,又开了贫下中农小组会议。一些老贫农证明高位亭说的都是实情,有人还补充说:"1942年日寇盘踞此地时,高位亭的家是我地下工作人员的落足处和联络点,他经常冒着生命危险为我方送情报,存放枪支、军装和军粮……"

我了解了可靠情况后,更加生气,决定向上级申报材料,为高位亭平反,以彰正气。他为革命做了那么多工作,献出了自己的儿子,可是得到的却是被打成坏分子而管制起来,受到专政,这太不公平了。

好心人劝我:"为坏分子平反,可要当心啊"!"怕什么,我头上没有乌纱帽,不怕丢官!"我说。

材料报到县委,孙文珠等人听说要为高位亭平反,火冒三丈说:"为坏分子平反,这是阶级斗争!"我想:"等着瞧吧,我就要斗到你们头上。"

县委经过调查核实,批准了我们的申请,于是我在第九生产队的社员大会上宣布:"过去对高位亭的处理,纯属政治陷害,从今天起决定恢复高位亭的名誉和一切政治权利。"

高位亭感动得哭了,他紧紧握住我的手,嘴唇颤抖着说:"要不是你们,我跳进黄河也洗不清呀!"说着,两腿下屈,就要给我下跪,我急忙扶起老人,自己的眼泪也在眼眶里转动了。后来华君武见到我就开玩笑地叫我"郝青天"。

我们的工作很紧张,一般都在夜里和小队社员开会,但也常常在夜里举行大队的几百人的社员大会。我亲眼看到有些领导人讲话不管群众的死活,正像毛主席说的有如"懒婆娘的裹脚,又长又臭"。他们毫无群众观点,一点也不考虑社员劳动一天,已经很累。因此你在上面讲,至少有三分之一的人躺在场地上睡觉,也算是一种消极抵抗。

一天,上面领导要我在群众大会上作关于国内外时事的讲话。我一上台就说:"同志们,你们劳动一天很累了,但我还要给你们讲国内外时事,先和你们做个君子协定,第一我看着表,我的讲话决不超过一个小时,超过了你们就走。第二我要求你们不要睡觉,忍耐一个小时,行不行?""行!"下面齐声大喊。就这样我的讲话果真没有超过一个小时,而大家也确乎没有一个睡觉的,效果很好。而这"群众观点"却是延安整风中给予我的教育。

副组长高庆义是很能干的,我们一面进行四清,他还一面领导第九生产队的社员把一块高低不平的土地修整为能够浇水的梯田。男女社员干得很欢,算是我们工作组为他们办了一件好事。

1965年清明那天,全工作组的同志走了28里都到曲阜孔林前赶庙会。在城里住了一天,在孔林里看到当年敌人从日本移植到这里的樱花,正开得繁茂如雪,如果不是在抗日战争期间移植而来,我可能感到是一种日中友好的象征,但此刻我只能感到是侵略者对中国人民玩的一种假友好的花招。

到四清工作的后期,有半月之久忙着画村史和家史,我给本村画了又给外村画。我是很愿意画的,一来和业务结合,二来也达到为农民服务——这是很好的服务,内容是阶级斗争和阶级教育。画完后举行了展览,受到了群众的欢迎。

在此期间,我也和社员一起参加用大铁斗打水浇麦的劳动,有如河上的纤夫拉船,要三四人才能把一铁斗水从井下拉起。那时麦苗刚返青,天不下雨,大家就只好从井里打水浇地。

我抽空画了些人像和速写,还挤时间把一厚本《毛泽东选集》从头到尾读完,受益良多。

当东焦沟开镰割麦时,我们就准备离村回北京了。一天几个小姑娘到我住处,说:"老郝,给你些好东西。"我一看,在她们小手里有四只小兔,像四只小老鼠,真可爱。她们告我是在麦田里捉到的。放在我的桌上,它们在乱动,这真是送给我的最美好的礼物,我当宝贝似的放在一个纸盒里。心想,给它们吃什么呢?因为这还是正在吃奶的小兔,我就像喂婴儿似的喂它们稀饭。等到离开曲阜上了火车,由于我当时正喝葡萄糖,顺便也就用玻璃管给这些小宝贝吃了些这种补品,待回到北京后,一个个都死了,它们接受不了葡葡糖,实在使我心疼。

这次四清工作结束后,多少年回忆起来,总觉得不是味,深感上面的指导思想不对头,他们不是用唯物辩证法的指导思想要求我们实事求是地全面了解基层干部,而是采用了形而上学的片面性方法让我们只了解基层干部在工作中的缺点和错误,而一概不去了解他们的优点和成绩。这既不能对一个干部作出全面的公平合理的评价,同时也大大伤害了干部。况且有的人还趁机夸大缺点,加油加醋,而被斗干部又不许申辩,就只好忍着。这种轰轰烈烈痛快一时的斗争方式,其后果不良,既不能达到使他们心悦诚服受到教育,也不能达到团结他们使他们继续很好工作的目的,因而最后在去留问题上也难于作出正确的结论。我知道我们山西省委前任书记李立功同志当年曾在山西闻喜县搞过四清工作,一次,当我们在一起打网球,我把以上意见对他讲时,他说他们当年在闻喜也是只了解干部的缺点错误,不了解干部的优点和成绩。可见这种片面性的作风不是一个个别的现象,而是带着普遍性的。因此我想,我们读了多年的马列主义和毛泽东的书籍,岂不是白读了。毛主席不是说过,我们对人对事,不能只看一时一事吗?

# 第二十章　巡视华北美术创作·调回山西工作

我从山东曲阜搞四清工作归来,就遇到华北局文艺处处长孙福田同志到美协来求援,说他们要举办华北区年画版画展览会,在创作阶段需要有一位美术家帮助指导,以提高创作质量。蔡若虹和华君武经研究就决定让我来担任这一工作。

于是我就和孙福田同志于9月中旬开始在华北各地往返四次,先去呼和浩特,又去太原、保定。回到北京,又去天津。一面了解创作情况,一面给画稿提修改意见。

这次的年画版画创作,是以毛主席的两个指示为指导思想和动力的,所以特别重视作品的政治内容和思想性,例如山西,除创作了大幅年画《创业图》外,还集体创作了套色木刻组画——《水灾之后》,反映全国农业劳模陈永贵所领导的大寨《大战狼窝掌》的生动情景。河北的美术工作者画了在抗日战争年代人民和日本鬼子战斗的《掀帘战》，还有《白求恩》《毛主席和青年农民》……这些作品都很精彩，就是今天看了也很感人。

次年春，"华北区1966年年画版画展览"在北京中国美术馆隆重揭幕，共展出作品350多件700多幅，并在北京"和平剧院"举行了"华北区年画版画展览"观摩座谈大会，由中共中央华北局宣传部副部长梁寒冰同志在大会上作了《高举毛泽东思想红旗，画出我们时代最新最美的图画》的讲话。参加大会的除了华北地区的美术工作者外，中国美术家协会还邀请了美协全国各地分会以及一些美术出版社的负责同志和美术家参加大会。我荣幸地被邀就坐在主席台上。

我在这期间，基本上都把精力和时间花在给别人的作品出主意提意见上了，自己倒反而没有时间创作，最后才根据在山东曲阜东焦沟画的速写匆匆刻了一幅黑白木刻——《抗旱浇麦》参加了展览。有人曾称赞我的这种牺牲精神。

这次华北区的美术活动是艺术为政治服务的最强音，因为毛主席批评了"许多共产党人热心提倡封建主义和资本主义的艺术，而不热心提倡社会主义艺术"，所以梁寒冰的讲话就特别要求突出政治，要求歌颂英雄模范人物，从而也就指责了这之前"山水画、花鸟画，生活小品占了上风，形成了脱离政治、脱离实际、脱离群众的严重倾向"。因此在这次的展览会上几乎没有关于风景和静物的年画版画作品，而全是反映社会主义革命和建设的创作。梁寒冰认为"这次展览会就是我们华北区近年来文化革命的成果在美术方面的一个集中反映"。而华君武同志在观摩会上的发言中也认为"展览会和观摩座谈会取得了重大的成就"。梁寒冰的结论是:"要画革命的画,先做革命的人。"

可是谁也没有想到二十年后中国美术的发展在资产阶级自由化思潮的影响之下,竟基本上走向华北区年画版画的反面,出现了十分复杂的不良局面,前后形成两个极端,这真是历史的悲剧。就在我为华北区年画版画创作巡视期间,即向美协领导提出了调回山西工作的申请。

由于原来在北京工作的作家赵树理同志为了便于深入农村生活调回太原,因此我也很想作一个专业的美术工作者,像赵树理似的,能经常到农村去深入生活。此外也由于我从宁夏回来,说了些真话,美协有的党员认为我右倾,就老抓我的"辫子",使我感到痛苦,所以便下定决心离开《美术》编辑部回山西工作。蔡若虹同志曾挽留我,说不愿在《美术》编辑部工作也可以,让我到中国美术馆去当副馆长。但我决心已下,坚决要走。当时我在太原见到苏光同他商量此事,他也表示欢迎我回来,所以我就向组织请求调动。

我当时在《美术》编辑部的工作并不顺心,也是一个想离开的原因。编辑部办公室主任是华夏,副主任是何某,他经常自作主张,甚至越级向蔡若虹、华君武提出他的高见,而蔡、华似乎也很欣赏他。到后来他就对主编王朝闻同志也不放在眼里。给我的印象是自负、狂妄,很不尊重我这个副主编,使我感到难领导。我和这样的同志在一起工作真受不了。

以上都是我要离开北京回太原的心理活动。

1965年10月8日我写给萍杜的信上说：

"回山西已成定局。中宣部的正式文件已下达，并已抄送山西省委宣传部，他们正在准备房子。前天听报告，碰到周扬同志，他说：'听说你要回山西，是你自己提出来的？'我说：'是，回去后更好深入工农兵，我也愿意做些普及工作……'他说：'这样也好，我很赞成。'现在的问题是就等你回来了。本月11号我又要和孙福田同志去内蒙、太原、天津看年画版画稿。这次回到太原就正式商谈回去的日期，可能我先回去，等春节再来接你们回去。究竟怎样，下次汇报。"

萍杜当时正在河南省安阳县高庄公社大定龙生产大队搞四清，属文化部社教工作团，所以我们不在一起，只能去信告她。这之后我于1966年初就回到了太原。

# 第二十一章　十年浩劫

## 揪回北京

1966年春，我和萍杜都调回太原，临时安排在山西省文联。到5月14日我就和董其中同志一道去闻喜县涑阳大队深入生活，这里是全国植棉劳模吴吉昌的家乡，我们去时他正忙于为棉花间苗。涑阳村边有一条很清的涑水河。我们可以在河里洗澡。妇女们常来河边洗衣服，它给涑阳村增添了风光，我们能在这样的村庄生活也感到高兴。

我们两人在村里吃派饭，每家都是吃白面，感到社员的生活算好的。我们计划首先给他们画村史。吴吉昌是山东移民，全村人都如此。山东人是最能吃苦耐劳的，看到他那热心于棉花事业的精神，使我感动。

一天我和董其中从有线广播匣里听到了北京批判"三家村"(指邓拓、廖沫沙、吴晗)的声音，充满了火药味，我感到一场大的政治暴风雨即将来临。到6月上旬省文联就下命令,要我俩速回太原。搞得吴吉昌也摸不清到底出了什么事了。

我们于7月中旬由涞阳回到太原,回来后就赶上文联机关正拿李束为同志开刀,我们立即参加了批斗大会,感到情况紧张。"文化大革命"在省文联正式开始了。

听说文联派人来寻我,我感到情况不妙。果然,是北京美术馆的造反派来太原揪我。因为我原是中国美术家协会的党组成员,批斗党组书记蔡若虹和副书记华君武时,需要作为党组成员的王朝闻和我陪斗,这样我就被揪回北京。

我和两名揪我的造反派于8月29日从太原起身,30日到京。

一进美术馆造反派就发给我一块黑布,上有白色的"黑帮"二字,要我绑在臂上。当时美协和美术馆的全部领导干部都被诬为"黑帮"集中住在美术馆的后院里,有如一群俘虏。一早起来就得扫院,扫大门外的广场,打扫厕所……上下午写大字报,用极左的观点批判自己,批判别人。例如说自己的版画创作所走的是一条修正主义的道路,总要把自己骂得一无是处才行。有时到园里拔草,或到展厅拖地,打蜡……

我看到造反派和红卫兵的横行霸道目空一切,就使我有一种恐怖感。全国艺术院校的红卫兵来北京串联,美术馆就作为他们的临时旅店。走后,由我们清理住地,就发现到处丢的是馒头,当我们早上清扫走廊时能发现造反派使用过的避孕套,这就可想而知了。当时在北京的各机关到处是铺天盖地的大字报,满街是响彻京城的高音喇叭,大有天翻地覆,令人惊心动魄之感。

有的同志因臂上绑着"黑帮"二字在大门外扫地,深怕碰上过路的熟人难为情。但我想,这有什么难为情,正好比造反派剥光了我们的衣服,要我们到街上去,一看满街都是被剥光了衣服的领导干部,有如进了洗澡塘,彼此都一样,还有什么难为情?一天阿强来看我,一见面就说:"爸爸,你可不能自杀呵!"我是不会自杀的,除非造反派把我杀害。当年在延安,由康生一手导演的"抢救失足者"的一场闹剧中,硬把我诬为国民党的特务,我都没有自杀,这"黑帮"又奈我何!

一个晴朗的北京的初秋天,造反派让我们坐上一辆大面包车开到西直门外北京展览馆受批斗,我在大街上看到一群造反派正神气活现地押着井岗山上的功臣何长工在游街,他挂着一条拐杖在一拐一拐地行走,我非常气愤,想:"他为革命已经成了残废,还要让他游街,你们还有什么良心,连起码的人道主义也没有了,倒不如让他上来,让我下去……"我对于走过二万五千里,在雪山草地上历尽艰苦的红军是一向尊敬的,现在看到如此凌辱何长工同志,真使我不能忍受,但有什么办法呢?

一天我在美术馆看了造反派举办的一个黑画展览会,其中竟有我的木刻《黎明》和《瓜叶菊》,真使我惊异。"黑画"即毒草,造反派竟把这两幅木刻视为毒草,还有什么党的"百花齐放"的文艺政策?说明他们"左"到何等地步!

后来也允许我们住到家里了,白天来美术馆上班,接受批斗,劳动改造。这时我的家虽然迁回太原,但在朝内大街还留了一个单元的楼房,因此我就和阿明、阿强、阿黎、阿红住在一起。他们没有回太原,因为他们有的在北京工作,有的在北京上学。

但阿强在美院附中却给我闯下了大祸,由于他们两派武斗,另一派在深夜持刀到家来抓他。没有抓到,这群土匪就像绑架老财似的把我绑去,要我供出阿强在家里骂过江青些什么话。我供不出,就打我的耳光,在一礼拜之内经常打,把我的耳鼓也打破了。而且抓我时,因和阿黎发生争执,他们用刀示威,她用手一捉,竟被割伤,其他孩子马上把她送医院急诊。

他们没有抓到阿强,是因为我们预先得到了消息,就把阿强藏到别人家,过后就让他回到太原,同行的还有他的爱人金叶倩。后来美院附中的这帮人又到太原抓阿强,他妈妈得讯就让他们去了西安,而后又回到灵石,一直在外地逃难。他们抓不到阿强,就把萍杜抓到他们的住处拷打,要她交出阿强,整整打了一夜,把她的两个屁股蛋打烂了,她也不招供儿子的去处。后来我知道了这种情况,深感作为母亲的伟大。他们毫无所得,第二天就把萍杜丢在太原郊外的乱坟堆里。幸亏有一个好心的平板车工人路过看到,才把她背上平板车送到家里,然后由邻居牛玉莲等同志帮助把她送往中心医院。经过植皮,在医院住了三月才算医好。据后来知道,当两个屁股烂得化了脓时,臭味难闻,这次主要就靠阿兰一人护理才逐渐痊愈起来。萍杜遭此大难毫无怨言,但我每每念及就不胜心痛。

一天,在马路的墙壁上我看到一张小字报,是批判陈毅同志的,骂得他一钱不值,从此我就感到这些造反派卑鄙无耻,我对他们更加蔑视与憎恨了。那时候是除了毛主席,除了林彪和四人帮,任何中央首长他们都可用大标语"炮打",或诬为"叛徒",任其信口雌黄,毫无政治道德之可言。尤其是对于刘少奇真是竭尽其污蔑之能事了。

而造反派对于我们,总是想尽办法让我们这些所谓"黑帮"吃苦头的。到了炎夏,他们把蔡若虹、华君武、王朝闻、钟灵和我都安置在花房里。花房的顶端是玻璃,太阳照在上面,屋里像蒸笼,其热无比,而他们就正是为了让我们在里面受此奇罪的。有什么办法呢,我们就只好忍着折磨在里面看书看报、写检查、写思想汇报、写外调材料……午饭后就躺在桌上午睡。

就是在这个花房里,蔡若虹发现了我看书看报太慢,他说:"早知你是这样慢,我就不让你去人民美术出版社工作了。"但这话已经是"马后炮"了。可能这之前我不愿在"人美"工作,他很不满意。

1968年深秋,美术馆的造反派率领我们到北京郊区农村给老乡掰玉茭。从农村归来,我们的生活就有了大的变化。中央决定工宣队和军宣队进驻北京各机关,来解决"文化大革命"的结束问题。这样,属于中国美术家协会的人员,不管你是造反派还是"黑帮"都到中央美术学院集中,受那里的工宣队和军宣队领导。其他属于中国美术馆的人员不动,由文化部派工宣队和军宣队负责处理。

我们进入"美院"后,就和美院被斗的所谓"牛鬼蛇神"住在一个作为"牛棚"的大雕塑教室里。实际是一个大牢房。其中有吴作人、刘开渠、李可染、叶浅予、李桦、王式廓、古元、罗工柳、董希文、蒋兆和、彦涵、王琦、李苦禅、周令钊、冯法祀……约八九十人,都睡在上下层的双人床里。给我的是上层,每天要爬上爬下几次,无可奈何。真没想到我们这些人竟关在一起共患难,其中有不少画家是曾经在武昌第三厅的美术科共过事的。而李苦禅却是我在杭州艺专时的国画老师,这真是"时运不济,命途多舛"。但蔡若虹和华君武、王朝闻还不幸,因为他们被认为问题严重,住的是隔离室——独身房,这自然比住"牛棚"更加痛苦。一天,王式廓同志的大女儿获地抱着她的小女儿来"探监"我看到这种情景暗自泪下,因为我绝没有想到我们这些从延安出来的革命艺术家竟落到如此不幸的境地。

在美院"牛棚"的生活,还是劳动、认罪、写外调材料……例如我就经常和画家宗其香一同值班劳动、打扫院子、倒尿桶……必须按照造反派的观点写认罪书和大会检讨,例如古元就被迫在大会上承认他刻风景木刻画《玉带桥》是错误的。

有时候造反派竟要我和李桦、彦涵、王琦这些老木刻家给他们磨石印机上的大石块,替他们印大幅的木刻画,总之他们是把我们当奴隶看待的。

到1969年初,我的孩子们阿兰、阿霞,还有外甥女湘琴就可以来看我了。但阿强没有来过,自从军宣队和工宣队进驻美院后,他就响应他们的号召回到附中,经过批斗也被解放了,后来和附中的同学一起下放到张家口西河营劳动去了。

到当年的6月13日，由军宣队和工宣队率领我们和造反派一起到北京附近的通县觅子店公社凌庄大队帮农民夏收。早于6月7日就在美院召开了"支援三夏劳动动员大会"。说要在乡下劳动二十天。并宣布从该日起大家都可以搬回家里住。

来到凌庄大队，先是把老乡的一块不平的旱田改为稻田。这是挖土方的重劳动,我当时已五十七岁了,但还是按规定完成了挖土方的任务。到6月20日就开始走进黄熟了的小麦田。而这里有个奇怪的风俗,他们不用镰刀割麦,而是用手拔,拔一天下来,我的手上就打了几个水泡,怪疼的。据了解,大家都打了泡了,有的人打的多,有的人打的少。到了6月22日为了突击,我们三点钟就起床,吃早饭后于四点钟下地拔麦,一直干到十一点收工,真够累的。

除了拔麦,还要拾麦,还要举行忆苦会,请本大队贫农老大爷讲旧社会受日本人、地主压迫之苦。此外还要学毛选,还要开讨论会,一天下来累得人无话可说。

使我永远不能忘怀的是,一次拔麦归来,吃过午饭,造反派把我领到农民当中,向农民介绍了我是反对三面红旗的反革命右倾分子,说我下放宁夏归来,说宁夏有三瘦——人瘦、地瘦、牲畜瘦……是污蔑人民公社,污蔑大跃进,要农民批判我的右倾思想。但奇怪的是当美协的造反派发言后,竟无一个农民起来批判我,使他们无比扫兴。但我心里却很高兴,因为农民更了解大跃进,知道我说的宁夏有"三瘦"是真话。他们虽然沉默无言,但他们是同情我的,正好比彭德怀因在庐山会议上说了有关大跃进的真话而被罢官,为湖南人民所同情一样。

从通县归来,我就离开美院的"牛棚",和美协的造反派住在美院楼上的一个教室里,经过在大会上的认罪——说些违心之言,又经过造反派的批判,最后于1969年9月11日宣布我的问题为人民内部矛盾,从而得到了解放。事后听造反派的头头说,本来就不应把我从山西揪来,岂不是不相信山西的革命群众。因为揪我是美术馆的造反派干的,所以美协的造反派说这种话。

我被"解放"后就由工宣队派一位张师傅于9月16日护送我回太原,交给山西省革委会。17日早7时到太原车站,有小强、阿霞、湘琴来接我。

像一场恶梦醒来,使我永世难忘。

## 回农村落户植树造林

我得到了"解放"回到太原,当然高兴,然而到家后见不到萍杜我很难过。她当时和整个省级机关,整个文联,以及太原市的干部一起被调到石家庄参加中央在那里举办的学习班去了。而我走时的家室也被一个工人抢占了多一半,仅给我留下一个卧室和仓库,真是趁火打劫,但我无可奈何。

我当时的心情是,十分要求安静,再也不愿看到胡说八道无限上纲上线的大字报了,更怕听充满杀机的造反派的高音喇叭。我真想到多见石头少见人的地方,像和尚似地安静地度过我的晚年。

我和小女阿霞到灵石了解情况,回到了我久别的老家郝家掌,对小队长说:"我很想回来搞植树造林的工作。"他说:"那好,咱们村里正是年年植树年年无林,你回来真能把树植好,也是一件大好事。"我总觉得我们山西什么都好,就是缺少森林不好。而且我成为一个画家后就特别爱好画树,这在我的版画作品中可以得到证明。因此我愿把"绿化祖国"作为我回乡后的中心任务。

既然郝家掌的生产队长欢迎我回来,到太原后我就向革委会请示,要求回乡插队落户。

等了数月,革委会终于同意了我的请求。我就于1970年2月10日动手搬家回灵石。我准备长期在农村居住。老乡们说我是"落叶归根"。当然我对于生我养我的故乡是有感情的,而实际却是"四人帮"把我逼回来的。

生产大队知道我愿搞植树造林工作,就让我担任林业队长,于是我就一面进行修建三孔窑的烧砖买料事宜,一面进行林业的规划和筹备工作。当时大队让我村的社员段长福参加林业队,帮我搞林业,我真高兴。段长福是我童年时代的小学同学,他父亲是农业上的能手,而他也是很能干的,不论在林业和农业上,又不论在打坝、采药、编织……样样都是能手。我和他商量后就决定到霍县城东下乐坪去买树苗。两人坐公共汽车到了那里,当天回不来。就住在大队队部,人家给了一人一条很脏的被子,又当褥又当被,没给枕头,段长福就找了两块砖头,每人枕一块,胡乱睡了一夜。为了植树造林,我吃多大的苦也不在乎。第二天,我们买了几百株加拿大杨树苗,用他们的拖拉机给送到郝家铺,然后让村里的社员从郝家铺扛到圈羊沟。因为拖拉机只能送到郝家铺,下不到圈羊沟里。但在当年清明节动员全大队的男女把加拿大杨植到沟里后,没想到竟有百分之八九十都死了,真使我泄气。研究树死的原因,可能是由于霍县气候热,郝家掌沟里气候冷。已经开始发芽的树苗,又栽到温度低的地方大概不适应,所以多半死掉了。所幸段长福很内行,到霍县时就随身带了一把剪枝的大剪刀,他在那里就上树剪了很多钻天杨的嫩条。回来后我们一面栽树一面扦插育苗,到了当年的夏天虽然加拿大树苗大都死了,而我们扦插的苗圃却全活了,长的绿油油的,真喜人。第二年经过平茬,钻天杨一下就冒了一丈多高。我真高兴。

　　入夏,我就一个人忙于为钻天杨打斜枝,干得很起劲。听着山鸟串山林在灌木丛中为我歌唱,呼吸着在绿色的林木中浮动的空气,我感到生活的欢乐。有时干到夜幕初垂,月上东山,我从静寂的山沟里戴月而归。蟋蟀在草丛中低吟,涧水在细砂上流动。我满足,我终于置身于企求的安静天地;我高兴,我终于脱离了可诅咒的豺狼横行的世界。虽然不能再搞版画创作了,但我并不感到精神的空虚,我把一颗久受凌辱的心寄托于绿色的幼林,看到它们的成长,就感到生活的充实和希望。

　　到了每年的清明节,我除亲自领导群众在沟里植树,还搞四旁绿化。我真是爱树如子,但很多村里人看到牲口啃树却并不心疼,只有一个老太太帮我护树,我对她非常感激。

段长福在林业上既有办法也干得起劲,我曾向大队党支部书记建议让他担任林业队的副队长,但大队书记嫌他既非党员,又是富裕中农,不赞成。为此我很生气,可也无奈。因为我是属于"走资派"下放回乡的,无权。而后来当我离村回到太原,段长福也就干得没劲了,终于离开了林业队。"文化大革命"于基层,在干部政策上,特别强调出身,强调阶级路线,实际是不看表现的唯成分论。这对各方面的工作都造成损失。例如当"四人帮"垮台后我离开郝家掌回到太原,大队就委派一个对林业并无兴趣的党员担任林业队长,结果他在林业队搞农业,很少种树,因为林业队种下的粮食可以不交公,由林业队的人员私分。

所幸我当林业队长时,从1970年到1977年之间总算给大队植下将近一万株树,其中有钻天杨、洋槐、泡桐、紫穗槐、加拿大杨、枣树、核桃树、榆树……而这些树基本上都是郝家掌、枣条、宋家庄的姑娘媳妇们和我植的。二十年来,钻天杨有的已长得有小桶粗了。现在村里要用钱了就伐树,但他们对植树却并不热心。

如果我当初回村时不搞林业,而为农业打杂,将会毫无成绩。而且我如果不是回乡插队,而是去参加有如"劳动集中营"似的"五七干校",那也就真够倒尽霉了,白天劳动,晚上整思想,和在"牛棚"里也差不了多少。所以我真庆幸我自动回乡插队的这一段生活。现在我有时偶尔回到郝家掌,到沟里看看那望不到尽头的钻天杨森林,给予我多么大的安慰。

我回到村里,萍杜于当年的七月中旬才从石家庄中央学习班回到灵石。当时我正忙于动工建窑,窑筒已券好,正筹划安窗户了……

靠向亲戚朋友东借西贷,花了七千多元终于在当年冬天把三孔砖窑建成,院墙也修好了。我和萍杜总算有了个满意的家室。否则一直住在侄儿学忠的南房里总不安心。

应该感谢我的女儿阿兰,妈妈不在家,她一个人给七八个券窑工人一天做三顿饭,够辛苦的。一天切菜时不小心切了手指甲,竟被"大工"吃饭时吃出来,他很不高兴。我只有给他说好话。

一个艺术家,从来没有接触过农村的兴建事,现在要全靠个人修建一处院子,对我来说也真是逼上梁山。院子修好了,却比老百姓修建要多花一倍以上的钱,人家农民靠自己的劳力,靠亲戚朋友的帮工,顶多花三千元就够了。所以村里人说我,"豆腐花了猪肉的价了"。但总算有了个安身之所,这就是我心上的一件愉快事。

住进新窑后,我就在院里栽植了苹果树,有金元帅、红元帅、青香蕉和国光。在院子的角落里栽种了永济白水杏、稷山板枣、交城骏枣,这都是我亲自到各处引进来的。此外,还在墙外的园子里植了美蜜桃、阿尔巴特桃、深州蜜桃、新疆无核葡萄、新疆核桃、河北鸭梨。桃树三年就结果,我把又大又好吃的桃给郝家掌每户人家都送去一些,他们很高兴。

在苹果树之间,我种了西红柿、西葫芦、南瓜、韭菜、葱、芫荽等蔬菜,省得我到十里路之外的仁义公社街上去买。

在中窑的门前我建了一个花坛,围以篱笆,其中种了美人蕉、黄花菜。在花盆里种了金丝莲、石榴、水浮莲、麦冬草、月季花……这些花盆都摆在一条大的石桌上,这石桌是建窑时请工人从我们郝家的老坟里移来的,摆在我的中窑门前。当时老坟已摊平种庄稼了,所以石桌丢在地畔。

在我的东墙内从山里移来了野丁香。大门外栽了马缨花(本地叫绒线花,也叫夜合槐),大红袍花椒树,几株钻天杨。外村人来了郝家掌总要到我的院里来参观,因为人们说我的院子是花园。

大概是候鸟黄鹂鹏(学名应叫灰顶红尾鸲)也爱上我这个院子了,一年的初春它们飞到我的院里来选择住处,最后就选中我的大门顶端的门框,于是夫妻俩就每天忙于衔草衔毛。巢做好后,雌鸟就卧在窝里孵卵。待它们全不在巢里时,我就偷偷地爬上门框,看到已下了三颗小花蛋了,我真高兴。

一天早上起来,忽然看到院里有一颗碎在地上的小蛋,蛋黄四溅,细看是黄鹂鹏的蛋,我很奇怪。终于明白了,定是对面榆树上住的喜鹊来偷吃小蛋掉在地下的。我多么憎恨这喜鹊,像憎恨造反派似的。它破坏了黄鹂鹏的家庭,也破坏了我的生活乐趣,我很难过。

我是很喜欢小鸟的,为此曾养了串山林,这是一种土著鸟(学名留鸟),叫得很好听,穿一身黑色的衣服,比黄鹂鹏大一些,有点像八哥,但没有八哥黑。邻人在山里放羊时发现了灌木丛中串山林雏鸟的小巢,告诉了我,我寻到灌木丛捕了三只,它们就快出窝了。我终于把它们养家了,打开鸟笼,它们飞到村里,在我家老院门前的大槐树上歇息,而后又飞回笼里,我和它们已有了很深的感情,但不幸被村里的猫吃了,我难过了好几天,从此就特别仇猫,像鲁迅仇猫似的。

我虽然在养花养鸟方面得到了欢乐,感到了生活的丰富,但更大的兴趣还是在农林方面,为了增长植树造林、栽培果木和种植蔬菜的知识,我在新窑里阅读了《乡土速生树栽培》《植树造林》《果树栽培技术手册》《北方果树修剪技术》《农业基础知识》《几种主要农药使用法》《科学小实验》《植物保护基础知识》《肥料手册》《细菌的故事》《化学肥料漫谈》《气象知识》……这些书虽然和我的文学艺术事业风马牛不相及,但我还是研读了它们,使我增长了知识。我对于果木的嫁接也很有兴趣,不论根接、芽接我都学会了,例如酸枣接大枣,成活率就达百分之九十以上。这全是靠书本知识和实践相结合而达到的。因此我说我可算半个园林技术员了。

总之我当时对林业工作的兴趣大极了,从中得到了乐趣。

## 办木刻学习班

"文化大革命"爆发以来,我已有五年之久和美术不发生关系了。到1971年初冬,当时我的老朋友卢梦同志任代县革委会副主任,因为毛主席当年由陕北到河北平山县西柏坡曾路经代县,所以要成立"毛主席路居纪念馆",其中要陈列些革命内容的绘画作品，就请我去。比我早去的有山西的画家刘勇和郭效诚。我为纪念馆画了一幅以血衣为题材的斗争地主的彩色画，后又要我为纪念馆临摹一幅罗工柳的油画《整风报告》。多年没有接触油画了，画起来很吃力。这是我五年来和美术发生关系的开始。这个工作一直搞到1972年。

到1972年，我还继续为代县毛主席路居纪念馆作画，五月初忽然接得灵石县革委会来函，要我速回灵石举办"业余美术创作训练班"。据说是为了纪念毛主席《在延安文艺座谈会上的讲话》发表三十周年而举办的。于是我从代县急忙回到灵石。

要我为故乡举办业余美术创作训练班，自然义不容辞。由一位名叫赵万书的同志协助我工作。开始时参加的学员仅十来人，其中有文化馆的美术干部和电影放映队的美工，以及本县的美术爱好者。后来阳泉四矿的美术爱好者闻讯也要求来学习，我都满足了他们的愿望。我能为故乡培养美术人才感到高兴。

所谓美术创作训练班，实际也就是木刻创作学习班，我还是采用1962年在银川举办"业余版画训练班"的经验，让他们一开始就根据自己熟悉的生活进行构稿。当时"四人帮"还统治着全国，我所处的境况虽然不被批斗了，但还没有受到应有的尊敬，有的人还把我当作资产阶级专家来看待。但大多数人对我还是比较好的。然而不管怎样，还是尽我的力量为学员们服务。在辅导中，要改稿、示范、讲授美术创作的理论和木刻画的技法……两个月结业时，照例举行了"汇报展览"。并把我所收藏的古元、彦涵等人的木刻,以及我自己的部分作品,其中包括在办学习班期间和学员们一道创作的木刻《酸枣接大枣》《雪地送肥》,也都在文化馆内展出。

学员的作品有九幅之多于当年参加了全省美展。在灵石来说,是从来没有过的,这是对我的最大安慰。可惜这次美术创作训练班之后,当局再没有抓这项工作,因此灵石的美术工作又从此不声不响了。但这次的美术活动我还是发现了郭成保等人的创作能力的。郭成保描绘一位女青年初次参加劳动而创作的套色木刻《第一担》,是学员中最出色的作品。可惜对这些有才华的青年未能继续培养而使我深感遗憾。

接着在当年的秋天就为晋中地区办版画学习班。很可能是他们知道了我在灵石办了训练班而向我提出要求的。训练班的地点设在太谷师范内。我去时,学员还没有到齐。

在未开班之前,我乘机去了一趟平顺县,参观了李顺达的花果山。1951年当我在西沟村创作年画《毛主席的代表访问太行山老根据地》时,李顺达对我说:"西沟村土少石多,在农业上没有发展前途了,我打算今后搞林业……"二十年过去了,我再次来到西沟村,没想到竟是高楼矗立,果木满山。这一大的变化,真使我惊异,真使我高兴。李顺达告我:"现在依靠果木的收获,每家在银行存款都在千元上下。"我看到西沟村的巨大变化,就想起斯大林所说的"干部决定一切"的名言。

当时作家马烽的爱人段杏绵和女作家王樟生等都在西沟插队,她们和技术员领我参观了山山洼洼里的苹果林,每到一处技术员就摘下又红又大的苹果请我品尝,结果装下一口袋。遥想当年,这里只有几株核桃树,而那些从河南林县逃荒来此落户的人家都还很穷。现在家家都富起来了,李顺达也住进了新窑,深感李顺达作为"全国劳模"这个荣誉称号也真受之无愧。

段杏绵和王樟生还陪我到羊井底村参观了全国林业劳模武侯梨的绿化成绩,当我目睹了他领导村民把几架大山都植上森森郁郁的松林时,真使我敬佩而感动。为此我和林业工人上山深入林中,观察了松林的长势。武侯梨在每个鱼鳞坑内植两株幼苗,待它们长得有手臂粗了,就伐去一株留下一株。下山时我看到每个林业工人的肩上都扛着数株伐下的松干,据说每株都可卖十几元,这样,羊井底怎能不富呢!武侯梨告我:当地有句谚语,说:"上面开了草坡地,下边冲了米粮川。"过去山上没有植树时,一下大雨就是洪水为害,既流失了水土,又把下游的良田冲垮。而今雨水再大也不怕了,松林里的腐枝败叶能全把雨水保留着,待雨后就变成长年不断的清水细流,这样既做到了水土保持,又增长了财富。这是武侯梨的实感,我听了愈加感到在山西绿化工作之重要。

从平顺县归来,就开始了版画学习班的工作。晋中地区在太谷师范同时举办了两个美术训练班,一个是国画的,由平遥县的胡启中同志负责,他曾毕业于西安美术学院;另一个是版画的,由我负责。学员有来自晋中各地的二三十人。正像灵石一样,都是初次学习木刻画的青年。我向学员说明,应当画你最熟悉的生活后,就施加压力说:"太谷师范好进难出,在两月的期间内,每人必须交出一幅木刻来,才能出去。"大多数学员终于都刻出一幅,剩下少数人,实在画不出来,我就让他们照着马恩列斯像,各选一幅刻成套色木刻算是交卷。

结业时也举行一个"汇报展览会",和国画班学员的作品同时展出。

1972年的一天,大同市吴国发同志来到郝家掌,请我去大同为矿务局举办的工人版画训练班进行辅导。我去后深感工人们的创作水平并不低而为之高兴。我受到大同矿务局局长阎武宏同志的热情接待,离别时他又亲自到车站送我。在文化大革命以来,受尽了凌辱和冷遇的我,感到这是多么难得的尊重与温暖。后来阎武宏同志先后任山西省政府的副省长和省人大的副主任,现在已成为我在网球场上的亲密球友了。

## 我爱上陶瓷

一天,我县南关陶瓷厂派人来我家,说:"你是全国有名的艺术家,厂领导希望你能给我们设计些好的陶瓷品,派我来请你。"我说:"去是可以的,但我从来没有搞过这玩意儿,怕搞不好。"他说:"一学就会,你来吧!"

就这样,我撂下林业工作,就大胆地走进了南关陶瓷厂。

这个厂离郝家掌有二十五里路,是我的堂弟郝力章当初创建的,我一直没有去看过。而今力章已去世,只有他的三女秀英还在厂里当工人。

我两手空空来到南关陶瓷厂后,厂领导对我很客气,给我腾出一间工作室,同时也是我的卧室,和工人们在一起吃饭。我先到各车间参观,了解情况,而后就是向老师傅们学习。过了一段时间,我终于对陶瓷的制作过程有所熟悉。一次到北京,又买了些搞雕塑的工具,我就开始试作陶瓷工艺品了。

我之所以来南关陶瓷厂,是因为曾做过制作陶瓷的梦。

"文化大革命"之前,当我还在北京工作时,一次应宣化市文化馆的邀请,去那里为业余美术工作者讲学,顺便参观了宣化陶瓷厂。当我看到瓷厂的美工在瓷器上描绘山水画时,就颇不以为然,我认为在工艺美术品上搞装饰,理应用图案,而不应用绘画,因为图案和工艺品本身很协调。远在新石器时代,我们的不平凡的先祖搞彩陶时,就已经懂得了这个道理。所以他们在仰韶文化的彩陶上,创造了至今都令人惊奇的杰出图案。而今硬要把绘画搬在工艺品上,怎么也不能使我感到舒服。由此我想,有机会我也要搞搞陶瓷,按我的心愿做几件称心的陶瓷工艺美术品。这就是我来南关陶瓷厂的思想动机。

现在,我多年的梦终于成为现实了,但怎样来实现我在陶瓷上的愿望呢?

我自幼就喜爱小松鼠,灵石谓之"毛圪狸",因此进陶瓷厂后第一件创作就名为《松鼠烟灰缸》,我塑造了一只坐在烟灰缸边上正两手抱着食物咀嚼的小松鼠,烟灰缸以带形图案装饰之。在老师傅们的帮助下,先是做出模型,之后注浆、上釉,出窑后就是一个可爱的棕色的陶器,人们一看都很喜欢。没想到竟一炮打响了!

这件产品后来经过天津外贸口岸,转送广交会,竟被外商看中要求定货。据有关方面告我,外商说:"有多少要多少。"但南关陶瓷厂只答应给十二万件,因为再多了生产不出来。后来我才了解到,松鼠烟灰缸每入一窑,最多有百分之四十合格,算上品,其余百分之六十算次品,在国内推销。因而我的这个松鼠烟灰缸竟在北京、成都等大城市都有了它的足迹。据说出口的大都到了东南亚。后来也看到广交会印的工艺美术品宣传画册上有了松鼠烟灰缸的彩色图,我真高兴。现在在山西流行得也较广,尤其在我们灵石,已成为人家桌上的摆设品,一般老乡家要摆就摆两个,作为对称。一次我和"山西老年画家写生团"来到四川峨嵋山,在半山腰和尚庙里的客房中,看到每个房间里都摆着我的松鼠烟灰缸,没想到我人还没来,作品就先到了。问和尚烟灰缸是哪里来的,他说:"在山下买的。"我告诉他:"这是我的作品。"他表示惊异。前些年我和胡正同志去晋北恒山旅游,在悬空寺山下的杂货摊上竟看到在出售我的"松鼠烟灰缸"。经我细看,发现已不是南关陶瓷厂的"原版"了,而是根据南关陶瓷厂的出品仿制的,已成"翻版"工艺品。所以我看到它一面为之高兴,一面也有点难过,因为这仿制品已大为走样了。但却说明:我的这件作品是为群众非常喜爱的。因为有利可图,有人就"翻版"。

最初松鼠烟灰缸烧制的是黄色,后来又烧成棕色,到后来又烧制成两色:松鼠是棕色,烟灰缸是黄色。瓷厂的人说:这是外商的要求。但我个人还是喜欢全棕色的。感到黄色有轻淡浮躁之感,两色的又有些庸俗,而全棕色的却庄重耐看。可是一般群众也和外商一样喜欢两色的,我也无可奈何。

我在南关陶瓷厂历时两年,除了"松鼠烟灰缸",还试做了一些用图案装饰的梅瓶,瓷罐之类,但都因工艺太讲究而无法大量烧制成为商品,有如"独幅版画"。

两年来,我对于陶瓷的兴趣愈搞愈烈,每每出窑失败,心不服气,再接再厉,欲罢不能,经常搞到深夜两三点钟。犹如上了赌场,赢了还想再赢,输了又想捞回来。这滋味,局外人是难以知道的。

由于我对陶瓷工艺美术品的爱好逐渐加深,因而涉猎也较广,每有机会一定要参观陶瓷厂和陶瓷的陈列馆、展览会。这些年来曾参观过新疆地区、延安桥儿沟、晋北怀仁、晋东平定等地的陶瓷厂,参观过陕北古耀州窑的陈列馆,北京故宫的陶瓷馆,承德故宫陶瓷馆,甘肃博物馆的仰韶文化彩陶仓库……阅历渐多,对我国陶瓷的成就和发展也就有了一定程度的了解。此外,也读了一些有关陶瓷的书籍,知道了古代河北定窑、磁州窑、河南汝窑、浙江龙泉窑、陕北耀州窑等窑的盛况和其名贵产品。

参观故宫博物院的"陶瓷馆",我最感兴趣,得益也最大,使我比较系统地看到了我国劳动人民在陶瓷工艺美术上所达到的非凡成就。但从艺术的观点来看,感到现在的产品,有些还不如古代的好。我非常惊异我们的先祖远在新石器时代,在生产力和文化都那么落后的条件下,竟能在彩陶的造型、色彩和图案的创造上达到了那么高的艺术成就,真使人不能理解。例如一本《彩陶》(朝花美术出版社出版)上刊载的陕西长安马王村出土的,以及陕西长安五楼出土的和山西万泉(今万荣)荆村出土的几件仰韶文化彩陶,就使我无比钦佩。其中的图案,有的是由鸟和鱼演变抽象而成,其有力与精美就是今天的工艺美术家也未必能创造出来。

陶瓷发展到唐代就发明了"三彩",使陶瓷在彩釉上别开生面,从而创造了艺术价值很高的唐三彩马。唐代的文化在各方面都是光辉灿烂的。当时从"丝绸之路"上运往欧亚各国的商品,除了丝绸、茶叶外就是陶瓷。但在唐代之前,白陶也是好看的,那种美的造型和刻花至今都使人喜爱。

陶瓷发展到元明时,出现了青花瓷的盛世。青花瓷创始于宋代,到了元明始趋于精美,产生了许多艺术价值很高的工艺品;可是同时也就在陶瓷上出现了不少非图案的写实的花鸟与人物。写实花鸟人物的搬上陶瓷,一方面也算是陶瓷工艺美术的一种发展,但从其工艺品的艺术性来看,我认为过分强调绘画就把瓷器变成绘画的载体,而非有机的结合,从而失掉瓷器的完整与美感,因绘画的造型和瓷器的造型并不协调。此风发展到清代达到高潮,不仅瓷器上的图案少了,而且人物也愈加写实繁琐,几乎把当时的彩色绘画原封不动地搬上了瓷器,庸俗不堪。可是在古代却没有这种怪现象,除了新石器时期的彩陶不谈,我们来看看一九三五年在河南汲县出土的艺术珍品——战国时代的"水陆攻战纹铜鉴",以及藏于故宫博物院的"宴乐铜壶"吧,这两件虽非陶瓷,但却是可贵的工艺美术品,虽然铜器上也有各种人物和鱼鸟的活动,但都图案化了,其夸张与变形之妙,生动性与装饰性之高度统一,都令人感到既新颖、完整又与铜鉴、铜壶协调。而明清之繁琐的写实人物画登上陶瓷又怎能不令人感到是我国工艺美术品在艺术性方面的下降和庸俗化呢!这种不好的作风一直延续到现在,使我们的陶瓷大有今不如昔之感。

## 痛悼贤妻萍杜

### 一

死神带着灾祸无情地闯入了我的幸福的家庭,使我遭到了人间最大的不幸。

1974年的6月20日夜,是一个最可怕的夜,是我在人生的旅途中遭受最大不幸的夜。狠心的萍杜和我不辞而永别了。

你17岁从武进乡下来,和我在上海同居,四十年来我和你风雨同舟,同甘共苦,相亲相爱,没想到你因突如其来的脑溢血,竟和我不辞而永别了。似梦非梦,你真的撇下我独自走了?连个遗言也没留。

好几天来,我有如天崩地塌,感到一切事物都变了颜色,看到院里的树木和花草都感到朦胧灰暗。我陷入无比的孤寂,无比的空虚,无比的失意的深渊中。然而我又不相信你真的和我永别了。

你是我四十年来的革命伴侣,你是我四十年来的精神支柱,你就是我们家庭的温暖和幸福。在敌人的飞机炸弹下,在伤寒病的折磨中,在造反派的无情毒打下,我们都没死。而今从患难中走过来的亲密伴侣,却永远离开了我,我怎能不感到孤单;而今精神支柱突然垮掉了,我怎能不感到空虚;而今家庭的温暖骤失了,我怎能不感到覆巢之痛家室之冷!

那天,正是家乡夏收割麦的欢喜日子,我从远道的南关陶瓷厂归来,为了在陶瓷厂创作艺术陶瓷,已有半月之久和你相别了,让你一个人孤守三孔砖窑,你毫无怨言。现在我回来了,和你共进晚餐,感到多么的幸福,但怎么能想得到这竟是你的"最后的晚餐"。

你说:"社里的麦子不看就有人偷,我在太阳下看了一天场……"我知道你是很关心集体的财产的,但一想到你的高血压的病体,在炎日下辛劳,就使我感到不安。

彼此都劳累了一天,你是看场,我是在山路上奔波,因此我们早早就在暗淡的烛光下上床就寝了。但刚睡下不久,你就在黑暗中说:"我觉得头有些痛,想吐。"我未始以为忧也。但接着你的喉咙就发出欲咳而不能咳出东西的怪声,我叫"萍杜!萍杜!"你不作答。我慌了,感到不好。连忙穿衣起床,把堂弟媳"三娘"叫来,"三娘"来到你的床边就再也叫不醒你了,她急忙让侄儿学贵连夜到十里远的仁义公社请医生,待医生辛苦赶来,你已逐渐体凉,无可挽救了。

你怎忍心对我不辞而永别呀!此刻我已六神无主,欲哭无泪。你比我小七岁,但你却先我而走了,上帝无情,使我们不能白头偕老,你仅在人间生活了55个寒暑,就与世长辞了,既没有看到使你惨遭迫害的"四人帮"的覆灭,又没有看到你的八个儿女们个个成人。

我是永远不会忘记你的,正像流行歌曲《十五的月亮》中说的,我的艺术的成就中有我的一半,也应有你的一半。因为你担当了养育八个儿女的辛劳,给予我的工作和从事版画创作以充分时间,因为你热心给我当模特儿,使我版画创作中的人物得以形象准确,免遭指责。

## 二

我含着满眶眼泪为你穿衣入殓,难道是为了和你永别?感谢韩家老太太,肯把她的寿木借你用,我把你安置在棺木中,让你长眠。

天明后,侄儿学贵跑到25里远的南关给儿女们拍了电报和发了信。大女阿黎远在异国新西兰,无法让她归来;二女阿红远在成都"电讯工程学院"上大学,怕她回不来,没发电报,给她写了一封报丧的信;三女阿兰在近处洪洞插队,但地址不详,小儿郝相在广西龙州的部队里当兵,仅通知部队领导,让适当时告他。他目前是无法回来的。

大多数孩子们接到"母病重速归"的不祥电报,一个个赶回家来。当时大儿阿明在北京"学部",二儿郝田从空军转业于西安,三儿阿强跟上画家潘洁兹在五台山临摹壁画,儿媳叶倩在太原山西省手工业管理局工作,小女阿霞在太原五中上学,在咱家长大的外甥女湘琴在太原兰村造纸厂当工人。

他们在一路上总以为妈妈还活在人间。待回到家后,始知你和我们大家永别了,他们多么悲痛。最会和你撒娇吵闹的小女阿霞悲痛地倒在地上打滚,引得我又落泪。是的,我失去了爱妻,她们失去了慈母……

第二天村里的妇女们知道了你的噩耗,大都来表示哀悼。因为你和她们建立了感情。

第三天我打开棺盖想再看你一眼,没想到鲜血染红了你雪白的衬领,脸面浮肿变形,使我痛不忍睹。

噩耗传至灵石县城,文化馆的很多同志们联名给你送来了花圈,县政府派副县长韩来官回村,在大槐树下给你举行了露天追悼会,把我为你赶画的遗像挂在会场当中,村人们都向你含泪致哀。亲爱的,你知道吗?

第七天孩子们都先后归来了,阿红到西安同郝田和儿媳王正秦以及小孙儿凝凝一同归来,他们从五里外的霍县老张湾走下山来回到村里,阿兰是偶然回家才得知妈妈离开人间,但你已入土了,他们未能最后看母亲一眼,只能到你的新坟上痛哭。

6月23日晚8时,我把你安葬在村外的地崖下,面对有我植树造林成绩的一片森森郁郁绿色的圈羊沟,面对已经成为古迹的蜿蜒于高原上的官道。

次年的清明节我为你坟墓的两旁植了两株钻天杨,一株代表我,一株代表八个儿女,日夜守候在你身边,使你在九泉之下不感到寂寞。使你夏天有绿荫遮凉,冬天有高枝挡风。亲爱的,你安息吧!

我应在你的墓前立一块石碑,上书:

"一个扬子江边的放牛姑娘,在命运的安排下,和一个北国的艺术家在上海同居。于'八·一三'抗日战争的烽火中,在伟大革命母亲何香凝领导下,在伤兵医院看护过为祖国流血的伤员。1938年奔赴陕北公学受革命教育,成为光荣的共产党员。后在富县张村驿卫校毕业,分配在延安和平医院,作为护士护理过病中的革命干部。全国解放后,在晋北忻州参加过土改,在河北邯郸参加过四清,在北京人民美术出版社资料室辛勤工作,像革命长城上的一块砖石,是平凡的一生,也是光荣的一生。生前劳心劳神地养育了四男四女,你永远活在他们和爱人力群的心里。"

## 三

把你安葬后,孩子们为了解除我心上的悲哀,先后由阿红、郝田和儿媳正秦、孙儿凝凝陪我去了大寨参观;之后又由阿红、阿霞陪我出游陕北,让我散心。

本来是为了不再想你而来到延安的,可当我和两个姑娘走到桥儿沟"鲁艺"旧址,上了东山凭吊我们当年曾经在那里住过生过两个男孩的窑洞时,就更加想你,岁月是无情的,我们的窑洞已经塌毁了,而你也离开了人间,触景伤情,我不禁泪湿衣襟。遥想当年,我们在鲁艺生活得多么幸福,东山传遍了你的笑声,石阶上不知留下你多少踪迹……

有时我也想到咱们在常州农舍中的初恋,你那少女的天真、大方、热情,使我多么动情;你那可爱的身影,至今还时时出现在我面前，然而往事如烟，已经不堪回首了。

亲爱的，自从你离开我，多少年来我多么想和你在梦中相会，然而梦魂无情，仅仅见面两次，而你却一言不发，似含情似有怨，使我想起但丁在佛罗伦萨桥上看到了比亚特丽斯，醒来时我多么地伤神……

亲爱的，你还能再在梦中让我看你一次吗？我是多么地期待！

## 访绍兴鲁迅纪念馆

萍杜去世后，1975年春末，我从郝家掌到上海，去看望她的哥哥我的老朋友曹白，带了些我的木刻画和陶瓷松鼠烟灰缸等礼物送给他。他当时住在上海的高安路14号7室，我们已有十几年未见面了，看到他多么地高兴。

当年，抗日战争开始后，我们从上海分手，他去了新四军，我和萍杜到了延安。全国解放后，当他任华东军政委员会办公室主任时，不久就得了神经病，一病就是二十余年，待身体基本上恢复健康，却已再不能工作，再不能作画也不能写作了，只能看书。我为此而难过。

他的病还是我发现的，1953年我在北京人民美术出版社工作，家住苏州胡同。他从上海来北京，住在我家，我观察到他的神情有异，而这时他的妻子孙铭鐏和组织上却认为他无组织无纪律，不请假而偷跑来北京，可真够冤枉他了。殊不知他之偷跑来京的这种行动本身就正是神经病的现象了。然而不论铭镈和工作机关却都未曾发现。我连忙通知铭镈让她派人把曹白接回去。从此就病在家,不见人。也住过医院,但一下治不好。我有时到上海去看他,他钻在厕所里不出来,但也有时像好人一样,和我谈艺术谈文学……

"文化大革命"后期,他总算基本上康复了,因此我和他商量一同去绍兴鲁迅纪念馆参观。因为我俩都没有到过绍兴。

我们从上海坐火车到浙江,过了钱塘江,来到绍兴城,雇了个黄包车,俩人坐着,找旅馆。可每家旅店都客满,据说是这里正举行全国性的羽毛球比赛,旅馆都被运动员占了。无奈,我对曹白说:"只好拿出老牌子了,请鲁迅纪念馆想办法。"他没吭声。因为我们事先商量好,不准备在纪念馆露真名,但此刻是非露不行了。于是我们让黄包车拉到鲁迅纪念馆。

进门后,馆方人员看到我们说:"现在12点已过,就要闭馆了,请你们下午两点后再来参观。"曹白说:"我们是鲁迅先生的老朋友,来此后连个旅馆也找不到,请你们帮助解决。"他们问姓名,我告他:"这位叫曹白,我叫力群,都和鲁迅先生通过信的。"馆方听到我们的自我介绍,就特别热情起来,不但给安排了满意的住处,而且还要求和我们举行座谈会,我们答应了。

下午举行座谈会时,馆领导张能耿同志要曹白谈关于和鲁迅先生的交往。于是曹白讲了他和鲁迅如何通信,如何在版画展览会上见面。并说鲁迅曾赠送他俄国阿庚画的《死魂灵一百图》、《珂勒惠支版画选集》、梅斐尔德《士敏土之图》……张能耿同志提出："曹白先生可否把这些画册捐赠本馆？""这些画册我都送给力群了。"他说。于是对方的眼光看着我。我想：鲁迅先生当年那样无私地对我们支持，现在把这些画册归还鲁迅纪念馆也应该。于是我忍痛说："画册是可以赠送的，但太宝贵了，不能邮寄，因为万一遗失可真损失不起，最好你们派人来取。"这样，我就把通信处写给他们。事后馆方于1976年来信，要我派人把画册送到纪念馆，往还路费由他们出。我的小姑娘阿霞知道此事后就说："爸爸，让我送去吧，我还没有到过绍兴呢。"于是我就让她去送。不料她到绍兴完成任务后，领上路费就到了广州，而后又坐飞机飞往桂林，又乘火车到成都，到了她姑姑家。像从笼子里飞出去的小鸟，由她在海阔天空飞翔，我真对她没办法。

座谈会后，馆方就领我们参观了鲁迅故居、三味书屋、百草园等处，连他们平时不开放的处所也让我们参观了，使我们得到了满足。

第二天又由工宣队负责人胡天佑同志陪我们游览了绍兴的东湖，也就是鉴湖，这里是绍兴的名胜，故清末秋瑾女士自号鉴湖女侠。而绍兴黄酒亦为鉴湖水所酿。湖水清澈见底，石壁矗立湖中，风景秀丽如画，给我留下难忘的印象。路经农田，看到农民正在田里割麦、插秧，但天气却还颇有寒意。因写诗一首：

　　江南割麦插秧忙，

金黄嫩绿织锦章。
祖国年年庆丰收,
大地日日换新装。

我们在纪念馆认识了版画家邬继德,他是馆里的工作人员,刻了一些鲁迅小说的木刻插图,因他熟悉绍兴人民的生活,故有地方特色。还认识了闰土的孙子,水生的儿子章贵,他给我们照像留念。

离开绍兴,我和曹白来到杭州,想旧地重游一番。但杭州旅馆客满,竟在走廊设床留客过夜,印象很不好。后来我俩去母校旧址凭吊,校园已变为公园了。又去西泠桥下寻我当年和房士圣、高拱星同学所住之平房,已无踪影了,在附近建立了秋瑾女侠的纪念像。看了如此情景,又想到我和曹白的往事,不胜怅然。我写下一首七言诗,以志当时情怀:

孤山漫步忆昔年,
风雨同舟黎明前。
沧桑湖上雾濛濛,
老鲋重逢情绵绵。

这里的所谓老鲋,即意味着我和曹白当年有如庄子所说的车辙里的鲋鱼"彼此用唾沫相湿,用湿气相嘘"。现在我们虽然都处在"江湖"里了,可又哪能将往事"相忘"呢?

午饭时来到楼外楼,我对曹白说:"咱们在这里吃饭吧。"

我和他走上楼梯,一面走一面也就想起1932年当我还是一个穷学生时在楼外楼发生的一件"丢人"的事。

当年暑假我去山东滕县夏镇看望父亲,从夏镇回到杭州西泠桥下的住处,正是午饭时分,因附近没有小饭铺,我就大胆走到楼外楼的楼上,要了一菜一汤,汤是用西湖春天的嫩荷叶做的,非常别致可口,肉菜也炒得很香。吃罢一问,堂倌要两块多白洋,等于我当时半个月的饭费。而我身上却只带了一块多钱,自己觉得已算带得不少了。怎么办?我对堂倌说:"我带的钱不够,你跟我去取吧,我就住在西泠桥下。"于是堂倌跟我到住处,我把钱付清。后来我把这件丢人的事告诉了同室的房士圣同学,他说:"你真胆大,楼外楼是咱们穷小子吃饭的地方吗!那是蒋介石来游西湖吃饭的地方呀!"从此我每天到校走过楼外楼就连看也不敢看了。

四十年后的今天,我重上楼外楼,已非昔日之穷小子了,心想我和曹白可要好好享受一番。哪里晓得竟然连个西湖鱼也吃不上,真使我感到无比失望。当年的楼外楼在湖里就有鱼笼,客人随时可吃到新鲜的西湖鱼,而今楼外楼已被造反派把它由"阳春白雪"变为"下里巴人"了,这真是"文化大革命"的伟大功劳!

我和曹白扫兴而归,至今引为憾事。

从上海回到郝家掌,我又作一首诗:

蝉鸣灌木夏意浓,
麦黄梯田豆苗青。

山坡出没牧羊女,

远处时闻儿歌声。

## "四人帮"覆灭

1976年的冬天,郝强从太原归来,给我带来了"四人帮"于10月6日垮台的惊人消息,我高兴地在郝家掌的窑门口跳起来。

毛主席去世后,我就久已盼望着打倒"四人帮"的这一天了,有如久旱之望云霓,在严寒的冬天望阳春。然而这一天真的到来,倒反而使我不能相信了,好像未必是真的,似梦非梦。但无论如何我确实太高兴了。

作恶多端、祸国殃民的"四人帮",以"白骨精"江青为首,愈到后来愈使人恨之入骨,他们又是要割资本主义的尾巴,取消农民靠以为命的自留地,取消自由市场,反对农民搞副业;又是胡说什么"宁要社会主义的草,也不要资本主义的苗"……

我住在农村,深感他们的倒行逆施、胡作非为对广大农民群众的危害,所以他们的垮台,他们的覆灭不能不使我感到无比的高兴。如果说我的妻子萍杜的去世是我一生中最大的痛苦,那么"四人帮"于10月6日的垮台也算我一生中最大的高兴,有如日本帝国主义的投降,有如蒋家王朝的覆灭。

为此,我创作了以大寨为背景的套色木刻《双庆》,一面庆祝"四人帮"的垮台,一面庆祝人民的胜利,这是以我内心的无比欢乐而创作的。

"四人帮"以及林彪死党,是无法分开的,都将在历史上遗臭万年。他们一开始就到处除"四旧",将"文化大革命"搞成对中国古老文化遗产的大破坏;他们为了篡党夺权而无情地折磨、消除有功于革命的老干部。终于把我所敬仰的革命功臣彭德怀和贺龙元帅以及国家主席刘少奇折磨死了。就是朱总司令、周总理和陈毅元帅吧,虽说是因病而死,但又何尝不是被"四人帮"气死的。蒋介石未能杀害了的共产党人,被"四人帮"杀害了,此恨绵绵无绝期!

他们搞派性搞武斗,使中国社会秩序大乱,生产力下降,民不聊生,其罪罄竹难书。1971年9月13日林彪叛国,私乘飞机亡命于蒙古温都尔汗,现在"四人帮"也终于覆灭,万民欢腾,举国庆幸。是谁给了这些野心家们以权力的呢?让历史来回答这个问题吧。

"四人帮"垮台后,我于1977年初离开郝家掌又回到太原。省委宣传部长卢梦同志让我担任南文化宫党委书记,因为当时南宫有个美术工作组。省委让我任省政协常委以及文联副主席。然而"文化大革命"造成的后遗症是无比严重的,我在南宫任党委书记的期间饱尝了派性作祟的苦果。

# 第二十二章　心怀喜悦，重返太原

　　自1970年下放农村以来，我以林业队长的身份领导郝家掌大队的社员们植下一万来株树，算是七年来我在农村的重要成绩。在版画上创作了《酸枣接大枣》《雪地送肥》《夏》《挖水池》《这也是课堂》《双庆》等作品。其中较满意的是《这也是课堂》和《挖水池》。这都是几次去大寨得到的感受和素材而创作的。套色木刻《这也是课堂》描写果园的技术员在现场给学员们讲授剪枝技术的情景，背景是大寨的梯田和水槽。画中的树木为桃树，其主题是：老师辛勤讲解，学员们认真听课。此画曾被天津美术博物馆所收藏。总的说来版画创作的成绩不算好，因为在"四人帮"当政的那些日子里，哪里还会有创作的激情和灵感呢？

　　现在我终于结束了长期的农村生活，心怀喜悦而重返太原了。但如果不是"四人帮"的垮台我也是没有心情回来的。

　　然而万恶的"文化大革命"虽然了结了，但其阴魂却尚留在人间。

山西在"文化大革命"中出现了两个势不两立的造反派,其一为"总站"派,其二为"兵团"派,他们在"四人帮"的挑拨下,经常进行你死我活的真枪实弹的武斗,使人民不得安生。

虽然当我重返太原时,武斗已停止了,但派性的阴魂不散。

我到南文化宫后,就了解到兵团派的任天阙被整死了。有一天谈起任天阙事件时,我说:"任天阙病重时,你们硬说他是装病,今天他死了,要真是装死,也倒好了!"这下可就算捅了马蜂窝了,因我在任天阙问题上暴露了自己的观点。我虽然不是兵团派,但他们立刻认识到我不是支持他们的,于是就从此和我干上了。一个支部里一共四个人就有三个是反对我的,我处于绝对孤立的地位。一次开支委会,为了派一个人去孝义县就整整拖了一个上午,他们联成一气刁难我,使问题得不到解决。待后来为调工资而和我斗争时,他们就背着我借向省委书记王谦作汇报而给我造谣,说我用抓阄的办法解决调资问题。而当时王谦竟信以为真。所以最后就由文化局长把我送到党校学习,似乎有意要在党校整我。这样他们算胜利了。

我走之后,他们就把经我负责评好的增加工资的名单给以篡改。把总站派的人给多调了工资,以为这是他们的天下了。

但后来由于任天阙的爱人向中央上告,终于文化局长和整死任天阙的人都受了处分。而王谦也由于众所周知的原因而被中央调离山西到了四川省重庆市。

我在南宫作党的支部书记历时半载，受尽了派性的折磨，最后以失败而告终。但也真正体验了"文化大革命"之后作领导工作之难。要么你就和派性同流合污，要么你就单枪匹马和派性苦斗。同志们说："力群是个艺术家，不善于作领导工作。"好像说得也颇有道理。但我这个艺术家也曾在晋绥边区胜利地当了几年《晋绥人民画报》的主编；全国解放后也曾顺利地领导了几年山西省文联和山西省美协的工作。因此只能说我不善于在"文化大革命"之后对付像刺猬似的派性。

未进党校之前，在宣传部的领导下，由我负责曾组织了一次以学大寨为内容的创作活动，把全省很多能作画的人都调到南宫来按规定的题目创作。在没有生活体会的情况下，为了"为政治服务"作画是很困难的，是违反艺术创作规律的。所以虽然也终于在南文化宫大厅举行了展览，但难于有给人留下深刻印象的作品。

展览会之后我进了党校，感到党校的领导对"文化大革命"还没有一个正确的看法，虽然并没有整我，但我在党校的三个月很快过去了，似乎毫无所得。

# 第二十三章　大西北之行

## 在伊犁河畔

我在儿童时代的小学课本上，就读到汉朝的张骞出使西域把葡萄和苜蓿带回内地的故事。而今天的新疆也就是当时西域的一部分。全国解放后，又经常听到一首维族姑娘唱的《新疆是个好地方》的美丽的歌，同时又看了维族少女们表演的多情的新疆舞蹈，因此，新疆对于我就有了特别的魅惑力，使我时常有一种憧憬和向往之情。心想：如果有一天我也能够到新疆一游，那该多么地幸福！

这一天终于来到了，1978年7月下旬，由于在伊犁哈萨克自治州展览馆工作的我在银川时的学生韩惠民从中斡旋，使伊犁地区邀请我前去讲学。于是我从太原欣然乘机飞往向往已久的新疆。

当时的伊犁也和六十年代的银川一样，对版画艺术来说还是一块处女地。此刻他们举办了一个版画学习班,韩惠民也在其中,等我去辅导。

我来到这天山之下的边疆地区,就像来到异国一样,什么都感到新颖,感到美好。伊犁河水是天山上的积雪溶化而流下山来的,远看像牛奶似的,呈白色。我有一天见维族孩子们在渠水里游泳,用手试了试水温,感到像我家乡夏天的井水似的,冰凉。我真佩服维族儿童们的勇敢、耐寒。看到不少维族姑娘,感到很漂亮。

韩惠民从兰州西北师范学院艺术系油画专业毕业后,就分配到新疆伊犁地区工作,因此他是第二次参加我的版画学习班了。有他在,我的工作就感到有了依靠,使我高兴。

学员一共有十七名,其中有不少是汉族,但也有维吾尔族和哈萨克族、俄罗斯族,都是男学员,大都有一定的专业基础。我对培养这些少数民族的学员特别重视。辅导的方法还是采用了银川办版画学习班的成功经验,即鼓励他们画最熟悉的生活,最感兴趣的生活,并鼓励他们大胆地创作。

版画学习班的学员们经过四十天的艰苦奋斗,结业时,一共创作出二十三幅版画作品,就像在银川一样,举行了一个"汇报展览会"。正好文化部部长黄镇同志于九月十四日因事来伊犁,到机场迎接他时让我也去了。后来又陪他参观了工厂,看了我们的版画"汇报展览"。我问黄镇同志:"听说你曾在上海美专学过美术,是真的吗?""是真的,但没学好,因为那时为了顾正红事件搞学生运动,未能多在教室里好好学画……"他说。

黄镇部长参观我们的"汇报展览"时大加赞扬,地区党委书记黄诚同志在旁边听了也很高兴。我初来伊犁时,他对我很冷淡,而从此就热情起来,并请我吃饭。

后来伊犁的版画有16幅入选西北五省区的版画联展,受到了美术专家们的好评。直到1981年上海人民美术出版社出版《中国新兴版画五十年选集》时,还选了伊犁版画训练班学员的作品有三幅之多,其中有韩惠民描绘哈萨克牧民转场生活的《胜似春光》,有陈力生描绘维族托儿所生活的《阿姨》,有维吾尔族青年地里夏提描绘哈萨克族牧民喜悦心情的《羊毛丰收》。尤其是地里夏提的作品被选入《中国新兴版画五十年选集》使我特别高兴。因为他是新疆维吾尔族第一个搞版画的。我们有责任为维族培养自己的版画家。

伊犁版画学习班的学员关维晓和沈邦富、地里夏提等后来还刻了不少好作品,参加了全国版画展,并成为中国美术家协会会员,我感到是对我的莫大安慰。我一生中能为少数民族地区的美术工作做点好事,也算是为祖国文化的一点贡献。伊犁河畔的版画学习班胜利了,当"红娘"的韩惠民和我都感到光彩。此后,伊犁版画逐渐发展成多民族的版画群体,创作日渐繁荣;特别是从《美术》杂志上看到"1988年3月下旬在北京民族文化宫举办了《伊犁版画展览》,展出的100件作品中,15件由联邦德国柏林国立民俗博物馆收藏,13件由中国美术馆收藏,5件由民族文化馆收藏,3件由中国对外展览公司选送国外展览,2件由日本友人收藏"这一消息,更是使我无比地高兴。

在版画学习班进行期间，戏剧家曹禺和诗人徐迟也来伊犁，我们住在一个"伊犁宾馆"里，并一同参观了人民公社的果木园。于八月中旬的一天又在园艺技术员依肯同志家里作客。依肯是伊宁市红旗人民公社的果农。我们是第一次走进维族的庭院，主人为我们在葡萄架下的炕桌上摆满了西瓜、甜瓜、桃子和苹果，热情地接待汉族客人。接着一个头上扎着粉红色纱巾，耳朵上带着镶有红宝石的耳环，系着翠绿色的百褶裙的维吾尔族姑娘走来，双手端着一盘刚从葡萄架上摘下的马奶子葡萄，放在桌子上，微笑着说："请客人们尝尝。"她是依肯的女儿，名字叫努尔尼沙。接着努尔尼沙姑娘就怀抱着都塔尔为我们弹奏着悦耳的维吾尔族乐曲。一个女社员随着都塔尔的旋律跳起了维族舞，年近古稀的曹禺同志情不自禁地从葡萄架下的花毡上走出来，和女社员翩翩起舞。他跳得那么熟练自然，引得大家为他鼓掌。我拿出速写本为努尔尼沙画像。这是一次非常愉快的聚会。有一位名许然的记者在9月3日的《伊犁日报》上写了一篇《葡萄架下兄弟情》的文章，介绍了这次的聚会，副标题是："曹禺、徐迟、力群同志在伊宁市红旗公社片断"。

我们后来又一起在锡伯族的瓜园里品尝新疆最甜美的西瓜。瓜园无边的大，主人无比的热情，切开一个大瓜，和内地相比，已经够甜的了，但还嫌不够甜，又再切一个……我和徐迟同志设想：内地的西瓜也一定来自西域。他回到湖北后还给我来信说，经他查考，证明我们的设想是正确的。其实所谓"西瓜"，也就意味着来自"西域"。

伊犁地区革委会副主任兼地区党委宣传部长张华威同志,是山西太原人,由于这种同乡关系,他对我很热情。在版画学习班学员修稿时,由他和韩惠民同志陪我游历了金秋的果子沟。在美丽的赛里木湖畔,我还为哈萨克族姑娘在帐棚口画了像。听说日本画家东山魁夷来赛里木湖作画时,激动万分,为了画画,连中饭都顾不上吃了。我深为祖国湖山之美而自豪。我们在湖边曾吃了一顿有趣的午餐,同来的维吾尔族的小车司机,把带来的羊肉在篝火上烤起羊肉串来,我们喝着伊犁大曲,吃着我还不习惯的羊肉串,周围是绿色的草场,眼前是映着雪山倒影的蓝蓝的湖水,此情此景,至今都令人陶醉。

此后韩惠民同志又陪我去过伊犁河,到过天山。于8月27日访问了昭苏县境内的松拜边防站。我从望远镜中看了苏联松拜集体农庄的景物和一个小学校……在边防站不远处我们还看了清代留下的格登碑。这是当年在这里消灭了一次叛乱之后留下的纪念碑,因为它矗立在格登山上,故名格登碑。看了碑文知道那些叛乱者曾企图投降沙俄,被清兵消灭了。

在昭苏县境内康苏沟里我首次走进了牧场,并在哈萨克族的帐篷中作客。主妇让我们坐在帐篷正中,双手捧上奶茶。我第一次吃了香美的"纳仁"饭(是为客人杀了羊,用煮的羊肉和肉汤里下的面条一起吃,这是哈族对高贵客人的一种款待),喝了可口的马奶。深感这个兄弟民族的人民是多么热情,多么好客。接触中又感到他们是多么健壮,多么豪爽。哈族姑娘是既善于骑马,又善于刺绣的。在哈族的帐篷里用姑娘们绣制的美丽的图案装饰家室,正像汉族姑娘们用美观的窗花来装饰窑洞一样。我在帐篷中作客感到舒适而愉快。

后来还和韩惠民同志一同参观了正在收获小麦的苏拜农场,画了很多速写。当我们访问了伊犁地区农垦局管辖的霍城县霍尔果斯河流域灌溉管理处的边防站后,还参观了鸦片战争后受冤被流放在新疆的林则徐的"将军府"(在现在的惠远城内),使我为这位民族英雄深感不平。

回到太原后,于1980年创作了套色木刻《天山之夏》,就是根据这次在北疆新源县乌拉斯台山区旅游时画的速写而创作的。同时还根据伊犁的生活感受创作了一幅套色木刻《新城在望》,描绘两个维族姑娘正在人家的房顶上测绘街道的地形,以示要改建新的城市。前者想画北疆风光之美,借鉴敦煌藻井画的灿烂色彩,大胆创新。后者想画新疆的城市在发展。

由于伊犁版画训练班的成功,由于韩惠民陪我在北疆各地的旅游,并为我经常设法举办舞会和参加维族同志家的"麦西来甫",两个多月的边疆生活过得非常愉快。尤其是我俩在一起共同搞版画创作,互相帮助加工,情谊深浓。例如我的套色木刻稿《赛里木湖》和他的《胜似春光》等就都是在一起画的。但他的已刻成发表了,而我的还未动刀。我们当时的创作生活至今忆及仍不胜依依。

## 来到南疆

乘飞机离开伊犁,我就来到乌鲁木齐,住在昆仑宾馆,但每天都在我妹妹力妮家吃饭,因为她家离宾馆很近。宾馆很大,是当时乌市最豪华的宾馆。树林成荫,空气清新,我每天早起都在林中路上跑步,感到是一种享受。我妹夫张英明也是灵石人,又是我的老友张文昂的胞弟,他现在是新疆军区后勤部部长,后来被提升为少将,而张文昂却已于前些年与世长辞了。

这时乌鲁木齐市正举行"陕甘宁青新五省区版画联展",新疆参展的作品一共有45幅,而伊犁版画训练班的创作就入选16幅之多,我看到非常高兴。

接着就由新疆美协国画家吴奇峰同志陪同,于10月5日由乌鲁木齐市乘机飞往南疆的喀什。这是一架特意由乌鲁木齐飞往喀什去修理飞机的工作机,由妹夫张英明联系而让我们乘坐的。因此飞机上除了一个航空小姐,就是吴奇峰同志和我。而我还要忙于为《新疆日报》赶写一篇关于西北五省区版画联展的评介文章。飞机很颠簸,但我一边写还一边要不时走向吴奇峰去问一些问题,归坐时竟发现航空小姐因晕机而呕吐,才吓得我再不敢乱动了,庆幸平安到达喀什。

南疆比起北疆伊犁地区来较穷苦,曾看到二牛抬杠在耕田,而这在敦煌唐代的壁画中就已有所反映了。由于长期不下雨,公路上的黄土深达数尺,吉普车像陷在污泥中似的在困难地行进。走路的维族人把靴子背在肩上,赤足在土中行走。我们于十月八日从喀什到麦盖提,吉普车整整行了十几个小时才到达,真把人坐苦了。

在麦盖提,于10日夜在电灯光下观看了红旗人民公社的社员们在秋收的百忙季节里特意为我在球场上表演的维族原始时代反映狩猎的《刀郎舞》。演出者数十人,连观众有三百人之多,使我大开眼界,增长了舞蹈这门艺术的知识,我衷心感激。

我们于11日离开麦盖提,过叶尔羌河,由船渡车上岸。然后路经岳普湖县吃午饭,黄昏时回到喀什。次日在喀什作报告。

非常感谢喀什文工团特为我在排练室中表演了维族的古典歌舞,使我得到了满足,享受了舞蹈艺术的美。遗憾的是演员们的年龄都大了,平均年龄在四十岁以上,后继无人。而新招收来的一些演员,还不能出台。我画了一个新来的维族小姑娘的头像,她名叫努尔比娅,很漂亮,富有维族女性之美。维族姑娘把东方和西方女性的美结合于一身,所以有特殊的风味。

在10月19日的《喀什日报》上刊登了"山西省文联副主席、著名版画家力群同志应邀来我区作文学艺术巡回讲学"的报导。其中说:"力群同志来我区后,先后于10月10日、12日、14日、16日在麦盖提县、地区革委会、喀什师专等处,就文艺创作和中国文学史的研究等问题,结合自己的创作实践和独到的见解,作了生动感人的报告,并且与部分专业和业余文艺工作者,学校师生,进行了亲切座谈。""对今后如何提高文艺创作水平,繁荣社会主义文艺等问题,力群同志谈了几点非常宝贵的意见。他说:在学习古人时不要失掉时代气息,学习外国人时不要失掉中国气派,学习姊妹艺术时,不要失掉本艺术的特点,学习同行时不要失掉自己的风格。

在南疆的深秋,我曾参观了维族美女香妃之墓。据说乾隆皇帝平定新疆后把她纳为妃,宠冠后宫,但她复仇之念终不释。太后伺乾隆外出,就把她勒死。乾隆回救不及,后厚葬于此。

在南疆还看到属于当地特产的又红又大的石榴和又大又好吃的无花果。无花果在内地仅是一种观赏花木,人们还不知其小果可食。我终于吃到了南疆出口的干果无花果饼,很甜美。

## 回到乌鲁木齐

当时西北各省区都有版画家来乌市,约一百余代表于11月1日至9日举行了五省区版画创作经验交流会。此时在乌鲁木齐的甘肃敦煌文物研究所所长著名油画家常书鸿,《人民日报》文学艺术部副主任英韬同志和我也应邀参加了会议。韩惠民同志也从伊犁乘飞机赶来参加交流会。他就伊犁举办由我辅导的版画学习班及伊犁的版画创作,作了大会发言。

我在会上发言时,涉及到四川的版画。多少年来四川的版画一直在中国版画界处于领先地位,但在"文革"后期于李少言同志的领导之下,走了一条向素描学习的道路,从而失去了木刻画自身的特点。我说:"请你们拿出一张拾元钱的钞票来看看,上面的人物形象不就和当前四川版画上的人物刻法类似吗?为了向素描看齐而失去木刻的特点,这是很不可取的……"这话马上就传到四川。加以不久我又于1979年10月上海人民美术出版社出版的《美术丛刊》第八期上发表了《今不如昔——谈四川版画》一文,于是就引起四川版画界对我的不满。我在该文中说:"所谓昔就是指'文化大革命'之前,那时的四川版画是很有生气和成绩的,不论取材和形式我都喜欢。而近年来的四川版画我却很不喜欢,总的说就是缺乏创造性。""我认为愈向照像看齐,愈如实描写,愈强调客观,其加工就必然少,创造性也就必然弱。反之,对普通实际生活和自然,根据事物的特征和神采,愈敢去其糟粕,取其精华,进行适当的夸张、强调、变形;愈敢强调主观能动性者,其加工必多,其创造性就愈强。"这些善意的批评,并没有得到好的效果,竟得罪了四川的版画家,真是"忠言逆耳"。今天想来,难道我的意见错了吗?没错。因为历史证明,他们不久也就放弃了素描道路,好像接受了我的批评。可惜的是,他们从此就走了下坡路,到全国第十届版画展览会时,就俨然失去了领先地位,连很有成就的版画家的作品都没有入选。我绝不为此而兴灾乐祸,而是以很惋惜的心情为四川版画的现状而难过。

话说得离题了,但关于五省区的版画联展,我认为还是成功的。《新疆日报》于1978年11月11日发表了题为《坚持党的文艺方针,繁荣版画创作》一文,报导了陕甘宁青新五省区版画创作经验交流会最近在乌市举行。同时发表了我为版画联展写的《为繁荣社会主义版画而奋斗》的文章,这就是我在由乌市去喀什的飞机上赶写出来的。

从喀什回到乌鲁木齐,一位叫范德武的同志找我妹妹力妮,要求我为全市中学语文教师作报告,地址在力妮任校长的红专学校内。但所讲的并非美术,而是关于文学的修养问题。这个题目当我在山西党校学习时就曾由诗人马作辑邀请给山西大学的中文系讲过两次。因为山大和党校离得不远,我去中文系很方便。关于外国文学我从希腊荷马的史诗讲到高尔基;中国文学从《诗经》讲到鲁迅,我对这些世界名著都作了介绍和论述,受到山西大学中文系和其它系的师生的热烈欢迎,连窗口和门口都挤满了听众。现在又把当时所讲的内容给新疆乌鲁木齐市的中学语文教师讲,同样受到了欢迎。讲了一次不行,负责主持的范德武同志还要求讲第二次、第三次。

在乌鲁木齐,由韩惠民介绍认识了画家杨鸣山同志,他的母亲是俄罗斯人,父亲是四川人,毕业于西北师范学院美术系,是著名画家吕斯百先生的弟子,所以在油画上很有修养,色彩是苏联风味的,我看了他画的油画肖像画感到很出色,内地的油画家也很少有他的水平。他愿给我画像,我很高兴,不到两个小时就完成了一幅很好的肖像作品,我非常满意。这幅油画目前还挂在我的会客室里,来人都很赞扬。杨鸣山后来由新疆去了澳大利亚,也受到了那个国家的重视,被南澳皇家艺术协会吸收为会员。将要离开新疆时,我曾和韩惠民同志参加了他专门为我组织的一次家庭舞会。他请了很多新疆文工团的姑娘,还有新疆画家巩建新、刘开基、刘开业等同志,也参加了这次舞会。巩建新还表演了蒙古舞,十分动人。杨鸣山的母亲八十多岁了还给我们跳了俄罗斯舞。这是一个非常愉快的家庭舞会,给我留下了永远难忘的印象。

自治区党委书记汪锋同志特意接待了当时来新疆的著名艺术家,他请客时左边坐着常书鸿,右边坐着我,时时给我们俩往碟中夹菜,以示他对我们的尊敬。被请在座的还有英韬等同志。后来我和常书鸿等同志一同到吐鲁番游览,当他看到吐鲁番石窟中的古代壁画被红卫兵用石灰涂抹得不成样子时,感到无比的气愤和可惜,这我自然也有同感。当我告他离开新疆要到敦煌参观时,他说:"我虽然不能回去,但一定写信告诉家里,让她们好好接待你。"当时在吐鲁番,还看到从浙江美术学院来的版画家赵延年诸同志。我们和英韬等一起凭吊了唐代的交河古城。又一同观看了当地文工团演出的新疆歌舞,感到水平很高,使我非常欣赏。

在乌鲁木齐期间,还和从西安美院来的刘蒙天等同志一同去拜访了新疆的著名舞蹈家康巴尔汗。我自从1950年在西安"西北文代大会"期间观看了她的舞蹈后,就一直对她有一种崇敬之感。到她家后,她非常高兴,以酒和糖果热情接待来客,并向我们诉说了"文化大革命"期间红卫兵对她的无情污辱和折磨。她是信奉伊斯兰教的,但红卫兵却让她喂猪,并把她关在露天的雪房里让她受冻……谈得高兴起来,她就给我们表演舞蹈。她后来被选为中国文联副主席，给予她至高的荣誉。

维族天才的画家哈孜·艾买提也请我到他家吃饭，非常热情。他的油画《罪恶的审判》曾给我留下深刻的印象。此画后来为中国美术馆收藏。他是中国少数民族中罕见的有才华的油画家。

这次新疆之行，从夏到冬，历时四月，满足了我多年的渴望。祖国版图之大，边疆风土人情之美，使我永世难忘。为此我是衷心感谢帮助我实现美梦的韩惠民同志的。但一想到沙皇在清代无理侵占了巴尔喀什湖以东以南四十四万多平方公里的中国领土，就令人心痛。

从新疆回到太原，应《西安日报》之约写了《新疆旅游散记》一文，在该报连载，后收集在我的散文集《马兰花》中。

## 参观敦煌古代壁画

告别了我的妹妹和妹夫，告别了美丽的新疆，就和参加西北五省区版画联展的宁夏版画家姚家树，青海版画家左良等同志乘火车于次日晨来到甘肃省的柳园，然后又乘汽车来到久久怀念的包围在沙漠之中的敦煌。敦煌石窟是祖国古代的画库，也是丝绸之路上藏着一颗颗闪闪发光的古代艺术明珠之所。由于怕安装电灯有损于壁画，所以我们只能用手电筒一一参观各个石窟。有的石窟内的壁画已为烟熏得很黑，据说是俄国十月革命时逃亡到此的"白俄"住在里面生火烧饭把壁画熏黑了,看来当时敦煌还没人管理。

我们还参观了由名画家们临摹的壁画的陈列室,都临得很好,我对于其中的《张议潮夫妇出行图》特别喜欢,它的独特处在于不是一幅描绘佛教内容的作品,而是反映了唐代社会生活的一幅杰出的绘画。此画绘于敦煌莫高窟第156窟。图高120厘米,长1640厘米,场面宏大,车骑队列和旗仗卤簿整然有序,并伴有军乐、舞蹈、百戏等活动,反映出张氏镇守河西时威武兴隆的业迹。我感到这幅壁画构图宏伟,描绘精彩,其中的马画得特别生动,有些面对观众的马屁股有动荡之感,真是古代壁画中少有的精品。

我们住下来后,常书鸿同志的家里人就给我送来一只煮好了的鸡,说是常书鸿同志从新疆来信让杀鸡接待。当时《美术》编辑部的同志们也来敦煌参观,其中就有王式廓的女婿(荻地的爱人)马骁同志,我们一同享受了常书鸿同志的这番盛情。

常书鸿同志对于敦煌壁画的保护、宣传,是有功劳的。在国民党时代,他留学法国归来竟舍弃了大城市的优越生活,来到这无比荒凉的沙漠之中,乐于在这小小的绿洲之地献身,对敦煌的艺术进行了研究、整顿,终于有了今天的面目,供世人欣赏,供美术家来学习,是值得我们对他尊敬的。

## 兰州·炳灵寺·麦积山

从敦煌来到兰州,拜望了我的老友裴孟飞的爱人史毅同志。裴孟飞在"文化大革命"中为四人帮的爪牙无情逼害,于1972年2月在兰州逝世,死前曾为甘肃省委副书记。史毅同志领我去兰州华林山烈士陵园参拜了孟飞同志的骨灰,我向老友遗像鞠躬致敬。后来史毅同志又陪我观看了兰州黄河两岸的风光,并赠送了我一张非常宝贵的相片,那是我和孟飞于1931年从太原成成中学到北平时在照相馆和同学李旭合照的。可惜后来史毅同志从甘肃调回她的故乡,任河南省副省长不久,竟于1981年4月12日因脑溢血不幸于郑州逝世。朋友们的相继离开人间,给我内心的痛楚是无法表达的。

在兰州期间,我还去西北师范大学看望了杭州艺专时代的老同学洪毅然,他现在是一位美学家了。还看了在师大美术系任教的老同学祁伟,1933年我被捕入狱,一年后出狱,无处安身,还曾在他的宿处住过一夜,直到今天才再见面,自然是感到很高兴的。此外还见了画家陈兴华,他也是山西人,曾在北京人民美术出版社的创作室工作,后来调到甘肃,是师大美术系主任,油画教授。谈起"文化大革命"中"四人帮"的干将,主管中国美术的王曼恬来,无不对她表示轻蔑。

这次来到甘肃,由版画家肖弟陪同,去了永靖县参观了刘家峡水库,这里有黄河上游的一个很大的水力发电站,为社会主义建设中的一大成绩。肖弟是我来到兰州后才认识的,我们一见如故,他领我沿水库坐船而上,参观了黄河岸边的炳灵寺石窟造像。造像有泥塑石刻两种,大都为西秦、北魏、北周、隋唐开凿,我特别喜欢其中的那些小型高浮雕造像。菩萨多袒露上身,无冠、无璎珞装饰,头束高髻,面形丰腴,体态扭曲呈S形,适应砂岩不易雕凿的特性,不以细腻刻画见长,而以简练的刀法刻出菩萨的特殊形体,突出其身体的特征变化,在唐代石刻中独具特色。我面对这些美的形象画了些速写,总感到画不出浮雕人物的姿态美。

在甘肃的博物馆会到了诗人艾青的妹妹蒋希华,她是我在杭州艺专时代的女同学,并且是我在西泠桥边的平房里居住时的邻居。她的一双大眼睛一直给我留下难忘的印象。而今她也老了,和儿子住在一起。她儿子张朋川在博物馆研究仰韶文化的彩陶图案。他告诉我,那些图案有的是如何由鸟和鱼抽象演变而成的。我为新石器时代我们先祖们的不平凡的艺术创造而惊讶,他们的工艺作品使我钦佩。

据张朋川说,在甘肃的民间,老百姓家里用彩陶装米面,花很少的钱就能买到一个。但他们干这行工作的干部不能为自己去买,因为这是犯法的。

离开兰州,由版画家肖弟陪同来到甘肃天水市的麦积山。

这个山的名字起得真好,因为这座孤立的高山实在太像一个大的麦垛了。当时已是深秋,但松鼠还在落叶的树间跑跳,这个感受使我后来于1980年创作了黑白木刻《林间》,在画中刻划了两个活泼的松鼠,受到了很多人的喜爱,成为了我八十年代的一幅代表作,这是应该感谢麦积山之行的。

麦积山上有层层的石窟,开凿在陡峭的崖壁之上,始凿于后秦(386—417)。十六国晚期的北魏、西魏、北周以及隋唐、宋等朝代都有所开凿。绝大部分造像为泥塑。我在165石窟中曾看到宋代一个女供养人的泥塑像，塑造的非常写实优美，面部丰腴，体态雍容大度，神情十分生动，衣褶线条流畅，飘动如飞，令人感到是一个难得的淑女形象，这是在中国的塑像艺术中实在少见的杰作。

## 在西安参观祖国的伟大文物

从天水来到西安，高兴地看到我的儿子郝田的一家。郝田自从由空军转业回到西安，就分配在陕西省体委工作。他和同学王正秦结婚后，生了一男一女，现在过着幸福美满的家庭生活。

我来到之后，就住在儿媳正秦的娘家，她的父母对我热情接待。正秦的父亲是张学良部下的起义军官，为人真诚。他们陪我参观了秦始皇兵马俑，那种气派，那种壮观，令人感到单从这兵马俑也显示了秦王朝的国力和强盛。而我尤其佩服当时的那些无名的雕塑家，其作品之写实能力和艺术之高超能在公元前就达到如此之高的水平，真使人不可思议。这兵马俑的出土，使我为祖国古代艺术之高度成就而感到骄傲。

此外我还参观了唐永泰公主墓中的壁画和武则天墓。在武则天墓前除看到那块别开生面的无字碑外，还看到墓前两个最雄伟壮观的石狮子，我认为它们是中国千万个石狮子中的最高的艺术成就，看了令人精神为之振奋，似乎象征着大唐的版图之大和国势之强。

在茂陵霍去病墓前，我看到了几块利用原石稍加斧凿的雕刻，那些动物虽然粗糙，但别具一格，有粗犷传神之妙。

在西安的陕西省博物馆，曾看到唐代的著名浮雕"昭陵六骏"中的青骓等。"昭陵六骏"是刻画唐太宗李世民打仗时骑过的六匹立过战功的骏马浮雕石像。六骏的名称为白蹄乌、青骓、特勒骠、飒露紫、什伐赤、拳毛䯄。其中飒露紫、拳毛䯄于1914年为美帝所盗，现藏美费城大学博物馆。最初引起我注意的是藏于苏联"东方文化博物馆"中的复制品青骓。我一看就感到不凡。青骓浮雕不像希腊雕刻似的去强调马的解剖学上的肌肉变化，但却特别着重马在奔跑时的神速感，它单纯而不繁琐，传神而不夸张，富有中国艺术特有的作风和气派。所以我第一次看到它时就为之倾倒了。

我是在国立杭州艺专以学西洋美术为始的，有一个较长的时期崇洋迷外，轻视祖国的传统艺术，直到全国解放后，我才逐渐对祖国的艺术遗产有了了解并发生了兴趣。这次西北之行，从敦煌到西安，参观了那么多中国古代的绘画、雕塑之精华，等于上了几堂祖国传统艺术的大课，增强了爱国主义的思想意识，加深了对于祖国古代艺术的了解。自然，我们今后还应向西洋艺术学习，但绝不能盲目地连其糟粕也学；而更应面向祖国取之不尽用之不竭的古代优秀艺术遗产进行研究和学习。

从我切身之体会，深感中国艺术教育之如何实施，至关重要。

在西安期间应美协之邀请，曾为美术界讲话，根据当时的情况，我讲了艺术如何加工的问题，反对艺术上的自然主义，强调创造性……受到听众的热烈欢迎。

## 看望石鲁同志

我在西安还特意去看望了石鲁同志，听说他在"文化大革命"中受尽了美术界同行的折磨和凌辱，吃了很大的苦头，再加上"四人帮"对他的无情打击，从而使他的身体败坏，精神失常。我听到倍加同情与难过。

石鲁在延安时虽然不在鲁艺，而在西北文艺工作团，后来又在陕甘宁边区文化协会美术创作委员会工作，但他的艺术活动我是非常了解的，尤其是他在全国解放后刻的一些质量颇高的木刻显示了他的才华。但更使我感动的是当他看了延安文艺座谈会之后兴起的新秧歌剧时，竟为美术是否也可能有秧歌剧大的群众性而苦思。他终于和同志们创造了具有秧歌剧一样大的群众性的"新洋片"，使我无比敬佩。

郝田领我去看他时，他正以酒代饭，很不正常，他有一个不正确的理论，说酒是粮食的精华，因此吃酒也就等于吃饭。如此，他就拼命喝酒，爱人闵力生对他也无可奈何。这时，他已很少作画了。但当我求他动笔时，他说："不画了，我给你写字吧。"于是当场给我写了：

  平生惯惹千夫气，
  两手勤浇万木春。

的对联。这字已具有一种似醉非醉的石鲁体。之后,他领我和郝田到西安兴庆公园里的"花萼相辉楼"酒馆去吃饭。他走在街上,长须宽衣,手持木杖,颇引行人注意,但他却和我侃侃而谈,如视而不见。他比我年小八岁,但此情此景却反倒好像他是一位长者。

这之后,我就在北京"中国美术馆"看了他的中国画展览会,我主动写了一篇题为《别开生面不同凡响》的文章,赞扬他的艺术成就。我寄给他,当他的个展又在西安举行时发表在《陕西日报》(后收集在我的美术论文集《梅花香自苦寒来》之中)。我写这篇文章,实在是想给予石鲁历尽惨伤的心怀一点安慰和温暖,使他感到人间还有同情他、支持他、对他充满友情、对他的作品有所爱戴和拥护的同志和知音。

在解放战争中延安终于得到光复后,作家杜鹏程写出了小说《保卫延安》。于建国十周年(即1959年)中国美术家协会调石鲁去创作革命历史题材的画,他住在齐白石画室,历三四个月创作出《转战陕北》。这是一幅歌颂毛泽东同志高瞻远瞩,充满了胜利信心的巨幅中国画。但发表之后竟有一位不懂画的"首长"胡说石鲁把毛主席画在悬崖边上,是悬崖勒马,走投无路……于是就把这幅成功的作品轻易否定,打成黑画了,使石鲁在"文化大革命"中为此而遭殃。这真是千古奇冤,令人愤恨。好在后来石鲁和他的《转战陕北》都终于平反了,这是令人高兴的。

然而,当我读到一则《戴进罗祸》的故事时,就立刻想到石鲁的《转战陕北》的不幸遭遇。故事是这样的:明朝有一位著名的人物画家戴进。宣宗宣德年间，戴进由人推荐，进入宫廷画院。到画院后不久，一天明宣宗令画院所有画家到仁智殿作画，戴进才思敏捷，交了个头卷。他画的是一幅《秋江独钓图》，一个穿红袍的人在江边垂钓。当宣宗正观看他的这幅构思新颖的作品时，一个名叫谢环的侍臣，在旁边对宣宗说："戴进作此画太放肆了！"宣宗问他："怎见得放肆呢？"谢环指着画中的钓者说："红色衣服乃是大明官吏之礼服，戴进居然画一个穿红色衣服的钓鱼人，显然是有意轻视我朝礼法，这不是放肆么？"宣宗一听，勃然大怒，立即下令将戴进逐出画院，流放岭南。所幸没有杀头，这就是戴进的运气了。这类不幸的事件到了清代就成为"文字之狱"。但没想到我们的画家石鲁在社会主义时代也竟遇到了谢环一类的无知而胡说八道的"首长"。这真是新社会艺术家的悲剧。我想到这样的事只有哭笑不得。石鲁终于在1982年8月25日因患癌症不幸逝世，终年63岁，我为他生前的不幸遭遇一直耿耿于怀。但他的死，难道和万恶的"文化大革命"对他身体的摧残没有关系吗？一位天才的画家被人折磨死了，此恨绵绵无绝期！

# 第二十四章　参加第四次全国文代大会

1979年10月30日,中国文学艺术工作者第四次代表大会在北京召开。这样的会已有十九年没有召开了。能够参加这次大会的代表,都是十年浩劫中的幸存者,很多人都是带着肉体上的和心灵上的伤痕而来的。

我作为山西的代表也参加了这次大会。并再次荣任主席团的成员,并再次被选为中国文联委员。

给我印象最深的就是邓小平同志向大会所作的《祝辞》。

《祝辞》既继承了毛泽东文艺思想,而又有所发展,大大弥补了毛泽东同志《在延安文艺座谈会上的讲话》的不足。例如《讲话》对于文学艺术的作用仅仅认为是"团结人民、教育人民、打击敌人、消灭敌人的有力的武器,帮助人民同心同德地和敌人作斗争"。对此,我们的山水花鸟画和工艺美术以及其他的一些艺术形式就无能为力。当然在战争年代那样要求

也是可以理解的。但现在时代不同了,在和平时期,文学艺术的作用就不应再和战争年代一样。邓小平同志在《祝辞》中说:

"我国历史悠久,地域辽阔,人口众多,不同民族、不同职业、不同年龄、不同经历和不同教育程度的人们,有多样的生活习俗、文化传统和艺术爱好。雄伟和细腻,严肃和诙谐,抒情和哲理,只要能够使人们得到教育和启发,得到娱乐和美的享受,都应当在我们的文艺园地里,占有自己的位置。英雄人物的业绩和普通人们的劳动、斗争及悲欢离合,现代人的生活和古代人的生活,都应当在文艺中得到反映。"

这样讲就非常全面了,既照顾了广大人民群众对文学艺术的不同要求,也照顾到了性质不同的文学艺术的各个门类,使它们能各有贡献,各得其所。

此外,邓小平同志还讲了一段最精采的话,也使我永久不忘,他说:

"人民是文艺工作者的母亲。一切进步文艺工作者的艺术生命,就在于他们同人民之间的血肉联系。忘记、忽略或是割断这种联系,艺术生命就会枯竭。人民需要艺术,艺术更需要人民。自觉地在人民的生活中汲取素材、主题、情节、语言、诗情和画意,用人民创造历史的奋发精神来哺育自己,这就是我们社会主义文艺事业兴旺发达的根本道路。"

我从事文艺六十年,深感邓小平同志当时讲的这段话是至理名言。

"总结三十年来文艺工作的基本经验,发扬成绩,克服缺点",是这次文代会的重要议题。

在这次代表大会上胡乔木同志代表党中央说:"今后不再提文艺为政治服务的口号了。但也希望文艺不脱离政治。"这是总结了近三十年来的经验而提出的。因为多年来的实践,说明了为政治服务的具体化,其结果就难免是写中心、画中心。一个政治运动还没有开始或刚刚开始,就强令作者紧密配合,因此必然导致主题先行……而这是违反艺术创作规律的,是不利于文学艺术的正常发展的。

周扬同志在大会上作了《继往开来,繁荣社会主义新时期的文艺》的报告,回顾了三十年来社会主义文学艺术的正反两面的丰富经验,并指出了新时期的光荣任务。他最后讲道:"在与外国文化的交流中,如忽视了资本主义文化思想和生活方式对我国人民和青年腐蚀的危险,如果不加强人民的思想武装,不提高识别和抵御这种腐蚀的能力,而完全拜倒在西方资本主义文化思想面前,以至丧失自己民族的自信心和自尊心,那就是危险的,我们要有所警惕。我们既要反对妄自尊大,也要反对妄自菲薄。"

在一次晚会上,演出未开幕前,周扬同志特派人找我,在休息室接见。有很多延安鲁艺的老同志在场,在坐的还有廖井丹同志,我在晋绥边区工作时,知道他,这次是首次相见,和他坐在一起,他主动向我握手问候。同时我也和周扬同志握手问候。

周扬同志是我在延安鲁艺时的老领导,我对他是尊敬的。全国解放后,在各次政治运动中他整了很多人,没想到在这次万恶的"文化大革命"中,他不但被造反派残酷斗争和凌辱,而且还被"四人帮"投入狱中,他总算尝尽了被整的滋味了。但这也是历史的悲剧。1957年在反右派斗争中,文学艺术界的扩大化,他有很大的责任,因为这是他直接领导的。其实他应该接受延安鲁艺在他领导下"抢救运动"中整错了很多人的教训。当然,文艺界反右派斗争扩大化的全部责任也不应由他一人来负。

中国文艺界还只有他能得到较多人的拥护,但不幸于1989年7月31日因久病而与世长辞了,这确实是中国文学艺术界的一大损失,我对他深表怀念。

在中国美术家协会第三次会员代表大会上我又被选为常务理事。在这次大会上我高兴地看到了刘海粟,并和他握手。在十年浩劫中他也是遭受了"四人帮"的迫害的,但他八十多岁了精神矍铄。林风眠没有出席,仅被选为常务理事,而我认为他和刘海粟都应选为副主席才合适。

第四次文代会和第三次美代会闭幕后,中国美术家协会于11月19日至21日在北京召开了常务理事扩大会议。

大家用思想解放的精神回顾了三十年来我国美术事业所经历的道路和遭受的破坏。许多同志认为1964年前后有的人竟把各个协会说成是裴多菲俱乐部、把美术院校说成封、资、修的大染缸是并不符合实际的,是对美术界和美术教育状况的严重歪曲,也是对美术事业的严重摧残。尤其严重的是林彪、江青污蔑十七年为"文艺黑线专政"从而全盘否定了十七年来党在文艺工作上的成绩。他们在文化大革命中,极其凶恶残暴地迫害文艺工作者，利用封建法西斯手段，把我国的文学艺术推到一个最黑暗的时期。回想起来都令人心痛。

总的说来，这次文代大会收获很大，非常鼓舞人心，对于清除文化大革命的极左艺术思潮，对于今后中国文学艺术的繁荣都有贡献。

在这次文代大会期间，中国美术家协会于11月8日至12月2日在中国美术馆举行了"第六届全国版画展览"。我以《新课堂》《欢庆》《长江风景》参加了展出。出品最多的是北京，共47幅，江苏省次之，共出品36幅。历来领先的四川省出品24幅，属第三位。山西只出品8幅，属14位。

当年的12月20日，我到上海参加了《中国新兴版画五十年选集》编委会议。编辑委员有江丰、张望、力群、黄新波、李桦、赖少其、古元、彦涵、王琦、吕蒙、李少言、沈柔坚、杨可扬、李平凡、李树声共十五人。我们趁此难得的机会，全体编辑委员同曹白访问了上海鲁迅纪念馆，并在鲁迅墓前和鲁迅铜像前合影留念。事后我与李桦、王琦撰写了《中国新兴版画五十年》一文。由我负责撰写的是《中国新兴版画的童年时期》及《中国新兴版画的成长壮大时期》，李桦同志负责撰写了《国统区木刻运动》，王琦同志负责撰写了《建国以来的版画》。写成后，除三人全面阅读外，最后请江丰同志审阅。

# 第二十五章 "版协"在黄山召开成立大会

多年来梦想的建立版画家自己的协会的愿望终于成为现实了，多年来梦想的黄山之行终于实现了，我多么地高兴。

四月的黄山是美丽的，水红色的杜鹃花开遍了山野，紫云英像大地毯似地铺在山下的水田里……中国版画家协会将在黄山举行成立大会，我应邀前往参加。我们来这里开会，真是理想的时节，理想的地点。这1980年呵，既是我版画创作丰收的一年，也是我精神生活丰富多彩的一年。

应该感谢赖少其同志，他作为安徽省委宣传部副部长，对中国版画家协会成立大会的召开，不论在经济方面和开会的地址方面，以及招待方面……他都帮了大忙，出了大力，使我们大家感到满意。

山西出席大会的代表就我和董其中同志两人，我们于4月中旬在山西省文学艺术工作者第四次代表大会和中国美术家协会山西分会的代表大会闭幕之后,就一同乘火车到了南京,然后同参加"版协"成立大会的曹白等人坐小火车由南京到了黄山。我和曹白又有数月未见了,看到他精神矍铄,令人高兴。

中国版画家协会的成立大会于1980年4月19日在黄山宾馆开幕,首先由赖少其同志以东道主的身份在大会上致了欢迎词,而后由李桦同志致开幕词,江丰同志因病未来,用书面写了《祝词》。之后由王琦同志作报告,题目是《中国版画家协会的成立及今后的任务》,最后由我致《闭幕词》。

当我于1979年12月20日在上海参加《中国新兴版画五十年选集》编委会,并和李桦诸公筹备召开"中国版画家协会"的成立大会时,黄新波同志还健在,和我们共同评选了五十年选集的作品,共同研究了版画家自己的组织的建立。没有想到他竟于1980年3月7日病逝于广州,因此这次大会就见不到他了。李桦在《开幕词》中说:"在中国版画家协会成立之际,我们首先要纪念鲁迅先生;同时我们要对几十年前为木刻运动付出了辛勤劳动,甚至献出了生命的老一辈革命木刻家们致敬,也要为在'文化大革命'中被林彪'四人帮'迫害去世的版画家马达、陈烟桥、野夫、郭钧等同志表示深切的怀念,还要为热心筹备'中国版画家协会'却不幸病逝、未能参加今天的成立大会的黄新波同志表示沉痛的悼念!"

这次大会是在非常愉快的气氛中进行的,出席代表50余人,选出江丰为名誉主席,李桦为主席,力群、赖少其、古元、彦涵、王琦、李少言、沈柔坚为副主席,曹白被选为理事。我感到选举是成功的。

大会要求每位来黄山的版画家，至少带来一幅新作，举行观摩会，我参加观摩会的新作是黑白木刻《林间》《清泉》和套色木刻《春风》。有的同志看了《林间》说："力群不老！"我听到这个评语很高兴，实际我当时已69岁了，这"不老"，只能说我的艺术生命不老，因为《林间》是用童心创作的。

事后，大会将参加观摩会的104幅版画作品全部赠送给美协安徽分会。当年5月安徽分会和合肥市工人文化宫在合肥市联合主办了《中国版画家协会成立观摩作品展览》，在展览会的目录《前言》开头说："这里展出的一百零四幅版画作品，搜集了我国当代著名版画家的新近佳作，极其难得，极其珍贵。"是的，我也是把我最得意的三幅版画献给安徽了。

会后我们兴致勃勃地爬上黄山。我久未在山上走路，但终于和大家踏层层石阶爬上了有名的天都峰，越过最惊险的鱼脊岭，又踏小石窟攀登上席大的天都峰平顶，幸有栏杆围护，恐游人不慎跌下悬崖，我俯首下览，看到崖下那万丈深谷，令人心悸。据说有人曾在此跳崖自杀，也算死得风流。曹白没有跟我上来，他仅和大家走上玉屏楼，这里有画家们喜欢画的"迎客松"。我们在此共进午餐。

饭后继续攀登，饱览怪石奇松，直达北海。在北海住宿一夜，次日早起，远眺无边云海，近观古松参天，此黄山之为黄山也。我和同志们于雨中下山，曹白走得很快，他赶在我的前头，很早就回到黄山宾馆，而我却在伞下浏览雨中山景，迟迟下得山麓。快到宾馆时竟不慎摔在泥水中，弄得满身是泥污我在黄山也画了一些奇峰怪松的速写,但终未形成版画创作,实憾事也。

听说大画家刘海粟九上黄山,但愿我今后还有再上黄山之机会。

# 第二十六章　一次新的创作高潮

我一生中共有三次木刻创作高潮，第一次高潮在延安鲁艺期间，始于1940年至1945年；第二次高潮是在下放宁夏农村整风整社之后，于1962年的一年之内；第三次高潮在大西北旅游之后，于1980年之内。这算一次新的创作高潮，恐怕也是最后的一次创作高潮。

第一次高潮持续六年之久，当中经历了延安文艺座谈会，同时也经历了停止动刀的延安整风、"抢救"运动一年有余。约在不到五年的时间内一共创作了木刻近三十余幅，其中的代表作为《饮》《延安鲁艺校景》《丰衣足食图》。

第二次高潮时间较短，但在一年之内创作了木刻十二幅之多，其中的代表作为《春夜》《林茂羊肥》《山葡萄》。

第三次高潮在1980年一年之内，一共创作了七幅木刻，代表作为《林间》《春风》《清泉》。

第一次之所以能形成创作高潮，是因为在战争年代身处延安鲁艺的和平环境之中,而鲁艺又是一个艺术创作空气很浓的革命学府。我们当时就住在农村,创作的素材容易取得。这样理想的创作环境,是我离开杭州艺专之后从来没有得到过的。况且我虽为美术系的教员但却极少教课,创作时间是充足的。

第二次之所以能形成创作高潮,是因为我于1961年下放宁夏吴忠市后,经过一年的深入公社生活有了很多感受和画材,而恰巧这时宁夏文联在银川举办了一个业余版画训练班请我辅导。这样,我就一面辅导学员的木刻创作,一面自己也就挤时间进行木刻创作。加以这之前还到宁夏的固原、泾源走了一趟,画了很多速写,所以这时的创作题材是极为丰富的。

第三次之形成创作高潮,首先是因为大西北之行获得了创作题材和灵感,同时也因为受到第四次全国文代大会的鼓舞。现在看来不深入生活,不到各地走走,得不到创作素材和感受,是根本不可能形成创作高潮的。

在这次新的创作高潮中,创作的七幅木刻,数量不算多,但我感到质量是比较高的。其中有《林间》《清泉》《春风》《鹿园》《天山之夏》《新城在望》和《金鱼》。

我在前面已经说过,《林间》来源于在甘肃麦积山树林中的感受。但单有这感受还未必就能创作出《林间》来。更重要的是因为我生长在山西的山区,自幼就和松鼠为友,灵石叫它"毛圪狸",我逮过它,喂养过它,既非常熟悉它的生活,又非常喜爱它的形象,因此早些年搞陶瓷就首先创作了松鼠烟灰缸。

当我把《林间》的初稿画出时，钉在墙上，我的小姑娘阿霞看了说："爸爸，你画的松鼠不可爱！"我想也许是画得太写实的缘故吧，于是就进行修改，并对松鼠的尾巴加以夸张。阿霞又看了说："这回松鼠可爱了。"

既然我的小姑娘批准了我的创作草稿，我就一口气刻出来。在刻制时，只用了一把圆口刀，一气呵成，这是我在版画上积累了多年的创作经验的结果。现在看来，画面的刀法非常统一，一只小松鼠正从这枝飞向那枝，生动可爱。

《林间》发表后，当油画家李天祥同志来太原时，一见面就向我提出，希望我能送他一幅《林间》，由于一再要求，我估计他是真的喜欢，因此送给他一幅。1985年选入《中国新文艺大系》的《美术集》。

当《林间》在北京琉璃厂"松筠阁"代售时，被一个日本外宾买走了，可第二天他又回来，说这是假画。理由是和他所见的《林间》上的图章不同，退掉了。当时"松筠阁"的负责人无法解释，写信来问我。我说：由于第一版印得多，版坏了，我又照原样重刻了一次，改刻了图章中"力"字的篆文。因为第一次刻的"力"字篆文不标准。

我真佩服日本人对我的作品了解之深。

《林间》既表现了生命的欢跃，也表现了我对小松鼠的爱。

《春风》的感受来自太原南文化宫。当我在楼上的展厅进行评选作品活动时，偶然发现窗外的垂柳在冬风中依依摆动,很有画意,垂柳的姿态也很美,于是画了速写,由此而创作成《春风》。在创作时我不但把柳树移于汾河之滨,而且增加了很多嬉戏的麻雀,助成了画面的欢乐情趣和生动景象。远处即西山,在房后有结了冰的白色的汾河隐约出现。天空上衬托柳枝的已经是初春的行云了。所以我把这画名为《春风》。

《清泉》是根据在新疆画的速写而创作的,我对于泉水自幼感兴趣。原来想用唐代诗人王维的诗句"清泉石上流"为题,后来为了简明改为《清泉》。过去总以为木刻画面多黑块为西洋木刻之特点,因此有一个时期为了有民族风味,并适应中国人民的喜闻乐见,尽量使木刻画面减少黑块,多用阳线。其实这种看法并不全面,当我们想到中国的字帖和石碑图画拓片时,就觉悟到中国古代的版画也并非没有大片的黑,而全像《水浒》的木版画插图似的,只是和西洋的用法不同。因而我敢于用大面积的黑来衬托流动的白色泉水,这又何尝不是中国作风呢?为了不使画面单调,我在泉水旁画了水草,而这也是自然本身的逻辑,水边必然有草。但这种草必须是能够"入画"的,不是一般水草都可画入图中。好在我的速写资料中就有当年在山西汾阳峪道河画的水草,正好画在清泉之旁。这样就既丰富了画面又增强了意境感。定稿后,我拿到美协,请同志们提意见,聂云挺同志看了说:"如果草被风吹动,就更好了。"我接受了他的这一宝贵建议,就把草改成在微风中摆动的状态。《清泉》从头到尾一共画了九张稿子,也就是九易其稿。刻成之后,深感是很有中国作风的一幅木刻。

受中国石碑拓片影响的当然不止我的《清泉》,杨纳维同志生前于1962年就创作了有名的《借来南海风千片》,从而使中国版画加强了多样性。但我不喜欢他后来硬把一个红图章加在画面,从而破坏了画面的完整性。刊印在1965年外文出版社出版的《中国现代木刻》中的这幅作品就没有红图章,我感到非常好。

当我的《清泉》于当年的11月和《林间》《春风》《鹿园》一同在广州文化公园参加《北京、广东、山西版画联展》时,我的老同学水彩画家王肇民看了就特别喜欢《清泉》,他认为比《林间》还好。当1981年《清泉》在法国展出时,竟作了目录的封面画和海报。这说明法国人很喜欢《清泉》。

《天山之夏》是根据我在新疆伊犁新源林场的森林里画的速写而创作的,其实我当时画速写时已是秋天了。我对森林一向有特殊的爱好,创作这幅套色木刻时,我不愿在色彩上如实描写,而大胆采用了敦煌石窟藻井图案的色调,敢于用群青蓝画灌木、用绿色画天空,使画面有了不平凡的色彩效果。画内有塔松林立,点缀着清流瀑布,还画了两只小鹿在饮水。远处的森林中有白色的帐篷,是伐木工人居住之所。通过这些情节,我想表现天山夏日森林茂密醉人空气清新之美。此画刻成后最初发表在1981年广东的第三期《画廊》上。

《鹿园》是根据我从灵石回到太原后在动物园画的鹿的速写而起稿的,但当时用铅笔画出构图后,就一直搁起来。大概是因为创作这种题材的木刻当时的"气候"不成熟,不敢刻。这次的动手创作,是因为第四次全国文代大会后我的思想解放了,邓小平同志在《祝辞》中所说的"娱乐和美的享受"给予我以支持和鼓舞,于是我从铅笔稿画成黑白的木刻稿后就大胆地刻成木刻。这是继《清泉》之后又一幅中国石碑拓片风的黑白木刻画。装饰风很强,有透视但又并不强调。当我画前景的两只鹿时,因两鹿相重,我有意把后面的那只鹿的腿少画了一条。因为如果八条腿都画出来,就会使画面显得腿太多而乱。只画七条,因为处理得好所以读者谁也看不出少画了一条腿。人们很容易把前面一只鹿的打弯的前右腿,看成是后面鹿的一条右后腿。

《金鱼》的创作动机是想把我国仰韶文化的一只彩陶器搬到我的木刻作品中来。画中花台上的一个花盆是根据山西万全荆村出土的一个彩陶画的,而小姑娘衣服上的图案则是根据河南陕县西谢桥出土的彩陶上的图案画的(均见1955年朝花美术出版社出版的《彩陶》插图)。其所以要这样画,就因为我爱我们祖先的这些彩陶艺术。把它们搬入我的画中是一种尝试。而这幅作品也是受石碑拓片影响的创作之一。

《新城在望》是想描写新疆城市在改建,所以有测量人员在屋顶上测量地形。这也是我在新疆亲眼所见。我想:去了一回新疆,维族的人民还没有进入我的作品,觉得好像对不起他们。这幅画所描绘的正是两个维族姑娘,站着的姑娘所穿的裙子,上面的图案,也就是维族妇女在服装上具有民族特色的图案——艾德利斯绸的花纹。那房屋和窗户的造型,窗台上的花盆以及院里的苹果树都有代表性。我用一个挂包放在屋顶上,是想打破那条平行线。用了三个色版组成了这幅歌颂维族人民,歌颂维族生活风味的画,也算我对于维族所表示的友好之情。也算大西北之行的收获之一。

1980年3月30日在太原工人文化宫举行了"纪念左翼文化运动五十周年《力群版画展览》",其中就把这次新的创作高潮中产生的七幅木刻都参加展出了。这时正值全省文代会和美代会召开,我给参观我的画展的美代会代表一共发了一百本目录,希望他们把最喜欢的版画做个记号,然后再把目录还给我。这是一次很有趣的对我的木刻画的无记名投票,也是一次对于艺术作品的"民意测验"。投票的结果表明观众对展出的97幅木刻,属于第一次创作高潮的作品以《饮》的票数最多,共73票,有人还在目录上写了"引人深思"四个字;其次是《延安"鲁艺"校景》得48票;第三是《听报告》获47票;第四是《丰衣足食图》获35票。

在第二次创作高潮中的作品,以《春夜》获票最多,共78票;其次是《林茂羊肥》获68票;《耧声响遍黄河岸》获64票。在第三次创作高潮中的作品,以《林间》获票最多,共90票,而且也成为整个97幅木刻中得票最多的"冠军";《春风》获69票,《清泉》和《鹿园》各得48票。

除此之外,不在这三次创作高潮中创作的作品以《黎明》获票为最多,共81票,有人还加了评语,谓之"有声有色传景传情"。我感到评得很好。所谓有声是指画中的叫驴正在嚎叫。这样,根据票数《黎明》就成为整个97幅木刻中得票次多的"亚军"了。其次是《百合花》得78票,《瓜叶菊》得77票,《北京雪景》得54票。

　　我作为作者，觉得获票较多的作品都有代表性，很符合多年来社会人士对我的作品的评价。有趣的是作为"冠军"的《林间》属于第三次创作高潮，而第二次创作高潮中得票最多的《春夜》也比第一次创作高潮中得票最多的《饮》多5票，说明我40年来的艺术生涯，不是后退而是前进，40年来的艺术水平不是逐渐下降而是步步升高。这是很使我的内心有所安慰的。这也说明我40年来在版画艺术上的奋斗是有成绩的。

　　这次投票的特点是：投票者非一般观众，都是美术工作者，因此得票的多寡就意味着内行们的喜爱程度的不同。

# 第二十七章　个展巡回东北

## 在北京展出

从黄山归来,我就把纪念左翼文化运动五十周年在太原举行的《力群版画展览》的全部作品带往北京,于1980年5月10日至30日在北海公园经济植物园展出。主办单位为中国美术家协会山西分会和中国美术家协会北京分会。

应该感谢北京画院的刘迅同志,我的个展是他一手承当而得以在北京展出的。刘迅是延安鲁艺美术系的学生,我们相识已久了。他在"文化大革命"中吃了很多苦头,我非常同情他。

当1963年我还在中国美术家协会工作时,曾和新波、杨纳维在中国美术馆举行过版画联展。现在已经过了十七年之久了。但我在北京举行个展还是有生以来的第一次。

开幕之后,有江丰、艾青、蔡若虹、李桦、古元、王琦、刘迅、黄丕谟、卜维勤、聂昌硕、曾景初、赵晓沫、艾中信、宋步云、赵志方、曹白、周元亮、李娟……以及外国留学生白云台、莉娜厄娜、杰娜德·侯兹瓦尔兹、朱法·毕维革、韦蕾娜等人来参观。之后和江丰、艾青及其夫人高瑛、古元、王琦、黄丕谟、卜维勤、姜旗、王仲、王炜等人在植物园藤萝花架下合影留念(是一张黑白照片)。后来又和三位外国留学生在展厅里照了一张彩色相片,他们都是中央美院版画系的留学生。同时又在室外照了一张,增加了我的儿子郝相,他当时帮我来京处理展出事宜。参加摄影的还有两位中国女同学,背景是植物园正在开花的紫藤萝,也是一张彩色照片。

16日下午日本版画家北冈文雄到北海植物园参观我的版画展,17日上午在北海公园画舫斋举行了有关我的个展的座谈会。

艾青同志当时因没有住处,他和夫人高瑛住在宣武区北纬饭店,我也住在那里。我请他为我的个展写一篇评论文章,他经过几天的思考,于5月16日写出《木版上的抒情诗》一文,发表于6月9日的《人民日报》上,我很感激。艾青在文章里说:"这次所展出的作品,题材更多样了,接触的生活面也更宽了,在形式上也更多地吸取了我国民族和民间美术传统的表现方法,已逐渐地形成了简洁、明快、富有抒情色彩的风格。而这也正是我在多年前所赞赏他的艺术中的装饰美。"这里所说的"这次"是和1941年在延安的一次——力群、刘岘、古元、焦心河四人联展中关于我的木刻展品作比较。在文章最后说:"多年来的经验证明,力群擅长于表现单纯、朴素、明快——具有浓郁的装饰味和抒情诗式的题材。"我感到艾青对我的作品的较高评价是很确切的,有如画龙点睛。此文后来载入《艾青全集》第五卷。我曾把它作为序言放在山西人民出版社于1985年出版的《力群版画选集》中。

李桦同志于当年6月22日的《光明日报》《东风》副刊上也发表了一篇关于我的个展的评论文章,标题是《情的感染美的享受》,其中说:"他的木刻选择优美的形象和简练的色彩,创造独具风格的纯朴的艺术语言,使观众通过美的享受,从而潜移默化,感染到他所传播的高尚的感情和进步的思想,这是力群的特点,也是力群艺术的成就。"又说:"就形式来说,力群的木刻创造了一种朴素无华的版画艺术语言,充满着浓厚的民间色彩,那种单纯的刀法,浑厚的黑白对比,艳丽的彩色,以及近乎稚拙的纯朴形象,都能使观众感到亲切而易于接受。他的后期作品,那表现人民生活的基调虽然不变,而形式则更趋优美,意境更为抒情……到打倒'四人帮'以后,力群倾向于对大自然的赞美,以表达那种愉快浩荡的心情。如最近创作的《清泉》和《春风》就可以看作是这种优美形式的新发展,同时也标志着作者的艺术更臻成熟了。这两幅木刻,是用非常纯朴的艺术语言诱导观众的精神进入一种深幽之境的……这些美的享受使人精神奋发,情操向上,审美提高;埋头于实现四个现代化的人民,非常需要这样有益的精神粮食。"

艾青同志早年是在巴黎学画的,他对美术是内行,再加上他的诗人的慧眼,对我的版画评为《木版上的抒情诗》;而李桦同志则是我的木刻的同行，他指出"形式更趋优美，意境更为抒情"和诗人艾青的评语不谋而合。从此也就帮助我更加了解自己的作品。

我的个展结束后，由巴黎艺术学院讲师布纳西埃先生和夫人从我的展品中选拍了很多照片，还从李树声同志收藏的《晋绥人民画报》中选拍了数张，准备回国后向法国人民介绍。布纳西埃先生是教现代美术史的，他和夫人自费从法国来华搜集中国新兴木刻五十年的史料，听说准备写一本书。

总的说来这一次《力群版画展览》在北京的展出是很成功的，我很高兴。

## 在沈阳展出

离开北京，我就带上展品来到沈阳，由中国美术家协会辽宁分会和辽宁美术馆主办，《力群版画展览》于1980年7月10日至31日在辽宁美术馆展出。辽宁省委常委、省委宣传部、省文化局、省文联等单位都有负责人来参观；鲁迅美术学院院长张望同志，省美协主席施展同志，副主席王冠安同志以及鲁迅美术学院全体师生也都来参观了我的画展，观众达八千多人次。除电台报道外，还作了电视报道。

我是第一次访问沈阳，第二次在沈阳举行个展。上一次是1964年3月，这已经又隔了十六年了。看到老友张望很高兴，展出后他请我到鲁迅美术学院为学生讲话，我满足了他的要求。结合自己从艺四十余年所走过的艺术道路，就美术创作当前存在的问题讲了我的意见。张望同志于7月20日在《沈阳日报》上发表了《谈力群的版画艺术》一文。文中说我的版画作品"装饰味道越来越浓,富有诗意"。

事后美协辽宁分会派副秘书长金荣绂同志陪我去大连游览。火车到站,版画家张家瑞、朱纯一同志来站迎接。张家瑞是《旅大日报》的美术编辑、市美协副主席;朱纯一是旅大市群众艺术馆的负责人,也是市美协副主席。接着就应邀为大连市版画工作者讲话。之后由张家瑞、朱纯一、周义桂、徐世政等同志陪同到郊区海滨龙王塘游览。龙王塘是个渔村,坡屋顶、红盖瓦,有特殊风味。我们沿海边漫游,看到山边有野金针,正开着黄花,就以采花为乐。当时是7月中旬,海水比较凉,还不到游泳的季节,但当我们来到一个养殖场的小海湾时,我看到那幽静无人的环境和清澈的海水,就为之动心了,首先脱衣下水,畅游于海中。他们一看着了急,便一齐急急忙忙都下了海,而是为了保驾我,怕我有什么闪失。这就因为他们还不知道我游泳的本领。事后听说张家瑞同志并不会水,害得他也急忙下海,真有点悬乎。之后又由张家瑞和于振立、朱纯一、金荣绂陪我游览了旅顺、棒槌岛、海滩公园——老虎滩等地。

当我于7月17日在旅顺口凭吊当年日俄战争的古战场时,多么地难过,两个帝国主义国家为了争夺猎物而打仗,倒霉的是中国,受害的是中国人民。日俄战争后,日本取代了沙皇俄国在我东北的支配地位,旅顺即为日本所占有,从此就准备进一步侵略中国。为此我想起了鲁迅在日本学医时一次看电影，看到在日俄战争中我们的同胞在被杀之前示众，可中国看客却显出麻木的神情。为此鲁迅才罢医改学文学，认为医治中国人的灵魂比医治中国人的肉体更为重要。后来他写的小说《示众》就是以此为背景的。今天中国共产党总算使中国人民站起来了，我们可以在世界上扬眉吐气了！

我于7月18日和张家瑞等同志一起在棒槌岛海域游泳，并画速写。这里是广阔的大海，我游得非常畅快。当我游罢在沙滩上和同志们休息时就想起当年在延河游泳于热砂上休息的情景，但那已是30年前的往事了。

我游览海滩公园——老虎滩时，站在海岸上极目远眺，看到那辽阔朦胧的大海，不胜神往。海，我最初是在冰心女士的《寄小读者》中读到它，真正看到大海却是1936年从天津坐海轮到上海，然而当时却实在无心欣赏，那时中国的大海是洋人的天下。而今却不同了，在海滩公园瞩目，看到的是真正属于祖国的美丽的领海，和以往相比，就更加觉得祖国青色大海的可爱，从而感到心情的愉快。

之后，于7月20日张家瑞同志又陪我去金县满家滩公社、东方红大队、葛屯北海和大孤山公社红星大队参观，并画了速写。这一带的乡村，都是渔村，所谓靠山吃山、靠水吃水。但也有土地，说明渔民是从事渔业和农业两样劳动的。他们住的房子都是红色砖瓦的平房，和一般中国农村不同。我曾画了速写，并构思一套色木刻画稿，远处是青色的大海，海上有渔舟，近处是红色房舍的渔村及灌木丛，别是一番风味，但终未刻成木刻。

这次和张家瑞、朱纯一同志相识,就约定要我来年再来大连,一面举行个展,一面为大连举办版画训练班。

## 在长春展出

从大连回到沈阳,我就于7月下旬带上展品去了长春。由中国美术家协会吉林分会和长春美术家协会主办《力群·古元版画展览》,于当年8月1日在长春人民公园数芳园展出。我和古元的展品不是挂在室内,而是挂在数芳园的回栏里。观众游园也就顺便看了画展。

来到长春,见到古元同志,始知我们要举行二人联展,我意应名为《古元·力群版画展览》,但古元同志很谦让,坚持要把我的名字摆在前头,主方也就照办了。在展览未开幕前美协吉林分会的副主席池星同志要我和古元为长春市的美术工作者作学术报告,从7月25日开始一直讲到28日。

我的学术报告的内容为:艺术与生活的关系、艺术的风格以及创作中的一些问题。据后来曹文汉同志对我讲:我的讲话很受当地美术工作者和很多美术爱好者的欢迎,他们认为我的思维敏捷,语言生动,问题提得尖锐、深刻。我没想到听讲话的同志有些竟是从几百里地的外县赶来的。

我们的画展开幕后,由美协吉林分会的秘书长王以忱和国画家王书林、版画家曹文汉等同志陪同我和古元先到了吉林市,而后又增加了吉林市群众艺术馆的版画工作者赵纪元以及吉林市美协副主席国画家施政等同志一同来到当时松花湖的桦树公社桦兴大队第一生产队,在这里住了一宿。当地的同志们告我:松花湖是由于在松花江上游建立了"小丰满发电站"而形成的。当我看到湖水清澈诱人,就想游泳横渡松花湖。于是当地生产队就派了一只小船相随,让我万一游不动了,就上船。但结果我竟一直游到湖的彼岸,在森林中的大石上休息了一阵又游回来,成为我游泳史上难忘的一页,有如当年横渡北京颐和园的昆明湖。而古元同志则因怕水凉未和我同游。

松花江是美丽的,迷人的,我来到这如画的江上,就想起抗日战争时代时常和同志们唱的《在松花江上》这支悲歌。其中有:"我的家在东北松花江上,那里有森林煤矿,还有那满山遍野的大豆高粱……"当我们唱到"九一八,九一八,从那个悲惨的时候,脱离了我的家乡,在外流浪、流浪……"时,我们都哭了,因为我们当时也都在到处流浪。如今我终于来到这可爱的松花江上了,虽不是诗人,也想作诗,于是写下:

你森森郁郁的松花湖呵,
多么美丽,
你使我想起江南,
置身西湖。
这里虽无
"接天莲叶无穷碧,
映日荷花别样红。"
但你那青青的湖水,

碧绿的山影,
镜面渔舟轻移,
湖上白鸥惊飞,
你如画的江山呵!
怎不使我陶醉。

离开松花湖,由吉林的同志们陪同,我和古元来到通化县,参观了通化葡萄酒厂,后又由王书林等同志陪同于8月11日来到集安市的鸭绿江边。走上两国为界的鸭绿江大铁桥时,就使我想起当年唱遍全国的"雄纠纠,气昂昂,跨过鸭绿江……"的雄壮歌声。这是一支歌颂中国人民志愿军出国抗美援朝的战歌。时间过得真快,不听到它已快三十年了。而今我也来到鸭绿江,怎能不感慨万端,于是就又作了一首诗:

你平静的鸭绿江呵!
在我的心中曾有多少风浪。
而今——
雨后江面,
碧山垂影,
彼岸是朝鲜的洗衣姑娘,
这边是中国的牧羊儿郎。
笑声相闻,
情意绵绵,
一衣带水,

却只能隔岸遥望。

你平静的鸭绿江呵！

曾照过多少跨江英雄的身影，

忆当年，

战火风云，

今犹不安。

中朝儿女的情谊，

血泪相凝，

只有你能作证，

只有你永远不会遗忘。

我在鸭绿江大铁桥上久久徘徊，画了两岸的美丽风光，也画了江中流动的木排，这是运往下游的木料；还画了江里飘驰的汽艇和捕鱼的渔船。也算留作永久的纪念。

离开美丽的鸭绿江，由王书林等同志陪同来到抚松县松江河镇的林业局招待所住宿，后又来到安图县二道白河林业局，住"白林招待所"。然后由此来到久已闻名的长白山。长白山是出产人参的地方，但也是北国如画的风景胜地，满山是可爱的森森郁郁的森林。在一个小天池，我正画速写时，下起雨来了，陪我们游览的长春市美协的金隆贵同志就给撑起雨伞让我作画，我真感激。这里的桦树不是白桦了，而名曰岳桦，它的干不是笔直的，像槐树的干，弯弯曲曲，但其枝叶与白桦相同。回到太原后，我刻了一幅水印套色木刻名《湖边》，就是以岳桦和小天池为题材而创作的。

来到曾经是火山口的白头山天池,她在云雾中时隐时现,很难让我们看到真面目。等侯良久,终于云散天晴,好一个美丽的天池!真有神奇之感。碧绿的湖水富有深意,四面青山环抱,真乃玲珑剔透,令人神往。我在湖畔的山上拾到一块布满小孔的黄石,拿到手里,轻如鹅毛,据说这就是当年火山口喷出的熔岩。

离开天池,下得山来,王书林等同志领我和古元观看了长白山瀑布,而这瀑布却正是从天池的山口流下来的,观其神采,令我想起李白咏庐山瀑布的"飞流直下三千尺,疑是银河落九天"的诗句。

在瀑布附近有温泉,也有饭店,我们就在饭店用餐。天池处于中朝两国的国界线,所以朝鲜的游客颇多,所有这些都给我留下难忘的印象。

感于长白山白桦树的美丽,我写了一首歌咏白桦树的诗:

白桦呵!
在众树中你显得多么漂亮,
雪白的枝干,
修长的身影,
细枝下垂,
点点绿叶随风飘动。
你有多么美的风采
你是多么的含情。

白桦呵！
在众树中你显得多么美丽，
你是超凡的纯洁，
超凡的出众，
好比著白色舞衣的
窈窕少女，
站在深绿色的幕前，
不需要歌唱，
用不到起舞，
单凭那美的风姿，
就足够迷人。

白桦呵！
在众树中你是多么动人，
碧绿的池水，
映出你玉立的倒影。
一群白天鹅游过，
和你比美。
她用银线，
把绿波织成，
流云的图锦。
橡树在欢笑，
水曲柳在私语，

都在羡慕,

你和白天鹅的美丽。

我很感激王以忱、曹文汉和王书林等同志,他们陪我和古元一直陪到底。

我和古元回到长春后,被安排在一个高级的"南湖宾馆"里,馆内面积很大,有一个出色的园林,每早起床来此散步,真是一种享受。我发现园里有高大的榆树,枝叶下垂,富有抒情味,就画了速写,后来于1981年以此刻成一幅我很满意的黑白木刻《夏风》,创作时增加了拴在树上的一只山羊。算是我这次东北之行的重大收获之一。

这次来到长春还看望了我的老友车敏瞧同志,非常高兴。他是我成成中学的同班同学,1936年曾一同住在上海的郊区季家库,他是世界语者,又是拉丁化新文字的运动者。卢沟桥事变前就离开上海回到山西,参加革命部队。全国解放后曾参加人民志愿军到朝鲜前线作战。后被晋升为少将军衔。此刻是长春东北师范大学的党委书记。我曾到他家作客吃山西饭,因为他是山西垣曲县人。并和他在一起打网球,他打得很好,经常参加全国性老年人网球比赛。

长春给我留下极好的印象,空气清新不像太原有严重污染。

## 在哈尔滨展出

我在长春和古元同志分手,由王书林同志陪同带上展品来到哈尔滨。《力群版画展览》于9月10日在黑龙江省美术馆举行开幕式,为中国美术家协会黑龙江分会主办。我真感激王书林同志,他陪伴了我好多天,到哈尔滨后他才返回长春。也很感激王以忱同志,他不但陪我旅游,还用阴刻法给我刻了一方图章,因为他是金石家。我一直在国画作品上用它。

展览会开幕后,我为黑龙江的美术工作者讲了话,然后于9月16日由"黑龙江版画会"召开了由我参加的座谈会。到会的有晁楣、杜鸿年、张祯麒、郝伯义、李亿平、徐楞诸同志。我的开场白是:"大家不要客气,随便谈,我和大家说真话,希望大家也说真话。"座谈的结果,看来大家虽然对我的作品和我本人讲了不少恭维的话,但令我感到大家还是讲了真心话的。

晁楣同志曾在哈尔滨的报纸上写了《记画家力群同志》一文,其中对我的两幅木刻评论得很好,他说:"他的《百合花》体现了纯洁高尚的情操,《林间》则讴歌了生命的欢跃,无不给人以美的感受。"这种知音的评论,评到了我的心坎里。他对我的版画的全面评价为:"他的作品简练、明快、浑厚、朴实而富有诗的意境,善于从平凡的事物中揭示不平凡的涵意,显示了作为一位艺术家的丰富的情感,渊博的学识和敏锐的洞察力。"

举行过座谈会后,晁楣同志就陪我到了石油城——大庆油田去参观。晁楣是北大荒农垦创业者的最有成就的歌手,尤其是他的套色木刻《北方九月》真是一幅难得的赞美北大荒农场丰收的杰作。他送我一幅,我一直珍贵地保存着。这次他陪我参观大庆,衷心感激。

初到大庆,住在一个较普通的招待所里,后来被大庆的画家们知道了,就把我们接到一个条件好的住处。我看了他们的大幅的山水画,感到很有气势,留下了好的印象。

我参观了大庆的陈列馆,真受教育,懂得了石油形成的原因,还参观了石油工人的宿舍,看到他们由"干打垒"的住处迁入了新的楼房,享受着现代化的生活条件,我真高兴。他们的子女都得到了良好的教育,将成为未来大庆油田的接班人,使我感到了祖国更加美好的未来。

我在大庆画了很多速写,但后来都未曾形成创作。大概是由于我对于工业题材还不能像对于农业和风景那么熟悉、感兴趣。但大庆工人阶级的创业精神却真使我感动。

大庆不仅产生了"一不怕苦二不怕死"的英雄人物"铁人"王进喜,而且也产生了由工人写出的无比豪迈壮丽的诗:

雨把钻台当鼓擂,
风把井架当琴拉。
机声压得雨声低,
歌声更比风声大。
工人昂首对天笑,
风口浪尖咱安家。
我为祖国找石油,
风算老几雨算啥。

这首诗多么感人，多么雄壮，我永远为它所鼓舞。

回到哈尔滨，又由版画家杜鸿年同志陪同去大兴安岭旅游写生。杜鸿年是北大荒的优秀版画家之一，除了晁楣，他和张祯麒、张路也都是以现实主义的版画艺术赞颂北大荒创业者们的歌手。杜鸿年的版画富有抒情情调，对白桦树给予诗一般的赞美。

杜鸿年同志陪我先到了大兴安岭的加格达奇，这是一个仅有十五年历史的新城市，现在约有十几万人口。而十五年前却只有三个鄂伦春人的帐篷。我在这里认识了青年版画家常桂林，那时他仅是个爱好美术的青年，而今已是国家二级美术师，1988年获省创作群体带头人一等奖。我为他在版画上的成就而高兴。

到加格达奇的第二天，几位美术同行陪我们到附近的森林里去游览。到了林区，眼前已是一片晚秋景色，有很多人在地里收土豆。车停在一座小山丘附近的路旁，我们就拨开小榛树和小柞树的灌木丛在草丛中前行。好容易爬到山顶，突然发现在紫红色的柞树灌木丛中竟有桃红色的杜鹃花在默然开放。按理说，杜鹃花是开在春天的，今年4月我去黄山开会，看到满山遍野的杜鹃花，有深红的，有淡紫的，有白的，也有"贵妃醉酒"式的……但没听说过还有秋杜鹃，大家都很惊奇。

站在山丘上远眺，眼前是一片血红色的柞树林、苍绿色的樟子松、黄绿色的落叶松和金黄色的白桦林，组成了大兴安岭金秋森林的协奏曲。在蔚蓝色的远山衬托下，简直是俄罗斯风景画家列维坦的一幅描绘秋色的灿烂的油画。

离开加格达奇，坐夜车到阿木尔。早上醒来发现车窗外满山遍野覆盖了厚厚的白雪，而这时还不到中秋节。

我们在阿木尔曾乘公安局的吉普车到三十公里左右远的绿林一带去玩。司机也是公安人员，二十多岁，我们都叫他小李。他随身带着一枝步枪。

沿途风景极美，金黄色和火红色交织的桦杨林，远处又衬以郁郁苍苍的樟树屏障，非常好看。起先我分不清什么是白杨，什么是白桦，仔细观察才发现亭亭玉立、白色耀目的树干虽极相似，但叶子的色彩不同，杨树是火红色的，白桦是金黄色的，杨树的细枝疏朗而梗直不屈，白桦的小枝细密而潇洒多情。在林中时时有白色的帐篷出现，并有青年男女出没。有人告我，他们是筑路工人。这些青年在深山荒林中的艰苦生活令我感动。

小李是一个有趣的小伙子，一面转动方向盘，一面哼着小曲子，看来是一个爽朗的青年。归途中正在飞速行进，车子突然停了下来，我以为出了故障。小李却拿着枪鬼头鬼脑地轻轻开门下车了，他对前方路旁一个黑东西瞄准，啪地打了一枪，却毫无动静。同车的老杜说："你打什么呀！那是一段黑木头。"因为这一带曾经遭过火灾，所以有许多黑东西。我也接着说："要是什么鸟兽，怎么会动也不动？"然而小李并不死心，第二次瞄准，又给了一枪。没想到前方那段动也不动的"黑木头"突然飞向路旁的深林里去了。这时我们才承认：还是他看得准。小李即刻追踪跑入林中，不一会又听到一声枪响,我预测肯定是打准了。果然,他很快走出树林,来到我们跟前。我以为他手里提的是好大一只鸟,细瞅,原是好大一只鸡。身子是黑色的,翅膀上间以白色斑点,我提在手里掂了掂,足有七八斤重。小李告我们这是一只斑鸡。同车的同志们都为这意外的收获高兴起来。小李也为此而乐乎乎的。他说:"斑鸡是大兴安岭最笨的一种鸟,像聋子,听到枪声也不动,所以活该送命。"

其实也并非斑鸡活该送命,而是小李确实有两下。后来他一直陪我们到了黑龙江边,沿途在金色的桦树林边接连又打了一只飞龙一只野鸭。飞龙即松鸡,也是一种珍贵而美味的野禽,有赭黄色的羽毛和黑白色的花纹。打死一只,另一只飞掉了;一对夫妻死去一个,另一个该多么寂寞,多么悲哀!我不禁为之怅然。但我后来总算吃到斑鸡、飞龙和野鸭的肉了,真应该感谢我们的神枪手小李同志。

后来我们从塔河去了十八站,时值国庆节。住在铁道兵某部,团政委在节日的盛宴中竟给我们吃到了"罕达犴"的鼻子,据说这是当年进贡慈禧太后的贵重野味。

临别十八站前,曾访问了一家定居下来的鄂伦春族人。主人姓孟,是党支书,和他的老伴住在一间木房里,老两口已能讲汉话,给我们讲了很多关于鄂汉青年结婚的故事,使我感到有趣。我终于在9月23日于中秋节和杜鸿年同志来到祖国的黑龙江边。雪后天晴,江水清碧,微波如鳞,秋风拂面,已有刺骨之寒。一只白鹭在江上飞起,增添了诗情画意。两岸的桦树和白杨一片金黄,在蔚蓝色的远山的衬托下,显得黑龙江的风景出色地美丽。我和杜鸿年同志从兴安边防站出发,乘一艘小艇逆水而上。小艇在前进,两岸的秋色风光不断变换,时而翠松森森,时而杨黄枫红,时而桦林如金……江山如画,奈何彼岸故土美景于一百多年前一纸"瑷珲"辱国条约,随即成为异国所有。

来到连盔哨所,吃午餐后登"观察室",从两架望远镜中观察了苏联的"加林达"城市和海军大楼……使我想起前二年在新疆时从边防站的瞭望台望远镜中观察苏方的情景。

我和杜鸿年同志为连盔哨所附近的美丽的桦树林所吸引,画了很多速写。杜鸿年同志一边画一边说:"桦树真美,就像少女一样。"我说:"苗条身干,亭亭玉立,小枝下垂,无比多情。"看来,大凡画家都是欣赏桦树的美的风姿的。说话间秋风吹来,黄叶片片在我们头上飞舞,不由得使我想起汉武帝当年游河东时写的"秋风起兮白云飞,草木黄落兮雁南归……"的诗句。

美丽的黑龙江呵,你真使我陶醉,你的多娇将使我永远怀念。回到太原后于1984年创作了一幅套色木刻《黑龙江之秋》,想表现金秋的黑龙江的美丽风光,但并不使我满意。当年曾与《鱼乐图》一同参加了第六届全国美术作品展览。

回到阿木尔,我写了《黑龙江边》一文,详细记下了我和杜鸿年同志游黑龙江的情景,后收集在散文集《马兰花》中。

9月29日,我和杜鸿年同志行进在黑龙江省北方十八站至塔河一带的途中,我曾在呼玛河上参观了由上海和浙江知识青年建的洋灰水泥"红旗大桥",这桥为女子架桥连所筑,给我留下难忘的印象。在呼玛河边画了张速写,图景是沼泽地的红毛柳丛。回到太原后于1981年以此创作了套色木刻《北国早春》,于1982年参加了法国巴黎的春季沙龙。

回到哈尔滨,写了一篇《大兴安岭见闻》,还写了一篇杂文《生当作人杰》,是歌颂人杰张志新和郭维彬的。后收入散文集《马兰花》中。

总的说来,这次历时三月之久的东北之行,我是非常满意的,不仅使我对富饶美丽的东北大好河山产生了热爱,而且也使我在版画和文学上有所丰收。算来一共以东北写生素材创作了四幅木刻,还写了三篇文章。其中的木刻《夏风》和《北国早春》,被认为是我八十年代的代表作。

# 第二十八章　初访花城

广州也叫花城,我久已向往,但一直没有机会莅临。这次借1980年12月在花城举行《北京、广东、山西版画联展》之机,我和董其中、姚天沐等六人南下来到这个久已向往的南国的滨海城市。

联展是1979年5月3日由李桦、新波和我三人开会决定的,要求联展有一半以上反映社会主义建设和革命的作品,力求具有民族风格和地方色彩;并决定届时在广州举行座谈会,讨论版画如何继承和发展革命的战斗传统诸问题。

到广州后,我们住在迎宾馆,据说这里曾是国民党的广东省长陈济棠的官邸。联展是在广州文化公园举行的。我参加"联展"的版画作品为《林问》、《清泉》、《鹿园》和《春风》。展出后我们就住到新会圭峰宾馆。新会是梁启超的家乡,这里比广州安静,在此于十二月八日至十日召开了两省一市的版画家代表22人出席的创作座谈会。北京来的有王琦和彦涵同志。李桦同志因忙未来，但他有书面发言，题目是《革命传统是我们的灵魂》。他说："我认为新兴版画的革命传统应包含有三个方面：一是思想方面，它坚持马克思主义世界观，拥护无产阶级革命；二是艺术方面，它实行现实主义的创作方法，采取为人民服务，为革命服务的道路；三是组织方面，它团结一致，艰苦奋斗。"并说："鲁迅先生曾说过：'美术家固须有精熟的技工，尤须有进步的思想与高尚的人格。'这两句话就是中国版画革命传统的核心思想。"

王琦同志在发言中说："表现'四化'建设中的英雄人物，这当然是不错的。但是，有些作品不是直接反映'四化'建设题材，只要是能给人以健康的美感，使人们精神上获得鼓舞和愉快的作品，同样可以为'四化'服务。"这种意见是比较新的，有利于今后版画的多样化。

很多同志在讲话中提出要研究版画的形式美，广州美术学院版画系主任张信让说："只研究形式美恐怕不能解决问题。如山水、花鸟画中所提的'意境'、'情趣'、人物画的'传神'以及典型形象的塑造等重要问题，只研究形式美是解决不了的。"我很欣赏他的观点。

我在发言中认为："今天谈继承版画的革命传统，应该认识到时代的确不同了，要结合新时代的情况，要根据当前的需要，去考虑如何继承和发扬革命传统。凡是不符合艺术创作规律的就是不正确的，就不应继承。那么，什么是现实主义的艺术创作规律呢？一、要画你所熟悉的；二、要画你感兴趣的；三、要画你感受最深的；四、要画有意义的，经过深思熟虑的。"

在座谈会上看到久来相会的版画家刘苍和陈晓南同志,全国解放后他们都曾在北京工作,经常见面。刘苍同志是三十年代广州"现代版画创作研究会"的成员,他当时在石版上刻的《河旁》给我留下难忘的印象。它表现了河上的船只和劳动人民的生活,今天看来也还是一幅好作品。我和李桦把它选入《鲁迅收藏中国现代木刻选集》中。而这次在联展中却不见他的作品了。但他在座谈会上还是表现出对于木刻的关怀的。陈晓南是刻铜版画的,在这次广东的版画作品中,有他的《战船台》。

我的大儿媳张湘珠当时在香港,我写信让她来,她带着小孙女到新会来看我,住了一天又回香港了,我送她上了轮船。她和郝明是在"文化大革命"期间在北京结婚的。郝明这时因事在天津。座谈会后,由杨纳维同志陪我们于12月11日参观了虎门炮台,我们站在古塔上瞭望了岭南的大海,想当年林则徐在此销毁英国鸦片的爱国壮举,令人敬佩。我们又参观了佛山,还乘船游览了"小鸟天堂"。于12月12日来到新会县崖南公社参观了围海造田的工程。中午在新会围垦指挥部吃饭,饭后到海边观光,归来参观了一个糖厂,它出产一种和红糖味相同的"片糖"。晚饭在新会县崖南公社吃饭,是更有广东地方风味的晚餐。

广州市的街道给我留下一种颇窄的印象,而且脏而乱。后来还特意看了象征着广州城的五羊雕塑,因为广州又名五羊城。这之后,董其中同志回到他的江西老家,姚天沐同志也回了他的福建家乡。我就住到广州美术学院，院长胡一川既是我在杭州艺专时的同学，又是延安鲁艺在一起工作的同志。他请我吃饭，但席间未能看到他的爱人黄君珊同志使我怅然，君珊同志和我们都曾一起在鲁艺生活，而今她已不在人间了。

张信让同志请我给版画系的同学讲话，我讲了要按现实主义的艺术创作规律进行创作等问题。

在广州美院还去看望了水彩画家王肇民同志，他也是当年杭州艺专的老同学，他虽在高班，但我和他很熟悉。他和胡一川都是"一八艺社"的成员，因思想进步被学校开除，即到国立北平大学艺术学院学习。1936年我曾去看他，他当时在私立北京艺专任教，此后就再没有见面了。因此我们这次重逢真高兴，他请我吃饭，我们有谈不完的话题。他告我说：他去看过我们的版画"联展"了，觉得我的木刻《清泉》很好。我说："比《林间》如何？"他说："《林间》也好，但《清泉》比《林间》还要好。"我们回忆艺专如烟往事，谈起校长林风眠，我问他："林风眠和徐悲鸿相比，在艺术上谁高谁低？""三个徐悲鸿也比不上一个林风眠。"他斩钉截铁地回答。"是的，我很同意你的看法。"我接着说。后来我把王肇民同志的话引用在《林风眠论》一书由我写的《林风眠的际遇和成就》一文中。我想"百家争鸣"吗，对于大画家林风眠和徐悲鸿的成就也应允许各人有各人的看法。但我并不低估徐悲鸿先生在政治思想、艺术教育、培养艺术人才等方面的可贵之处。

这次来广州，认识了木刻家王立同志，他热情地要请我吃蛇肉,可初次相识,我真不好意思,但看他非常真诚,盛意难却,也就答应了。来到蛇馆,看到到处是蛇,橱窗玻璃内,竹篓里都有。蛇肉确实好吃,我真感谢王立同志。当时陪我同席的还有广州日报文艺部的姚北全同志。王立同志说,他自己现在也画国画,最近卖了一幅,得到不少钱,所以请我吃花城特产。在广州的版画联展作品中有他的一幅《古林泉声》,刻得很精细,颇有水平。吃过蛇肉我就想起一个故事,听说曾有一位女外宾,到花城后中国朋友请她吃蛇肉,但预先并未告她。吃完后,中国主人问她:"好吃吗?""很好吃,但不知是什么肉?"她说。主方告她是蛇肉,没想到她即刻就全吐了。但我没有吐,并留下深刻的印象,迄今不忘。

在中国新兴版画的作家中,广东的著名版画家最多,其中有李桦、黄新波、陈铁耕、陈烟桥、赖少其、张望、古元,都是三十年代和四十年代国际知名的中国版画家;此外如荒烟、蔡迪支、汤由础、艾炎、关夫生、梁永泰、张祯麒在中国版画界也颇有声望。我曾问过杨纳维同志"全国解放后广东新成长起来的有成就的木刻家有些什么人",他写在我的笔记本上有刘其敏、王莉莎、潘行健、杜应强、蔡仰颜、冯兆平、戴国顺、许钦松等八人。可是时至今日,也不知有几人能坚持下来。

# 第二十九章　到湖南讲学

1981年春2月,我受湖南版画家王琼同志的邀请,到长沙去讲学。王琼是我在北京认识的,他当时在中央美术学院版画系进修。我是第一次到湖南,来到长沙,看到已熟悉其作品而人还是初次见面的邹洛夷、吴成群等版画家,也看到著名作家康濯同志和在湖南人民出版社工作的他的爱人王勉思同志,非常高兴。康濯同志和我谈了"文化大革命"后湖南文艺界的一些不愉快的事,感到"四人帮"把中国文艺界搞得到处都是矛盾,真是罪大恶极。

当时长沙正举行"湘桂黔版画联展",广西的版画家郭龄同志,贵州的版画家董克俊等同志来长沙参加会议。于2月21日举行了"湘桂黔版画联展"座谈会。就版画的民族化,版画的创新诸问题展开讨论。湖南省除了长沙的版画家参加会议外,还有来自株州市、衡阳县、连源市、华容县、安仁县、城步等地的美术工作者到会。我在会上结合版画的民族化和创新诸问题讲了现实主义艺术的创作规律,作为提高版画创作水平必须遵守的准则。我在讲话中既对走向西欧现代派道路的"星星美展"表示反对,也对苏联画家克里莫申式的自然主义艺术表示不赞成。

会后,于3月13日由陈白一同志及其爱人王芝义,省文联政工科的刘胜晨女士以及衡山文化管理所的唐未之同志,衡山文化馆的李超兰等同志陪同乘车登上了南岳衡山。衡山为我国五岳之一,久已向往。山巅风大不胜寒,但我还是画了不少速写,其中有衡山梅花,可作为我画国画时的参考。有些树长期为风所吹,无风时也像大风在吹似的,向一面倾倒。从山上下来,我们在南岳大庙里休息、用餐,主人邀我作画留念,我画了一幅桂花小鸟的国画。没想到后来竟在一本《湖南画报》上出现。庙内高楼彩阁间有很多八哥在绕梁飞翔,叫声盈耳,使我感到有如走入鸟市。有人告我,夜里登高能在梁间捉一筐八哥,人们就作为野味吃了。我心里想:多么可惜,在我们北方,一只八哥至少也卖三四十元。

回到长沙还游了毛泽东同志在《沁园春》一诗中提到的"橘子洲头",游了范仲淹为文的岳阳楼。岳阳楼在洞庭湖之滨。我们这天去时,正是范仲淹文中所说的"春和景明,波澜不惊,上下天光,一碧万顷"的时际。在楼上能俯览洞庭湖中航行的各种船只,却未见"沙鸥翔集,锦鳞游泳"之景。但在岳阳楼上却真有范仲淹所说的"心旷神怡,宠辱皆忘"之感。

一天,我们泛舟游了洞庭湖,并到了产湘妃竹的君山,看到满山的茶树,乃有名的君山茶。在虞帝二妃墓前读到李白

诗,诗云:

> 洞庭西望楚江兮,
> 水尽南天不见云。
> 日落长沙秋色远,
> 不知何处吊湘君。

> 帝子潇湘去不还,
> 空余秋草洞庭间。
> 淡扫明湖开玉镜,
> 丹青画出是君山。

归来看到湖岸行将出芽的柳树和绿色如茵的草地,使我画兴大作,到了旅馆立即动笔,创作了《春到洞庭湖》的套色木刻初稿。我不满足柳树的如实描写,将尚未出芽的柳枝使其变形而富有剪纸风味,绿色的草地上配以四只吃草的水牛。远景是洞庭湖,有两只风帆在湖上轻移,拟以两色套版完成这幅木刻画。回太原刻成之后,竟成为了我的一幅代表作。

有幸去韶山参观了毛泽东同志的出生地和为他建立的盛大而壮观的纪念馆。同时还参观了为刘少奇同志新建的纪念馆。刘少奇当时平反不久,两人的纪念馆有如一在天堂一在人间,一为高楼大厦,一为茅屋平房,看了令人心寒。

在长沙期间我写了散文诗《萤火虫》交给康濯同志,他给我发表在当年湖南的《湘江文艺》第三期上,是为歌颂烈士张志新而写的。康濯同志于当时送了我一本《康濯近作》,于1985年7月又送我一本《水滴石穿》,不幸他于1991年1月15日在京逝世,终年才71岁。陈白一同志还陪我在长沙参观了动物园,我画了小熊猫的速写,在宾馆的院里画了法国梧桐的疏枝,回到太原后创作了套色木刻《小熊猫》。我不喜欢大熊猫而喜欢小熊猫,因为大熊猫笨头笨脑,而小熊猫灵动可爱。

湖南省城步苗族自治县文化馆的邹洛夷听了我的讲话后曾给我一信:

**尊敬的力老:**

您好。这次您来湖南,我得以亲聆您的精彩讲学,实在三生有幸。您渊博的知识,幽默生动的语言,以及青春焕发的向上的精神,给了我强烈的感染和鼓舞,我举双手赞成您的艺术主张,所以,在欢送您的宴会上,我抱着对您的由衷的敬意敬您一杯酒!

您用鲁迅先生的名言:"能憎能爱才能文"来勉励我们,这好极了。我也是一个鲁迅的崇拜者,我觉得任何文艺家,首先起码应该是爱国主义者,爱人民者,和人道主义者;同时,对丑恶的东西应该嫉恶如仇,于是自然就能文了,鲁迅先生正是因为这样,所以才嬉笑怒骂皆成文章的。

古人有点石成金之说,您说古元先生有将陕北黄土变成金的本领,我完全同意。这是因为艺术家对陕北抱有深厚感情,将黄土看成了金子,所以通过艺术家表现出来以后,那怕是极平凡的东西,也成了不平凡的东西,叫人看了自然、朴质、亲切、美丽,而且明显地打上陕北高原的印记,也就是中华民族的印记,从而永远刻记在人民的心目之中。

您自己的许多杰作都使我永远不会忘记,特别是《林茂羊肥》,可以说是一幅不可多得的黑白木刻的典范,带装饰味的巧妙的黑白处理,稳健浑厚而富于表现力的刀法,使人感到画面一点不多,一点不少,恰如其分,十分完整、美丽、富有诗意,具有活泼的艺术生命力。如果没有高超的艺术修养,是很难做到的,给人以无限的美的享受,令人叫绝!看得出来,艺术家是十分热爱生活的,而且启示读者也热爱生活,同时,也可以明显地看出,这是比现实生活更美更典型的华北平原的一角,您的理论和实践完全是一致的。

我认为既然是中国人,就应该有中国气派。自己也是祖国传统文明的礼赞者,我进的是大自然美术学院,这学院的老师很多,首先是大自然这无比壮丽和大公无私的老师,您和李桦,王琦,古元,彦涵等老一辈版画家们都是我尊敬的老师,而且自己从小所耳闻目睹的就是地方戏,传统绘画,民间木版年画和印花布等等,她们都是我的好老师,这些都自然而然地影响到我的创作风貌。这学院的缺点是,接受外来的东西少,不能系统地按步就班地做好基本功。凡事物总是有一利必有一弊。

有些人觉得片块小木板,不伟大,不气派,往往认为一块木板太小,还要拼一块,有的搞门板那么大,搞幅版画的难度比造座房子还难,那实在劳民伤财,何苦之哉?谁都知道,艺术作品的优劣,从来不看篇幅大小,只要你是真正的艺术品,哪怕只有一方寸，人家也得承认。相反，不是艺术作品，哪怕有墙壁大，人家也不会认账。法复尔斯基，冈察洛夫，麦绥莱勒以及我国许多老一辈的杰出版画家们不都是在几方寸的"土地"上精耕细作而成为卓然大家的吗！毫无疑问，版画当然是篇幅小点为好。

我曾经在自己的创作中，用过许多的"唉哟哟"，但是说不出所以然，只是感到需要，所以就用，现在经您这么一指点，就茅塞顿开，豁然开朗，理直气壮了。啊！原来是"唉哟哟"呀！她本来就并不生疏，通过进一步了解之后，又增进了新的友谊。

下次再见您时，我一定按我们这里的习惯，敬您四杯酒！谨致敬礼

你的学生<br>邹洛夷<br>1981年3月17日夜

我把邹洛夷同志的热情洋溢的来信全部引来，是为了说明我这次讲学的反应。关于信中说的"唉哟哟"，我曾写过一篇文章名《从"唉哟哟"谈起》，详细论述了"唉哟哟"在艺术中的作用。后收集在我的美术论文集《梅花香自苦寒来》中。

邹洛夷曾刻过一幅优秀的黑白木刻《山区行旅》，最初发表在《美术》杂志上，后选入我编的《中外黑白木刻选》中。

# 第三十章　大连、青岛行

1981年夏,从湖南讲学归来,我按照前一年和张家瑞同志的约定,同新结婚的老伴李月英来到大连,住在宾馆里。

萍杜去世后,我于1975年2月26日与李月英在公社领了结婚证。她是一个家庭妇女,山西临县人,前夫为榆次晋中地区人事局局长,在"文化大革命"中被造反派折磨死了。

是由朋友介绍给我的儿子郝强,让我去榆次和她会面。当时李月英有五十岁,我已六十四岁了。我见她生得很精干,有徐娘半老之态,就同意了。她从榆次来到郝家掌,和我在仁义公社登记后就算结婚了,没有举行任何仪式,也没有请客。后来感到她特别爱干净,也很勤劳,使我欢喜,但就是脾气不好。

我之所以不找机关女干部或知识分子,是因为这样的女人来我家后,还要忙着上班下班,我老了,需要一个家庭妇女主持家务。如果是个文盲,当然也不好,但李月英还能看书看报,据说是在临县的扫盲学习班获得初步文化的,她也会打算盘,是看会的。有这些本领就满好了。

萍杜离我而去,我实在熬不行这寂苦的日子了,但老年再婚也实在不是件容易的事,终于找到了李月英这样的老伴,也就安心了。

我们从太原来到大连后,于7月16日至23日在大连市群众艺术馆举办了《力群版画展览》。主办单位为大连市文化局、大连市工人文化宫、大连市文联、大连市美协。我一面举行画展,一面为筹备好的版画学习班讲课,看画稿。参加学习班的一共有26个学员,包括张家瑞和朱纯一在内,而以金县和复县的学员较多。根据成绩来看,学员们的创作水平较高,大概因为大连是一个文化发达的城市。结业时也举行了一个汇报展览,共展出作品三十余幅,反映较多的为收海带及收苹果,以及造船厂的工人生活等,我看了展览会很满意。例如张家瑞刻的单色木刻《椰林黎寨》《南海帆影》,大连造船厂的郭庆海和李基富合作的套色木刻《雄姿》以及王大为的黑白木刻《果乡》都是优秀的版画作品,达到了全国水平。

一月后我们离开大连,乘轮船渡渤海到青岛,船进入黄海后,很多人都因晕船而躺在船舱里不敢起来活动,我也不例外,但没呕吐,李月英似乎比我好一些,她还能走动。

船到青岛,由老友李实来接,我们自从离开延安后就再没有见面了,也不知道他的下落。直到1979年在北京召开的全国第四次文代会上相见,才知道他在青岛文联工作,而且改名为李时。这样,我在大连给他去信,告他我要来青岛,请他到码头接我。我本想让他把我们接到一个旅馆里，没想到他竟把我们接到龙江路36号他家里，盛情难却，我和李月英就只好在他家里住下。见到李时我就不能不想到1938年我们在"抗敌演剧队第三队"到山西前线做宣传工作时，我突然在大宁得了副伤寒病，三队派李实看护我的情景。由于他的精心护理，我总算没有死在大宁。因此现在见到他总有一种感恩的心情。

在李时家里住了一礼拜，认识了他的妻子吴捷和女儿、女婿。李时曾有个爱人名李葳，我们在安徽太湖县工作时，大家在一起，后来又一同参加"三队"。在延安时李实和李葳又一起在"部艺"工作。离开延安后，他们分手了，后来李葳和中央侨务办副主任林一心结婚。但李时告我李葳曾来青岛看过他，言下有不胜怀念之情，而我也为他们的分离而难过。

见到李时发现他的腿有病，行动不便，但绝没想到他竟于1987年8月29日在青岛病逝。李实曾和江青在上海一起演过电影，"文革"中江青没有对李实下毒手也算他的幸运。

在李时家里偶然认识了青年孙嘉伟，他很热情，简直和我是一见如故，从此他就成了我的忘年之交，后来我多次来青岛都是和他有关，他的交际本领是无与匹敌的。他原为青岛印染厂的工人，但喜欢和画家们交朋友，他介绍我认识了青岛群众艺术馆的馆长陈国贵及其夫人龚铮如，他们夫妻都是搞版画的。1982年夏天孙又介绍我认识汇泉宾馆的张汇海，让我和李月英在汇泉宾馆住了一个月，不付住宿和餐费，给画了些画。"汇泉"就在海滨，我可以每天下海游泳，生活过得很舒适。当我于1985年在青岛栈桥由陈国贵主持举行了"力群版画展览"后,又由孙嘉伟介绍在太平角高级宾馆和李月英住了一月。也和住"汇泉宾馆"一样,为他们作画而不付宿食费。

在太平角宾馆住的期间,竟遇上袭击青岛的大台风,发怒的大海,如狼嚎虎啸,掀起数丈高的海浪,巨风拔起桶粗的大树,横在马路上阻断交通,宾馆楼外的雨水浸入楼房内,把红色的地毯也泡在水中了,使主人无可奈何。这真是青岛之大灾,我是有生以来第一次遇到台风。

之后又由嘉伟的朋友陈超介绍到烟台合成皮革厂俱乐部举行《力群版画展》。这次在烟台工厂的展出,主要是为工人看的,我乐于此举。主持这次展览的是皮革厂俱乐部的刘和平,他为了照顾我的生活,特意在烟台的跳舞厅找了个姑娘陪我跳舞,姑娘名解红琴,和我跳得也很合拍,一周之内竟成了我的固定舞伴,为了表示我对她的感激,离烟台时送了她一幅《墨竹》酬谢。

有时嘉伟也让我住在黄岛,曾去薛家岛等处观光,这一带海滨有一个很长的沙滩,真是一个理想的游泳场。在黄岛认识了一些画家,我也为嘉伟的一些朋友写字作画。他领我到胶县宾馆,认识了宾馆经理马文楼,后来为宾馆画了不少画。有一幅大墨竹挂在胶县宾馆的餐厅里,4.5米长,2.4米宽,我为此特到餐厅去观看,很满意。这种画有两三千元的报酬,让我画过五六幅了,应该感谢孙嘉伟,他在青岛给我打开了门路。但我都是认真画的,不因作为商品画而粗制滥造。

"全国第十届版画作品展览"于1990年11月至12月先后在杭州、武汉、北京巡回展出,到12月下旬,由孙嘉伟邀请,让我代表中国版画家协会到青岛为这个展览会在青岛的开幕典礼剪彩。展览会于12月29日在军乐声中开幕,我剪彩后与青岛市市委书记等党政领导同志共同进入会场参观了画展。在1991年3月6日的《中国文化报》上发表了我写的《全国第十届版画作品展览观后》一文,表扬了一些现实主义的版画作品,批评了一些受"新潮"美术影响的令人看不懂的版画作品。

孙嘉伟还给中国美术家协会和中国版画家协会办过些好事,例如1991年9月由两协会共同在京给版画家们颁发的"中国新兴版画杰出贡献奖"的铜质奖品,就是由孙嘉伟联系企业家资助而刻制铸造的。

没想到孙嘉伟近些年竟画起国画来了,他画荷花,画梅花,后来竟画起仕女来,学仕女的教材就是潘洁兹在荣宝斋出版的一本画册。他学得废寝忘食,说不定将来会成为一个画家的。

1981年我一共创作了五幅木刻画,除了已经提到过的《夏风》《北国早春》《春到洞庭湖》和《小熊猫》外,后来又刻了一幅黑白木刻《早春》。其中得到好评的为《夏风》《北国早春》和《春到洞庭湖》。

# 第三十一章　参加庐山文联读书会

庐山对我是颇有吸引力的,早些年就听说蒋介石在庐山搞军训,全国解放后大跃进刚过,毛主席就在庐山整彭德怀,然而我却未曾到过庐山。

应该感谢中国文联,竟让我们这些"全委"在1982年的炎夏到庐山参加"读书会",其实是让我们到庐山去避暑,怎能不感激呢。

当我路经九江时,确实感到炎夏之威力,热得人满身淌汗,但一到庐山就顿觉凉爽起来,好像从蒸笼似的夏天,突然走入凉爽的晚秋。

我们住在牯岭"云中宾馆",它是文联的"庐山文艺之家"。参加读书会的"全委",有美学家朱光潜,我在中学时代,曾读过他写的《寄青年的十二封信》。我们当中数他最老,有夫人相随;有表演艺术家李默然,我看过他在电影《甲午之战》里扮演邓世昌;此外还有戏剧名导演苏里、作家林焕平、剧作家崔德志等。我和苏里住在一个房里,这样和他就特别熟悉起来。

我们经常集体乘面包车出游,可就苦了李默然,他一下车游客就立即认出他是"邓大人",于是就把他包围起来,没完没了的给签名留念。但也同时苦及我们,因为要等他,害得大家站着不能开路。后来他就带上口罩,然而带上口罩也不行,游客还是照样认出来。

我们先后游历了五老峰、仙人洞、三叠泉等处。看到庐山到处都是葱葱郁郁的绿色森林和点缀在山野里的点点黄花;间或瞥见如镜的平湖,如轻纱的流云……就觉得心旷神怡,有如置身仙境。当年苏东坡游庐山,曾说:"不识庐山真面目,只缘身在此山中"。其实经常云雾缭绕也够难于认识其真面目的。

在庐山上,最多的树木是法国梧桐和青松,此外也有水杉和银杏、墨柏和翠竹、古槐和野枫……有人告我法国梧桐又名"悬铃木",这名字也够起得有味。庐山的这"悬铃木"使我特别垂青。它细枝下垂,布满如掌的密密大叶,婆娑片片,层层自适,山风吹来有如大鹏之展翅,碧裙之飘舞,委实可爱。我画了速写,于1986年创作了一幅水印套色木刻,就叫《悬铃木》,曾参加第九届全国版画展,出展于黑龙江、北京、合肥三地。之后于1987年又与黑白木刻《初春》参加了南斯拉夫"卢布尔雅那国际版画展"。

既是到庐山参加文联全委的读书会,我就买了一本《冰心选集》,想在静静的环境里重阅少年时代读过的《寄小读者》,到底看看我究竟是否还喜欢。

全国解放后,我调到北京工作,一次在中国文联组织的全委活动中,偶然和冰心老人相遇,同乘一辆小车出行,我高兴地对她说:"你可知道我在少年时代是你的作品的一个忠实的读者,曾对你的《寄小读者》非常爱好。"

"现在呢?"她说。

这下可把我问住了,因为我当时已是四十多岁的人,对于她的《寄小读者》之类的作品久已不读,真不知是否还喜爱,所以老人的问话,不知如何回答是好,如果顺口说一声"现在也喜欢",是违心之言,而说声"不喜欢"吧,又非实感。真有些尴尬。

我在云中宾馆认真重读了《寄小读者》。我的读书笔记是这样写的:

"冰心以一片童心和少女的多情,通过细致之笔所写的通信,当我是一个中学生时,就曾为这些通信所陶醉,而今,我以七十岁老人的心情再重读这些通信,还被它的魅力所吸引。

"读着她的散文,使我分享了母爱的甜蜜与温暖,也尝到了'带着酸汁的快乐之果',我深感以一颗少女的善良的心给予万物以同情为美,可也确实以她的'悱恻恻的思想'给予小读者为病。"

这读书笔记,后来趁求她给我的散文《我的乐园》写序时,曾顺便写给她,她没有表态。

在庐山曾集体参观了蒋介石的别墅,以及当年因"万言书"冤整彭德怀时开会的会场,也参观了毛主席的行宫,除了有棋室、舞厅外,还有游泳池……比起蒋介石的别墅来豪华多了。

这次半个月的庐山避暑,除后来创作了套色木刻《悬铃木》外,还写了一篇散文《牯岭抒怀》,最初发表于《太原日报》的《双塔》副刊上,后来收入我的散文集《马兰花》内,算是不虚此行。

由于我是画家,读书会的同志们求我作画留念,记得给李默然同志画了一幅竹子。

庐山读书会结束后,得知戏剧家崔德志同志想去井冈山旅游,我也想去,于是我俩经南昌、吉安,来到井岗山,游了大井、茨坪、黄洋界等处,看了毛主席、朱总司令当年居住、作战的地方。这次江西之行,不但去了庐山、井岗山,满足了我多年的愿望,而且路经南昌时还参观了八大山人的陈列馆,因八大山人乃南昌人士。馆内不仅陈列了八大山人的原作数十幅,而且还陈列了潘天寿的作品,相比之下,潘天寿的作品就显得软弱了。

# 第三十二章 在故乡举行画展

年近腊月,严寒蹂躏着大地,而我却带着一颗火热的心参加了故乡为我和牛文举行的画展开幕式。

我的版画展览于1964年就在故乡灵石展出过了,我一向认为我们的美术展览不应仅仅停留在大城市,而应走向底层小县,让那里的人民也有眼福欣赏我们的美术作品,并听取他们的意见。因此一有机会我总是乐于把自己的版画作品送到小城市的。

1983年12月20日趁灵石新建的文化馆大楼落成之际,由中国美术家协会山西分会和山西省灵石县文化局联合举办了"力群牛文画展"。这已是我的版画作品第二次和故乡人民见面了。和上次不同的是,除了展出版画作品103件外,还展出中国花鸟画六幅,书法五幅,速写九幅,以及我当年在本县南关陶瓷厂设计的陶瓷工艺品和我的一些美术论著。上次在灵石展出我的版画作品时,我还在北京工作,未曾归里参加开幕式。

牛文同志却是初次把版画作品拿回故乡展出,但遗憾的是他仅仅把作品从重庆寄来,而未归里和家乡人民见面。他除了展出版画39幅外,还展出中国人物画32幅。

在故乡来说,像这次盛大的美术展览会是难得看到的,尤其是两位革命版画家都是灵石人,故乡父老兄弟看到这次画展会格外高兴的吧。

剪彩仪式由副县长赵佐武主持,县委副书记王俊忠致词。在群众的热烈掌声中,省文联副主席、美协主席苏光同志代表省美协讲了话。要我讲话时,我说:"这次我和牛文的画展能在故乡的新楼展出,和灵石的父老乡亲见面,我非常高兴。我应向灵石县委和县政府表示感谢,由于得到诸位领导同志的大力支持,使我们的画展能胜利展出。希望能听到你们的批评意见。"

紧接着,在鞭炮声中,县委书记杨大椿和苏光同志为画展和文化馆大楼的落成剪彩。剪彩毕,应邀出席开幕仪式的来宾——省文联副主席胡正同志、省财政厅顾问王晋山同志、太原市文联主席张春旬同志以及省城新闻界的记者们和晋中文联主席刘德怀同志等在县委、县政府领导的陪同下,与县城前来参加剪彩仪式的两千多群众一同上新楼参观了画展。

画展期间,我国文艺界的知名人士,著名画家朱丹、于希宁等获悉我和牛文的版画作品在家乡展出的消息后,纷纷写来了贺信表示庆祝。

画展开幕伊始,我曾向新建的文化馆大楼赠送了我的国画作品,作为纪念。

我们的画展于1983年12月20日开幕后到1984年元月20日才圆满结束。据统计,参观这次画展的群众共15000多人次,比1964年那次的展览多了三倍有余。除了本县的群众外,还有霍县、临汾、孝义、介休等地前来参观的美术爱好者,县上都免费一一招待。我亲眼看到县招待所在二天之内摆了好多桌酒席,使我感动。

事后在1984年灵石县文化馆出版的《灵石文化》报上为我们出了一期特刊。其中在《力群牛文画选》内除刊登了我的《鲁迅像》《北国早春》《春到洞庭湖》《鱼乐图》《少女像》、《二月》等七幅木刻外,还选载了我的国画《小熊猫》一幅,书法一幅。选载了牛文四幅木刻,四幅中国人物画。除此之外,《灵石文化》上还刊登了关于展出情况的报导和赵麟书写的《毛主席文艺思想的具体实践和丰硕成果》一文,副标题为《力群牛文画展》观后。还有《力群简介》《牛文简介》和畅玉杰写的《赞〈力群牛文画展〉》。除此之外,还刊登了数幅展出期间拍摄的关于我的活动的照片。

我以对故乡感激的心情,写下了以上的记述。

# 第三十三章　桂林旅游

　　1984年夏，我和董其中同志作为第六届全国美术作品展览版画部分的评委，乘火车到四川成都市参加评选工作。我的套色木刻《黑龙江之秋》和《鱼乐图》入选。《鱼乐图》事后被评为优秀作品，又在北京展出。这次的全国美展是五年来美术创作的一次总检阅。有别于以往的是：分品种在全国九大城市于10月1日同时展出。从九个展区约四千件作品中再评选出优秀作品800件左右集中北京展出。在京展出的优秀作品中又评选出获得金、银、铜奖的作品，并同时评出荣誉奖的获得者。

　　在成都评完作品后，我就乘飞机去了广西，这时全国文联的部分委员正在桂林旅游，我也被邀参加。

　　自古就有"桂林山水甲天下"之说，所以能到桂林游览真是一次难得的好机会。我先到柳州，然后又去南宁，最后才到了桂林。在桂林的文联全委有《铁道游击队》的作者刘知侠，在延安和王大化共同参加《兄妹开荒》的演出而出名的李波，以及唱"马儿慢些走……"的歌曲而出名的女歌唱家马玉涛及其爱人黄河，此外还有书法家王学仲、作家李进等。全国文联的工作人员有姜志洁，他是曾和我一起下放宁夏吴忠市的。

漓江明洁似镜，山影倒映、清澈见底，时有渔排轻飘，白鸥悠悠，真是江山如画。我们住在漓江畔的一个旅馆里，我和天津的书法家王学仲同志同室，知他在日本很有影响。一到夜晚，漓江岸上的露天舞场就开始活动，舞曲之声飘于两岸，我曾进入会场和不认识的姑娘跳了几场舞，也算享受了江上跳舞的乐趣。

桂林无山不洞，无洞不奇，被誉为"大自然艺术之宫"的芦笛岩、七星岩、穿岩，我们都去游览了，洞中的石钟乳、石笋、石桂和石幔以彩色电灯照耀又加导游姑娘的富于浪漫色彩的讲述，使游人如进入神话世界。其中有"水晶宫"、"鱼尾峰"、"高山流水"、"雄狮送客"、"丰收小景"、"锦绣田园"等名目，繁多的景观使游人有"山重水复疑无路，柳暗花明又一村"之感。

人们说"桂林山水甲天下，阳朔山水甲桂林"，因此我们也乘船沿江到了阳朔，在那里住了一宿，我们住的旅馆近山临水，更有人在画中之感。

由于桂林风景闻名海内外，所以中外旅游者特多，因此由桂林画商开设的画店也特多，比饭店还多，我参观了几家，感到大都质量不高，而且有不少是假画。

这次我来到桂林,画了不少速写,还在阳朔画了凌霄花。数年后刻了一幅名《桂林风景》的套色木刻。也曾画过一些有关桂林山水的中国水墨画,但都没有特殊成功的。

我作为一个中国文联的委员,真感谢文联,除了这次组织全委游桂林外,于1985年和1986年还先后组织我们在烟台芝罘宾馆旅居,到连云港疗养院疗养。在芝罘宾馆旅居时,认识了和我们在一起的天津说大鼓的著名艺人骆玉笙女士。她带着孙女,我经常在中午和她的孙女一同下海游泳。因为芝罘宾馆离海很近。同旅居的还有画家莫朴和他的爱人孙征。在这里我偶然认识了青岛中国画家宋新涛。当我在青岛时就见过他画的梅花,我认为他画得好,就引起倾向于现代派的画家的不满,但我是不管这些的,人的审美观是不能为别人所左右的。因此这次见到宋新涛很高兴。他后来被任命为青岛画院院长。我于1991年11月号的《美术》杂志上发表了《宋新涛的花鸟画》一文,向读者推荐了这位颇有成就的中国画家。

# 第三十四章 率领"老画家写生团"赴西南边陲

省委书记霍士廉同志在位时,关心我们画家,拨了两万元的款,让我们去旅游写生。但此项公款却一直由省政协一位副主席把持,迟迟不作处理。拖到1985年秋不能再拖了,于是由省委宣传部组织了两个挂靠"山西省政协"的"老画家写生团",一个由王定南率领到浙江一带,一个由我率领到四川、云南、贵州等边陲地区。我们的团员有聂云挺、王暗晓、竹涛、程曼、魏振祥、赵梅生、黄景涛、姚天沐、王光宇等人。宣传部决定由我和聂云挺为正副团长,后又由我提议增加王暗晓为副团长,便于三人开会商量问题。我们需要有人能为老画家们跑腿办事,而较年轻的画家张国宾和高相国愿意参加我们的写生团为老画家们服务,他们也好借此机会旅游写生,于是就吸收他们为团员。

我们于1985年10月2日由太原乘飞机飞往成都,由于事先以"山西省政协"的名义和"四川省政协"有所联系，所以我们于下午5时许一下飞机就有四川省政协办公室主任来接，把我们送到"滨江饭店"下榻。

我真是孤陋寡闻，竟不知四川有名胜风景之地黄龙和九寨沟。而这次我们来四川就决定先去这两个地方旅游写生。

在未出发前，于3日在成都游览了杜甫草堂、武侯祠，4日游览了青城山和都江堰、二王庙等处。杜甫草堂和都江堰等处我过去来过，但青城山却是初游，令人感到有幽静之美。5日休息，午餐由政协副主席、办公室主任等领导设川菜宴席招待。

我们于6日晨7时乘七日游的旅游车前往黄龙和九寨沟。这晚秋季节，天高气爽，空气清新，是很宜于旅游的。

黄龙和九寨沟属阿坝藏族自治州，第一日汽车在山间爬行了整整一天，于晚8时到松潘镇，住松潘人民旅店。坐了13个小时的汽车，我真感累了。这里距当年红军二万五千里长征经过的毛儿盖很近，据说所谓的"草地"就在松潘一带。第二天从松潘到黄龙，路经一段雪山，山下翠绿成荫，山上白雪皑皑，别是一番风味。到黄龙后，通过茂密的灌木丛，就看到从山上流下的清水，形成无数的小水池，无数的小瀑布，感到有"清泉石上流"的诗情画意。

当天从黄龙仍回到松潘，住人民旅店。次日从松潘出发到九寨沟，大概沟里有九个藏族的村寨，所以得名。我们住在"树正寨"一个小旅店内。在旅店稍事休息，便去附近观看了树正瀑布，感到气势磅礴空气清凉。

九寨沟以桦、橡、枫、杉等茂密的森林组成了中黄、澄红、深绿、苍青的灿烂的金秋协奏曲，配以清澈的水流和瀑布，形成了人间仙境似的美景，令人赏心悦目。我曾在茂密的灌木丛中发现了山西吕梁地区的"醋溜溜"——沙棘果，感到无比亲切，比起吕梁的"醋溜溜"来显得树株高大。此刻果实正呈橘黄色，我采的吃了几颗，酸不可耐。

我们住的旅店和吃饭的饭馆都是藏民经营的，为我们服务的藏族姑娘讲得一口漂亮的汉话，她们穿的也是汉服，使你认不清是汉民还是藏民。后来发现，只要显得特别健壮的就大都是藏族姑娘，相比之下，我们汉族少女的脸面就没有她们那么红润健美。

我曾要求一个藏族姑娘领我们到她家参观，她答应了，我们去后正碰到家里有红衣喇嘛，围在木柴火堆旁谈话，好像在开会。家室高大空泛，屋顶有窗，能散走室内烟气。我能进入藏族的家室，真感谢那位带领我们的姑娘。

九日由树正寨继续深入，看了诺日朗瀑布、镜海、珍珠滩、金玲海、熊猫海、天鹅湖等景观。

我陶醉在九寨沟的金秋的风光中，如饥似渴地作写生，但后来却始终未能画成一幅满意的风景版画稿，倒是随手拾来的崖边红叶野藤画的速写，回到太原后创作成一幅满意的国画。我在画上题了"霜叶红于二月花"的诗句。这富有趣味的小景，后来又刻成漆刻画，名《红叶》，于1986年在北京全国首届漆画展览会上获得荣誉奖，被一个日本人买走了。可后来我又另刻了一幅，比获荣誉奖的那幅还使我满意。

魏振祥告我："街上有卖牦牛肉的。"我们来到九寨沟已看到了未曾见过的牦牛，但还没有想到竟有卖牦牛肉的，于是我们俩在晚饭时痛快地品尝了一次牦牛肉，也算到藏族地区的一种特殊享受。

我们于12日由九寨沟返回成都，仍住"滨江饭店"。13日由四川省政协举行欢送宴会，以川菜招待。这次九寨沟之行，使我感到和藏民有一种亲密感。

10月14日告别成都后就到了峨眉山下，住峨眉博物馆。考虑到上山费力，我就在附近的报国寺用三元多钱买了枝手杖，上书绿色小字"中国峨眉艺苑"，也算来到峨眉山的一个纪念。15日去万年寺参观，并在寺内吃了午饭，然后大家就向峨眉山攀登。当天到半山处的洪椿坪寺院住宿。这寺院实际也就是游客上峨眉山的中途旅馆。当寺院主持得知我们都是画家时，就请我们作画留念，并对我们的生活也有所改善。

听说峨眉山有猴子，但我们来到这半山上的洪椿坪还未见到一只，和尚说此刻已是晚秋，猴子在山上不下来了。但也听到不少关于猴群欺游客的故事。

我和大家商量是否还继续攀登？多数人好像再往上爬的兴趣不大，于是就决定从此下山，不再攀登了。但不管怎样，我们总算游历过峨眉山了。

16日从洪椿坪寺院下来，曾在清音阁参观并午餐，后来仍住峨眉博物馆。17日给博物馆作画。

乐山市政协副主席杨万明同志得知我们的消息后，就亲临峨眉山迎接，并于峨眉博物馆设宴招待。他是山西定襄县人，对我们特别热情。

我在峨眉山的途中也画了一些农村的房舍，但没有画庙宇之类的建筑物，一来没有这耐性，二来也没有这兴趣。

18日，杨万明同志把我们从峨眉博物馆接到乐山宾馆。19日参观了著名的乐山大佛。我最初是在《李可染水墨山水写生画集》里看到这个伟大的雕刻的，但究竟有多么大，无实感，现在我亲自从大佛身边的石阶上走下，始知其大。据《简明美术辞典》介绍说："乐山凌云石佛凿于四川岷江南岸凌云山的栖鸾峰，与乐山城隔江相望。从唐玄宗开元初年开凿，历九十年，到贞元十九年完成。佛高71米，头长14.7米，宽10米，耳长7米，脚背宽8.5米，是世界上最大的石佛之一。我想：这种傻事也只有汉唐时代做得出，别的朝代就未必有此气派。但要想观展大佛的气势和神采，还必须离开石佛身边，坐船到岷江北岸远眺，才能看出其高大雄伟，感雕凿之不易。

当日午餐由杨万明副主席设宴招待，并赠送我们每人乐山特制的猪鬃画笔四支。

10月20日告别了杨万明同志离开乐山，坐火车去昆明。由于事先和云南省政协有所联系，所以我们于21日到昆明后，云南省政协就派办公室主任石明同志把我们迎往39530空军部队招待所下榻。石明同志是山西太谷县人，因此使我们感到一见如故。

我们来昆明的目的，主要是为了由此去西双版纳。西双版纳对我们画家来说，是一个颇有神秘感和诱惑性的地方，总想到那里画点热带地方的特殊风情。但来到昆明之后，据石明同志说，坐汽车到西双版纳要走好多天，我们老年人真受不了。而坐飞机又不容易很快买到机票。正在为难之际，在我们住宿的空军招待所认识了一位正在作画的部队画家，名黄福山，经了解他是中央美术学院的毕业生，曾受教于刘浚沧先生。由他向空军39214部队的张司令员反映情况，就意外地得到他的帮助。由于张司令员是山西侯马人，听说"山西老画家写生团"来到昆明，想去西双版纳作画有困难，他就派军用专机把我们运往思茅，而且派了一级驾驶员负责接送。这真是使我们太感激了，到这时就显得老乡关系之可贵。为了感谢张司令员，我们给他作画致谢，并为招待所也画了画。更令我高兴的是张司令员竟为我们举办了一次跳舞会。

在未动身之前，我们于22日在昆明游览了滇池、大观园、黑龙潭、博物馆等处。23日去云南画院进行参观访问，见到版画家李忠翔等同志和他们的版画创作。后来李忠翔和女版画家陈琦等同志来招待所看我，并赠送我云南的腊染小袋等特殊礼品，我很感激。之后女版画家李秀和爱人也来招待所看我。

周总理去世后，李忠翔创作了一幅怀念总理的版画作品《心中的歌》，给我留下深刻印象。李秀是彝族姑娘，她的出名的版画《毕业归来》表现了彝族妇女在新社会得到了文化上的翻身的喜悦心情，显示了她在艺术上的才华，引起版画界的重视。后来她还创作了《湖畔》等优秀作品。目前已是公认的中国女版画家中的新秀。这次她来看我，使我特别高兴。

我们在云南画院还参观了他们的中国画，其中王晋元的大幅新山水画特别引起我的注意。王晋元是河北唐山人，他的作品表现了云南原始森林的茂密花木，取材既新而又富有气势，用笔用墨也能自成一家，所以给我留下深刻印象。曾举行座谈会，我们对他们的成绩表示赞赏。

10月24日由石明同志陪同，我们去路南彝族自治县参观了著名的石林，这真是自然界的奇观，我走进石林有如走入迷宫，几乎寻不到出路了。夜宿路南县招待所。次日到新石林参观，感到不如旧石林有味，下午4时返回昆明。

我们的美梦终于实现了，10月26日早九时由黄福山和石明同志陪同乘车到空军机场。十时三十分飞机起飞，于十二时到达思茅。下榻于思茅宾馆。来到思茅我们就看到了高大的榕树，这是北方没有的。午饭时，由宾馆以当地特产名菜设宴招待，有油炸蚂蜂、野猪肉、芦芽菜、佳山鸡等野味，真够别致。

饭后，由思茅政协派小面包车把我们送往景洪，约行200余公里。中途经检查站，在外宾旅游招待站休息二十分钟，继续行进，终于来到景洪，到此就是来到西双版纳傣族自治州了。我们从思茅出发，一路翻山越岭，车行于热带森林中，我们能从车窗外看到沿途的奇花异草怪木丛林，加以小面包车播放出动听的音乐，使我们的旅游更增加了乐趣。晚5时到达景洪，下榻"版纳宾馆"。据说旧时代把这里叫做"西双版纳"即"十二个行政区"的意思。这"西双版纳"大概就是傣族的语言。

"版纳宾馆"的服务员已全是傣族姑娘了，其风姿有越南少女味，但衣著很鲜艳，使我有异国情调之感。

27日早晨，由景洪自治县政协办公室主任陪同我们乘船在澜沧江航行七十余公里到橄榄坝。同船的乘客中有一个外国妇女,我用英语问她:你是那个国家的?她用汉话回答:"加拿大。"看来她是一个外国平民百姓,对中国的西双版纳如此感兴趣,所以和她的丈夫及两个孩子不辞辛劳一同来旅游。我想,我们中国的平民百姓就未必有这种劲。

橄榄坝是一个典型的傣族居民区,我们参观了白塔寺和傣族居民的竹楼。楼的左右有竹林、芭蕉,楼下养猪。登梯上楼,进入室内,感到很暗,有如走入地下室,因此看不出家里有什么摆设。我在橄榄坝村里,看到妇女们挑着新采下的绿色香蕉回家,还看到一种开黄花的"黑心树",有如北方乡村中的槐树,我很感兴趣,便画了速写,回到太原后创作了一幅《西双版纳风光》的国画,就是以"黑心树"为主体的。

下午5时乘船返回景洪"版纳宾馆"。

28日上午由景洪自治县政府办公室主任陪同,乘小面包车前往我国西南边疆的勐海、勐遮傣族古老的村寨参观访问。我们参观了寺院及傣族生产生活的情景。当时正举行佛教仪式,我们看到很多少年和尚身著杏黄道袍,腰系红色腰带,有的手持大锣,有的手持长鼓,奏乐诵经。据介绍这里居民都信奉佛教,男子从八岁开始都要出家当和尚,每天诵经学文化,吃住在庙里,等于上小学和初中,到十八岁可还俗,已成为傣族的一种社会制度了。勐海、勐遮一带土地肥沃,资源丰富,气候条件很好,但这里的居民每年只种一茬庄稼,生活仍保持着自给自足的状态。

中午在勐海区政府招待所午餐,下午1时40分赶回景洪"版纳宾馆"。晚间由景洪自治区政府和区政协举行宴会,以傣族风味佳肴竹筒米饭、巴蕉叶肉馅招待。参加宴会的有政府办公室主任、政协副主席、办公室主任等领导同志。

29日乘政协小面包车去勐腊县勐仑区——西双版纳中国科学院云南热带植物研究所参观。在这里见到不少奇花异草，看到大片橡胶林及工人们的采橡胶活动。我们在园内还见到了唐代王维《相思子》诗中所说的红豆。诗云：

红豆生南国，春来发几枝。愿君多采撷，此物最相思。我拾了数十粒从树上落在地上的红豆，如红玉，我把它带回太原留作纪念。

勐腊与老挝为邻，我们来到此地，已算到了中国西南最南的边陲了。下午6时返回"思茅宾馆"水榭下榻。30日在"思茅宾馆"午餐后，下午1时驱车到机场。由于气候关系，直等到四点钟才起飞，5时30分安全返回昆明，仍宿空军招待所。

这次西双版纳之行，总算满足了我多年的愿望。这里虽为祖国的版图，但却颇有异国情调，不论傣族的房屋、寺院、白塔以及妇女的服饰，村中的树木都感到与内地不同。但我总觉得旅游的时间短促，未能尽兴多画些速写，所以很不过瘾。既没有看到原始森林中的大象，也没有看到傣族姑娘在澜沧江洗澡。祖国之大，我总想到处跑跑，西陲之新疆去过了，看过维吾尔族的生活；大兴安岭我也去过了，看到了鄂伦春人的家室；现在又领略了西双版纳傣族的风情。西藏我是不准备去了，怕那里的气候不适应，有机会还想到福建，到海南岛一游，如果情况好转台湾我还想去的。但对我来说，兄弟民族地区我还是对维吾尔族的生活更感兴趣，尤其是她们的舞蹈。

10月31日未出游,晚餐由云南省政协和云南画院设宴招待,晚间举行跳舞会。11月1日,原计划这天离开昆明往贵州,因火车突然有紧急情况而受阻。据黄福生同志说,是因为前线调动部队(这时我们和越南还在打仗),火车临时停运,故只好改在2日动身。

11月2日一直等到晚十时才算离开昆明踏上开往贵州的火车。3日下午2时40分到达贵阳,由贵州省政协迎接至招待所下榻。4日下午到市内白龙洞参观,洞内有石幔、石柱、石笋、石花,千奇百怪,皆钟乳石形成。去年我在桂林已参观过很多类似的洞窟了,所以不感到新奇。

5日,到坐落在贵阳市西北面的"黔灵公园"游览,园内的象王岭、檀山、白象山、大罗岭,有群山连绵,峰峦叠翠之感。我们还参观了麒麟洞,据说是当年杨虎城和张学良被蒋介石囚禁过的地方。

6日去了镇宁布依族、苗族自治县的黄果树,这里距贵阳150公里,中午12时到达,于"黄果树宾馆"下榻,能闻瀑布声。午餐后休息片刻便到附近观看黄果树瀑布。这是中国最大的瀑布,它在打帮河上游的白水河上。过去仅在绘画作品中看到过,现在我来到画中,走到山下,仰观奇景,真乃气势磅礴,无比壮观。后来我又爬到半山进入"水帘洞",深感自然构造之妙。

7日由黄果树往龙宫游览。龙宫位于安顺市南郊27公里处,溶洞全长3600米,由天池乘船入宫,宫内深远,厅堂轩敞变幻无穷,泛舟其中,别是一番滋味,大有身入仙境人在画中之感。从卧龙桥到明镜天池有一龙门,乃自然形成的一个窗口似的洞穴,池水经此下降坠入断岩下的龙门,形成了三十多米高的洞内瀑布,颇为壮观。

下午1时由龙宫坐车6时返回贵州政协招待所。8日上午休息,下午由贵州省文联、贵州省美协、贵州省国画院举行座谈会并互相作画,感谢画院鲁风同志为我当场创作了一幅《亲如兄弟》的国画。晚间举行宴会招待。贵州省文联副主席邢立斌同志参加了座谈会和宴会,他是延安鲁艺文学系的学生,我见到他很高兴。

在贵阳期间,老版画家王树艺同志请我到他家吃饭,他这时较少刻木刻了,而热衷于画中国花鸟画,他给我看了不少国画作品,其中一幅大画《荷塘听雨声》画得颇好。王树艺为中国的版画事业是有所贡献的。他为革命为中国的新兴木刻曾两次被捕入狱。从1937年从事木刻创作以来,在抗日战争年代曾以木刻《自行失踪的人》暴露了国民党的黑暗,给我们留下难忘的印象。1964年他刻的表现布依族人民生活的水印套色木刻《入市喜盈盈》是一幅具有清新情调的佳作。他送我一本1983年出版的《王树艺木刻选集》,这是他一生从事版画艺术的可贵成果。

由王树艺同志带领,我去拜望了老画家宋吟可先生,他既是贵州省美协主席,又是贵州省国画院院长,生于1902年,比我大十岁,今年八十四岁了,尚健壮。近年来他画的孔雀很精彩,家里挂着一幅装在镜框中的腊染画,不是工艺美术的图案，而是宋吟可的一幅花卉用腊染制出，也算一种创造。如果有机会我也很想把我的木刻《百合花》用腊染制出，可能很有趣味。但我迄今尚未掌握腊染技术，我真想学习。宋先生既工人物，又工花卉山水，在老画家中是不可多得的。

我们参观贵州省国画院，他们特意为我们布置了一个画展，感到都有专家水平。画院副院长李昌中同志向我们介绍了他们于1985年3月倡议为"爱我中华，修我长城"筹集捐款的国画义卖活动，令人感动。

世界文明古国遗留人间的伟大建筑，虽有埃及的金字塔，巴比伦的"空中花园"……但我总觉得只有我们的万里长城更雄伟更壮观美丽，贵州省国画院终于在副院长李昌中的领导下，发动全省书画家创作书画作品5300多幅，集资116万多元，从而在1987年5月于八达岭修复三座长城城台，四百米城墙，这一壮举既是贵州书画家们为祖国文物的伟大贡献，也是中国书画家的光荣，愿能流芳百世。

1990年9月25日李昌中同志给我寄来《众志成城》纪念册一本。来信说：

**力群同志：**

您好，85年您和山西同仁前来贵州，对我们的工作予以指导和激励，我们深表衷心感谢。我们竭诚欢迎您再来贵州作客，我当执拂奉陪，今寄上贵州书画家义卖集资赞助修复长城纪念册《众志成城》一册，请多加指导，并作纪念，顺颂秋安。

我收到纪念册之后,即写了回信,除表示感谢外,也对他们义卖书画修复长城的壮举再次表示了敬佩。

11月9日上午我们乘26次火车离开贵阳往重庆。下午火车过遵义达娄山关,令我想起当年红军的英雄业迹,和中国革命的艰苦。我真想下车参观遵义会议的会场和娄山关的惊险,可惜办不到。这条铁路线沿途涵洞甚多,真是穿不完的山洞,阅不尽的森林。

晚抵重庆,由省美协驱车来接。我们的写生团历时40天,行程三万里,到重庆后就解散了,有的早在贵阳就离团,有的要经长江三峡去武汉。我到重庆后,就住牛文同志家,然后路经西安回太原。

我画竹已四五年,而山西则很难见竹,这次西南之行,为了了解竹子的生长规律和结构,在各处作了多方面的观察与写生,得知单单品种即有篙竹、丹竹、金丝竹、毛竹、筋竹、罗汉竹、湘妃竹、箭竹之分。而画家所作,实为概括其特征之创造,以追求其神韵而挥毫。

回到太原后就动员"老画家写生团"的成员努力作画,到12月举行了一个南行写生的"汇报展览",共展出一百余幅国画,我个人参展的作品有十二幅,其中的《红叶》《红花蔷薇》《月季花》等国画作品受到了好评,成为了我的代表作。总之这次的汇报展览我感到是成功的,没有辜负了前省委书记霍士廉同志当初对我们的热心关怀。

# 第三十五章 我的文学生涯

我于1985年12月接到中国作家协会创作联络部的一份通知,上面说:

**力群同志:**

你好,我会书记处已于1985年10月21日批准了您加入中国作家协会,欢迎您参加我会的有关活动。

……

中国作家协会创作联络部

85年12月14日

作家协会批准我为会员,就意味着他们承认我过去写的散文和小说还够格。

我的文学生涯开始于在国立杭州艺专当学生的时代,记得那时曾写过一篇小说,题目忘记了,仅记得是以第一人称

"我"和一个农村姑娘恋爱的故事。没有勇气投稿就扼杀在摇篮中了。曾给同学葛康瑜看过,还给我指出优点。后来于1936年在上海美商柯达公司当绘图员时,喜欢在上海的《立报》上发表些短小的杂文。进一步发表散文和小说是在抗日战争开始后于1937年和38年在胡风主编的《七月》杂志上。那时我在安徽太湖县写了一篇小说《他们全开到前线去了》,胡风给我发表在《七月》上,我看到后真高兴,但胡风认为算"速写"。

可这就鼓励了我的文学活动,后来又在《七月》上发表了散文《微山湖》和《太原西郊的碉堡》等。这些都收集在我的文学作品选集《野姑娘的故事》和散文选集《马兰花》里面了。但我没有想到的是《他们全开到前线去了》于胡风在世时竟作为优秀小说选入由人民文学出版社于1986年出版的《中国现代文学流派创作选》——《七月》《希望》作品选集中。

我开始阅读小说,始于少年,读过中国古代小说《今古奇观》,对于其中的《卖油郎独占花魁》和《俞伯牙摔琴谢知音》《苏小妹三难新郎》颇感兴趣。开始读现代文学始于中学时代,对谢冰心的《寄小读者》《南归》特别爱好。1932年读过苏联的革命小说《铁流》。读鲁迅的小说始于1933年在杭州被捕入狱之后,起先在拘留所闲得无聊,读《红楼梦》,读《圣经》,后来在"反省院"和曹白共读鲁迅的《呐喊》和《彷徨》,对其中的《故乡》特别欣赏。这大概就是我早期的一些文学修养吧。

1938年我参加了军委政治部第三厅组织的"抗敌演剧队第三队"到山西前线决死二纵队所在地的隰县和汾西一带演出。1939年由山西到延安休整,我们住在宝塔山下西北旅社的土窑洞里,这时没有创作版画的条件和环境了,我就根据在前线收集到的材料和感受形成了一个写作高潮,当时我们的党委书记光未然写了举世闻名的《黄河大合唱》歌词,我写了小说《野姑娘的故事》、报告文学《塞家村》、散文《回乡纪事》、《行军在吕梁山中》。《野姑娘的故事》没有想到后来竟选入1992年重庆出版社出版的《中国解放区文学书系》由康濯主编的小说编内,我感到光荣。

1940年到延安"鲁艺"后,我对于文学的兴趣更高了,竟有改行之念。江丰同志知道后很不同意,他说:"你写得再好吧,还能写过茅盾?可是你在美术上,现在已经是全国知名的木刻家了。"周扬同志也劝我:"如果美术与文学同时搞,就怕结果两样都搞不好。"我接受了他们的劝告,就放弃了文学专攻木刻创作,现在看来,这样做是对的。

一搁笔就是四十年,直到八十年代才又重新提起笔来,一口气写了好多篇散文和小说,其中有小说《我和表兄》《桃树庄的春天》《一只野兔的悲剧》,有散文《我的乐园》《我的母亲》《马兰花》《童年逝了,故乡永在》等。《我的乐园》写的是我童年时代的生活,最初于1982年发表于山西的《小学生》杂志上,由他们推荐给上海少年儿童出版社,于1984年出版了单行本,我作了三十多幅木刻插图,请冰心老人作序,"序"文如下:

力群同志把他写的《我的乐园》稿子寄来,要我为这本儿童读物写一篇简短的序。

我一口气把这本稿子看完了，觉得他写得很好，感情真挚而浓郁。他又是一位版画家，能够把童年时代印象深刻的山水人物，同时用"文"和"画"鲜明生动地记了下来，使得我们似乎看得见那些活泼飞动的鸟兽虫鱼，闻得见那些艳丽芬香的奇花异草这一切都是少年儿童所喜闻乐见的。我愿把这本读物介绍给八十年代的小朋友。

同时我认为：小朋友们不但要读它，而且要向这位作家学习。你们在这样年纪，这个时代，也都有自己的"乐园"，应当在自己记忆力最强，对周围一切事物接受和反应最灵敏的时候，抓住一切感受，即时在日记或作文中写了出来，这也是练习写作最好的方法。

冰　心<br/>1983年9月14日

没有想到《我的乐园》竟被上海儿童文学园丁奖委员会评为上海1984年优秀作品，获"儿童文学园丁奖"。而且当1991年山西省第二届文学艺术创作奖评奖时，《我的乐园》和《力群版画选集》竟同时获得文学金牌奖和美术金牌奖。

我除了写散文和小说外，心血来潮时也写诗，早在延安鲁艺时就写过一首《布谷鸟》，发表于1941年在重庆出版的《抗战文艺》。1980年我写了《松花湖》《长白山的白桦》《鸭绿江》等抒情诗，先后发表于1980年的《山西文学》。

从1992年开始我又写了不少情诗。把最初的一首《她去了》寄给老诗人艾青，去信说："我一时心血来潮写了一首情诗,今寄上求教,如觉可以就介绍给不论什么文艺刊物,如觉不行就丢在字纸篓里。"没想到他的夫人高瑛同志回信说:"……您的诗写得太好了,您原应成为诗人。艾青说您的木刻是属于一流的,没想到诗也写得这么好。这是一位老诗人对您的诗的评价。我准备把诗稿交给一家刊物发表,有了准确消息,我再写信给您。"又说:"艾青建议您多写诗,他说从您的诗看到您仍有诗的激情。"这真是过奖了,对我在诗作上是莫大的鼓舞。

《她去了》最初发表在《山西文学》,由于编辑改动的过多,使我很不舒服,后又将原诗发表于1993年2月9日的《太原日报》《双塔》副刊。看了我的情诗的一位作家说:"不像一位八十来岁的老人写的,像是青年人的作品。"其实这之前我在1992年10月4日的《双塔》上就发表过一首情诗,名《第一次看到你》。

我的文学生涯还包括文学评论在内。早在延安时期我就于1942年6月2日的《解放日报》上发表了《略论〈祥林嫂的死〉——就商于默涵同志》一文。1948年在《晋绥日报》上发表了评论李束为的小说的文章《评〈老婆嘴减租〉》。又在晋绥《人民时代》上发表了《三谈〈李有才板话〉》。直到1988年3月30日才在《山西日报》副刊上发表了《我与作家对话》一文,批评了王祥夫的小说《永不回归的姑母》。1991年1月5日在《文艺报》上发表了《把美的情操献给人民》,副标题为《从谢俊杰的小说说开去》。当年5月18日又在《文艺报》上发表了《赞美工人阶级的歌手——贺小虎》副标题为《〈我们工厂的三个女人〉

读后》。

  我时常想：我作为一个文艺战线上的党员，既无能为力过问政治上的是非，也无责任过问经济上的好坏，而对于文艺上的事就感到有责任来过问。所以看到按照毛泽东文艺思想行事的好的文学艺术作品就想表扬，看到违背毛泽东文艺思想的不好的文艺作品就想批评，这就是我作为一个党员涉足于文艺评论的心情。

# 第三十六章　由我引起的一场文艺论战

1988年3月30日,通过《山西日报》的副刊《黄河》,由我引起了一场旷日持久的文艺论战。在整个山西影响极大,正如该报文艺部在"结束语"中所说的在全省范围内引起强烈反响。从城镇到乡村,从机关、厂矿到学校、商店,都在谈论此事,旋即形成了一个"议论《姑母》热"。这是我预先没有料到的。

事情的经过是这样:一天我发现我家的小保姆抓起一本当年的《山西文学》读得很入神,等她把书放下,我就拿起来看,我很关心她读什么东西。结果发现她看的是一篇名为《永不回归的姑母》的小说,作者王祥夫。这就引起我必须读读这篇小说的决心。我读完后很生气,觉得写出这样恶心的小说给小保姆这样的姑娘读,像把发霉的食品让她吃了似的,心里很不舒服,如鲠在喉。于是就拿起笔来一口气写了一篇批评文章。发表在《山西日报》副刊上时,编辑把我的文章题名为《我与作家的对话》。而且还加了"按语"。其中说"平等的讨论,必将引起各方面的深思,从而对文学的发展产生推力。"

现将《我与作家的对话》抄录如下:

# 一

那天夜里下着雨,雨点子又急又猛,结满树冠的如豆苦杏被纷纷打落。我姑母窑屋的那扇被岁月浸染的乌黑的门被一只手轻轻挪开。姑母那时半睡半醒,浑身躁热,突然觉得有两只手在她身上摸索颤抖。

"谁?"姑母恐怖惊叫,猛然坐起。

"我是谷贵!"

"干啥?"

"姑姑……"

姑母点亮菜籽油灯,血一下子涌到脸上,她看到了活在人间最不应该看到的东西,干恶起来。

"我是你姑!"姑母在那一刹间悟透了一个光棍心理上的苦涩!明白了一个孤独无偶的男人是怎么回事,也明白了谷贵在草垛上丑恶对话的内涵。

"走吧,谷贵!"姑母说,浑身颤抖却异常冷静,"你走吧!"

"我只想你一个人,姑!"

"你是牲口,谷贵!"

"……"

"出去!"

"姑,行不行!"

谷贵半脱着裤子跪在放米的莜麦笆箩上。外边雨声阵阵。

"谷贵,媳妇要慢慢等。"姑母早已是一片哽咽。

"我三十八啦……我完啦,一个工八分钱,他妈X,X都让狗X去啦……"回答姑母的只是越走越远的回声……谷贵在雨中走远,不一会儿又在雨中走回来,浑身精湿,踩得泥水"咕吱""咕吱"响。姑母在窑里孤坐着,听见那去而复还的脚步声停在窗外,不禁心惊肉跳。

"谷贵,我喊啦!"

"……"

"你是不是牲口!"

外面的回声像一根硬梆梆的草茎一下子戳进窗纸,干冷而令人颤栗。

"我把那个割了,姑姑!"

说完脚步声又响起。

"谷贵!"姑母在窑里喊。

"没用!"谷贵的声音越走越远。"留着没用!"

以上是今年2月号《山西文学》在首篇刊载的青年作家王

祥夫的小说《永不回归的姑母》中描写的一段。读着这样的乱伦的故事，使我不由地联想到《人民文学》曾经发表过的那篇小说《亮出你的舌苔或空空荡荡》。

我近来除了读这篇《永不回归的姑母》，还读了前些时《火花》也是在首篇刊载的作家张石山的小说《官碓》以及轰动一时的《山西文学》上发表过的李锐的小说《厚土》。

单看标题我不清楚《官碓》是什么东西，后来读完了小说才知道，"碓"者，就是将它想象或者象征为一个女人的生殖器。我不明白为什么社会主义时代的中国作家中，有些人总喜欢在"女人的生殖器"上大做文章；而有些刊物对这种有关女人生殖器的文章竟那么感兴趣。这难道正是所谓的一种"时代精神"？但却可以肯定，这是中国文艺上的一种时髦病。当这样想的时候，我也难免要想到"作家是人类灵魂工程师"的光荣称号。

《厚土》中曾有一篇描写两个农民把自己"女人的生殖器"作为彼此交换享乐的礼物，而我上面所引的《永不回归的姑母》中的这一段，描写的却是侄儿觊觎姑母的"女人生殖器"未逞而竟把自己的生殖器割掉的荒唐事。在这之前这侄儿就曾在草垛上不怀好意地调戏过比他小三岁的姑母，不知道手里拿着什么，问姑姑："像不像狗鸡巴？"

## 二

《永不回归的姑母》中，开头不久就描写道：

"院门里是一堆微绿半黄的胡麻秸,有鸡在上边舞蹈,鸡冠硕大如绶带辉煌动人,是公的,正舞蹈给另一只母的看。这表演只持续了一会儿,那公的便伏到母鸡背上去。"

随后又写道:"我看见来货队长突然站住,面朝布满刻痕古老的土板墙,身子一缩,极有气势地'哗哗哗哗'对着墙尿了起来,尿水在阳光里闪光奔腾。跟在他背后的那女的也站住,在他背后小声问:'我今天干啥活?''去南朝坡锄山药去吧。'来货队长说。把黑布裤裆一捏一捏转过身来。又一捏一捏,继续走。留下长长的尿痕在土板墙下曲曲弯弯象古老文字令人费解。"

……我清清楚楚看见他在那黑暗汗臭的屋里,半夜起来提起那只炕头下铮亮的夜壶洒尿,而那夜壶却'砰'然四碎,如地雷飞炸!一只肥硕的癞蛤蟆一下咬住他的阳物,在尿水飞溅中他拔脚狂逃,村里便响彻他恐怖的喊叫和光脚在卵石上发出的响声,从此他小便失禁,异于常人……

"据说我这个大爷的阳物上从此便长了厚厚的癞皮,成为家族史上的耻辱,被一切女人厌弃!

"我看见姑母那健壮美丽的裸体在老屋里仰卧横陈,窑里是一片贯珠般的水声。'我累啦。'她说,身子在暗中辗转挪动。

"'我不来了。'另一个黑色裸体在炕另一头。没有光亮,那暗中肉体仿佛自己会发光,一尊动人的肉体。无声无息如一头蓝花豹子,猛然落在姑母身上,喘息而兴奋,但这人又猛然不见。我姑母依然恍惚仰躺,暗中泪水迷蒙"……"我终于认出那健壮的裸体是我的姑夫。"

从以上所引,能令我们感到作家的视野和兴趣,不是鸡的交配就是人的小便,或者就是癞蛤蟆咬住了大爷的生殖器,或者是姑母和姑夫的性交。我实在不能理解,这些让读者闻着尿臭味的丑恶描写和我们豪迈的四化建设和我们的庄严的改革有什么关系?和建设高度的社会主义精神文明又有什么关联?给读者又提供了什么美的享受?

## 三

其实《永不回归的姑母》描写的重点是公社的李主任打了姑母的主意。这李主任以权谋私道德败坏,竟以三万斤救济粮作代价,换取姑母的"女人的生殖器"。而整个窑地村除了姑母也没有一个好人,他们以大爷为首给"亲妹下跪求她去干那事,去让人操!"真是伤风败俗,不如禽兽。而为了他把亲妹子献给李主任,换取了三万斤救济粮,队上给这位立了功的大爷记了一年工。关于李主任的恶行,小说中如此描写道:

"我望见了那间顶上堆着黑树枝的窑。里面睡着那个女人,浑身汗津津的,她就是我的姑母"……"她用手遮住了半个脸。可那李主任汗津津的身子在暗中起伏有声。"

《永不回归的姑母》中所描写的愚昧、贫困、落后、色情和性心理变态……绝不是目前中国文学上的孤立现象。前面提到的《厚土》《官碓》就都有类似的内容。而在日本得奖的电影《老井》不是就曾有一位孙立峰的在《文论报》上说:"这种集中国人愚昧、贫困、落后、性心理变态之大成的创新,那是令人困惑的。"从而提出:《老井》的获奖究竟是中国人的荣誉还是耻辱?

如果一位外国记者来到中国,把目光和兴趣专门放在中国人民的愚昧、落后、贫穷、野蛮等方面,显然,是一种不怀好意和不友好的行为。而今我们的作家却尽情描写这类败坏祖国人民声誉的作品,有的还在外国获奖,也真值得我们深思。这种自我作践的行为,试问还有多少爱国主义?

## 四

人民的生活是十分多样的,人民的语言也有良莠之分,由于作家的兴趣和文艺观的不同,而对生活素材和语言就有不同的选择和处理。高尔基说:"文学的第一个要素就是语言,语言是文学的主要工具。"因此对于一个作家来说,对人民当中自然形态的语言,进行选择、提炼、净化、提高,都是艺术加工的必要任务。我们对于文学的语言首先应要求具有纯洁性,而不应以自然主义的态度对待。因为文学语言的美和丑对读者都会产生影响。然而《永不回归的姑母》中的语言,却有很多不能不令人感到龌龊。有的已经在上文中引了,有的还没引。例如:"天上掉下个×!球们的好运气!让球们吃去吧!""正面那窑里,从东北贩驴而来,梳着大辫子的细眼睛祖爷,第一次和祖母温柔鲁莽欢乐而痛苦的交媾诞生了我们这一支血缘的队伍。"

……

赵树理是最熟悉农民的,而他接触的农民也不可能没有些龌龊的语言,然而赵树理的小说却保持了文学语言的纯洁性。在《小二黑结婚》里,即使对于坏蛋金旺和兴旺也没有让他们说些下流的话。因为赵树理明白,作品中的语言也应该比实际生活中的语言更高、更理想、更美,而不应与实际生活的语言划等号。

## 五

邓小平同志在1979年召开的中国文学艺术工作者第四次代表大会上的《祝辞》中说:"我们的文艺,应当在描写和培养社会主义新人方面,付出更大的努力,取得更丰硕的成果。要塑造四个现代化建设的创业者。表现他们那种有革命理想和科学态度,有高尚情操和创造能力,有宽阔眼界和求实精神的崭新面貌,要通过这些新人的形象,来激发广大群众的社会主义积极性,推动他们从事四个现代化建设的历史性创造活动。"又说:"要恢复和发扬我们党和人民的革命传统,培养和树立优良的道德风尚,为建设高度发展的社会主义精神文明,做出积极贡献。"并要求"努力用社会主义思想教育人民,给他们以积极进取、奋发图强的精神"。此外还要求"认真严肃地考虑自己作品的社会效果,力求把最好的精神食粮贡献给人民"。

如果用《祝辞》的要求来衡量小说《永不回归的姑母》和《官碓》这类作品,我们将作何感想呢?从理论上讲,我们社会主义的大陆文学理应比"自由世界"的台湾文学格调高昂一些,至少应该在作品的思想性方面比台湾文学领先,因为我们前有毛泽东的《在延安文艺座谈会上的讲话》,后有邓小平同志代表党中央的《祝辞》,这都是指导我们的文学比台湾文学至少在思想性方面要高的根据。

但实际却不尽然,当我读着《永不回归的姑母》等小说时,就不由地想到了台湾女作家三毛的作品《哭泣的骆驼》,她在这一作品中赞美了殖民地人民反抗殖民者的英雄人物和他们的英勇斗争。我为这些作品而感动时,也就不能不为《永不回归的姑母》等作品感到羞耻,为我们的文学的堕落而感到悲哀!

我想我们的部分文学作品走着这种令人悲哀的道路,首先是由于作家脱离人民,脱离现实的必然结果。脱离人民就必然对人民失掉了责任心,脱离人民也就必然失掉了人民生活中的生动的、能够提高人民精神境界的创作素材。其次是由于脱离了人民也就失掉了抵抗世界上资产阶级各种丑恶文学病菌的能力,因而感染了流行性的资产阶级的文学病毒。为此,我向有责任感的作家们呼吁:"认真严肃地考虑自己作品的社会效果,力求把最好的精神食粮贡献给人民。"

《我与作家的对话》在《黄河》上发表后,有如在平静的山西文坛的湖面投了一块巨石,不仅"冲开水底天",而且也击起了意想不到的浪花。事后想想,也真值得。在浪花中既带出鱼虾也带出了泥沙。真是山西部分作家文艺思想的大曝光、大展览。同时也显示了广大读者对这次文艺论战的极大关注。

这次论战,从4月6日开始,一直讨论到9月7日,历时四月有余。最后《山西日报》在头版以文艺部的名义写了一篇《文艺批评改革的探索性实践》一文作为对《姑母》讨论的结束语。

据《结束语》介绍历时四个多月来,"本报收到省内外众多作者和读者投寄来的近三千件文稿和信函,还接待了一批又一批径直到报社造访,直抒自己胸臆和畅谈本人意见的各界人士,同时一些报纸和文艺刊物的同仁们也伸出友谊之手,鼓励我们'争鸣'下去"。从以上的介绍就可以看出由我挑起的这场文艺界的论战影响之大了。事后《黄河》主编赵占锁同志告我,据他所知台湾还根据《山西日报》的这场论战出了一本小册子。这是更加出乎我意料之外的。

我的《对话》发表后,我就再没有发表意见了,而是冷静地听取各方对我的批评文章的不同意见。但也使我逐渐感到,《对话》的问世,真不啻在山西文坛捅了一个大的马蜂窝,因为我批评《姑母》的同时,捎带的批评了几个了不起的作家,有位同志对我说:这些人正如《红楼梦》中的贾、王、史、薛四大家,"一荣百荣,一损百损",所以他们对我大有群起而攻之之势。但我是不在乎的,相信广大读者自有公断。

说实在的,我读了大家的论战文章也真得益不少,其一是从对立面的文章中帮助我更全面更深入地了解了《姑母》一文的内涵和主题。其二是帮助我了解了参战作家的各种不同的文艺观。其三是听取了各家对描写贫穷、落后以及性描写的看法。

这次论战既接触到作家的世界观问题,也接触到作家的文艺观问题,而两者又是紧密关联的。因为有怎样的世界观就会有怎样的文艺观。第一个问题提出的是作家对我们的社会主义社会作怎样的宏观?是黑暗一片,还是既有黑暗又有光明;是一半对一半?还是以光明为矛盾的主要方面。因为在这些问题上没有共同语言,所以争论也就只能各持己见。而我是认为在矛盾的两方,光明是作为主要矛盾方面的,否则就不叫"新社会"。但有的人就不是这样的看法。郑义在他的《我和力群的对话》一文中认为写光明就是"假大空",就是搞"瞒和骗"。而李锐在《〈厚土〉辩》一文中也说:"深究起来,中国的文学家艺术家正是从粉饰生活的虚假作品开始,或自觉和不自觉的,或自愿和被迫的,一点一点走向八个样板戏,走向三突出原则的。"他接着说:"难道当领袖勇敢地向人民公开我们的落后和贫困的时候,作家们却一定要创作出一个'莺歌燕舞'的世界,一定要描绘出一幅心满意足的《丰衣足食图》才算是光荣,才算是为社会主义服务吗?……我很难相信一个只会粉饰的作家和艺术家有多少历史的责任心;我很怀疑一个只会粉饰的作家和艺术家有多少自己的人格,更不要侈谈什么爱国心。"正因为李锐有以上的观点,所以他在《〈厚土〉辩》一文中一面很称赞我在延安创作的版画《饮》,

认为"你会被感动";一面却对于我在延安创作的套色木刻说:"诚如标题所说充满了丰衣足食式的满足和欢乐,真是一派光明进步景象。想象力的缺乏,情感的贫弱虚假,表现的无力,只让人觉得俗不可耐,简直不能相信两幅作品同出一人之手,两者相较《饮》无疑是一个明白无误的贫困落后的展示,艺术的高低竟与'光明'和'落后'形成如此意想不到的反差和错位。"至于我的《饮》的主题也并非要描绘贫困与落后,而是要歌颂陕北劳动人民健壮的体魄和朴实耐劳的品格。关于《丰衣足食图》,我自己觉得却毫无"感情的贫弱和虚假",因为陕北当时的人民再穷,也还能在年节为女儿穿件花衣裳;以软米、南瓜等为食也是普通农家的家常便饭,难道《丰衣足食图》也能算作"假大空""瞒"和"骗"吗?真想不到世界观和文艺观的不同竟然会对两幅版画有如此主观臆想的评价。另一方面如果照李锐说的"中国的文学家艺术家正是从粉饰生活的虚假作品开始"也是对革命文学的无理亵渎。难道赵树理的《小二黑结婚》和孙犁的《荷花淀》……也都是"粉饰生活的虚假作品"吗?我想,是否虚假也只能具体作品作具体的分析,不能凭主观就全盘否定。

在讨论中牵涉到的第二个问题就是作家的文艺观问题,其中包括对文学的真实性的看法。这自然是一个复杂的素有争议的问题。有人认为凡是现实中有的事物写出来就都是真实的,即所谓的"有闻必录"。我认为不能是生活中有的,就都是作家应该描写的,就成为文学作品具有真实性的论证。毛泽东同志《在延安文艺座谈会上的讲话》中说:"歌颂无产阶级光明者其作品未必不伟大,刻画无产阶级所谓'黑暗'者其作品必定渺小……对于人民,这个人类世界历史的创造者,为什么不应该歌颂呢?"又说:"也有这样的一种人,他们对于人民的事业并无热情,对于无产阶级及其先锋队的战斗和胜利,抱着冷眼旁观的态度……这种小资产阶级的个人主义者,当然不愿意歌颂革命人民的功德,鼓舞革命人民的斗争勇气和胜利信心。这样的人不过是革命队伍中的蠹虫。"

关于人民生活中的缺点和黑暗是否可写呢?毛泽东同志说:"苏联在社会主义建设时期的文学就是以写光明为主。他们也写工作中的缺点,也写反面的人物,但是这种描写只能成为整个光明的陪衬,并不是所谓'一半对一半'。"看来我们的有些作家对以上论述的问题并没有解决。

我认为生活中的现象是无奇不有的,而作家却应选择最典型、最有代表性的属于本质的事物,这本质的东西才是文学的真实。比如一个画家画人手,画了六个指头,难道现实中没有六个手指的人吗?但作为艺术品就没有代表性,因此不真实。但在生活中,有一些新生的事物,虽然今天还是个别的,但明天它就会成为普遍的,因此文学艺术上描写了它,也是属于真实的。

再就是所谓"粉饰",我认为必要时也是允许的,例如鲁迅不是"在《药》的瑜儿的坟上平空添上一个花环",而是为了"并不愿将自以为苦的寂寞,再来传染给也如我那年青时候似的正做着好梦的青年"。今天看来这"花环"也正是鲁迅的现实主义和浪漫主义相结合的产物。我想:现实主义的文学,固然必须从生活出发有可信的现实基础,不应和生活距离太远形成虚假,但亦不能没有理想。毛泽东同志说:"文艺作品反映出来的生活却可以而且应该比普通的实际生活更高,更强烈,更有集中性,更典型,更理想。"我认为他说得很好。

据我统计,四个多月来《黄河》共发表30篇参加论战的文章,其中拥护我的观点的共19篇,反对我的批评的共11篇。这里面有的虽然基本上肯定《姑母》,但也指出了缺点和不足。而据老作家西戎同志事后从下面回来告我:县上的干部们都是同意我的观点的。而在老作家马烽的《答〈黄河〉问》一文中也说:"据我所知绝大部分人同意力群的观点,也有少数同志基本同意力群的观点,但对他的文章也有一些意见。"奇怪的是省城的不少中年作家对我的《对话》却持反对态度。

作家郑义在《我与力群的对话》一文中说:"几日前返并,才有暇读了《永不回归的姑母》,不禁拍案叫绝,极是一篇好文章,称为山西文坛上近年来不可多得的优秀小说亦毫不为过。倘若我不努力学习,很难说能否写到这种水平!"作家韩石山在《凡俗的魅力》一文中说:《永不回归的姑母》是"一篇颇具现代意味的小说……作者使了手脚,高明的伎俩,应当服气,却不是不可索解"。他在中共山西省委宣传部文艺处、中国作家协会等部门为《姑母》召开的讨论会上又说:"报社同志的用心是好的,但想用力群这篇档次很低的文章去引起学术探讨,似乎是落笔太远。《姑母》文中写为了解决全村人的粮食问题,女人的大伯和村长却跪着求女人去卖身,这样的主题,我自叹弗如,没有这样的大手笔。"作家成一在会上说:"郑义即使写了农村的落后,但他多年生活在农村,他感到这种落后是浸透在国民心灵深处的一种痛苦,他想把这些告诉人们,唤醒人们来改变这种落后。至于他的作品是不是带有自然主义倾向,这完全可以讨论。"作家王东满在会上说:"我基本同意韩石山和成一的观点。我认为,衡量一部作品好坏的关键,在于它是否能引起读者心灵的共鸣和灵魂的震撼;王祥夫的《姑母》就写出了作者的真情实感。"作家张不代在《不妨先说声:OK》一文中说:"……反思之一是——作家应该不应该直面现实直面人生?如果回答是肯定的,老前辈的那篇文章丢掉作家作品的这个大主旨于不顾,却以作品中某些性意识描写以偏概全,是否太浅薄短视了呢?反思之二是——文学需不需要让人民认识自己愚昧落后的一面?老前辈的文章对有这种认识价值而又在国际上获奖的《老井》表示了异乎寻常的愤怒。难道要人民对自己的愚昧、落后'无知无觉'才叫'爱国主义'吗?真真令人费解。"作家张厚余在《审美探索中的价值取向》一文中对《姑母》评价说:"从作品的艺术内涵上来看,这是一部别出心裁的揭露极'左'路线的力作,如果说张弦的《被爱情遗忘的角落》揭示了农村物质的贫困导致了爱情的消亡,那么《姑母》则进一步揭示了农村由于物质生活的悲惨造成了人类本性的压抑, 扼杀和摧残,它比张贤亮的《男人的一半是女人》中章永璘性饥饿和性功能的丧失更胜一筹。"又说:"我并不认为《姑母》以及《厚土》、《官碓》等作品是文学的'耻辱'和'堕落',而是一种突破和探索。"作家珊泉在《'丑学'与审美定势》一文中认为《姑母》全文总的笔调情趣是严肃的而不是低卑的。有位齐凤舞的作家在《〈姑母〉的魅力在于真实》一文中说:"真实是艺术的生命,文学作品只有反映了生活的真实,才能真正起到其'认识、美感、教育'的作用,象《老井》《厚土》以及《姑母》等作品,可以说是从生活真实中提炼、概括出来的,经过艺术加工而达到了艺术真实的上乘作品。"一位名吴敏的作家在《不要苛求于文学》一文中为写愚昧、落后辩护道:"揭示社会生活中的一些愚昧、贫困、落后的阴暗面,也理所应当。文学是一面镜子,它要真实地反映社会生活的各层次、各方面,不能把它只限定于'描写社会主义新人'的一条道路上。描写社会主义新人的形象,能给人以激励;揭示社会生活的一些阴暗面,也能促人警醒,促人奋起,唤起人们去防止和消除现实中确实存在着的愚昧、贫困、落后的东西。"

拥护我的观点的贺拥军以《力群老人勇气可嘉》为题说:"搞文学创作是很严肃的事情,生活里有的东西不是一定就能往文学作品上照搬……力群同志是文艺界老前辈,出于对祖国文学事业的关心,对中青年作家的爱护,就文学发展的趋势,出来说几句话,很难得。"在吕希汶的《把最好的精神食粮献给人民》一文中说:"力群同志的《我与作家的对话》,是一篇很有针对性的文章,作者总算是说出了我们文学爱好者窝了好久的心里话。"又说:"力群同志作为一位有成就的画家,客串来到评论界仗义著文,这是一个有良心的艺术家应有的胆略。"有位王波同志在《也为力群说声OK》的文章中说:"读了力群同志的文章《我与作家的对话》后,我认为这篇文章写得很好，说出了广大读者早已想说而未说出的心里话，也道出了我们的忧虑、愤懑。在这里不禁也要为力群文章说声'OK'！"又说："我希望今后能多读一些象《对话》一类的好文章，努力抵制和改变一些不良文风，走我们民族化的创作道路，写出大批有思想、有内容、积极、健康的好作品，使我们广大作家真正做一个无愧于时代，无愧于人民的'灵魂工程师'。我们不希望看到《姑母》一类的作品见诸于文艺刊物。"

在这次讨论中有两个中心问题，其一是关于描写贫穷落后的问题，其二是关于性描写的问题。反对我意见的人，都是为描写贫穷落后和描写性生活而辩护的，用种种理由说明其合理性、必要性。而拥护我的批评意见的人也在这两个问题上发表了意见。

一位名张赛周的同志在《人民需要有时代精神的作品》一文中说："近年在我国文艺界，大事张扬贫困落后和性的描写，我认为是一种不良的现象。

"在我们社会主义国家，许多恶习仍然是存在的，……但是，如果你的作品给人家一种印象：中国人都是丑陋的，中华民族是一个无法列入世界先进民族之林的贫困、落后、野蛮的民族，这就颇值得考虑了。我认为，并不是一切描写贫困、落后、丑陋的东西，都能够激起人们向上、奋斗的美感和喜悦。"又说："我并不反对文学在批判和暴露方面的功能……文学中描写阴暗面是正常的现象，但一味地作消极的暴露，不见得就对社会有好处。"关于性描写，作者说："文艺作品中常常涉及到爱情和性爱,怎样写它们,这是作家的自由。但是有一点,我想大家是不会反对的,那就是必须和今天我们所提倡的精神文明,道德观点协调起来。"此外张赛周同志也提了一个重要问题,他说:"《姑母》中所写的事情,我就怀疑它的真实性,当时的公社领导和广大群众,连一个先进的人物都没有?干部清一色的腐败透顶,群众清一色的愚昧落后,这象我们这样一个社会主义国家吗?同时《姑母》并没有真正写出时代的特色。如果把'公社主任'和'生产队长'这两个职称换成国民党的'区长'和'保长'或换成阎锡山的'兵农合一'的区村领导人,有什么不可的,因此我认为,那些没有真正反映出时代特色的作品,它们也不可能真正迸发出反对'极左'的火星。"

  以上的论述我是很欣赏的。我认为作家面对茫茫的生活海洋,他应具备两种眼镜,一种是"望远镜",使你宏观,看到全面,而后集中概括;一种是"显微镜",使你微观,指导你观察生活的深入细致。有没有可能,一个生产队的干部清一色的腐败透顶,群众清一色的愚昧落后呢?有可能,但也有可能党支部领导的好,全队的干部都清一色的廉洁奉公,鞠躬尽瘁;群众清一色的文明先进。那你又该怎么写呢?那就用到你的"望远镜"了。那就看你如何认识新社会如何集中概括了。一般说来,中国农村也有如一个枣核,总是两头小,中间大。这就是说极好极坏的生产队总是极少数,而不好不坏的生产队是大多数。如果这个估计不错,那么王祥夫的《姑母》就没有代表性,不典型,就会令人感到"攻其一点,不及其余"。所以鲁迅说:"多看看,不看到一点就写。"

作家艾斐在《挚言谋文盛,开诚共求索》一文中认为:"《山西日报》开展这场平等对话、各抒己见的讨论与争鸣功德无量。王祥夫、郑义、李锐、张石山等,是这场争鸣的直接受惠者,广大作者、评论者和读者,也当从这场争鸣中受到启迪和教益——因为这是一场讲真话的争鸣和讨论。"对于性描写,他说:"文学作品既然是以反映现实生活和表现人情人性为己任,那它就不可能不涉及性描写之类,但这决不意味着可以放纵性描写和出现自然主义倾向。"他要求:"描写必须适当,干净而有所节制";"必须克服流俗气,尽量避免直露和铺陈";"不宜在正面意义上与道德、法律和文明相违逆,特别要注意民族审美习惯和人们的心理承受能力……"

有位叫杜源的同志,在《力群为净化文坛发出呐喊》一文中说:"近年来,有些作家热衷于在他们的作品中描写一些男女性行为和生殖器的情节,好象这样的情节是一种'佐料',不把它加到羹汤里,羹汤就不会清香味美。我以为,这样的情节犹如红头苍蝇,食物中有了它,简直使人反胃、发呕,食不下咽!硬吃下去,细菌就会随之而入。

"可能有人说,你们这些老头子思想僵化,抱残守缺,不接受新鲜事物。也许这是真的。但我不认为这些'脏污情节'是什么新鲜事物。

"然而,确有这样的人,他们振振有词地把写这些'脏污情节'誉之为'揭示社会生活的一些阴暗面',并且说这'也能促人警醒,促人奋起,唤起人们去防止和消除现实中确实存在着的愚昧、落后的东西'。为了使这样的理论稳住阵脚,他们竟然把鲁迅先生和他所写的《阿Q正传》拿出来做论据。是的,鲁迅先生一生确曾写过不少揭示社会阴暗面的文章,然而,在这位大师的笔下,从来没写过任何使人发呕的脏污情节。就是在《阿Q正传》中写阿Q调戏小尼姑一节,也不过含蓄地写了阿Q摸了尼姑的脸蛋,事后觉得指头滑腻腻地,有些飘飘然而已。使人费解的是,有些人为什么会拿上鲁迅先生的《阿Q正传》与《姑母》作比!鲁迅先生如果有知,必当提出严正的抗议!

"究竟力群同志写了些什么?他对某些文学作品怎样使用十多年前的'大批判'手法?他在批评中是如何'上纲上线'的?我把力群同志的文章反复看了十多遍,还是找不出某些反驳者所说的那样不恰如其分的言词来。"

一位名松柏的同志在《文学要给人以力量》一文中说:"人为什么需要文学呢?文学老前辈巴金说:'需要它来扫除我们心灵中的垃圾,需要它给我们带来希望,带来勇气,带来力量。'这个回答,极为精辟而形象地阐明了文学的社会功能。

"然而,近年的文学创作,确乎偏离了这样的宗旨。一些人似乎对如火如荼的社会主义现代化建设持冷漠态度,不能不令人感到遗憾。

"诚然,贫穷、落后、愚昧是可以用文学表现的,问题是'怎么写'。鲁迅先生当年对于国民的弱点及不幸命运,以冷峻的笔触加以反映,加以鞭笞,塑造了阿Q、孔乙己、祥林嫂等在文学史上不朽的艺术形象。他没有去欣赏落后愚昧,更没有自然主义地把淫秽的东西塞进自己的作品。而是'哀其不幸,怒其不争',意在'揭出痛苦,引起疗救的注意'。因此,鲁迅是伟大的,不愧为'空前的民族英雄'。而我们时下一些作家却把不堪入目的细节搬来,还有人用鲁迅先生来作挡箭牌,未免太庸俗了吧!"

作家杨文彬参加了这次的讨论,在《在"双美"上开展竞赛》一文中,一开头就说:"《黄河》副刊的讨论栏题概括得很好:'塑造美的形象,提纯美的语言'。"这实际也是对《姑母》一文的巧妙的批评。接触到关于写愚昧、落后的问题时,他说:"近几年来,我们在一些评论文章中,把一些愚昧、落后的东西,不加分析地称之为'一个民族的劣根性'……我们的作家、艺术家,为什么只欣赏那些'劣根性'而不去寻觅和展现他的'优根性'?难道极力表现和描写一个民族的美好方面,文明方面,就不能产生伟大的作品吗?答案正好相反。把某一方面而不是全貌,把次要矛盾而不是主要矛盾的东西,一律归罪为'一个民族的劣根性'是瞎子摸象式的论点。一些作家不但全面接受了这种理论,而且在自己的创作实践中极力体现这种理论,这些同志远离当今改革的大潮,一味地扭回身去,低下头来,寻找那些沉重的脚印,悲悲切切的叹息,凄凄楚楚的光景,荒唐可笑的愚昧,甚至原始人性的乱伦。"他接着说:"在一些文章中,我们看到为了说明描写愚昧、贫穷的'必要性'和'正确性',常常把阿Q、孔乙己、祥林嫂或把外国作品中一些类似的人物形象抬出来,加以对比。……但是,在比较的同时,却忽略了鲁迅笔下的人物和外国作家描写的人物所生活的社会与我们今天社会主义初级阶段的社会,它们之间有着本质的区别。忽略了这个本质的区别,就容易混淆了某些观点,某些界线,停留在能写不能写,该写不该写的争论上。

"把当今的现实生活看成是到处莺歌燕舞,当然不切实际;反之看成是遍地愚昧、落后,也是片面的。十三大报告中明确指出:'社会主义初级阶段,是逐步摆脱贫穷的阶段,摆脱落后的阶段'。有人说,连中央都承认贫穷、落后,作家为什么不能写?持这种观点,往往忽略了这段话的灵魂,这就是两个'摆脱'。我们既承认贫穷,更注重于摆脱。有出息的文学家,应该去描写这场惊天动地的改革,而不应仅仅停留在再现贫困、落后的原貌上。辩证法教导我们在考察事物及其在头脑中的反映时,本质上是从它们的联系,它们的运动以及它们的产生和消失方面去考察。"

杨文彬同志关于性描写的问题说:"描写性关系不等于性文学,也不可视为下流,因为性关系的描写也是文学创作的一个组成部分。古今中外的名著里,也极易找出例证。但我们也不可否认,有些作品确实在什么'器'上作文章,诸如以什么'眼'什么'洞'什么'泉'什么'缝'为题的作品,煞费苦心,冥思苦想,起这样的题目,安排符合这种题目的情节,赤裸裸地描写,不是作文章是什么?这一点,作者心里明白,读者心里也明白,有何不敢承认。比如《姑母》一文,有人说把性关系的描写或把割下的什么'器',又让其腐臭的地方去掉,小说便会大大减色；其实不然，如果去掉，改用轻纱隔目观美人的技巧来写，使其更加含而不露，见而不裸，岂不更妙。用鲁迅先生关于'一见到短袖子，立刻想到白臂膊……'的话来为性器官描写作辩，是曲解鲁迅先生的原意。同时用人们欣赏水平低，审美意识跟不上作挡箭牌，无异于面丑怨镜子。"

杨文彬同志特别谈到世界观的改造对于作家的重要性，他说："从事文学这一职业的人们，在观察世界，观察生活时，无不和自己的世界观有关，我们不主张实际上也不可能让所有的作家在同一种世界观的指导下来观察生活，来进行创作。但是，我们要求作家转变世界观，改造世界观，使其更加接近和符合唯物主义辩证法……如果看不到世界观的改造的必要性，作家自身及其作品本身，就有可能脱离人民，脱离生活……脱离不脱离不是凭宣言，而是看如何观察生活和作品本身。如果我们把复杂的因素抛开，用一个简单的概念来说，文学作品不被人们所接受，其中难免有脱离的地方。这样，我们就不会简单地发问：作品中的生殖器描写，愚昧、落后的描写，难道生活中没有吗？难道不可以写吗？"

这次讨论，《黄河》副刊声明不作结论，但我感到最后让文学权威——老作家马烽出来发表《答〈黄河〉问》一文，实际也意味着作结论。马烽首先就关于作家描写贫穷落后的问题发表了意见。他说：

"作家不应当粉饰生活，那样不仅背离了客观实际，也违背了自己的良心。但是我们必须看到，现在的贫穷落后，和过去的贫穷落后，不是在同一水平线上，和旧社会相比就更有天壤之别了。同时还必须看到,这些地方的广大农民正在努力与过去告别,向着文明富裕的道路艰苦迈进。一味描写某些贫穷落后甚至愚昧无知,决不是文学创作的目的。文学作品应该是能够唤起人民的改革意识,鼓起人民改革的勇气,成为两个文明建设的'催生婆'。

"我反对那种单纯暴露黑暗的作品,特别反对那种以欣赏的眼光展览正在消亡的那些愚昧丑恶的生活细节。"

马烽同志关于性描写的问题说:"我个人赞成力群同志的观点。我想补充的一点是:尽管力群的文章带有某些缺陷,但他对文学创作中的这种不良倾向(我指的是性描写),直言不讳地提出忠告,敲响警钟,无非是希望我们的文学事业能够健康发展。这需要勇气和责任感,这点精神是可贵的!我表示钦佩!"马烽又说:"我反对在文学作品中进行性的描写,更反对赤裸裸地描写性器官之类的文字。人类有一种天然的羞耻心,这是区别于其他动物的标志之一……有人说性生活是人的天性,告子就说过'食、色性也'①如果没有性生活,人类也就不可能繁衍至今。这话当然是对的。但正常人的性生活都是在秘密情况下进行的,绝没有人在父、母、儿、女以及公众面前办这种事情。现实生活中是如此,那又为什么非要在文学作品中赤裸裸地展现这些行为不可呢?有人说文学作品不能不写爱情,写爱情就不可避免地要涉及到性爱,这倒也是实情。但涉及是意到笔不到,这和赤裸裸地描写性生活根本不是一回事。

"有人说某些作品描写性生活是为了深化主题,展现人物内心世界,这话有一定道理。但主题的深化,人物内心世界的展现,性描写并不是唯一的手段,而且这种描写很容易产生副作用,甚至这种副作用往往超过了正作用。《金瓶梅》就是个例子。

"……我只希望我们当代作家们能从社会效果方面多考虑一下,特别不要忘了对青少年的影响!如果你的作品中有涉及到这方面的情节、场面,而又拿不准主意的话,怎么办呢?开句玩笑:不妨先让你的儿女们看看。这是一种很好的检验办法。"

关于《姑母》的语言问题,马烽说:"总的说来,我认为《姑母》作者的语言文字还是不错的淡雅、流畅,有他自己的风格。可惜的是混进了一些粗话、脏话……现在我们提倡'五讲四美'。'四美'中有一条就是语言美。在日常生活中都提倡语言美,我希望在我们的文学作品中也能够遵守这一条。"

有不少山西的著名作家认为《姑母》是"山西文坛不可多得的优秀小说",甚至"拍案叫绝",有的认为是"力作"是"上乘作品",而马烽是怎样评价《姑母》的呢?他说:

"就《姑母》这篇小说本身来看,我认为作者的立意是好的,想通过《姑母》这个普通妇女短暂不幸的一生,为偏僻农村善良的女性鸣不平,控诉封建思想以及各种恶势力的罪行。在读这篇作品的时候,有些地方也颇使人动情,但又感到有点不那么自然。掩卷深思,我觉得最重要的一点是不那么真实。我指的不仅是侄儿割掉生殖器那个离奇的情节,更重要的是有关三万斤救济粮这条主线。

"在文艺创作中,往往有这样的情况:明明写的是生活中真实的事件,但却给人一种虚假的感觉;明明是作者杜撰的情节,但读者却相信是真的。这除了写作技巧之外,最根本的原因是看这些事件、情节与大的时代背景,以及当时的客观环境是否相符合,有无发生这些事件的可能性和现实性,如果没有这个可能性,必然给人一种不真实的印象。

"《姑母》的这条主线虽然是在三年困难的特殊时期,但那时的基层干部也不是可以为所欲为的。……那时候,各级干部都在全力以赴抓救灾,谁都怕自己所分管的地方饿死人,因为谁也负不起这样大的责任。……作为一个公社主任公开扣住一个大队的三万斤救济粮,以此要挟,非和'姑母'睡觉不可,这确是难以令人相信的。那时候的'左',不只表现在领导生产上,也表现在对待干部上。甚至把不正当的男女关系也要提到'阶级斗争'纲上来看待。这个公社主任即使是个淫棍,也没这么大的胆量冒此风险。因而,我认为这条主线是不真实的。

"我认为,即使把这篇作品中受到大多数读者反感的那些性描写的部分全删掉,也不是一篇成功的作品。"

马烽最后说:

"明确地说,我认为《姑母》是一篇失败的作品。"

这场讨论最后于9月7日的《山西日报》头版上发表了本报文艺部写的《文艺批评改革的探索性实践》一文,副标题是——"《姑母》讨论结束语。"虽然这是讨论的"结束语",但在我却看作是另一种方式的总结。它虽然不指出讨论双方谁是谁非,但却讲出了文艺部对写贫穷落后和关于性描写的观点,而这些观点正是支持了我的批评文章的,并不符合以郑义等作家所标榜的主张。

"结束语"的开头说:"这场采用社会协商对话方式开展的文学批评活动,不仅达到了预期的目的,而且大大超出了我们的意料。"接着说:"当一种文艺作品付梓(或演出)之后,它就成为全社会共有的精神产品(也是一种特殊的商品),它就理所当然地要由社会上的读者去审视和评价了。它的社会效果如何,不能只看作者的主观创作意图,而要由广大的读者去评判和鉴定。"

"我们认为,文学作品中对生活中的贫穷、落后和愚昧的描写,作家应当从激励和振奋中华民族自强不息精神的责任感出发,去进行适度的深刻的批判性揭示,而不应当为迎合某种社会心态去搞那些自然主义的展示。……如何努力反映改革开放的伟大时代,反映人民群众在现代化建设中的劳动和斗争,理想和追求,成功和挫折,欢乐和痛苦;如何塑造立志改革、勇于创新,为四化建设献身的新人形象,鞭挞消极的、腐朽的思想和社会现象;如何以共同的远大的理想帮助青年一代健康成长,同时为人民群众提供健康有益的精神食粮。面对这一使命,作家们应当对当代社会生活有一个宏观的整体把握和认识,把历史与现实,局部与全局,正面与侧面结合起来,做一番深邃的透视和剖析。即使在作品中表现的仅仅是一段已逝的历史,一块偏远的地域,一个特殊的事件,一股特定的情绪心理,我们仍然要用历史的眼光,全局的观点,在时代精神烛照下进行开掘。这样我们就会有目的有选择、有分寸地撷取和描写生活中的那些贫穷、落后、愚昧的现象。

"我们还认为,作家在处理作品中有关性描写的时候,一定要持严肃的慎重的态度。……并且努力用社会主义、爱国主义思想去教育人民,给他们以积极进取、立志改革的精神力量,而不必为了迎合社会上的某种不健康心态,呓国外文学之余唾,去模仿国外二、三流小说中那些庸俗不堪的性描写。那样做,既会污染社会空气,也会糟蹋自己的才华。"

数年过去了,在1989年天安门事件之后,一次,在我省省委宣传部召开的有关文艺的会议上,当我发言时,认为前些年关于《姑母》的论战,实际是一场在文艺领域反对资产阶级自由化影响的斗争。宣传部长张维庆同志表示同意我的意见。但这是我在当时反资产阶级自由化的运动中才认识到的。

但我应该承认:当时我对于《姑母》的批评,由于一开始就着眼于那些令人恶心的乱伦、谷贵把那个割掉、和癞蛤蟆咬住大爷的生殖器,以及许多下流的粗话、脏话等缺点,而忽略指出作品的主题在于作者对受污辱和损害的姑母的深刻同情,而仅仅说:"整个窑地村除了姑母也没有一个好人……"因此引起对立面的不满,应该承认这是我的《对话》中的缺点。但我始终认为我对于《姑母》没有塑造美的形象,没有提纯美的语言的批评是正确的。对于《老井》因为是捎带的批评,所以单单指出"集中国人愚昧、贫困、落后、性心理变态之大成……"的一面,而未指出影片展示了中国人民顽强不屈,生生不息的民族形象这一最大优点。正好像《红高粱》虽然也表现了中国人的愚昧和落后,但同时也展示了中国人民的强悍不屈、勤劳勇敢的民族形象一样。这也是我的《对话》不够全面的地方。

这次关于《姑母》的讨论,给我留下印象最深的就是郑义他们所说的"假大空"及"瞒"和"骗",在他们看来,我们的新社会就是一片黑暗,没有光明。写了光明就是"假大空",就是"瞒"和"骗"。因此就只能暴露,无法歌颂。为此我于1990年秋到临县下乡,就是想看看我们的农村到底有没有属于光明的事和人。于是我在临县许家峪乡杏岭局村发现了党支部书记高廷玉,后来在10月18日的《山西日报》上发表了纪实文学《贫困山庄的好领班》一文,歌颂高廷玉。

高廷玉为什么成为我的歌颂对象呢?就因为他放弃了许家峪乡的副乡长职位,而愿到贫穷落后的杏岭局村当一名党支书。他看到其他村实行责任制之后都有了变化,而他的杏岭局却还和原先一样,心里很着急,于是就产生了一定要改变杏岭局面貌的雄心壮志。他觉得作为一名共产党员,大事做不成,就应办点力所能及的好事,给子孙后代造点福。人生的真正价值和乐趣在于对人民有所贡献。他在十年规划中提出,要扎扎实实走以林为主,农业、工业、养殖业并举的发展道路,达到三年脱贫,十年人均收入超1000元的目标。而到1989年杏岭局村已由1986年人均收入80元,升为人均收入505元了。高廷玉规划的"三年脱贫"计划已经提前实现。他说:"我回村当支书后,第一步就是研究杏岭局村贫穷的原因和脱贫之道,最后认识到,要脱贫就要栽树、打坝、办学校。"我的这篇纪实文学写好后送给当时的省委书记李立功同志,他看后也说:"这个支书确实不错,他不当乡长当支书,不为个人发财为群众致富的献身精神很可贵。农村,特别是贫困山村很需要这样的支部书记,应该很好宣传表扬这些先进人物"(这段话作为"按语"附在标题下)。难道这个真实的先进人物也是属于"假大空"吗?我们作家不应该歌颂吗?自然,高廷玉这样的人在农村还是少数,但写出来决不是"瞒"和"骗"。而是既有示范作用,也能使人得到鼓舞,得到启发,受到教育。

在这种思想指导下,我也有意在山西的中青年作家中寻找能沿着毛泽东文艺思想道路写作的,敢于歌颂光明的人。于是发现了临汾地区的作家谢俊杰。于1991年1月5日我在《文艺报》上发表了长达9千余字的《把美的情操奉献给人民》一文,表扬了谢俊杰的小说。

谢俊杰写了很多歌颂社会主义社会的光明和歌颂社会主义时代的英雄人物的佳作。他写的生活面很广,描绘了很多不同类型的人物,而大多数都具有美好的心灵和高尚的情操。他的作品重视故事性,并能出色地运用从民间语言中汲取来的很多生动新颖而又有趣的语汇。既重视作品的主题思想,也重视作品的通俗性和语言的纯洁性。谢俊杰有一个正确的世界观,能用一分为二的方法看待我们的社会,既看到黑暗面,也看到光明面,并把光明面作为新社会的主要矛盾方面。他给我的来信中说:"我觉得,在我们的生活中有丑恶的现象,这是应该予以揭露和鞭挞的;但生活中更有光明和充满生机的一面,我们有责任光大这一面,使人民群众充满前进的信心,给他们鼓劲而不是泄气。"因此他就努力发掘生活中真正美的东西、高尚的东西而加以赞扬歌颂。

我写的文章既表扬了谢俊杰的小说《缘份》,也表扬了他的《悠悠桃河》及《桃花雪》中的《在新开的小吃部里》等作品。《缘份》之可贵在于谢俊杰敢于歌颂一个关心人民疾苦的县委书记。这是一个很难写的题材,也是一个一般作家不愿写的题材。但谢俊杰写得很成功,令人看了很感动。

除此之外,我还在1991年5月18日的《文艺报》上发表了一篇《赞美工人阶级的歌手——贺小虎》的评论文章。贺小虎当过工人,他熟悉工人的生活,所以能在《我们工厂的三个女儿》中成功地塑造了三个不同性格的女工形象。她们都是平凡的人,但她们各有可爱的高尚品质。我非常喜欢那个外号叫"粘连公主"的女工月芳,是她在我的脑海里留下难忘的印象。

但不管谢俊杰的小说《缘份》也罢,不管贺小虎的《我们工厂的三个女儿》也罢,都说明我们社会主义的现实生活决不是黑暗一片,而是到处闪烁着光明,到处有值得歌颂的人和事。

# 第三十七章　我的版画在港台和国外

1985年我们的版画在香港展出,在展览目录的《前言》中说:

"近年来,香港观众欣赏到中国木刻版画的机会逐渐增加。虽然展览的作品分别来自中国各个省份,及别具新意,但它们都未能全面地介绍中国版画的最新发展。香港艺术中心和香港中华文化促进中心能够联合举办这次《中国现代木刻画展》,实属荣幸。"

展览地址在艺术中心四楼"包兆龙画廊"和"中华文化促进中心画廊"两处。前者展出时间为1985年12月28日至1986年1月15日,后者展出时间为1985年12月28日至1986年1月26日。两处展出都是由沙龙制造商——雷诺士烟草国际公司赞助。

为什么分两处展出呢?在《前言》中说:"本次展览主要分为两大部分,我们除了欣赏到版画家们的早期作品外,亦可了解今日木刻艺术新趋势。中华文化促进中心展览的30幅版画是国内版画家于1980年前完成的作品,而香港艺术中心则展出80年以后的71幅作品,前者着重于回顾木刻版画的发展历程,展示了艺术家们如何从传统中寻找新方向;后者给予年轻艺术家推动和启发之作用。"

我展出的属于1980年前的作品为1955年创作的套色木刻《瓜叶菊》,属于1980年后的作品为1983年创作的套色木刻《鱼乐图》。但在《目录》上只印了《鱼乐图》。

这次展出,李桦与王琦同志曾亲临香港,举行讲座,讲述了中国木刻版画之发展情况。

台湾是中国的一个省,四十年来彼此未曾有任何联系,但自从台湾当局允许海峡两岸民间往来后,我们的木刻版画才有机会和台湾同胞见面,因此大陆元老版画家:李桦、力群、彦涵、王琦、古元的"木刻版画联展"能于1989年9月10日至9月22日由三原色艺术中心主办在台北市复兴南路一段239号4楼展出。这是令人十分高兴的。

这次展出每人20幅,共100幅。在展出期间共印行两种精制的彩色画册,一大一小,而无《目录》。在大的画册的封面顶端印有:大陆元老版画家:李桦、力群、彦涵、王琦、古元"木刻版画联展"字样。下面印了五幅相连的黑白木刻,为李桦的《征服黄河》,力群的《林茂羊肥》,彦涵的《林中城镇》,王琦的《森木之歌》,古元的《江南三月》。在画册内依次刊登了每一位版画家的头像和简历,以及所选载的作品。计选刊了李桦的木刻《夏日河滨》等四幅,选刊了我的套色木刻《雪后》

《北国早春》《北京雪景》《黎明》《春到洞庭湖》《春风》共六幅,选刊了彦涵的《老羊官》等四幅,选刊了王琦《春游》等六幅,选刊了古元《绍兴风景》等五幅。在另一本小画册的封面顶端也印着大陆元老版画家五人的名字,封面画为李桦的《征服黄河》。在画册内选印了四幅作品,为我的《春夜》、彦涵的《微笑》、王琦的《海滨之夏》和古元的《江南小镇》。

李锡奇先生在画册背后以《记五位元老版画家联展》一文,介绍了大陆的版画,开头说:"笔者于今年五月在大陆旅行时,有缘和中国版画界元老:李桦、力群、彦涵、王琦、古元诸位先生畅谈,引为平生幸事。这几位先生在版画创作与推展上之不遗馀力,使人敬佩。"又说:"大陆方面……在技巧上,他们的确基础雄厚,尤其是在水印木刻方面,更是成就非凡,有极为杰出的表现,这一方面是值得此地版画工作者参考的。

"此次本艺术中心特别为这五位大陆版画界的领导者举办《木刻版画联展》,更希望以后能陆续展出大陆优秀画家的作品,为海峡两岸画家带来更多切磋的机会。"

在1980年出版的一期《版画》杂志上,刊载了卜维勤写的一篇《中国版画在国外》,其中说:"在南斯拉夫的博物馆里有李桦的《一楼盖成一楼又起》《补网》,力群的《瓜叶菊》,古元的《江南三月》。"又说:"在英国的陈列馆里有王琦的《晚归》、《贮木场》,彦涵的小说木刻插图一幅及《淮河水闸大工程》,力群的《黎明》,新波的《青年人》。"

卜维勤是从事翻译工作的,他的以上报导一定很有根据，但我却一点也弄不清《瓜叶菊》和《黎明》是怎样到了南斯拉夫和英国的，但1983年通过王琦同志，法国国立图书馆收购了我的黑白木刻《林间》，我却记得很清楚。

我的版画第一次到法国，大概是1980年由布纳西埃先生和夫人在北京中央美术学院从我的原作拍了照片，回国后于1981年为纪念鲁迅诞生100周年和鲁迅培育的中国新兴木刻50周年，由"法中友好协会"于3月5日在格勒诺波尔市文化中心举行的"中国新兴木刻50周年展览"而展出的，由此和法国人民见了面。应邀前往参加展览会开幕式的有中国美术家协会主席、中国版画家协会名誉主席江丰和中国版画家协会副主席古元、王琦组成的"中国版画家代表团"。

这次的展览，出版了一本《目录》，同时也是画册。封面以五分之四的版面印了我的木刻《清泉》，顶端还印了我的木刻《鲁迅像》。当时在格勒诺波尔市张贴的海报，也是由画册的封面放大而制成的。我想：法国人之喜欢我的《清泉》，主要是因为它的风格最富有中国特色的缘故吧。在画册内一共采用了我的木刻有八幅之多，并刊载了我的半身像为之介绍。此外还把1946年出版的第十期晋绥《人民画报》也刊载于画册内。这期《人民画报》有我的一幅画为《保卫麦收不让顽军抢走一颗粮》。

在1982年出版的第三期《版画》杂志上有文林写的一篇《"中国新兴版画50年展览"在法国》一文，其中说："展览会共陈列了五十年来的作品274幅，还有中国新兴版画在各个历史阶段的文献资料、图片以及部分版画家的照片和简历。会场布置得紧凑活泼,在解放前的延安部分作品陈列在会场中所特制的窑洞式的房间里,实属别开生面。在会场门前的大幅海报上,印有力群的《清泉》,会场入口处陈列了一张以李桦的木刻《怒潮》的放大照片。此外,在展厅里还用幻灯不停地轮流播放了李桦、力群、古元、王琦四位版画家未经展出的数十幅作品,展览会场上还出售一本精印的目录画册,许多观众拿着这本目录要求我代表团的三位版画家在他们的作品旁边签名留念。"并说:"江丰、王琦还应巴黎第八大学的邀请,作了有关中国新兴版画运动的学术报告。"

展览会于4月26日结束。于6月11日至7月4日在巴黎国立图书馆画廊展出。下半年还在法国各大城市巡回展出。

1982年由中国美术家协会评选,我的套色木刻《北国早春》参加了法国巴黎的春季沙龙。

1986年11月13日在巴黎留学的叶欣同志给我写来一信,要我帮他的朋友柯孟德先生的忙。叶欣原是在山西阳泉市工作的一位美术工作者,由于他的"美术日记"出了名,终于考入中央美术学院,后来又留学法国。来信如下:

力群先生:

您好,今去信打扰您,是为了帮朋友的忙。我的朋友柯孟德先生(MCHRISTOPLE COMENTALE)是中国版画研究专家,法国"欧亚文化协会"的会长。该会与"法国木刻协会"将要在明年二月于巴黎蓬皮杜文化中心举办一个"中国当代木刻展"。柯孟德先生通过我国《版画艺术》等书刊,了解您并要我进行介绍（他的中文很好，是一位重要的年轻汉学家），他希望您能有木刻作品参加这个展览会，并得到有关您的其他资料。如果有可能更希望直接与您建立联系。另一件紧要的事，是"木刻协会"的季刊《木刻LE BOIS GRAVE》明年第一期希望用您的新作一幅做封面，由于时间紧迫（这个中国专号需要在二月中旬以前印好配合在蓬皮杜中心的展览）。作品及原版（这个刊物的惯例，用作封面和插页的原版，由协会收藏，具体收藏价值，柯孟德先生会写信给你）务必于1987年1月15日左右寄到。这件事看起来是不可能的，因为时间太紧，且不知道您愿意否？但柯先生还是托我写这封信，渴望奇迹的出现……

谨祝冬安

叶欣13/11巴黎

接着于当年12月19日柯孟德先生也给我写来一封汉文的信。大意和叶欣来信的内容相同。关于中国专刊他补充说："专刊内容先介绍中国古代(如唐朝时概况)也描写当代的。我目前在翻译您在《版画艺术》上写的《我的创作道路》那篇。如果有其他文章描写您的作品，请通知我。

"另外，明年1月27日欧亚文化协会将要在巴黎安排一个中国版画活动，如果你能提供二三幅作品，我们会把它们于法国艺坛介绍。"

这之后我就照他们的要求，把木刻寄到巴黎。到1987年1月20日就得到叶欣的一个明信片，明信片的背面是柯罗于

1864年创作的一幅名画《清晨》。叶欣在明信片上写道：

力群先生：

　　新年好，所寄书信及版画五幅即时收到，请您放心。版画五幅及您的信都交柯孟德先生了。并与他一起拟了价：《林间》700法朗，《鱼乐图》600法朗，《荞璐璐花》700法朗，《夏风》500法朗，《春到洞庭湖》500法朗。如展出后未售出，我们都索回，照您所嘱收存，将来还给您。展览事项情况，柯孟德先生将直接与您联系。

　　感谢您！有事需我在这边帮助的，尽请信告。谨颂大安

　　　　　　　　　　　　　　　　　欣一月二十日巴黎

　　从这张明信片里，通过对作品的定价，可以知道他们对我的版画的不同的爱好。看来他们是非常喜欢其中的黑白木刻《林间》和《荞璐璐花》的，所以定价最高。但这是我对后一幅木刻预先没有想到的。

　　紧接着我就收到柯孟德先生的来信：

力群先生：您好！

　　非常感谢您的回信，您寄来的那篇艾青先生写的文章也收到了。您另外所寄的五幅木刻，叶欣先生已经转给我，我们会把它们先在蓬皮杜文化中心展览；然后，如果您同意，五、六月份在巴黎的一家画廊展览。

　　为了配合那篇文章，您能否亲笔题名在作品上签署（送

给欧亚文化协会)这样我们将拥有很宝贵的纪念品。我们两个协会的资料(即"欧亚文化协会"及"木刻协会")都一并寄给您。

祝您万事如意!

柯孟德敬上

于巴黎1987年1月20日

**直到当年的秋天叶欣又给我一信。信上说:**

力群先生:

您好!久未联系了,一晃半年多就过去。这边法国木刻协会以您的木刻《林间》做为封面的中国版画专号,想您已收到。由于原版(板)未寄来,他们破例用了照像制版(据说他们会刊的封面,从来是用原版印的),这是由于我信中"版""板"不分给您造成的误解——我想。但还是合适的,如按照他们的要求,原版留下,所付的只是象征性的一点工本费,以您的名气,不妥。

展览过后,您的五幅版画未有售出,遵嘱全部索回,存我处。十月份马赛有一中法现代木刻展,亦是此柯孟德先生主办,说有图录印,故考虑再三,自作主张,代您选其中的《荞璐璐花》与《林间》两幅参加展出。日后仍由我负责索还,倘有人收藏,价都在1000法朗(合500人民币),不得有差。

此等"民间交流"主办的人很辛苦,亦必是有所求的,所以与其交道,须十分留心。在这方面,我有些经验(或说"教训"），经我手的国内朋友、先生的作品，出则索收据，议保价，展毕按据索还。好在这类事不多，其他朋友直接与之联系寄的作品，就不好过问了。

此柯孟德先生10月中旬到11月中旬到中国去，为法国巴黎国立图书馆的版画部《版画新闻》中国专集撰稿，搜集资料，大约到北京及南方杭州、广州等地。不知您是否有机会，有兴趣会一会他。在北京拟住美院，可和广军先生取得联系……

谨颂秋安！

欣 1987年9月24日敬上

叶欣是很负责的，他不但给我寄来了属于中国专号的《木刻》季刊，而且把未售出的木刻后来也都如数归还了我。当我看到在25厘米×32.5厘米大的季刊封面上印着我的黑白木刻《林间》时，多么的高兴。翻开画页，就看到有伍必端描绘江南水乡的一幅黑白木刻和广军的《牧马团》，王琦描绘朝鲜族人民生活的作品，以及赵延年的黑白木刻《鲁迅像》等。在最后一页上有用法文写的关于封面木刻的介绍，今翻译如下：

封面作者力群

由于种种原因，由力群先生所刻的一幅版画未能如我们所预期的到达。然而，我们已经向这位版画家保证，由他的作品作为我们的封面。这位版画家在中国之著名就像毕加索在欧洲一样。所以，最后我们决定采用了作者最好的版画作品之一《林间》作为这期的封面。在此我们向这位艺术家和读者们表示歉意。

我的木刻最早流入美国大概在延安时期，因为1944年后由蔡若虹同志和华君武同志把鲁艺的木刻一纸袋一纸袋地装好，作为礼物送给当时在延安的"美军观察组"，也赠送给重庆的有关政界友好名人，这大都是由周恩来同志带到重庆办的。这些纸袋中就装有我的木刻。后来知道"美军观察组"的人员把延安的木刻带回美国去了。可惜没有有关资料，现在也弄不清了。

全国解放后，我的木刻《林间》于1984年2月1日至27日曾参加过在美国奇勒艺术中心画廊举办的《中国版画邀请展》。这是由香港的版画家梅创基先生和北京的版画家王琦同志共同策划的。主办单位为美国伊利诺州洛佛大学，展览主任为美国艺术家、教授、奇勒艺术中心画廊主任利汉桢先生。这次邀请展一共展出中国版画家59人的作品，每人一幅。从选刊在《目录》中的20幅作品来看，还是比较写实的，能够代表社会主义时代的中国新兴版画的新的面貌。我的《林间》选刊在《目录》的第二幅，第一幅是李桦的《夏日河滨》，此外还有古元的《松花湖》，王琦的《海滨之夏》，李少言的《重建》，以及彦涵、李焕民、朱琴葆、黄丕模等人的作品。

1991年8月31日至9月14日在纽约华埠伊利莎白街13至17号二楼展览厅，由中国美术家协会和美国东方画廊联合主办了中国元老木刻版画家:力群、王琦、古元的《木刻版画联展》。本拟包括李桦、彦涵在内的,只因他们临时拿不出应有的展品,所以才改为三元老的。

东方画廊主任刘振翼在《目录》的《前言》中说:

"这里展出的是中国三位元老木刻版画家——力群、王琦、古元的作品。他们几十年来,在这个领域奔腾驰骋,实践求索,殚精竭力,为中国的木刻版画的奠基、开拓、继承、发展做出了很大的贡献,令人至为钦佩。"

又说:"中国虽然是木刻版画的发祥地,但……直到1929年鲁迅先生大力提倡鼓动,多方面介绍外国木刻版画,并发起和组织新木刻运动,中国的木刻版画才发生质的变化。……在那个战争多难的年代,发挥了战斗的和宣传群众的作用,为民族的救亡图存,解放独立做出了贡献;并作为一种新兴的创作艺术,继续提高发展,为国家的建设和人民大众服务。这三位元老,就是中国木刻版画从草创到成熟,从学习外来到结合传统民族化,和不断提高艺术风格和水平的功臣。"

在《目录》内用黑白版选印了我的套色木刻《丰衣足食图》《瓜叶菊》《二月》《黎明》《春到洞庭湖》《北京雪景》《秋曲》,黑白木刻《春到宁夏》《林茂羊肥》共九幅,选载了王琦的《晚归》等八幅,选载了古元的《收获》等八幅。每人在简介顶端印了一头像向读者介绍。

最初中国美术家协会负责这一工作的胡明之同志要求我拿出20幅版画参加展览,后来因为李桦和彦涵临时拿不出展品,又向我要求增加10幅。因此我参展的版画作品共有30

幅，王琦28幅，古元30幅，共展出88幅。

当我们的《联展》在纽约的东方画廊开幕后，华文《侨报》《世界日报》和《星岛日报》都有报导。《侨报》以《力群、王琦、古元木刻版画联展于卅一日华埠东方画廊揭幕》为题，其中说："这次的展出罗列了他们从三四十年代直到现在的创作，时间跨越了半个世纪，实是弥足珍贵。他们现在都是七、八十岁的元老，已是'封刀'之年，这些作品，代表了他们一生的心血，既有现实的价值，也有历史的价值。"又说："东方画廊历年来举办的各种展览，不下七八十次，正规的木刻版画展还是第一次，这是一次别开生面的新展示。"

"联展"先在纽约展出，后来又到了费城。据华文《世界日报》以《力群等木刻版画家应邀费城展出作品》为题报道说：

"中国当代著名木刻版画家力群、王琦及古元之作品，应邀在费城的摩尔艺术学院展览，日期为9月27日至10月25日。

"力群等三位木刻版画界元老，是于上月在纽约华埠东方画廊举办联展时，费城摩尔艺术学院专程派请李禅教授与东方画廊协商，精选部分作品往该学院展览。"

这次在费城的展出，除了华文《世界日报》有消息报导外，华文《侨报》和《联合日报》也都有内容类似的报导。

《联展》在纽约和费城的展览，一共售出我的木刻10幅，其中仅《黎明》就售出三幅，这都是在展览期间美协胡明之同志通知我补寄给他的。其他为《丰衣足食图》《瓜叶菊》《春夜》《林间》《鸟》《饮》《伐木》等。而仅《黎明》和《春夜》我得款200美元，《鸟》得款48美元，为最低数。这既和画幅大小有关，也和单色和套色有关。为此《世界日报》说:"据东方画廊负责人刘振翼介绍,西洋日本的版画,都是源自中国,风行于二十世纪,现在亦在广泛流行,而且价格相当昂贵,动辄数千至上万元一幅。最近拍卖的日本古老版画,拍出的都是一幅数万美元。"而我们中国的版画却"由于缺乏宣传,缺少组织展览等介绍活动,未为世人认识,故亦未能进入世界市场"。

"刘振翼又说,其实中国版画技艺高超,有自己的传统和民族特色,近年来创作兴旺,范围遍及全国……在世界市场上均有一定的地位。"

我想刘振翼先生的意见是很值得我们中国版画家们注意的。

不过上面说我收到《黎明》售款200美元,这也仅是画家所得的部分,实际售价多少还是个未知数。因为层层都有所扣除,有如纳税。不过我们的版画售价很低总是个事实。

中华人民共和国成立以来,我们和世界上的很多国家建立了外交关系,为了进行文化交流,中国的新兴版画也到很多国家展览,每次展览大都有我的版画作品,但由于未存下资料,也说不清我的版画在哪些国家出展过。只有文化部所属的"中国展览公司"建立以来,他们才把每次出国展出的《入选证》寄给作者,而且《入选证》上还附有展出的作品照片。这样我就知道1983年我的套色木刻《小熊猫》和黑白木刻《鹿园》曾在丹麦参加《中国版画展览》,1987年我的套色木刻《悬铃木》和黑白木刻《初春》曾在南斯拉夫参加《卢布尔雅那国际版画展》,可展出情况就不知道了。此外据《中国展览公司》通知,我的《林间》还在坦桑尼亚、加纳等六国展出过。据我所知国际上最多展出中国版画作品的国家为日本和前苏联。

除了我的版画在世界各国展出外,我的中国花鸟画也曾出国展览。在我保存的一个"中国书画展入选作品证书"中说:"力群同志的花鸟作品,经评审委员会审定,将参加在日本或其它国家举行的中国书画展"。这是中国老龄问题全国委员会、中国老年书画研究会、中国老年基金会于1990年2月27日发给我的。

1993年5月由山西省对外文化交流协会和山西省美术院共同筹办了"山西省首届赴新加坡绘画书法展览"会,展出地址在"南洋艺术学院画廊,共展出101幅国画,其中有我的《墨竹》、《月季花》、《霜叶红于二月花》;共展出版画18幅,其中有我的套色木刻《瓜叶菊》和《北京雪景》。他们出版了一本画册,我的以上作品都印刊在画册中。一幅《墨竹》作为封面画刊出。

# 第三十八章　隆重的纪念

当鲁迅先生一手培育的中国新兴版画成长壮大到60周岁时,也正是鲁迅先生诞辰110周年之际。为了纪念和庆祝,由中国美术家协会和中国版画家协会于1991年9月24日至26日在北京联合举办了隆重的纪念活动。

这次纪念活动分为三个部分:其一是举行《中国新兴版画60年回顾展》,其二是邀请30、40年代以来的著名版画家及美术界的知名人士举行座谈会,其三是为30、40年代的著名版画家颁奖。

9月24日《中国新兴版画60年回顾展》在中央美术学院陈列馆开幕,展出30年代以来的中国新兴版画代表作品近300件,200余位著名版画家参展。我入选的作品有30年代于1935年在太原创作的黑白木刻《抵抗》、1936年在上海创作的黑白木刻《武装走私》,以及同年在上海创作的黑白木刻《鲁迅像》。还有解放区时代于1943年在延安鲁艺创作的黑白木刻

《毛主席像》,1944年在鲁艺创作的黑白木刻《劳动模范赵占魁像》,同年在鲁艺创作的套色木刻《丰衣足食图》,以及1945年在延安鲁艺创作的黑白木刻《帮助群众修理纺车》。还有50年代至70年代于1962年在银川市创作的套色木刻《春夜》,以及80年代至90年代于1980年创作的黑白木刻《林间》。我的木刻一共入选九幅,在老版画家中数我参展的作品最多了。此外我的一幅木刻藏书票《菊花》也被展出。

我参观了《回顾展》感到骄傲,因为我们中国的新兴版画60年来产生了很多世界知名的版画家,创作出千数幅杰出版画作品。它最忠实地实践了毛泽东《在延安文艺座谈会上的讲话》所指出的文艺方向,中国的任何画种都不能和它相比。60年来它从初期的欧化风逐渐创造出具有中国作风中国气派的版画作品,反映了中国各个历史时期的人民生活,有痛苦,有抗争,有眼泪有欢笑,有失败有成功,用版画的造型形象写下了中国人民60年来的生动的革命斗争史。

当《美术》杂志以《纪念鲁迅诞辰110周年暨中国新兴版画60年系列活动在京举行》一文报导《中国新兴版画60年回顾展》时,作者晓世说:"在抗日战争、解放战争时期,中国的新兴版画发挥着投枪和匕首的战斗作用,成为中国革命美术的先锋和主力。建国后,版画艺术表现时代精神、反映现实生活,在艺术上不断精益求精,已成为人民群众不可缺少的精神食粮,体现了中国新兴版画运动60年的光辉历程,对我们建设有中国特色的社会主义美术具有重要的启发意义。"又说:"显而易见的是,那个时代的版画家们,是与亿万人民的脉搏跳动在一起的,是与中国革命的前途命运结合在一起的。这就是他们在艺术创作上取得成功的先决条件。尽管那些作品幅面比较小,制作上相对也比较粗糙,但其中所渗透的时代精神是饱满的。所蕴含的思想感情是真挚的,这正是那些作品具有永久的生命力和感染力的奥秘所在。"如果说当前文艺界流行一些瞎捧场的文章,那么晓世的这些评论却是很切合实际的。

我想这次的《中国新兴版画60年回展》励固然是给关心和爱好版画的群众欣赏的,但同时也是献给中国新兴版画之父——鲁迅先生的,如果他有知,当会含笑九泉的吧。

9月25日至26日,中国美术家协会、中国版画家协会邀请参加这次活动的版画家及部分美术界知名人士在武警招待所会议室举行了座谈会。来自全国各地的老版画家们欢聚一堂,如果江丰、野夫、陈烟桥、黄新波、马达诸同志还活在人间,当会来参加这次难得的版画界的座谈会的吧?然而他们都先后离开我们了,想到他们曾同我共同在黑暗时期一起战斗就非常难过。好在《回顾展》中把他们当年在新兴版画还处于童年时期创作的作品都展出了。他们当中只有黄新波和陈烟桥在50至70年代的展品中还展出黄的《青年人》和陈的《欢迎》,这是非常难得的。

但令我没有想到的是,终于在这个座谈会上见到了未曾相识的郭牧同志,他于1936年接连创作了两幅很出色的黑白木刻——《1935年12月24日》和《高尔基像》后就销声匿迹不知去向了,所以这次能够在会上看到他就使我非常高兴。他的那两幅出色的木刻也都在《回顾展》中展出了。

我在座谈会上发言时，除了对我们的版画60年来所取得的巨大成就表示高兴外，也为近些年来不少版画作品受了西欧现代派的不良影响，远离了人民群众的斗争生活，远离了中国新兴版画的革命传统，形成内容空虚，单在形式上玩花样的现象深表遗憾。

9月26日纪念鲁迅诞辰110周年暨中国新兴版画60年颁奖大会在人民大会堂举行。颁奖大会由中国美术家协会书记处常务书记雷正民主持。中顾委常委胡乔木、中宣部副部长、文化部代部长贺敬之、中国文联党组书记林默涵、中国美术家协会副主席蔡若虹、中宣部文艺局局长李准与获奖的老版画家们以及应邀的来宾共180余人参加了颁奖大会。

蔡若虹同志以《硬骨头精神万岁》为题，在颁奖大会上作了专题讲话，其中说："当三十年代初期的版画运动开始和劳动群众见面的时候，它就冲破了过去的美术创作中那些陈旧的题材范围，首先把表现劳苦大众的生活和斗争这一崭新的题材放在木刻创作的首要地位。在当时的左翼美术家联盟的创作活动中，由于革命斗争的实际需要，版画创作便成为革命斗争的一种轻便武器，这就是鲁迅先生所讲的匕首和投枪中的一种。今天回想起来，版画运动在创作题材上的开拓，不仅仅影响了当时的漫画创作，而且对于整个美术创作领域，也产生了不可低估的巨大影响和带头作用。"

这次颁奖大会设"新兴版画杰出贡献奖""新兴版画贡献奖"和"新兴版画纪念奖"三种。由胡乔木、贺敬之、林默涵、蔡若虹分别给75位参加过30、40年代新兴木刻运动的版画家们颁发奖杯、奖牌。

获新兴版画杰出贡献奖的共15人,有力群、王琦、牛文、古元、李桦、李少言、彦涵、胡一川、赖少其、赵延年等。获新兴版画贡献奖的共28人,有朱鸣冈、吴俊发、麦杆、章西崖等。

获新兴版画纪念奖的共32人,有汪占非、罗工柳、金逢孙、艾炎等。

我的好友曹白参加《回顾展》的早期木刻有两幅,为《1919年5月4日》及《卢那卡尔斯基像》,这都是我和他在一起时刻的。令我高兴的是他和郭牧都获得了"新兴版画纪念奖"各一枚,可惜曹白因病未能来京领奖。

李桦代表受奖者致词时说:"60年后的今天,中国新兴版画从无到有,从小到大,从幼小到壮年,从榛莽中走出来的已是一片'无尽的旌旗蔽空的大队'了,我们可以告慰于鲁迅先生之灵。"

我以无比兴奋的心情参加了这次的纪念活动。在我看来,这些活动既是代表社会对中国新兴版画60年来巨大贡献的庆贺,也是通过奖品代表人民对每一位受奖版画家的成就和贡献的评价。

# 第三十九章　愉快幸福的1992年

1992年,按实足年龄计算我整整活了八十岁了,这一年既是我社会活动最多的一年,也是我获得荣誉受到赞扬得到幸福欢乐最多的一年。如二月得国务院特殊津贴证书,5月山西省委和省政府授予我"人民艺术家"光荣称号,9月日本埼玉县为我举行"力群版画展",11月中国美术家协会和山西省文联山西省美协为我举行从艺60年和80华诞的庆贺会,12月初访问日本埼玉县,12月25日全家为我庆祝八十大寿。

## 特殊津贴和"人民艺术家"

欢乐的春节刚过,我于2月21日到省政府梅山会议厅参加了颁发国务院特殊津贴证书的会议。得到特殊津贴的都是山西省科学、教育、文学艺术界的专家,约八九十人。山西省文艺界享受这种优待的只有三人。给我的证书上写道:

力群同志:

为了表彰您为发展我国文化艺术事业做出的突出贡献,特决定从1991年7月起发给政府特殊津贴并颁发证书。

国务院1991年10月1日

特殊津贴每月100元,这与其说是对有贡献的专家们的一种物质上的优待,倒不如说是给予他们精神上的一种荣誉。我衷心感谢。

当年的5月,我正参加"山西省老干部休养团"在江南旅游完毕准备动身归并时,于5月13日省委省政府在"山西电视台"演播厅内举行了毛泽东《在延安文艺座谈会上的讲话》发表50周年的纪念大会。

当我于5月15日从上海回到太原时,一到家阿强就把14日的《山西日报》交给我,说有好消息,同时还交给我一条红色绶带,上印"人民艺术家"五个大金字和一个"人民艺术家"的证书,使我一时摸不着头脑。

报纸上说:省委常委、宣传部长张维庆主持了《讲话》发表50周年的纪念大会,参加大会的有省委书记王茂林并在大会上讲了话;此外还有省委、省顾委、省政府、省政协的领导同志卢功勋、冯芝茂、万良适、吴达才、张长珍、李广耀和省委退下来的老同志阮泊生、赵雨亭、朱卫华以及全省文艺界的代表,及各地市的文艺工作者。

在大会上,省委、省政府授予马烽等7位同志"人民作家"

的称号,授予力群等10位同志"人民艺术家"的称号。并说:除力群因外出未能参加会议外,16位获殊荣的老作家和老艺术家身披红色绶带,手持五彩花束,通过电视向全省人民致意。报上同时发表了省委书记王茂林同志向"人民艺术家"颁发证书的照片,以及16位"人民作家"和"人民艺术家"的合影。合影中虽然没有我,但看到他们也感到高兴。对我来说,我感到这"人民艺术家"的光荣称号,既是省委和省政府代表山西人民对我从艺60年的评价,也是授予我的非常尊贵的荣誉。

50年来,我作为一个党员,在文艺工作中坚持了毛泽东同志在《讲话》中指明的文艺道路,不论在绘画创作上,不论在美术评论中,我都是以毛泽东的文艺思想为行动指南和立论基础的。但后来,资产阶级自由化的文艺思潮在中国文艺界大为泛滥,有的人竟公开说"《讲话》过时了",在美术界也有人公开否定革命艺术传统,要求全盘西化。虽然近些年来情况有所好转,但余毒未消,因此省委省政府隆重纪念《讲话》发表50周年,并表彰50年来坚持毛泽东文艺思想的作家艺术家就感到意义重大。

王茂林同志在讲话中说:"今天,我们将表彰长期以来为我省文艺事业的发展做出突出贡献的先进集体和个人,将授予马烽、王玉堂、孙谦、李束为、西戎、胡正、郑笃等七位同志'人民作家'的称号,将授予力群、苏光、贾克、石丁、寒声、张焕、张万一、石兵、夏洪飞、朱焰等十位同志'人民艺术家'的称号。在这里,我代表省委省政府,向所有将要受到表彰的先进集体、先进个人表示热烈的祝贺!向授予'人民作家''人民艺术家'的十七名老同志,表示崇高的敬意!衷心希望大家在今后的工作中,为进一步繁荣山西的文艺事业,为促进兴晋富民宏伟目标实现,不断做出新的更大的贡献!"

在王茂林同志的讲话中还指出:"我们的文艺队伍要出尖子人才,要有带头人。老一代作家艺术家担负着发现和培养文艺新人的重要责任。虽然我未曾在艺术院校工作,但对此我是历来重视的,今后当更加重视。"

## 参加"老干部休养团"游江南

山西老干部局为了改善离退休老干部的平淡生活,于1992年4月下旬组织了一个到江南旅游的"休养团",我参加了,画家聂云挺、魏振祥也参加了。我感到这也是一次难得的旅游机会。但万万没有想到团员竟有59人之多,而其行动之紧张有如部队。

我们于4月30日从太原坐火车出发,5月1日直达江苏无锡,下榻通惠西路45号89001部队招待所。

按"休养团"的行动计划是:

5月1日休息,2日游无锡太湖的鼋头渚、三山猴岛,3日去宜兴游灵谷洞、慕蠡洞、丁山镇。4日去苏州,游拙政园、狮子林、西园、虎丘。5日游无锡的蠡园、梅园。6日上午自由活动,下午乘船去杭州。

下面是我写的旅游随笔:

# 一

江南五月的春天，我从太湖游览归来，拖着疲倦的身体到队部招待所的饭厅吃了午餐，上楼后洗了一下脸就倒在床上，一觉就睡了三个小时，真累坏了。

按我的理想，出来游历，应不紧张，让心情非常平静安逸才好，而游地也应像我的心情似的安静而不动乱。然而事实却全然不是我所希望的。如画的太湖，竟被两只水上快艇扰乱得很不安静，上面坐着十来个穿黄色救生衣的人，像马路上飞驰的摩托车似的，在湖上横冲直撞，把个平静的太湖的美的意境和诗情完全给破坏了。我想要使自己的心灵和大自然拥抱，在平静中领略大自然的神奥，但在快艇的惊扰中是无法实现的。太湖的周围有那么多高贵的疗养院，我真不知道那些在疗养的贵宾和老干部对此作何感想？而这种快艇据说也是在为游客服务的，每乘五分钟，要出三十元，也许是我已八十高龄的缘故吧，毫无心情去享受这种乐趣。因此对我来说，这次太湖之游真感大煞风景，反倒觉得我不适宜于生存在这个乱糟糟的花花世界了！真有点像又回到可诅咒的文化大革命的动乱的天地里。因此我本想画些速写，却毫无作画的兴致了。

当日本风景画家东山魁夷在《美的情愫》一书中写到奈良公园的风光时说："奈良公园里阳光灿烂，充满年轻人的蓬勃朝气，令人心情舒畅。可同时，那里又响着汽车发动机的声音,汽车不停地驶来驶去,满天尘土飞扬,不禁令人感到此景与奈良的自然环境是那么格格不入。"可见我们画家对于近代机器对于大自然美的干扰都有同感。

我们去猴岛时,乘坐了游览船,这种客船在湖上往来如织,游人之多如赶庙会,弄得我毫无心情欣赏黛色山景和太湖的风光了。奇怪的是湖上只有一只白鸥在翱翔而无帆影。当年我来过太湖,看到过如画的帆船在湖上飘动,而今却不见了,真失所望。更为遗憾的是在猴岛竟没有看到猴子。

倒是开始游鼋头渚时,看到各种红色的美丽的杜鹃花令人悦目。此外从导游姑娘的话筒里得到了些有趣的知识,例如山上有"齐眉路",据说东汉学者梁鸿与其妻孟光逃至江苏来到无锡山间,每餐孟光对梁鸿"举案齐眉"的故事就发生在这里,所以有"齐眉路",以表纪念。山上还有"陶朱阁",说明春秋时范蠡从越国隐退后曾来吴国的太湖之地经商……所有这些我过去都是知道而不很详细的。此外在山上的绿林中,我倒是看到一个龙首鼋的铜塑,塑得很出色,可算一件为太湖增色的艺术品。

当我们由鼋头渚乘游览船到三山公园时,一上岸就看到一个青年人坐在那里卖小玩艺,他用马兰草编的蚱蜢真别致,也是一件艺术品,我用五毛钱买了一只,同行的画家聂云挺也买了一只,那青年可能认为我们不过觉得好玩而未必知道我们是他的艺术品的知音。我真佩服他的传神的创造。

## 二

3日去宜兴,路经萍杜的故乡武进县,真没想到农村竟连一间茅屋也见不到了,到处是一片新楼,有两层的也有三层的。多年不来武进了,真有沧海桑田之感。我真想下车到村里看看,但办不到,这只能等今后了,如有可能我要和平若一同来他的家乡一次,我在车上由于一时的心血来潮,竟作了一首诗:

是几时茅屋变新楼,
村村如画,
处处有笑声,
门前稻田一片青。

车到宜兴,游了慕蠡洞,这洞是为了纪念春秋时的政治家范蠡的。出洞后还要游西施洞,我不进去了。中国历史上的西施和貂蝉均以其美貌而完成了重大的政治任务,留名后世,也算值得纪念的历史人物。但我却毫无心思参观"西施洞"了。因为这类的洞看一个就够了,看的太多了,就感到厌烦。因此我便在车上饮茶休息,并阅读我随身带的《卢梭忏悔录》,以此等待大伙从西施洞出来。

来到大画家徐悲鸿的家乡了,我们几个画家都想去参观徐悲鸿纪念馆,但办不到,那个领队的杜同志不照顾我们。其实还应去参观宜兴陶瓷厂,因为宜兴陶器在全国是很有名的,当然也办不到。因为领队没有文化观念,就喜观看那些无聊的石洞。可能徐悲鸿纪念馆还有我的国画"墨竹",我曾应征给馆里寄画,为此我也很想去看看。

## 三

1991年8月中旬我接得一位名陈志衡的从苏州寄来一信,信上说:

"我是一位外语教师,已退休多年,在家从事文学翻译,早年以译小说为主,因我酷爱美术,受北京人美社之托,也译过一些美术著作,如《抽象主义与审美规律》《夏达尔评传》《论美》《马蒂斯论创作》等。86年该社约我翻译苏联科学院艺术研究所编写的《世界美术通史》,系一巨著,共六卷八册。第六卷下册论述世界社会主义国家美术,其中一章论社会主义中国美术,对中国版画评价很高,以大量篇幅作了详细论述,包括中国版画的发展情况,版画在中国革命斗争中所起的作用,著名的版画家及其代表作等。因其中论述到先生的版画创作,特此致函联系,有一事向先生请教。

"书中列举了一些画家的代表作品,因考虑到此书译成中文出版,读者主要是中国美术家,这些代表性作品的标题,最好采用原中文标题,否则可能产生误会……因原书有二处论及先生的创作,列举了一幅代表作品,按原文《ЗNMá В ЛeКИН》(1957)可译成《北京之冬》或《北京的冬天》

或《北京的冬季》或《冬天在北京》,但为慎重负责起见,特此请教先生,请告知大作的原标题。"我去信告他,原标题为《北京雪景》。从此就不断和他通信,成为未见面的朋友。

这次我得知"休养团"要来苏州,就在无锡给他去信,希望在苏州见面,并告他我一到苏州就根据他给我的电话号码给他打电话约相会地址。特别在信内提出想看到他翻译的《世界美术通史》关于中国版画的部分。

"休养团"于四日到苏州后,我和陈志衡同志终于在苏州的塔影饭店里相会了。他不但给我带来译文,还带来些苏州糕点送我。遗憾的是未能登门拜访和他长谈。陈志衡同志陪我游了拙政园等处,园内正盛开杜鹃花,我带着照像机和他在水红色的花丛中摄影留念。苏州的园林既多且美,我很喜欢,可惜不能尽兴而游。本想在苏州能多住数日与当地版画界朋友以及杭州艺专的老同学相会,只因"休养团"在苏州停留仅数小时,所以什么想法都无法实现。

我看了陈志衡同志的译稿,字写得整洁,读之令人有愉快感。

《世界美术通史》为苏联美术院编著,在第六卷下册有关于中国新兴版画的论述。其中关于我的部分有两处,一处说:"许多版画家,如像力群和古元,同时还借鉴那种一直为农民所喜闻乐见的装饰性的民间木版画传统。这种新的木版画,用传统的装饰性的生动手法,朴实地、鲜明地给解放区农民描述了国内的所有大事件,对不识字的居民来说,它们代替了报纸,其美观性和兴趣性引起人们广泛的注意。"

在另一处说:"一些杰出的版画家,如力群(插图309a)李平凡、李焕民、赵宗藻,以及其他许多版画家,比起色彩画家来,他们能更自由地把新的生动的内容与民族的艺术形式结合起来。这些大师甚至还创造了新的中国版画的面貌。在50年代中期,出现了许多风景版画,它们富有诗意地描绘了国家的和平的日常生活——边区风光,新建筑景观,新区风貌,山村景色等等。这些风景版画具有民族特色,同时在世情味方面也完全不象老法的山水版画。力群在版画《北京雪景》(1957)中,刻画了北京一个闭塞的小角落,一些被雪覆盖着的幽静的庭院——一个亲切的、充满人情味的场景;画家已不是通过那种脱离人的辽阔的大自然,而是通过城市里舒适的人的生活天地来揭示一种自然的美,甚至连传统的俯视法,在这里也帮助了观众能更仔细地欣赏这幅与人具有密切关系的风景画。"

从苏州归来,我们于5日游了无锡的蠡园和梅园,可惜游梅园时,梅花已开过数月,因此就没有什么游兴了,未能享受梅花的"暗香浮动"之美。

## 四

从无锡到杭州,没有乘火车绕上海,而是乘小火轮在运河里飘游。可六日下午一上船我就很恼火,让我们老干部坐下舱,而又很拥挤,像运猪似的一个房间里塞了六个人。不久领队杜同志就来向我道歉,说他预先也不知道,而是无锡的

89001部队如此安排的,我无话可说。

刚上船天就黑了,本来说第二天早上就可到杭州,可是延长到十二时后才到达。临近杭州时才发现运河污染得成了一河黑水了,看了令人很不愉快。

到杭州后,住在南空招待所,条件很不好,四个人住一家,饭的质量也较差,对于我们老干部,这种安排是出乎我的意料之外的。

在杭州,乘集体大轿车和大游船先后游了灵隐寺、岳坟、六和塔、花港观鱼、断桥残雪、三潭印月……每到一地,都人山人海,有如赶庙会,同行的画家魏振祥说:"想受罪去赶会。"这是河北乡下对赶会的说法,然而虽是受罪,但人们还是乐于去赶会的。但这几天来,对于我这个八十岁的老人,也实有不胜受罪之苦。如行动的紧张,不停的赶路,深怕掉队……也真够我受的了。有如上了贼船,只好忍着随行。

一天我们在雨中游白堤,从乾隆皇帝写的"断桥残雪"碑亭一直沿湖畔走到"平湖秋月"。在细雨蒙蒙中远览久违的保俶塔和葛岭,如而旧友。近观里西湖点点荷叶初放,条条小鱼乐游,也颇感安逸凝神。是的,此刻还不是"接天莲叶无穷碧,映日荷花别样红"的炎夏,然而何尝不是另一番风味。

当漫步走到当年杭州艺专的校部,所谓"哈同花园"时,以一种怅然的心情经过走廊、教室、小石路……与其说是在游览,倒不如说是在凭吊,真乃湖山依旧,人事全非,而对于母校旧址又何尝没有沧海桑田之感,而今她已成为孤山下的游览区了。尤其是走到西泠桥下,凭吊我和艾青妹妹蒋希华曾比邻住过的平房旧地,当年同住一屋的同学房士圣和高供星的面影以及蒋希华的一双动人的大眼睛都突然出现在我面前了,而今他们都先后离开人间,真使我有怀旧伤情之感。

在细雨中看了可敬的白色大理石的秋瑾女士像后,过西泠桥,宋代著名歌妓苏小小墓不见了,而墓亭尚存。据说是"文化大革命"期间红卫兵把墓挖掉的。搞掉苏小小墓尚可理解,而把岳庙大加破坏却不能原谅,害得事后国家还要花大钱重新修建,这些古迹的破坏者应与秦桧同受世人的唾骂!

现在岳庙增加了很多新内容,就是原先跪在那里的秦桧夫妇的铁像也是新铸的。庙内的新壁画和文物虽值得一读,但也无法浏览,我们匆匆而来,急急而去。

过岳坟,去看了我当年初到杭州时曾住过的朱天庙,但已无踪无影了,代替它的是矗立在茂密的绿色森林中的高楼,六十年过去了,但当年的朱天庙和庙里的老尼姑尚留存在我的记忆中。

从岳坟坐机动船去"三潭印月",我们和其他游客杂乘一船,在我的对面坐着一个文静的淑女,她的发式前面是时行的女式,后面却是男式,显得精干,她不施口红,不戴耳环,初临青春而尚有天真含羞味,使我欣赏,吸引我久观而不愿移目。她穿的一件水红色上衣十分讲究,有带穗披肩缀以颗颗大的珍珠。她多娇而严肃,含情而大方。手中拿着一个撑开的小小花伞,使我联想到神话剧中的白娘子。为了怕我的久注的目光对她引起不安,我看看清澈的湖水,然后再无意中瞟她几眼,欣赏她的芳容和风采,感到是一种享受,像中秋观月,像春日赏花。坐在我旁边的一位老人也许是和我一样对她感兴趣,就和她攀谈,我从而知道她是浙江湖州人。但时不留情,不久我们就都在三潭印月上岸了,彼此混入人群中,从此就失去了"白娘子"。然而却使我不论在欣赏湖中白色的睡莲,不论远观湖上的三潭,却还不时地想她,希望能有缘再见她一面。明知这似乎是无望的,于是这单想就变成了幻梦。可真没想到我竟在人海中又迎面和她相逢,情不自禁,就像偶然看到意中人似地惊叫起来,她有所感,回头向我嫣然一笑,我感到意外,也感到满足,这是多么难得的一个纯洁的姑娘施予我的天真的一笑啊!这也算一种老风流吧。

这次西湖之游令我满意的是看到了当年船娘划的小船了,虽然我没有乘,而且所见也非船娘,而是一个男青年在划。然而前些年来西湖却看不到这种怀念中的画船,听说被取消了,我感到惋惜。这次在湖上总算没有看到太湖里那种横冲直撞的快艇,心以为慰。

这次来到杭州使我高兴的是去看了美国朋友戴维和他的妻子黄东。戴维·阿曼博士仅32岁,是美国密歇根州大峡谷州立大学的文学教授,于1989年来中国。

为了收集中国版画的史料,他和黄东于去年冬天在我家住了三天,他的刻苦勤奋的工作精神给我留下难忘的印象。我们是1980年冬在南京相识的。那时我和董其中、姚天沐应邀参加江苏水印版画三十周年纪念会。我们从南京到扬州游历时,戴维给我照了很多相,其时黄东女士还仅是戴维的一个中国翻译员,后来他们相爱结婚了。戴维为人真诚老实,黄东也很漂亮不俗,他们夫妇我都喜欢,感到他们的结合有如鱼水之宜。

我一到杭州就给他们打电话,夫妻俩就来招待所把我接到西溪路杭州大学外国专家楼。黄东一看到我就说:"有要洗的衣服吗?让我给你洗。"这话真使我感动。但我哪里能够把脏衣服交给她让她洗呢,连忙说:"真不敢当,谢谢你了。"

我来到戴维家,戴维要我住在他家里,我说:"我们集体行动是不能离开休养团的。"然后他告我要两年后他写的中国版画史才可在美国出版。他们将于今年六月一同回到美国。我问他:"以后还会来中国吗?"他说还要来的。

他交给我一叠照片,除了他们在太原照的我们家人的相片外,竟有他们在重庆照的我的小孙儿的照片,我真高兴。这是小强和牛文的姑娘牛小虹生的儿子。我还一直没有见过面呢。

夜饭的菜全是黄东烧的,颇清淡,戴维喝啤酒,给我吃绍兴酒,这是一顿别致的晚餐。

告别时他送我一盒花生,这是黄东的手艺,我很喜欢吃。戴维还赠送我一瓶美国的维C,我很感激。我感到我们之间的感情是真诚而深厚的,其中看不出有任何虚伪和假情假意。这是难得的,也是使我高兴的。

另一件富有情谊的事,就是当我去浙江美术学院看朋友时,一进宿舍门就遇到杨成寅同志,他热情地把我迎到他家,认识了他的夫人林文霞,杨成寅要她为我去买《林风眠论》,她给我买了两本,上有我的文章《论林风眠的际遇和成就》。

本来编者郑朝同志曾赠我一本，寻不见了。我打算一本自己留着，一本到上海后送给老友曹白。

我和杨成寅是新交，他是河南人，我们是去年春间在青岛参加《美术》编辑部召开的关于建立有中国特色的社会主义美术讨论会上相识的。我们曾站在一条战线上和以杜键为代表的拥护"新潮"美术的观点论战，因此彼此虽为新交却宛如老友，感到亲切。

由他陪我去看了延安时代老友莫朴和夫人孙征。遗憾的是莫朴新近举行的《回顾展》收场了，未能拜读。

之后去看了武汉三厅时代的美术科的老友版画家丁正献，现在他不刻木刻了，却又画油画又画色粉画，都是风景。他和我谈得很投机，他有一个新看法，认为杭州是中国新兴版画的发源地，而上海是新兴版画的摇篮。这也是有道理的，因为作为"一八艺社"成员的胡一川和汪占非于1931年鲁迅创办木刻讲习会之前，就在杭州艺专开始刻木刻了。

之后去看了王流秋、金浪，后者一早就出去钓鱼去了，未能见面。他是我在抗敌演剧队第三队时的战友。王流秋是延安鲁艺美术系的学生，我在他家里看到他画的不少油画，近似马蒂斯，他们俩人都不幸曾被错划为右派，生命遭到摧残，影响了他们在艺术上的成就，我一想到这种遭遇就很难过。

后来俞启慧和李以泰先后来看我，俞热情地赠送我绍兴"加饭"老酒，李送我龙井茶叶，使我感激，他们两人的木刻创作我都喜欢，俞启慧写的《木刻技法大全》(黑白木刻技法精论)是我写的《序》文，听说此书已再版，令人高兴。李以泰在家乡浙江湖州举行个展时来信请我写牌匾,那时我和他还未曾见面,这次相见,他似乎有些拘束。但我和这两位年轻的木刻家谈话是感到愉快的。看到他们在艺术上走着一条正确的路,怎不令人高兴。

由俞启慧陪同在杨成寅家吃了午饭,饭后并睡了午觉,醒来时才看到李以泰在等着见我。

告别时杨成寅同志又送我茶叶又给我付了坐二轮车的钱,这种情谊使我难忘。

没有想到的是临别杭州的前夜竟在南空招待所的隔壁山西汾西矿务局的疗养院跳了一场愉快的舞。那里大都是介休姑娘,也有孝义的,她们都很漂亮,颇有礼貌地接待了我和另一位同去的"休养团"的老干部。舞场不拥挤,很宽松,而她们是有求必应的,加以音乐也较满意,所以跳得很愉快,这真是意外的收获。没想到汾西矿务局在杭州还有这么个点。

# 五

我们于5月12日早坐火车到上海,中午下榻真如一带的曹杨路"火车头旅馆"内。我在杭州就给平若写了信,告他我要到上海来,因此一到旅馆我就给平若打电话,要他来接我。等了一个多小时平若和铭鐏来了,把我接到武康路他们家。当平若住在上海高安路14号7室时我曾在他家作客,但后来搬到武康路六弄二号后,就一直没有来过。这次把我接到新址,平若让我和他住在一起,在靠我的墙上挂着我送他的国画《红花蔷薇》。铭鏄和女儿刘沂住另一室(刘沂知道我来,特意从南京赶来了)。我感到这里比高安路好多了,安静、宽敞、舒适。地板是小木条组成的图案,厕所和厨房也是独用的,不像住高安路时和别人家共用。窗户外就是丁香花园,感到空气清新。平若晚年能有此舒适的家室也使我慰怀。

平若还领我参观了他们的"老干部活动中心"——丁香花园。我和平若、铭鏄在园内摄影留念。园里有餐厅,还有跳舞厅、小卖部……真使我羡慕不已,深感上海对老干部工作的重视。

这次在平若家能看到江苏古籍出版社出版的《版画纪程——鲁迅藏中国现代木刻全集》非常高兴。这是刘沂在南京给父亲买来的,全价是900元,给作者半价优待。当去年9月在北京举行"纪念鲁迅诞辰110周年暨中国新兴木刻运动60周年"的会议时,我在北京参加了《版画纪程》的首发式。当时老版画家到会的有李桦、古元、王琦和我。领导人物有胡乔木、林默涵等人,但我却未曾细看这五本画册。出版社既不发稿费,也不赠送作者画册。

《版画纪程》基本上是一种历史资料性的画册,令人看到新兴木刻童年时代的不少幼稚、粗糙的作品,有如看到人的童年时代的赤屁股照片一样。作品粗制滥造而很不严肃的典型人物是刘岘,自然,刘岘早期也有个别好作品,如选载在《中国新兴版画五十年选集》中于1932年创作的《贫困》,算是当时难得的佳作。但在《版画纪程》中出现的十分粗制滥造的作品之多也真够惊人。就是李桦也有一些类似的作品,但较少。为此我给牛文同志的信中说:"看了《版画纪程》使我感到骄傲,我从来是以严肃认真的态度对待木刻创作的,未敢粗制滥造。虽然难免有失败之作。"因为我感到严肃认真还不能保证出佳作,哪里还敢粗制滥造呢。这从鲁迅先生所收藏的我的11幅木刻作品中可得到证明。自然,古元也从来是严肃认真地从事木刻创作的,非独我一人。

我在平若家里一共住了两天,于5月14日随"休养团"乘车回太原,15日下午到家。

## 宣传毛泽东文艺思想

我自从5月15日从江南归来,即忙于"备课"工作,因为我是目前山西省唯一的一个参加过"延安文艺座谈会"的艺术家。因此正值纪念毛泽东《在延安文艺座谈会上的讲话》发表50周年之际,不少地方请我去作关于《讲话》的报告。为此,我整整准备了一礼拜,写了较详细的讲演提纲。

对于《讲话》我认为它是马恩列斯文艺理论的集其大成,也是"五四"以来左翼文艺运动的总结,是以高度的群众观点写出来的。

在提纲里,我首先写了《讲话》的历史背景,其次写了开会的情况,第三写了座谈会后毛主席修改讲稿的经过及正式发表的时间,第四写了我对于《讲话》的研究和认识。

我分析《讲话》,认为它贯穿着三个观点,其一是阶级观点——历史唯物主义的观点,其二是群众观点,其三是劳动观点。而这又是彼此联系的。最后写了文艺座谈会之后延安文艺界掀起的新气象,包括秧歌剧《兄妹开荒》,新歌剧《白毛女》,以及新年画和"新洋片"等。

在提纲里我也写到《讲话》是抗日战争时的产物,所以特别强调了"作为团结人民,教育人民,打击敌人,消灭敌人的有力的武器,帮助人民同心同德地和敌人作斗争"。而全国解放之后,我国人民已处于和平建设时期,为此,邓小平同志于1979年10月召开的中国文学艺术工作者第四次代表大会上所作的《祝词》补充、发展了《讲话》,他说:"雄伟和细腻、严肃和诙谐、抒情和哲理,只要能够使人们得到教育和启发,得到娱乐和美的享受,都应当在我们的文艺园地里,占有自己的位置。"这就使《讲话》在和平时期得到了应有的发展。这种补充和发展是非常必要的,这样,就使美术领域里的中国花鸟画和山水画,以及工艺美术等理直气壮地在我们的文艺园地里占有了自己的位置。

讲演提纲写好后,于5月21日下午应山西大学中文系之邀请,以《关于毛泽东<在延安文艺座谈会上的讲话>》为题作了两个小时的报告。教室里坐的人满满的,一直到我讲完,没有一个人中途开小差,都静静地听我讲。讲完后有较长时间的鼓掌。

5月22日以同样讲稿在电影公司二楼小放映室给省文化厅的工作人员讲。当日下午,灵石县委派车来接我。这也是预先约好的。回到县里,于23日上午在"灵石宾馆"会议厅给县城的文艺工作者作关于《讲话》的报告。会场秩序良好,有很多熟人来听我讲演。当晚还在灵石电影公司楼上参加了特为我临时举行的跳舞晚会。这是我第一次在故乡跳交际舞,有灵石歌舞团的姑娘们陪我跳,我很感激。

24日由县委办公室主任张宝铸同志陪我到静升椒仲村参观,听说这是灵石目前较富裕的一个村庄。椒仲村在静升的山头,我去之后参观了学校,看了他们的绿化成绩……

24日下午汾西矿务局派我的侄儿郝学福来接我到介休。在我的头脑里介休还是旧时的印象,没想到多少年未来,一个高楼林立的新城市竟崛起在我的眼前,使我为之瞠目。25日上午为汾西矿务局所属各厂矿的文艺工作者作关于《讲话》的报告,听众有来自灵石张家庄煤矿的,也有来自孝义煤矿的。我为基层群众宣传毛泽东文艺思想感到高兴。报告会是成功的,听众纹丝不动,秩序良好。

会后于26日上午,由矿务局宣传部长高万英同志陪同去参观"洪山陶瓷厂"。我当年在灵石南关陶瓷厂为他们义务设计新产品时,就很想到介休"洪山陶瓷厂"来参观,听说规模是比较大的。而这次总算达到了宿愿。参观后,厂方请我写字留作纪念。我写了"继承祖国陶瓷传统,创造陶瓷新产品"。因为我感到他们创新不够。

矿务局后院还有网球场,我和一些老年球友打了几场网球,颇属难得。

27日由汾西矿务局派车把我送回太原。从此我为《讲话》的宣传告一段落。

我以80的高龄,在祖国五月的南北奔波,而不感辛劳;为宣传毛泽东文艺思想在汾河上下繁忙,而心情欢畅,愿我不枯的生命和五月盛开的红花一样,愿我耄耋之体像一只大雁,在双翅还能扇动时,于蔚蓝色的天空飞翔、飞翔……

## 再访银川

听说今年要举行全国第十一届版画作品展览,我于八月初动手创作套色木刻《暮色》。作品内容的感受来源于从北京回太原的车厢中。车过石家庄后,正当黄昏,我从玻璃窗外看到具有诗意的美丽的暮色,宛如一幅套色版画。归来后就起稿,经同行们看后认可,并进行了几次修改,最后刻制出来,经美协评选后寄往银川。

我于9月初由太原去银川,为了观看全国第十一届版画展的作品,也为了去看一些老朋友,其中包括艾琪。下车后由宁夏美协主席贝英仁同志来迎接,他把我安置在一个名为"宁药饭店"的小旅馆。我参加了9月3日在宁夏回族自治区展览馆的开幕典礼,看到作为评委的版画家杨可扬、张新予、李宏仁、张坚如、江碧波、周新如等同志。也看到这次版画展的组织委员会副主任宋源文等版画家。我们曾拍了一张有纪念意义的合影,除了以上诸位同志外还有宁夏文联主席作家张贤亮同志和中国美术家协会党组成员雷正民等同志。

这次来银川受到张贤亮同志的热情接待,并受到宁夏回族自治区人民政府主席白立忱同志的特殊照顾,让我从"宁药饭店"搬到宁夏交际处,而且免费食宿,使我非常感激。

韩惠民同志陪我去贺兰山下观看了新发现的远古岩画，在我很喜欢的一幅《母子鹿》的岩画之侧，他给我拍了一张照片留念。从画中母鹿形象的刻划上，我感到我国先民的这一作品真像后来的民间剪纸，总是把动物身上装饰以图案，因此这一母鹿就既是岩画也像剪纸。我很惊异先民艺术家捕捉动物形体的本领，既能刻划出动物的特征，而又善于表现其动势，这只能说是由于艺术家对其描绘对象太熟悉了的缘故吧。

后来韩惠民同志请我到他家吃饭，看到他的夫人余静同志和他们的孩子，就使我联想起我们在新疆伊犁相处的日子。现在孩子已长大成人，而我们也都老了。

韩惠民给我看他的作品照片簿，其中除了版画，还有丙烯画、油画和壁画，这就引起我想要介绍他的壁画《西夏魂》的兴趣。我感到他画的30米长的《西夏魂》很精采。后来由我推荐终于在1993年5月的《美术》杂志上发表了，并同时发表了韩惠民写的《壁画＜西夏魂＞创作札记》一文。本来也打算发表我写的评介文《略评＜西夏魂＞壁画》，但因稿子寄去得晚了，而未能发表，后来发表于1993年10月2日的《文艺报》上。

在银川期间，张贤亮同志特为我组织了一次舞会，很感激。艾琪女士也陪我参加了几次舞会，使我得到了满足。因此，这次银川之行是很愉快的。只是我对于11届版画展的评奖工作很不满意，因为通过金牌奖和银牌奖，看不出评委们在提倡什么，按我们中国新兴版画的革命传统，理应以革命现实主义的、反映人民社会主义生活主旋律的优秀作品得奖。但让我看到的却是应该得奖的作品没得奖,不应该得奖的作品得了奖。就整体而言我感到也未必比全国第十届版画作品展览的作品强,似乎资产阶级自由化思潮的影响尚存在,不少作品多在形式上下功夫而缺乏生活气息。自然也有一些较好的作品,但不够突出。

不知怎么宁夏西北第二民族学院得知我来了,就派中文系的董云峰同志来和我联系,邀请我到他们学校作报告。商量的结果同意以《关于毛泽东<在延安文艺座谈会上的讲话>》为讲题。这次讲话我感到也是很成功的,会场秩序良好,讲完掌声良久。

## 阳城之行

从宁夏归来,即于9月14日匆匆到了晋东南的阳城县,以"名誉院长"身份参加《太行书画研究院92作品展》的开幕式。太行书画研究院的院长名赵子丹,是山水画家。早些时候即要聘请我任该院名誉院长,我答应了。所以在92作品展行将开幕之际,即派车来太原接我。同去的还有书画家王朝瑞、武尚功、亢佐田、曹美、赵国荃、段改芳等同志。上车时我带了一本正在阅读的美国传记作家欧文·斯通写的《梵高传》,打算此行挤时间继续阅读。阳城我未曾去过,但我弟弟郝力光在解放战争年代却在阳城当过公安局长。当时阳城为太岳区的首府。因此,这次赵子丹请我去,我乐于前往。况且久知阳城地区有蟒河风景区，据说山上还有猴子，这也是吸引我前来的原因。

来阳城后，赵子丹同志为了照顾我，即派一个名王芳的姑娘在我身边扶持，形影不离。她十八岁了，在城镇西池商场工作，是学仕女画的，但我一直没有看到她的作品。

15日上午在阳城山上的一个不大的文庙里，我参加了92作品展的露天开幕式，由赵子丹同志讲了话，并要我也讲，我除了表示庆贺外并指出中国画在基层小县展出的重要意义。参加开幕式的不仅有本省的，还有全国13省市的，其中有北京《人民日报》海外版的女记者张稚丹女士。在这里我还见到从临汾来的中年画家裴玉林、张思淮、单华驹，他们求我在《美术》杂志上写文章介绍他们，我答应了。回到太原后我写了《晋南画坛三秀》寄给华夏。此外我还见到晋东南的画家王茂彬同志。

会后我参观了在这个小庙里举行的92书画作品展，其中不仅有赵子丹的山水画，还有天津、河北邯郸、安徽等地的书画家的作品。

于当天下午举行了"太行书画风格研讨会"，由晋城市市委常委、副市长李才旺同志主持。要我发言，我说："书画家作品的风格应该是自然形成的，但又和自己的师承、爱好、性格有关，也和自己的艺术环境以及自然环境分不开，如果人为地以意强求，就难免做作、古怪，显得很不自然。"

当晚在开福寺举行了舞会，真没想到有这么好的舞厅。跳舞时认识了省艺干校的毕业生张红霞和侯京霞。其实在省艺干校毕业生的展览会上我就看到过张红霞画的油画肖像画了，我曾当面表扬她，说她画得好，但却忘得一干二净，说起来才想起来了。如此我和她就不是一般的关系了，也算师生关系吧，因为我曾是省艺干校的前身——山西艺术学校的校长。感谢张红霞，她和我跳得很合拍，使我非常愉快。我一面和她跳，一面鼓励她继续画，不要把学到的本领丢掉。她现在已结婚，而且生了个姑娘，已五六岁了，做了母亲的人，在一个小县里，孤单一人能坚持油画创作也不是一件容易的事，非有梵高那种毅力是不可能有所成就的。她后来来信说，离开学校后，总感到孤单和寂寞，因此就提不起劲来……侯京霞是画中国人物画的，也画得不错，但我和她只跳了一两场。感谢赵子丹，他为我们举办这次舞会，使我很满意。

16日全天笔会，我没有作画，只是给求字者写了"望蟒孤峰"四字。晚上观看录像蟒河风光《阳城南山行》和《欢乐进万家》，这是为了明天的游蟒河而作介绍的。

17日上午游蟒河，王芳姑娘紧随我身边，先到蟒河桑林乡，由乡书记介绍情况，并作向导。我正想找一根木棍作手杖，以利于在山路上行进，有一农妇送了我根已去皮而很光洁的木棍，我真感谢。

蟒河风光呈初秋景象，路旁灌木丛中的树叶有的开始变黄，但山间有一种小小的紫色野花还挺身开放，那别致的风姿，引起我和段改芳的青睐，而两山树丛也还像夏天的山色。

下坡下崖，王芳姑娘都紧握我手扶持，深怕有一闪失让我跌落在山下，她真够负责，我感到她扶我是够累的。

下到蟒河的深沟,看到河中的水小了,使我想起苏东坡《后赤壁赋》中的"山高月小,水落石出"的诗句。根据石壁上的水文,我能看出在夏季河水是很大的。而如果是月夜也定会有"山高月小"之感。

同游的有十多人,下山时王芳总不让我走快,她不知我是山里长大的,走山路是能手。

下山后,走过"水帘洞",大家在河床上进行野餐。后又在一个山崖下的卖饭食处让我吃了一碗有荷包蛋的方便面,面中放了韭菜,很香。

我们在蟒河中行进,有人告我山上的高峰为"望蟒孤峰"。民间传说,西汉末年王莽追刘秀到此,曾在孤峰上和人下棋。不知这传说是否有根据?我们行不久,即有人在前面高声喊叫,要我们快走,说山上发现了猴子。我和王芳、段改芳急步前来,果然看到高崖削壁上有猴子在柏树丛中乱动。有人说猴子听到歌声就会下来,但有人唱歌也无效。不过总算看到了野猴子,来蟒河不虚此行。

不久就走出山口,目光为之豁然开朗了。没想到竟下起雨来,一阵工夫就下得道路泥泞,不堪步行。而我又没带雨伞,全靠别人带的伞帮我遮身而未成为水鸡。到一小村,原说有车来此接我们,但又听说因道路泥滑车来不好下坡,要我们在雨中走到坡顶上的停车处。因为我最年老,于是主事者就让我和一位有病的北京来客坐上老乡拉的平车到了坡顶。平车上铺了些稻草之类,不至于坐着难受、污衣。而且还有一把雨伞让我们遮身。感谢老乡,终于在泥泞的坡路上艰难地把我们拉到停车处了。这才在雨中和王芳乘面包车回到阳城。

我们这些画家,走到外地,总是难免有"雁过拔毛"的际遇的,对当地的求字画者不好拒绝,怕人家说你"架子大"。近两日的夜里,虽然走了路有些累,也不能不为之应酬。这既是作为画家的一种光荣,也是一种苦恼。

18日上午乘车去参观清代皇城陈廷敬故居,这算阳城县的一大名胜古迹。经介绍,知陈廷敬号午亭,所以我们去的地方也名"午亭山村"。他是清顺治15年(1658年)的进士。后为清康熙皇帝的御师,曾为《康熙字典》的总裁官,对中国文化有贡献。他也写诗,康熙认为他的诗"清雅醇厚,非集字累句之初学者所能窥也"。但陈廷敬的故居已颇破旧,看不出当年作为御师的院庭之盛况。我在一个小院里看到一棵大的石榴树,枝干交叉不凡,就拿出速写本画了速写,有助于我作花鸟画时的参考。之后还去陈廷敬的墓地参观,茔园沿途依次矗立着十道大碑,分别记载着康熙帝御制祭文和多次提擢陈廷敬的敕文,以及一生二十八次升迁的经历等。

来到这午亭山村,我很想了解农村的新变化,去了一家,看到已有沙发和电视机。但给我印象最深的是:我要上厕所,而在路边的一个厕所的门却锁着。有人替我找来主家才算开了锁。经了解,现在的田里都上了化肥,农民对农家肥不感兴趣了,所以不欢迎外人用她们家的厕所,怕茅坑满了给主家添麻烦。这真是一个反常现象。过去,总是为了积肥而欢迎外人用厕所的,现在竟成了"麻烦"。我认为这是一种无知,殊不知农家肥比化肥对土地更有好处。

这之后,于19日上午就由赵子丹同志派车把我们送回太原。

四五天来,不论在车上,不论在饭厅,我都分秒必争地阅读《梵高传》,快读完了,可回到太原的家门口下车时,竟忘在车上。后给赵子丹写信才算找到给我寄回来。我为梵高一生的贫苦生活而难过,而又为他在艺术上的努力而感动。

后来段改芳同志告我,《人民日报》海外版的张稚丹女士看到我在游蟒河时的矫健行动,感到不像个八十岁的老人,就让她写一篇关于我老而不衰的文章,后来在海外版发表了,题目是《养生创造八旬不老》。

# 《力群版画展》在日本

9月7日至19日,于日中邦交正常化20周年纪念之际,在日本埼玉县举行了为"庆祝力群从艺60年"的《力群版画展》,共展出作品35幅,这是埼玉县日中美术家协会的理事长见目阳一先生为我举办的。他曾来过太原,也来过我家,和董其中同志建立了友好关系。这次的展品是我得到他的邀请后,用航空邮寄给他的。事后见目阳一先生将展出时拍的九幅大彩色照片寄给我,35幅版画都在这九幅照片中。此外还有同见目阳一先生一起立在门口的广告牌,以及在展览厅挂的我的像片,和为我而献的插在一个大花瓶中的鲜花,花的当中有一纸片,上书:"祝力群先生……见目阳一。"由于一朵白色的百合花挡住了,所以有的字看不见,估计是"健康长寿"四字。还有一张照片是见目阳一先生坐在我的挂像前照的。我看了这些照片非常高兴,有感于日本人做事之负责、周到、精细。不论我的版画的装璜,不论展出时画框与画框之间的距离都使我感到非常满意。这次展出,见目阳一先生告我一共售出12幅,这既意味着日中友好,也意味着中日文化交流。

## 盛大的庆贺会

由中国美术家协会、山西省文联和山西省美术家协会于1992年11月17日至19日在太原"山西饭店"为我而联合举办的"力群从艺60年学术讨论会暨80华诞庆贺会"胜利结束了,我心里非常高兴并衷心感激。

尤其感谢董其中同志,我知道从始至终他为这次的庆祝活动出了大力。1984年曾筹备过一次"庆祝力群同志从事版画创作50周年"的庆祝会,但中途流产了。大概就因为缺乏像董其中同志这样热心的当事人。当时作为《山西美术》增刊曾印了一本纪念册。其中有马烽同志发表在《山西日报》上的一篇《一幅木刻引起的回忆》,叙述我早年的一幅木刻《抗战》使他走上文艺道路的故事。此外还有苏光同志写的《发扬新兴木刻的战斗性》一文,副标题为《为力群同志木刻创作五十年而作》。董其中同志写了一篇《执刀向木五十年——力群的创作道路》,以及我当年的部下,《山西画报》社的成员刘鸣同志写的《一位热爱印刷事业的老画家》,副标题为《祝贺力群同志艺术生活50年》。还有《力群同志年表》。虽然庆祝活动流产了,但这本纪念册的出版却对我很有用处,因为我的创作活动年表总算基本上写出来了。

这次的庆祝活动,文联也给我印了一本《力群年表》,比起前者就更加完善了。

我已八十岁了,从事艺术工作已六十年,如果说1991年9月26日中国美术家协会和中国版画家协会在北京向我颁发的"中国新兴版画杰出贡献奖1931—1991"是通过奖品对我60年艺术工作的评价和总结,那么这次的庆祝活动,通过王琦同志代表中国美术家协会向大会致的开幕词,和省委宣传部长张维庆同志代表省委省政府对大会的贺词,以及学术讨论会上有关省市的来宾有准备的发言则是对我60年的文学艺术工作进行了全面的评价和总结。

出席这次隆重举行的庆祝会开幕式的,除了中国美术家协会分党组书记、常务副主席王琦同志和中共山西省委常委、宣传部长张维庆同志外,还有山西省人民政府副省长吴达才同志,山西省委宣传部副部长温幸同志,中国作家协会党组书记马烽同志、山西省文联名誉主席李束为同志,以及来自北京、吉林、浙江、宁夏、山东及山西省的艺术家、作家、学者、教授、省直有关单位负责人和我的亲属共150多人。开幕式由山西省文联党组书记任谷威同志主持。他在台前陈列着九个五彩缤纷花篮的主席台上宣布开会。

王琦同志在开幕词中说:

"……力群同志是国内外享有崇高声誉的老一代杰出的版画艺术家,是我国新兴版画运动的奠基人之一。""力群同志在创作中表现了他作为一个马克思主义文艺理论家和革命美术活动家的卓越才能,对我国社会主义美术建设事业起了开拓与先导的作用。""力群同志在漫长的艺术征途中,始终保持一个革命艺术家的本色。他一贯坚持马克思主义的原则立场,坚持党的文艺方针、政策,坚持革命现实主义的创作道路。60年来他创作了大批优秀的具有独特风格的版画作品,撰写了大量的有独到见解的文艺评论和美术理论文章,在社会上产生了广泛的影响,特别是近年来当文艺界受到资产阶级自由化思潮干扰的时刻,年逾古稀的力群同志,犹敢仗义执言,奋笔疾书,对美术界出现的错误思想倾向进行原则性的斗争,这种老当益壮,坚持真理的精神更是难能可贵,令人敬佩。"

张维庆同志代表中共山西省委和山西省人民政府,"对会议表示热烈祝贺","对力群同志80华诞表示良好的祝愿,祝他健康长寿、永葆艺术青春"。他指出:"我们为力群同志举行这样的盛会,其目的就是要对认真执行党的文艺路线作出贡献的老文艺家进行表彰,宣传他们的艺术成就,并以此来教育和激励后人,更好地继承和发扬革命文艺的优良传统,坚持党的文艺路线,坚持毛泽东《在延安文艺座谈会上的讲话》精神,使文艺更好地为社会主义建设和改革开放服务。"

他号召全省文艺工作者:

"要学习力群同志执行党的文艺路线毫不动摇的精神;

学习力群同志深入生活不松懈的精神；学习力群同志坚持艰苦艺术劳动，精益求精的精神；学习力群同志提携新秀甘当人梯的精神。"

中国作家协会党组书记马烽同志在发言中又讲了他曾写在《一幅木刻引起的回忆》一文中的故事。大意是：抗日战争开始，他参加了决死二纵队，一天，轮他当炊事员，不小心把稀饭洒在连队墙报竞赛的报头上。出了乱子了，作为惩罚，班长逼他另画一个，他就根据画报上的一幅名为《抗战》的打机关枪的木刻画画成新的墙报报头，结果他们班上的墙报在竞赛中竟得了第一名。于是就把他作为美术人才选拔到文艺队伍里，让他搞文艺。由此他就成为了作家。但直到1980年才在《力群版画展览》会上发现《抗战》是我的作品。

李束为同志代表山西省文联讲话，他说：

"我们山西为有力群同志这样享誉国内外的艺术家而感到光荣，力群是山西的骄傲，是山西文艺界的榜样，我们要学习力群同志的好思想好作风，促进我省文艺的更大繁荣……"

山西省文联副主席、山西省美术家协会主席董其中同志作了题为《力群的版画创作道路》的长篇发言，通过我在"左联时代"、"延安和晋绥时期"和"全国解放后"三个不同的版画创作历史阶段，全面系统地论述了我的版画创作的发展道路。他说：

"力群的版画创作道路，是一条在中国共产党领导下，在鲁迅先生关怀下，继而又遵循毛泽东《在延安文艺座谈会上的讲话》精神,经过努力奋斗,艰难曲折而达到成功之路。"当他谈到我在延安和晋绥边区创作的作品时说:"这些作品,反映了中国共产党领导的人民革命斗争,歌颂了解放区人民的民主幸福生活,表现了农民崭新的精神面貌,流露着作者对人民群众的真挚感情。艺术形式逐渐从欧化风中解放出来……刻法多采用阳线,使画面变得更加明朗,象洒满了阳光一样,这阳光正是毛泽东文艺思想。"

又说:

"延安文艺座谈会之后,力群考虑自己的作品如何为劳动群众所接受,作了许多努力;但是,进一步认真地去研究和继承民族民间绘画传统,还是从全国解放后才开始。在这个时期的作品中,他越来越多地从民族美术中,如从中国画、湖南印花布、延安剪纸、汉代画像石,仰韶文化中的彩陶,以及金石中广泛汲取营养,从而使作品别开生面,情不老而意常新。""力群60年的艺术道路,正如他自己总结的那样:'是对艺术方向和现实主义创作规律的由不明确到明确;在作品形式风格探索上的由欧化到追求民族风味;在师造化方面的由机械地如实描写到强调主观能动性和创造性。''描绘熟悉的生活和事物,描绘感兴趣的生活和事物,描绘对人民有益的,有意义的生活和事物,是现实主义创作的基本规律',并'深感遵循这一创作规律是创作出优秀作品的基本保证。同时也是更好地为人民服务的必由之路'。"

会上宣读了原山西省委副书记王克文、山东省委战略委员会主任苏毅然、山东省副省长张敬焘,中国美术家协会副主席蔡若虹、古元、李少言,中国版画家协会主席李桦、副主席牛文、晁楣、《美术》杂志主编华夏、四川省美术家协会副主席林军、天津市美术家协会副主席吴燃、中国美术馆副馆长杨力舟,安徽省美协副主席师松龄、上海《版画艺术》杂志主编陆宗铎等省内外许多文艺团体和个人,以及"日本中国艺术研究会"事务局长三山陵女士,日本国埼玉县政府国际交流课课长米山实等人的贺信、贺词和贺电。与此同时还宣布有省内外文艺团体和个人献了九个花篮,已摆在主席台前。

蔡若虹同志在贺信中说:"我谨献小诗五律一首,作为我对你的衷心祝贺。"诗曰:

五十年前事,桥儿沟上逢;
丹心争报国,铁笔舞东风。
花开秋后美,人庆老来红;
八秩风光好,吟诗拜寿翁。

古元同志在贺信中说:

力群同志:

欣闻您从事艺术创作60年学术讨论会在太原市举行,非常高兴,谨向您致以热烈祝贺。

在半个多世纪的风雨岁月中,您一直热爱祖国,热爱人民,追求真理,不畏艰险。早在30年代初就参加"木铃木刻研究会"和"中国左翼美术家联盟"开始从事鲁迅先生倡导的中国新兴木刻活动,并在以后漫长的艺术生涯中创作了许多出色的作品,在国内外产生了积极的影响,为我国艺术宝库增添了光彩。

尤其在近来,国际政治风云动荡不测的年代,你坚持马克思主义和毛泽东思想,走自己所选定的正确道路,表现出一个共产党员的鲜明立场,这是非常可贵的。

如今,你已届80高龄,仍然精力充沛,继续不断地为祖国艺术事业努力,不断进取,祝愿您继续焕发青春,取得更大成就,为社会主义事业做出更多贡献!

敬祝您健康长寿!

古　元

1992年11月8日于北京

**李桦同志的贺词是:**

从艺六十载,革命意志昂,
良辰逢八秩,耋耄寿而康。

**李少言、牛文、林军同志在贺电中说:**

经过60年的辛勤劳动,您在美术、文学、文艺评论诸方面作出了杰出贡献。

**晁楣同志在贺信中说:**

您是我国新兴版画运动史上成就卓著具有深远影响的老一辈艺术家,深受国内外艺术界朋友和广大人民群众所敬仰。早在40年代中期我在中学读书时,就从多种书刊中看到过您的许多大作,使我深受教益。你是我自学版画最早的启蒙老师之一。半个多世纪以来,您一直在版画园地辛勤耕耘,硕果累累,为推动我国新兴版画运动,发展版画创作事业做出了卓越贡献!

《美术》杂志的现任主编华夏同志,和我有十年之久共同经营这个刊物的历史,他当时是编辑室主任,今寄来祝贺的四言长诗一首。诗曰:

郝翁力群,版画闻名,
老农《饮》水,早期佳品。
建国以后,套色日精,
重视生活,长于抒情。
色调高雅,粗犷造型,
力作众多,首推《黎明》,
心仪传统,从中出新,
培育新人,桃李成林。
兼长理论,实践先行,
现身说法,娓娓动听。
不唯如是,小说也行,

笔下人物,形神逼真。
还有口才,印象亦深,
宣传鼓动,引人入胜。
为人宽厚,轻于责人,
热爱生活,既俭且勤。
爱好体育,常保青春,
步履矫健,松鼠能擒①。
服从分配,干啥都行,
下放老家,绿化造林。
是是非非,爱憎分明,
表里如一,是好品行,
直言不讳,反遭误评②。
正确对待,从不怨人。
六旬从艺,革命献身,
信奉马列,坚持至今。
热烈祝贺,感慨良深,
学习郝翁,艺为人民,
奉献祖国,永无止境。

力群同志任《美术》副主编时是我的领导,十年相处,感受很深,未能前来祝贺他从艺60周年的盛会,特写此以表心情于万一。

---

①五十年代力群同志在农村捕得松鼠。
②本人在内深为歉疚。

华夏敬书
1992年10月11日

读了华夏同志寄来的诚挚感人的贺诗，使我特别感动。由于我们相处较久，他对我真够了解，所以诗评有入木三分之感。诗中所谓"直言不讳，反遭误评"系指我于1959年下放宁夏整风整社归来，在党的会议上讲了大跃进后宁夏有三瘦：人瘦、地瘦、牲畜瘦等真话，反遭批评，说我"右倾"。当时党内是不能对大跃进讲真话的。彭德怀同志在庐山会议上讲了关于大跃进的真实情况，毛主席认为他的意见是"右倾机会主义的反党纲领"，结果遭到了不公正的批判和撤职处分，成为历史上的大冤案。当时上行下效，所以党内批评我"右倾"也毫不足奇。

天津市美术家协会副主席吴燃在贺信中说："我对您老最深的感受，就是表里如一，直言不讳，在艺术创作上讲真心话，也就是创作源于生活，源于自己的内心感受。"

江苏省美术馆、江苏省版画家协会、江苏版画院在贺信中说："力群同志是我国新兴版画运动的奠基人和开拓者之一，他的版画艺术作品及其众多的理论著作，是我们宝贵的文化财富，是中国文艺史上不朽的丰碑。"

有一位湖南的农民版画家，名吴成群。当我主编《版画》杂志时曾发表过他的作品《绿化荒山》，后又把他的《苗岭丰收》选入我和李桦编辑的《十年来版画选集》中。1981年我去长沙讲学时和他见面。这次他给我拍来加急电报，内容说："祝贺对我国新兴版画运动做出杰出贡献的大师力群先生艺高年丰。"

日本的三山陵女士久有所闻，但未曾见面，1992年9月28日她来太原，特意要见我。到我家后，没想到她竟送给我一张1936年10月我在上海八仙桥青年会"第二届全国木刻流动展览会"场上和日本友人鹿地亘先生、池田幸子女士在一起照的相片。其中还有陈烟桥和沙飞。据三山陵女士说：是文革中裘沙在广州博物馆找到的。可能是沙飞所拍。我感到非常宝贵。可见她对我也是久有了解的。她会华语，所以我们谈话不要翻译。这次她以"日本中国艺术研究会"事务局长名义给我拍来贺电，其中说：

力群先生自30年代起，积极推进新兴版画艺术的发展，抗日战争期间，在革命圣地延安继续从事版画创作活动，在中国新兴版画运动史上，力群先生可称为作出最卓越贡献的老一代版画家，其漫长的艺术生涯足迹，遍布了中国新兴版画运动发展的整个过程。此外，力群先生不仅版画造诣精深，且文笔优秀，所发表的多篇小说、散文为众人所赞叹。我日中艺术研究会为祝福先生健康长寿，艺境不断光大发展，特由日本致此贺辞。

日本中国艺术研究会事务局长<br>三山陵1992年10月于东京

这次庆祝活动董其中同志本来是通知了牛文同志的，他既是我的同乡,又是当年办《晋绥人民画报》时代的伙伴,后来又成为亲家(郝相的岳父),他是应该来的,但他从重庆来信说,怕北方冷,不来了。然而他却赠送我一大套重庆出版社出版的《解放区文学书系》,共22本,作为贺礼,我真感激。其中不但把我在晋绥时刻的木刻《王贵与李香香》以及我和石桂英合作的剪纸《织布》作为小说卷和诗歌卷的封面画,而且在小说卷里还选入了我于1939年创作的小说《野姑娘的故事》,我非常高兴。这一作品能够选入该丛书中,既是社会对我的小说的承认,也是社会对我的小说的评价。

总计这次庆祝会收到发来贺信贺电的省市及个人,除了上面已提到的外,尚有河南省美协、辽宁省美协、广西省美协、湖南省美协、陕西省美协、四川美术学院全国首届高等艺术学院版画研讨年会的全体代表,以及中国美协版艺委会代表马克、中央美术学院版画家广军等。

本省各文艺单位发来贺信贺电的有山西省作家协会、山西省戏剧家协会、山西省音乐家协会、山西省舞蹈家协会、山西省书法家协会、山西省电视艺术家协会,以及太原市、晋中地区、长治、运城、阳泉、雁北、忻州等地市文联和山西省企业文联、《火花》编辑部等。山西以个人名义发来贺信贺电的有山西省美术家协会副主席刘剑菁、山西大学美术系教授赵球、张顺清、临汾版画家宁积贤、《九洲诗文》主编董耀章,忻州地区行署文化局局长张启明以及著名作家谢俊杰、韩石山、书法家赵望进等。

我在庆祝会开幕式上最后作《答词》时说:

"让我首先向为我从事艺术创作60年暨80华诞举行庆贺会和学术讨论会的中国美术家协会,山西省文联和山西省美术家协会表示衷心的感谢;向为此而辛劳的所有参与这一活动的同志们表示衷心的感谢;向所有致贺电、贺词、贺信和送贺礼、花篮的单位和个人表示衷心的感谢。

"多少年前,我在上海的一次版画家的聚会中说:'没有中国新兴版画就没有我力群。'这是事实,但再进一步深论,就应该说:没有中国共产党的领导就不可能有中国革命的版画艺术。因此归根到底,我这60年在版画艺术上所以能有所成就,是应该首先感谢中国共产党的。党领导了革命的版画艺术,也培养了很多有成就的版画艺术家,我是被她养育了的艺术儿女之一。

"有一首歌词中说,'没有共产党就没有新中国',那么我们应该说,没有共产党也就没有中国的革命版画和革命版画家,也就没有我。

"'饮水不忘掘井人',回顾60年的新兴版画历史,自然首先要想到提倡和培植新兴版画艺术的鲁迅先生,但在版画诞生之后,在三十年代的左翼时期,总是党从政治上关心我们,给我们指明革命的艺术方向,要求我们为人民而艺术,为中国的劳苦大众服务。

"到四十年代,经过'延安文艺座谈会',党又教导我们如何为人民服务,教导我们:'有出息的文学艺术家,必须到群众中去……'

"到1979年邓小平同志又在第四次全国文代大会上教导

我们:'人民,人民是文艺工作者的母亲。一切进步文艺工作者的艺术生命,就在于他们同人民之间的血肉联系。忘记,忽略或割断这种联系,艺术生命就会枯竭。人民需要艺术,艺术更需要人民。'并且要求我们:'认真严肃地考虑自己作品的社会效果,力求把最好的精神食粮贡献给人民。'

"所有这些都在说明,党在关心我们培养我们,教导我们。

"60年来,我是按照党的指示从事版画创作和文学创作的,我经常警惕自己,不要割断和人民这位母亲的联系,经常要求自己把最好的精神食粮贡献给人民。

"现在我已80岁了,还想在这大好时代,发挥余热,为人民再做出些新的贡献。

"最后,我再次向参加这次庆贺会的领导同志和来宾表示衷心感谢!"

在30多人参加的学术讨论会上,苏光、胡正、李允经、程至的、俞启慧、齐凤阁、曹文汉、韩惠民、毋小红、谢俊杰、赵荆、王步超等同志,从不同角度对我在版画创作、中国花鸟画创作、文学创作和文艺评论等方面的成就进行了评价和研究。

宁夏来的版画家韩惠民以《毛泽东文艺思想的实践者》为题,对我如何实践毛泽东文艺思想和由此而取得了版画上的卓越成就作了详尽的叙述。他认为我自1933年与曹白等组织"木铃木刻研究会"并参加"中国左翼美术家联盟"以来"由于很大程度上受到苏联版画的影响",所以我的木刻作品"尚不能为广大群众喜爱和接受"。这就因为"要为劳苦大众服务"但"如何为法等问题未曾解决"。接着他谈到我于1942年参加了延安文艺座谈会聆听了毛泽东同志的讲话后,重视了研究学习我国民间、民族艺术。当时鲁艺的美术家们都为探究群众喜闻乐见的艺术而努力,热衷于新年画的创作,在这种氛围之中"力群根据年画稿创作的套色木刻《丰衣足食图》诞生了。""这幅木刻作品较之他以前的木刻在表现形式上发生了显著的变化,为创造具有民族风格、中国气派的木刻迈出了关键的一步。"

接着他说:"《讲话》指出'中国的革命的文学家艺术家,有出息的文学家艺术家,必须到工农兵群众中去,到火热的斗争中去,到唯一的最广大最丰富的源泉中去……'力群先生半个世纪以来,就是遵循着这一指示从事艺术创作的。""几次创作较多较好的时期(他称之为"创作高潮")都是在他有机会深入人民生活之后产生的。"他举例说:1947年到山西峄县参加土改后创作了年画《选举图》……1960年到宁夏整风整社之后创作了《春夜》《浪稻季节》《春到山区》《雪后》《宁夏之春》《林茂羊肥》……1964年到曲阜参加社教后,创作了《抗旱浇麦》,1978年在新疆讲学旅游后创作了《清泉》《天山之夏》《林间》等。

之后他也讲到"全国解放后,力群先生为了使自己的版画更有民族特色,从而为人民所喜爱,他曾对传统花鸟画,湖南印花布和古代石碑、石刻、拓片等民族、民间的艺术进行研究、学习。例如：他1959年创作的《帘外歌声》其构图就是受花鸟画的影响而创作的；《林茂羊肥》则是学习了湖南印花布和民间剪纸的产物；《清泉》则受启迪于石刻拓片。所有这些都是力群先生在毛泽东文艺思想指导下进行的艺术探索"。

此后韩惠民同志也提到"力群先生在解放后为了人民生活的需要……在新的时期创作了许多美丽的花卉和风景木刻"。他借诗人艾青在《木板上的抒情诗》一文中提到的《百合花》、《瓜叶菊》、《山葡萄》、《黎明》、《清泉》、《林间》为例说："力群先生在他的艺术创作中，无不"认真考虑自己作品的社会效果，力求把最好的精神食粮贡献给人民"。

最后他提到，在"资产阶级自由化思潮泛滥的日子里，他写下了旗帜鲜明的评论文章，如在《天津日报》发表的《冷静的考虑——从'倒爷'艺术谈起》)、在《美术》杂志发表的《革命美术的精神永存——驳否定革命美术的观点》、在《文艺日报》发表的《对于'新潮'美术之我见——就商于杜键同志》等。这些评论有力地批驳了资产阶级文艺思潮在美术创作思想上引起的混乱"。

结尾时韩惠民说："50年来，力群先生能坚持走《讲话》所指引的道路，是非常可贵的。他既在创作上表现出不脱离生活和人民，而在他的文艺评论中也不忘为保卫毛泽东文艺思想而战斗，所有这些都显示了他是一位集画家、战士于一身的毛泽东文艺思想的实践者。"

美术评论家程至的以《力群木刻与"延安学派"》为题，认为"'延安学派'，这是力群同志以他的切身体会而提出的，而他自己也正是'延安学派'的重要成员之一"。并说:"新兴木刻的'延安学派'其艺术内容上的特点是歌颂的,歌颂陕甘宁边区人民在共产党领导下所过的民主幸福生活;歌颂敌后军民的英勇战斗和英雄业迹。艺术形式上的特色是脱离了外国影响的富有民族趣味的风格。'延安学派'是延安版画家们以革命热情、才华、汗水凝集而成,力群木刻的成就、特色和'延安学派'密切联系着。"

东北师大美术系副教授齐凤阁以《力群的文化心理结构及艺术追求》为题,说:"力群是我国版画家中文化心理与艺术创作都具个性的一位,他那鲜明的性格,优化的智能结构,及主新求变的艺术观念,使他的版画创作在新兴版画史上独放异彩。"

版画家曹文汉以《力群的知识结构及其文化背景》为题,说:"我国版画艺术大师力群在他半个多世纪的艺术生涯中,以其深厚而丰满的知识结构和较高的文化素养,在文化艺术这一无限广阔的领域中进行全方位、多角度的探索和拼搏,在他所涉及的多项文化艺术领域里,几乎都有着程度不同的建树,从而以独具的特色和异彩在我国艺苑中享有盛誉。"

他们也谈到,"以往对力群及其他老版画家的研究,更多地着眼于其艺术与时代和社会的联系,从而肯定其历史功绩和作品的社会价值,而从心理的、审美的角度论述较少。""没有能把艺术家在艺术上的美学思想、文化素养、艺术修养、艺术技巧等方面综合起来作为整体的知识结构来认识,更没有能更好地把艺术家的知识结构的形成和与此相应的文化背景进行统一的、辩证的、深刻的、宏观的剖析,从而也就很难对艺术家的总体艺术成就和业绩进行全面的、深刻的、科学的评估。"

著名作家胡正和北京鲁迅博物馆研究员李允经同志都就我的文学创作发了言。

胡正以《早霞晚霞皆灿烂——祝贺力群同志创作生活六十年》为题,用三个部分论述了我的文学评论和创作活动。在第一部分里提到了我当年在晋绥边区工作时曾写了文学评论三谈《李有才板话》,认为是"当时最早赞扬赵树理小说的评论之一,对晋绥边区的文学创作发生过很好的影响"。接着谈到我在《晋绥日报》副刊上写了评论赞扬李束为的小说《老婆嘴减租》,认为我"对小说在塑造人物方面作了很好的艺术分析"。接着他说:"早在1942年延安《解放日报》上,他曾发表了评论《略论<祥林嫂的死>——就商于林默涵同志》。提出了对鲁迅小说研究中的一些问题。"引起这一评论,是因为林默涵同志发表在《解放日报》上的《两个悲剧》一文认为祥林嫂向往地狱,是因为到了地狱可以和家人团聚;而我认为祥林嫂不能忘怀地狱,并非想在地狱里"看到家人",而是怕进地狱,怕死后两个男人还要争,阎罗王还要把她锯开来。

之后,胡正同志提到了我写的《漫谈鲁迅小说和杂文的思想和艺术性》《谈鲁迅的〈故乡〉》《鲁迅小说<肥皂>赏析》等研究鲁迅作品的论文。"前几年他在《山西日报》发表了评小说《永不回归的姑母》——《我和作家对话》",是"对当时文艺思想比较混乱的情况勇敢地提出的尖锐批评"。并说:"他在文学评论中的观点是坚定的,态度是鲜明的。随后他在《文艺报》发表了两篇长篇评论,热情赞扬了山西作家谢俊杰和贺小虎的小说,他详尽地论述了他们小说的思想意义和艺术特色,表示了他所喜欢的,值得提倡的清新健美的文风。"

在第二部分里他评论了我的小说。他说:

"力群不但写了一些有独到见解的文学评论,也写了一些通俗生动的小说。抗战初期他在周扬主编的《文艺战线》杂志上发表了小说《野姑娘的故事》。周扬曾给他复信说:'写得不错,我应当庆贺你。'小说讲述了一个有些野性的山村姑娘参加抗战的故事,人物性格鲜明而强烈,反映了当时在偏僻落后的山区农村中妇女们摆脱封建束缚,争取自由解放的动人事迹。现被选入重庆出版社出版的《中国解放区文学书系》。

"1987年第二期《黄河》文学刊物发表了他的小说《桃树庄的春天》。他以抒情的散文笔调描写了一位画家和一位山区农村剪纸巧手的少妇的交往和爱情。通过画家和少妇剪纸艺术的探讨,抒写了一位美丽多情的农村才女的令人同情的身世和不幸的遭遇。小说的语调平缓而深沉,感情真挚而细腻。

"他的其他几篇小说如抗战初期在《七月》杂志上发表的《他们全开到前线去了》,后被人民文学出版社选入《中国现代文学流派创作选》中的《七月》、《希望》作品选内。以及他近年来在山西杂志上发表的《我和表兄》、《一只野兔的悲剧》等,都是时代感很强,生活气息浓厚的作品。他对描写的对象有着热烈而深厚的感情,塑造了一些性格鲜明的人物形象。语言自然而流畅,给人以美的感受。"

在第三部分的开头说:

"力群在文学创作的领域里涉猎是比较广的,年轻时,他写了一些热情洋溢的诗歌,如1941年发表于《抗战文艺》的《布谷鸟》,以及后来写的《松花湖》、《长白山白桦》。到了80高龄时,又于1992年7月在《山西文学》发表了感情浓烈而深沉的抒情诗《她去了》。他将诗稿寄给艾青看后,艾青的夫人高瑛代笔复信时热情地称赞了他的诗:'您的木刻是属于一流的,没想到诗也写得这么好。建议您多写诗,从您的诗看到您仍有诗的激情。'"

接着说:"力群在文学创作方面写得最多,成就最高,影响最大的则是他的散文。"

"1984年由上海少年儿童出版社出版《我的乐园》时,冰心老人在序言中称赞'写得很好,感情真挚浓郁'。他把童年时代在家乡的生活写得那样绚丽多姿,美妙有趣,展示了一个既亲切又神奇的童话世界。被上海市评为优秀作品,获得了'儿童文学园丁奖'。他的《童年逝了,故乡永在》充满了他对于童年和故乡的怀恋之情,也寄予了无限美好的希望。这是一首饱含真情的优美的散文诗。

"他的这些对于童年和家乡的回忆,或以浓郁的深情,或以淡雅的情思,歌颂了美丽的大自然,歌颂了生命的春天。大自然的春天是迷人的,生命的春天则更为诱人。他以画家的彩笔,以作家的语言,描绘了他对童年和故乡的独特感受,形成了感情真挚,清新自然,优美抒情,诗画相映的散文风格。

胡正最后说:

"他热爱生活,对生活中美的人事景物非常敏感,满怀激情,并在文学艺术的领域里不倦地追求和开拓。他在年轻时是那样才华横溢,二十多岁便成为鲁迅先生培育的新兴木刻运动的先驱者之一,在文学创作上受到茅盾、胡风、周扬等人的鼓励。到了晚年,他的生命力仍是这样旺盛,才思仍是这样敏捷,依然不减艺术家的浪漫情怀。而且更加纯熟,更加飘逸。60年来,他异常勤奋地以版画和文学作品抒发了他对生活的感受,对人生的爱,给予我们以美的享受。他不但是一位享誉国内外的版画家,我国杰出的艺术大师,也是一位很有见地的文学评论家,素有修养的小说家,独具特色的散文作家。愿他长寿。"

李允经以《抒情式的叙事诗——评力群的小说创作》为题,认为:

"力群不只在版画,在文学方面也是一位多面手,散文、诗歌、报告文学和短篇小说他都染指。"

"力群后期的小说创作,仅有《桃树庄的春天》、《一只野兔的悲剧》和《我和表兄》三篇。这三篇作品题材虽不同,但都具有回忆的特色,概括力很强,不仅反映了本世纪四十到七十年代我国社会生活的某些方面,而且作者的生活经历和感受的投影,似乎也尽在其中。

"《桃树庄的春天》是以八路军记者张鸣和山西新解放区S县的剪纸能手兰芝之间的一段热恋的往事为题材的。作品用第一人称的叙事方式一气呵成。

"《一只野兔的悲剧》仍然是用第一人称的方式来叙事抒情,但饶有兴味的却是使我们看到和想到了50年代末和60年代初,弥漫在我国政治生活和社会生活中的狂热和轻浮。"

"这篇小说选材严。作家由一只野兔的命运写出了一场时代和社会的悲剧,又进而写出了在极左社会悲剧下人们颤抖着的心灵。这篇小说结构严谨,文字洗练,足可与名家之作争先,也是力群小说创作的成熟之作。"

"力群小说创作的特点是多方面的。他的作品有很强的现实性和概括性,这从前面的叙述中似已可以感知一二。我在这里想多说几句的是他小说的主体性和抒情性。

"作家主体的参与和感情的真挚,是构成艺术真实的不可缺少的要素。读力群的小说,常感到他那种强烈的参与性,不但作品的写作方式常采用第一人称,而且在第一人称'我'的形象中往往可以看到作者本人的身影,甚至进而使作家和作品中的'我'合而为一,熔为一体,使我们感到所写的一切都真实可信,并无剪裁和虚构。

"主体性的增强,使抒情性也跟着获得突显。艾青认为力群的版画抒情甚强,称之为'木板上的抒情诗'我以为他的小说、散文和木刻一样,都具有很强的抒情性,又何尝不是'抒情式的叙事诗'呢?"

李允经同志最后说:"其实,《桃树庄的春天》和《我和表兄》,又何尝不是力群的《伤逝》和《故乡》呢……他的短篇小说或多或少得益于鲁迅小说的某些启示,恐怕也是十分自然的事。"

《美术耕耘》主编赵荆以《艺术家·哨兵——谈力群同志在美术理论上的业绩》为题,一开头就说:"力群同志是版画家,也是美术理论家。""他的理论是从他的创作的土壤上生长出来的,不是从概念到概念,半个多世纪来,他遵循并捍卫着、宣传着一条革命的文艺路线,他热心引导着年轻人。"

赵荆同志为什么在文中说"版画是他作为一名文艺战士手中所使的武器,而理论则成为他作为一个文艺哨兵的眼睛了"呢?他写道:

"艺术家的力群,没有光钻在画室里,沉湎于自己的作品中,相反,他一向是很关心周围的一切,特别是当文艺界有什么风吹草动,他会立即挺身而出,发出警号,至于这样做会担什么风险,惹什么麻烦,不是他所计及的。"

接着他就提到当资产阶级自由化思潮在文艺界泛滥时我于1991年在《文艺报》上发表的《对于新潮美术之我见》,也提到1988年3月我在《山西日报》批评小说《永不回归的姑母》时所引起的一场论战。

他说:"作为画家,他不断地把自己的作品奉献给社会,并以理论家的职责提醒人们不要迷航。"之后赵荆同志以"美术为人民服务的宗旨"、"如何对待生活的问题"、"如何正确对待民族的或地方艺术传统或如何向外国文艺取得借鉴的问题"、"对艺术规律的掌握"等四个问题论述了我在美术理论上做出的业绩。当他谈第三个问题时,引用了我在《漫谈艺术风格》一文中的论点:"我们的文艺作品,既应有风格上的共性,也应有风格上的个性。共性就是毛泽东同志所说的中国作风中国气派;个性就是不同的中国作风不同的中国气派……多年的创作经验使我们得出如下的结论:向外国学习不应失掉中国气派,向古人学习不应失掉时代精神,向姐妹艺术学习不应失掉自己的特点,向同行学习不应失掉自己的个性。"他认为我的"这个观点是很辩证的"。当谈到第四个问题时,肯定了我"对现实主义的创作归结为这样的认识:生活是根本,形象是生命,主题是灵魂,感情是血肉,形式是仪表"。

赵荆同志又说:"……从如实描写到强调主观能动性和创造性的问题,也是他积累60年的创作经验中的一个部分。他说:……我想艺术与生活的不同就在于艺术家加强主观能动性与创造性,使艺术比生活与客观事物更美、更高、更有个人风格。"这些都是赵荆同志对我的艺术观点的肯定。

太原画院院长王步超同志以《妙笔丹青任挥洒,清风豪气尽如人——浅谈力群的国画艺术》为题,说:

"力群先生早年在国立杭州艺专读书时,就聆听过潘天寿、李苦禅等国画大师的讲课,并画过不少课堂作业,……由于力群先生早已打下了国画艺术的基础,再加上他在版画艺术上有着深厚的造诣和丰富的创作经验;先生数十年来又博览了无数国内名家之作,见识广博。所以在国画上一入手,便显示出了大家风度,犹如戏剧名家的反串表演一样,毫不逊色。他的不少国画作品参加了国内外画展,有的作品被陈列在一些宾馆和楼堂里,还有的被国内外朋友所珍藏。

"……平时,我们常去参观画展,大部分作品一扫而过,能给人留下记忆的作品,是极少数富有魅力的传神之作。在中国画里,神是依附于形的,但对一个画家来说,神却比形更难捉摸,更难表现。看力群先生的国画作品,和他的版画作品一样,它是精神、情趣、境界的绝妙融合,给人以感染,给人以享受,以艺术之意境扣动人的心弦,并给人们留下深深的思考。'传神'是我观力群先生国画作品的第一感觉,也正是先生60年艺术生涯中审美追求的真谛。

"先生的国画作品的另一特点,是浓郁的抒情色彩。1985年,力群先生曾率领'山西老画家写生团'到四川九寨沟、云南西双版纳等地写生,归来后创作了一批作品。这些作品正如九寨沟那美丽的景色一样,优雅别致,情谊浓浓,《红花蔷薇》、《红叶》、《月季花》、《西双版纳风光》、《霜叶红于二月花》、《秋林落叶图》等,都是抒情味十足的作品。其中《霜叶红于二月花》、《秋林落叶图》、《西双版纳风光》三幅,既有套色版画特点,又有工致、严谨的装饰风格,点、线、面处理恰当,画面感觉轻松典雅,给人们留下极其深刻的美的印象。难怪《红花蔷薇》原作,被老友曹白'强行'割爱了。有人说,看了力群先生的作品,可以赋出美妙的诗句来,我看这个评价非常恰当。中国画也是注重形式美的,画中意境乃是通过形式美表现的。组成中国画有三种揉合的机能:诗词的境界、音乐的旋律和舞蹈的风姿。力群先生的国画作品,正是深蕴着优美意境的佳作。力群先生不仅是当代中国画坛的著名画家,还是有名的文学家,文艺评论家,他的散文、小说作品情真意切,既有轻歌漫唱,也有清风豪气;文艺评论则观点鲜明，极富个性，总是以马克思主义的艺术观为其立论基础。先生读书颇丰，在中国艺术传统美学方面很有研究，并能将这种审美功效融于中国画的创作中，'化景物为情思'，融感情于画面，将他久蓄的理想、愿望、感情和学问修养集于一支七彩画笔，现于有限的画面，追求'以虚带实，达意畅神'的艺术境界。可以肯定，师造化而又以美学思想为指导的创作实践，是他超越别人，获得殊荣的根本原因之一。"

苏光以《良师益友》为题，讲了我和他50余年的相处，他特别对我们在晋绥边区共同办《晋绥人民画报》感兴趣，认为："这一段时间，是我直接接受力群同志的帮助最多的时间，也是'益友'关系表现最充分的时间。在晋绥工作的一段，是我一生中的'黄金时代'。"

又说："作为三十年代知名的版画家，能够主动积极地主编一张大众化的画报，并亲自参与制版、印刷等一些琐碎工作，实在也是难能可贵的。"

最后说："我和力群同志相处已经50余年，他始终是我的一位好师长。"

浙江美术学院版画系教授俞启慧同志以《记力群师对我及作品的厚爱》为题，讲述了他的一幅木刻的遭遇，也讲了由于这幅木刻形成了我和他的情谊。

1962年俞启慧创作了一幅木刻《战友——鲁迅与瞿秋白》，我写文章赞扬了这幅成功的作品，但却把俞启慧误写成"年青的女版画家"，竟发生有人把他作为女性而向他求爱的笑话。后因《鲁迅与瞿秋白》被邓拓喜爱，配词，因此"文化大革命"一开始,红卫兵就追查俞启慧与"三家村"的邓拓是什么关系。等到江青把瞿秋白冠以"叛徒"的罪名时,《鲁迅与瞿秋白》又成了为叛徒"歌功颂德"的"毒草"。我听到这些有如"天方夜谭"似的意想不到的遭遇真是令人啼笑皆非。

之后他提到1980年我把《战友——鲁迅与瞿秋白》选入由我编的《中外黑白木刻选》,以及1981年我在山西出版的《名作欣赏》杂志上评介这一成功之作。

最后他说:"力老对我及作品的关怀,既是我的幸运,更是对我的鞭策,迫使我时时激励自己,不敢有任何懈怠,唯恐辜负前辈的殷切期望。"

晋南作家谢俊杰发言以《闪耀的明星》为题,一开头就说:

"一生中会经历许多人和事,但能留在记忆中的却寥若晨星。

"有颗星将在我心中永远闪耀。"

在结尾时说:

"力群老师,衷心祝愿你健康长寿,你是我心中一颗永远闪耀的明星!"

谢俊杰对我和他的交往叙述道:

"短短两次交谈,留给我刀刻般的印象。在他身上,精神不老,热力四射,他教给我们的东西实在太多了,不仅是从艺经验,更重要的是奋斗不止的精神财富。

"1991年1月,马烽老师从北京给我寄来两份《文艺报》,附言中说,力群同志花了不少心血,为你的创作实践写了一篇很好的评论文章,不仅对你,对许多中青年作家都有很重要的指导意义。

"我激动地打开报纸,这是1991年1月5日的全国《文艺报》,力群老师以《把美的情操奉献给人民》为题,以整版篇幅全面介绍和评介了我的创作实践。后来,他似乎意犹未足,又为我的新作《缘分》在《山西日报》上写了一篇《评<缘分>语言艺术特色》的评介文章。"

我除了赞扬谢俊杰,还于5月18日在《文艺报》上发表了一篇《赞美工人阶级的歌手——贺小虎<我们工厂的三个女人>读后》一文。我之所以要赞扬谢俊杰和贺小虎,就因为真正歌颂光明、歌颂社会主义、歌颂人民的作家倒在文坛上不被重视,而一些写无聊内容小说的作家倒被捧得很高。为此我写了评论赞扬他们。因为他们走的是一条毛泽东文艺思想的道路。

讨论会结束时我也讲了话,我说:

"大家对我的各种文艺创作进行了认真的研讨和过高的评价,我很感激。说实在的,这类会议的发言最容易有人夸夸其谈,这里虽没有夸夸,但大家对我的看法和我对自己的看法还是有距离的。"人贵有自知之明",我感到大家看我都比我看自己要高,也许是因为有我在场。可能我死后十年二十年大家再评论我时就会更客观一些吧。"

## 扶桑之行

我有幸和董其中、姚天沐、贺敬才、赵一萍四同志应日本埼玉县日中美术家协会之邀请，作为"山西省版画家代表团"，从12月4日到10日，访问日本埼玉县、枥木县和东京，感到高兴。回到北京后，想起这一段的旅游生活，宛如做梦。这是1957、1958年我两次出国访问苏联以来，第三次出国了。但我现在年已八旬，今后出国的机会可能不会再有了。然而这次出国，实在也是对我身体的一次考验，总算平安健康地回到祖国了。

12月4日下午二时半，我们走出东京成田机场，和迎接我们的"JCAA日中美术家协会"的理事长见目阳一先生及版画家石井幸男先生相见，握手后，就由他们领我们乘汽车来到埼玉县浦和市，下榻东武饭店，被安排在九楼，这时已天黑了。

我们每人都住一间单人房，这是非常令人满意的，省得彼此打鼾干扰。但据说一天的房费为日币一万多元，合人民币七八百元。

室内除了卫生间外，还有电视机、冰箱、电话，只是没有沙发，而有两把类似沙发的椅子。房间比较宽敞，也很暖和，室内温度可由住客随意调控。墙上有一幅近似抽象派的水彩画印刷品，但无画家签名，此画我不欣赏。

所好的是窗外的城市风景颇佳，第二天的早晨打开窗帘从九层楼看出去，就看到各种参差相间的灰白色的建筑物，当中点缀着几株黄色的大银杏树和不知名的深绿色的高大乔木。有的庭院里的柿子树，柿叶尽落，但点点红柿仍挂枝间。有的楼顶是青蓝的，也有个别的楼是深红色的。在我的对面的高楼顶上画着一个很大的和平鸽。有鸽群在楼间飞翔。我感到窗外的风景如画。

在当天晚餐的席上，除见目阳一和石井幸男先生外，还有一位名若生爱子的老太太为见目阳一先生作翻译，她说一口地道的中国话，今年已七十一岁了，于1945年5月间她曾到中国的本溪日本医院工作，在那里当教师，当时她只有23岁，四个月后日本就投降了，她没有回国。当八路军来接收医院时，她就和丈夫一起参加了当时林彪领导的部队，当了13年的八路军，直到36岁才回国。她谈着她的光荣历史，随手就从身上掏出她当年穿八路军军装的照片给我们看。照片上是一个漂亮的女同志。她还有和邓颖超、康克清等同志合影的相片。我未曾见过这些照片在报刊上发表，深感珍贵。听了她的历史，又看了她当年的照片，一下子就感到和她特别亲切起来。她告我们，见目阳一先生和山西美术家协会的不少通信都是由她代笔的，我们用中文写给见目阳一的信也大都是她翻译的。

第二天早饭后见目阳一先生来，给我们每人发了十包吐痰纸，因为日本人是不允许在街上吐痰的，要吐就吐在纸里。之后他就率领我们坐地铁到"上野国立西洋美术馆"参观。一进院子，就看到在四周黄色银杏树和深绿色的苍林中陈列着罗丹的大的铜雕塑《思想者》《加莱义民》《地狱之门》及布尔德尔的《弓箭手赫利克里斯》。这里人很少,安静,清幽,有一种浓郁的艺术气氛。这时的上野气候比太原暖,像长江沿岸的初冬景象,很宜人。

我们先参观楼下的素描馆,大都是西洋名画家的创作草图,画幅较小。楼上是西洋油画,有文艺复兴期的格列柯的《十字架上的耶稣,凡·戴克的人像,鲁本斯的《两个睡着的婴儿》……

此外就是马奈莫奈和西斯莱等印象派画家的作品,其中马奈和莫奈的作品特别多。还有梵高的《玫瑰花》、德加的《欲女》和高更的《在海边的两个布列塔妮姑娘》及一幅风景画,以及两幅雷诺阿早期的作品……都是原作。特别使我感兴趣的是柯罗的一幅风景画《那不勒斯海滩的回忆》和米勒的一幅《春》。《春》表现两个农村的孩子从树上把雏鸟拿下来,女孩正用食物喂它们的情景。男孩全裸体,女孩半裸体,跪在男孩面前喂五个张嘴的雏鸟。后面有一只母羊和一只吃奶的小羊,还有从树上飞下来,急于想援救它们的儿女的两只大鸟……作为米勒的作品是未曾见过的。我看到这幅画感到亲切,因为我的童年就是在这种生活中度过的。此外还看到十九世纪象征主义的画家夏凡的《贫渔夫》,跟前摆着罗丹为夏凡塑的半身像。还有英国拉斐尔前派画家罗赛蒂的《爱之杯》。在室内给我留下深刻印象的是雕塑家马约尔的几件铜雕裸女,虽然可能是复制品,但绝不失原作的神采。马约尔是一个女性美的歌手,论者认为他的作品所表现的女性裸体具有庄严、浑厚、雄健、敦实的美,总之,我非常喜欢。这是我第一次看到马约尔如此多的作品。此外这里还有罗丹的《青铜时代》《吻》《老娼妇》《巴尔扎克像》……这些复制品都和原作一样大,对我来说,能看到这些名作真是一种难得的美的享受。

我一面看,一面想:我们中国至今还未能收藏西洋名画和著名雕刻,而在俄罗斯收藏的比日本还要多,我们中国在这方面全然是空白,这是使我感到难过的。

从美术馆出来,见目阳一先生领我们参观浅草寺。我感到全然是中国庙宇,在这里看到日本人拜神的虔诚之态,给我留下难忘的印象。

之后在浅草寺附近找了个小饭馆吃饭,见目阳一先生好像喜欢坐炕,他把我们领到席前,让我们脱鞋上"榻榻米"吃日本面食。

席间我说要找"WC",没想到这个小小饭馆竟有如此干净的厕所,一点怪味也没有,这在我们中国是找不到的。

饭后,去参观银座的一个"日动画廊",所有的画水平不高,有的风景画色彩单调,缺乏作为油画的魅力,也无美的意境;尤其是地下室陈列的一个画家的作品,变形变得把人全然丑化了,看了令人难过,使我惊叹日本画家对西欧现代派腐朽艺术受毒之深。之后到新宿京王广场大厦二楼会见日本版画院理事长青木薔和大内香峰两位版画家。我们去时,他俩已在等候我们了。这是见目阳一先生安排的。经介绍互相交换名片。入茶座后知青木薔先生已71岁了,在中日战争年代他作为"皇军"到过中国,到过山西。参军时他仅有18岁。问他到过山西的什么地方,说记不起来了。他现在画各种画,说单靠创作版画无法维持生活。大内香峰先生今年51岁,很健谈,为人也颇有风趣。

在这里吃了杯咖啡后,见目阳一先生应我们的要求领我们去一个日本现代版画画厅内去看画,其中有东山魁夷、加山又造、平山郁夫等人的作品。东山的一幅画定价竟达二百五十万日元,合人民币十二万左右,而我们中国的版画在日本一般只给画家三万日元一幅(实售价多少,不详),相差如此之大,其中最大问题是一个知名度的大小。

之后就领我们来到45层的高楼"海山餐厅",有青木蔷和大内香峰两位版画家陪座。在这里见目阳一先生请我们吃生鱼片,这是我一生中第一次吃生鱼。而此为日本名菜,每盘要一万余日元,合人民币六七百元,也算够贵的了。但不吃生鱼片就不算来到日本。同时还吃了日本"清酒",这也是我一生中第一次饮日本酒,但总感到不如中国酒顺口。这里的女服务员一色都穿日本和服,是我们来日本后少见的。她们的服务态度很殷勤,对客人很礼貌。当顾客点菜、算账时都以下跪相迎,我们走时她们夹道欢送。

从45层高楼下来,看到的已是夜中的东京。见目阳一先生告我们这一带是东京高楼集中之地,我看到在群楼中有明月当空,令人有"山高月小"之感。

之后到一个名"兰兔人"的饭店吃面条。饭后由见目阳一先生领我们参观东京夜市。东京的夜市是五光十色的霓虹灯组成的辉煌的夜景,看了令人感到人类物质文明的高度成就。

晚九点多钟才回到浦和东武饭店。

六日中午见目阳一先生请我们到"山繁餐馆"吃涮牛肉。我们到后就脱鞋入席,如上中国农村的大炕。见目回家接夫人和女儿去了,我们坐在炕上等候。桌上准备涮牛肉的瓷锅在煤气火的燃烧中锅内的水一直在开着。在我的旁边有JCAA日中美术家协会理事松本竹韵先生陪座。等了一阵,见目阳一先生把家人领来了,他向我们介绍了夫人见目哲子和女儿见目恭子,次女儿见目纪子。见目哲子和女儿们很有礼貌地向我们行礼问候。之后她们都跪在席上的垫子上吃饭,而我则盘坐得很不习惯,虽然童年时也曾在大炕上坐过。经介绍知恭子为高中二年级生,纪子为初中三年级生,姐姐较胖些,妹妹较清瘦。董其中说,姐姐像妈妈,妹妹像爸爸。我问恭子学什么外语,她告我课内学英语,课外学法语。

饭后,我们一齐到见目的家里,这是我第一次到日本人家里作客。在座的除松本竹韵先生外,还有若生爱子老太太。见目哲子夫人给我们每人一杯茶。她们是用煤油炉烧茶的,而且也用电暖气片暖家。

我把我从中国带来的《力群传》《马兰花》《野姑娘的故事》及《力群版画选集》赠送给见目阳一先生和若生爱子女士各一份。并赠送见目阳一先生十几张我的中国花鸟画照片。

看来见目阳一先生的房子不够宽敞。在他的每层面积为38平方米的二层小楼里,大部分地方为印刷机、画册、书柜、画框、陶瓷等艺术藏品所占据。女儿们住在楼上，要登梯子入室，我没有进去。仅在楼上看了装入镜框中的我的版画作品，这是准备在浦和举行庆祝我从艺六十年的展览的作品。这种装框的工艺工作在中国还没有地方承办。看了我的那些已装框的版画，感到非常满意。

约五时告辞见目家后，我感到很累，回到东武饭店就上床睡觉。6点多董其中他们把我叫醒，说晚饭由浦和的版画家们请客。

见目阳一先生领我们乘车来到浦和"聘珍楼"饭店，早有浦和的版画家们在饭店等候，他们是松本竹韵、渡边彰夫、坂本富男、坂井义彦、石井幸男、片野亲义、松本敬司、谷川俊子、大东浅江、野间多惠、藤井静子、田中贵美子、中条秀宪，此外还有若生爱子老太太也在座。彼此见面即互相交换名片。知坂井义彦为埼玉县总务部国际交流课国际交流系长。坂本富男为JCAA日中美术家协会理事、坂本绘画研究所所长，是一位抽象派的版画家。我们分两桌吃饭，和我同桌的一位名大东浅江的女士告我，她收藏了我的木刻《饮》，另一位女士说她很喜欢我的版画。见目先生还把我赠送他的花鸟国画照片拿出来介绍给大家欣赏。看来画家们还是认真看我的作品的。

饭后摄影留念，随后我便告辞，由若生爱子老太太送我回东武饭店。董其中和姚天沐他们还要和浦和的版画家们座谈。我实在有些累了，归来后就上床就寝，也不知董其中他们何时回来的。

七日,早饭后本说要到东京商店里买东西,没想到来到东京后,见目阳一先生带领我们竟在东武百货商店内参观了"东武美术馆"。这里正展览意大利画家莫迪里阿尼的油画作品。他的名字早在我于杭州艺专当学生时就知道了,是一位短命的现代派油画家,只活了三十六岁。作品大都是肖像画,富有个性。他的画夸张变形,追求人物的性格和传神效果。过去见的复制的印刷品较零碎,从来没有看到过莫迪里阿尼如此之多的原作。他是西欧现代派画家中我较喜欢的一位,这次能看到他的名作《梳辫子的女孩》也真是幸事。据说这是他最著名的作品之一。在这里画家很少运用变形和夸张的手法,较写实,真有点像中国的农村小姑娘。我们有些油画家学习他,把人物画得只有眼眶而无眼珠,但这里展出的作品有不少是画了眼珠的。我感到中国的那些油画家也真够没出息,只会学他人作品的皮毛,不考虑中国观众的喜爱。我意以为要学莫迪里阿尼,首先是学他的适度的夸张和传神,发挥主体对外界感受的激情,而不是自然主义地如实描写。莫迪里阿尼的作品多用线而不重视明暗,好像是受了东方艺术的影响的离开展览馆时见目阳一先生赠送我们每人一本莫迪里阿尼的画册,我真高兴并感激。听说这个展览于1992年11月3日至12月23日在东京展出后,于1993年1月12日要到京都展出,之后还要到大阪、茨城巡回。因此我们这次来东京能欣赏这个难得看到的画展,也真够运气。

从东武美术馆出来,就到一个名"博多面馆"的饭馆吃饭,一大碗面条,另有五个"锅贴",吃得很舒服。

东京的街上和商店内已经是一派过圣诞节的气氛了,银树上装上各种形状的彩色电灯,如硕果累累,到夜间电灯一开就把东京街道装点得灿烂辉煌。12月25日圣诞节,也正是我的生日,我的女儿们已从澳大利亚陆续归来,给我庆祝八十大寿,我已有归心似箭之感了。

午饭后大家到商店买照像机,刮胡刀……我站在旁边陪伴他们,累得不行了,就在楼梯上坐下等候。

总算等到大家都把东西买好了,就回浦和,一路多次倒车,真感疲乏。回到旅馆已是下午五点来钟,我就上床睡觉。到日本后已打乱了我多年午睡的习惯,现在真是分秒必争地争取休息。

睡到六点半,敬才来催我起床,说有久保田芳晴先生请我们吃晚饭,等我到场。我和敬才下到一楼,与久保田芳晴先生会见:他是日立株式会社的副本部长,曾在广州工作过,喜欢美术。最初临汾的国画家杨立魁来日本举行国画展览就是他的关系,之后临汾的版画家宁积贤和国画家尹向前来日本也是由他接待的。和久保田先生同来的还有他的夫人及林和生先生。林是临汾山西师范大学历史系的毕业生。见目阳一先生把我赠送他的十几张花鸟国画照片从身上拿出来给久保田芳晴先生和他的夫人欣赏,他们看得很有兴趣。久保田先生很想看到我的版画作品,我说我的版画都在见目阳一先生家里。可能有机会见目阳一先生会给他看的吧。

给大家端盘端菜的是一个从北京来的中国女留学生,她告我她还没有正式入学,正在攻日语关。过去听说过留学生出国大都要做工赚学费,这里我算亲眼看到了。

8日,吃早饭时天下大雨,11点太阳出来了,由见目阳一先生领我们去埼玉县县政府(相当于我们的省政府),因县知事土屋义彦先生要在百忙中接见我们,此刻他正举行类似中国人大似的会议。届时我们到他的会客室等候。

在我们面前的小桌上插着中日两国的小型国旗,表示这次我们和土屋义彦先生的会见很隆重。1958年我在莫斯科参加社会主义国家造型艺术展览会,作为中国展品的顾问,和苏联美术家协会主席柯年可夫在一起开会时,面前也插着中国国旗和苏联国旗。

土屋义彦先生来到会场,和我们一一握手,即由董其中同志赠送给他一幅由我画的名《农田卫士》的猫头鹰国画,上书"土屋义彦先生惠存,山西省版画家代表团赠,1992年12月"。之后即由土屋义彦先生致欢迎辞。土屋义彦先生一直是日本社会的上层人物,曾为国会议员,并是中国多数人所熟知的大平正芳先生的亲家。通过他的讲话,我知道他前些时曾到山西,由代省长胡富国接待……之后由他赠送我们礼物,送我的是一双日本清水烧的茶杯。送其他同志的是一个有埼玉县县徽的领带卡。据见目先生说:"这种礼物只有知事才有权赠授。"

午饭后参观"埼玉县立近代美术馆"。那些日本近代绘画和近代雕塑一点也不能引起我的兴趣。看来这些美术家们不安于表现和反映客观世界,受了近代西洋美术的不良影响后,其所谓的艺术创作,只能令观众感到他们是在如何地糟踏艺术。但我是非常欣赏当代东山魁夷的作品的。

我也像列宁一样,在这些丑恶的艺术面前只能承认自己是"野蛮人",我不能感到这些所谓的艺术的美。

从"埼玉县立近代美术馆"出来就去参观埼玉县"浦和市立常盘公民馆"(类似中国的"群众艺术馆"),此馆仅有人员三四名。由国家拨款开展工作。我们参观时看到正在练歌唱和舞蹈的妇女,其中竟有六七十岁的老太太。使我感到公民馆是真正联系当地群众的。同时也使我感到日本人民对于艺术生活的爱好。

已近黄昏,但据说埼玉县立浦和图书馆的工作人员还等着我们去参观,于是就赶往浦和图书馆。今年五月,日中美术家协会曾在这里举办过《中国山西版画展》,为了庆祝埼玉县和山西省缔结为友好县省十周年。展览会的目录是以我的套色木刻《丰衣足食图》作封面的。当时共展出山西版画83幅,有我的木刻《丰衣足食图》《黎明》《百合花》《荞璐璐花》《夏风》《鱼乐图》《山西北武当山》共七幅。所以我们和这个图书馆已有一种特殊的关系了。到馆后由馆长新井一久先生、副馆长大熊文也先生等接待。

我实在累了,和馆长、见目阳一先生坐在沙发上休息,由副馆长率领董其中等同志去参观,其中赵一萍同志是搞图书馆工作的,对她来说,可能参观图书馆比别人更有兴趣。

9日,见目先生领我们到日本的栃木县著名风景地——日光国立公园游览,来去有四百公里。见目先生租了一辆小面包车,由他亲自驾驶,出发后就在高速公路上行进。

当中途正在枥木县野市黑裤町的茶馆里休息时,我们围坐在一个圆桌的大半边,喝饮料吃橘子,对面也有一老人和妇女吃茶。经见目先生打问,才知道是父女俩,他们也是从埼玉县来的,老人七十三岁,已退休,女儿四十来岁,今天由女儿开车陪父亲出游。当见目告诉他们我们都是中国山西版画家代表团的,并介绍我是中国著名版画家,今年已八十岁了还来日本访问时,他们脸上就浮现出惊喜和敬慕的表情。老人随让女儿到点心柜台上买了一盒点心放在我的面前,翻译员赵一萍同志说是送给我的,这我真没想到,只好收下,表示感谢。这盒点心既表示他们对我的尊敬,也意味着日中人民的友情,使我感动。接着那位精神矍铄的父亲旋即走到我的背后,让其女儿拍照留念。并对我说:"我父女俩能在这里见到你很高兴,我曾去过杭州旅游,以后我再去中国时定要去山西拜访你。"我和他握手,再次表示感谢。

我们的车盘山而行,看到山上有苍绿的松柏和竹林,间以赭色的树木,稍有秋意。最后来到日光国立公园,首先跳入我眼中的是中禅寺湖。那清澈的湖水和环湖的碧色山峦以及那已有白色积雪的远处的山峰,使我联想起曾经旅游过的新疆天山的天池。这时是初冬,公园游人很少,显得特别安静,闲适,清幽。昨日曾下过雨,今天雨后天晴,空气异常清新,更感到舒适而宜人。

见目领我们到一个湖畔的名为"龙头之茶屋"的地方,附近有瀑布,山下有茶店还卖一些食品等物。见目为我们叫了茶和点心,点心如中国之年糕,放在红豆的糖粥里,我取出速写本一面面对瀑布写生,一面吃茶和点心,这种异国情趣是难忘的。

之后见目先生把车开到一个很入画的秋色醉人的风景地,远处是黛色的山峦,有土黄色的秋山相衬,山下为二排赭色的秋林,前景是一片奶黄色的草地,近处有落叶的白桦数株,我画完速写,心想,回国后创作一幅套色木刻名《扶桑秋色》以志此行。

之后来到一个名"汤淹"的风景地,赵一萍同志告我"淹"就是瀑布的意思。在这里我看到瀑布从高山直下,有如从天而降,真是李白诗中所说的"疑是银河落九天"。我们在此摄影留念。

后来又去参观"华严瀑布",还要乘电梯而上,可见其高了。这里的瀑布有点像贵州"黄果树瀑布"的味道,但没有"黄果树瀑布"的宏伟壮观。我在此画了山景。

归路上,时常能看到山里的野猴子向人讨食,它们倒也文明,不像四川峨眉山的猴子那么野蛮,从游人身上抢东西。我们喂了一个橘子,其中的一只猴子拿上走了,怕别的猴子抢它的美食。日光国立公园之行是我们这次访问日本的最后一站,我感到非常愉快。但贺敬才没有来,据说吕梁在日本的留学生与他定的今天下午聚会。我很感谢见目先生的安排,很能适合我们的心意。

10日,是离日本回国的日子,一早吃早餐时见目先生领着夫人见目哲子和大女儿见目恭子来餐厅,哲子未就座吃饭,仅向我们表示来送行,祝一路平安,然后就告辞去上班了。董其中同志说:"欢迎你到太原来!"她表示感谢。见目阳一和恭子坐下来吃饭,之后恭子一直陪父亲把我们送到成田机场。当我们上航空班机时,没有想到松本竹韵先生来送行。而石井幸男先生却和见目阳一先生一同都一直把我们送到成田机场。听说昨夜曾接到若生爱子老太太打来电话,表示送行,使我们感动。

这次日本之行,遗憾的是不在春天,未能看到樱花。而仅仅一周,当然不可能对日本了解得深,了解得广。可能只是了解些皮毛;但最大的感受是这个资本主义的文明社会是很注意文化艺术上的建树的。例如上野有"国立西洋美术馆",而在资本家的"东武百货商店"内竟会有一个"东武美术馆",展出莫迪里阿尼(Modiglianni)那么多的油画作品。其次是在清洁卫生方面比我们先进,没有一个人在街上吐痰。我在"日光国立公园"的墙壁上也没有看到"某某在此一游"的涂抹,所有这些都说明国民的文化素质高,而且在公共厕所里也摆着几瓶鲜花,别的公共场所有鲜花就更为平常了。我想这些都是值得我们中国人学习的。

## 天伦之乐

12月25日是圣诞节,也是我的生日,1992年的这一天,全家为我庆祝八十大寿,真够热闹。

多年不见的大女儿阿黎,二女儿阿红都为给我祝寿而从万里之外的澳大利亚回到太原。和她们同行的有阿黎的女儿丹露和男孩丹阳,有阿红的法国丈夫阮内和他们还不满三月的小女儿佳克琳。接着在我家长大的外甥女刘湘琴也和她的男孩小可从澳洲回到太原。她们是到了大陆后先去了成都和小强、小红、郝瀚同行,路经西安又和郝田、正秦一同回到太原的。

多年不见的外孙女丹露和她弟弟丹阳现在都长大成人了,丹露是我特别喜欢的一个外孙女,看到她我非常高兴。小可长得更高了,几乎高出他妈妈一头。我的小孙儿郝瀚今年三岁了,但自生出来之后一直未见,这次算见到了,看到他那结实的小身体,顽皮的样子,就使我心爱。大概人老了就特别喜欢孙儿们。

不久,外甥女京度也从北京来太原参加庆祝会。最后到24日小女儿阿霞和丈夫秦雍仁才从深圳归来,说很难买飞机票,所以迟回来了。

回来的儿女及其家属及亲戚一共有16人,家里住不下,就住在本院的招待所里,三人一室。连上三女阿兰一家和阿强夫妇,参加我的寿辰的共20人。这是一次难得的家庭大团圆。

只有大儿阿明和小孙京蔚,一在纽约,一在莫斯科,未能参加寿礼。但他们都远隔海洋远隔河山从异国打来了长途电话,表示祝贺,我也就有所安慰了。此外成都的二妹力英及其长女小虹和新疆的外甥张晋都有电报表示祝贺,小虹还让小强给我带来了寿礼。她自小就多来姥姥家,在北京上大学时又常在舅舅家作客,所以就和舅舅有感情,听说她现在是处长了,也是使我高兴的。我非常喜欢阿红的小姑娘,还不到三个月,我撩逗她,她总是向我笑,好像知道我是她的姥爷。阿强开玩笑地说她是"中外合资"。阿红得此小女也真是幸福,年过四十,她想有个小孩,但经医生检查说她不能生育了,然而正当她为此而有所悲哀时,却突然怀了孕,她怎能不为此意外的收获而高兴。

这几天,我答应给山西"人大"新楼画一幅两米多宽的《松鹤常春》的大画,所以即使全家准备为我祝寿,我还是闲不下来,也顾不上和儿女们谈话,直到27日才画完交卷,够我忙的了。

25日夜,这是一个不一般的夜,全家在饭厅里给我祝寿,采用西洋的祝寿形式,他们合资买下大寿糕,点上八支红蜡烛,儿女们围着我,饭厅里站得满满的,她们唱"祝你生日快乐"的英文歌,然后让我一口气吹灭八支蜡烛。正在这时,在场的小孙儿郝瀚看到爷爷吹红蜡烛觉得好玩,就哭的也要吹,于是姑姑们连忙也给他点了一支红蜡烛让他吹。

之后让我用刀切寿糕分给大家吃,每人都吃了一小块。不久就吃夜饭,共摆了两桌丰盛的酒菜。大家举杯向我:"祝爸爸长寿!"

生日过后,由女婿秦雍仁邀请家人在附近"老干部活动中心"的舞厅里跳了一次舞,去了十几人,每人的入场券为八元,加上饮料就花了他一百多元。

由外甥女京度陪我跳,跳得很愉快。过去也在这里跳过一次,但由于舞伴和音乐不满意,所以没有跳好。

丹露和丹阳都生在新西兰,大约丹露三四岁时爸爸和妈妈离婚了,她们俩一直由妈妈扶养大,爸爸到了美国后一文钱也不寄来,够无情的。现在丹露已十六岁了,丹阳十四岁,两人形影不离,但又经常打架。丹露以她的美貌和聪明赢得了我的宠爱。我总感到她富有我们郝家的气质。而丹阳我也喜欢,傻呼呼的,有一种男孩子的顽皮劲。过去她们跟阿黎回来,因为年幼,我没有在功课上对她们有任何帮助。这次她们都大了,我有责任给他们在中文方面补课。丹露不但英文好,在学校里是数一数二的,而且还会中文和日文,因为日文成绩优秀,学校曾组织她和日文学得好的同学到日本旅游了一次。但丹露的中文也是不坏的,可惜读的古文较少,中国的朝代史也不清楚,所以我首先让丹露、丹阳背诵中国的历史朝代表,之后又让姐姐背诵鲁迅的小诗《自题小像》,让他俩读唐诗张若虚的《春江花月夜》,读《木兰诗》,读《希腊神话》。丹露聪明,她很快就会背诵了,而丹阳却很费力。后来又逼着他俩各写了一篇文章,要求不能应付差事,要写得长一些,写得详细些。丹露终于写出了一篇《我最可敬的姥爷》,丹阳写出了一篇《从悉尼到太原姥爷家》,写得都好,尤其是丹露的,写得更好,她居然在文章里敢评论我的版画作品,她说:"姥爷的画很有个性,很像他本人,柔和、乐观、明朗……"评论得算不坏的。我略加修改,交给了《山西文学》的编辑小苏,他看了也说好。但我也没有想到丹阳的那一篇也写得那么好。她们写的都很有感情,很动人,说明熟悉的生活、感兴趣的生活总是易于写好的。

郝田是带着停止发展了的癌症回来给我祝寿的,看到他的精神和健康人一样,使我得到安慰。他需要有好的营养,我让阿兰在市场上给他买了一只两斤多重的甲鱼,花了二百多元,让他每天单独吃,他在西安时经常要吃甲鱼,据医生说甲鱼对病人恢复健康是很好的补品。这次他和儿媳正秦回来没有带来孙女婷婷使我感到遗憾,听说她上高中后学习成绩不算好,怕回来耽误下功课更不好补。他们于1993年元旦后二号就离家回到西安,因为郝田要化疗。

女婿秦雍仁因为要赶回台湾赛桥牌,于我的寿辰后,28号即离开太原。阿霞也于1993年元旦后的七号离家回了深圳,因秦雍仁要她回深圳过春节。阿霞临走时交给我一千余元,说:"爸爸过生日我们没有任何表示,这钱就作为我们的祝寿礼物,让你和继母买飞机票,过春节后到深圳住些日子。"我高兴地接受了女儿的一片孝心,于1993年的3月18日和李月英乘飞机去了深圳。后来和阿霞还去了广东、珠海、海南岛、厦门等地,历时一月余,是一次非常愉快的旅游。

只有阿黎和阿红两家直到春节后才离家,阿黎于春节后初二(1月24日)去了北京,住表妹京度家,听说她去看了艾青夫妇,并合照了相。阿红和阮内走得最晚,直到2月10号才离家。由北京乘机去了巴黎。阮内的父亲去世了,他们还要回去料理善后。但她走后我还一直想念小外孙女。我和她很有感情了,可惜她不会说话。阿红打算将来把她送回太原上学,阿强和儿媳叶倩都表示欢迎。她们是12月3日到家的,而我于12月2日晚离家去日本。阿红一家在家一共住了七十天,这次算住得最长的了，如果不是佳克琳太小，她和阮内还很想回郝家掌看看，这只能等以后回来再说了，愿上帝保佑佳克琳无恙。

# 结束语

《我的艺术生涯》从1931年写起，写到1992年我八十华诞从艺60年之际结束了，但这不等于说我的艺术生涯也从此结束了。不，如果上帝还赐我以健康的年华，我还不甘心退出艺术舞台，还有雄心想到山西"引黄"工地和管涔山去写生，还想在版画艺术上和文学写作上发挥余热。虽然已是夕阳西下了，但我的生命不止，艺术和文学也将要继续活动。我的生活准则是：活到老学到老，艺术创作也创作到老，生命的蜡烛还在燃烧就要发一分光。但到底还能活多久，这只有上帝知道了。

我这一生，随着祖国的命运，真是灾难重重，算很不幸的；但又是很幸福的，因为前无古人，后无来者，能像我们这一代人所经历了的如此坎坷复杂的社会生活，这在我的版画和文学作品中都有所反映了。

目前我不仅计划刻些反映生活的木刻，而且有一篇以打网球为题材的短篇小说已写了一半，还想把它写完。这就说明我的艺术生涯尚未结束。

# 后　　记

　　我原本就没打算写自传，因为齐凤阁同志应吉林美术出版社之约，已经写了一本《力群传》，正在印刷中，但1988年，上海人民美术出版社出版的《版画艺术》杂志的主编陆宗铎同志来函，要我以《我的艺术生涯》为题写我的艺术经历在他主编的刊物上发表。我答应了，于是从《版画艺术》的第25期起一直连载到第30期。当时已经从我于1931年到国立杭州艺专学画起，写到抗日战争时期我于1940年从阎锡山统治区到延安鲁迅艺术文学院当美术系的教员了。据陆宗铎同志告我《我的艺术生涯》发表后读者反映颇好。这就鼓起我继续写下去的勇气。况且既已开了头，写了将近十年的艺术生活，不把它写完似乎也于心不安。于是历五年之久一口气写到我的八十大寿，亦即我从艺六十年为止。这期间由于其他工作的干扰，难免时断时续。但我想，不管有多少干扰也应"有始有终"。苦的是年老了，有很多事记不起来，于是查资料，访朋友。现在总算写完了，真感到无比的轻松，像把背上背的一个很重的艺术历史的包袱终于背到头放在地下似的。

这本自传既名之为《我的艺术生涯》，我就特别注重写我的版画艺术创作的发展过程，但艺术创作始终为艺术家的艺术思想所支配，所以也特别注重写出我在各个历史时期的艺术思想的变化。但我的艺术创作既然来源于生活，因此自从学习了毛泽东同志《在延安文艺座谈会上的讲话》之后，我就把到群众中去，到火热的斗争中去体验生活改造思想写得相当详细。例如1947年我在山西崞县参加土改的生活经历写得有如纪实文学。

我是一个美术家，但也爱好文学，终于在1985年参加了中国作家协会。因此这里也写了我的文学生涯，其实艺术生活和文学生活几乎是交织在一起的，可能也有互补的作用。

除此之外，为了本书读起来不太枯燥、单调，也写了一些似乎与文学艺术无关的事，因为人生是非常复杂有趣的。

为了使本书提高质量，特请老作家我的老朋友胡正同志和美术家赵荆同志以及作家张小苏和一位文艺爱好者卫洪平同志审阅，他们都为此书提了很多宝贵的修改意见，特别是胡正同志提的修改意见更多，我衷心感激，在此表示鸣谢。

作者
1994年2月22日

# ·附录·

## 力群年表

1912年
12月25日生于山西省灵石县郝家掌村。
1923年
入本县道美村第三高级小学。
1927年
考入太原成成中学,向美术老师赵缵之学习写生画、水彩画。
1931年
考入国立杭州艺术专科学校。
1933年
2月,与艺专进步学生组织"木铃木刻研究会"。创作木刻《生路》、《病》等。9月,参加"中国左翼美术家联盟"。10月10

日与曹白(刘萍若)、叶洛(叶乃芬)因"木铃木刻研究会"事被捕。

1935年

出狱后,失业于上海。5月考入"上海景艺广告公司",与曹白的妹妹刘萍杜同居。创作木刻《三个受难的青年》《在病床边》《春》等(皆失业期间创作的)。秋,回太原,在杜任之领导的"艺术通讯社"工作。创作《拾垃圾的孩子们》《寒夜里的清道夫》等。

12月21日至23日在太原中山公园"太原公会"举行"力群个展",展出木刻、水彩画、铅笔画、木炭画、钢笔画、中国画共73件。

1936年

创作木刻《采叶》《鸟》《静物》《罢工》《抵抗》等。6月由太原到上海,路经北平,参加"六·一三"学生要求联合抗日的游行示威。

到上海后,住曹白处(上海北四川路新亚中学),刻《流民》《日寇武装走私》《鲁迅像》等木刻。通过曹白将木刻寄给鲁迅,得到先生的指导与鼓励。当年,"九·一八"纪念日,参加了上海市民众的示威游行,要求停止内战,联合抗日。10月初,与江丰、野夫、黄新波、曹白等筹办了"第二回全国木刻流动展览会",以木刻《流民》《日寇武装走私》《鲁迅像》参加了展览。10月19日鲁迅病逝,到大陆新邨鲁迅家为先生画遗像,并参加送葬游行。冬,刻《收获》木刻。11月,与江丰、野夫等组织"上海木刻工作者协会",并发宣言,拥护中共联合抗日之主张。12月,到"上海杂志公司"工作,画广告。同月,到"上海美商柯达公司"广告部工作。

1937年

上海"八·一三"抗日战争开始后,9月初参加"上海救亡演剧队第六队",到浙江嘉兴、吴兴一带作抗日宣传工作。后到安庆"安徽省立第一民众教育馆"工作,主编木刻画刊《铁军》。创作《抗战》《受难的同胞》《为战士赶寒衣》《敌机去后》等木刻。在安庆创作散文《杜妹的罪行》,在太湖县创作小说《他们全开到前线去了》;皆发表于胡风主编之《七月》杂志。

1938年

春,由安徽太湖县到武汉,在军委政治部第三厅艺术处美术科任少校科员。与马达、刘建庵等筹建"中华全国木刻界抗敌协会"。该会于6月12日正式成立,被选为常务理事,负责出版《全国木刻选集》并手印《力群木刻集》。6月6日参加"中华全国美术界抗敌协会"成立大会,被选为理事。创作《这也是战士的生活》《保卫祖国》等木刻。9月,参加由共产党领导的军委政治部"抗敌演剧队第三队",到山西、延安一带演出。在武汉期间创作散文《太原西郊的碉堡》《张培梅》《微山湖》等,发表于《七月》杂志。

1939年

随抗敌演剧队第三队从山西前线到延安,在西北旅社休整,历时五个月。曾去富县张村驿去看刘萍杜,她从陕北公学毕业后,来此住卫校。在西北旅社创作了小说《野姑娘的故事》(发表于周扬主编之《文艺战线》、报告文学《塞家村》(发表于重庆《妇女生活》)、《行军在吕梁山中》(发表于重庆《大公报》)。"三队"从延安到第二战区宜川县,力群被派往"民族革命艺术院"任美术系主任。创作木刻《人民在暴风雨中》《运输车》《加紧生产》等。

1940年

晋西"十二月事变"后,由宜川"民族革命艺术院"到延安,任"鲁迅艺术文学院"美术系教员。创作《听报告》《打窑洞》《帮助抗属除草》《饮》等木刻。

1941年

11月11日在延安"鲁艺"参加中国共产党。创作《伐木》《烧炭》《送炭》《毛主席像》《休息》《女孩像》《延安鲁艺校景》《削萝卜》《老人像》等木刻。8月16日在延安军人俱乐部与古元、焦心河、刘岘举行木刻联展。写诗《布谷鸟》发表于《抗战文艺》。

1942年

从5月2日到5月23日先后参加"延安文艺座谈会"。聆听了毛泽东同志在会上的讲话。创作木刻《库尔贝像》、《车尔尼雪夫斯基像》、《马雅可夫斯基像》。写《略论祥林嫂的死》(就商于默涵同志)一文。

1943年

重刻《毛主席像》,使作品有所明快。

1944年

创作套色木刻《丰衣足食图》,黑白木刻《劳动模范赵占魁》等。

1945年

创作《帮助群众修理纺车》《栽树》《小学教师》，连环木刻画《模范教师刘保堂》，以及歌剧《小姑贤》插图等木刻。

日本投降后，由延安到晋绥边区工作。冬，到灵石、孝义一带深入战地生活。

1946年

春，与孝义县东小井村妇女石桂英合作剪纸《织布》。收集窗花。

回兴县后任晋绥文联美术部部长，《晋绥人民画报》主编。创作木刻《公祭关向应同志》《朱总司令像》《贺龙同志像》等。

1947年

创作木刻《斯大林像》。6月，到山西崞县参加土地改革工作。

1948年

由崞县回兴县，创作套色木刻《送马》、黑白木刻《王贵与李香香》插图；年画《选举图》、《做军鞋》；写评论文《三谈"李有才板话"》发表于晋绥《人民时代》杂志；写《评"老婆嘴减租"》(李束为小说)发表于《晋绥日报》。

1949年

5月，赴北平参加第一届全国文代大会，7月2日大会开幕，被选为主席团成员及中国文联委员，并参加中华全国美术工作者协会成立大会，被选为全国理事会常务理事。9月，到太原，与高沐鸿负责筹备山西省文代大会。12月，山西省文联成立,任文联副主任及山西省美术工作者协会主席。领导山西省的年画创作工作。

1950年

创作年画《读报图》及《人民代表归来》。

创办《山西画报》,任主编,并任山西艺术学校校长。

1951年

创作套色木刻《向李顺达应战订生产计划》,发表于《人民日报》,编者加按语予以表扬;年画《读报图》获文化部颁发的新年画创作奖。

参加老根据地访问团,创作年画《毛主席的代表访问太行山老根据地人民》。

1952年

年画《毛主席的代表访问太行山老根据地人民》获文化部颁发的新年画创作奖。

秋,调华北文联任筹委。

领导华北地区的新年画创作工作。

创作年画《代耕好了》《上夜校》。

1953年

9月,由华北文联调北京人民美术出版社任副总编辑。同月出席第二届全国文代会,被选为中国美术家协会常务理事。

1954年

创作套色木刻《百合花》。

秋,到太行山写生。

1955年

创作套色木刻《太行山风景》《瓜叶菊》。

调中国美术家协会工作,任党组成员、书记处书记、《美术》杂志副主编。

编辑《日本木刻选集》,并作序。

1956年

为《墨西哥版画选》写序。

《版画》杂志创刊,任主编。

创作木刻《紫露草》,为《李桦木刻选集》写序。

1957年

创作套色木刻《黎明》《北京雪景》及黑白木刻赵树理小说《登记》插图、《饮马》《生地花》。

9月,与李桦访问苏联,参加在列宁格勒及莫斯科举行的《中国现代版画展览会》开幕式。力群参加展出的作品有《太行山风景》《瓜叶菊》《黎明》。曾出席苏联美术院成立200周年庆典。

《木刻讲座》由朝花美术出版社出版。

1958年

创作木刻《学习》。

随中国美术展品到莫斯科参加"社会主义国家造型艺术展览会",任中国展品顾问。参展作品有《黎明》《北京雪景》。

《力群木刻选》在天津美术出版社出版。

为郭沫若诗集《百花齐放》作插图;《访问苏联画家》由天津美术出版社出版;《力群美术论文选集》由人民美术出版社出版。

1959年

创作木刻《春游》《煤矿区风景》《帘外歌声》《石竹花》。夏,到山西汾阳农村下乡,归来创作木刻《丰收》。为郭沫若、周扬编辑的《红旗歌谣》作插图——《媳妇走娘家》。

《帘外歌声》参加当年在德意志民主共和国莱比锡举行的国际版画比赛会,后被选入德累斯顿出版的《给世界以和平》画册中。

出版《苏联名画欣赏》,编《齐白石研究》。

与李桦编辑《十年来版画选集》并作序。

1960年

创作套色木刻《社干会后》《田间归来》《女社员》。

冬,下放宁夏吴忠市任"红旗人民公社"党委副书记、市委常委,做整风整社工作。

1961年

暑假回北京创作套色木刻《归牧》《橹声响遍黄河岸》。

冬,到银川市为宁夏文联举办业余版画训练班。

1962年

在银川、北京创作套色木刻《回汉姊妹》《秋曲》《春夜》《浪稻季节》《雪后》《少女像》《春到山区》《二月》及黑白木刻《宁夏之春》《林茂羊肥》《溪边》。

1963年

创作套色木刻《山葡萄》《荷花晚风满园香》《新苗》《猫头鹰》。

秋,在北京中国美术馆举办"力群、黄新波、杨纳维三人版画联展"。

1964年

为外文出版社选编《中国现代木刻》。

"力群版画展览"先后在沈阳、太原、灵石、西安、兰州、重庆、贵阳等地展出。

冬,到山东曲阜县参加"四清"工作。

1965年

夏,从山东曲阜县归来。

与华北局文艺处处长孙福田同志领导华北地区年画、版画创作工作。

从北京调回山西工作。

创作黑白木刻《抗旱浇麦》。

1966年

1月,参加"华北区1966年年画、版画展览"开幕式。以《抗旱浇麦》参加展览。

5月,到山西闻喜县涑阳大队深入生活。

7月,"文化大革命"开始后召回太原,然后被中国美术馆造反派揪回北京陪斗。

1967年至1969年

在北京过"牛棚"生活,批斗、劳动。1969年末在中央美术学院"牛棚",于军宣队和工宣队领导下得到了解放,被送回太原。

1970年

回山西灵石县郝家掌大队落户插队,任大队林业队长,领导群众于数年间在郝家掌植树万余株。

1971年

为代县"毛主席路居纪念馆"作画。

1972年

春,在灵石县文化馆举办木刻训练班。

秋,为晋中地区在太谷师范举办木刻训练班。

1973年

在南关陶瓷厂设计"松鼠烟灰缸",畅销东南亚。

1974年

6月20日,力群夫人刘萍杜在郝家掌逝世,给力群的精神以重大打击。

1975年

2月26日力群与李月英结婚。创作套色木刻《夏》。

1976年

创作套色木刻《这也是课堂》、黑白木刻《挖水池》。粉碎"四人帮"后创作套色木刻《欢庆》。

1977年

从灵石回太原,任山西省文联副主席,山西省政协常委。

1978年

到新疆伊犁地区讲学,办版画训练班,并到南疆旅游。归来,在甘肃参观敦煌石窟、炳灵寺石刻、麦积山泥塑。

1979年

创作黑白木刻《周总理像》《长江风景》。出席第四届全国文代大会,被选为中国文联委员、中国美术家协会常务理事。

12月20日在上海参加《中国新兴版画五十年选集》编委会,事后与李桦、王琦撰写《中国新兴版画五十年》一文。

1980年

创作黑白木刻《清泉》《林间》《鹿园》《金鱼》,创作套色木刻《春风》《天山之夏》《新城在望》。山西电视台拍摄《力群的生平与作品》,由马侠铭编辑,梁俊杰摄影。

3月30日为纪念左翼文化运动五十周年,由中国美术家协会山西分会举办《力群版画展览》,在太原南文化宫开幕。

4月19日参加在黄山举行的"中国版画家协会"成立大会,被选为版协副主席及《版画》杂志主编。

5月10日在北京北海公园举行《力群版画展览》。

7月10日又在辽宁美术馆展出。

8月1日在长春人民公园举行《力群、古元版画展览》。

9月10日在黑龙江省美术馆举行《力群版画展览》。曾去长白山旅游、后由版画家杜鸿年陪同到大兴安岭等地写生。

11月到广州参加《北京、广东、山西版画联展》座谈会。

任山西省画院院长。

1981年

春,到湖南讲学。创作黑白木刻《夏风》《早春》及套色木刻《北国早春》《春到洞庭湖》《小熊猫》。七月十六日《力群版画展览》在大连群众艺术馆展出,并为大连市美协举办木刻讲习班。以《清泉》《鲁迅像》《饮》《帮助群众修理纺车》等木刻参加法国格勒诺波尔市文化中心举行的"中国木刻五十年展览"。力群所编的《中外黑白木刻选》由天津人民美术出版社出版。

**1982年**

到庐山参加中国文联组织的"读书会",会后去井冈山参观。写童年回忆《我的乐园》。创作黑白木刻《荞璐璐花》。创作小说《我和表兄》(发表于《晋中文艺》)。以套色木刻《北国早春》参加巴黎春季"沙龙"。

**1983年**

创作套色木刻《湖边》。为马烽小说选集作木刻插图五幅。为《我的乐园》作木刻插图三十一幅。再次当选为山西省政协常委。选编力群美术评论集《梅花香自苦寒来》。选编《力群版画选集》。《力群、牛文画展》于12月20日在灵石县文化馆新楼开幕。法国国立图书馆收购木刻《林间》。

**1984年**

创作套色木刻《黑龙江之秋》。在上海少年儿童出版社出版《我的乐园》,被上海儿童文学园丁奖委员会评为上海1984年优秀作品,获"儿童文学园丁奖"。以套色版画《鱼乐图》及《黑龙江之秋》参加在成都举办的全国美术作品展览。《鱼乐园》被评为优秀作品,后在北京展出。夏,到桂林参加中国文联举办的旅游团。

**1985年**

创作散文《我的母亲》,被河南的《散文选刊》选载。四川美术出版社出版力群美术论文集《梅花香自苦寒来》。山西人民出版社出版《力群版画选集》。8月在山东青岛群众艺术馆举行《力群版画展》。9月到烟台合成皮革厂俱乐部举行《力群版画展》。10月力群率领"山西老画家写生团"到四川、云南、贵州等处写生,归来举办了"汇报画展",力群展出国画12幅。10月21日中国作家协会书记处批准力群为中国作家协会会员。12月24日山西省文化厅任命力群为山西美术院名誉院长。

1986年

散文诗《马兰花》在天津《散文》杂志发表。4月,漆刻《红叶》在北京全国首届漆画展览中获荣誉奖。《春夜》为江苏美术馆收购。5月,在山东潍坊市与李桦、古元、彦涵、王琦举行五人版画联展。创作中篇小说《桃树庄的春天》,发表于山西《黄河》文学季刊。散文《童年逝了,故乡永在》发表于天津《散文》。《艺术随感动录》发表于《光明日报》。写美术论文《论创作自由及其他》发表于山西《美术耕耘》。10月中旬参加在安徽屯溪召开的中国版画家代表大会,被选为副主席。创作套色木刻《悬铃木》参加第九届全国版画展(先后在黑龙江、北京、合肥展出)。创作套色木刻《觊觎》、黑白木刻《初春》。

1987年

木刻《觊觎》参加在日本埼玉县举行的"87浦和国际木刻展"。藏书票木刻《菜花》参加在日本埼玉县举行的"87国际书票展"。套色木刻《悬铃木》、黑白木刻《初春》参加南斯拉夫"卢布尔雅那国际版画展"。创作藏书票《裸女》。《林间》发表于"法国木刻协会"季刊LEBOISGRAVE1987年第一期封面上。1月27日由法国"欧亚文化协会"与"法国木刻协会"在巴黎蓬皮杜文化中心举办《中国当代木刻展》。力群以《林间》《夏风》《春到洞庭洞》《鱼乐图》《荞璐璐花》参展。10月法国马赛举办《中法现代木刻展》，力群以《荞璐璐花》、《林间》参加展出。10月到天津参加全国第七届老年网球邀请赛，与解华配合得第四名。

1988年

3月30日在《山西日报》发表《我与作家对话》一文，批评王祥夫小说《永不回归的姑母》，引起争鸣，《黄河》副刊发表争鸣文章先后长达十三期。

创作套色木刻《早春暮归》，参加日本"88浦和国际木版画展"。创作黑白木刻《农田卫士》及藏书票木刻《鸟》。9月10日至22日以木刻20幅参加由三原色艺术中心在台北市复兴南路举行的"大陆元老版画家(李桦、力群、彦涵、王琦、古元)木刻版画联展"。10月在东北师范大学出版社出版力群文艺选集《野姑娘的故事》。12月14日于北京"日中艺术交流中心"给力群颁发"贡献金奖"。

1989年

4月30日至5月4日在宁夏银川市举行《力群画展》，展出版画114幅，国画28幅，书法5幅。创作套色木刻《桂林风景》。以木刻《农田卫士》参加日本"89浦和国际木版画展"。以木刻《桂林风景》《荞璐璐花》参加第三届《中国西湖版画节》(5月5日至5月13日)。以《桂林风景》参加第七届全国美术作品展览。在《山西文学》第6期发表力群杂文《从子见南子说起》。7月21日《天津日报》发表《冷静的考虑——从倒爷艺术谈起》

一文。

在山西《名作欣赏》第3期发表《黄土高原山丹花——读董其中木刻》。

1991年

5月28日——6月6日,力群与李桦、古元、彦涵、王琦在西安中国美协陕西分会"美术家画廊"举行《版画艺术作品展》,展出力群全国解放后的作品40幅。之后与古元访问了延安。10月18日《山西日报》发表力群的报告文学《贫困山庄的好领班》(记临县杏岭局村党支部书记高廷玉)。12月底到青岛代表"中国版协"为"全国第十届版画作品展"在青岛展出的开幕典礼剪彩。

1991年

1月5日《文艺报》发表力群《把美的情操奉献给人民》(评谢俊杰的小说)一文。1月25日《力群版画选集》、散文《我的乐园》获山西省第二届文学艺术创作金牌奖两枚。于3月6日《中国文化报》发表力群全国第十届版画作品展观后》。3月30日《文艺报》发表力群《对于"新潮"美术之我见》。4月3日《太原日报》发表力群《游北武当山散记》。5月18日《文艺报》发表力群《赞美工人阶级的歌手——贺小虎》(《我们工厂的三个女人》读后)。7月,省电视台作为中国文化名人系列片播放《版画家力群》。8月31日至9月14日在纽约华埠东方画廊举行元老版画家力群、王琦、古元《木刻版画联展》,力群出展木刻作品30幅。9月26日,中国美术家协会、中国版画家协会在北京向力群颁发"中国新兴版画杰出贡献奖1931—1991"。10

月,力群散文集《马兰花》由北岳文艺出版社出版。刻套色木刻《北武当山》。12月25日在太原"灵石办事处"由范浩里县长代表县委、县政府主持召开了"力群艺术生涯60周年及八十寿辰庆祝会"。

1992年

2月21日,力群接受国务院发给的特殊津贴证书。5月13日省委、省政府授予力群"人民艺术家"光荣称号。5月上旬参加"山西老干部休养团"到无锡、苏州、杭州等地旅游。5月中旬去山大、省文化厅、灵石县、介休汾西矿务局作"关于毛主席《在延安文艺座谈会上讲话》"报告。

8月创作套色木刻《暮我以》。

9月初到银川市参加"全国第11届版画作品展"开幕式,以套色木刻《暮色》参加这次的展览。为"西北第二民族学院"中文系作"关于毛主席《在延安文艺座谈会上的讲话》"报告。

9月7日至19日在日本埼玉县于日中邦交正常化20周年纪念之际,举行为庆祝力群从艺60年的《力群版画展》,共展出作品35幅。

9月15日力群到山西阳城县以名誉院长身份参加《太行书画研究院92作品展》开幕式。

11月17日由中国美术家协会、山西省文联、山西省美术家协会联合举办"力群同志从事艺术创作60年学术讨论会,暨八十华诞庆贺会"。

12月4日至10日应日本埼玉县日中美术家协会见目阳一先生之邀请与版画家董其中、姚天沐、贺敬才去日本访问。

1993年

2月9日在《太原日报》副刊《双塔》发表情诗《她去了》,2月17日在《双塔》发表杂文《谈"和稀泥"》。

3月应小女阿霞之邀请与妻李月英乘机去深圳,住一月余,曾与阿霞和李月英到海南岛旅游。三人后来又乘机到厦门鼓浪屿旅游。归来写了散文《到天涯海角》,发表于1994年10月《山西文学》。3月14日在《太原日报》副刊《艺苑》发表《自强不息的画家陈治华》。

7月人民美术出版社出版《力群版画选集》。

7月23日在《太原日报》副刊《双塔》发表诗《思念》。10月2日在《文艺报》发表《略评"西夏魂"壁画》(壁画为韩惠民作)。

1994年

1月1日在《文艺报》副刊发表怀念画家王式廓同志的《二十年祭》。

3月1日在《太原日报》副刊《双塔》发表情诗《等待春暖花开》,4月14日在《太原日报》副刊《文园》发表散文《闲话黄永玉》。

5月19日在《太原日报》副刊《文园》发表情诗《痴情人》。

5月间与友人去杭州,到建德县游了千岛湖、新安江、富春江,后又去莫干山安吉等地。曾在杭州到母校"中国美术学院"参观(其前身为"国立杭州艺术专科学校")。归来写了《八旬后重返母校》一文,发表于1994年《火花》第八期。

7月14日在《太原日报》副刊《文园》发表《二十年祭》——痛悼贤妻刘萍杜。

7月20日在《鲁迅研究月刊》发表《"鲁迅与中外美术"读后》。

8月11日在《太原日报》副刊发表散文《草帽的故事》。8月27日在《文艺报)发表评裴玉林、张思淮、单华驹国画的《尧都国画三秀》。10月18日在北京《中国医药报》副刊《陶然亭》发表《莫干山散记》之一。10月27日在《太原日报》副刊发表诗《游管涔山》。

11月中旬应聘以顾问参加"中国美术家协会"举办的第八届全国美展总评选评奖委员会。

11月17日在北京《中国医药报》副刊《陶然亭》发表《莫干山散记》之二。

12月1日在《太原日报》副刊《文园》发表《从一封匿名信谈起》。

12月下旬去澳大利亚探亲,由大女儿阿黎到广州接至香港,住徐悲鸿儿子徐伯阳家,一周后乘机飞悉尼。在香港时曾去看望了老友黄永玉,写了《在黄永玉家作客》,发表于1995年3月23日《中国医药报》副刊《陶然亭》。

1995年

2月23日在悉尼"救火站画廊"举行《力群版画回顾展》开幕式,有中国驻悉尼领事馆段津总领事及澳洲第一位华裔议员何沈慧霞女士及来宾三百多人参加。

3月14日由女儿阿黎陪力群在墨尔本"澳华历史博物馆"举行《力群版画回顾展》开幕式,有中国驻墨尔本领事馆梁健明总领事和领事钱开富先生以及来宾一百多人参加,其中有由新疆来澳洲的移民画家刘开基等。

3月21日由二女儿阿红领力群和儿子阿明(他从美国到澳洲特来看父亲)乘火车到黄金海岸旅游。

4月18日女儿阿黎陪力群去堪培拉参观"澳大利亚国立美术馆"。这里共收藏中国30年代和40年代的木刻画350幅,其中有力群在延安刻的《劳动模范赵占魁像》及《模范教师刘保堂组画》中的木刻《组织互助组》一幅。

5月初由阿黎陪力群自悉尼飞香港,仍住徐伯阳家。一周后又由阿黎送广州,由三儿阿强乘火车把力群接至北京。友人艾琪到站迎接。

2月9日在北京《中国医药报》副刊《陶然亭》发表了《莫干山散记》之三。

2月20日在《鲁迅研究月刊》发表为李允经著《中国现代版画史》所写之序言(该书于1996年在山西人民出版社出版)。

回到北京后于5月下旬参加了在北戴河"地矿部疗养院"举行的"中国版画家第三次全国代表大会",被选为名誉主席。

6月23日在《太原日报》副刊《双塔》发表在悉尼写的诗《大海的梦》。

6月29日在《太原日报》副刊《文园》发表《悉尼散记》。

7月20日在《中国医药报》副刊《陶然亭》发表情诗《浪涛中的爱情小舟》。

7月下旬入太原"稷山痔瘘医院"割痔疮,效果良好。

8月中旬二女阿红与其夫阮内及女捷克琳从悉尼归来,

由力群和三女阿兰陪她们回灵石老家郝家掌看望。

8月25日在《太原日报》副刊《艺苑》发表《新兴木刻在八年抗战中的贡献》,9月1日在《太原日报》副刊《双塔》发表《让后来人知道我们八年的抗战生活》,9月8日在《文艺报》副刊发表《回忆八年抗战》诗一首。

9月26日在《中国医药报》副刊《陶然亭》发表散文《由"十八涧"到龙井村》。

应吴应咸同志邀请,10月初到京参加10月11日由文化部教育司、中国美术馆、中国美术家协会、中央美术学院联合主办的《王式廓素描艺术展》开幕式及座谈会。

12月1日于《山西文学》发表散文《花花的故事》。

12月6日在《太原日报》副刊《双塔》发表诗《我像萤火虫》。

12月21日在《太原日报》副刊《文园》发表《王步超中国画集》序言。

1996年

1月1日在《太原日报》副刊《双塔》发表《新年断想》。1月8日在《双塔》发表《周年祭》(怀念赵荆同志)。

1月29日在《太原日报》副刊《双塔》发表诗篇《有两面旗帜在天空飘动》。

春节后,力群所写的四十三万余字的自传《我的艺术生涯》交北岳文艺出版社列入出版计划。

2月21日在《天津日报》副刊《满庭芳》发表散文《澳洲观企鹅》。

3月内写《浓妆淡抹总相宜》——评裴文奎的花鸟画；为曹美版画集写序文；为画家狄少英绘画作品写《前程似锦》一文，发表于《太原日报》副刊《艺苑》。

4月为女诗人珍尔的诗集《爱的花环》、《飘零岁月》写评论文章：《一朵迷人的路边小花》。后发表于6月21日《文艺报》文学评论栏内。

4月4日在《天津日报》《文艺周刊》发表诗二首：《夜归育林人》及情诗《痴情人》。

4月8日在《太原日报》副刊《双塔》发表诗篇《像吃苦酒的诗》。

灵石县拟投资约500万元，为力群、牛文、胡正建美术文学陈列馆，请王健副总工程师设计的"建筑设计色彩方案图"已交灵石负责此工程的副县长赵瑞瑛同志。预计当年建成。

5月上旬，太原电视台以力群的小说《桃树庄的春天》请晋中戏研室米杰成改编为叙事音乐片《窗花花》后，由邵秉华女士给力群送来该片之录像带。经放映后力群感到除故事之梗概和人名外，其中细节则改得面目全非了。但《窗花花》于4月下旬在阳泉市由"山西省电视艺术家协会"主办之"山西省第四届电视艺术评奖会"中获电视文艺专题一等奖。

力群于五月上旬写完小说《网球场上的张霞》后，已开始编辑他的《美术文学评论集》。

# 再版附言

本书1997年5月由北岳文艺出版社出版后，曾于1998年获得山西省精神文明建设"五个一工程"优秀作品奖。现在借重印之际，增加了图片剪纸两幅和"松鼠烟灰缸"图一幅，因为本书在内文文字中曾对此有所描述。现在加上图版，有利于读者有形象的认识，增加阅读兴趣。此外还改正了前版的几个错字。

愿本书能更加受到读者欢迎。

力群　97岁于北京